LARS KEPLER

LAZARUS

LARS KEPLER

LAZARUS

Tradução de Regina Valente

Porto Editora

Lazarus
Lars Kepler

Publicado em Portugal por
Porto Editora
Divisão Editorial Literária – Lisboa
Email: dellisboa@portoeditora.pt

Título original:
Lazarus

Design da capa: Hummingbirds
Imagem da capa: Love Lannér

1.ª edição: maio de 2019

Rua da Restauração, 365
4099-023 Porto
Portugal

www.**portoeditora**.pt

Execução gráfica **Bloco Gráfico**
Unidade Industrial da Maia.
DEP. LEGAL 455470/19
ISBN 978-972-0-04936-0

Prólogo

A luz que desce do céu branco deixa transparecer o mundo em toda a sua crueldade nua, tal como deve ter surgido a Lázaro à saída do sepulcro.

As grades de aço do pavimento vibram sob os pés do pastor. Com uma mão segura-se à amurada, ao mesmo tempo que tenta equilibrar o balanço com a bengala.

O mar cinzento move-se, sonolento, como uma cortina soprada pela brisa.

O barco arrasta-se ao longo dos duplos cabos de aço que ligam as duas ilhas. Os cabos erguem-se da água a pingar para depois desaparecerem de novo sob a embarcação.

O barqueiro abranda e as ondas da esteira erguem-se, inchadas de espuma e de salpicos, ao mesmo tempo que a passarela cai a chiar sobre o molhe de cimento.

O pastor vacila quando a proa encosta às defensas; pancadas maciças ecoam no casco.

Foi até ali para visitar o sacristão já reformado, Erland Lind, que há dias não atende o telefone. Nem sequer compareceu na missa do Advento, facto verdadeiramente insólito para uma pessoa como ele.

Erland mora na casinha que fica por trás da capela de Högmarsö, nos terrenos da diocese. Sofre de demência senil, mas mantém ainda a incumbência de cortar a relva, assim como, quando chega a neve, de espalhar sal sobre o terreno gelado. O pastor percorre o caminho sinuoso em direção à capela. Tem o rosto quase paralisado pelo frio. Não se vê vivalma por ali, mas pouco antes da capela ouve-se o som estridente de uma fresadora. O som chega provavelmente da doca seca do estaleiro naval.

Afinal qual foi a passagem da Bíblia que referiu no Twitter naquela manhã? Já não se lembra, mas tencionava falar disso a Erland.

Com a vasta extensão dos campos despidos como fundo, recortada contra a orla do bosque, a capela branca quase parece feita de neve.

Uma vez que está fechada no inverno, o pastor dirige-se de imediato para a residência do sacristão, a casinha baixa, bate à porta com o cabo curvo da bengala; espera um instante e depois entra.

– Erland?

Não está ninguém em casa. O pastor descalça os sapatos e olha em volta. A cozinha está numa desordem. Apanha do chão um saquinho de biscoitos de canela e pousa-o em cima da mesa, ao lado de uma pequena taça de alumínio cheia de restos: puré de batata solidificado, um grumo seco de molho e duas almôndegas de carne cheias de bolor.

Nesse momento, a fresadora deixa de fazer barulho.

O pastor sai, verifica a porta da capela e depois dá uma vista de olhos à garagem, que está aberta.

No chão vê uma pá suja de terra. Ao lado, um balde preto cheio de ratoeiras enferrujadas.

Com a bengala, o pastor levanta a tela de lona que cobre o limpa-neves, mas detém-se quando ouve um mugido ao longe.

Volta a sair e dirige-se para as ruínas do velho crematório, no limite do bosque. Por entre as ervas altas vê-se ainda o forno com o cano da chaminé sujo de fuligem.

O pastor avança para além de um monte de paletes, mas não consegue evitar lançar um olhar para trás das costas.

Desde que subiu a bordo daquele barco, está com um péssimo pressentimento.

A luz, naquele dia, não tem nada de amigável.

O mugido regressa, agora mais próximo: parece um bezerro encerrado numa gaiola metálica.

O pastor detém-se e permanece em silêncio.

Tudo está imóvel, o seu bafo condensa-se numa nuvem.

Atrás do compostor, o terreno foi queimado e remexido. Encostado a uma árvore está um saco de terra.

O pastor avança naquela direção, mas detém-se diante de um tubo de metal que se ergue do terreno quase meio metro, talvez a indicar os limites da propriedade.

Apoiando-se na bengala, olha para o bosque e repara num caminho coberto de agulhas de pinheiro e pinhas derrubadas pelo vento.

As rajadas abanam as copas dos pinheiros; ao longe ouve-se o crocitar de um corvo.

O pastor vira-se e volta para trás; quando ouve outra vez aquele estranho mugido, acelera o passo. Passa pelo forno crematório e pela residência do sacristão junto à capela, olha novamente para trás e não vê a hora de regressar a sua casa e de se sentar em frente ao aquecedor com um romance policial e um copo de *whisky*.

1

Um carro-patrulha em mau estado afasta-se do centro de Oslo pela via de cintura externa. As ervas daninhas por baixo dos rails abanam com o vento, e um saco de plástico esvoaça ao longo da berma.

Karen Strange e Mats Lystad responderam ao apelo da central, apesar de já terem terminado o turno. Em vez de regressarem a casa, dirigem-se agora para o bairro de Tveita.

Há dias que os moradores de um condomínio se queixam de um fedor insuportável no edifício. O porteiro do prédio já inspecionou os contentores do lixo, mas estava tudo em ordem. Descobriu-se depois que o cheiro provinha de um apartamento no décimo primeiro andar. No interior ouve-se um canto débil, mas o proprietário do apartamento, um tal Vidar Hovland, não responde e não abre a porta.

O carro-patrulha passa ao lado de uma série de armazéns industriais relativamente baixos.

Para lá da vedação de arame farpado veem-se contentores de lixo, camiões e depósitos de sal para o inverno.

Os prédios de Nåkkves Vei parecem uma enorme escada de cimento que se virou ao contrário, partindo-se em três.

Um homem de fato-macaco cinzento diante de um furgão com o letreiro MORTENS SERRALHARIA SPA dirige-lhes um aceno. Os faróis do carro-patrulha iluminam-no, projetando a sombra da sua mão erguida até aos andares mais altos da fachada atrás dele.

Karen encosta suavemente ao passeio, puxa o travão de mão, desliga o motor e sai do carro ao mesmo tempo que Mats.

O céu já está a apagar-se para a noite. O ar é frio. Em breve, poderia começar a nevar.

Os dois agentes apertam a mão ao serralheiro. Está barbeado, mas já se lhe vê uma sombra cinzenta de pelos nas faces; tem o peito largo e chato e move-se com pequenos saltos, nervosamente.

– A Polícia sueca acabou de receber uma chamada de um cemitério: parece que há trezentos corpos debaixo da terra – brinca em voz baixa, para depois sorrir com a cabeça inclinada.

O porteiro entroncado está a fumar dentro do furgão.

– Provavelmente, o sujeito esqueceu-se de um saquinho com restos de peixe à entrada – murmura, ao mesmo tempo que abre a porta.

– É isso que nós esperamos – responde Karen.

– Bati à porta e gritei-lhe através da fresta do correio que ia chamar a Polícia – conta o porteiro, atirando a beata ao chão.

– Fez bem em chamar-nos – diz Mats.

Em quarenta anos, naquela zona foram encontrados apenas dois mortos: um no parque de estacionamento, o outro no próprio apartamento.

Os polícias e o serralheiro vão atrás do porteiro até ao átrio, e são imediatamente cercados por um fedor sufocante.

Todos tentam não respirar pelo nariz quando entram no elevador.

Depois de as portas se terem fechado, sentem a pressão debaixo dos pés enquanto são transportados para cima.

– O décimo primeiro andar é um bocado esquisito – murmura o porteiro. – No ano passado houve um despejo violento e em 2013 um apartamento foi completamente destruído por um incêndio.

– Nos extintores suecos está escrito que devem ser testados três dias antes da utilização – brinca novamente o serralheiro, em voz baixa.

Quando saem do elevador são acometidos por um fedor de tal maneira intenso que no olhar de todos eles surge um sinal de desespero.

O serralheiro levanta a camisola para cobrir a boca e o nariz.

Karen tenta resistir, mas o estômago contrai-se-lhe. É como uma tremura intensa, depois o diafragma estremece e empurra-lhe até à garganta o conteúdo do estômago.

O porteiro indica o apartamento, ao mesmo tempo que tapa o nariz e a boca com a outra mão.

Karen avança, encosta o ouvido à porta e fica à escuta. Lá dentro está tudo em silêncio. Quanto toca a campainha, ressoa uma melodia delicada.

Depois chega uma ténue voz do interior. É um homem que está a cantar ou a recitar qualquer coisa.

Karen bate à porta e o homem cala-se; depois recomeça, quase com circunspeção.

– Vamos entrar – diz Mats.

O serralheiro aproxima-se da porta, pousa no chão o saco pesado e abre a fechadura.

– Ouvem-no? – pergunta.

– Sim – responde Karen.

Uma menina de cabelos loiros desgrenhados e olheiras profundas abre a porta de outro apartamento.

– Volta para dentro – diz Karen.

– Quero ver – diz a menina a sorrir.

– A tua mãe ou o teu pai estão em casa?

– Não sei – responde ela, e volta a fechar a porta de repente.

Em vez de usar a gazua, o serralheiro perfura a fechadura com um berbequim. Espirais cintilantes de metal caem ao chão. Pega nas várias partes incandescentes do cilindro e mete-as no saco, depois retira a fechadura e chega-se para o lado.

– Esperem aqui – diz Mats ao porteiro e ao serralheiro.

Karen empunha a pistola, enquanto Mats abre a porta para trás e grita virado para dentro:

– Polícia! Estamos a entrar!

Karen observa a pistola na sua mão pálida. Durante alguns segundos, não reconhece o metal negro, os vários componentes da arma, o cano, o obturador, o gatilho.

– Karen?

Cruza o olhar com o de Mats, depois vira-se para o interior do apartamento, levanta a pistola e entra com uma mão à frente da boca.

Não vê nenhum saco de lixo à entrada.

O fedor provém da casa de banho ou da cozinha.

Não ouve mais nenhum som para além das solas das botas sobre o chão de linóleo e da sua própria respiração.

Passa diante de um espelho estreito e chega à sala de estar, inspeciona rapidamente os cantos e fica a observar o caos. O televisor foi atirado para o chão, os vasos de fetos estão destruídos, o sofá-cama com uns cobertores pesados em cima está atravessado no meio da sala, uma das almofadas foi cortada, o candeeiro de pé está caído no chão.

Karen aponta a pistola para o corredor que dá acesso à casa de banho e à cozinha, deixa passar Mats e depois segue-o.

Estilhaços de vidro estalam por baixo dos seus pés.

Um candeeiro de parede está aceso: minúsculos grãos de pó pairam na luz projetada pela lâmpada.

Karen para e fica à escuta.

Mats abre a porta da casa de banho e ao fim de alguns segundos baixa a arma. Karen tenta olhar para dentro, mas a porta impede a entrada da luz: na penumbra apenas consegue distinguir a cortina encardida do chuveiro. Avança um passo, estica-se para dar um ligeiro empurrão à porta, de forma que uma réstia de luz deslize sobre o papel de parede impermeabilizado.

O lavatório está sujo de sangue.

Karen sente um arrepio; um instante depois, ouve um murmúrio atrás dela. É um velho a falar com uma voz sumida. O susto é tal que, ao mesmo tempo que se volta com a pistola apontada ao corredor, deixa escapar um gemido.

Não está ali ninguém.

Cheia de adrenalina, regressa à sala de estar, ouve uma gargalhada e aponta a arma na direção do sofá.

É possível que esteja escondido ali atrás.

Karen apercebe-se de que Mats lhe tenta dizer alguma coisa, mas não consegue captar as suas palavras.

O sangue ressoa-lhe na cabeça.

Avança lentamente, com o dedo no gatilho; percebe que está a tremer, por isso segura a pistola com a outra mão.

Um instante depois, quando o homem começa a cantar, Karen percebe que a voz provém da aparelhagem estereofónica.

Contorna o sofá, depois baixa a arma e contempla os cabos cobertos de pó e um pacote de batatas fritas esmagado.

– OK – suspira para si mesma.

No tampo do armário da aparelhagem está pousada a caixa de um CD do Instituto da Língua e do Folclore. O breve trecho foi posto em *loop* e é repetido ininterruptamente. Um homem idoso está a contar qualquer coisa num dialeto incompreensível, depois ri-se, começa a cantar – *é dia de casamento na quinta, com pratos vazios e copos partidos* – e por fim cala-se.

Mats está à porta, faz-lhe sinal para o seguir, quer que avancem em direção à cozinha.

Lá fora está quase completamente escuro, as cortinas oscilam ao de leve no ar quente que sai dos aquecedores.

Karen vai atrás do colega ao longo do corredor, vacila por um instante e sente necessidade de se segurar à parede com a mão que empunha a arma.

O ar tresanda a latrina e a cadáver; está de tal maneira impregnado daquele fedor que os olhos se lhe enchem de lágrimas.

Ouve a respiração breve e profunda de Mats, concentrando-se para impedir que a náusea prevaleça.

Karen vai atrás dele até à cozinha e detém-se.

No pavimento de linóleo jaz uma pessoa nua, com a cabeça demasiado grande e a barriga inchada.

Uma mulher grávida, com um pénis azulado e tumefacto.

O pavimento ondeia sob os pés de Karen, o seu campo visual restringe-se.

Mats deixa escapar um grito estridente e apoia-se na arca frigorífica.

Karen repete para si mesma que é apenas efeito do choque. Agora percebe que se trata do cadáver de um homem, mas o ventre inchado e as coxas abertas tinham-na levado a pensar numa mulher grávida.

Quando volta a meter a pistola no coldre, apercebe-se de que as mãos lhe tremem.

O corpo está em avançado estado de decomposição, várias partes parecem moles e quase liquefeitas.

Mats atravessa o aposento e vomita no lava-loiças, salpicando a máquina de café.

A cabeça do homem parece uma abóbora podre encaixada nos ombros, a mandíbula está partida, e os gases interiores empurraram a garganta e a maçã de Adão para fora da boca monstruosa.

Houve uma luta, pensa Karen. Ficou ferido, com a mandíbula partida, bateu com a cabeça no chão e morreu.

Mats vomita de novo e cospe uma bola de saliva.

Na sala, o canto recomeça.

O olhar de Karen desce de novo sobre o ventre do cadáver, as coxas abertas, o sexo.

Mats tem o rosto transpirado, pálido. Karen pensa que devia levá-lo lá para fora quando alguma coisa lhe agarra uma perna. Com um grito de medo estica a mão para a pistola, mas depois apercebe-se de que é a menina do outro apartamento que foi atrás deles.

– Ó miúda, tu não podes estar aqui – diz-lhe, ofegante.

– É divertido – responde a menina, ao mesmo tempo que olha para ela com uns olhos sombrios.

Karen sente as pernas a tremer enquanto a leva para fora do apartamento, até ao patamar.

– Aqui não pode entrar ninguém – diz ao porteiro.

– Só fui abrir uma janela.

Karen não tem vontade nenhuma de voltar a entrar, já sabe que vai sonhar com aquela cena, que vai acordar a meio da noite com a imagem do homem de pernas abertas diante dos olhos.

Quando regressa à cozinha, Mats fecha a torneira e olha para ela com os olhos brilhantes.

– Já acabámos? – pergunta ela.

– Sim, só quero inspecionar a arca congeladora – diz ele, indicando as marcas ensanguentadas em volta da pega.

Seca a boca, depois levanta a tampa e inclina-se para observar.

Karen vê a cabeça do colega recuar subitamente e a boca escancarada sem um som.

Mats afasta-se a cambalear, e a tampa volta a fechar-se com uma pancada, fazendo tremer as chávenas em cima da mesa.

– O que é? – pergunta ela, aproximando-se.

Mats apoia-se à beira da bancada, fazendo cair um vaporizador de plástico, e olha para ela fixamente. As pupilas contraídas parecem duas minúsculas gotas de tinta, tem o rosto extremamente pálido.

– Não olhes – murmura.

– Eu preciso de saber o que é que está nessa arca frigorífica – diz Karen, sentindo o medo na sua própria voz.

– Santo Deus, não olhes...

2

O viveiro de Valeria, em Nacka, na periferia de Estocolmo.

Cai lentamente a noite; só quando as três estufas se iluminam como lanternas de papel de arroz é que a escuridão se torna visível.

Apenas naquele momento se nota que chegou a noite.

Valeria de Castro tem os cabelos encaracolados presos num rabo de cavalo. As botas estão cobertas de lama e o anoraque vermelho está sujo e esticado sobre os ombros.

Nuvens de vapor saem-lhe da boca: no ar há um fragrante aroma de gelo.

Naquele dia, o trabalho terminou. Descalça as luvas de borracha enquanto caminha em direção a casa.

No andar superior, enche a banheira e enfia a roupa suja no cesto.

Quando se vira para o espelho, dá-se conta de que tem uma grande mancha de terra na testa e de que arranhou a face com as silvas.

Pensa que vai precisar de algum tempo para arranjar o cabelo e sorri para si mesma, porque está com um ar feliz.

Afasta completamente a cortina da banheira, apoia-se com uma mão à parede de azulejo e entra no banho. A água está tão quente que tem de esperar alguns instantes antes de mergulhar o corpo.

Apoia a nuca na borda, fecha os olhos e fica a ouvir as raras gotas que caem da torneira.

Naquela noite, Joona vai ter com ela.

Discutiram, foi um disparate, ela sentiu-se ferida, mas tudo não passou de um mal-entendido, que resolveram como pessoas adultas.

Abre os olhos e vê os reflexos da água no teto. Os anéis formados pelas gotas expandem-se em círculos rápidos.

A cortina deslizou ao longo do varão, por isso já não consegue ver a porta e a fechadura.

Quando levanta um pé para a borda da banheira, ouve o ruído suave da água a cair.

Fecha os olhos e continua a pensar em Joona, mas dá-se conta de que está quase a adormecer e endireita as costas.

Sente agora tanto calor que precisa de sair da banheira. Levanta-se, deixa que a água lhe escorra ao longo do corpo e tenta olhar para a porta através do espelho, mas o vidro está embaciado.

Cautelosamente, sai da banheira e pousa os pés no pavimento escorregadio, pega numa toalha e embrulha-se nela.

Entreabre a porta da casa de banho, espera um instante e depois espreita para o corredor.

As sombras sobre o papel de parede estão imóveis.

O silêncio é total.

Valeria não é uma pessoa medrosa, mas o tempo que passou na cadeia tornou-a mais atenta a algumas situações.

Sai da casa de banho e, com o corpo envolvido pelo vapor, atravessa o corredor gelado até ao quarto. A escuridão não é ainda total, no céu estendem-se filas de nuvens iluminadas.

Tira da cómoda um par de cuecas lavadas e veste-as; abre o armário, procura o vestido amarelo e estende-o em cima da cama.

Ouve um ruído no andar de baixo.

Valeria detém-se de repente.

Não respira, fica imóvel, à escuta.

O que poderia ser?

Joona vai chegar dentro de algumas horas, e ela preparou um estufado de cordeiro com coentros frescos.

Dá um passo em direção à janela e começa a baixar o estore quando se apercebe de alguém ao lado da estufa.

Afasta-se rapidamente e larga a corda, o que faz com que o estore dê um salto para cima de repente.

A corda enrola-se com um ruído.

Valeria apressa-se a ir apagar o candeeiro de *abat-jour*, depois regressa à janela.

Lá fora não está ninguém.

Tem quase a certeza de que viu um homem, imóvel entre as sombras no limite do bosque.

Era magro, parecia um esqueleto, e estava a olhar para ela.

Os vidros das estufas cintilam devido à condensação. Não está lá ninguém. Valeria não se pode permitir ter medo do escuro, é proibido.

Tenta convencer-se de que, caso não se tenha enganado, se tratava de algum cliente ou um moço de recados que fugiu quando a viu nua à janela.

Acontece muitas vezes receber visitas mesmo depois da hora de fecho.

Estende a mão para pegar no telemóvel, mas apercebe-se de que está sem bateria.

Rapidamente, veste o roupão vermelho comprido e começa a descer as escadas. Ao fim de alguns degraus sente uma corrente de ar frio em volta dos tornozelos. Continua a descer e vê a porta da rua escancarada.

– Está aí alguém? – pergunta a meia-voz.

Sobre o tapete da entrada estão espalhadas velhas folhas outonais que o vento empurrou até ao *parquet*. Valeria enfia os pés nus nas galochas, pega na grande lanterna que está pousada no bengaleiro e sai.

Avança pelo caminho que desce em direção às estufas, verifica todas as portas, aponta a lanterna por entre as filas de plantas no interior.

No feixe de luz, as folhas escuras iluminam-se de um verde intenso. Sombras e reflexos deslizam ao longo das paredes de vidro.

Valeria contorna a estufa mais distante. A orla do bosque está negra. A erva gelada estala sob o seu peso.

– Está aí alguém? – repete em voz alta, iluminando as árvores.

À luz, os troncos parecem de um cinza-pálido. Mais no interior do bosque a escuridão é cerrada. Valeria passa ao lado do velho carrinho de jardim e sente o cheiro da ferrugem. Cautelosamente, faz deslizar o feixe de luz da lanterna de um tronco para outro.

Não distingue nenhuma pegada sobre a erva alta. Continua a iluminar as árvores. Mais adiante, no meio dos troncos, repara que há qualquer coisa no chão. Parece um cobertor cinzento lançado sobre um tronco.

A luz da lanterna torna-se mais fraca; Valeria sacode-a, volta a acendê-la e aproxima-se.

Afasta um ramo, sente que o coração lhe bate com mais força e que a lanterna lhe treme entre os dedos.

Parece quase um corpo, estendido por baixo do cobertor, uma pessoa enroscada sem um braço, ou talvez sem os dois.

Tem de afastar o cobertor e olhar.

Por entre as árvores, tudo está imóvel.

Um ramo seco quebra-se por baixo da sua bota e de repente a orla do bosque acende-se com uma luz branca. Provém de trás dela e desloca-se de lado, fazendo com que as longas sombras das árvores se confundam com a sua no chão.

3

Joona Linna deixa deslizar o automóvel em direção à última estufa. O estreito caminho de asfalto gretado tem ervas altas e arbustos densos de ambos os lados.

Segura no volante com uma mão.

Tem o rosto pensativo e o olhar solitário, cinzento como o mar gelado.

Joona usa o cabelo loiro cortado à escovinha porque, assim que cresce, começa a levantar em todas as direções.

É alto e musculoso como só se pode ser ao fim de décadas de treino intenso, com todos os grupos musculares, os tendões e os ligamentos a trabalhar ao mesmo tempo.

Veste um casaco cinzento-escuro e traz a camisa branca aberta sobre o peito.

No banco do passageiro está um ramo de rosas vermelhas.

Antes de entrar para a Academia da Polícia, Joona Linna tinha estado no Exército; fizera parte da equipa de operações especiais e obtivera uma qualificação que lhe permitiu ser admitido num programa de treino nos Países Baixos, focado em técnicas de combate não convencionais, armas inovadoras e guerrilha urbana.

Tendo chegado a comissário da Polícia Criminal, resolveu casos complicados de homicídio, mais do que qualquer outro na Escandinávia.

Quando foi condenado a quatro anos de prisão, muita gente pensou que a decisão do tribunal de Estocolmo tinha sido injusta.

Joona não chegou a recorrer, sabia bem os riscos quando decidiu tentar salvar um amigo.

No outono anterior, a sua condenação acabou por ser convertida num período de trabalho de utilidade pública como polícia num bairro de Norrmalm, em Estocolmo. Entretanto, foi-lhe posto à disposição um dos alojamentos institucionais na Rörstrandsgatan, em frente à igreja de Filadelfia. Dentro de poucas semanas regressará ao serviço como comissário e ser-lhe-á restituído o seu gabinete no quartel-general da Polícia.

Joona roda o volante e trava. Sai do carro e fica parado no escuro, ao vento frio.

Na pequena casa de Valeria as luzes estão acesas e a porta, escancarada.

Da janela da cozinha a luz espalha-se sobre os ramos despidos das bétulas húmidas e sobre a erva gelada.

Joona ouve um estalido proveniente do bosque: volta-se de repente. Por entre as árvores move-se uma luz débil, e as folhas no chão estalam sob os passos que se aproximam.

Com uma mão, Joona abre cautamente a fivela do coldre.

Desvia-se para o lado, no escuro, mas depois vê Valeria sair do bosque com a lanterna na mão. Vem com um roupão vermelho e umas galochas. Tem as faces pálidas e os cabelos molhados.

– O que é que andas a fazer no bosque? – pergunta-lhe.

Ela dirige-lhe um olhar estranho, como se os seus pensamentos estivessem muitíssimo longe.

– Estava a inspecionar as estufas – responde.

– Em roupão?

– Chegaste mais cedo.

– Eu sei, é indelicado, tentei conduzir devagar – explica ele, estendendo-lhe o ramo de rosas.

Ela agradece, fitando-o com os seus grandes olhos escuros, e convida-o a segui-la até casa.

A cozinha cheira a cominhos e a louro; Joona prepara-se para dizer alguma coisa sobre o facto de estar esfomeado, mas depois muda de ideias e tenta explicar que sim, que sabe que chegou mais cedo, mas que não está com pressa nenhuma de se sentar à mesa.

– Está pronto daqui a meia hora – diz ela com um sorriso.

– Perfeito.

Valeria pousa as flores em cima da mesa e aproxima-se do tacho. Levanta a tampa e mexe o estufado, põe os óculos de leitura e olha para a receita antes de acrescentar a salsa e os coentros picados.

– Ficas cá a dormir, não ficas? – pergunta.

– Se tu achares bem.

– É que assim podes beber um bocadinho de vinho – diz ela, corando.

– Já tinha percebido.

– Já tinhas percebido – repete ela, imitando com um sorrisinho o sotaque finlandês de Joona.

– Pois.

Valeria tira dois copos do armário da cozinha, abre uma garrafa de vinho e serve.

– Preparei-te o quarto de hóspedes e pus-te lá uma toalha e uma escova de dentes.

– Obrigado – agradece Joona, pegando no copo.

Brindam em silêncio, provam o vinho e olham um para o outro.

– Isto não se podia fazer na prisão de Kumla – diz ele.

Valeria verifica o corte das rosas, dispõe-nas numa jarra em cima da mesa e depois assume um ar sério.

– Preciso de te dizer uma coisa já – começa, ao mesmo tempo que aperta o cinto do roupão. – Desculpa a maneira como reagi.

– Já me pediste desculpa.

– Queria dizer-te pessoalmente... Comportei-me como uma idiota, uma imatura, quando percebi que ainda eras polícia.

– Pensavas que te tinha mentido, mas eu...

– Não era só por isso – interrompe-o ela, corando.

– Toda a gente gosta de polícias, não é?

– Sim – responde ela, contendo de tal maneira um sorriso que a ponta do queixo fica franzida.

Mexe novamente o estufado, tapa-o e baixa ligeiramente o lume.

– Diz-me se posso fazer alguma coisa.

– Não, só tenho de... Queria secar o cabelo e maquilhar-me antes de chegares, mas ainda assim vou fazer isso agora.

– OK.

– Esperas aqui ou vens comigo?

– Vou contigo – responde Joona com um sorriso.

Pegam nos copos de vinho e sobem ao andar superior, até ao quarto. Em cima da cama feita está estendido um vestido amarelo.

– Podes sentar-te no sofá – murmura Valeria.

– Obrigado – diz ele, enquanto se senta.

– Agora não olhes.

Ele afasta o olhar enquanto ela despe o roupão, veste o vestido amarelo e começa a apertar os botões a partir da cintura.

– Não costumo usar vestidos, só às vezes, no verão, quando tenho de ir ao centro – diz, voltada para a sua própria imagem no espelho.

– Estás incrivelmente bonita.

– Para de olhar – diz ela, enquanto aperta os últimos botões no peito.

– Não consigo.

Ela aproxima-se do espelho e prende os cabelos húmidos com uns ganchos.

Quando se inclina para pôr batom, Joona admira-lhe o pescoço comprido.

Valeria senta-se na cama e põe os brincos que estavam em cima da mesa de cabeceira; quando cruza o olhar com o dele detém-se.

– Acho que na verdade a minha reação teve a ver com aquela vez em Mörby Centrum... Agora sinto-me envergonhada por isso – diz, num fio de voz. – Nem tenho coragem de imaginar aquilo que tu pensaste de mim.

– Era uma das minhas primeiras rusgas com a equipa de Estocolmo – responde ele, baixando os olhos.

– Eu era uma drogada, uma toxicodependente.

– Cada um tem o seu caminho, é assim que a vida funciona.

– Mas aquilo deixou-te triste – diz ela. – Eu percebi... e lembro-me de que tentei reagir com uma espécie de desprezo.

– Sabes, eu lembrava-me de ti da escola... Nunca me respondeste a nenhuma carta, eu fui para a tropa e acabei por ir parar ao estrangeiro.

– Enquanto eu fui parar à cadeia.

– Valeria…

– Não, é que isto é tão idiota, tão desgraçadamente imaturo, fazer sempre as escolhas erradas… E agora estive quase a estragar tudo outra vez.

– Não estavas preparada para descobrir que eu ia continuar a trabalhar na Polícia – diz ele com tranquilidade.

– Pelo menos sabes porque foi que eu fui parar lá dentro?

– Li a sentença, mas não há nada pior do que aquilo que eu fiz.

– OK, mas pelo menos sabes que não sou boa rapariga.

– Claro que és.

O olhar de Valeria detém-se nele, como se houvesse mais alguma coisa para ver, como se houvesse alguma coisa escondida que em breve se iria revelar.

– Joona – diz num tom sério. – Sei que estás convencido de que estar perto de ti é perigoso, que corres o risco de colocar em perigo as pessoas que amas.

– Não – suspira ele.

– Sofreste durante muito tempo, mas não está escrito nas estrelas que tenha de ser sempre assim.

4

Joona serve-se mais uma vez, apesar de estar já saciado, e Valeria apanha com um pedaço de pão o molho no fundo do prato. Estão sentados à mesa da cozinha e puseram a jarra das rosas em cima da bancada para se conseguirem ver um ao outro.

– Lembras-te de quando fizemos aquele curso de canoagem juntos? – pergunta Valeria, servindo no copo de Joona aquilo que resta de vinho.

– Lembro-me muitas vezes desse período.

Era o pino do verão e tinham decidido os dois passar a noite numa pequena ilha que tinham descoberto. Ficava numa baía, e não era maior do que uma cama de casal, com erva macia, um rochedo e cinco árvores.

Valeria limpa o batom da borda do copo.

– Quem sabe se as nossas vidas não teriam corrido de outra maneira se não tivesse começado a chover – diz, sem olhar para ele.

– Eu estava loucamente apaixonado por ti, no secundário – confessa Joona, esse sentimento assaltando-o de novo.

– Para mim, nunca passou.

Ele pousa a mão sobre a de Valeria, que o observa com os olhos brilhantes antes de pegar noutro pedaço de pão.

– E a Lumi? – pergunta ela. – Dá-se bem em Paris?

– Falei com ela no sábado, estava feliz, ia a uma festa na Perottin, uma galeria que, ao que parece, eu devia conhecer… e eu comecei a perguntar-lhe se ia ficar até tarde e como ia regressar a casa.

– Um pai apreensivo – constata Valeria, divertida.

– Disse-me que provavelmente ia apanhar um táxi, e nessa altura eu talvez tenha sido um bocado chato, expliquei-lhe que devia sentar-se exatamente atrás do motorista e que devia pôr o cinto.

– OK – diz Valeria a sorrir.

– Apercebi-me de que estava morta por desligar, mas não consegui deixar de lhe recomendar que tirasse uma fotografia à licença do taxista e que ma mandasse, etc.

– E ela não te mandou foto nenhuma, certo?

– Não – diz ele a rir.

– Os jovens vivem cheios de sonhos e desprovidos de suspeitas.

– Sei perfeitamente, mas não posso fazer nada quanto a isto. Não consigo deixar de raciocinar como um polícia.

Continuam à mesa, a acabar o vinho que ficou nos copos, a falar do viveiro e dos dois filhos dela.

A escuridão invade a janela da cozinha quando Joona agradece e começa a levantar a mesa.

– Queres que te mostre o quarto de hóspedes? – diz ela timidamente.

Levantam-se e Joona bate com a cabeça no candeeiro de teto, produzindo um tilintar metálico. Sobem juntos os degraus, que rangem, e entram num quarto comprido com um nicho fundo na janela.

– Lindo – diz ele, parando atrás de Valeria.

Ela vira-se e encontra-se inesperadamente junto dele, dá um passo atrás e indica o armário com um gesto estranho.

– Há ali mais almofadas… e cobertores, se tiveres frio.

– Obrigado.

– Mas podes obviamente dormir na minha cama, se quiseres – sussurra ela, ao mesmo tempo que lhe agarra a mão e o puxa para si.

À entrada do seu quarto, Valeria volta-se, ergue-se em bicos de pés e beija-o. Ele responde ao beijo, abraça-a e quase a levanta do chão.

– Vamos fazer uma tenda com o cobertor? – sussurra.

– Fazíamos sempre isso – diz ela a rir, sentindo o coração bater com mais força. Desabotoa-lhe a camisa e desce-lha sobre os ombros, segura-lhe os bíceps entre as mãos e olha para ele. – É estranho… lembro-me do teu corpo, mas naquela altura eras apenas um rapaz alto, sem estes músculos todos e estas cicatrizes.

Ele liberta-se das mãos dela e beija-a na boca e no pescoço, abaixo da orelha e depois olha-a outra vez.

É esguia, com os seios pequenos.

Recorda os seus mamilos escuros.

Agora tem tatuagens nos dois ombros, e os braços musculosos, cobertos de arranhões por causa dos espinhos dos arbustos.

– Valeria... Como é que consegues estar tão bonita?

Ela desce as cuecas, deixa-as cair ao chão e liberta-se delas. Os pelos do púbis são escuros e encaracolados.

Com as mãos trémulas, começa a desabotoar-lhe as calças, mas não percebe como funciona a fivela do cinto e apenas consegue apertá-la ainda mais.

– Desculpa – diz com uma risadinha.

Fica corada e obriga-se a não o observar demasiado enquanto ele despe as calças.

Juntos levantam o cobertor pesado, metem-se debaixo dele, riem-se, olham-se na luz ténue e recomeçam a beijar-se.

Caem de lado, empurram o cobertor para longe e sentem-se de novo adolescentes, ainda que não completamente. Sentem-se estranhos, embora estranhamente íntimos.

Valeria suspira quando ele lhe beija o pescoço e a boca; estende-se de costas, fita os seus intensos olhos cinzentos e sente uma felicidade louca que lhe provoca um salto no coração.

Joona beija-lhe os seios e suga delicadamente um mamilo. Ela aperta a cabeça dele contra si, e Joona sente-lhe o coração bater mais depressa.

– Vem – murmura Valeria. Obriga-o a erguer-se e abre as coxas enquanto ele se deita sobre ela.

Joona não consegue deixar de a contemplar: os seus olhos negros, a boca entreaberta, a covinha na base do pescoço, a garganta e a sombra das clavículas.

Valeria puxa-o para si e sente como ele está excitado quando desliza para dentro dela.

Joona sente o seu calor envolvente, húmido, e abandona-se com um suspiro quando muda o movimento.

Ela ergue-se em direção a ele, e a luz ténue dança-lhe no peito, no ventre, nas ancas.

Respira cada vez mais depressa e move os flancos, deixa cair a cabeça para trás e fecha os olhos.

O cobertor cai ao chão.

A água ondeia no copo pousado em cima da mesa de cabeceira, e o reflexo no teto desloca-se, traçando uma trajetória elíptica.

5

É domingo, e as primeiras horas da manhã invernosa são tão escuras que o Sol parece ter-se posto já. Joona ficou duas noites em casa de Valeria, mas na segunda-feira recomeça o trabalho, como habitualmente.

Valeria está sentada à secretária no quarto, a ver algumas propostas no portátil, quando ouve o ruído de um automóvel.

Espreita pela janela e vê Joona a pôr a pá dentro do carrinho de jardim e a acenar a um *Jaguar* branco que avança pelo caminho estreito.

Joona tenta fazer sinal a Nålen para parar, mas ele acaba por ir contra uma fila de vasos de plástico com jacintos. Os vasos tombam e os pneus projetam salpicos de terra húmida em todas as direções. O automóvel para com uma roda em cima do pequeno rebordo de pedra que delimita o caminho.

Valeria continua à janela e observa o homem alto com óculos de aviador que desliza para fora do carro inclinado. Por baixo do anoraque aberto veste uma bata branca de médico. Tem um nariz fino e adunco e os cabelos grisalhos e curtos.

Nålen é professor de Medicina Legal no Instituto Karolinska e um dos maiores especialistas europeus na área.

Joona troca um aperto de mão com o seu velho amigo e repara que este parece mais pálido do que é habitual.

– Devias pôr um cachecol – diz, tentando apertar-lhe o colarinho.

– Foi a Anja que me deu este endereço – diz Nålen, sem lhe retribuir o sorriso. – Tenho de...

Detém-se bruscamente quando vê Valeria descer as escadas.

– O que foi que aconteceu? – pergunta Joona.

Os lábios finos de Nålen estão exangues, tem um olhar nervoso.

– Preciso de falar contigo em privado.

Valeria vai ter com eles e estende a mão ao homem alto.

– Esta é a Valeria – apresenta Joona.

– Muito prazer, professor Nils Åhlén – diz ele num tom formal.

– O prazer é todo meu – responde Valeria com um sorriso.

– Preciso de falar com o Nålen. Podemos ir sentar-nos na cozinha?

– Claro – responde ela, acompanhando-os até à casa.

– Lamento muito ter de vos incomodar num domingo – diz Nålen.

– Não há problema nenhum, eu estou lá em cima a trabalhar – responde Valeria, e continua em direção às escadas.

– Não desças, eu chamo quando tivermos acabado – diz-lhe Joona.

– OK.

Joona acompanha Nålen até à cozinha e diz-lhe para se sentar. O lume crepita por trás das portas do fogão a lenha.

– Queres uma chávena de café?

– Não, obrigado... não quero...

Detém-se e enterra-se mais na cadeira.

– Então, como é que estás?

– Eu estou bem – responde Nålen, com uma voz atormentada.

– Mas o que foi que aconteceu?

Nålen evita o olhar de Joona, limitando-se a afagar o tampo da mesa com a mão.

– Estou em contacto permanente com os meus colegas na Noruega – começa a explicar lentamente. – E acabei de receber um telefonema do Instituto de Saúde Pública... Os departamentos de anatomopatologia e medicina legal são lá, agora.

– Eu sei.

Nålen engole visivelmente em seco, tira os óculos, limpa-os e volta a pô-los.

– Joona, estou aqui sentado, mas não sei como hei de fazer para te explicar... quer dizer, sem que tu...

– Diz-me o que aconteceu.

Joona enche um copo de água e pousa-o à frente de Nålen.

– Tanto quanto percebi, a Polícia Criminal norueguesa foi encarregada de um inquérito preliminar sobre um suposto homicídio pela Polícia de Oslo... encontraram um homem morto num apartamento. Tudo apontava para uma banal disputa entre bêbedos, mas quando abriram a arca frigorífica da vítima encontraram pedaços de corpos de diversas pessoas... congelados, em vários estados de decomposição... A hipótese sobre a qual estavam a trabalhar é que o homem fosse um ladrão de cadáveres, até agora desconhecido... provavelmente dedicado à necrofilia e ao canibalismo... Em qualquer caso, viajava muito devido à sua profissão de antiquário, frequentando feiras e leilões, e em todos esses lugares arranjou uma oportunidade para profanar vários túmulos e levar consigo alguns troféus.

Nålen bebe um gole de água e seca o lábio superior com um dedo trémulo.

– O que é que nós temos a ver com isso?

– Agora não quero que fiques nervoso – diz Nålen, cruzando pela primeira vez o seu olhar com o de Joona. – Na arca frigorífica estava o crânio da Summa.

– A minha Summa?

Joona apoia-se na bancada da cozinha, toca na garrafa de vinho vazia, mas nem sequer repara quando ela cai no lava-loiças, no meio de pratos e copos. Com um trovão, as lembranças da mulher atravessam-lhe a cabeça.

– Tens a certeza? – murmura, observando as estufas do lado de fora da janela.

Nålen levanta os óculos por cima do nariz e explica que a Polícia norueguesa confrontou o ADN dos vários pedaços de cadáveres recuperados com a base de dados da Europol e da Polícia finlandesa e escandinava.

– Encontraram os registos dentários da Summa... e como fui eu que passei a certidão de óbito chamaram-me a mim.

– Percebo – diz Joona, sentando-se em frente ao amigo.

– Na casa do homem descobriram toda a documentação relativa às viagens que fazia... Em meados de novembro esteve numa venda numa quinta em Gällivare... não é assim muito longe do túmulo da Summa.

– Tens a certeza? – repete Joona.

– Sim.

– Posso ver as fotografias?

– Não – suspira Nålen.

– Não há problema – diz Joona, fitando Nålen nos olhos.

– Não faças isso.

Mas Joona já lhe abriu a pasta e tirou o processo da Polícia norueguesa. Pousa as fotografias em cima da mesa, umas ao lado das outras.

A primeira imagem foi tirada por cima da arca frigorífica aberta. De um bloco compacto de gelo branco desponta o pé cinzento de uma criança. Junto a um rosto coberto de barba e a uma língua ensanguentada intui-se o desenho de uma espinha dorsal.

Joona folheia as fotografias dos restos descongelados, pousados numa bancada de aço. Um coração cortado em avançado estado de decomposição, uma perna decepada ao nível da rótula, um recém-nascido inteiro, três crânios limpos, dentes variados e um tronco com os seios e os braços.

Subitamente, Valeria entra na cozinha para pousar duas chávenas de café sujas em cima da bancada.

– Merda – exclama Joona, tentando esconder as fotografias, apesar de saber que ela já as viu.

– Desculpa – exclama ela, apressando-se a sair.

Joona levanta-se e apoia-se com uma mão à parede; deixa deslizar o olhar na direção das estufas e depois observa novamente as fotografias.

O crânio de Summa.

É só uma coincidência, diz para si mesmo. O ladrão não sabia quem era. Sobre a lápide não está nada escrito, e a campa não aparece nos registos.

– O que é que sabemos do assassino? – pergunta, ao mesmo tempo que ouve Valeria voltar a subir as escadas.

– Nada, não têm pista nenhuma.

– E a vítima?

– Já te disse. Tudo aponta para uma violenta discussão: o homem tinha uma elevada quantidade de álcool na corrente sanguínea quando morreu.

– Não é estranho que a Polícia não tenha nenhum vestígio do outro?

– Em que é que estás a pensar? Joona, diz-me lá em que é que estás a pensar – pede Nålen, num tom nervoso.

6

Valeria está sentada ao computador no andar de cima quando Joona sobe e bate à porta.

Volta-se para ele, e a luz pálida que entra pela janela dá aos seus cabelos um reflexo avermelhado.

– O Nålen já se foi embora – diz Joona com uma voz sumida. – Desculpa por me ter zangado, mas não queria que visses aquelas imagens.

– Não sou impressionável. Sabes, já me aconteceu por várias vezes ver pessoas mortas.

– Mas ali tratava-se de algo mais do que partes de cadáveres... é uma coisa pessoal – diz Joona, antes de se deixar cair no sofá, em silêncio.

Em Estocolmo há um jazigo de família com os nomes de Summa Linna e Lumi Linna gravados na lápide, mas nas urnas debaixo da terra não estão as cinzas delas. A morte da mulher e da filha de Joona foi apenas uma encenação: na realidade, as duas mulheres viveram durante anos com uma identidade falsa num local secreto.

– Vamos descer até à cozinha e aquecer a sopa – diz Valeria ao fim de alguns instantes.

– O quê?

Ela abraça-o, ele retribui o abraço e pousa a face sobre a cabeça dela.

– Vamos lá abaixo comer – repete ela em voz baixa.

Quando entram na cozinha, Valeria tira do frigorífico a sopa que tinham preparado algum tempo antes. Pousa a panela no fogão e liga o bico, mas quando acende também a luz do exaustor Joona aproxima-se e apaga-a.

– O que foi que aconteceu? – pergunta Valeria.

– O túmulo da Summa foi profanado e…

Joona detém-se e desvia o olhar; Valeria repara que está a limpar uma lágrima da face.

– Podes chorar, se quiseres.

– Para falar verdade, não sei porque é que esta história me perturba desta maneira… Um homem abriu o túmulo e levou o crânio dela para Oslo.

– Santo Deus! – suspira ela.

Joona aproxima-se da janela e olha na direção das estufas e do bosque. Valeria apercebe-se de que fechou as cortinas da sala e que pousou uma faca de cozinha em cima do aparador.

– Sabes que o Jurek Walter morreu, não sabes? – diz ela num tom sério.

– Sei – murmura Joona, ao mesmo tempo que puxa a cortina da janela da cozinha.

– Queres falar sobre isso?

– Não consigo – responde, com uma voz trémula, voltando-se para ela.

– OK – diz Valeria, tentando controlar-se. – Mas não é preciso protegeres-me, juro… Sei o que fizeste para salvar a Summa e a Lumi, portanto posso imaginar como aquele homem era terrível.

– Pior do que aquilo que alguém possa imaginar… Ele escavava as pessoas por dentro… e deixava-as vazias.

– Mas agora acabou – murmura Valeria, tentando afagá-lo. – Podes sentir-te em segurança, ele morreu.

Joona assente.

– Foi só porque as lembranças acordaram… Quando eu soube o que aconteceu ao túmulo da Summa, foi como se ele estivesse a respirar em cima do meu pescoço.

Joona regressa à janela e espreita para fora através da fenda entre as cortinas. Valeria observa as costas dele imersas na penumbra da cozinha.

Quando se sentam à mesa, pede-lhe para lhe falar de Jurek Walter. Joona apoia as mãos no tampo da mesa, para as impedir de tremer, e diz em voz baixa:

– O diagnóstico dizia... «esquizofrenia específica. Pensamento caótico. Estados psicóticos agudos e recorrentes com traços de elevada violência», mas isto não quer dizer nada... Nunca foi esquizofrénico... O diagnóstico, na realidade, não fala do Jurek, mas do psiquiatra que executou a avaliação, diz-nos apenas que aquele médico estava esmagado pelo medo.

– Mas o Jurek era um ladrão de cadáveres?

– Não.

– Ora aí está – diz ela, tentando sorrir.

– O Jurek Walter não queria saber de troféus para nada – prossegue ele, com uma voz sombria. – Não era um pervertido... a paixão dele era destruir as pessoas, não matá-las, nem sequer submetê-las a torturas físicas... Não hesitava em fazê-lo, se fosse necessário, mas para perceber como funcionava aquela cabeça era preciso saber que o objetivo dele era destruir as suas vítimas por dentro, apagar nelas a chama vital...

Joona tenta explicar que Jurek pretendia retirar tudo às suas vítimas e depois ficar a olhar para elas enquanto continuavam a viver – iam trabalhar, faziam as refeições, viam televisão –, até ao momento fatal em que se apercebiam de que já estavam mortas.

Estão sentados na penumbra enquanto Joona fala de Jurek Walter. Apesar de ser o pior *serial killer* da história europeia, a opinião pública não sabe nada dele, porque todos os documentos que lhe dizem respeito são *top secret*.

Joona conta a Valeria a maneira como, juntamente com o colega Samuel Mendel, conseguiu apanhar Jurek Walter.

Tinham começado por vigiar à vez a residência de uma mulher, durante a noite. Os filhos dela tinham desaparecido em circunstâncias que faziam lembrar o modelo de outros desaparecimentos.

Toda a gente dizia que era como se tivessem sido engolidos pela terra.

O padrão identificado revelava que a maior parte das pessoas desaparecidas nos últimos anos provinha de famílias em que já tinha havido outros desaparecimentos.

Joona interrompe-se e Valeria repara que cruza as mãos na tentativa de as manter firmes. Fez um chá e encheu duas chávenas, que agora pousa em cima da mesa, para depois se sentar à espera de que Joona arranje forças para continuar.

– O degelo já tinha chegado há duas semanas – diz. – Mas nevara durante o dia… e em cima da neve velha tinha caído uma camada fresca…

Joona sempre se mostrara relutante em falar daquelas últimas horas, quando Samuel chegou para o substituir.

No limite do bosque, um homem escondia-se na sombra e fitava a janela do quarto da mulher.

O homem tinha uma expressão tranquila, o rosto magro e cheio de rugas.

Joona pensou que devia bastar-lhe observar a casa para se sentir cheio de paz e satisfação, quase como se estivesse já a arrastar a sua vítima para o bosque.

A figura franzina não tinha feito mais do que olhar para a casa; depois, de repente, deu meia-volta e desapareceu.

– Estás a pensar na primeira vez em que o viste – diz Valeria, pousando a mão sobre a dele.

Joona ergue os olhos e apercebe-se de que parou de falar; assente e depois conta-lhe que ele e Samuel tinham saído do carro para seguir as pegadas frescas.

– Seguimos-lhe o rasto ao longo de um velho carril ferroviário até ao bosque de Lill-Jans…

Mas no escuro, no meio das árvores, foram subitamente obrigados a parar: parecia que as pegadas se tinham dissolvido no nada, o homem tinha desaparecido. Por isso, decidiram voltar para trás.

No entanto, enquanto percorriam o trajeto ao longo do caminho de ferro em sentido contrário, aperceberam-se de que o homem magro devia a certa altura ter-se afastado dos carris para depois prosseguir até ao meio do bosque. O terreno por baixo do manto de neve estava húmido, as marcas dos sapatos destacavam-se por causa da cor escura. Meia hora antes eram brancas e impossíveis de ver naquela luz ténue, mas agora distinguiam-se nitidamente.

Ao entrar no bosque, ouviram um gemido triste.

Era como um pranto solitário que saísse diretamente do inferno.

Por entre os ramos das árvores, viram o homem que vinham a seguir. O terreno estava negro devido à terra remexida em volta de um fosso redondo, um túmulo. Uma mulher macilenta e suja tentava desajeitadamente sair de um caixão. Lutava, lavada em lágrimas, mas de cada vez que estava prestes a conseguir sair o homem empurrava-a outra vez para baixo.

Joona e Samuel pegaram nas armas e saltaram de repente, atiraram o homem ao chão e amarraram-lhe as mãos e os pés.

Samuel estava a chorar quando ligou para a central.

Joona ajudou a mulher a sair do caixão e tapou-a com o seu próprio blusão, abraçando-a. Enquanto tentava tranquilizá-la e lhe explicava que o socorro estava a chegar, notou de repente um movimento no meio das árvores. Os ramos tinham sido mexidos, e a neve caíra ao chão sem fazer ruído.

– Estava alguém a olhar para nós – disse num fio de voz.

A mulher, com cerca de cinquenta anos, tinha sobrevivido apesar de ter permanecido no caixão durante quase dois anos. De vez em quando, Jurek Walter regressava ao túmulo, abria-o e dava-lhe água e comida. A mulher perdera a visão, estava extremamente desnutrida e tinham-lhe caído os dentes. Os músculos estavam atrofiados, o corpo dilacerado pelas chagas provocadas pela posição em que se encontrava, as mãos e os pés devastados pelo congelamento.

De início pensou-se que estava irremediavelmente traumatizada, mas em seguida descobriu-se que não sofrera danos cerebrais graves.

Logo naquela noite foram isoladas vastas área do bosque. De manhã, um *bloodhound*[1] assinalou um ponto a apenas duzentos metros do túmulo da mulher. Foram desenterrados os restos de um homem e de um rapaz, prensados num barril de plástico azul. Em seguida descobriu-se que haviam sido sepultados quatro anos antes, mas que tinham sobrevivido com dificuldade durante algumas horas graças a um tubo que permitia a passagem do ar.

Joona apercebe-se de que Valeria está perturbada: ficou com o rosto completamente branco e pôs uma mão à frente da boca.

---

[1] Cão dotado de um faro apuradíssimo utilizado para localizar pessoas desaparecidas. *(N. da T.)*

Está a cismar no primeiro encontro de Joona com Jurek Walter: no meio da neve, por baixo da janela da vítima da altura. Voltou--lhe à ideia o homem que viu naquela sexta-feira, no limite do bosque, entre as estufas. Provavelmente deveria falar-lhe disso, mas não quer que Joona se convença de que, apesar de tudo, Jurek possa estar ainda vivo.

7

Depois da captura de Jurek, o inquérito preliminar foi confiado ao Ministério Público, mas Joona e Samuel conduziram os interrogatórios desde o momento da prisão até ao início do processo.

– É difícil entender, mas o Jurek Walter conseguia insinuar-se na mente de qualquer pessoa que se aproximasse dele à distância certa – conta Joona, cruzando o olhar com o de Valeria. – Nada de sobrenatural, apenas um frio conhecimento das fraquezas humanas... Desencadeava nos outros uma espécie de sentimento primordial, de modo que qualquer um ficava incapaz de se defender.

Durante todo o período da prisão preventiva, Jurek Walter não confessou nada. Não afirmava estar inocente, mas dedicava-se essencialmente a uma espécie de desconstrução filosófica dos conceitos de pena e de delito.

– Para dizer a verdade, só durante as fases conclusivas do processo é que eu percebi que o plano do Jurek era levar-me a mim ou ao Samuel a afirmar que existia pelo menos a possibilidade de ele estar inocente... que, quando o prendemos, na realidade ele estava a tentar ajudar a mulher a sair do caixão.

Uma noite, enquanto Joona e Samuel faziam *jogging* juntos, Samuel perguntou o que teria acontecido se, por mero acaso, à chegada tivessem encontrado ao lado do túmulo outra pessoa em vez de Jurek.

– Não consigo deixar de pensar nisto – disse Samuel. – Quem quer que tivéssemos apanhado ali perto teria sido acusado do crime.

Era verdade que faltavam provas concretas, que a hipótese da acusação era inteiramente condicionada pelas circunstâncias da captura e pela total inexistência de um móbil claro.

Joona sabia que Jurek era perigoso, mas não tinha ainda a ideia de onde ele poderia chegar.

Samuel Mendel começou a afastar-se do caso, já não tinha forças para continuar, não aguentava estar perto de Jurek, afirmava que isso o fazia sentir-se sujo, que a sua alma fora envenenada.

– É uma coisa que me causa horror, mas às vezes acontece-me pensar que o Jurek, no fundo, até podia estar inocente – admitiu.

– É ele o culpado... Só que eu acho que tem um cúmplice.

– Mas tudo leva a crer que aquele louco agiu sozinho...

– Quando chegámos, não estava sozinho nas imediações do túmulo – interrompeu-o Joona.

– Claro que estava sozinho. Mas como é que tu não consegues perceber que ele te está a manipular? Se insistes em dizer que ele não estava sozinho, então também devias admitir que o verdadeiro culpado fugiu para o bosque, quando te apercebeste daquele movimento no meio das árvores.

Joona recordou muitas vezes o último confronto com Jurek, antes do início do processo.

Jurek Walter estava sentado na sala de interrogatórios, sob estrita vigilância, com o rosto cheio de rugas virado para o chão.

– Não me importa sofrer uma condenação injusta – disse. – Não tenho medo de nada, nem receio a dor... nem a solidão ou a tristeza. O juiz vai aceitar a teoria da acusação... e a minha culpa será estabelecida para além de qualquer dúvida razoável.

– Estás a recusar a possibilidade de te defenderes em tribunal – disse Joona.

– Não me vou deter em aspetos técnicos, mas não me parece assim tão fácil distinguir se uma pessoa está a cavar um túmulo para libertar alguém ou para enterrar um caixão.

Joona intuía a manipulação de Jurek Walter, para o pôr do seu lado e ser libertado. Era por isso que tentava instilar-lhe a semente da dúvida. No entanto, apesar de lhe reconhecer o *bluff*, Joona não conseguia deixar de captar uma falha no processo de acusação.

– Estava convencido de que te tinha posto do lado dele – diz Valeria num tom angustiado.

– Acho que no fundo contava realmente com isso.

Durante o interrogatório, Joona foi chamado a testemunhar sobre as circunstâncias da captura.

– Não poderia dar-se o caso de Jurek Walter estar, de facto, a tentar libertar a mulher? – perguntou-lhe o advogado de defesa.

Joona hesitou, na esteira de um movimento interior que na primeira oportunidade o levaria a responder afirmativamente. A possibilidade existia, era razoável admiti-lo. Mas depois Joona evocou todos os detalhes daquela tremenda cena no bosque e recordou que Jurek Walter continuava a empurrar a mulher para dentro da caixão de cada vez que ela tentava sair de lá.

– Não... Era ele que a mantinha presa, foi ele que os matou a todos.

Depois da deliberação dos jurados, o juiz sentenciou que Jurek Walter tinha sido condenado à detenção numa unidade psiquiátrica de máxima segurança, com restrições extraordinárias relativamente à liberdade condicional.

Jurek Walter não pareceu minimamente afetado pela notícia, apesar de no fundo o veredito o condenar ao isolamento perpétuo.

Mas antes que a sala do tribunal se esvaziasse, Jurek Walter voltou-se para Joona. O seu rosto estava inteiramente coberto de rugas finas e os olhos claros pareciam estranhamente vazios.

– Agora, os dois filhos do Samuel Mendel vão desaparecer – disse, num tom tranquilo. – E a mulher do Samuel, a Rebecka, vai desaparecer também, mas... Não, agora ouve-me, Joona Linna. A Polícia vai fazer as suas investigações e, quando desistir, o Samuel Mendel vai continuar a procurar; por fim, perceberá que nunca mais voltará a ver a família e acabará por pôr fim à própria vida...

O sol que se escoava através das folhas do parque projetava sombras luminosas e tremeluzentes sobre o corpo franzino de Jurek.

– E a tua menina – prosseguiu, a olhar para as unhas.

– Tem cuidado – disse Joona.

– A Lumi vai desaparecer – murmurou Jurek. – E a Summa também. E, quando tu perceberes que nunca mais as vais conseguir encontrar, vais-te enforcar.

Levantou os olhos e fitou Joona. De repente, o seu rosto enrugado foi invadido por uma grande calma, como se as suas previsões já se tivessem realizado.

– Vou esmagar-te – disse num fio de voz.

Agora Joona aproxima-se das cortinas e olha para fora, para o escuro: os ramos despidos e gotejantes das bétulas são agitados pelo vento.

– Não me contaste bem o que aconteceu ao teu amigo Samuel – diz Valeria.

– Tentei, mas...

– Não foi por tua culpa que a família dele desapareceu.

Joona volta a sentar-se e olha para ela com um olhar vazio.

– Eu estava à mesa com a Summa e com a Lumi... Tínhamos cozinhado esparguete e almôndegas, e de repente chegou o telefonema do Samuel... Estava tão perturbado que demorei algum tempo a perceber que a Rebecka e os rapazes não estavam na casa de Dalarö, para onde se tinham dirigido umas horas antes... O Samuel já tinha ligado para os hospitais e para a Polícia... Tentava aplacar a ansiedade, controlar a respiração, mas mesmo assim a voz quebrou-se-lhe no momento em que me pediu para verificar se o Jurek Walter não teria fugido.

– E não tinha fugido – diz Valeria, sem fôlego.

– Não, ainda estava na sua cela.

Todos os vestígios de Rebecka e dos filhos acabavam na estrada de terra batida, a cinco metros apenas do carro abandonado. Durante dois meses esquadrinharam-se os bosques, as estradas, as casas e os espelhos de água. Depois, a Polícia e os bombeiros renderam-se, mas Samuel e Joona prosseguiram as buscas sozinhos, sem nunca admitirem uma vez sequer aquilo que ambos temiam.

– Então o Jurek Walter tinha um cúmplice, foi ele que os apanhou – disse Valeria.

– Sim.

– E depois chegou a tua vez.

Joona mantinha os seus familiares sob vigilância rigorosa, seguia-lhes todos os movimentos, mas sabia que aquilo não poderia durar muito tempo.

Samuel abandonou as buscas para encontrar a família e regressou ao serviço cerca de um ano depois do desaparecimento. Conseguiu suportar a sensação de ter perdido a esperança durante três semanas, depois foi até à casa de Dalarö, desceu à praia onde os filhos costumavam tomar banho e deu um tiro na cabeça com a pistola de serviço.

Joona tentou discutir com Summa a possibilidade de fugir, de refazer a vida noutro lugar, mas ela não podia saber até que ponto Jurek Walter era perigoso.

Joona começou por procurar uma saída para toda a família. Poderiam mudar de identidade e viver sob proteção em algum país distante.

Ligou ao seu velho tenente para uma linha previamente combinada, mas sabia que nada seria suficiente. As identidades protegidas nunca são completamente seguras. No melhor dos casos, não conseguem oferecer mais do que uma ínfima vantagem.

– Porque é que não fugiram juntos? – sussurra Valeria.

– Eu estava disposto a tudo para o fazer, mas...

Quando Joona intuiu qual a única solução viável, realizá-la o mais rapidamente possível tornou-se quase uma obsessão. Começou a elaborar um plano que os ia salvar aos três.

Havia algo mais importante do que ficar ao lado de Summa e de Lumi.

A vida delas era mais importante.

Se ele também fugisse, desaparecendo com elas, seria desafiar abertamente o cúmplice de Jurek.

Quem procura, encontra sempre quem se escondeu, Joona sabia-o melhor do que ninguém.

Nem sequer devia começar a procurá-los, pensou. Era a única maneira de não serem encontrados.

Ali estava a solução: Jurek Walter e a sua sombra tinham de acreditar que Summa e Lumi estavam mortas. Joona ia encenar um acidente de carro, simulando o falecimento de ambas.

– Mas vocês os três – exclama Valeria, de repente –, vocês os três podiam tê-lo levado a acreditar que tu estavas também dentro do carro. Eu teria feito isso.

– O Jurek nunca teria acreditado... Foi a minha solidão que o enganou, ver-me viver sozinho ano após ano após ano... Ninguém seria capaz de levar a vida durante mais de dez anos sem se deixar apanhar por uma falsa sensação de segurança e ceder à tentação de rever a família.

– Achavas que a sombra dele te seguia em cada instante do dia.

– E tinha razão – diz Joona, sem pestanejar.

– Claro, agora sabemos isso, mas durante aquele tempo todo não voltaste a vê-las?

– Não.

Agora que tudo acabou há anos, Joona tem a certeza de que fez a escolha certa. Todos pagaram um preço altíssimo, mas as vidas de Summa e Lumi foram salvas.

– Durante todo aquele tempo, o Jurek foi ajudado pelo Igor, o irmão gémeo – diz Joona. – Uma história assustadora... O Igor não tinha uma existência autónoma. Por causa de um grave trauma psicológico, vivia somente para obedecer ao Jurek.

Joona detém-se e recorda as costas magras de Igor, cobertas de cicatrizes deixadas por anos de torturas que lhe foram infligidas com um afiador de navalhas de barbear.

Quando Jurek se evadiu, ao fim de catorze anos de isolamento, levou avante o seu plano como se nada tivesse mudado.

Nos dias em que Jurek Walter andou à solta, muitas pessoas perderam a vida.

– Mas agora o Jurek e o irmão estão mortos – salientou Valeria.

– Sim.

Joona recorda o momento em que matou o irmão de Jurek, disparando-lhe à queima-roupa três tiros no coração. As balas atravessaram-lhe o corpo e Igor caiu para trás, na pedreira. Apesar de saber que estava morto, Joona deixou-se escorregar pela encosta íngreme para ter a certeza absoluta.

Saga Bauer disparou contra Jurek Walter e ficou a olhar enquanto o seu corpo era arrastado por um curso de água até ao mar.

Quando finalmente Joona conseguiu ir ter com a mulher, Summa estava a morrer com um cancro. Levou-a a ela e à filha, Lumi, para uma casa em Nattavaara. A pequena família passou seis meses junta.

Quando Summa morreu, sepultaram-na na propriedade da avó materna, em Purnu.

Só um ano mais tarde Joona arranjou coragem para se convencer de que tudo tinha realmente acabado: Saga identificou os restos do corpo de Jurek, e tanto as impressões digitais como os testes de ADN dissiparam qualquer dúvida.

Para Joona, foi como voltar a respirar.

Mas sabe que a dor e as feridas nunca mais vão desaparecer. Saga Bauer não voltou a ser a mesma desde que entrou em contacto com Jurek Walter. Há qualquer coisa de obscuro nela, e por vezes Joona tem a sensação de que tenta fugir ao seu destino.

8

Saga Bauer corre a um ritmo contido ao longo da Skansbron, por entre as sombras húmidas das outras pontes mais acima.

Os automóveis passam por ela rapidamente com um grande ruído.

Quando se aproxima do fim da ponte, começa a abrandar.

O blusão desportivo tem uma mancha de suor no peito.

Quase todos os dias, depois do trabalho, vai a correr até Gamla Enskede para ir buscar a meia-irmã, Pellerina, à saída da escola.

Reatou o contacto com o pai, com quem não se dava desde a adolescência. Apesar de ter resolvido os conflitos mais graves, não consegue encaixar-se completamente no papel de filha. Talvez nunca cheguem a ser capazes de se reencontrar verdadeiramente.

Saga acelera o passo ao entrar no túnel cheio de ecos que passa por baixo de Nynäsvägen e da linha do caminho de ferro.

Tem os músculos de uma bailarina e é linda de morrer. Traz os longos cabelos loiros presos numas tranças apertadas com fitas coloridas, e os olhos são de um azul irreal.

Saga Bauer é comissária operacional da Säpo, o corpo da Polícia para a segurança nacional que faz parte dos serviços secretos suecos, mas durante o outono o chefe obrigou-a a escrever um monte de relatórios e a participar em reuniões enfadonhas para discutir sobre uma proveitosa colaboração entre as forças da ordem suecas e americanas. Para evitar conflitos abertos e críticas internas, ficou decidido descrever aquela colaboração como insolitamente bem conseguida, e Saga Bauer e a agente especial López foram obrigadas, pelos respetivos superiores, a tornarem-se amigas no Facebook.

Saga corta caminho pelo centro desportivo deserto, continua através da velha cidade-jardim e acelera no último troço até à escola de Enskede.

O pó ergue-se do saibro do campo de futebol e redemoinha para lá do gradeamento alto.

Apesar de Pellerina ter doze anos, ainda não tem autorização para regressar a casa sozinha. Deve permanecer no ATL até que alguém a vá buscar.

Pellerina tem síndrome de Down e nasceu com a tetralogia de Fallot, uma combinação de quatro malformações cardíacas que surtem o efeito conjunto de impedir o sangue de chegar aos pulmões. Quatro semanas após o nascimento foi-lhe implantado um *shunt*; quando não tinha ainda um ano foi submetida a uma complexa intervenção cardíaca.

Tem dificuldades de aprendizagem mas, com a ajuda dos professores do apoio educativo, consegue frequentar uma escola normal.

Saga contorna o edifício principal e aproxima-se do centro de dia Mellis; a sua frequência cardíaca e a respiração abrandam. Pelas janelas do rés do chão vê a irmã. Pellerina tem um ar feliz, salta e ri juntamente com outras duas meninas.

Saga abre a porta, atravessa o vestiário, descalça os sapatos antes do limite marcado pela fita adesiva e entra no ATL; ouve a música que provém da sala de ioga e dança e fica parada à porta.

O candeeiro foi tapado com um xaile cor-de-rosa. Os baixos da música fazem vibrar a janela coberta de flocos de neve de papel.

Saga reconhece Anna e Fredrika, as colegas de turma da irmã: são ambas um palmo mais altas do que Pellerina.

As raparigas estão descalças. Atiraram as meias enroladas para o meio do pó debaixo de uma cadeira. Estão em fila no meio da sala, contam, movem a bacia, avançam um passo, batem palmas e rodopiam sobre si mesmas.

Pellerina dança, sempre a sorrir, e não liga ao ranho que lhe escorre do nariz. Saga apercebe-se de que ela é boa naquilo, aprendeu todos os passos, mas é demasiado entusiasta, mexe a anca de uma forma mais exagerada do que as outras.

Anna desliga a música. Está ofegante, prende uma madeixa de cabelo atrás da orelha e bate palmas.

Saga continua ao lado da porta e observa as duas raparigas que trocam olhares por cima da cabeça de Pellerina; Fredrika faz uma careta rápida e Anna desata a rir.

– Porque é que estão a rir? – pergunta Pellerina, ofegante, ao mesmo tempo que põe os óculos grossos.

– Estamos a rir porque tu danças muito bem e és muito gira – diz Fredrika, sufocando uma gargalhada.

– Vocês também dançam muito bem e são muito giras – responde Pellerina com um sorriso.

– Mas não tão giras como tu – diz Anna.

– São sim! – insiste Pellerina a rir.

– Devias experimentar a carreira de solista – diz Fredrika.

– O que é que isso quer dizer? – pergunta Pellerina, empurrando os óculos mais para cima.

– Que se calhar é melhor filmarmos-te enquanto estiveres a dançar sozinha...

Fredrika detém-se subitamente quando Saga entra na sala. Pellerina corre ao encontro dela e abraça-a.

– Estão a divertir-se? – pergunta Saga, com uma voz tranquila.

– Estamos a ensaiar – responde Pellerina.

– Está tudo bem?

– Muito bem!

– Anna? – diz Saga, a olhar para a pequena. – Está tudo bem?

– Sim – responde Anna, lançando um olhar a Fredrika.

– Fredrika?

– Sim.

– Estou a ver que são umas meninas simpáticas – diz Saga. – Continuem assim.

Saga espera no vestiário enquanto Pellerina abraça várias vezes a professora do apoio antes de vestir o fato acolchoado e meter os desenhos dentro de um saquinho.

– São as mais simpáticas da turma – diz Pellerina, ao atravessarem o recreio de mãos dadas.

LAZ-4

– Mas se elas quiserem obrigar-te a fazer coisas esquisitas, deves dizer que não – sugere Saga, enquanto se dirigem para casa.

– Já sou crescidinha.

– Sabes que eu fico sempre um bocadinho preocupada. – Saga sente um nó na garganta.

Leva Pellerina pela mão e recorda as duas raparigas e as caretas que trocavam por cima da cabeça da irmã. Talvez tencionassem fazer um vídeo humilhante e pô-lo a circular nas redes sociais.

No fim de contas, podem sempre alegar que se tratava apenas de uma brincadeira inocente que foi longe de mais, mas é impossível que as pessoas não se apercebam do momento em que entram nos limites da crueldade.

9

Pellerina e o pai moram numa casinha simpática de pedra vermelho-clara, com o telhado de telhas, junto a Björkvägen, em Gamla Enskede.

Nas velhas macieiras e sobre o relvado cintilam pequenos cristais de gelo.

Enquanto Saga fecha a cancela, Pellerina vai a correr tocar a campainha.

Lars-Erik Bauer traz umas calças de veludo e uma camisa amarrotada e desabotoada no colarinho. Já devia ter cortado o cabelo há um mês, mas a farta cabeleira branca confere-lhe um ar de simpática excentricidade. De cada vez que Saga se encontra com o pai fica surpreendida com a forma como envelheceu.

– Entrem – diz, ao mesmo tempo que ajuda Pellerina a tirar o fato. – Saga, gostava muito que ficasses para jantar.

– Não posso, não tenho tempo – responde ela, automaticamente.

Os óculos grossos de Pellerina estão brancos de condensação. A pequena tira-os e avança pelas escadas acima em direção ao seu quarto.

– Vou fazer macarrão no forno, sei que tu gostas.

– Gostava, quando era pequena.

– Diz-me o que te apetece e eu vou às compras.

– Esquece – diz ela a sorrir. – Não te preocupes, eu como qualquer coisa, o macarrão no forno está ótimo.

Lars-Erik parece sinceramente feliz por Saga ter decidido ficar. Pega no blusão dela e pendura-o, depois diz à filha para estar à vontade.

– Receio que duas das miúdas do Mellis não se estejam a portar assim muito bem – diz Saga.

– Em que sentido?

– Não sei, é apenas uma sensação, fizeram umas caretas.

– Normalmente, a Pellerina é capaz de enfrentar esse tipo de coisas sozinha, mas eu vou falar com ela – diz, antes de subir ao quarto da filha mais nova.

Lars-Erik é cardiologista e comprou um equipamento profissional de eletrocardiograma de forma a poder monitorizar continuamente o coração de Pellerina, uma vez que o seu problema cardíaco poderia manifestar-se de novo.

Saga observa os novos desenhos da irmã enquanto o pai lhe fixa os elétrodos no peito. A pálida cicatriz da operação atravessa-lhe o esterno na vertical.

– Vou para a cozinha – diz Lars-Erik, deixando-as sozinhas.

– O meu coração é um estúpido – suspira Pellerina, voltando a colocar os óculos.

– Tens o melhor coração do mundo – diz Saga.

– Um coração de ouro!

– Sim, é verdade, e tu és a maninha mais linda do universo.

– A mais linda és tu, és mesmo igual à Elsa – sussurra Pellerina, acariciando os longos cabelos de Saga.

Habitualmente, Saga fica irritada quando a comparam com as princesas da Disney, mas alegra-se ao saber que para Pellerina elas duas são como as irmãs de *Frozen*.

– Saga? – chama Lars-Erik do andar de baixo. – Podes descer um instante?

– Eu já volto, Anna – diz Saga, acariciando a face da irmã.

– Está bem, Elsa.

Quando Saga desce, Lars-Erik está a cortar alho-francês no balcão da cozinha. Em cima da mesa vê-se um embrulho feito com papel de alumínio; tem um coração de papel colado por cima, que diz: «Para a minha amada filha Saga.»

– O papel de embrulho acabou – diz o pai, com um ar culpado.

– Não quero presentes, pai.

– Não é nada, é só uma coisinha.

Saga rasga a folha de alumínio e amarrota-a numa bola cintilante que pousa ao lado da caixa de cartão às flores.

– Abre – diz Lars-Erik, com um enorme sorriso.

Protegido por espirais de serrim está um antigo Pai Natal de porcelana. Veste um fato verde-bosque, tem uns olhos bastante severos, as faces rosadas e uma pequena boca satisfeita.

Nos braços segura uma enorme panela.

É o Pai Natal dela.

Tiravam-no da caixa todos os anos e enchiam a panela com rebuçados cor-de-rosa e amarelos.

– Procurei-o... durante uma eternidade – conta Lars-Erik. – E hoje entrei num antiquário em Solna e lá estava ele.

Saga recorda que a mãe, um dia em que estava furiosa com o pai, agarrara na estatueta e a atirara ao chão, desfazendo-a em mil pedaços.

– Obrigada, pai – diz Saga, pousando a estatueta em cima da mesa.

Quando regressa ao quarto de Pellerina, repara que a frequência cardíaca da irmã aumentou, como se tivesse andado a correr. Pellerina olha fixamente para o telemóvel com a boca aberta e o olhar aterrorizado.

– O que se passa? – pergunta Saga, assustada.

– Ninguém pode ver, ninguém – responde a irmã, apertando o telemóvel contra o peito.

– Pai! – chama Saga.

– Não se pode ver!

– Não é nada, minha pequenina – diz Saga. – Só quero que me digas para que é que estavas a olhar.

– Não.

Lars-Erik sobe as escadas a correr e entra no quarto.

– Conta ao pai – diz Saga.

– Não! – berra Pellerina.

– O que é que se passa, Pellerina? Estou a fazer o jantar – diz Lars-Erik com um tom ansioso.

– É qualquer coisa no telemóvel – explica Saga.

– Deixa-me ver – pede Lars-Erik, estendendo a mão.

– Não se pode – responde Pellerina a chorar.

– Quem disse?

– Está escrito no *email.*

– Eu sou teu pai e posso ver.

Ela entrega-lhe o telemóvel. Ele abre a mensagem e lê, de testa franzida.

– Mas, minha querida – diz ele, com um sorriso, baixando o telemóvel. – Não é a sério, percebes isso, não percebes?

– Tenho de mandar a outras pessoas, se não...

– Não, não tens, nesta família não se mandam *emails* estúpidos – decide Lars-Erik.

– É uma cadeia? – pergunta Saga.

– Sim, uma estupidez – responde o pai, e depois volta-se novamente para Pellerina. – Vou apagá-lo.

– Não. Por favor – implora ela, mas Lars-Erik já apagou a mensagem.

– Pronto, já não existe – diz o pai, devolvendo-lhe o telemóvel. – Agora vamos esquecer isto.

– Eu também já recebi mensagens desse género – diz Saga.

– Mas foram-te buscar?

– Quem?

– As raparigas-palhaço – sussurra Pellerina, empurrando os óculos mais para cima.

– Não existem na realidade, são coisas inventadas – diz o pai. – Foi só uma criança que se lembrou de inventar isso tudo para meter medo.

Depois de Lars-Erik ter retirado os elétrodos e desligado o aparelho, Saga leva a irmã para o andar de baixo e instala-a no sofá em frente à televisão. Embrulha-a com uma manta e põe a dar *Frozen*, como de costume.

Lá fora já está escuro. Saga vai à cozinha ajudar o pai, que acabou de deitar as natas, os ovos e o queijo em cima do macarrão. Agarra em duas pegas engorduradas e mete a travessa de pirex no forno.

– O que é que estava escrito naquele *email*? – pergunta Saga em voz baixa.

– Para escapar à maldição é preciso mandar este *email* a mais três pessoas – suspira ele. – De outra forma, enquanto estiveres a dormir, as raparigas-palhaço vão arrancar-te os olhos, uma coisa do género.

– É óbvio que ficou assustada – diz Saga.

Regressa à sala para ver como está Pellerina, que entretanto adormeceu. Tira-lhe os óculos e pousa-os na mesinha de apoio.

– Está a dormir – informa, depois de ter regressado à cozinha.

– Acordo-a quando forem horas de jantar, é sempre assim, cansa-se imenso na escola.

– Eu tenho de me ir embora – diz Saga.

– Não tens tempo para comer alguma coisa?

– Não.

Lars-Erik acompanha-a até à porta e entrega-lhe o blusão.

– Não te esqueças do Pai Natal – lembra-lhe.

– Pode ficar aqui – diz Saga, ao mesmo tempo que abre a porta.

Lars-Erik hesita, na entrada. A luz cai-lhe sobre o rosto marcado e os cabelos despenteados.

– Pensei que ias ficar feliz com aquilo – diz com uma voz sumida.

– Não é assim que funciona – responde ela ao afastar-se.

10

São três da tarde e o céu branco já começou a escurecer.

Joona nunca teve nada contra o serviço de ronda e o patrulhamento das ruas, mas depois da visita de Nålen tem a impressão de que o mundo entrou numa época mais perigosa.

Caminha ao longo do gradeamento de ferro forjado que contorna a igreja de Adolf Fredrik e repara num grupo de pessoas vestidas de preto ao lado de uma campa aberta. As lápides a toda a volta foram vandalizadas e estão cobertas de suásticas.

Depois de ter ultrapassado Olof Palmes Gata, repara que alguém lhe faz sinal atrás do vidro de um restaurante tailandês.

Uma mulher embriagada levantou-se da mesa e fita-o agora.

Quando Joona se aproxima, ela cospe contra o vidro, mesmo na direção dele.

Prossegue até Hötorget, onde as bancas de frutas e legumes do mercado estão apinhadas de gente, como de costume. Os seus pensamentos regressam constantemente ao ladrão de cadáveres de Oslo. Assim que o crânio de Summa lhe for entregue pelos noruegueses, vai sepultá-lo juntamente com os restos mortais da mulher. Ainda não se decidiu a contar à filha, Lumi, o que aconteceu. Iria ficar profundamente perturbada.

Joona tinha acabado de passar a Konserthus quando ouve um homem gritar qualquer coisa numa voz agressiva e alterada. Uma garrafa de vinho parte-se. Joona volta-se e vê estilhaços de vidro a ressaltar pelo meio dos carros.

Um grupo de pessoas afasta-se de um homem que parece fora de si, provavelmente sob o efeito de alguma droga ou álcool. Tem a barba comprida e os cabelos loiros erguem-se num tufo sobre a nuca. Veste um blusão de pele esfarrapado e uns *jeans* manchados de urina nas virilhas e ao longo de uma perna.

O homem não tem sapatos nem meias, e Joona repara que feriu um pé e está a deixar marcas ensanguentadas no passeio.

O homem grita com uma mulher que se afasta a correr, depois fica imóvel, com uma expressão altiva, a apontar o dedo a quem está à volta dele, como se tivesse de dizer alguma coisa de extrema importância.

– Um, dois, três, quatro... cinco, seis, sete...

Joona aproxima-se e repara que ao lado do homem está uma menina. O seu rosto sujo revela alguma aflição, está prestes a desatar num pranto. Apesar do frio, veste apenas um fato de treino cor-de-rosa.

– Não podemos ir para casa agora? – pergunta, puxando levemente o homem pelo blusão.

– Um... dois... três...

O homem parece perder o fio à meada, e precisa de se apoiar a um lampião para não cair. Tem um olhar opaco, as pupilas reduzidas a alfinetes, um fio de ranho que lhe escorre do nariz fino.

– Precisa de ajuda? – pergunta Joona.

– Sim, por favor – murmura o homem.

– O que é que eu posso fazer?

– Dar um tiro àqueles que eu indicar.

– Está armado?

– Só te indico todos aqueles que...

– Pare com isso – interrompe-o Joona, com calma.

– OK, OK – responde o homem.

– Está armado?

O homem aponta para um sujeito que acabou de parar, depois para uma mulher que se aproxima com um carrinho de bebé.

– Papá – choraminga a menina.

– Não tenhas medo – diz-lhe Joona. – Mas eu preciso de verificar se o teu pai tem uma arma.

– Ele só precisa de descansar – sussurra ela.

Joona diz ao homem para pôr as mãos atrás da nuca e ele obedece. Mas quando se afasta do lampião perde o equilíbrio e cambaleia para trás, para a sombra da fachada azul da Konserthus.

– Que drogas tomou?

– Só um bocado de quetamina e de *speed*.

Joona põe-se de cócoras junto da menina. O homem recomeçou a indicar, mas com mais discrição, diversas pessoas.

– Quantos anos tens?

– Seis e meio.

– Achas que conseguias tomar conta de um ursinho?

– O quê?

Joona abre o saco e tira de lá o peluche. Com a aproximação do Natal, a Polícia recebeu uma quantidade de ursinhos de peluche para distribuir pelas crianças que se encontram em situações difíceis ou que foram testemunhas de atos violentos. Muitas vezes, em famílias de pais toxicodependentes, é o único presente que os filhos recebem.

A pequena fita com os olhos arregalados o ursinho com uma *T-shirt* às riscas e um grande coração vermelho no peito.

– Queres tomar conta dele? – pergunta Joona com um sorriso.

– Não – murmura ela, olhando-o com desconfiança.

– É teu, se o quiseres – explica Joona.

– Meu?

– Mas ele gostava imenso que tu lhe desses um nome – continua Joona, ao mesmo tempo que lhe entrega o boneco.

– Sonja – diz a menina, a apertar o ursinho contra o peito.

– Que nome tão bonito.

– A minha mãe chamava-se assim – explica ela.

– Temos de levar o teu pai ao hospital. Há alguém com quem possas ficar entretanto?

A menina faz um gesto afirmativo e murmura qualquer coisa ao ouvido do ursinho.

– Avó.

Joona chama uma ambulância, depois contacta uma sua conhecida nos serviços sociais e pede-lhe para vir buscar a criança e para a levar ao endereço que ela indicou.

Acabava de explicar a situação à pequena quando um carro-patrulha chega ao local. A luz azul brilha no asfalto.

Dois colegas fardados saem do carro e fazem um sinal a Joona.

– Joona Linna? O teu chefe contactou-me via rádio – diz o primeiro.

– O Carlos?

– Quer que atendas o telefone.

Joona pega no telemóvel e vê que Carlos Eliasson – o chefe da Secção Operativa Nacional – lhe está a ligar, apesar de o telefone não tocar.

– Cá estou eu – responde.

– Lamento incomodar-te durante o trabalho, mas trata-se de uma questão de máxima prioridade – diz Carlos. – Uma comissária alemã, Clara Fisher, da BKA, quer falar contigo o mais depressa possível.

– Porquê?

– Prometi-lhe que ias ajudá-la numa investigação... A Polícia de Rostock tem nas mãos uma morte num parque de campismo, provavelmente um caso de homicídio... a vítima chama-se Fabian Sissinger... É um violador em série que foi há pouco libertado do setor de máxima segurança de um manicómio criminal em Colónia.

– Tenho uma condenação para a prestação de serviços à comunidade, estou de piquete à espera de...

– Perguntou especificamente por ti – interrompe-o Carlos.

11

Debaixo de um sol intenso, Joona passa ao lado de campos pálidos e grandes casas em pedra com caminhos asfaltados ocupados por bicicletas e automóveis.

O avião de Estocolmo aterrou no aeroporto de Rostock-Laage uma hora atrás; Joona alugou um *BMW* e depois apanhou a Autobahn 19 em direção a norte.

Ainda não sabe por que razão a comissária Clara Fisher pedira precisamente a sua ajuda. Nunca tiveram contacto antes, o homem que foi encontrado morto no parque de campismo não aparece em nenhum dos casos de que Joona se ocupou.

Clara Fisher não explicou qual o contributo que espera dele, mas uma vez que as forças policiais suecas e alemãs têm uma longa história de colaboração, Carlos deu luz verde.

Durante o voo, Joona conseguiu ler os processos relativos a três velhos inquéritos da Bundeskriminalamt que diziam respeito à vítima.

Fabian Dissinger tinha sido condenado por vinte e três atos de violência sexual contra mulheres e homens na Alemanha, na Polónia e em Itália. Segundo a avaliação psiquiátrica, sofria de um distúrbio antissocial de personalidade, com tendências sádicas e traços psicóticos.

Joona vira bruscamente à esquerda e entra numa área arborizada. Numa clareira à esquerda vê-se uma pista lamacenta de *motocross* e depois há apenas bosque até à chegada a Ostseecamp Rostocker Heide.

Estaciona imediatamente antes da fita da Polícia e vai ao encontro do grupo de agentes alemães que o aguarda.

A luz do sol invernal brilha nos cabos e nas antenas parabólicas por cima dos tejadilhos das autocaravanas.

A comissária Clara Fischer é uma mulher alta, com um ar orgulhoso e levemente ofendido. Os seus olhos escuros parecem tornar-se mais intensos quando vê Joona aproximar-se. Os cabelos curtos e encaracolados tornaram-se grisalhos nas têmporas. Veste um casaco de cabedal negro que lhe desce sobre as ancas, e umas botas de couro negro de saltos altos completamente cobertos da lama do terreno húmido.

Clara continua a observar Joona, como se toda e qualquer minúscula variação do seu rosto fosse da máxima importância.

– Obrigada por ter vindo tão depressa – diz, ao mesmo tempo que lhe aperta a mão, sem nunca desviar o olhar.

– Eu gosto de parques de campismo...

– Ótimo.

– Mas continuo a perguntar a mim mesmo por que razão me encontro aqui – conclui ele.

– Certamente não pelo facto de a morte de Fabian ser uma grande perda para a Alemanha – responde Clara Fisher, indicando uma das áreas reservadas às tendas.

Avançam ao longo de um dos caminhos de asfalto que atravessam todo o parque de campismo. O ar invernal é frio e os raios brancos do sol refulgem através dos ramos despidos das árvores.

– Não vou ao ponto de dizer que teve aquilo que merecia, mas se dependesse de mim tinha ficado na cadeia para o resto da vida – diz ela num tom calmo.

– É um sentimento compreensível.

Passam ao lado da cabana dos duches e de um pequeno quiosque. Em frente à área interdita, alguns campistas estão a fotografar a cena do crime com os telemóveis. As fitas vermelhas e brancas ondeiam ao vento.

– É um sentimento compreensível – repete Clara, olhando rapidamente para ele. – Sei que na semana passada alguns colegas de Berlim se recusaram a trabalhar num caso... Um conhecido pedófilo foi encontrado afogado num fosso junto a uma escola... Posso compreendê-los, especialmente atendendo a que, ao mesmo tempo, foi arquivado o inquérito sobre uma jovem mulher de Spandau morta durante um assalto.

Uma lata de cerveja vazia rola ao longo de uma pequena clareira de areia onde estão os contentores do lixo; cacos de vidro cintilam ao sol, e entre os contentores foi enfiada uma grande tela de plástico de embalagem.

Joona e Clara avançam em silêncio pelo meio de um grupo de velhas *roulottes* fechadas à espera da época alta.

– Uma *Cabby 58* de 2005 – diz a comissária, indicando a *roulotte*. – É o modelo mais barato de todo o parque de campismo. O Dissinger alugou-a há dois meses e quatro dias.

Joona observa a pequena *roulotte* quadrada, apoiada sobre blocos de cimento. A ferrugem avermelhada escorreu ao longo das paredes a partir da antena contorcida no tejadilho.

Dois técnicos da científica, de fato-macaco branco, estão atarefados em volta de uma mesa de campismo montada na pequena clareira, e no solo foram espetados uns pequenos *placards* numerados para assinalar a ordem dos achados. Uma caçarola de alumínio suja de fuligem está cheia de água da chuva e moscas mortas.

– Imagino que não tenha tido tempo de ler os documentos que lhe mandámos.

– Não todos.

Ela sorri, sem alegria.

– Não todos – repete. – Encontrámos grandes quantidades de pornografia violenta no computador dele... Portanto, imagino ter razões para supor que onze anos de tratamentos psiquiátricos não lhe curaram o cérebro. Foi internado, tomou os seus remédios e manteve um perfil discreto... mas durante todo esse tempo esperou o momento de poder recomeçar.

– Para alguns, é assim que funciona – argumenta Joona.

Um técnico alto, de fato-macaco branco, sai da *roulotte* para lhes dar o lugar e comunica a Clara qualquer coisa que Joona não entende.

Sobem a escadinha de madeira diante da porta aberta.

Clara continua a observá-lo descaradamente. Como se quisesse fazer-lhe uma pergunta, mas alguma coisa a impedisse.

Sobre a alcatifa cor de cortiça foram colocadas placas de plástico semitransparente. O chão da *roulotte* range sob os passos deles.

Em cima de um sofá de canto, com um motivo azul desbotado, está estendido um blusão castanho, com a gola lisa e as mangas sujas de sangue.

– Alguém deve ter ouvido os rumores da briga – diz Clara em voz baixa.

As provetas com os vestígios biológicos e os saquinhos com os objetos a analisar – chávenas de café, copos de cerveja, talheres, escovas de dentes e pontas de cigarros – estão dispostos em fila sobre a placa de vidro que cobre fogão e balcão.

– O Dissinger recebeu um hóspede na *roulotte*, provavelmente já estava a imaginar a velha rotina habitual, mas o tempo passou, agora está mais fraco, mais velho... e o vento mudou e a situação inverteu-se, e foi espancado até à morte pela pessoa que tentou violentar.

O sol invade a *roulotte* pelas janelas sulcadas de sujidade e das cortinas cor de nata manchadas. Ao longo dos caixilhos das janelas oscilam restos de teias de aranha arrancadas, movidas pela corrente de ar que entra pela porta aberta.

– Foram dois rapazes que o encontraram... Parece que há uns dias tinha dito a um deles que lhe queria oferecer uma bebida.

– Gostava de falar com os rapazes – diz Joona, enquanto observa o sangue no canto do armário.

– Estão bastante perturbados, mas se não tivessem chegado tarde para a tal bebida provavelmente agora estariam em muito pior estado.

A cama de casal está cheia de sangue e um dos candeeiros de leitura na cabeceira oscila pendurado pelos fios. Alguém foi puxado do colchão sem lençóis para o chão, empurrado para trás, tentou fugir e arrastou-se ao longo da parede.

– Os parentes não estão propriamente a fazer fila para lhe organizarem o funeral, por isso deixei isso em suspenso até à sua chegada – concluiu Clara, apontando para a porta da casa de banho.

– Obrigado.

12

Joona abre a porta de fole da casa de banho. Um homem corpulento e em tronco nu está enforcado, preso a um pequeno móvel entre a sanita portátil e o lavatório. Os pés tocam o pavimento, mas tem as duas pernas partidas ao nível dos joelhos e não conseguiu segurar-se.

Tem um nó corredio de arame em volta do pescoço. Está enterrado na carne pelo menos cinco centímetros, mesmo abaixo da maçã de Adão.

O sangue escorreu ao longo do peito peludo e do ventre inchado até aos *jeans*.

– Têm a certeza relativamente à identidade?

– A cem por cento – responde Clara, observando mais uma vez Joona com curiosidade.

O rosto do homem está bastante tumefacto, não restou muito das feições.

As mãos ao longo dos flancos estão negras devido às manchas hipostáticas.

– Depois da condenação, devia ter muitos inimigos – diz Joona, pensativo. – Têm...

– Em relação ao perfil estatístico, a vingança é um móbil pouco habitual – interrompe-o Clara.

Joona deixa correr o olhar pelas paredes em volta do cadáver. Obviamente, a vítima lutou durante muito tempo para não sufocar. Oscilou para trás e para a frente e partiu o lavatório na tentativa de se libertar do arame. Apesar de se tratar de um enforcamento incompleto, uma vez que os pés da vítima chegam ao chão, Joona tem a certeza de que vão encontrar fraturas no osso hioide e no corno superior da cartilagem tiroidea.

– A minha hipótese é que tenha atraído até aqui um rapaz meio perdido... serviços sociais, roubos, prostituição, esteroides, *Rohypnol* – prossegue Clara, enquanto enfia umas luvas de látex brancas.

– Não houve luta nenhuma – diz Joona.

– Não?

– Deveria estar em condições de se defender, mas os nós dos dedos estão ilesos.

– Vamos levar o corpo para a morgue, agora que já o viu – murmura ela.

– Nem sequer tem feridas de defesa.

– Com certeza que tem – diz ela, rodando os braços da vítima para verificar.

– Não se defendeu – repete Joona, num tom calmo.

Clara Fisher suspira, larga os braços do cadáver e fita Joona com um olhar penetrante.

– Como é que consegue saber isso tudo?

– O que é que eu estou aqui a fazer? – pergunta Joona.

– Era isso que eu lhe queria perguntar – diz Clara, ao mesmo tempo que tira da carteira um saquinho de plástico com um telemóvel de modelo antigo.

– Um telemóvel – diz ele.

– Um telemóvel que encontrámos no meio das almofadas do sofá... Pertencia a Fabian Dissinger – diz ela, abrindo o telemóvel através do plástico. – Dois dias antes de morrer, ligou para este número: reconhece?

– É o meu – diz Joona.

– Uma das últimas chamadas da vida dele foi para o seu número privado.

Joona pega no seu telemóvel e apercebe-se de que não atendeu aquela chamada.

– Diga-me o que sabe – insiste Clara.

– Agora sei porque queria que eu viesse aqui.

– Tem de me explicar porque é que ele lhe ligou – responde ela com impaciência.

Joona abana a cabeça.

– O Fabian Dissinger nunca apareceu em nenhum dos meus casos.

– Diga-me a verdade – insiste Clara, irritada.

– Não faço ideia.

Ela sopra uma madeixa de cabelo que tem à frente da boca.

– Não faz ideia, mas deve haver alguma ligação, em qualquer caso – insiste.

– Sim – responde Joona. Dá um passo em direção ao homem enforcado e observa-lhe os olhos.

Um deles foi engolido por um inchaço amarelo e cinzento e pela carne vermelha macerada, enquanto o outro está arregalado e, na conjuntiva, notam-se evidentes hemorragias puntiformes.

Joona percebeu que Clara estava à espera de lhe falar do telemóvel para ver se no local do crime ele perdia o controlo, pelo menos o suficiente para revelar uma ligação que de outro modo teria negado.

– Diga-me alguma coisa – insiste ela, fitando-o.

Apesar do ar frio da *roulotte*, no seu lábio superior formaram-se pequenas pérolas de suor.

– Gostava de estar presente na autópsia.

– Diz que não houve nenhuma luta.

– A violência foi em sentido único... de uma agressividade quase descontrolada, com a utilização de técnicas militares.

– O Joona esteve no Exército, na equipa de operações especiais, antes de entrar na Polícia.

Afastam-se da casa de banho para dar lugar a dois técnicos que estendem um saco para cadáver no chão, enfiam dois saquinhos de papel em volta das mãos do homem e depois cortam o nó, deixando cair o robusto corpo rígido.

Os técnicos ofegam devido ao peso do cadáver, trocando entre eles breves instruções enquanto o transportam, com os pés para a frente, pela porta estreita da casa de banho. Joona vislumbra as costas largas e os ombros peludos de Fabian Dissinger enquanto o metem dentro do saco.

– Esperem, virem-no – diz, aproximando-se dos técnicos.

– *Könnten Sie bitte die Leiche auf den Bauch drehen*? – traduz Clara num tom neutro.

Os técnicos abrem o saco e viram o cadáver, cedendo o lugar a Joona e a Clara.

Joona sente o coração bater com mais força enquanto observa as costas da vítima: a pele que vai desde a margem inferior das omoplatas até à bacia está coberta de estrias pouco naturais, como se tivesse permanecido deitado sobre uma esteira de canas.

– O que foi que lhe aconteceu às costas? – murmura Clara.

Joona enfia umas luvas de proteção, inclina-se e passa delicadamente as pontas dos dedos ao longo das cicatrizes horizontais, as centenas de estrias paralelas deixadas por feridas que de vez em quando sangravam para depois voltarem a cicatrizar.

– Sei que é um comissário lendário – diz Clara lentamente. – Mas também sei que tem uma condenação em cima, está em liberdade provisória e eu vou prendê-lo e espremê-lo se não me explicar como...

Joona levanta-se, afasta-se de Clara, tenta equilibrar-se apoiando a mão no tampo da pequena bancada da cozinha, do qual caem saquinhos herméticos com copos e um cinzeiro, depois transpõe a porta e sai para o sol.

– Apanhei-o, Joona... não é verdade? – diz Clara, avançando atrás dele.

Ele não responde, continua em frente ao longo da pequena clareira de terra, empurra para o lado um técnico que está às voltas com o telemóvel e sai pela cancela.

– Detenham-no – ordena Clara atrás dele, com uma voz desprovida de energia.

Joona passa ao lado de dois polícias fardados e sabe que lhes vai fazer mal se o tentarem deter.

Obviamente, os agentes leem aquele pensamento no seu olhar, porque se afastam para o lado, receosos.

O morto na *roulotte* mostra sinais de flagelação. O gémeo de Jurek Walter tinha cicatrizes idênticas nas costas. Durante anos fora chicoteado com uma tira de couro áspero usado para afiar as lâminas das navalhas de barbear.

Joona ainda não sabe ao certo o significado daquela analogia, mas é sem dúvida uma mensagem para ele.

Corre através do parque de estacionamento, mete-se no carro e faz inversão de marcha, salpicando tudo de lama.

Enquanto se afasta do parque de campismo, liga para a Polícia Criminal norueguesa. Precisa de saber que aspeto tinham as costas do ladrão de cadáveres encontrado morto em Oslo, o homem que conservava o crânio de Summa no congelador.

13

No aeroporto, Joona apanhou um táxi até ao departamento de medicina legal do Instituto Karolinska, nos arredores de Estocolmo.

Nas janelas do edifício de tijolo vermelho veem-se castiçais do Advento elétricos, e sobre as sebes despidas da rosa-canina as bagas negras estão cobertas de gelo.

Hoje Joona não tomou o medicamento, porque tem a sensação de que o impede de se concentrar ao máximo.

Na sequência de um acidente de há muitos anos, sofre de uma espécie de cefaleia em salvas. Por vezes é acometido por fortes ataques que duram alguns minutos, outras vezes a dor chega e passa como um temporal. O único remédio que até agora surtiu efeito é um anticonvulsivo à base de topiramato.

Transpõe a porta da entrada e vira à esquerda no corredor, onde encontra o velho funcionário com o carrinho da limpeza.

– Como é que vai isso? – pergunta-lhe.

– Agora estou muito melhor – responde o homem a sorrir.

Joona já perdeu a conta das vezes em que, no decurso de uma investigação, ficou naquele corredor à espera dos resultados de Nålen.

Hoje a situação é um pouco diferente, porque os corpos a analisar existem apenas em fotografia.

O ladrão de cadáveres de Oslo não tinha nas costas as mesmas marcas do violador de Rostock. Mas pouco antes de ter morrido tinham-lhe sido infligidas cinco violentas chicotadas nas costas, talvez com um cinto ou, em qualquer caso, com um objeto de couro, presumivelmente um afiador de lâminas de barba.

Fabian Dissinger, pelo contrário, sofrera maus-tratos continuados, tinha sido imobilizado e forçado, de barriga para baixo, a aguentar as chicotadas que lhe eram infligidas lateralmente.

As feridas cicatrizaram, foram reabertas com novos golpes e depois voltaram a cicatrizar.

Na grande sala de autópsias, as luzes estão acesas.

Saga está agachada e encostada à parede revestida de azulejos e Nålen de pé, com a bata de médico, a torcer as mãos finas.

– A Polícia norueguesa mandou as imagens, recebi-as enquanto vinha no carro e já as reencaminhei – explica Joona.

– Obrigado – responde Nålen.

– Não me dás um abraço? – pergunta Saga, levantando-se.

Tem os cabelos loiros apanhados numa trança e, como de costume, veste uns *jeans* desbotados e um blusão do clube de boxe.

– Pareces-me feliz – diz Joona, aproximando-se para a abraçar.

– E estou, bastante.

Ele dá um passo atrás e olha-a nos olhos. Ela demora-se alguns instantes com a mão sobre o seu bíceps.

– Apesar de andares com um polícia.

– Randy – diz ela a sorrir.

Nålen liga o computador, encontra o *email* e abre os anexos. Aproximam-se os três do ecrã, enquanto Nålen lhes apresenta as imagens das duas cenas do crime.

– De que é que se trata? – pergunta Saga por fim. – Ambos foram espancados até à morte, agredidos de forma violenta, extremamente violenta... Nenhum dos dois se defendeu... e ambos receberam chicotadas nas costas.

– Tal como o irmão do Jurek – diz Joona.

– Sobre isso podemos discutir – rebate ela.

– O Fabian Dissinger tem claramente as mesmas cicatrizes que o gémeo do Jurek Walter... As do Walter eram bem piores, bastante mais antigas...

– Então não são as mesmas – interrompe-o Saga.

– As duas vítimas tinham uma relação direta comigo – aponta Joona.

– Sim – responde ela.

– Sabemos que toda a gente diz que o Jurek Walter morreu – continua Joona, após uma pausa. – Mas eu pensei que... talvez não seja assim.

– Ora, para com isso – diz Saga, com uma voz carregada de tensão.

– Joona – intervém Nålen, empurrando os óculos para cima do nariz. – Temos um corpo, temos um ADN compatível a cem por cento...

– Eu só quero voltar a examinar as provas – interrompe-o Joona. – Preciso de descobrir se existe a possibilidade teórica de ele ainda estar vivo e...

– Não existe – diz Nålen.

Saga abana a cabeça e dirige-se para a porta.

– Espera, isto também tem a ver contigo – diz Joona, voltado para as costas dela.

– Vou buscar o material – diz Nålen, erguendo as mãos. – Vamos fazer as coisas à tua maneira.

– Vocês não estão bons da cabeça – murmura Saga, regressando à sala.

Nålen abre o arquivo e extrai o processo com os dados e as fotografias relativos à morte de Jurek Walter. Da câmara frigorífica recupera um frasco fechado com um dedo a boiar em formol. O vidro aumenta-o ligeiramente. Em volta da carne inchada, pálida como o gelo, nadam minúsculas partículas brancas.

– A única prova que temos da morte do Jurek é um dedo – diz Joona.

– Havia um tronco inteiro. Coração, pulmões, fígado, rins, intestino...

– Saga, escuta-me – diz Joona. – Quero que façamos isto juntos, que voltemos a examinar isto tudo juntos. Ou ficamos tranquilos, ou então...

– Eu disparei sobre ele, matei-o – interrompe-o Saga. – Ele podia ter-me matado a mim, nunca vou perceber porque não o fez, mas eu disparei sobre a garganta, o braço, o peito...

– Tem calma – pede Nålen, aproximando dela uma cadeira giratória.

Saga senta-se, cobre o rosto durante alguns instantes, depois baixa as mãos e respira fundo.

– O Jurek Walter morreu naquela noite – prossegue, com uma voz quebrada. – Não sei quantas vezes revi aquela cena na minha cabeça… o cansaço de correr sobre a neve profunda, a luz do foguete de sinalização que cintilava sobre os cristais… Vi-o claramente e disparei com a minha *Glock 17.* A primeira bala atingiu-o na garganta, a segunda no braço… aproximei-me e dei-lhe três tiros no peito. Acertei-lhe de todas as vezes, caraças, e vi o sangue a esguichar pelos furos de saída na neve atrás dele.

– Eu sei, mas…

– Não pude fazer mais nada para impedir que caísse na cascata, mas disparei para a água e vi uma nuvem de sangue à volta dele, segui-o e disparei e voltei a disparar até que o corpo desapareceu na corrente.

– Toda a gente fez aquilo que devia, e mais até – diz Nålen lentamente. – Os mergulhadores da Polícia intervieram naquela mesma noite, e de madrugada os *bloodhounds* percorreram mais de dez quilómetros de costa.

– Deviam ter encontrado o corpo – diz Joona em voz baixa.

Sabe perfeitamente que Saga continuou a procurar sozinha. Provavelmente, no decurso da investigação, encontrara o longo caminho para voltar atrás, um método para reconstituir à sua maneira aquilo que acontecera. Ouviu-a contar como tinha seguido o curso de água até Hysingsvik, como depois traçara um quadrado no mapa, explorando sistematicamente todo o arquipélago, setor por setor. Tinha estudado as correntes marítimas e explorado todas as ilhas e rochedos ao longo de cem quilómetros de costa, falara com os moradores e os turistas, com os pescadores, os funcionários dos barcos, os oceanógrafos.

– Fui eu que o encontrei – sibila Saga, os olhos injetados de sangue. – Caraças, Joona, fui eu que o encontrei.

Ouviu-a contar a forma como, ao fim de um ano de buscas, dera com um homem na desolada costa ocidental de Högmarsö. Era um sacristão reformado que recolhia a lenha transportada para a praia pelas ondas. Ao falar com ele, Saga descobriu que cinco meses antes tinha encontrado o cadáver de um homem na praia.

Saga seguiu-o até à parte habitada da ilha. Atrás da capela cor de leite ficava a casa do sacristão e o velho crematório.

– O corpo do Jurek tinha sido levado pelas correntes e ido parar à praia durante as tempestades do fim do inverno – diz, sem afastar os olhos de Joona.

– Bate tudo certo – diz Nålen. – Estás a perceber, Joona? Bate tudo certo. Morreu.

– Tudo aquilo que restava do Jurek era o tronco e um braço – prossegue Saga. – O sacristão contou-me que transportou o corpo inchado na carroça através do bosque e que o pousou no chão do armazém das ferramentas, atrás da capela. Mas o cão ficou doido com o cheiro, por isso teve de levar o corpo para o velho crematório.

– Porque é que não chamou a Polícia? – pergunta Joona.

– Não sei, fazia a destilação ilegal de licores e aldrabava quanto aos subsídios – diz Saga. – Talvez tivesse já um princípio de demência... Mas em qualquer caso tirou fotografias ao corpo com o telemóvel, para o caso de a Polícia lá ir fazer perguntas... e depois conservou o dedo no fundo do frigorífico.

Nålen tira uma fotografia do processo e entrega-a a Joona.

Joona agarra no papel, inclinando-o de modo que o reflexo do néon da sala de autópsias não dê na imagem.

No chão de cimento, ao lado de um corta-relva vermelho, está um tronco inchado sem cabeça. Uma poça de água formou-se por baixo dele. A pele branca e mole separou-se do peito e os três furos de entrada das balas abrem-se como crateras sujas de terra.

– É o Jurek, aquilo é o resultado dos meus tiros – diz Saga, depois de se ter levantado e aproximado de Joona para observar a fotografia.

14

Com gestos controlados, Nålen dispõe em cima da mesa as cópias do *scan* das impressões digitais, os dados biométricos registados no momento da captura de Jurek Walter e as conclusões do laboratório.

– A compatibilidade é absoluta, uma vez que temos quer o ADN, quer as impressões digitais… Nem sequer gémeos homozigóticos têm impressões idênticas – explica.

– Não duvido que aquele seja o dedo do Jurek Walter – diz Joona com uma voz sumida.

– Foi cortado de um cadáver em avançado estado de decomposição – sublinha Nålen.

– Joona, ele está morto, percebes o que te estou a dizer? – diz Saga, limpando as lágrimas do rosto.

– Bastava um membro morto – argumenta Joona. – O dedo pode ter sido cortado de uma mão decepada metida em água salobra tanto tempo como o corpo.

– Oh que caraças – exclama Saga.

– Numa perspetiva puramente teórica – insiste Joona.

– Nålen, tens de lhe explicar que é impossível.

Nålen empurra os óculos de aviador para cima do nariz e observa Joona.

– Queres dizer que ele ia decepar a mão para poder…

Detém-se e cruza o olhar com o de Joona.

– Suponhamos que o Jurek teve uma sorte incrível e sobreviveu aos disparos, que nadou com a corrente e chegou à margem ainda vivo – diz Joona num tom sério.

– Os tiros eram mortais – protesta Saga.

– O Jurek começou como criança-soldado – diz Joona. – É indiferente à dor, seria capaz de cauterizar uma ferida a si próprio ou de amputar um braço, se fosse preciso.

– Joona, percebes perfeitamente que tudo isto é impossível – diz Nålen com um ar desesperado.

– Só é impossível se for impossível.

– Estamos a ouvir-te – diz Saga, deixando-se cair novamente na cadeira.

O rosto de Joona está rígido e pálido.

– O Jurek encontra um homem mais ou menos com a mesma compleição, com a mesma idade – diz. – Dá-lhe uns tiros nos mesmos sítios em que tu disparaste contra ele... Depois corta a cabeça ao cadáver e põe de molho aquilo que resta do corpo em algum lugar ao longo da costa... Pode tê-lo metido dentro de uma gaiola, ou numa lagoa.

– Juntamente com a sua mão – diz Nålen em voz baixa.

– Não seria nada de estranho para ele, manteve pessoas presas num túmulo e ia lá espreitar de vez em quando.

– Nesse caso, deve ter estado metido com o sacristão que a Saga encontrou.

– O Jurek sabe como fazer-se obedecer.

De uma torneira caem ao chão algumas gotas que cintilam contra as grades do ralo de drenagem no pavimento.

Joona observa Nålen e Saga. Os seus olhos cinzentos estão quase negros e tem o rosto coberto de gotas de suor.

– Será que não tenho razão em dizer que, teoricamente, existe uma possibilidade de o Jurek ainda estar vivo?

– Joona – implora Nålen, mas depois assente.

– É tudo um monte de disparates, isso não chega, que caraças, não tens nada! – exclama Saga, ao mesmo tempo que atira para o chão as fotografias e os relatórios.

– Eu não estou a dizer que acredito que ele esteja vivo – defende-se Joona.

– Ainda bem, Joona, porque isso seria um bocado estranho – replica Saga, muito perturbada. – Sendo que fui *eu* que lhe dei uns tiros e que fui *eu* que encontrei o corpo.

– Na realidade, temos apenas um dedo.

– Em teoria, o Joona tem razão – intervém Nålen.

– Mas que merda. OK, tudo bem – diz Saga e senta-se de novo. – Em teoria, vocês têm razão, mas podem pôr a questão como quiserem: é a premissa que não se sustém. Por que raio é que o Jurek havia de chicotear e matar dois idiotas pervertidos na Noruega e na Alemanha?

– De facto, não é coisa do Jurek – concorda Nålen.

Joona fecha os olhos; as suas pálpebras tremem enquanto procura forças para prosseguir o raciocínio.

– O Jurek escolhia três tipologias de vítimas – começa, voltando a abrir os olhos. – As verdadeiras, as vítimas primárias, eram aquelas que não matava na primeira pessoa, como o Samuel Mendel.

– Por isso foi tão difícil identificar um padrão – diz Nålen.

– A segunda categoria eram as pessoas que retirava às vítimas primárias, as pessoas que davam um sentido à vida delas.

– Filhos, cônjuges, irmãos, pais, amigos.

– O Jurek nem sequer queria matar essas pessoas, individualmente não tinham qualquer significado para ele.

– Era por isso que os mantinha prisioneiros, ou sepultados em caixões ou bidões – acrescenta Nålen.

– A terceira categoria eram as pessoas em quem tropeçava e que o atrapalhavam... também não as queria matar, fazia-o apenas porque isso lhe dava jeito, para remover obstáculos.

– Portanto, na realidade, o objetivo dele não era matar? – questiona Saga.

– Não ganhava nada com o ato de matar, não havia componentes sexuais, não se tratava de dominação, mas apenas do seu sentimento pessoal de justiça... Queria que os verdadeiros alvos, as vítimas primárias, desabassem e escolhessem a morte em vez da vida.

Baixa os olhos para o chão, observa as fotos do tronco meio decomposto e das costas chicoteadas, e os relatórios do laboratório.

– Agora temos duas vítimas, sem qualquer ligação entre elas, que foram flageladas de uma maneira que nos faz lembrar a violência sofrida pelo irmão do Jurek. A primeira vítima tinha o crânio da Summa no congelador, a segunda tentou contactar-me.

– Não pode ser por acaso – diz Saga num fio de voz. – Mas os homicídios não coincidem com o perfil do Jurek Walter.

– Concordo, concordo absolutamente, eu também não acredito que se trate do Jurek, mas talvez alguém esteja a tentar dizer-me alguma coisa e talvez essa pessoa esteja ligada a ele.

– Pode haver mais vítimas – diz Saga, cruzando o seu olhar com o dele.

15

Stellan Ragnarson é um homem desengonçado, com uns olhos simpáticos e um traço inseguro no sorriso. Quando os cabelos começaram a tornar-se demasiado ralos, passou a cortá-los à escovinha, para conseguir ter um ar mais jovem.

Nessa noite veste umas calças pretas e brilhantes de fato de treino e uma *sweatshirt* cinza-clara desbotada com o emblema dos New York Rangers.

Tira meio quilo de novilho do frigorífico, arranca o invólucro de plástico e deixa cair a carne numa grande tigela de aço inoxidável.

Marika está sentada a uma mesa de armar com o telemóvel e uma tablete de chocolate.

Tem menos cinco anos do que ele e trabalha na estação de serviço da E65, em frente ao supermercado ICA Kvantum.

– Estás a estragá-lo com mimos – diz ela, enquanto parte três quadradinhos de chocolate.

– Sou rico como um sultão – responde ele, ao mesmo tempo que pousa a tigela no chão, por baixo da janela da cozinha.

– Pelo menos hoje.

Stellan sorri quando o enorme cão engole a carne com um movimento do pescoço. *Rollof* é um imponente *rottweiler*, corajoso e tranquilo. Em bebé tinham-lhe amputado a cauda porque estava enrolada no dorso.

Stellan está desempregado, mas no dia anterior ganhou algum dinheiro com as apostas e surpreendeu Marika com uma rosa.

Sentam-se no sofá para comer pãezinhos quentes com presunto e mostarda enquanto veem *Stranger Things*.

O telemóvel de Marika toca assim que ela acaba de jantar. Olha para o ecrã e diz que é outra vez a irmã.

– Atende – diz ele, levantando-se. – Eu vou lá acima jogar um bocado antes de sair com o *Rollof*.

– Olá, maninha – atende Marika com um sorriso, enquanto ajusta a almofada atrás das costas.

Stellan tira uma lata de cerveja do frigorífico, sobe as escadas e vai para o computador.

Cerca de seis meses antes começou a explorar a *deep web*, a parte invisível da Internet que, segundo algumas pessoas, é cinco mil vezes mais vasta do que a rede normal.

Mesmo quem não estudou programação de *software*, ou protocolos de Internet, sabe garantidamente que qualquer computador e telefone em rede tem um endereço IP individual. Uma combinação de dígitos graças à qual todos os utilizadores podem ser identificados e localizados.

Stellan foi atraído pela Darknet, uma parte da *deep web* onde se encontram servidores desprovidos de IP. É ali que ocorre a maior parte do comércio e das trocas perigosas: armas, drogas, violações, homicídios por encomenda, comércio de escravos e tráfico de órgãos.

Mas depois daquilo que aconteceu há onze dias, abandonou completamente a Internet obscura. Interrompeu todos os contactos e tentou remover o *software*, sem o conseguir.

Não faz mal, repete para consigo.

De qualquer modo, já não acede à *deep web*, apenas se diverte com os jogos *online*.

Começou a entusiasmar-se com o *Battlefield*.

É muito envolvente, apesar de ser apenas um jogo.

Trata-se de se juntar a um grupo com quem é preciso levar a cabo uma missão militar; no máximo, não se faz mais do que discutir sobre a missão, mas ainda assim é divertido conhecer pessoas novas que chegam de todas as partes do globo.

Stellan pousa a lata de cerveja em cima da secretária e cola um penso rápido sobre a pequena *webcam* do ecrã, depois enfia os auscultadores com microfone e começa.

No jogo, o seu objetivo é liquidar o chefe de um grupo terrorista numa casa arruinada em Damasco.

Receberam via satélite as imagens do edifício e levantaram da base de helicóptero.

Stellan larga o comando e tenta abrir a lata de cerveja, mas não dá tempo: tem de recomeçar a jogar.

Forçam uma porta secundária e entram de rompante, dois a dois. Stellan e o seu reforço, de nome Straw, correm ao longo da balaustrada que circunda um pátio interior com um chão de mármore esburacado e algum equipamento militar enferrujado no meio das palmeiras secas.

– Com calma, agora – diz Stellan no *chat*.

– Eu assumo o comando, se estás borrado – provoca-o Straw, sufocando um arroto.

– Nem sequer viste os guardas, pois não?

Os cigarros dos guarda-costas vislumbram-se vagamente num canto escuro. Quando aspiram, a brasa ilumina as espingardas automáticas que têm na mão.

Straw suspira nos auscultadores de Stellan, depois avança e dispara sobre os guarda-costas. O pesado tiroteio automático ecoa ao longo da balaustrada e pelas paredes.

– *Fuck*, não podes fazer isso, primeiro temos de limpar o pátio – protesta Stellan, e estica outra vez a mão para a lata.

Tenta levantar o anel quando o avatar de Straw avança pelo pátio com a arma ao dependuro de um lado.

– Precisas de uma mão para a cerveja? – pergunta.

Stellan arranca os auscultadores das orelhas e levanta-se de um salto, derrubando a cadeira. Fita o ecrã, verifica se o adesivo ainda tapa a lente da *webcam* e depois ouve uma voz que sai dos auscultadores pousados ao lado do computador em cima da secretária.

– Senta-te outra vez – grita Straw.

Stellan dá um passo em frente e desliga os auscultadores, força a saída do computador, puxando o cabo elétrico, depois mete-o no armário e fecha a porta, perguntando a si mesmo como é possível que alguém o veja.

Aproxima-se da janela e espreita lá para fora, para a estrada vazia. Vê um carro estacionado, com os vidros embaciados. Stellan baixa o estore de repente, levanta a cadeira do chão e senta-se com o coração a explodir-lhe no peito.

– O que é que se está a passar? – murmura para si mesmo.

Esconde o comando e os auscultadores na gaveta da secretária e repara que tem as mãos a tremer.

Deve haver alguma ligação com aquilo que aconteceu há onze dias.

– Merda, merda...

Apesar de nos dois anos em que esteve na cadeia ter estudado o sistema IP, só agora percebe como foi estúpido em ligar-se à Darknet. Não há segurança nenhuma, existe sempre alguém que sabe contornar o sistema.

Mas até há onze dias entrar naquele mundo fora uma espécie de obsessão, a tentação era irresistível.

Tinha ido longe de mais, antes de dar conta de que se encontrava em águas perigosas, sem perceber que se tratava de um ambiente totalmente diferente daquilo que tinha imaginado. Algumas das pessoas que frequentavam a Darknet não conheciam limites e eram letais. Vira em tempo real dois homens dispararem sobre um rapaz sentado em frente ao seu computador. O sangue esguichara para cima de um póster do *Star Wars* e de uma máscara frouxa de Donald Trump atirada ao chão.

Stellan tinha lido bastante sobre os riscos que se podiam correr com a *interface* Vidalia, através da qual se ficava apanhado nos meandros da *deep web*.

Mas o *software* Tor foi projetado para proteger os utilizadores, de forma que não possam ser localizados.

Trata-se de um sistema de criptografia em camadas graças ao qual os dados são transmitidos ao longo de um circuito de pontos escolhidos numa sequência casual entre computadores espalhados por todo o mundo.

LAZ-6

Stellan não compreende perfeitamente o funcionamento daquilo, mas, tanto quanto percebeu, o *software* deveria permitir-lhe aceder aos cantos mais escuros da *web* sem ser reconhecido ou localizado.

16

Stellan ergue-se sobre as pernas trémulas, afasta o estore e espreita mais uma vez lá para fora. O carro desapareceu. Desce ao andar de baixo e desliga o cabo do *router* na sala de estar. Marika está sentada no sofá em frente à televisão e, quando o vê, faz-lhe sinal para se sentar ao lado dela.

– Tenho de levar o *Rollof* à rua – diz com uma voz neutra.

Marika finge um amuo de despeito.

– Ele está sempre primeiro.

– Precisa de se mexer, é um cão grande.

– O que é que se passa? Estás com má cara.

– É só que... Não podemos continuar a usar a Internet.

– Porque não?

– Temos de mudar a ligação, apanhámos um vírus que vai dar cabo de tudo se estivermos *online*.

– Mas eu preciso de a ligar.

– Agora?

– Sim, tenho de pagar umas contas e...

– Vai a casa da tua irmã e utiliza o computador dela – interrompe-a.

Marika abana a cabeça.

– Acho um disparate.

– Depois do passeio do *Rollof*, eu chamo a assistência técnica.

– Assim não se pode.

Stellan pega na trela que está à entrada; assim que as malhas metálicas tilintam umas contra as outras, *Rollof* vai ter com ele.

Está uma noite de inverno tranquila e chuvosa no Sul da Suécia. Os campos escuros e despidos.

Stellan e *Rollof* avançam, como de costume, ao longo da E65. Algum raro camião passa rapidamente pela estrada com os pneus a chiar. Stellan não consegue deixar de espreitar para trás de vez em quando, mas está só.

Uma neblina ligeira envolve as hortas urbanas do outro lado da grande estrada. *Rollof* avança ao lado dele a respirar de uma forma regular.

Está vento e frio. Viram à direita na Aulingatan e avançam ao longo de um relvado amarelecido com uma grande área industrial à esquerda. Àquela hora, o enorme parque de estacionamento está quase deserto.

Stellan dá-se conta de que não consegue pensar com lucidez, de que se está a comportar de forma irracional, mas decidiu que vai queimar a oficina. Com isso poderá receber algum dinheiro do seguro, deixar Ystad e mudar o servidor de Internet e todos os aparelhos.

Uma das velhas estufas, um pouco mais adiante, tem as luzes acesas. *Rollof* espeta as orelhas, depois ladra e rosna na direção dos arbustos densos num lote abandonado.

– O que foi? – pergunta Stellan, com uma voz sumida.

A coleira aperta-se em volta do pescoço robusto do cão, cortando-lhe a respiração. *Rollof* é fiável, mas pode tornar-se agressivo quando encontra outros machos.

– Não comeces a implicar, *Rollof* – ordena Stellan, arrastando-o para continuar a andar.

Nenhum cão ladra em resposta, mas alguns ramos à frente da estufa abanam.

Stellan sente um arrepio ao longo da espinha. De repente, imaginou que podia estar alguém no meio das árvores.

Entra na vasta área industrial. As ruas estão desertas, e entre um lampião e o outro a escuridão é cerrada. A sua sombra estende-se e desaparece no meio das trevas antes de chegar ao lampião seguinte. Os passos ecoam por entre os muros de tijolo e chapas onduladas.

Para uma pessoa com um passado criminal não é fácil abrir caminho no mercado de trabalho sueco. Stellan foi condenado por duplo homicídio quando tinha vinte anos.

Depois de ter saído da prisão, conseguiu alguns trabalhos temporários, fez uma infinidade de cursos, na tentativa de melhorar a sua formação, mas basicamente arranjou maneira de viver de subsídios.

A sua frenética exploração da Darknet e a possibilidade de observar às escondidas as atividades de outros haviam ressuscitado nele uma velha fantasia. Quando estava ainda na prisão, pensara em comprar raparigas que ganhassem algum dinheiro para ele. Leu algumas coisas a esse respeito, refletiu sobre o assunto, calculou os riscos e decidiu descobrir os melhores métodos para o alcançar.

Foi esse pensamento que o guiou quando começou a explorar a *deep web*. Pôs um anúncio em dois *sites* de trocas, dizendo que queria comprar raparigas, mas ninguém lhe respondeu.

Quando esclareceu que ia manter as raparigas engaioladas e vendê-las no mercado do sexo, chegaram subitamente várias respostas. Muitos queriam provocá-lo, outros tentavam assustá-lo. Algumas respostas eram aparentemente sérias, mas, depois de alguma investigação, descobriu que estavam ligadas ao crime organizado.

Stellan não compreendia por que razão não conseguia deixar de pensar nas gaiolas. Talvez por ter percebido que era um plano efetivamente exequível.

Dez anos antes tinha herdado um velho armazém industrial que tentou por várias vezes arrendar. Enquanto esperava por outras respostas nos *sites* de trocas da *deep web*, construiu um compartimento resistente na parte mais escondida daquele edifício comprido e estreito. Sem medir a área do armazém é impossível reparar naquele aposento escondido, apesar de albergar cinco gaiolas com outras tantas camas, um chuveiro e uma cozinha num canto, com frigorífico.

Stellan tinha quase terminado os trabalhos quando entrou em contacto com Andersson.

Santo Deus, não percebera até que ponto ele era perigoso.

Andersson mostrou interesse pela sua atividade e estava disposto a entregar-lhe cinco jovens mulheres romenas.

A oferta parecia perfeita em todos os detalhes. Era tudo como devia ser, Stellan tinha dado de caras com um profissional.

Mas, ao mesmo tempo, Andersson emanava uma aura inquietante que fazia Stellan tremer de medo.

Fizera novas pesquisas usando o Tor.

Com alguma cautela, ninguém ia conseguir localizá-lo: as informações atravessavam uma série infinita de pontos e, enquanto não chegavam ao destinatário, eram constantemente encriptadas.

Tratava-se de um negócio demasiado grande para um peixe pequeno como ele.

No entanto, se conseguisse constituir um círculo de clientes, ganharia uma fortuna.

Stellan estava obcecado com a ideia das raparigas engaioladas. Mas ainda não tinha uma noção completamente clara acerca daquilo que ia fazer com elas.

Não as queria violentar, não lhes queria bater, alimentava a fantasia de ser capaz de as manipular a ponto de elas acabarem por consentir tudo sem opor resistência.

Andersson tinha-o levado a contar-lhe demasiados pormenores sobre o seu passado e começou a colocar-lhe questões complicadas sobre a lealdade.

Stellan tomou aquilo como uma provocação e criou uma espécie de cavalo de Troia sob a forma de anexo em PDF, para retomar o controlo.

Ao abrir o anexo, Andersson revelou-lhe a sua posição exata.

Agora Andersson sabia que ele sabia.

Stellan tinha o seu endereço.

Don't fuck with me, pensou.

A reação de Andersson foi tão rápida como inesperada.

«Não devias ter feito isso», escreveu-lhe. «A única maneira de reconquistares a minha confiança é filmares-te enquanto cortas os dois tendões de Aquiles.»

Tinha acontecido há onze dias.

Stellan fingiu acreditar que se tratava de uma brincadeira, mas percebeu que Andersson era louco.

Sem dar demasiado nas vistas, tentou livrar-se do acordo, explicando-lhe que tinham surgido umas complicações e que o negócio devia ficar em suspenso.

«É tarde de mais», respondeu Andersson.

«O que é que queres dizer com isso?»

«Vou ter contigo em breve...»

«Andersson, peço-te imensa desculpa», escreveu Stellan. «Não era minha intenção...»

Deteve-se quando a ventoinha do seu PC começou a rodar na potência máxima.

«Tu pertences-me», responde Andersson.

Um instante depois, o ecrã diante de Stellan apagou-se. O aposento mergulhou na escuridão. O computador ligou-se novamente, o disco duro começou a zumbir, o ecrã a faiscar e, uma vez restabelecida a ligação, Stellan apareceu no monitor.

Andersson controlava o seu computador à distância; tinha ativado a *webcam* e estava a observá-lo, sentado à secretária em tronco nu, com uma chávena de café ao lado do teclado.

Com o coração a bater loucamente, Stellan desligou-se da *deep web*, entrou nas definições do sistema, desativou a ligação à Internet e tentou apagar o programa Tor.

A partir daquele momento, Stellan não voltou a entrar na Darknet. A sensação sufocante de ser observado e controlado aumentou dia após dia.

Os portões em frente ao n.º 18 da Herrestadsgatan ainda estão abertos. *Rollof* levanta a pata e urina contra o poste do costume. Passam pelo gabinete de engenharia Jeppsson e pela estação de recolha azul com um velho autocarro de carreira.

Stellan e o cão abandonam o caminho de saibro, continuam sobre a erva húmida e passam por um grande edifício prateado até que chegam a um armazém comprido em blocos de gesso amarelo--pálido, com as escadas em aço.

O cartaz que diz OFICINA E PNEUS YSTAD ainda lá está, apesar de a atividade ter sido extinta há muito tempo e de a sociedade já não existir.

Stellan amarra a trela a um bloco de cimento que sustém um cartaz provisório, ajoelha-se, segura *Rollof* pela coleira com as duas mãos e explica ao cão que não demora.

Acende as lâmpadas de néon do teto; com zumbidos e faíscas, espalham a sua luz branca sobre as bancadas sujas cobertas de ferramentas pesadas. O chão de cimento está salpicado de manchas de óleo e veem-se furos de berbequim onde em tempos estavam as máquinas. Por todo o lado se encontram vestígios da oficina desmantelada. Tudo o que podia ser vendido em leilão judicial depois da falência foi desmontado e levado.

Está quase a chegar à parede falsa quando ouve *Rollof* rosnar lá fora. Stellan abre a porta da arrecadação, afasta o aspirador, retira o calendário com as agentes da Polícia nuas, enfia uma longa chave na fechadura e empurra com o ombro a porta de segurança.

No quarto secreto, acabou já de construir três gaiolas, com rede de galinheiro estendida em volta de um esqueleto de madeira preso ao chão com rebites.

Dentro das gaiolas estão as estruturas de três camas da *Ikea* e três bacios de plástico.

As luzes do teto projetam a sombra da rede nos colchões.

A cozinha no canto é um simples móvel com um lava-loiças e uma placa de fogão, um chuveiro de enroscar na torneira, um micro-ondas e um pequeno frigorífico.

Sabe perfeitamente que a coisa mais segura é destruir as gaiolas antes de pegar fogo ao armazém. Stellan entala o pé de cabra entre a parede de tijolos e uma das traves e começa a fazer força.

Depois de ter destruído as gaiolas, vai espalhar por todo o lado gasolina que tirou do autocarro em frente ao Jeppsson, impregnando bem todas as coisas, deixando que o fogo parta daquele aposento, de um dos caloríferos.

O seguro do edifício não cobre o seu valor total, mas agora é tarde para tentar alterar as condições.

Stellan já arrancou uma das traves e atira-a para longe. Ouve o *bip* do telemóvel; pendura o pé de cabra na rede e vai ver o que é. Recebeu uma mensagem de um número que não conhece:

Despeja a gasolina por cima de ti e

Stellan não acaba de ler: atira o telemóvel contra a parede, não faz ideia de como Andersson conseguiu o seu número.

– O que é que está a acontecer? – sibila, ao mesmo tempo que desfaz o telemóvel por baixo das botas.

Decide não perder tempo a destruir as gaiolas. Provavelmente, irão arder juntamente com tudo o resto, ninguém vai descobrir o que ele fez.

De repente, as luzes apagam-se. Deve ter disparado um fusível. Stellan abre caminho em direção à porta, tropeçando no saquinho de papel com os parafusos de reserva, nos azulejos para o canto da parede e noutros materiais. A pesada porta de segurança fechou-se, mas Stellan consegue abri-la ainda assim; depois, entra na arrecadação e continua até à oficina. A escuridão é total. Pelas janelas que não foram tapadas com contraplacado entra a luz cinzenta da noite.

Stellan repara que a porta do quadro elétrico com os velhos fusíveis de porcelana já está aberta.

Do lado de fora da porta, *Rollof* ladra e a rosna. O cão está agitado, puxa a trela, geme e volta a ganir.

Uma sombra passa à frente de uma das janelas. Alguém anda a rondar o armazém.

O coração de Stellan bate com tanta força que lhe faz doer a garganta.

Olha para a porta à sua frente, não sabe o que fazer.

Atrás dele, a corrente de uma velha roldana começa a baloiçar.

Stellan volta-se, mas não vê ninguém.

Avança em direção à porta, ouve passos rápidos atrás de si e depois uma explosão na cabeça.

Vacila de lado, tem as têmporas em fogo.

As pernas cedem e ele cai ao chão com um queixume gutural.

Arqueia as costas num espasmo, estica o corpo todo e depois começa a sacudir-se de forma descontrolada. Alguém o arrasta por uma perna ao longo do pavimento.

– Desculpa – diz, ofegante, tentando afastar com as pálpebras o sangue lhe cobre os olhos.

O homem grita qualquer coisa e depois atinge-o na boca com um pontapé. Antes de perder os sentidos, Stellan percebe que o outro recomeça a caminhar com um passo pesado.

Quando acorda, sente um líquido quente no rosto.

Está deitado de lado, tenta levantar a cabeça e vê o homem virar uma velha escrivaninha de pernas para o ar; depois, regressa junto dele com uma serra ferrugenta na mão e dá-lhe um pontapé na barriga.

Stellan respira ruidosamente contra o chão.

Pensa que tem de fugir e libertar *Rollof*.

O homem agride-o repetidamente no fundo das costas e depois anda à volta dele.

Stellan sente o outro agarrá-lo pela nuca, apoiar-lhe a lâmina dentada contra o pescoço e começar a serrar.

Repara que o ruído muda e mal tem tempo para pensar que a dor é insuportável antes de tudo se desvanecer.

17

Joona e Nålen sobem no elevador, em silêncio, sem olharem um para o outro. O chão está molhado de neve derretida. Não se ouve mais do que o rumor dos cabos que os elevam até à sala de reuniões no oitavo andar.

Nathan Pollok, da secção de homicídios, já convocou uma primeira reunião. Assumiu o encargo de procurar, junto da Secção Operativa Nacional, outras vítimas que, de alguma forma, correspondam ao perfil dos dois primeiros homicídios.

Joona mostra um rosto sério, concentrado.

Tem a gola do sobretudo torta, meio levantada.

Uma vez que ele e Nålen estão de acordo sobre o facto de existir, em teoria, uma possibilidade de Jurek Walter ter sobrevivido às balas de Saga, Joona é obrigado a ir até ao fundo.

A razão pela qual consegue ainda manter sob controlo aquela iminente sensação de catástrofe é que a escolha das vítimas não corresponde ao amor de Jurek pelo equilíbrio.

Nem a escolha dos alvos nem o *modus operandi* coincidem.

Jurek nunca recorre a uma violência selvagem: faz sempre apenas o mínimo indispensável para obter os resultados desejados.

No caso dos dois mortos na Alemanha e na Noruega havia ligações concretas com Joona, mas nenhuma relação real com Jurek Walter.

Só por si, o facto de a vítima no parque de campismo de Rostock ter sido chicoteada não significa nada. Podia ter inclinações masoquistas, talvez se tivesse magoado sozinho, ou então tinha sido agredido pelos outros pacientes do setor de psiquiatria.

Nem sequer se apurou se realmente foi usado um afiador de lâminas. Joona está até disposto a admitir que o seu cérebro possa ter ficado temporariamente desnorteado.

De resto, o homem de Oslo tinha apenas uns poucos e leves sinais nas costas, talvez resultado da própria luta.

Joona faz um esforço para escutar Nålen, que está a contar a forma como o seu assistente, Frippe, começou a jogar golfe com a mulher.

Tenta sorrir e pensa mais uma vez que provavelmente a sua reação foi excessiva.

Jurek morreu.

O homem de Oslo e o do parque de campismo devem ter sido assassinados pela mesma pessoa, e em ambos os casos há uma relação direta com ele.

Joona tentou também perceber de que forma o violador em série teria conseguido o seu número privado.

Fabian Dissinger nunca surgiu em nenhum inquérito sueco, pelo menos desde que Joona começou a trabalhar na Polícia.

O mesmo se aplica ao ladrão de cadáveres de Oslo.

O elevador abranda, detém-se e as portas abrem-se.

Anja está à espera deles. Sem dizer uma palavra, abraça Joona e depois dá um passo atrás.

Com um sorriso satisfeito, indica-lhes a sala de reuniões. Três mesinhas foram unidas e sobre uma delas há um computador portátil fechado ao lado de duas pilhas de documentos e processos. No cesto dos papéis está uma estrela do Advento com a cauda cheia de pó.

Do lado de fora das janelas baixas veem-se o pátio interior, os telhados planos coroados de antenas e parabólicas, o espaço aberto da prisão e o pináculo sobre a velha central da Polícia.

– Vieram depressa – diz Nathan atrás deles.

Tem os cabelos grisalhos apanhados, como de costume, num rabo de cavalo; veste um casaco preto e umas calças justas, e usa uns botins de *cowboy* com tacão.

– Como é que vai isso? – pergunta Joona, ao apertar a mão do seu velho amigo.

– Bah, uma merda, obrigado – responde Nathan, como lhe é habitual.

Aproxima-se de uma das paredes e retira o póster de um rapaz vestido para a festa de Santa Luzia que tem em baixo um breve convite da Polícia para se manterem sob controlo os jovens do país.

– Segundo o Nathan, a atmosfera natalícia é negativa para o *feng shui* desta sala – diz Anja.

– O que é que descobriram? – pergunta Joona, enquanto se instala numa das cadeiras.

Nathan abana a cabeça para pôr o rabo de cavalo no sítio, abre o computador e começa a pô-los ao corrente dos seus esforços juntos da Europol.

– Perguntámos se entre as vítimas de homicídio nos últimos meses havia criminosos ou indivíduos psicóticos... condenados por agressão, por violação.

– Com particular atenção aos sinais de fustigação ou similares – acrescenta Anja.

– Pedimos para excluírem o terrorismo, o crime organizado, o tráfico de droga e os crimes financeiros – continua Nathan.

– A resposta é que não se registam homicídios desse género – informa Anja, enquanto enche quatro copos de água de uma caneca.

– Mas mesmo assim, estatisticamente, teria de haver alguma coisa – prossegue Nathan. – Por isso, contactámos as forças da Polícia nacionais e a partir dali continuámos a procurar nos vários distritos, em todas as divisões.

– Não estou a dizer que tenha sido difícil, mas na Europa há quarenta e cinco estados, portanto, bastantes chefes de divisão – explica Anja. – Alguns são desconfiados e não querem entrar em pormenores, mas o problema principal é que... – Detém-se com um suspiro. – É uma zona sombria – prossegue. – Normalmente, a Polícia não embarca em grandes investigações quando os criminosos se matam uns aos outros. E, quando são os piores que morrem, é um alívio. Claro que não se trata de uma posição oficial, mas é inevitável... Quando morre um pedófilo, ninguém se sente pessoalmente envolvido... não se entra em contacto com outros distritos, outros países.

– Falei com um polícia húngaro. Disse-me que, sem chegar aos excessos do Duterte... em suma, por muito que a Polícia húngara não possa instigar ao homicídio, não tem nada contra o facto de a sociedade se limpar por si própria – explica Nathan.

– E eu falei com um colega de Londres que me prometeu inserir o nosso assassino na lista das pessoas procuradas, para o caso de se querer mudar para Tottenham.

Joona levanta o copo, observa a superfície da água que oscila e a sombra redonda, transparente, sobre a mesa, e sente dentro de si um ligeiro alívio.

Jurek não tem como objetivo tornar o mundo um lugar melhor, nunca se sentiria na obrigação de castigar os criminosos – não é assim que funciona.

– Em qualquer caso, estamos apenas no início das investigações – diz Nathan, ao mesmo tempo que tira uma maçã da taça no centro da mesa. – Mas pensámos que gostarias de dar uma vista de olhos às três informações que recebemos até agora e que correspondem aos critérios.

Um trovão ecoa na cabeça de Joona.

– Correspondem? – repete, pressionando as pontas dos dedos contra a têmpora esquerda.

– Ora vamos lá ver – diz Nathan, abrindo uma pasta no computador. – Para obter esta aqui foi precisa toda a minha capacidade de persuasão... A princípio, não havia nenhum homicídio, mas depois puseram-me em contacto com um comissário de Gdansk... e ele contou-me, sem demasiados rodeios, que num braço extinto do rio Vístula, chamado Vístula morto, tinham acabado de encontrar um homem de meia-idade... não morrera afogado, mas fora espancado até à morte, tinha dentadas na cara e a cabeça estava quase separada do corpo.

– Tinha cumprido pena por três homicídios e profanação de cadáveres – diz Anja.

– E que mais? – pergunta Joona, com a boca seca.

– Hoje de manhã falei com o Salvatore Giani, que te manda cumprimentos – diz Nathan, trincando a maçã.

– Obrigado – murmura Joona.

– O Salvatore tinha um homicídio em Segrate, na periferia de Milão... Na quinta-feira passada, uma mulher de nome Patrizia

Tuttino foi encontrada com o pescoço partido na mala do seu próprio carro, quase à porta do serviço de cirurgia reconstrutiva do Hospital San Raffaele... Quando revistaram o apartamento dela, descobriram que, antes de iniciar o processo de mudança de sexo, tinha pelo menos três homicídios por encomenda em cima dos ombros.

De testa franzida, Nathan clica no computador e vira o ecrã para Joona.

Da cúpula do hospital uma sombra desce para o terreiro de pedra até um *Panda* vermelho com os para-choques amolgados. Na mala aberta está um cadáver. O saco de plástico que tem na cabeça está manchado de batom por dentro. O vestido e o casaco de peles estão negros de lama. É uma mulher alta, com uns seios generosos, coxas musculosas e joelhos fortes.

– E a terceira vítima? – pergunta Joona.

Nathan massaja a testa.

– Nos arredores de Brest, no Sudoeste da Bielorrússia, há um conhecido parque nacional, a floresta de Bialowieza. Na semana passada, um homem foi encontrado morto atrás de uns contentores de lixo na nova atração dedicada a Ded Moroz, uma espécie de Pai Natal eslavo... A vítima trabalhava no parque como vigilante. Apresentava no corpo vários sinais de violência, tinha os dois braços partidos e foi baleado na nuca... Chamava-se Maksim Rios.

– Estou a ver – diz Joona.

– Os colegas bielorrussos explicaram-nos que, no último ano, o homem tinha sido chicoteado repetidamente.

– Preciso de refletir – diz Joona.

– Ainda estamos à espera das fotografias, assim como de informações de vários países... mas o problema, como disse a Anja, é que quase ninguém tem nada a objetar contra o desaparecimento de alguns criminosos.

Joona permanece sentado com as mãos à frente do rosto enquanto ouve Nathan transmitir as respostas irónicas da Polícia de Marselha.

Não existem *serial killers* assim, pensa.

Acontece que alguns deles justificam a sua necessidade de matar com a vontade de limpar a sociedade, mas em casos desse género as vítimas são homossexuais, prostitutas ou grupos específicos, étnicos ou religiosos.

Não pode tratar-se de Jurek.

Ele nunca mataria ninguém por questões éticas ou um presumível comportamento desviante.

Nada disso lhe interessa, de facto.

A não ser que se trate de outras questões, pensa Joona de repente, levantando-se da cadeira.

Os homicídios não têm nada a ver com a limpeza da sociedade.

É uma competição, um processo de seleção.

– Está vivo – sussurra Joona, empurrando a cadeira para debaixo da mesa.

Jurek Walter está vivo e ocupado há muito tempo a recrutar cúmplices e a pô-los à prova.

Está a procurá-los exclusivamente no meio de pessoas desprovidas de barreiras morais.

Precisa de alguém que possa assumir o lugar do irmão, alguém que lhe demonstre fidelidade total, que ao mínimo erro seja capaz de suportar as chicotadas.

Está à procura de alguém com quem possa partilhar a sua obsessão por mim, pensa Joona.

Jurek não queria que o homem de Oslo roubasse o crânio de Summa, não queria que o homem do parque de campismo me telefonasse – foram apenas efeitos colaterais da sua ação de doutrinamento.

A sequência de mortos significa que a seleção está concluída.

As vítimas encontradas são aquelas que não superaram a prova.

É este o móbil.

O móbil que não conseguiam descobrir.

Apercebe-se de que Nathan lhe está a dizer qualquer coisa, mas não o ouve, não consegue captar nada.

– Joona? O que é que se passa?

Joona volta-se, arrasta-se até à porta e abre-a. Verifica que tem a pistola no coldre debaixo do braço e dirige-se para o elevador, ao mesmo tempo que pega no telemóvel e procura o número de Lumi.

Anja vai rapidamente ter com ele ao corredor.

– O que é que se passa?

– Tenho de me ir embora – responde ele, apoiando-se à parede com a mão.

– Acabou de chegar um *email* de Ystad que devias ver. A Polícia encontrou o cadáver de um homem numa zona industrial... tem várias fraturas no crânio, no rosto, no peito...

Enquanto avança em direção ao elevador, Joona não se apercebe de que fez cair da parede um aviso sobre um torneio feminino de *bandy*.

– Corresponde ao perfil – diz Anja atrás dele. – A vítima chamava-se Stellan Ragnarson e foi condenado por ter degolado a namorada e a mãe dela.

Joona acelera o passo, com o telemóvel apertado contra o ouvido enquanto os toques se sucedem. Carrega no botão do elevador, mas, ao ver que não chega, desce as escadas a correr.

– Estou? – responde Lumi baixinho.

– Olá, é o pai.

– Olá, pai... Estou nas aulas e não posso...

– Lumi – interrompe-a, tentando afugentar o pânico que o domina. – Escuta-me... Estava aqui a pensar, lembras-te daquele eclipse em Helsínquia?

Por um instante, ela fica em silêncio. A testa e o pescoço de Joona destilam suor frio.

– Sim – responde ela, engolindo ruidosamente em seco.

– É que me lembrei daquele dia, mas podemos falar sobre isso mais tarde... Gosto muito de ti.

– Também gosto muito de ti, pai.

18

Lumi deixa cair o *iPhone* na mochila e fecha o caderno com as mãos trémulas. Se o professor Jean-Baptiste Blom não tivesse interrompido a aula por causa de um problema com o computador, ela nunca teria atendido o telemóvel.

Não consegue acreditar que aquilo esteja realmente a acontecer, que o pai lhe tenha ligado para lhe perguntar pelo eclipse.

Não pensava que isso pudesse acontecer.

A luz invernal entra a jorros pelas grandes janelas da sala de aula. As paredes estão manchadas e o chão bastante gasto.

Os alunos da academia de arte estão ainda nos seus lugares, conversam em voz baixa ou olham para o telemóvel enquanto o professor tenta pôr o computador a funcionar novamente.

– Tenho de me ir embora – sussurra Lumi para Laurent, que encostou a cadeira à dela.

– Quem foi que te ligou? – pergunta ele, fazendo deslizar a mão quente ao longo das costas da rapariga.

Lumi mete o caderno e as canetas na mochila, levanta-se, afasta as mãos do namorado do fundo das costas e avança pelo meio das carteiras.

– Lumi?

Ela não responde, faz de conta que não ouve, enquanto ele arruma as suas coisas e vai atrás dela.

Lumi continua a avançar por entre as carteiras e vê o professor a rir com os dentes tortos quando a primeira imagem aparece no grande ecrã. É uma fotografia de Robert Doisneau: um homem a nadar e um violoncelo a flutuar.

Em silêncio, Lumi chega à porta no momento em que o professor retoma o raciocínio sobre a dramaturgia da imagem.

Sai para o corredor e veste o blusão, ao mesmo tempo que lança um olhar às casas de banho: tem a sensação de que precisa de vomitar, mas avança em direção a saída.

– Lumi?

Laurent chega junto dela e agarra-a por um braço. Ela volta-se e sente a adrenalina invadir-lhe o corpo.

– O que é que se passa? – pergunta ele.

Lumi observa o seu rosto preocupado, a barba a despontar, o penteado de adolescente, desordenado e bonito, como se tivesse acabado de se levantar da cama.

– Só preciso de fazer uma coisa – responde, a tentar despachá-lo.

– Com quem estavas a falar ao telefone?

– Com um amigo – diz ela, dando um passo atrás.

– Da Suécia.

– Agora tenho mesmo de ir.

– Está em Paris? Quer encontrar-se contigo?

– Laurent – implora ela.

– É estranhíssimo, não percebes?

– É uma coisa pessoal, não tem nada a ver com...

– Sabes que me mudei para tua casa – interrompe-a ele com um sorriso. – Lembra-te daquilo que fizemos ontem à noite e hoje de manhã... e o que vamos fazer logo à noite...

– Agora chega – diz ela, sentindo que de um momento para o outro vai desatar a chorar.

Ele repara na expressão dela e fica sério.

– OK – diz.

O ponteiro dos segundos no grande relógio de parede avança a tremer. Na rua passa um carro-patrulha. Lumi deixa que Laurent segure a sua mão entre as dele, mas não consegue olhá-lo nos olhos.

– Mas depois vais à festa, não vais? – pergunta-lhe.

– Não sei.

– Não sabes – repete ele, com uma voz sumida.

Lumi afasta-se e avança rapidamente para a saída, transpõe as portas de vidro, segue pelo passeio à esquerda e atravessa a Rue Fénelon.

Detém-se diante da ampla escadaria da igreja, tira do blusão um alfinete com o símbolo da paz e usa-o para extrair o cartão SIM do telemóvel.

Deixa-o cair ao chão, destrói-o com a sola do sapato e depois continua o seu caminho.

Do outro lado do Boulevard Magenta deita o telemóvel num contentor de lixo, continua até à Gare du Nord e dali apanha o metro até à imponente Gare de Lyon.

A angústia aperta-lhe a garganta e, enquanto abre caminho pelo meio de um grupo de turistas, respira com dificuldade.

O *hall* da estação está cheio de ruídos ensurdecedores de viajantes que gritam, comboios de mercadorias que rangem, mais comboios que chegam e partem e anúncios sobre o trânsito que ecoam dos altifalantes.

A multidão reflete-se na claraboia de vidro como um único e gigantesco organismo.

Lumi passa rapidamente pelos quiosques de flores, jornais e *fast-food*, segue pelas escadas rolantes que descem para o grande túnel do terminal, transpõe os controlos antiterrorismo e chega aos cacifos de segurança.

Com a respiração ofegante, para em frente a um dos compartimentos mais pequenos, digita o código e pega no saco que lá está; entra na casa de banho das mulheres, mete-se no cubículo do fundo, pousa o saco na tampa da sanita, despe o blusão e pendura-o no gancho. Abre o saco, tira um pequeno canivete suíço e extrai a chave de parafusos, depois aninha-se por baixo do lavatório e apalpa delicadamente a parede. Logo abaixo do cano, a poucos centímetros do chão, encontra os parafusos cobertos de verniz. Enfia a ponta da chave na fenda dos parafusos e remove a tampa da cavidade da válvula de esfera. Estica uma mão e tira um embrulho, depois coloca novamente a tampa no sítio, levanta-se e fita o seu próprio olhar no espelho.

Tem os lábios brancos da tensão e os olhos estranhamente brilhantes.

Tenta concentrar-se naquilo que tem a fazer, apesar de não conseguir convencer-se de que está a acontecer realmente.

Desfaz o nó e prepara-se para arrancar o papel quando ouve alguém entrar na casa de banho.

É uma mulher que fala com uma voz arrastada de prostituta de luxo. Passa ao longo dos vários cubículos a bater com a palma da mão em todas as portas.

Sem fazer ruído, Lumi arranca o papel que envolve a pistola. É uma pequena *Glock 26* com mira noturna.

Insere um dos carregadores e mete a arma no saco.

Lá fora, a mulher continua a resmungar.

Com movimentos controlados, Lumi tira do saco o envelope com o dinheiro, divide as notas em dois montes, enfia um na carteira e mete o outro dentro do saco. Escolhe um dos passaportes, verifica o nome e repete-o para si mesma; depois pega num dos telemóveis.

Lá fora, a mulher está agora calada, mas Lumi ouve-a respirar pesadamente.

Lumi liga o aparelho e insere o código PIN.

Receia que o pai esteja em perigo, é a coisa que mais medo lhe mete. Lumi não lhe fez perguntas, e espera estar enganada. Uma parte dela pensa que passou tanto tempo à espera da catástrofe que não conseguiu resistir mais e que se convenceu de que ela chegou, apesar de na realidade não existir.

Mas agora ligou-lhe e perguntou-lhe se ela se lembrava do eclipse do Sol em Helsínquia.

Isso significa apenas uma coisa: o plano de emergência foi ativado.

Ela respondeu que sim.

Quer dizer que acha que consegue levar a cabo a sua parte.

Limpa as lágrimas das faces, tenta respirar com calma. Veste o blusão novo e mete o velho no saco, levanta o carapuço sobre a cabeça e sai do cubículo.

Diante do espelho sobre um dos lavatórios vê uma mulher corpulenta. O chão por baixo dos pés dela está completamente molhado.

Lumi apressa-se a sair, chega aos *guichets* da bilheteira, tira um número e, quando chega a sua vez, compra um bilhete de ida e volta no primeiro comboio para Marselha; paga em dinheiro e dirige-se para o cais.

O ar está impregnado do cheiro intenso dos travões sobreaquecidos.

Lumi aguarda de cabeça inclinada, com o saco entre os pés. O *placard* por cima da linha indica que faltam menos de vinte minutos para a chegada do comboio.

Recorda os meses de Nattavaara. Os últimos momentos ao lado da mãe foram também os primeiros ao lado do pai. Já não o conhecia, não lhe restava mais do que algumas lembranças e uma mão-cheia de anedotas.

Mas gostava de estar junto dele, à noite, à mesa, e de manhã cedo.

Gostava da maneira como ele a treinava, incansável e pacientemente.

Preparando-se para o pior, tinham-se aproximado um do outro.

Lumi levanta o queixo e fica à escuta. Os altifalantes gritam avisos sobre comboios atrasados.

Ao longe ouvem-se silvos.

Um homem magro com um sobretudo cor de chumbo move-se ao longo da linha em frente, mistura-se por entre os viajantes que esperam e depois arranca em direção às escadas.

Lumi baixa os olhos e recorda o momento em que Saga Bauer foi ter com eles para lhes comunicar que o corpo de Jurek Walter tinha sido encontrado.

Foi como abrir de par em par as portas de um jardim numa manhã de verão. Lumi podia sair para um mundo novo, podia mudar-se para Paris.

Um comboio aproxima-se a ranger sobre as agulhas de mudança de linha, chega ao cais 18 e detém-se com um assobio. Lumi agarra no saco, entra na carruagem e vai até ao seu lugar. Senta-se com o saco nos joelhos, olha pela janela e de repente vê o homem com o sobretudo cinzento do lado de fora do comboio.

Atira-se ao chão de repente, fingindo procurar qualquer coisa no saco, e vê as horas.

Já deviam estar a andar.

Não responde quando a mulher sentada ao lado dela lhe pergunta se a pode ajudar em alguma coisa.

Lá fora ouve-se um assobio e o comboio põe-se em movimento. Espera alguns instantes antes de voltar a sentar-se e pede desculpa.

Lumi segura o saco em cima dos joelhos e aperta os olhos para não chorar.

Recorda o dia em que, no fim do primeiro semestre, tinha insultado outro aluno, definindo as fotografias dele como sexistas. Mais tarde, nesse mesmo mês, durante uma exposição, ele escreveu por cima daquelas mesmas fotografias «cinco imagens sexistas de um sexista».

Depois começaram a andar juntos e naquele verão ele acabou por se mudar para casa dela, à experiência.

Lumi abre os olhos, mas continua a vê-lo diante de si. Laurent com os cabelos despenteados e as *T-shirts* amarrotadas. Os olhos castanhos intensos. Laurent com o seu belo sorriso, o sotaque do Sul e a boca amuada.

Paris com os seus vastos subúrbios desapareceu já atrás dela.

Lumi pensa na forma como se libertou de Laurent, a fugir como a Cinderela.

Quando, duas horas mais tarde, o comboio para em Lyon, ela levanta-se do seu lugar, põe o carapuço na cabeça e desce para o cais.

Aqui o vento é mais quente.

Lumi nunca teve a intenção de chegar a Marselha.

Vai atrás da multidão naquela grande estação, desce as escadas rolantes até ao andar inferior e percorre um corredor de azulejos até ao *guichet* de aluguer de automóveis Hertz. Mostra o passaporte falso, preenche todos os formulários, paga em dinheiro e pega na chave de um *Toyota* vermelho.

Seguindo pela grande autoestrada A42, chegará à Suíça em apenas duas horas.

19

Joona Linna conduz o mais rapidamente possível ao longo do lago Järlasjön. Os densos flocos de neve desaparecem sem deixar rasto no instante em que tocam o escuro espelho de água. Tenta novamente ligar a Valeria, mas mais uma vez não obtém resposta.

O pânico dispara por entre os seus pensamentos. É como se Jurek Walter estivesse sentado atrás dele e se esticasse na sua direção.

«Vou pisar-te», sussurra.

Joona censura-se por ter sido demasiado lento, por ter descoberto o plano de Jurek demasiado tarde.

Valeria continua a não atender.

Se se cruzar com outro carro deverá pensar que se trata de Jurek ou de um cúmplice dele, bloquear-lhe a passagem, atravessando-se na estrada, sair do carro, esconder-se na valeta, para depois saltar e disparar sobre o condutor através do para-brisas.

Na estrada estreita depois de Hästhagen consegue aumentar ainda mais a velocidade. A neve que rodopia atrás do carro tinge-se de vermelho à luz dos faróis traseiros.

O bosque abre-se sobre os campos, cuja terra negra está coberta de uma camada de neve fresca.

Quando vira para a entrada do viveiro de Valeria, os flocos tornam-se mais pequenos e rodopiantes.

Na estrada e no terreiro veem-se as marcas de um veículo pesado. Não foi o carro de Valeria que as deixou: está estacionado no sítio do costume, com uma fina camada de neve no tejadilho, no para-brisas e na mala.

Nas estufas, as luzes estão acesas, mas não se vê ninguém.

Joona vira bruscamente, cortando caminho em direção à vala profunda, gira o volante, faz marcha-atrás e posiciona-se de forma a impedir a passagem de qualquer veículo.

Quando sai do carro leva consigo o saco que pousou no banco do passageiro, enfia uma mão por baixo do blusão e extrai a *Colt Combat.*

As janelas da casa de Valeria estão às escuras. O silêncio é total. A neve cai ligeira, branca contra o céu branco.

Quando se aproxima da primeira estufa, vê que a terra foi pisada.

Um balde com bolinhas de argila entornou-se.

Joona avança ao longo da parede de vidro a espreitar para o interior. As folhas verdes tocam nas janelas molhadas de condensação.

Ao longe, um cão ladra.

Quando chega à última estufa, Joona vê o anoraque vermelho de Valeria no chão ao lado da mesa de trabalho.

Afasta a porta com cautela, entra naquela atmosfera húmida e fica à escuta, antes de atravessar a estufa por entre as bancadas, com a pistola apontada ao chão.

Avança pelo meio das plantas viçosas, enquanto o mundo lá fora continua mergulhado na letargia invernal.

Qualquer coisa tilinta, como uma tesoura contra o chão de cimento.

Joona desloca o dedo para o gatilho e inclina-se atrás dos ramos de uma fila de cerejeiras japonesas. Ao fundo da estufa vê uma pessoa mexer-se. Gestos rápidos por entre as folhas húmidas.

É Valeria.

Tem as costas voltadas para ele e uma faca na mão.

Joona aproxima-se lentamente, volta a meter a pistola no coldre e afasta um ramo que lhe impede a passagem.

– Valeria?

Ela vira-se e sorri-lhe, espantada. Veste uma *T-shirt* suja que diz GREENPEACE e tem os cabelos encaracolados apanhados num rabo de cavalo. Um risco de terra atravessa-lhe a face como um hífen.

Pousa a faca em cima de um banco e tira as luvas.

Joona repara que está a enxertar ramos novos numa pequena macieira: cobriu-os com lã para manter seguro o enxerto e pincelou-o com parafina.

– Cuidado, estou toda suja – diz ela, contendo um sorriso, de tal maneira que a ponta do queixo fica franzida.

Estica-se para a frente e beija-o na boca sem lhe tocar.

– Tentei ligar-te – diz Joona.

Valeria apalpa o bolso de trás dos *jeans*.

– Devo ter deixado o telemóvel no anoraque.

Quando uma rajada de vento atravessa os ramos de um pinheiro mergulhado na escuridão, Joona lança um olhar para o exterior.

– Pensei que nos íamos encontrar no restaurante.

– Temos de conversar, aconteceram umas coisas que...

Detém-se para ganhar fôlego. Valeria engole em seco e fica com a boca tensa.

– Achas que está vivo – suspira. – Mas encontraram o corpo, era o corpo dele, não é verdade?

– Verifiquei todas as provas com o Nålen, mas não chega... o Jurek Walter está vivo, eu não queria acreditar, mas está vivo.

– Não – diz ela com uma voz trémula.

Joona lança um olhar para trás, mas não consegue ver a porta da estufa, há demasiadas plantas e arbustos pelo meio.

– Tens de confiar em mim – diz. – Vou levar a Lumi para um sítio seguro, no estrangeiro, e tentar protegê-la e... Peço-te também a ti que venhas.

O rosto de Valeria empalideceu, acontece sempre quando está agitada. As rugas em volta da boca ficam mais profundas e os traços tornam-se quase inexpressivos.

– Mas já sabes que eu não posso – diz num fio de voz.

– É uma decisão difícil.

– Ai sim? É que eu começo a perguntar a mim mesma o que está realmente a acontecer... Não quero exagerar a minha importância, mas tudo isto acontece precisamente no momento em que estamos a começar uma verdadeira relação... Nunca quis que te sentisses obrigado a fazer nada, não quero entrar em competição com a Summa, até porque não posso ocupar o lugar dela, eu sei.

Joona dá um passo para o lado a fim de conseguir vigiar a estufa atrás de Valeria.

– Eu percebo o que tu dizes, mas…

– Desculpa, eu não queria… Foi um disparate.

– Eu entendo-te – diz ele. – Podemos falar de tudo, mas o Jurek está vivo… e matou pelo menos cinco pessoas nos últimos meses.

Valeria coça a testa com os dedos sujos, deixando duas marcas escuras ao longo da sobrancelha direita.

– Porque é que eu não li nada nos jornais? – contrapõe.

– Porque as vítimas apareceram pela Europa toda, porque são por sua vez assassinos, violadores… o Jurek anda à procura de um cúmplice, pôs à prova vários candidatos e matou aqueles que não passaram no teste.

Olha para o relógio e depois espreita para a casa às escuras.

– Estás mesmo convencido de que é perigoso ficarmos aqui?

– Sim – responde ele, olhando-a nos olhos. – Muito provavelmente, já está a controlar-te. Já te encontrou, anda a estudar os teus hábitos.

– Acho isso tão exagerado.

– Tens de vir comigo – implora Joona.

– Quando tencionas partir?

– Agora.

Ela olha para ele atónita e humedece os lábios.

– Posso ir depois?

– Não.

– Queres dizer que tenho de fazer a mala e partir imediatamente?

– Não há tempo para a mala.

– Quanto tempo vamos ter de nos esconder?

– Duas semanas, dois anos… O tempo necessário.

– Mas tudo isto vai ficar destruído, tudo aquilo por que lutei – diz ela com uma voz inexpressiva.

– Valeria, podemos recomeçar, eu ajudo-te.

Ela fica em silêncio, a olhar para o chão.

– Joona – diz por fim, levantando os olhos. – Fizeste que podias, percebo que é uma situação séria, mas não tenho escolha. Não me posso ir embora, tenho as minhas estufas, os meus clientes… esta é a minha casa… e pela primeira vez vou passar o Natal com os meus filhos… Sabes bem o que isso significa para mim.

– Talvez no Natal já possas regressar – argumenta Joona, sentindo o desespero aumentar. – Escuta, Valeria, quando o Jurek fugiu da prisão, eu vivia com uma mulher, a Disa… Nunca pensei que ia ter coragem.

– Disa? Porque é que nunca me falaste disso?

– Não te queria assustar – responde Joona num tom grave.

Ela fecha os olhos quando percebe.

– Matou-a.

– Sim.

Valeria passa as costas da mão pela boca.

– Mas isso não quer dizer que me vá matar a mim – replica, numa voz trémula.

– Valeria – implora Joona, sentindo-se impotente como nunca antes se sentira.

– Não posso, não é possível – diz ela. – Ia ter de abandonar os miúdos outra vez?

– Por favor, escuta…

– Não posso – interrompe-o.

– Vou pôr-te sob proteção.

– Nunca! – Desata a rir, surpreendida.

– Nem sequer os vais ver.

– Joona, escuta, não quero bófias, não quero bófias na minha propriedade… para além de ti.

Ele permanece alguns instantes com a cabeça inclinada, depois abre o saco, tira uma pistola de um coldre de ombro e entrega-a a Valeria.

– É uma *Sig Sauer*, está carregada, tem onze balas no carregador… Leva-a sempre contigo, conserva-a perto de ti, mesmo enquanto dormes… Olha, não tens de fazer mais nada senão desbloquear esta alavanca, empunhá-la com as duas mãos, fazer pontaria e disparar. Não hesites, se tiveres oportunidade; dispara a direito e dispara várias vezes.

Ela abana a cabeça.

– Não vou fazer isso, Joona.

Ele pousa a pistola no banco ao lado da faca e respira fundo.

– Presta atenção, de agora em diante, considera tudo aquilo que não te for imediatamente familiar como uma armadilha. Pode ser um visitante inesperado, um novo cliente, alguém que mudou de carro ou que se apresenta à hora errada... Aconteça o que acontecer, liga para este número.

Mostra-lhe um número no telemóvel e partilha o contacto.

– Memoriza-o e põe-no como primeira opção no telemóvel... Não te vai salvar de um perigo imediato, o Jurek é demasiado veloz, mas é o número de um amigo meu, o Nathan Pollock... Vai ver onde te encontras... Isso aumentará a possibilidade de conseguir localizar-te e salvar-te.

– Acho isto uma loucura – limita-se ela a dizer, olhando-o nos olhos.

– Eu ficava contigo, se não fosse a Lumi, mas tenho de tomar conta dela.

– Tudo bem, eu percebo, Joona.

– Agora tenho de ir. Se quiseres vir comigo, vem tal como estás, com essas botas e as calças sujas... Vou entrar no carro e esperar vinte segundos.

Ela não responde, limita-se a olhar para Joona, tentando conter as lágrimas e engolir o nó que tem na garganta.

Joona sai da estufa, entra no carro e senta-se, faz marcha-atrás até ao terreiro e para.

Olha para o relógio.

Os flocos de neve caem sobre o halo de luz das estufas.

Os segundos passam, já devia ter partido.

Deixa-se cair contra o encosto frio e pousa a mão direita na manete das velocidades.

Tudo está imóvel e silencioso.

Liga o motor, e a luz dos faróis cava um túnel até à linha do bosque.

O carro aquece, as ventoinhas zunem.

Joona olha a direito à sua frente, espreita mais uma vez o relógio, engata a primeira e dá lentamente a volta ao terreiro. Observa as estufas pelo espelho retrovisor enquanto se afasta do viveiro de Valeria.

20

Erica Liljestrand está sentada sozinha ao balcão do Pilgrim Bar, à espera de uma amiga do curso de Biotecnologia.

Ao longo da janela que dá para a rua escorre neve misturada com chuva.

Pousa o telemóvel ao lado do copo de vinho e observa as marcas pegajosas no ecrã que se apaga.

Ela e Liv tinham decidido encontrar-se às dez para organizar a festa de passagem de ano, mas Liv já está uma hora atrasada e não atende o telefone.

Naquela noite, quase não há clientes no Pilgrim Bar. Provavelmente, o estabelecimento está assim vazio porque estão a restaurar a fachada do edifício virada para Regeringsgatan.

Os andaimes com as grandes telas de *nylon* branco sujo escondem a entrada.

Os três rapazes da mesa do fundo começaram a dirigir-lhe alguns olhares, mas ela continua junto do *barman*, conversa com ele e olha para o telemóvel.

É estranho que uma mulher sozinha num bar se deva sentir como um animal acossado, pensa.

Erica sabe que não é propriamente uma beldade, nem está vestida de maneira vistosa. Mas o simples facto de se encontrar ali sem companhia faz dela o centro das atenções.

O *barman*, que se chama Nick, parece achá-la irresistível. É um homem bronzeado, com bastantes rugas, de meia-idade, olhos azuis e um corte de cabelo à moda. A camisa de manga curta fica-lhe justa sobre os bíceps e cobre metade de uma tatuagem desbotada.

Até agora, Nick já lhe falou de uma escalada na Tailândia, das pistas de *ski* nos Alpes franceses e do instável mercado bolsista.

Erica espreita os dois idosos de faces coradas sentados a uma mesa de canto, mergulhados numa conversa. Têm um ar feliz, comeram *nachos* com molho picante e estão a partilhar uma garrafa de vinho.

Liga de novo a Liv e deixa o telefone tocar demasiado tempo.

Dos andaimes no exterior goteja água suja.

Pousa o telemóvel e segue com a unha um risco no tampo lacado do balcão, para na base do copo e bebe um gole.

Uma campainha tilinta quando a porta exterior se abre.

Erica volta-se.

Não é Liv, mas um homem grande como um urso. Traz com ele o ar frio da rua, despe o impermeável preto e mete-o num saco de plástico.

Veste uma camisola azul-escura com cotoveleiras de couro, calças com bolsos laterais e botas militares.

Cumprimenta o *barman* e senta-se a um metro de Erica, deixando um banco entre os dois, e depois pendura o saco no gancho por baixo do balcão.

– Está uma rica ventania lá fora – diz com uma voz macia e cheia.

– Imagino – diz o *barman*.

O homem esfrega as palmas das mãos uma na outra.

– Que *vodka* tens?

– *Dworek, Stolichnaya, Smirnoff, Absolut, Koskenkorva, Nemiroff* – enumera Nick.

– *Smirnoff* negra?

– Sim.

– Então quero cinco *shots* de *Smirnoff*.

Nick ergue as sobrancelhas.

– Quer cinco copos de *vodka*?

– À temperatura ambiente, se possível – diz o homem a sorrir.

Erica vê as horas no telemóvel e decide esperar mais dez minutos.

O *barman* alinha cinco copos de *shot* em frente ao homem corpulento e tira uma garrafa da prateleira.

– E enche também o copo dela… Temos de festejar – diz o homem, fazendo um sinal em direção a Erica.

Erica não faz ideia do que é que ele está a falar. Provavelmente, foi uma piada mal conseguida. Olha para o homem, mas não cruza o olhar com o dele. Tem uma expressão triste, o pescoço taurino coberto de rugas, o cabelo cortado à escovinha e uns brincos de pérola em ambas as orelhas.

– Quer mais um copo de vinho? – pergunta o *barman.*

– Porque não? – responde ela, sufocando um bocejo.

– Porque temos de festejar – diz Nick; pega num copo limpo e enche-lho.

O homem corpulento tirou do bolso uma carteira de fósforos; arranca um, enfia-o na boca e põe-se a mastigar.

– Durante uns tempos, tive um bar em Gotemburgo – diz, ao mesmo tempo que se levanta.

Fica imóvel, como se não soubesse onde estava. Lentamente, volta-se para o *barman* e depois cruza o olhar com o de Erica. Tem as pupilas dilatadas e o fósforo cai-lhe da boca. Roda sobre si mesmo, observa o homem de idade na mesa do canto e depois um dos rapazes, lambe os lábios e volta a sentar-se.

Pigarreia, esvazia o primeiro copo de *vodka* e pousa-o em cima do balcão.

Erica observa a carteira de fósforos ao lado dos copos em fila. Na capa negra tem um pequeno esqueleto branco.

– Vai passar o Natal em Estocolmo? – pergunta Nick, pousando uma pequena taça de azeitonas à frente dela.

– Vou a casa dos meus pais, a Växjö – responde ela.

– É giro, é uma cidade muito acolhedora.

– E você? – pergunta ela, por uma questão de educação.

– Tailândia, como de costume.

– Não acredito – diz o homem.

– Como? – surpreende-se Nick.

– Não sei ver o futuro, mas…

– Ai não? – interrompe-o o *barman.* – Antes assim. É que, por um instante, até tive medo.

O homem baixa os olhos e observa os dedos ásperos. O grupo de rapazes levanta-se ruidosamente e sai do estabelecimento.

– É complicado – diz o homem ao fim de algum tempo.

– A sério? – Nick sorri com um ar azedo.

O homem não responde, começa a brincar com os fósforos. O *barman* fica a observá-lo durante alguns instantes, à espera de que ele levante os olhos, e depois começa a limpar o balcão com um pano cinzento.

– Que lindos brincos – diz Erica, e ouve Nick rir-se.

– Obrigado – responde o homem, com uma voz séria. – Uso-os em memória da minha irmã, a minha gémea, que morreu quando eu tinha treze anos.

– Que coisa horrível – suspira Erica.

– Pois – limita-se ele a dizer, depois levanta o copo na direção dela. – Saúde para ti... Como te chamas...?

– Erica.

– Saúde, Erica.

– Saúde.

O homem bebe, pousa com cautela o copo vazio no balcão e lambe os lábios.

– A mim chamam-me o *Castor*.

O *barman* vira-se para esconder um sorriso.

– É uma chatice a tua amiga estar atrasada – diz o *Castor* após alguns instantes.

– Como é que sabe?

– Podia responder que é uma simples dedução, puro raciocínio lógico. Eu observo as pessoas: vi como mexias no telemóvel, como olhavas para a porta... Mas também tenho um sexto sentido.

– Um sexto sentido como a telepatia? – pergunta ela, esforçando-se por não sorrir.

Nick retira o primeiro copo de vinho, já vazio, e limpa o balcão.

– É difícil de explicar – prossegue o *Castor*. – Mas, em traços gerais, posso descrevê-lo como precognição... unida à clarividência, um conhecimento inexplicável.

– Parece complicado – diz Erica. – É uma espécie de médium, portanto?

LAZ-8

Não consegue deixar de sentir pena dele. Parece não ter a mínima consciência de quão ridículo soa.

– A minha capacidade não é paranormal... tem uma explicação clínica.

– Ai sim? – intervém o *barman*, com um tom cético.

Ficam à espera de que o homem continue; mas ele limita-se a esvaziar o terceiro copo com um gesto pedante, para depois o pousar delicadamente ao lado dos outros.

– Sempre que me encontro na companhia de outras pessoas, sei por que ordem vão morrer – diz. – Não sei quando vai acontecer, se daqui a dez minutos ou a cinquenta anos... só vejo a ordem.

Erica assente, arrependendo-se de o ter encorajado. Sentiu-se na obrigação de ser simpática só porque Nick começou a gozá-lo. Está nesse preciso momento a pensar que é melhor ir-se embora quanto antes, sem dar a entender ao homem que é por causa dele, quando o telemóvel toca.

21

Erica pega no telemóvel à espera que este lhe forneça um móbil para sair imediatamente do bar. É uma mensagem de Liv. Pede desculpa e explica que teve de levar a casa uma amiga que tinha bebido de mais.

Erica sente os polegares estranhamente dormentes enquanto responde que não há problema e que podem encontrar-se no dia seguinte.

– Tenho de ir andando – diz, afastando o copo de vinho ainda cheio.

– Não te queria assustar – declara o homem corpulento, continuando a olhar para ela.

– Não, é que... Acho que toda a gente tem capacidades que não utiliza – responde distraidamente.

– Eu sei que usei uns termos demasiado dramáticos, mas faltam-me as palavras certas para descrever aquilo que acontece.

– Percebo – remata ela, olhando para o ecrã.

– Às vezes, consigo apenas contar duas pessoas, outras todos os presentes numa sala... é como se visse um enorme quadrante com números romanos, e quando o ponteiro se mexe e indica o número um o meu olhar desloca-se para a pessoa na sala que vai morrer primeiro, é pura e simplesmente atraído para ali, não sei como é que isso acontece. Tiquetaque, o ponteiro desloca-se para o dois e eu olho para outra pessoa... Muitas vezes vejo o meu próprio rosto num espelho antes de perder o contacto.

– Posso pagar? – pergunta Erica ao *barman*.

– Assustei-te – diz o *Castor*, continuando à procura do olhar dela.

– Agora deixa a senhora em paz – declara Nick.

– Erica, só te quero dizer que o teu número não era o primeiro nesta sala.

– Já chega – insiste o *barman*, esticando-se por cima do balcão.

– Eu já paro com isto – responde o *Castor* com calma, enfiando os fósforos no bolso da camisola. – A não ser que tu queiras saber quem é o primeiro.

– Desculpem – diz Erica, dirigindo-se para a casa de banho.

Nick segue-a com o olhar, repara que vacila e que precisa de se apoiar com uma mão à parede.

– OK, quem é que vai morrer primeiro? – pergunta o *barman*.

– Tu... e não é de admirar – responde o *Castor*.

– E porque é que não é de admirar?

– Porque eu estou aqui para te cortar o pescoço – responde o *Castor* com calma.

– É preciso chamar a Polícia?

– Já lhe puseste o *Xyrem* no copo, não é verdade?

– Mas que raio é que tu queres? – sibila Nick.

– Sabias que uma das tuas raparigas morreu na ambulância? – continua o *Castor*, fazendo girar o último copo em cima do balcão.

– Tu és um doente mental – sentencia Nick. – Se calhar nem te apercebes, mas...

Detém-se quando Erica regressa ao seu lugar. Tem as faces pálidas e fica um instante imóvel com os olhos semicerrados.

– Estou bastante seguro de que vou conseguir porque tu és o número um e eu o número cinco – diz o *Castor* em voz baixa.

O casal de idade grita um «obrigado», veste os casacos e sai do bar. Ficam só os três no estabelecimento.

– Agora tenho de ir... – diz Erica, a arrastar as palavras. – Não me sinto bem...

– Quer que chame um táxi? – pergunta Nick com gentileza.

– Obrigada – consegue ainda dizer.

– Só vai fazer de conta que chama – diz o *Castor*. – É a maneira de ele te manter aqui até que o bar fique vazio.

– Acaba de beber e vai-te embora – diz o *barman*.

– Quando a minha irmã morreu...

– Cala a boca – corta o *barman*, pegando no telemóvel.

– Quero ouvir – diz Erica, sentindo uma onda de cansaço atravessar-lhe o corpo.

– Em criança, eu estava sempre com dores de barriga – conta o *Castor*. – Estava sempre inchada e pesada... e quando fiz treze anos tinha-se tornado tão grande que não conseguia escondê-la. Levaram-me a um médico, que constatou que eu tinha um tumor... mas não era um tumor qualquer: era a minha irmã gémea, aquilo que se chama *fetus in fetu*.

Levanta a camisola e a *T-shirt* branca e mostra uma longa cicatriz pálida que lhe percorre um lado do ventre gordo e glabro.

– Santo Deus – murmura Erica.

– Atrás do peritoneu tinha uma espécie de cápsula de tecido, com vinte e cinco centímetros de comprimento... Era ali que ela estava – conta. – Em seguida, vi as fotografias, depois de ela ter morrido, os braços esguios com umas mãos enormes, o tronco, as pernas finas como fios, a coluna vertebral e um pedacinho de rosto... mas não havia coração. Só vivia porque tirava sangue de mim.

Erica sente um arranco de vómito apertar-lhe a garganta, levanta-se e tenta vestir o casaco, mas uma das mangas está virada ao contrário; vacila de lado e consegue agarrar-se ao balcão no último segundo.

– Até encontraram partes dela no meu cérebro – prossegue o *Castor*. – Mas era demasiado complicado removê-las... Por isso vão lá ficar até produzirem metástases... Consigo senti-la aqui quase constantemente; nas radiografias é difícil vê-la, mas estou convencido de que tenho o seu pequeno cérebro no meu... daí o sexto sentido.

Erica deixa cair a carteira ao chão; o estojo dos óculos e um lápis de *kohl* rolam e desaparecem debaixo do banco. Precisa de vomitar, e pensa que comeu alguma coisa que lhe caiu mal.

– Meu Deus – murmura, sentindo as costas encharcadas de suor.

Inclina-se para o chão para apanhar as coisas, mas está tão cansada que precisa de se deitar de lado e descansar um pouco antes de arranjar forças para se levantar.

Sente o chão fresco contra a face e fecha os olhos, mas um ruído fá-la despertar. É o *barman*, que levantou a voz contra o Castor.

– Fora daqui! – grita.

Erica sabe que tem de se levantar e voltar para casa. Faz um esforço para abrir os olhos e vê o *barman* a recuar com um taco de basebol na mão.

– Vai à merda! – grita.

O homem corpulento que dá pelo nome de *Castor* atira ao chão algumas das garrafas pousadas em cima do balcão e lança-se contra Nick.

Erica ouve pancadas e suspiros profundos.

O *barman* é violentamente atirado ao chão, rola sobre si mesmo, derrubando duas cadeiras, e vai estatelar-se contra a parede.

O *Castor* vai ao encontro dele a passo largo. Arrancou o taco de basebol a Nick e atinge-o três vezes nas pernas, grita qualquer coisa, mas falha-lhe a voz e depois destrói uma mesa. Atira o taco partido contra Nick e calca aquilo que sobra da mesa, dando pontapés aos vários pedaços.

Erica tenta sentar-se e vê que o *Castor* obriga o *barman* a pôr-se em pé, agride-o violentamente no peito e grita-lhe junto ao rosto.

– Acalma-te – diz Nick, ofegante.

Não consegue aguentar-se sobre a perna direita, e o sangue escorre-lhe de uma sobrancelha para a face. O *Castor* agarra-o pelo pescoço com uma mão e com a outra bate-lhe na cara. Inclina Nick sobre uma mesa, atirando ao chão os copos e o castiçal, depois empurra a mesa contra a parede e vira-a ao contrário, fazendo o *barman* cair ao chão.

Erica tem de se deitar novamente e vê que o *Castor* está em cima de Nick e o agride no rosto.

O *barman* tenta libertar-se do homem corpulento. O sangue esguicha-lhe da boca quando, a tossir, lhe implora que pare. O *Castor* agarra-o por uma mão e parte-lhe o braço ao nível do cotovelo.

Nick grita, desesperado, quando o outro lhe agarra no braço e o tenta partir ainda mais.

O *Castor* respira profundamente e aperta o pescoço de Nick com as duas mãos; fá-lo com tanta força que o rosto do outro empalidece. Grita e bate-lhe com a nuca contra o pavimento; depois, de repente, larga-o e levanta-se, deixando o *barman* a tossir, enquanto tenta convulsivamente encher os pulmões de ar.

O *Castor* cambaleia para trás.

Quando está a tirar qualquer coisa do bolso, uma carteira de fósforos cai ao chão.

Com um movimento rápido, abre uma faca larga, avança novamente e grita com a boca aberta, os dentes tortos a cintilar à luz de um dos candeeiros de parede.

– Desculpa se te ofendi, eu não queria – choraminga Nick. – Não é preciso matares-me, prometo que...

Erica sente vibrar contra a face os passos pesados que se propagam ao longo do pavimento.

O *Castor* chegou junto de Nick, afasta a sua mão levantada e espeta-lhe a faca.

Quando extrai a lâmina, o sangue salpica-lhe o rosto.

Grita de raiva e atinge de novo Nick, que já quase perdeu os sentidos e não faz mais do que gemer num fio de voz.

O *Castor* vira-o ao contrário, agarra-o pelos cabelos e arranca-lhe o escalpe. Corta um grande pedaço e atira-o para longe.

É como se tivesse tomado alguma droga muito pesada.

O *Castor* deixa cair a faca, grita e arrasta o corpo sem vida pelas pernas até à porta.

Nick já deve ter morrido há bastante tempo, mas o *Castor* continua a agredi-lo e a dar-lhe pontapés na barriga. Tira da parede uma fotografia emoldurada de John Lennon e parte-a, fazendo voar pelo ar estilhaços de vidro e lascas madeira, e depois atira aquilo que resta da moldura para cima do corpo ensanguentado.

Derruba uma mesa sobre ele, recua alguns passos, ofegante, volta-se e olha para Erica.

– Eu não tenho nada a ver com isto – balbucia.

Ele aproxima-se e apanha a faca do chão. Um fio de sangue viscoso escorre da lâmina, oscilante.

– Por favor...

Erica nem sequer tem forças para levantar a cabeça do chão quando ele se aproxima e a agarra pelos cabelos.

Na realidade, quando a lâmina atravessa tecidos, tendões e vasos sanguíneos, a dor não é insuportável. A coisa mais inquietante é a corrente de ar gélido que lhe sopra contra a face, juntamente com a sensação de estar a sufocar por dentro.

22

Quando Saga acorda, ouve Randy na cozinha. Dorme em casa dela com muita frequência e outras vezes passam a noite no velho estúdio de fotografia que ele alugou. Randy regressa ao quarto e leva-lhe uma chávena de café e um *croissant* com compota.

Tem menos cinco anos do que Saga, a cabeça rapada, os olhos tranquilos e um sorriso cético. É inspetor da Polícia e faz parte da *task force* encarregada de mapear o fenómeno do ódio em rede.

– Sempre que regresso a casa, a Örgryte, a minha mãe leva-me o pequeno-almoço à cama – diz ele.

– Tens muito mimo – diz Saga a sorrir, enquanto prova o café.

– Eu sei que a tua mãe era…

– Não quero falar dela.

– OK, desculpa – diz ele, baixando os olhos.

– Não me faz nada bem, por isso tenho esta regra, mais vale esquecer, já te disse.

– Eu sei, mas eu…

– Não tem nada a ver contigo.

– Mas eu estou aqui – diz ele em voz baixa.

– Obrigada.

Depois de ele se ter ido embora, Saga acha que foi demasiado áspera. Randy não sabe o que ela passou. Manda-lhe uma mensagem para lhe pedir desculpa e agradece-lhe o pequeno-almoço.

Depois do trabalho, Saga vai buscar a irmã à escola e leva-a ao otorrino. De regresso a casa, pergunta-lhe pelas raparigas-palhaço.

– O pai disse que elas não existem – responde Pellerina.

– Exatamente – diz Saga.

– Mas mesmo assim não quero que me encontrem.

O pai não está em casa quando chegam. Saga espera que regresse depressa, quer explicar-lhe que não aceitou o presente porque lhe fazia lembrar demasiado a doença da mãe.

Pellerina está junto da bancada da cozinha; enfiou um avental às pintas e mexe a massa de um bolo de chocolate enquanto Saga unta a forma.

A campainha toca e Pellerina grita que é o pai.

Saga limpa as mãos num papel de cozinha e vai abrir a porta da entrada.

É Joona Linna.

Tem o rosto sério e uma expressão gelada nos olhos cinzentos.

– Entra, fica à vontade – diz ela.

Ele olha para trás por cima dos ombros, entra no *hall* e fecha a porta.

– Quem está cá em casa?

– Só eu e a Pellerina – responde Saga. – Que aconteceu?

Ele lança um olhar em direção à tortuosa escada de madeira e à porta da cozinha.

– Joona, já percebi que estás convencido de que o Jurek está vivo – diz ela.

– A princípio, era apenas uma possibilidade teórica... mas agora descobri o padrão – diz ele, enquanto espreita pelo olho mágico da porta.

– Não queres entrar e tomar um café?

– Não tenho tempo – responde, a olhar para ela.

– Sei que aquilo que aconteceu veio despertar uma série de recordações – diz Saga –, mas não acredito que tenha sido o Jurek. Pensa nestas agressões: são violentas, de uma maneira que não tem nada a ver com o Jurek... Espera, eu sei, vais dizer que foi o cúmplice dele, mas honestamente não consigo ver o padrão tão claramente como tu.

– Saga, eu só vim aqui dizer-te que tens de te esconder, arranja um lugar seguro para ti e para a tua família... Mas não vais fazer isso, pois não?

– Em qualquer caso, não ia conseguir levar daqui o meu pai e a Pellerina... Nem sequer quero tentar, não tenciono assustá-los.

– Mas...

Uma porta bate na cozinha. Joona já tem a mão na pistola por baixo do blusão, mas larga-a quando ouve Pellerina a rir.

– Se o Jurek ainda está vivo, a culpa é minha – diz Saga, baixando a voz. – Já sabes, fui eu que o deixei fugir... e portanto é minha a responsabilidade de o prender.

– Não vale a pena – diz ele. – És como uma irmã para mim, nem sequer deves tentar prender o Jurek, quero que te escondas.

– Joona, estás a fazer aquilo que para ti é a coisa mais certa, estás convencido daquilo que dizes e tens de proteger a Lumi – argumenta Saga. – Mas para mim a coisa mais certa é ficar aqui e perseguir o verdadeiro responsável por estes homicídios... e para já não excluo nenhuma possibilidade, nem sequer que seja o Jurek Walter.

– Nesse caso, colabora com o Nathan... Mandei-lhe todo o material que tenho.

– OK, eu vou falar com ele.

– Saga! – chama Pellerina da cozinha.

– Tenho de ir – diz Saga.

– Não penses que o Jurek é como os outros todos – prossegue Joona. – Só não se comportou de outra maneira contigo porque és muito bonita...

– Eu acho que tu nunca olhaste bem para mim – diz ela a sorrir.

– Eu olho para ti, Saga – contrapõe ele. – Mas o Jurek não se importa com o teu aspeto, aquilo que lhe interessa é o teu cérebro, a tua alma... a tua escuridão, aquilo a que ele chama as catacumbas.

– Sabes que eu conversei com o Jurek Walter, mais do que tu, para falar verdade – lembra-lhe ela.

– Mas não eras mais do que um instrumento dele, o seu cavalo de Troia...

– OK, está bem – diz ela, erguendo as mãos para o interromper.

– Saga, escuta-me... Se ficares, vais encontrar-te com ele.

– Isso é o que tu pensas.

– Não és obrigada a ouvir o que eu digo, mas não me vou embora antes de te dar três conselhos.

– Sou toda ouvidos.

Saga encosta-se à moldura da porta e cruza os braços sobre o peito.

– O primeiro... Não tentes falar com ele, não tentes capturá-lo, não ligues aos princípios éticos ou à presença de testemunhas: deves matá-lo imediatamente e ter a certeza de que ele está morto desta vez.

– Já está morto.

– Dois... Lembra-te de que não está sozinho e que...

– Partindo do princípio de que a tua teoria está correta – interrompe-o ela.

– O Jurek está habituado a ter um irmão que lhe obedece como um cão... Estes homicídios demonstram que arranjou um cúmplice... O que significa que pode encontrar-se em sítios diferentes ao mesmo tempo.

– Joona, já chega.

– Três... – prossegue ele. – Se aquilo que não deveria acontecer chegar a acontecer, lembra-te de que não podes entrar em acordos com ele, porque nunca serão vantajosos para ti... Ele nunca vai largar a presa e sempre que aceitares um compromisso vais enterrar-te cada vez mais naquelas areias movediças... O Jurek vai tirar-te tudo, mas é a ti que ele quer.

– Agora tens de te ir embora – diz Saga, fitando-o nos olhos.

– Talvez seja melhor.

23

Ao entrar na rotunda, Joona pensa que demorou demasiado tempo com Saga. Tinha percebido quase imediatamente que ela não ia seguir o seu conselho, mas talvez quando se encontrasse com Jurek se lembrasse das suas palavras.

Vê uma betoneira poeirenta envolvida por uma nuvem de fumo de escape e um grupo de crianças de um infantário que se aproxima sobre a ponte pedonal.

Quando Joona entra na Nynäsvägen, vislumbra pela segunda vez o furgão branco.

Depois do encontro com Saga, enquanto avançava apressadamente pelo passeio, viu-o estacionado um pouco mais à frente, ao lado da igreja.

Os ramos das árvores refletiam-se no para-brisas, mas não se limitavam a mover-se ao ritmo do vento: de vez em quando notava-se um movimento mais rápido.

Havia alguém lá dentro.

Isso não significa necessariamente que esteja a ser seguido, mas, atendendo às circunstâncias, é provável que isso esteja a acontecer.

Não pode dar-se ao luxo de menosprezar, como se se tratasse de uma coincidência, qualquer acontecimento fora do normal.

Joona muda de faixa e segue pela ponte Johanneshov, segue o trânsito rápido de veículos e vê cintilar por baixo dele a água escura.

Dois carros da Polícia aproximam-se em sentido contrário com as sirenes ligadas.

No meio da faixa de rodagem está um pneu rebentado.

Através do retrovisor, repara que o furgão também entrou na ponte. Encontra-se a algumas centenas de metros atrás dele, mas não perdeu o contacto.

Apesar de não ter certezas de nada, Joona está convencido de que, no caso de um confronto com Jurek Walter, conseguirá vencer. E só foge porque sabe que Jurek nunca se poria na situação de ter de lutar corpo a corpo com alguém em relação a quem não se sentisse superior.

Derrotar Jurek é impossível porque ele explora as ligações afetivas entre as pessoas.

Joona ultrapassa o camião de transportes amolgado que segue na faixa da direita, põe-se à frente dele e acelera.

Quando o carro entra no túnel de Söderled, a luz diminui.

Agora tem exatamente 1520 metros para encontrar uma solução.

As paredes cinzentas e sujas com as saídas de emergência verdes correm ao lado dele, e a luz dos néones pulsa a um ritmo regular através do teto de abrir.

Acelera mais e, quando passa o desvio para Medborgarplatsen, desaperta o cinto de segurança. Os carros ao seu lado produzem um ruído monótono.

Joona desloca-se para a direita e vislumbra as placas da saída para Nacka. Olha pelo retrovisor e desloca-se mais para a direita, até se encontrar em cima da linha tracejada entre as duas faixas.

A saída aproxima-se rapidamente – os carros em volta buzinam-lhe e aumentam a distância de segurança.

A linha desaparece no meio das rodas da frente e torna-se contínua. Se não fizer uma escolha naquele preciso instante, vai estampar-se contra a parede divisória.

Joona espreita rapidamente pelo espelho retrovisor e trava tão bruscamente que as rodas deslizam no asfalto e entram na zona tracejada. As linhas em relevo fazem vibrar toda a carroçaria, antes que o carro pare a poucos centímetros do rail baixo que serve para atenuar o impacto contra a parede de cimento entre os dois túneis.

Veículos pesados retumbam junto a ele, de ambos os lados.

Joona desliza para fora do carro e, baixando-se, corre ao longo do desvio para Nacka.

No momento em que se esconde no escuro por baixo dos pilares ásperos, ouve um carro travar e imobilizar-se atrás do dele.

Parou na zona tracejada entre as duas saídas.

Um táxi que segue em direção a Nacka buzina com irritação.

Lixo e pó rodopiam no ar a toda a volta.

Joona tira a *Colt Combat* do coldre debaixo do braço direito, prepara-a e fica à espera, mantendo-se à escuta.

Não se ouve mais do que o ruído dos automóveis no túnel e o zumbido das ventoinhas no teto.

O chão está coberto de pó cor de chumbo e de lixo que se juntou naquele espaço exíguo atrás dos pilares.

De um monte de velhos sacos de plástico provém um rumor.

Joona pôs o seu perseguidor em cheque ao parar precisamente no ponto em que a estrada bifurca em língua de serpente.

Seja qual for a saída que ele escolher, vai enganar-se.

O perseguidor é obrigado a mostrar-se ou a render-se.

Agora está parado com o carro em ponto-morto, sem saber o que fazer.

Provavelmente, desconfia que caiu numa armadilha.

Não sabe se Joona está escondido no carro, ou se seguiu a pé, talvez abandonando o túnel através da saída de emergência mais adiante.

Cautelosamente, Joona avança por entre os pilares. Enquanto permanecer na zona escura, além da luz dos lampiões, manter-se-á invisível.

Sempre que passa um carro, encolhe-se ligeiramente para não ser apanhado pela luz dos faróis.

Na corrente de ar ondeiam pequenas partículas negras.

Joona aponta a pistola ao chão e continua a avançar depois de uma mota ter passado.

Tem de verificar se Jurek continua atrás do seu carro.

Desloca-se lentamente em direção à luz, vê o telefone de emergência coberto de pó na parede e os riscos de sombra sobre o cimento áspero.

Ainda é impossível ver o carro que parou.

Desloca-se cuidadosamente para o lado, para ter uma perspetiva melhor e ver uma parte do vidro traseiro.

É, sem dúvida, o furgão branco que viu na rua de Saga.

Sempre que outro carro lhe passa ao lado, a nuvem de fumo de escape do furgão dissolve-se.

Joona estica-se o mais possível de lado e verifica que o condutor ainda está sentado ao volante, mas é impossível distinguir-lhe o rosto no meio de todos os reflexos no vidro.

Um camião atravessa o túnel em direção à cidade. O asfalto vibra sob o seu peso, os faróis atingem o habitáculo do furgão e Joona tem tempo para distinguir o vulto de um homem robusto de ombros caídos.

Um pinheiro de papel pendurado no retrovisor escondia-lhe quase completamente o rosto.

Mas Joona tem a certeza de que não se trata de Jurek Walter. Provavelmente, acabou de vislumbrar pela primeira vez o seu cúmplice.

É impossível sabê-lo.

Joona baixa a pistola.

Se fosse Jurek, poderia disparar sobre ele assim que passasse outro veículo pesado, mas como não tem a certeza de que o homem do furgão seja o seu cúmplice não pode fazer nada – pelo menos enquanto o outro se mantiver passivo.

O furgão oscila quando o homem se mexe no habitáculo.

Joona fica imóvel e espera, com a pistola apontada ao chão. Por entre os sacos de plástico atrás dele passeiam-se ratos.

O furgão oscila de novo.

Um grande autocarro aproxima-se com ruído.

Joona recua.

A luz dos faróis enche o túnel, atingindo de lado o habitáculo do furgão.

O condutor corpulento já não está ao volante.

Desapareceu.

O autocarro passa e faz vibrar a estrada.

Poeira e lixo rodopiam no ar antes de voltarem a pousar.

Não se ouve mais do que o zumbido sinistro das enormes ventoinhas.

Joona acocora-se e espreita para debaixo do furgão, mas está demasiado escuro: é impossível ver se o seu perseguidor se escondeu ali.

Espera pela chegada do veículo seguinte, com a pistola apontada às sombras entre as rodas.

Ao fundo do túnel veem-se os faróis de um carro, aproximam-se, deslizam ao longo da faixa de rodagem, estendem-se e chegam por fim debaixo do furgão.

Por um instante, um relâmpago de luz torna visível o chassis, os eixos e as rodas.

Não está lá ninguém.

Joona baixa a pistola e levanta-se; nesse preciso momento, o furgão faz marcha-atrás, para e escolhe a saída da esquerda, desaparecendo em direção à cidade.

Joona ouve o rugido do motor que se afasta.

Espera alguns minutos, sai do esconderijo com a pistola apontada, inclina-se para espreitar debaixo do seu carro, verifica tudo à volta e depois senta-se ao volante.

Recua e arranca em direção à Estação Central, vira para a entrada principal e para numa zona de estacionamento proibido.

Contorna o carro, pega no telemóvel e vê que Valeria lhe ligou. Retira o cartão SIM, parte-o e abre a bagageira.

No compartimento do pneu sobresselente estão dois sacos pretos de pôr ao ombro, um maior e outro mais pequeno. Pega nos dois e senta-se outra vez ao volante. Num dos sacos há uma faca curta, própria para confrontos de proximidade. Prende-a ao braço esquerdo com fita adesiva, enfia a pistola no porta-luvas, fecha o carro à chave e abandona-o.

O veículo será rebocado em breve por um carro da Polícia e transportado para um depósito nos arredores da cidade até que ele regresse para o reclamar.

Joona atravessa a entrada principal e lança um rápido olhar ao quadro das partidas. Abre caminho por entre a multidão que avança devagar, mantendo os olhos no chão.

Chega junto da montra da livraria e estuda o seu próprio reflexo e o das pessoas em volta.

Ninguém o está a seguir de perto.

Prossegue até à bilheteira, reserva um lugar no comboio para Copenhaga e paga em dinheiro.

O comboio parte dentro de onze minutos, já está estacionado no cais número 12.

Joona aproxima-se da sua saída passando por painéis informativos e máquinas de venda automática. Um vento frio sopra ao longo dos carris por toda a estação. Ao lado de um cesto de lixo, um mendigo dorme embrulhado num cobertor verde. Joona deixa cair o telemóvel na tigela à frente dele e entra no comboio.

24

Joona senta-se na coxia a ler a autobiografia de Keith Richards. De vez em quando, levanta os olhos para estudar os outros passageiros. A mulher ao lado dele tem o rosto voltado para a janela e fala ao telemóvel com uma voz monótona. Do outro lado da coxia está um homem idoso com as calças do fato bege manchadas de lama. Folheia a revista gratuita que encontrou na bolsa do assento, antes de deixar cair a cabeça para trás e fechar os olhos.

Depois da longa ponte e da paragem em Södertälje Syd, um homem forte senta-se alguns lugares atrás de Joona.

Um cheiro intenso a *aftershave* enche a carruagem.

O revisor atravessa o vagão à procura dos passageiros que acabaram de entrar, segurando-se na prateleira das malas quando o comboio abana bruscamente, e depois continua até à carruagem seguinte.

A paisagem é cinzenta de gelo.

O homem corpulento já deve ter entrado em Estocolmo, porque o revisor não lhe pediu o bilhete.

Esperou que passasse Södertälje antes de se sentar no seu lugar.

Um subtil vestígio da velha enxaqueca começa a insinuar-se por trás do olho de Joona. Fica com a vista embaciada e é obrigado a fechar os olhos antes de poder continuar a ler.

Richards descreve com grande entusiasmo a receita de um cachorro-quente.

Ao fim de alguns minutos, Joona levanta-se e olha para trás.

Não consegue ver o rosto do homem alto. Está virado para a janela e tem um gorro preto enterrado na cabeça.

Joona agarra no saco mais pequeno, mas deixa o casaco pendurado no gancho e o saco maior em cima da prateleira.

Vai até ao vagão-restaurante e pede uma sanduíche de queijo e uma chávena de café. Quando se vira, repara que alguém parou na passagem ruidosa entre as carruagens e o observa. É impossível perceber quem está atrás da porta de vidro, mas assim que Joona se aproxima o vulto desaparece.

Joona regressa ao seu lugar e vê que o homem alto ainda lá está, como se nunca se tivesse mexido.

O comboio passa por cima de uma agulha e os abanões das rodas perdem-se atrás deles.

Joona senta-se, sopra o café e continua a ler.

O comboio aproxima-se de Norrköping.

Faltam várias horas para chegar a Copenhaga.

A paisagem torna-se mais plana.

A mulher ao lado dele está a ver no computador alguns documentos do Banco Central sueco.

Joona pousa o livro aberto no assento, deixa a chávena e a sanduíche meio comida em cima da mesa, pega no saco pequeno e vai para a frente da casa de banho à espera que fique livre.

O comboio começa a abrandar e, com um abanão, entra nos carris que o conduzem à estação. Logo que para, Joona desloca-se para o vagão ao lado.

No corredor há uma fila de passageiros com malas e carrinhos de bebé à espera de descer. As portas abrem-se com um silvo e Joona sai do comboio, escondendo-se no meio dos passageiros. Para na plataforma ao abrigo de uma grande máquina de venda automática, ajoelha-se para não ser visto, pega na faca, esconde-a contra o corpo e fica à espera.

O saco maior está ainda no compartimento por cima do seu lugar, o casaco pendurado no gancho e o café em cima da mesa.

O cheiro dos travões do comboio é intenso. No chão há beatas esmagadas e saquinhos de *snus*[2].

---

[2] *Snus* é uma palavra sueca que designa um tipo de tabaco húmido, em pó, produzido através de um processo de humidificação a vapor e armazenado em saquetas de papel. *(N. da T.)*

O comboio apita e as portas voltam a fechar-se com um silvo. Suavemente, o comboio começa a afastar-se da plataforma ao mesmo tempo que os cabos de alta tensão estalam com a eletricidade.

Joona esconde a faca no saco, levanta-se e corre em direção à saída. Chega lá fora no instante em que um autocarro se afasta da paragem. Na praça de táxis estão dois carros à espera: Joona abre a porta do primeiro, entra e explica rapidamente ao motorista que precisa de chegar ao aeroporto de Skavsta o mais depressa possível.

O táxi sai da praça e Joona vê que o longo comboio já ganhou velocidade.

Uma mulher com um andarilho atravessa a rua na passadeira.

Algumas gaivotas remexem o lixo à frente de um quiosque.

O táxi já entrou na Norra Promenaden quando o comboio se detém ao longe, junto da imponente esquadra da Polícia.

Alguém acionou o freio de emergência.

O táxi prossegue ao longo de uma série de grandes edifícios que não deixam Joona ver o comboio. O motorista tenta meter conversa falando de viagens para países quentes e Joona responde com monossílabos, virado para trás.

Antes de entrarem no viaduto por baixo do depósito ferroviário Joona descobre de novo o comboio. Um homem corre pela linha em direção à estação.

Trinta e seis minutos mais tarde, o táxi para em frente ao aeroporto cinzento de Skavsta. Joona põe o saco ao ombro, transpõe a porta de entrada, passa por baixo do avião que está pendurado no teto e chega ao balcão de informações. Tira um número e fica à espera, encostado à parede, a apertar o punho da faca no saco.

As pessoas entram e saem continuamente. De cada vez que as portas se abrem, o céu claro reflete-se no vidro por um instante.

Um homem atarefado quer embarcar um equipamento de golfe completo para as Canárias, e uma mulher idosa precisa de ajuda para ligar à irmã.

Quando chega a sua vez, Joona aproxima-se da mulher que está atrás do balcão. Ela fita-o nos olhos quando ele lhe pede um bilhete para Béziers, no Sul de França.

– França? Não lhe apetece mais ficar aqui em Nyköping? – pergunta com um sorriso e as faces coradas.

– Numa outra vida – responde ele.

– Já sabe onde me encontrar.

Depois de ter levantado o cartão de embarque, Joona entra numa casa de banho, limpa cuidadosamente as impressões digitais da faca, embrulha-a em papel higiénico e deita-a para o balde do lixo.

Quando ouve a última chamada para o embarque, passa o controlo de segurança e arranja maneira de ser o último passageiro a entrar. A porta fecha-se atrás de si, o avião aproxima-se da pista para a descolagem e a hospedeira chega ao corredor para explicar as medidas de segurança.

Joona vira-se para a janela, ouve o rugido dos motores e o zumbido dos flapes que se abrem. Enviou instruções detalhadas a Nathan Pollock. A primeira coisa que ele vai ter de fazer é pôr Valeria sob proteção, nos níveis máximos de alerta.

Quando chegar a França, Joona vai mudar de identidade. No saco tem um passaporte novo, uma carta de condução nova, dinheiro em várias moedas: tudo o que é preciso.

Se Jurek descobrir que ele partiu para França, pensará que se vai encontrar com Lumi em Marselha; mas Joona planeia alugar um carro e conduzir na direção oposta, para ir buscar um saco a Bouloc, a norte de Toulouse.

Do lado direito da Rue Jean Jaurès, antes de entrar na vila, há uma pequena quinta junto a um campo. Ao lado da estrumeira, Joona enterrou uma pequena mala de alumínio.

Contém duas pistolas, munições, explosivos plásticos e detonadores.

Depois de a recuperar, continuará pelas estradas secundárias até Genebra, aonde se vai encontrar com Lumi.

25

Os joelhos de Saga fazem pressão contra o depósito negro opaco; sente as vibrações do motor ao longo da parte interna das coxas. Percorre em sexta a autoestrada que segue paralelamente à linha do caminho de ferro, vira ligeiramente à direita, entra no desvio para Sollentuna, abranda, reduz e vira tão bruscamente que o escape arranha o asfalto.

Ainda não se habituou completamente ao facto de aquela mota lhe permitir uma inclinação tão pequena.

Depois de a sua velha *Triumph* dar o berro, pediu emprestada a *Indian Chief Dark Horse* do pai, uma vez que ele só a usa nos mais perfeitos dias de verão.

Lars-Erik tem um fraquinho por aquela marca: fora um sueco da região de Småland a fundar a Indian e a construir a primeira mota da fábrica. Quando era novo, o pai de Saga vivera em São Francisco, onde conduzia uma velha *Indian* de 1950.

Ao chegar à meia-idade, pôde dar-se ao luxo de comprar uma nova, mas já estava demasiado acomodado na vida para andar de mota.

Saga trava ao longo da descida íngreme que dá acesso à garagem de Nathan Pollock e para atrás do SUV do colega.

Dentro em pouco vão participar numa reunião com os respetivos chefes no quartel-general da Säpo, em Solna, mas antes decidiu dar uma vista de olhos ao material que Joona lhes entregou.

A moradia escura ergue-se na encosta que desce até à superfície negra e encrespada da baía de Edsviken.

Saga tira o capacete e contorna o automóvel.

Ouve o roçar das trepadeiras mortas agarradas a uma vedação de junco que rodeia um banco e uma pequena mesa de exterior.

Continua até à casa e repara que no caminho, a uma dezena de metros da marquise, está um saco de compras. Uma embalagem de pão de forma, uma caixa de ervilhas congeladas e três embalagens de *bacon* biológico escorregaram sobre a relva amarelecida.

Saga para e fica à escuta. Dentro de casa ouvem-se pancadas, como se uma porta batesse cinco vezes. Depois, o silêncio.

Avança em direção à marquise, mas estaca de repente quando ouve uma mulher no interior da casa gritar qualquer coisa com raiva.

Saga agacha-se um pouco e tira a *Glock* do coldre, carrega a arma, aponta-a ao chão e prossegue à volta da casa.

Pela primeira janela, consegue ver a sala de estar. Uma cadeira de espaldar alto está caída no chão.

Saga põe o dedo no gatilho, contorna uma macieira e espreita pela janela seguinte. Através da fresta entre as cortinas vislumbra a mulher de Nathan. Está parada à porta a limpar as lágrimas das faces.

Lentamente, Saga chega-se para o lado e vê Nathan entrar na sala e despejar no chão uma gaveta de roupa interior colorida.

A mulher grita-lhe qualquer coisa, mas ele não responde, limitando-se a desaparecer com a gaveta vazia.

É evidente que estão mesmo no meio de uma discussão.

Saga guarda a pistola e regressa junto da mota com a intenção de voltar para casa quando a porta se abre e Veronica sai com um maço de cigarros na mão.

– Olá – diz secamente ao ver Saga, enquanto acende um cigarro.

– Cheguei em má altura?

– Antes pelo contrário – replica Veronica, sem olhar para ela.

Nathan aparece à porta, atrás dela.

– Quer o divórcio – diz.

– Volto mais tarde?

– Não, não é nada de especial, ela vai mudar de ideias.

– Não é nada, mesmo – rebate Veronica, irritada, inalando o fumo.

– Se calhar não, tens razão, porque é que haverias de continuar comigo? – diz Nathan, enquanto abre a porta a Saga.

Veronica deixa cair o cigarro e dirige a Saga um olhar exausto.

– Desculpa a confusão. O Nathan pode explicar-te o significado da roupa interior no chão...

– Nickie, eu só acho que...

– Não me chames isso – interrompe-o bruscamente. – Odeio esse nome, sempre odiei, a princípio só fazia de conta que o achava engraçado.

– OK – diz ele a sorrir; acompanha Saga até dentro de casa e ajuda-a a tirar o blusão de cabedal que traz por cima da *sweat* de carapuço.

– Na Suécia não são precisos motivos para as pessoas se divorciarem, mas...

– Eu tenho mil e um motivos – grita Veronica de fora.

– Mas se um dos dois se opuser, há um adiamento, o tribunal concede ao casal seis meses para refletir antes de avançar.

Saga não sabe quantas vezes ele já esteve casado, mas lembra-se da mulher anterior, uma loira da sua idade, e antes ainda tinha sido casado com uma agente da científica chamada Kristina.

Continuam através da marquise por entre móveis de vime e heras nos vasos pendurados. As janelas vibram quando a porta de entrada se abre e volta a fechar-se.

– A Veronica não gosta da ideia dos seis meses de reflexão, eu entendo-a, neste momento são as emoções que prevalecem – continua ele, com uma voz quase indiferente.

– Estás triste por causa desta história do divórcio?

– Sabes como é – responde ele, com um sorriso –, já estou bastante habituado.

– Eu não, eu estou triste – diz Veronica atrás deles.

– Desculpa, não queria que me ouvisses – replica Nathan, voltando-se para ela.

– Claro que querias.

– Só acho que devias refletir sobre a tua decisão. É para isso que existe aquela lei – responde Nathan, com uma calma irritante.

– Eu já refleti, sabes perfeitamente, isto não é mais do que um estúpido jogo de poder.

– Quer vender a casa e dividir as nossas coisas antes do divórcio – diz Nathan, voltando-se para Saga.

– E que é que isso te importa? – pergunta Veronica, limpando as lágrimas que voltaram a sulcar-lhe as faces. – Vai ser assim, faças tu o que fizeres.

– Então podes tranquilamente esperar seis meses, Nickie.

– Será que vou ter de te bater? – exclama ela, dando um impulso para a frente.

– Tenho uma testemunha – rebate ele com um sorriso, ao mesmo tempo que atira o longo rabo de cavalo grisalho para trás das costas.

Veronica suspira, murmura qualquer coisa para si mesma, apanha uma manta do chão, pousa-a em cima de uma cadeira de vime e depois pega numa chávena de chá que está em cima da mesa.

– Nunca te cases com ele – diz a Saga, antes de sair do aposento.

Saga e Nathan entram numa sala onde há várias estantes e um velho fogão a lenha de majólica castanha.

– A roupa interior dela – diz, apontando para o chão. – Acho que devia começar a vendê-la, assim podíamos dividir o dinheiro.

– Não sejas parvo, Nathan.

– Não sou.

As marcas profundas no seu rosto e as rugas em volta dos olhos dão-lhe um ar cansado, mas o olhar é impenetrável como uma rocha.

– Vamos dar uma vista de olhos ao material do Joona? – pergunta.

– Ainda vai demorar algum tempo.

– Temos quase quarenta minutos antes de nos pormos a caminho.

Aponta para a cozinha, em cujo pavimento estão pousados dez caixotes de mudanças. Começou a esvaziar um deles, e a mesa está coberta de mapas sobre os quais se assinalam os locais das várias ocorrências, de mapas ferroviários e de fotografias.

– O Joona referiu os pontos essenciais – avança Nathan, indicando uma página de um bloco de notas escrita de alto a baixo.

– OK – diz Saga, observando a fotografia de um dos túmulos no bosque de Lill-Jan.

– Em primeiro lugar, quer que ponhamos a Valeria sob proteção.

– Do ponto de vista dele, só posso dar-lhe razão – diz Saga.

– Mas não é assim tão simples – prossegue Nathan. – Diz que isso deve ser feito em segredo, porque ela é contra.

Mostra a Saga um esboço do viveiro, sobre o qual Joona assinalou as melhores posições para dez agentes.

– Acho ótimo – assente Saga.

– Obviamente, diz que é impossível alguém proteger-se do Jurek... mas que um pauzinho é suficiente para romper uma teia de aranha.

– O Jurek está morto – murmura Saga.

– A outra coisa que quer que nós façamos é interrogar o sacristão que guardou o dedo do Jurek.

– É um demente, é impossível falar com ele.

– O Joona sabe disso, mas acha que poderíamos mesmo assim conseguir alguma coisa, dando-lhe algum tempo... Porque o plano do Jurek nunca funcionaria sem o envolvimento do velho.

– Eu vi o corpo, o tronco decomposto e os furos nos sítios exatos onde eu disparei.

– Eu sei – diz Nathan, à procura da carta no meio dos papéis em cima da mesa. – Mas o Joona escreve assim... «A capela na ilha é a nossa única via de acesso ao mundo do Jurek... é a fenda por onde saiu, e é ali que...»

Do andar de cima ouve-se uma pancada pesada e qualquer coisa que se parte, cacos que se espalham pelo chão.

– Coleciono estátuas de vidro – diz Nathan, lacónico.

– Vamos embora?

26

Na parte nordeste de Huvudsta encontra-se o bairro de Ingenting, «Nulla». O nome remonta a uma propriedade aristocrática do século XVIII. É aqui que se situa o novo quartel-general do corpo da Polícia de Segurança do Estado.

Uma vez que o núcleo da atividade da Säpo é a recolha de informações, toda a organização está atacada de paranoia. O receio de estarem a ser espiados está tão enraizado que, na prática, a Säpo se fechou sozinha numa prisão com medidas de prevenção extremas.

A mesma empresa que executou as prisões de segurança máxima de Kumla e Hall construiu este edifício de sete andares, bem protegido, com balaustrada e entrada de vidro.

Saga e Nathan saem do elevador e avançam ao longo das grandes janelas do pórtico. Depois da viagem de mota, Saga tem ainda o carapuço da *sweat* na cabeça, enquanto o rabo de cavalo grisalho de Nathan lhe salta sobre as costas a cada passo.

Os dois chefes já se encontram na sala. Parece que organizaram um rápido encontro preliminar.

Verner Sandén está sentado à mesa, de casaco e gravata; tem as pernas cruzadas e as calças subiram deixando à vista as meias de riscas pretas.

Carlos Eliasson veste um pulôver cor de vinho e uma camisa branca. Está enterrado na poltrona e tem uma tangerina na mão.

As grandes janelas do gabinete de Verner dão para um estaleiro, para alguns armazéns industriais e para o bosque de Ingenting.

O mundo exterior assume contornos estranhamente confusos por causa do vidro de segurança especial.

– Qual é o menu do dia? – pergunta Saga, sentando-se à mesa oval.

– *Top secret* – responde Verner com uma careta.

– Um dos homicídios que nos foram referidos teve lugar no Sul da Suécia – começa Carlos, enquanto descasca a tangerina. – E cinco fora das nossas fronteiras, dos quais dois…

– O Joona acha que a Valeria de Castro precisa de proteção – interrompe-o Saga.

– Também disse isso ao meu atendedor de chamadas… e obviamente vai receber proteção, como qualquer pessoa neste país, se houver uma ameaça clara contra ela – responde Carlos, com uma voz calma.

– O Joona considera que há.

– Mas a pessoa que constitui a ameaça está morta – diz Carlos, enfiando três gomos na boca.

– Em teoria, existe uma ínfima possibilidade de o Jurek Walter estar ainda vivo – diz Saga.

– Mas, obviamente, nós não acreditamos – intervém Nathan.

– Mas o Joona está convencido de que o Jurek está vivo, e que é ele que está por trás destes homicídios e destes criminosos pela Europa fora – prossegue Carlos.

– E se ele tiver razão, a ameaça em relação à Valeria é tremendamente concreta – diz Saga, ao mesmo tempo que pousa em cima da mesa em frente a Verner o esboço do viveiro com as posições dos agentes.

– Estamos conscientes de que o Joona ficou desorientado porque duas das vítimas tinham uma relação com ele – declara Verner, sem olhar para o esboço. – Nós entendemos, desestabiliza qualquer um o facto de o túmulo da mulher ter sido profanado, é tremendo, mas dá-se o caso de o homem de Oslo ter colecionado pedaços de trinta e seis corpos diferentes.

Carlos levanta-se da poltrona e deita as cascas da tangerina para o cesto do lixo.

– E no que diz respeito à segunda vítima… é dificílimo perceber por que razão um maníaco sexual alemão tentou ligar ao Joona pouco antes de morrer – diz.

– Porque é um polícia sueco?

– Não sabemos, ninguém sabe. Mas a vítima esteve internada durante anos num hospital psiquiátrico de máxima segurança e ali, no mesmo setor... De acordo com os documentos que recebi, havia pelo menos três pacientes que tinham atuado na Suécia.

– E o número do Joona pode ser encontrado na *net*, basta saber procurá-lo – diz Verner.

– Não nos vamos render – promete Carlos, sentando-se à mesa. – Mas não podemos investir demasiados recursos nisto.

– OK – diz Pollock em voz baixa.

– Teria sido melhor se o Joona tivesse participado neste encontro – murmura Verner, apertando a ponta do nariz.

– Não consigo contactá-lo – explica Carlos, mostrando o telemóvel.

– Provavelmente saiu do país – diz Saga.

– Por causa disto? – pergunta Carlos.

– Acho que fez bem – responde Saga, fitando-o nos olhos.

– Achas que...

– Espera – interrompe-o ela. – Eu tenho a certeza de ter matado o Jurek Walter, mas ainda assim acho que o Joona fez bem, porque ele, pessoalmente, não está convencido de que o Jurek esteja morto... E por isso estou feliz por ele querer proteger a filha, e por nos deixar as investigações a nós.

Carlos abana a cabeça, preocupado.

– Quando ele voltar, quero que vá a um psicólogo – suspira.

– O objetivo do assassino, ou dos assassinos, é limpar a Europa inteira – diz Verner.

– Mas não é o do Jurek... Porque havia ele de ambicionar purificar a sociedade? – pergunta Carlos.

– O Joona está convencido de que o Jurek recrutou um cúmplice – explica Saga. – Que durante anos pôs à prova vários candidatos... e que agora está a matar aqueles que descartou.

Verner levanta-se e vai buscar o computador portátil à secretária.

– Na mensagem que deixou ao Carlos, o Joona disse que o Jurek chicoteou o homem do parque de campismo como em tempos chicoteava o irmão gémeo – diz, enquanto liga o computador à tomada elétrica da mesa.

– Sim, eu sei – assente Saga.

– E quando se veio a saber que um homem assassinado na Bielorrússia tinha marcas idênticas nas costas, para o Joona foi a prova de que é o Jurek quem mata estes criminosos em toda a Europa – diz Carlos.

– Mas agora recebemos um vídeo da Polícia bielorrussa. Uma câmara de vigilância conseguiu imortalizar o culpado – diz Verner, e ao clicar no computador acende um grande ecrã de parede.

– Vê-se o assassino? – pergunta Nathan.

– O parque nacional fecha durante a noite, são quase dez horas e o vigilante anda a fazer a ronda de controlo – diz Verner cripticamente; depois apaga a luz e põe a correr o vídeo sem som.

Nas margens do enquadramento veem-se três palavras em caracteres cirílicos brancos juntamente com um contador. A câmara está virada para uma graciosa casinha de madeira escura, cheia de entalhes e de frisos. Há uma confusão de decorações natalícias apagadas, penduradas pelas paredes, no alpendre, nos corrimões e nas colunas.

– Uma casinha de chocolate – murmura Nathan.

– Na terra deles, o Pai Natal chama-se Ded Moroz, e ao que parece esta é a casa dele – diz Verner.

O parque está mergulhado na escuridão do inverno. A única luz provém de uma série de candeeiros elétricos com uma proteção de vidro aguçada que se encontram nas beiras dos caminhos. Um vigilante de uniforme e gorro de pele verifica se a casa do Pai Natal está fechada e depois volta a descer as escadas. Da boca sai-lhe uma nuvem de vapor para o ar frio. Afasta-se ao longo dos montes de neve e um tapume tortuoso.

– As autoridades bielorrussas não o admitiram – diz Verner –, mas sabemos que, em tempos, a vítima fazia parte dos serviços secretos encarregados de fazer desaparecer os inimigos do regime.

O vigilante para e acende um cigarro imediatamente antes de desaparecer para lá da margem esquerda do enquadramento.

Da escuridão, por entre os abetos, materializa-se um vulto que começa a segui-lo.

– Merda – exclama Saga.

O vídeo a preto e branco é de baixa resolução e os movimentos do perseguidor têm uma espécie de atraso, parece quase arrastar atrás de si uma parte da sua energia obscura, como uma espécie de aura elástica.

– Olhem para aqui – diz Carlos com um fio de voz.

O homem imponente extraiu do saco uma pistola munida de silenciador e, uma vez que o vigilante não reage, é evidente que avança em cima da neve sem fazer ruído.

– Não é o Jurek – diz Saga, a olhar atentamente para o vídeo.

O homem chega junto do vigilante ao lado de um boneco de neve em plástico e dispara imediatamente sobre ele, na nuca. A explosão, atenuada pelo silenciador, é um relâmpago fugaz. Sangue e fragmentos ósseos esguicham da boca do vigilante como um copioso fluxo de vómito. Os dentes e a língua são arrastados para fora do orifício de saída e espalham-se na neve.

Quando as pernas cedem, tem ainda o cigarro entre os dedos. O homem corpulento atinge-o na cabeça com o cabo da arma.

O corpo sem vida desaba sobre um monte de neve, mas o agressor não se detém. Escorrega, dá um passo para o lado, guarda a pistola e depois volta atrás para encher furiosamente o cadáver de pontapés.

– Mas o que é que ele está a fazer? O homem já está morto – murmura Nathan.

O atacante agarra o cadáver por um braço e arrasta-o para trás da balaustrada, deixando uma risca de sangue negro sobre a neve. Grita e bate com a cabeça do vigilante contra uma pedra.

– Meu Deus – exclama Carlos.

O homem endireita as costas, manifestamente sem fôlego, desfecha pontapés repetidos contra o peito e o rosto do vigilante, e depois arrasta consigo o cadáver para lá do enquadramento.

– O corpo foi encontrado a vinte metros dali, atrás dos contentores do lixo – diz Verner.

O homem robusto volta atrás, está ainda demasiado escuro para lhe distinguir o rosto; limpa a boca, vira-se e percorre durante algum tempo os seus próprios passos, escaca a proteção de vidro de um dos lampiões ao longo do caminho, grita e finalmente afasta-se.

O vídeo treme por um instante e depois acaba.

– Isto arrasa completamente a teoria do Joona – constata Carlos.

– Podia ser o tal cúmplice – diz Saga.

– O cúmplice misterioso que mata outros cúmplices misteriosos, até na Bielorrússia – resmunga Verner.

– Claro, parece absurdo – suspira Saga.

– Não tem lógica nenhuma – diz Carlos com gentileza. – Se o Jurek está vivo e tem um cúmplice, este último devia fazer aquilo que o Jurek quer: enterrar vivas as suas vítimas, e não limpar a sociedade.

– Ainda assim, queremos iniciar um inquérito preliminar – insiste Saga.

– Que, nesse caso, vai ter a ver com o homicídio na Suécia – responde Carlos.

– Trata-se de um *serial killer* – contrapõe ela.

– Não nos podemos mexer fora das fronteiras nacionais a não ser que a nossa ajuda seja pedida... e estão todos muito contentes por se desembaraçarem dos piores entre os piores.

– Dá-nos um mês – pede Nathan.

– Têm uma semana, só vocês os dois, e até já estamos a ser muito generosos – declara Carlos, a olhar para Verner.

27

Valeria apanhou os cabelos encaracolados num espesso rabo de cavalo e vestiu um par de *jeans* limpos e uma *T-shirt* branca. Em cima da mesa da cozinha, uma chávena de chá está pousada ao lado de uma edição de bolso da *Amiga Genial*, juntamente com os óculos de leitura.

Está à janela a falar ao telefone com Linus, o filho mais novo, enquanto espreita em direção às estufas sombrias.

Linus mora em Farsta: seguindo pela estrada que passa por Älta, bastar-lhe-iam apenas vinte minutos para chegar a casa da mãe. Ela prometeu-lhe uma velha cómoda que tinha ficado no sótão durante anos.

– Vou buscá-la na próxima semana – diz ele.

– Pergunta à Amanda se quer ficar para jantar.

– O Joona também vai estar aí?

– Foi para fora.

– Como é que estão as coisas entre vocês os dois? – pergunta Linus. – Pareces-me feliz, ultimamente.

– E estou.

Terminam a chamada e Valeria pousa o telefone ao lado dos óculos. Desde que perdeu um parafuso, teve de prender uma das hastes com um clipe.

O velho fogão a lenha irradia uma tepidez agradável. Com um ruído, um toro cai no meio das brasas por trás da porta de ferro.

Está habituada a estar sozinha. Os anos na prisão fizeram com que a solidão se tornasse uma parte dela, mas quando Joona voltar vai pedir-lhe para tentarem viver juntos. Poderá manter o seu apartamento, não há pressa nenhuma, mas Valeria sente vontade de passar mais tempo com ele no dia a dia.

Tira um copo do armário e enche-o até meio com vinho do pacote que está em cima do balcão. Depois vai à sala, observa o televisor apagado e as janelas escuras e põe a tocar o vinil que está já no prato do gira-discos. Um rumor enche as colunas antes de começar *Guilty*, um álbum dos anos oitenta de Barbara Streisand.

Senta-se num braço do sofá a pensar em como foi estranho encontrar outra vez Joona ao fim de todos aqueles anos.

Recorda as viagens de carro até à prisão de Kumla, a angústia que sentia quando o portão de aço se fechava atrás dela. O pânico que subia dentro dela de cada vez que passava em frente aos guardas, transpunha a entrada 3, entregava o documento de identificação e em troca recebia o cartãozinho dos visitantes, para depois deixar o casaco e todos os outros objetos num pequeno armário. Cumprimentava em silêncio as mulheres de maquilhagem pretensiosa que ali estavam sempre com crianças irrequietas entre as pernas. Na sala de espera havia uma casa de banho, algumas poltronas, informações para as visitas e um cavalo de baloiço com os estribos gastos.

Não se podia entrar com sutiãs de arame, nem com tampões ou pensos higiénicos. Os sapatos deviam ser colocados na passadeira antes de passar o detetor de metais na entrada da zona das visitas.

Mas, apesar disso, Valeria adorava aquela esquálida sala de visitas. Adorava o modo como Joona tentava torná-la acolhedora com guardanapinhos, café e biscoitos.

E agora ele estava livre.

Dormiu em casa dela, fizeram amor, trabalharam juntos no jardim.

Bebe mais um gole de vinho e começa a cantarolar distraidamente *Woman in Love*, antes de se aperceber disso e de se sentir embaraçada.

Dirige-se à entrada e para em frente ao espelho: sopra uma melena do rosto, levanta o queixo e pensa que está realmente com um ar feliz.

Com os anos, as tatuagens nos ombros esbateram-se. Tem os braços musculosos devido ao trabalho duro, cobertos de arranhões por causa dos espinhos das silvas.

Continua até à cozinha, pousa o copo no balcão e apaga o candeeiro em que Joona bate sempre com a cabeça.

Através das paredes, a música chega da sala mais atenuada: é como se um vizinho estivesse a dar uma festa no apartamento ao lado.

Valeria recorda o medo que viu nos olhos de Joona quando este lhe pediu para abandonar tudo e fugir com ele.

A convicção com que lhe disse que Jurek ainda estava vivo assustou-a.

Percebe como ele se deve sentir. Um trauma nunca desaparece completamente, não faz mais do que esconder-se nas sombras e pode reemergir num instante.

Foi uma coisa ótima ele ir ter com a filha.

Valeria espera que passar alguns dias em Paris com Lumi, ver que está bem, possa tranquilizá-lo.

O vento aumentou, ressoa na chaminé.

Valeria prepara-se para pegar no livro e nos óculos quando os faróis de um automóvel iluminam a janela da cozinha. O feixe de luz relampeja entre as árvores, como as imagens luminosas num cinetoscópio.

O coração começa a bater-lhe com mais força quando se apercebe de que o carro que parou no terreiro é desconhecido. Os faróis atingem diretamente a estufa mais próxima. À luz, as plantas recortam-se por entre uma infinidade de sombras.

Valeria regressa à entrada, enfia o impermeável e as botas, estica-se para ir buscar a lanterna ao bengaleiro e abre a porta, deixando entrar o ar frio da noite.

O automóvel desconhecido está imóvel. Uma nuvem de fumo de escape sobe através da claridade vermelha das luzes traseiras.

Valeria pensa por um instante na pistola escondida na gaveta da mesa de cabeceira.

O saibro estala por baixo das botas.

A porta do condutor está aberta, o assento vazio.

Alguém entrou na estufa ali ao lado: um vulto escuro move-se por entre prateleiras e arbustos.

Quando chega mais perto, Valeria acende a lanterna, mas esta apaga-se quase imediatamente; abana-a e aponta o ténue feixe de luz à estufa.

A pessoa no interior é Gustav Eriksson, da Hasselfors Garden. O colega está mais adiante, no meio dos balcões de trabalho.

Valeria dirige um sinal de saudação aos dois visitantes, aproxima-se e abre a porta.

Gustav é um homem corpulento, dos seus sessenta anos, que está sempre a fazer tilintar umas moedas no bolso enquanto fala de negócios. Usa óculos e tem uns bigodes grisalhos, veste *jeans* largos, camisas cor-de-rosa ou amarelas e casacos elegantes.

Há mais de dez anos que Valeria compra terra e adubo à Hasselfors.

Pensa que provavelmente Gustav estava a passar por aqueles lados e resolveu garantir que ela fizesse uma encomenda antes da primavera.

– Gustav?

– Sabes, é quase primavera – diz ele, fazendo tilintar as moedas.

O colega alto levanta um vaso de plástico com um tomateiro, deixando cair terra seca pelo orifício do fundo.

– Estou a fazer as contas – diz ela. – Mas desta vez vou precisar de bastante.

Ele dá uma breve gargalhada embaraçada.

– Desculpa por ter passado tão tarde, até ia voltar para trás, mas quando vi que já havia outro cliente aqui dentro, achei que não havia problema se...

Ouve-se uma pancada violenta e Gustav para a meio da frase. Depois ouve-se outra pancada, mais suave, e Gustav cai contra o armário à frente dela.

Valeria não percebe.

As pernas de Gustav abanam, dominadas por um espasmo, mas tem o rosto mole, apesar de estar com os olhos arregalados.

Valeria olha para o homem alto ao lado dele e pensa que devia pedir-lhe para chamar uma ambulância quando repara no martelo que ele tem na mão.

Uma poça de sangue escura alastra por baixo de Gustav.

O homem que segura o martelo tem quase dois metros de altura, o pescoço taurino, uns ombros musculosos, as narinas dilatadas e o rosto tenso. Respira freneticamente, e as pérolas que traz nos lóbulos das orelhas oscilam, inquietas.

É como um sonho.

Valeria tenta recuar, afastar-se dele, mas tem as pernas estranhamente dormentes, como se atravessasse um curso de água.

O homem atira o martelo ao chão, como se já não soubesse o que tinha na mão, e vira-se para ela com um ar interrogativo.

– Não te vás embora – murmura.

– Eu já volto – sussurra ela, virando-se lentamente para a porta.

– Não te vás embora – grita ele, lançando-se sobre ela.

Valeria corre, derrubando o balcão com as amoras atrás de si: sente que o homem tropeça nele, a gritar como um animal. Abre rapidamente caminho por entre as várias estantes e salta por cima de um saco de terra.

Consciente de o ter no encalço, Valeria ultrapassa o feixe de luz do automóvel, batendo com o ombro numa prateleira e derrubando dois vasos de barro.

Alcança a porta mas, assim que agarra no puxador, o homem chega junto dela.

Ela vira-se, brandindo a lanterna: consegue atingi-lo na face. O homem afasta-se e ela aproveita para lhe dar um pontapé entre as pernas. Vê que se dobra para a frente e depois cai de joelhos.

Valeria volta-se novamente para a porta.

A velha fechadura bloqueou: dá murros no trinco ao mesmo tempo que abana a porta.

No vidro que treme vislumbra o reflexo do homem, que se arrasta em direção a ela.

Sacode a fechadura e ouve um gemido escapar-se-lhe dos lábios quando ele a agarra por uma perna. Com um único esticão consegue fazê-la cair ao chão. Valeria precipita-se para a frente, protegendo-se com os braços, depois vira-se de lado e tenta dar-lhe pontapés.

Ele puxa-a para trás.

O impermeável sobe e ela arranha-se no peito e no queixo.

Antes de conseguir levantar-se, já ele está em cima dela e agride-a nas costas.

Valeria não consegue respirar, tosse e tenta encher os pulmões de ar quando ele a agride novamente.

Com um grunhido, o homem dá um passo atrás, pisando os cacos dos vasos destruídos.

Ofegante, Valeria consegue pôr-se de gatas e vê que o homem derruba uma mesa com plantas antes de regressar junto de Gustav. Começa a dar pontapés ao corpo sem vida, a gritar de raiva.

Valeria levanta-se, apoiando-se com uma mão à parede de vidro, mas o homem regressa junto dela.

– Não me toques, caraças – consegue apenas dizer, tentando afastá-lo com uma mão.

O homem agarra-a por um braço, agride-a na face esquerda e atira-a ao chão sobre o lado direito. Valeria bate com a cabeça na parede da estufa e cai no meio de uma chuva de estilhaços de vidro.

Ele dá-lhe um pontapé na caixa torácica, gritando-lhe que vai morrer, que a vai levar ao matadouro; a seguir, depois de ter tossido, encavalita-se em cima dela, sempre a gritar, fecha-lhe as duas mãos à volta do pescoço e começa a apertar.

Valeria não consegue respirar, tenta afastá-lo de cima dela, mas ele é demasiado forte; põe-se de lado e tenta atingi-lo no rosto.

O homem começa a bater com a cabeça dela no chão. Quando, pela terceira vez, a dor lhe queima a nuca, Valeria perde os sentidos.

Sonha que está a descer até ao chão num elevador muito veloz, e volta a si, ofegante, ao sentir uma dor tremenda numa perna. O homem está a morder-lhe a coxa através dos *jeans*, depois levanta-se a grunhir e dá-lhe um pontapé nos pés.

Da dentada escorre sangue quente.

Semiconsciente, Valeria vê que o homem atira ao chão os vasos que estão em cima do balcão, e depois inclina-se e apanha uma faca de enxerto.

O assaltante corpulento regressa junto de Gustav e rasga-lhe o pescoço com um único corte profundo, depois faz-lhe um segundo golpe do umbigo até ao esterno. A seguir carrega-o em cima dos ombros e dirige-se à porta. Leves espasmos atravessam o corpo de Gustav, enquanto o sangue escorre ao longo das costas do assaltante.

O homem passa por Valeria e abre com um pontapé a porta da estufa, que se solta das dobradiças e cai ao chão.

Valeria levanta-se de novo, quase a vomitar de dor. O sangue escorre-lhe da nuca para debaixo do impermeável. Precipita-se para a frente, à procura de um ponto de apoio, e arrasta-se a mancar para fora da porta.

Com um estampido surdo, o carro no terreiro começa a arder. Negras labaredas de gasolina erguem-se, movidas pelo vento. O homem desfaz as janelas com uma pá, e quando o fogo sai pelas aberturas dá um passo para o lado e fixa o olhar em Valeria.

Ela vira-se e começa a correr em direção ao bosque, arquejante, sentindo uma grande dor na coxa. A gemer, abre caminho por entre os ramos, escorrega para a frente, mas consegue recuperar o equilíbrio.

A respiração pesada do homem chega-lhe aos ombros. Valeria enterra-se numa vala cheia de água e, quando tenta proteger o rosto dos ramos mais baixos, é atingida na nuca com a pá.

Atordoada, cai para a frente por entre os ramos secos, no meio dos arbustos gelados. Aos gritos, o homem agride-a mais uma vez, mas não lhe acerta na cabeça e a pá escorrega-lhe da mão.

Valeria recupera os sentidos e apercebe-se de que o homem a arrasta por uma perna. Perdeu as botas, e o impermeável desliza pelo chão atrás dela. Tenta agarrar-se a uma bétula pequena, mas já não tem força suficiente.

28

De acordo com o passaporte e o cartão de crédito, Joona Linna é agora um arquiteto paisagístico finlandês chamado Paavo Niskanen. À parte o corpo, não há nada que possa ser relacionado com a sua verdadeira identidade e a sua vida em Estocolmo.

Nenhum documento, nenhum aparelho eletrónico, nem sequer uma peça de roupa.

Abriu o pneu sobresselente, escondeu lá dentro explosivos e detonadores e voltou a fechar a borracha com uma chama oxídrica.

Em comparação com a Suécia, na Europa ocidental as distâncias são mínimas.

Entre Béziers, no Sul de França, e Genebra, na Suíça, são apenas quinhentos quilómetros pela A9; mas como Joona prefere as estradas secundárias, a viagem dura sete horas.

Tenta repetir para si mesmo que vai correr tudo bem. Tem a certeza de que Nathan arranjou maneira de pôr Valeria sob proteção. Teria sido melhor se ela tivesse ido com ele, mas está certamente em segurança até que a Polícia consiga localizar Jurek.

Atravessa o baixo curso de água do Laire Rau e a fronteira com a Suíça, sobe pelo Chemin du Moulin-de-la-Grave e aproxima-se de Genebra debaixo de um céu carregado de água.

Joona estaciona na Rue de Lausanne e põe o saco ao ombro. Transpõe a extravagante entrada da estação, entra no bar e recupera na caixa o envelope com a chave magnética de Lumi.

Significa que ela está ali.

Conseguiu fugir de Paris.

Antes de entrar no *hall* revestido de mármore do hotel Warwick Geneva, Joona levanta o carapuço sobre a cabeça.

Enquanto sobe até ao segundo andar, esforça-se por manter o rosto inclinado, para não ser apanhado nas câmaras de vigilância do elevador.

A alcatifa do corredor abafa os seus passos. Para em frente ao quarto 208 e toca à campainha.

O olho mágico fica escuro.

Joona sabe que Lumi se pôs de lado e está a cobrir a lente com qualquer coisa – talvez uma das almofadas do sofá – para o caso de alguém no exterior estar preparado para disparar através da porta no momento em que espreitar para fora.

O corredor está ainda deserto, mas por entre os vários andares ouve-se uma música suave. O olho mágico fica mais claro e depois torna-se escuro outra vez. Joona assente e Lumi abre a porta; ele entra rapidamente, fecha a porta atrás de si e pousa o saco no chão.

Abraçam-se e ele beija a filha na testa, inspira o perfume dos cabelos dela e aperta-a contra si.

– Pai – suspira Lumi contra o seu peito.

Ele observa-a com um sorriso: traz os cabelos castanho-claros apanhados num rabo de cavalo bem arranjado; emagreceu, tem as maçãs do rosto mais acentuadas e os olhos cinzentos tornaram-se mais escuros.

– Que bonita que tu estás – diz Joona.

– Obrigada – responde ela, baixando os olhos.

Joona entra no quarto duplo, apaga as luzes, fecha as cortinas e depois vira-se para ela.

– Tens a certeza? – pergunta Lumi, com um ar sério.

– Sim.

Joona apercebe-se de que a filha queria acrescentar mais alguma coisa, mas que se contém. Limita-se a assentir, sentando-se numa das poltronas da salinha.

– Desfizeste-te de tudo? – pergunta ele, pegando no saco que deixou à entrada.

– Fiz aquilo que tínhamos decidido – responde ela, lentamente, como se estivesse cansada do peso que carrega nos ombros.

– Correu bem?

Lumi encolhe os ombros e baixa os olhos.

– Lamento que tu também tenhas sido envolvida nisto – diz Joona, ao mesmo tempo que tira um saco mais pequeno da mala. – Veste esta roupa... Provavelmente vai-te estar demasiado grande, mas compramos roupa nova pelo caminho.

– OK – murmura ela, e levanta-se.

– Muda tudo, roupa interior, ganchos do cabelo...

– Eu sei – interrompe-o, ao mesmo tempo que entra na casa de banho com o saco na mão.

Joona tira as pistolas. Enfia uma no coldre por baixo do braço direito e fixa a outra ao tornozelo direito com fita adesiva.

Quando Lumi regressa, levanta-se. A camisola fica-lhe grande e as calças são demasiado largas para a sua anca estreita.

– Onde tens a pistola? – pergunta-lhe.

– Por baixo da almofada da cama.

– Verificaste o percussor e as molas?

– Tu já fizeste isso antes de ma dar – diz ela, cruzando os braços no peito.

– Não sabes.

– Claro que sei – teima ela.

– Faz tu, é a única maneira de teres a certeza.

Lumi aproxima-se da cama sem uma palavra, pega na *Glock 26*, extrai o carregador e tira as balas, depois desmonta a arma, dispondo as várias partes em cima da coberta, e começa a verificar a mola.

– Começo a habituar-me a ter de desaparecer – diz Joona, tentando sorrir. – E sei perfeitamente que tudo isto pode parecer exagerado.

Lumi não responde; volta a montar a pistola, experimenta o mecanismo duas vezes e depois insere o carregador.

Joona entra na casa de banho e vê a roupa velha da filha atirada para a banheira. Enfia-a num saco de lixo, apanha o resto das coisas dela, pega nos sapatos que deixou em frente à porta e sai do hotel.

Lá fora, o ar é frio e o céu está cinzento como aço. Por cima da enorme estação veem-se longas tiras de nuvens escuras. As ruas comerciais estão decoradas com grinaldas luminosas e árvores de Natal cintilantes por causa das festas. Os passeios estão cheios de gente e o trânsito é ainda intenso. Joona caminha com a cabeça inclinada, vira à esquerda em direção à Place de Cornavin e passa por uma hamburgueria simples e uma *brasserie*. Quando chega à passagem subterrânea que dá acesso à estação, começa a deitar as coisas de Lumi em vários contentores.

Ao voltar para trás, entra num restaurante chinês e encomenda o jantar. Enquanto espera ao lado do balcão, na penumbra, recorda os meses que passou com Lumi em Nattavaara, a forma como aprenderam a conhecer-se partindo do zero. Haviam contado um ao outro tudo aquilo que tinha acontecido nos anos anteriores.

Quando lhe abre a porta do quarto, Lumi parece ter estado a chorar. Ele vai atrás dela até à salinha e pousa os saquinhos com o jantar na mesa em frente ao sofá.

– Gostas de vinho? – pergunta-lhe.

– Vivo em França – responde ela, com uma voz sumida.

Joona pega nas embalagens de comida e põe em cima da mesa copos, pratos e pauzinhos.

– Como é que vai a escola? Como é que andas? – pergunta-lhe, enquanto vai buscar uma garrafa de vinho ao minibar.

– Bastante bem… há muito que fazer neste momento.

– É assim que deve ser, não é?

– E tu? Como estás, pai? – pergunta Lumi, ao mesmo tempo que abre as embalagens.

Enquanto comem, Joona põe-na ao corrente de tudo o que aconteceu depois que foi posto em liberdade: o serviço como polícia de bairro, Valeria, o seu jardim.

– Vais viver com ela?

– Não sei, até gostava, mas ela tem a vida dela, portanto… vamos ver.

Lumi pousa os pauzinhos e afasta os olhos.

– O que é que se passa, Lumi?

– É só que… é como se não soubesses nada de mim – responde.

– Não te quis atrapalhar, tens uma nova vida… da qual eu gostava imenso de fazer parte, apesar de saber perfeitamente que um pai polícia não é uma coisa de que alguém se queira gabar no meio de artistas e escritores.

– Achas que eu tenho vergonha de ti?

– Não, mas... só quero dizer que me sinto um pouco deslocado.

A voz da filha lembra-lhe a de Summa. Queria dizer-lhe isso, mas contém-se. Acabam de comer em silêncio e bebem o último gole de vinho.

– Vamos partir em breve – diz ele, ao mesmo tempo que começa a levantar a mesa.

– Para onde?

– Não te posso dizer.

– Pois não, claro – suspira ela, voltando-se.

– Lumi – diz Joona –, eu sei que não te queres esconder, que neste momento a tua vida está concentrada noutras coisas.

– E por acaso eu queixei-me? – pergunta ela, com uma voz carregada de choro.

– Não adiantava nada.

Lumi suspira e passa a palma da mão pelos olhos.

– Viste o Jurek Walter?

– Não, mas o cúmplice dele perseguiu-me e...

– Como assim, o cúmplice dele? – interrompe ela.

– O Jurek tem-te debaixo de olho – prossegue Joona. – Estudou a tua vida, conhece os teus hábitos, sabe com quem andas.

– Mas porque é que ele ia precisar de um cúmplice?

– Para levar até ao fim a sua vingança tal como a projetou, precisa de um cúmplice que lhe seja tão fiel como o irmão – explica Joona. – Sabia que eu ia largar tudo e que ia a correr proteger-te assim que descobrisse que ele ainda estava vivo... E o plano dele era apanhar-te antes de eu chegar a Paris, enquanto o cúmplice ia tratar da Valeria em Estocolmo. Para que o plano funcionasse, as duas coisas deviam acontecer ao mesmo tempo, o Jurek pensa como um gémeo.

– Então porque é que o cúmplice dele te perseguiu a ti?

Joona deita as embalagens vazias no saquinho de papel, sente uma pontada de dor atrás do olho e apoia-se com a mão na escrivaninha para não perder o equilíbrio.

– Porque eu percebi que o Jurek não tinha morrido poucos segundos antes de ele conseguir avançar com o seu plano – responde, voltando-se para Lumi. – Liguei-te, tu fizeste exatamente aquilo que devias fazer e conseguiste fugir de Paris... Mandar o cúmplice atrás de mim foi uma solução de emergência, uma tentativa para não perder a única pista que o podia levar até ti... Fomos rápidos e garantimos uma pequena vantagem, só isso.

– Pai, há alguma lógica naquilo que tu dizes... à exceção do facto de nada indicar que o Jurek está vivo: ninguém o viu, nem mesmo tu... Quero dizer, por que razão o homem que te seguiu havia de estar ligado ao Jurek?

– Eu sei que o Jurek está vivo.

– OK, essa é a nossa hipótese, é por isso que estamos aqui.

– Eu matei o irmão gémeo, não a ele – insiste Joona.

– E no meio disto tudo, quem sou eu? – pergunta ela.

– A minha filha.

– Começo a sentir-me como uma espécie de refém – diz Lumi, erguendo as mãos numa espécie de gesto de rendição. – Desculpa, exagerei... Mas isto condiciona a minha vida em todos os sentidos, e gostava de saber o que estamos a fazer.

– O que é que queres saber? – pergunta Joona, sentando-se no sofá.

– Onde vamos amanhã, qual é o plano?

– O plano é sobreviver até que a Polícia capture o Jurek... Entreguei todo o material que tinha, e não é impossível que consigam apanhá-lo, se se despacharem.

– Como é que vamos sobreviver? – pergunta Lumi num tom mais suave.

– Vamos atravessar a Alemanha e a Bélgica até à Holanda... Na província de Limburgo, não muito longe de Weert, há umas casas abandonadas no meio dos campos.

– Vamos esconder-nos ali?

– Sim.

– Durante quanto tempo?

Ele não responde, porque não existe nenhuma resposta.

– Vais ficar mais tranquilo ali? – pergunta Lumi, sentando-se no sofá em frente.

– Já te falei do meu amigo Rinus?

– Falaste quando nos treinávamos na luta corpo a corpo em Nattavaara – responde ela.

Depois de ter prestado serviço no corpo especial de paraquedistas, Joona fora selecionado para um curso de treino secreto nos Países Baixos, sob a orientação do tenente Rinus Advocaat.

– O Rinus foi sempre um bocado paranoico, e criou aquilo que mais se aproxima de uma casa segura... De fora, parecem casebres abandonados, mas...

– Quem é que quer saber – suspira ela.

Joona prepara-se para dizer qualquer coisa quando sente um segundo ataque de enxaqueca, mais intenso desta vez. Uma dor aguda atrás do olho esquerdo, seguido daquela extenuante sensação de que o canal auditivo se enche de água.

– Pai? O que é que se passa?

Joona aperta a mão contra o olho enquanto a tempestade se afasta e a dor abranda.

– Foi um longo dia – explica ele, levantando-se para ir lavar os dentes.

Quando regressa ao quarto, Lumi está sentada na beira da cama; tem um relógio na mão.

– O que é isso? – pergunta-lhe.

– Um presente.

– Tens de te desfazer dele.

– Não tem problema nenhum – responde ela, irritada, colocando-o no pulso.

– Provavelmente não, mas a única regra que funciona é abandonar tudo.

– OK, mas não tenciono desfazer-me do meu relógio. Podes inspecioná-lo, se quiseres, é apenas um relógio – diz a filha, ao mesmo tempo que lho entrega.

Joona pega nele, acende o candeeiro para o observar melhor, vira-o à luz, estuda cada malha da pulseira, verificando se os parafusos minúsculos na parte de trás da caixa estão arranhados.

– Nenhum microfone escondido? Nenhum transmissor? – pergunta Lumi, sem esconder o sarcasmo difuso na sua voz.

Joona restitui-lhe o relógio sem responder e ela, sem dizer uma palavra, enfia-o no pulso esquerdo. Fazem as malas em silêncio e vestem-se como se tivessem de partir imediatamente, com os sapatos calçados e a pistola no coldre, antes de se deitarem cada um do seu lado da cama.

29

Saga Bauer e Nathan Pollock estão na Secção Operativa Nacional há mais de catorze horas, armados de computadores e telefones.

Do lado de fora das janelas veem-se o pátio interior por baixo da cúpula de vidro, o terreiro aberto da prisão e os telhados cobertos de chaminés e antenas parabólicas.

As paredes do gabinete estão forradas de mapas, imagens de satélite, fotografias e listas de nomes e números de telefone de diversos contactos em toda a Europa.

Em cima da mesa jaz um bloco de notas cheio de apontamentos e ideias assinaladas com um círculo. Um guardanapo amarrotado enfiado numa chávena está impregnado de café, enquanto no prato vazio restam apenas algumas pérolas de açúcar dos doces e pastilhas elásticas mastigadas.

– Não se trata do Jurek, mas é, em qualquer caso, um *serial killer*... e temos uma semana para o encontrar – diz Saga, fechando por alguns instantes os olhos inflamados.

– Qual é o próximo passo? As imagens da Bielorrússia são péssimas, nem sequer se percebe se tem um rosto.

– Seis vítimas em seis países diferentes, e em todo o lado é o mesmo... Não faz sentido nenhum, que caraças – diz ela. – Nenhuma testemunha, nenhuma imagem, nenhuma correspondência na base de dados de ADN.

– Vou ligar outra vez para Ystad... Santo Deus, tem de haver câmaras de vigilância numa área industrial.

O cansaço tornou as rugas no rosto magro de Nathan mais profundas do que nunca; os seus olhos argutos estão injetados de sangue.

– Tudo bem – suspira ela. – Mas vão dizer-te apenas que o levantamento técnico ainda está em curso, que não precisam da ajuda de Estocolmo.

– Vamos lá, mesmo assim.

– Não acho boa ideia.

– Se ao menos conseguíssemos uma imagem focada, uma testemunha, um nome, uma coisa qualquer... podíamos encontrá-lo.

Saga observa o mapa da zona industrial de Ystad.

Um duplo homicida com cadastro espancado até à morte numa oficina que lhe pertencia.

A cabeça foi lentamente reduzida a papa com um martelo e separada do corpo, que depois foi pendurado numa trave.

O cão foi morto e empalado no gradeamento exterior.

Várias janelas do edifício em frente foram destruídas, e uma mota num terreno ao lado foi vandalizada.

Saga pensa que o responsável deve apresentar uma quantidade anómala de serotonina no córtex pré-frontal e um excesso de atividade da amígdala.

– É extremamente violento... mas também tem um outro lado – diz. – Uma vez que os seus objetivos são tão particulares, deve ter feito pesquisas, introduzindo-se em alguma base de dados... Estudou as vítimas e deve ter entrado em contacto com elas com bastante antecedência.

O telefone que Nathan pousou em cima da secretária começa a tocar. Saga consegue entrever a imagem da mulher no ecrã antes de ele recusar a chamada, para depois se aproximar da longa lista de países, distritos e nomes de investigadores e polícias pendurada na parede.

Até agora já eliminaram mais de quatrocentas pessoas e oito países.

Saga abre o PDF de um relatório da Europol e pensa em tudo aquilo que Joona sacrificou ao longo dos anos. Separou-se da família, perdeu anos de vida da filha, reorganizou toda a sua existência para fugir à vingança de Jurek.

Tornou-se claramente uma obsessão.

A descoberta do crânio de Summa em Oslo foi a última gota.

A paranoia de Joona criou um cenário no qual os vários homicídios em toda a Europa eram obra de Jurek, que se tinha assim desfeito dos candidatos que não se revelaram à altura.

Mas Jurek Walter está morto, e este assassino não tem nada a ver com ele.

Nathan levanta os olhos do ecrã e repete pela enésima vez que a única coisa que as vítimas têm em comum é que todas eram culpadas de crimes graves.

– Não nos vamos fixar nisto… mas a interpretação mais evidente é que o assassino é impelido por um qualquer louco instinto moral – diz Nathan. – Acredita que tem a tarefa de limpar a sociedade, talvez de tornar o mundo um lugar melhor e mais seguro.

– Um super-herói… ou um servo de Deus.

Saga e Nathan procuram na Internet quem prestou declarações a favor de penas mais severas ou de cruzadas contra a criminalidade, mas a primeira seleção revela-se logo demasiado vasta, impossível de gerir.

Se calhar não é para admirar.

Centenas de milhares de pessoas invocavam sem demasiados rodeios alguém que fizesse justiça.

Entre os resultados, surgiam com alguma frequência também polícias. Agentes que se queixavam das regras, dos tribunais, dos colegas politicamente corretos, da atenção aos direitos dos criminosos.

O telefone toca: Saga vê um número estrangeiro e atende. É o comissário Salvatore Giani, de Milão. Comunica-lhe com alguma pena que o processo sobre o homicídio de Patrizia Tuttino, no exterior do Hospital San Raffaele tinha sido arquivado.

– Vimos as imagens de todas as câmaras de vigilância, falámos com todos os funcionários do hospital… Não há vestígios, nenhuma testemunha, nada.

– E os resultados da científica?

– Lamento, mas há outros inquéritos com prioridade.

– Compreendo – diz Saga. – Obrigada por ter ligado.

Pousa o telefone, suspira e fita o olhar cansado de Nathan.

– Vou fazer mais uma tentativa com Volgogrado – diz ele, mas, enquanto se estica para o telemóvel, Veronica liga de novo.

– Atende – diz Saga.

– Só me quer dizer que sou um idiota porque a ignoro.

– Vê lá se acabas com isso.

Nathan bebe um gole de café frio, atira o copo de plástico para o cesto do lixo e pega no telemóvel.

– Olá, querida.

Saga apercebe-se da irritação na voz de Veronica.

– Não é verdade que eu não quero saber de ti – defende-se Nathan. – Mas, sabes, acontece que eu tenho um trabalho que... OK, Nickie, temos opiniões diferentes... Muito bem... Mas tirando isso, havia alguma coisa de que me querias falar ou...

Detém-se e pousa o telemóvel em cima da mesa.

– Já estamos outra vez amigos – diz com ironia.

Saga levanta-se e aproxima-se da parede onde estão as imagens confusas do vídeo bielorrusso e as fotografias do corpo torturado.

– Não vai parar sozinho... Este super-herói não vai parar enquanto não o apanharmos.

– Concordo – diz Nathan.

– Se a qualidade do vídeo não fosse tão reduzida, já podíamos ter divulgado algum sinal. Quero dizer... Mais cedo ou mais tarde, ele vai cometer algum erro, se é que já não o fez.

Saga pega no telefone em cima da mesa e fica com ele na mão. Está quente, e o ecrã escuro reflete as luzes do teto. Olha para os apontamentos no bloco de notas que tem à frente e decide ligar para os contactos junto da Polícia operativa nacional polaca.

Nathan já contactou vinte e três vezes as diversas autoridades russas, o FSB, a SVR e os chefes das unidades dos vários distritos federais.

– Sinto-me como um vendedor por telefone – resmunga Nathan, enquanto marca o número da Gosnarkokontrol, o departamento antidroga russo.

Após alguns erros de ligação, chega à fala com um velho comissário de nome Jakov Kramnik, a quem explica rapidamente a situação.

– Sim, certo, recebemos o pedido da Europol – responde o comissário russo. – Desculpem por não ter entrado logo em contacto convosco, mas em certos aspetos a nossa velha burocracia ainda sobrevive.

– Não há problema – tranquiliza-o Nathan, massajando a testa.

– Obrigado pela compreensão, fico muito satisfeito. Aquece-me o coração... Porque dá-se o caso de termos um presumível homicídio que corresponde a muitos dos vossos critérios. Na segunda-feira passada, um tal Igor Sokolov foi encontrado com a garganta cortada num armazém nos arredores de São Petersburgo. Antes disso, tinha passado dezanove anos na penitenciária de Kresty por crimes relacionados com droga, mas era também suspeito de quatro homicídios... Tratou-se de uma execução... Tinha um joelho partido e a jugular cortada. Parecia obra das nossas forças especiais... mas eles nunca teriam tentado arrancar-lhe a espinha dorsal.

– A espinha dorsal?

– O Sokolov foi objeto de uma incrível violência, mesmo depois da morte... Posso mandar-vos o processo, se quiserem.

– Têm alguma ideia de quem possa ser o responsável? – pergunta Nathan, enquanto ouve tocar o telefone de Saga.

– O Igor Sokolov combateu pela nossa pátria no Afeganistão, depois entrou no circuito da heroína e da criminalidade... Mas cumpriu a pena e refez a vida dele, e por isso eu respeito-o... Não há vestígios do assassino, mas a hipótese é que um velho inimigo do *bas-fond* criminal se tenha vingado dele.

Pelo reflexo da janela, Nathan vê que Saga se levanta de um salto, atirando a cadeira giratória contra a parede.

– Verificaram as câmaras de segurança em volta do armazém? – pergunta.

– Nenhum resultado – responde o comissário russo.

Nathan desliga a chamada depois de uma troca de agradecimentos e promessas de colaboração futura.

Pousa o telemóvel em cima da mesa, fá-lo rodar sobre si mesmo e volta-se para Saga.

Ela conserva o telemóvel apertado contra a orelha e está inclinada para a frente a apontar qualquer coisa no bloco de notas.

– Vamos já, imediatamente – diz.

30

Dois carros-patrulha bloqueiam um lado da Regeringsgatan, e todo o passeio está rodeado de uma fita azul e branca que, sacudida pelo vento, se enrosca nos andaimes e no contentor das ferramentas com barras nas janelas.

– Não sei... mas parece-se muito com o nossos assassino – explica Saga.

– Passamos horas ao telefone com os quatro cantos da Europa e depois nem sequer sabemos aquilo que se passa debaixo do nosso nariz – diz Nathan, enquanto encosta o carro ao passeio.

– Porque parece que têm a certeza absoluta de que se trata de uma rede de criminosos – continua Saga. – Ao que tudo indica, este bar já sofreu tentativas de extorsão.

– Toda a gente defende o seu território como cães raivosos.

– Estamos cansados, mas agora estamos aqui e temos de tentar manter a calma. Quero dizer, se calhar é aquilo de que estávamos à espera – diz Saga, abrindo a porta. – E, pela parte que me toca, até podem pensar que por trás disto estão os Black Cobra, desde que nos deixem passar.

À espera deles, no passeio, está um homem mais velho com um guarda-chuva. É o procurador Arne Rosander.

Tem os cabelos ralos e a barba bem tratada, usa óculos prateados e um sobretudo por cima de uma camisola aos quadrados.

– Falaram-me de ti, Saga Bauer, mas pensei que estavam a exagerar – diz, ao mesmo tempo que a acolhe debaixo do guarda-chuva.

– As vítimas foram identificadas? – pergunta ela.

– Erica Liljestrand... solteira, vinte e oito anos... frequentava um curso de biotecnologias na KTH... e Nicklas Dahlberg, também ele solteiro, *barman* aqui no Pilgrim Bar.

A fita da Polícia e as telas de *nylon* branco sujo em volta dos andaimes incham como velas.

– Não encontrámos nenhuma relação entre as vítimas – prossegue o procurador, ao mesmo tempo que os acompanha à cena do crime. – Tudo indica que a mulher era simplesmente a última cliente no bar.

– Sozinha? – pergunta Nathan.

– Não se trata de nenhum encontro amoroso, tinha combinado vir aqui com uma amiga – explica Arne Rosander. – Provavelmente, estava só no lugar errado à hora errada.

Avançam pela passagem por baixo dos andaimes. A chuva passa pelo teto de contraplacado. Os técnicos da científica improvisaram um vestiário à entrada do Pilgrim Bar, onde se podem vestir os fatos-macacos de proteção e onde cada um deve assinar o seu nome num registo antes de entrar na cena do crime.

Arne enfia o fato com gestos experientes, depois espera pacientemente que Saga e Nathan assinem o registo.

– Na tua opinião, o que aconteceu, Arne? – pergunta Nathan, enquanto mete o rabo de cavalo por baixo do fato antes de levantar o carapuço para a cabeça.

– Foram os Black Cobra, vão ver o grau de violência... Mas, obviamente, a coisa mais difícil vai ser chegar ao processo: primeiro vamos ter de ligar o assassino à organização criminosa e demonstrar que agiu com base numa ordem precisa.

Entram debaixo da luz ofuscante dos refletores. Uma dezena de técnicos está a trabalhar em silêncio total.

– Os corpos foram levados para o Instituto de Medicina Legal – diz Arne em voz baixa –, mas quanto ao resto deixaram a cena o mais inalterada possível.

Saga observa os contornos do sítio de onde foram retirados os cadáveres. Tudo indica uma agressão extremamente violenta. O sangue no chão foi pisado, os corpos foram arrastados por entre as mesas, as mutilações começaram em dois pontos distintos.

O ar está impregnado do cheiro a álcool e vinho azedo que se ergue das garrafas partidas atrás do balcão. Há estilhaços de vidro por todo o lado, pelo meio do mobiliário destruído e das lascas de madeira. Se não fosse por causa de todo aquele sangue, dir-se-ia que o estabelecimento tinha sido destruído por um furacão.

Continuam até ao interior, tentam reconstituir os acontecimentos. A vítima primária, ou pelo menos o objetivo principal da agressão, parecia ser o *barman*. A mulher tinha sido degolada e depois arrastada durante alguns metros até às traseiras do estabelecimento antes de ser abandonada.

– O que te parece? – pergunta Nathan, em voz baixa.

Saga olha lentamente em volta, observando o bar devastado. Pensa que tudo deve ter começado com um confronto a murros e pontapés, para depois se transformar num massacre com taco de basebol.

Estuda uma grande poça de sangue ao lado da parede em frente e repara que a pressão ainda era alta: o sangue esguichou até ao *abat-jour* cor-de-rosa do candeeiro de parede.

Ali tinha começado a violência mais extrema.

Provavelmente, os técnicos já retiraram a faca do local.

Deve ter-se tratado de vários golpes no coração e nos pulmões.

O corpo foi depois arrastado em direção à porta.

Saga segue com o olhar as grandes pegadas e as longas riscas de sangue.

A vítima ainda estava viva: uma mão ensanguentada tinha tentado agarrar-se a uma coluna.

– É ele – diz.

– Parece que sim – assente Nathan.

– Nenhum indício de violência sexual? – pergunta Saga.

– Não – responde o procurador.

– Verificaram todas as câmaras de vigilância na zona? – pergunta Nathan.

– Infelizmente, a única que interessava está tapada pelos andaimes… Também não ia fornecer-nos nada de útil, porque estava escuro e o tempo estava péssimo.

– Percebo.

– Mas temos três testemunhas que viram um homem corpulento na rua, aqui fora... Gritava e tinha um ar agressivo.

– Gostaria de ler os depoimentos das testemunhas – diz Saga.

– Uma delas conseguiu fornecer-nos uma ótima descrição – diz Arne, enquanto procura um ficheiro de áudio no *iPad.*

Os outros dois aproximam-se; Arne carrega no *play* e uma mulher de uma certa idade começa a falar com uma bela voz um pouco alterada.

«– A princípio só ouvi os gritos, um homem que continuava a berrar... Era bastante inquietante, como é óbvio... mas depois eu vi-o, ali, por baixo dos andaimes. Era um homem grande e forte, dos seus cinquenta anos, talvez com dois metros de altura, com os ombros largos... tinha um impermeável preto, de plástico... não de *nylon*... andava aos solavancos... e quando chegou ao nível de Nalen ficou debaixo da luz e então eu vi que tinha a cara coberta de sangue... Pela maneira como se comportava parecia extremamente agressivo, gritava e dava pontapés aos carros estacionados, depois apanhou uma pedra e atirou-a a um grupo de rapazes do outro lado da rua, antes de desaparecer.

– Será que era capaz de descrever o rosto dele? – pergunta a agente.

– Não sei, fixei sobretudo que estava ensanguentado, pensei que se tinha magoado... mas tinha a cabeça grande e o pescoço maciço... Não sei, é difícil... Pensei que parecia um *hooligan* russo, como se eles tivessem um aspeto particular.»

O departamento de medicina legal do Instituto Karolinska situa-se num edifício plano de tijolos vermelhos na periferia norte de Estocolmo. Por trás dos estores, brilham pálidas estrelas do Advento e candeeiros elétricos.

O vento empurrou o lixo dos cestos cheios até às sebes despidas de rosa-canina.

Saga e Nathan entram no parque de estacionamento e saem do carro.

Ao lado da entrada está um *Jaguar* branco; ao passar ao lado dele, Saga repara numa pasta de pele no tejadilho.

Pega nela e vai atrás de Nathan até lá dentro.

No corredor deserto, o pavimento está gasto pela passagem das macas pesadas e os caixilhos das portas e os rodapés cobertos de arranhões.

Em cima de uma mesinha há uma decoração feita de estrelas de Natal, musgo branco e pequenos cogumelos vermelhos.

A porta do gabinete do professor está aberta.

Nålen está sentado, com a bata vestida, em frente ao computador. Tem o rosto magro perfeitamente barbeado, a expressão triste e o cabelo rapado.

Alguém escreveu *Twisted Christmas* na sua janela com neve em *spray*.

Saga bate à porta e entra no gabinete.

– Tenho uma igual – diz Nålen ao ver a pasta.

– Encontrei-a em cima do tejadilho do teu carro – responde Saga, pousando a pasta em cima da secretária.

– Não devia lá estar – diz Nålen, desligando o computador.

– Estivemos agora mesmo no Pilgrim Bar e falámos com o Arne Rosander, disse-nos que estás a examinar os corpos.

– Já abandonaram a ideia do Jurek Walter? – pergunta Nålen.

– Não é ele, temos testemunhas e a gravação confusa de uma câmara de vigilância – responde Nathan.

– Quando encontrarmos o verdadeiro culpado, os homicídios vão acabar… e assim que ouvir a notícia, o Joona pode regressar a casa – diz Saga.

Nålen assente e os seus lábios finos esboçam um sorriso amargo. Pousa as duas mãos na secretária e levanta-se.

– Então vamos trabalhar – diz, e sai do gabinete.

Saga e Nathan seguem-no até à sala de autópsias, ao lado do gabinete. As portas automáticas abrem-se com um zumbido. Os azulejos brancos nas paredes cintilam à luz dos néones.

Saga aproxima-se do cadáver da mulher, que jaz com os olhos abertos e os lábios contraídos. O corpo nu está cinzento-pálido, o golpe profundo na garganta vermelho-escuro. O plástico que cobre a mesa de autópsias com as tinas e os canais de escoamento está ensanguentado.

– Quem lhe confirmou a identidade? – pergunta Saga.

– A irmã de Erica Liljestrand, apesar de não lhe ter sido fácil reconhecê-la; continuava a dizer que devia ser engano antes de perceber que o problema era a cor dos olhos.

– O que é que isso quer dizer? – pergunta Nathan, inclinando-se para a frente.

– Devido à hemólise, os olhos ficam sempre castanhos, independentemente da cor inicial... e isso pode confundir os familiares.

– O que é que nos podes dizer sobre ela? – pergunta Saga, impaciente.

Nålen levanta o braço do cadáver.

– Bem, como vês, as manchas hipostáticas são ligeiras... Na realidade, só se veem nos pontos em que o corpo esteve em contacto direto com o solo.

– Portanto, perdeu muito sangue.

– Ainda não concluí o exame, mas provavelmente a morte foi causada pela hemorragia ou pela inalação de sangue... Tinha a garganta cortada e a coluna vertebral partida.

– O procurador está convencido de que se trata da retaliação de um gangue criminoso.

– Até podia ser – responde Nålen, empurrando os óculos de aviador para cima do nariz.

– Se ele não estivesse enganado – diz Saga rapidamente.

– Pareces o Joona – replica ele.

– Não, mas eu sei que o procurador está enganado: é o mesmo assassino de Ystad... Pedi para te mandarem o relatório da autópsia.

– Não chegou.

– De qualquer modo, é o mesmo assassino – insiste ela. – E precisamos do ADN. Quero dizer, as vítimas opuseram resistência, deve ser possível encontrar algum vestígio.

– Sim, mas a análise requer tempo.

Saga tem o rosto pálido e contraído, os olhos brilhantes devido à falta de sono.

– Percebemos perfeitamente que ainda não acabaste – diz Nathan. – Mas temos de saber se, na tua opinião, a vítima primária era o homem.

Nålen baixa a máscara para o queixo e observa-os aos dois.

– Uma vez que o homem e a mulher foram assassinados praticamente ao mesmo tempo, é difícil determinar – com base na temperatura e no estado de decomposição – quem morreu primeiro, mas não é isso que vocês me estão a perguntar.

Saga faz uma careta.

– Queremos saber se o assassino, na realidade, só queria matar um dos dois – diz Nathan.

– Como sabem, o homem apresenta muitas mais lesões, mas isso não significa necessariamente que fosse ele a vítima primária.

– O que é que significa, então? – pergunta Nathan, ao aperceber-se de que Saga se virou para a parede de azulejos.

– Se, por exemplo, o assassino é motivado pelo ciúme, pode procurar a sua mulher para lhe fazer mal, mas ao encontrar um homem com ela pode ser acometido de uma raiva tremenda em relação a ele.

– Nesse caso, o objetivo principal é ela, apesar de ele ser atingido com maior violência – conclui Nathan.

– Mas na hipótese de se tratar da ação de uma organização criminosa... nesse caso, é provável que o objetivo fosse ele, e a mulher apenas uma testemunha a silenciar – prossegue Nålen.

– Claro – responde Saga, voltada para a parede.

– Por outro lado, ela foi drogada, o que a põe de novo no centro da cena... Acabei de receber o resultado do exame toxicológico, que revelou marcas de gama-hidroxibutirato no sangue dela.

Saga volta-se e fita Nålen.

– GHB... Estava consciente, quando foi morta?

– Devia estar incrivelmente cansada, mas acho que estava desperta, porque apertava com força um objeto... de outro modo, teria aliviado a pressão.

– De que objeto se trata?

Nålen vai até ao armário e depois regressa junto de Saga com um saquinho de plástico que contém uma carteira de fósforos.

Saga levanta o saquinho em direção à luz e inclina-o para evitar os reflexos.

A carteira de fósforos é um objeto promocional. Sobre a pala negra há um esqueleto sem cabeça com um crânio em cada mão.

Como se não conseguisse decidir qual é o seu, pensa Saga. Como um Hamlet com novos dilemas.

Faltam três fósforos.

Na parte de trás há apenas a palavra HEAD, em caracteres brancos. Talvez fosse aquele o erro de que estavam à espera.

31

Depois do encontro com Nålen, Saga e Nathan não demoram muito a descobrir o clube privado Head, cuja sede se situa numa cave no número 151 de Ringvägen, ao lado do parque de Lilla Blecktorn. O clube de *hard rock* está aberto às sextas e sábados da meia-noite até às seis da manhã.

Não podem estar seguros de que a carteira de fósforos pertença ao assassino, mas de qualquer modo os amigos da vítima têm a certeza de que Erica não frequentava aquele tipo de clubes.

Nathan regressou a casa para tentar falar com Veronica. Ofereceu-se para se encontrar com o procurador no dia seguinte, deixando a Saga a manhã livre para o caso de querer dar um salto ao clube.

A ideia é ir lá naquela mesma noite, e interrogar os seguranças para descobrir se existe uma lista dos sócios e se há câmaras de vigilância.

Saga regressou a casa e dormiu três horas para se preparar para a noitada.

Depois tomou um duche e mudou de roupa.

Dentro de uma hora vai encontrar-se com Randy.

Pega no telefone e marca o número de Pellerina. Após uma longa espera, é o pai quem atende, dizendo que a irmã tem as mãos sujas de massa.

– Está bem?

– Como de costume – responde ele.

– Estás com uma voz estranha.

Saga sente que o pai sai da cozinha.

– Não. É que experimentei um desses *sites* de encontros… Há aplicações que se podem instalar no telemóvel – explica.

– O que é que a Pellerina acha disso?

– Ainda não lhe disse, realmente é um bocado embaraçoso.

– Toda a gente faz isso.

– Só pergunto a mim mesmo o que é que se faz, quando nos encontramos mesmo com as pessoas.

– Não sei – responde ela, enquanto bebe um gole de água do copo que tem em cima da mesa de cabeceira.

– É que eu troquei um monte de *emails* com uma investigadora do hospital universitário de Uppsala, e achei que a podia convidar para jantar.

– Faz isso.

– Não te importas de fazer companhia à Pellerina na segunda-feira? – pergunta ele, com um sorriso na voz.

– Esta segunda-feira?

– À noite.

– Não posso, vou trabalhar até tarde – responde Saga, e ao fundo ouve a irmã gritar que já lavou as mãos.

– Não é que eu esteja mesmo desesperado, mas acho que podia ser divertido – diz o pai.

– Já posso falar com a Pellerina?

– Mas por ti está bem, se eu andar com alguém?

– Por favor… E por ti? – pergunta Saga, impaciente.

– Pellerina Bauer – começa a irmã, quando pega no telefone.

– Olá, é a Saga.

– Já lavei as mãos.

– Estás a fazer um bolo?

– Um bolo de chocolate.

– Que bom.

– Sim – responde Pellerina, muito baixinho.

– Em que é que estás a pensar?

– Os pais também podem chorar.

– Claro, mas porque é que dizes isso? O pai está triste?

– Sim.

– Sabes porquê?

– Não quer falar disso.
– Vai ficar feliz outra vez quando provar o teu bolo.
– Sim.

Depois da separação, Randy arrendou um espaço a um velho amigo que fechou momentaneamente a sua agência publicitária. A maior parte do equipamento está ainda no seu lugar, ou então amontoada em caixotes empilhados ao longo de uma das paredes. O estúdio fica num armazém de tijolos amarelo-sujo em Västerberga, onde *ateliers* de artistas convivem lado a lado com fábricas de chapas metálicas, consultórios de dentistas e ginecologistas, fábricas de móveis, agências de consultoria financeira e oficinas de pneus.

Saga sobe no imponente monta-cargas até ao último andar e percorre o corredor até ao velho laboratório fotográfico.

– Encontraste o rapaz da *pizza*? – pergunta Randy ao abraçá-la.

– Não.

Randy é polícia, mas tem uma paixão pela fotografia. Fotografa--a sempre que se encontram.

Doze imagens até agora, 12x24.

O único móvel que Randy levou consigo foi uma cama de casal. Colocou-a no centro do laboratório, no meio de tripés, flashes, refletores e fundos.

Fora das grandes janelas está escuro.

Sentam-se na cama, à luz de um candeeiro de pé, a comer *pizza* e a beber vinho em grandes canecas de café.

Randy estica-se para pegar no pacote pousado em cima da caixa negra de uma lâmpada de iluminação fotográfica e enche de novo as canecas.

– Posso ficar até à meia-noite – diz Saga, chegando-lhe uma fatia de *pizza*.

Randy foi adotado da China, mas mantém ainda o contacto com a mãe biológica, em Yuxi, na província de Yunnan. Cresceu em Lidingö e terminou a Academia de Polícia há cinco anos.

Nas paredes estão já penduradas várias fotografias de Saga, tão íntimas que os pelos ténues sobre o seu corpo se distinguem claramente.

Ao lado da cama há vários esboços a lápis de uma nova ideia: Saga deverá deitar-se num grande heptágono feito de cerejas e ser fotografada de cima.

Saga pega numa das folhas e observa o esboço.

A luz da lâmpada trespassa o papel. Randy desenhou o seu rosto como uma oval atravessada por uma cruz, e as cerejas são pontinhos minúsculos disposto de maneira a formarem uma estrela de sete pontas.

– É um velho símbolo da criação, os sete dias – explica ele. – Deus criou o homem e a mulher ao sexto dia... e tornou-os donos de todos os animais do mundo.

– Equiparados desde o início – diz ela.

– Não temos necessariamente de fazer esta fotografia... Mas podias mostrar o dedo do meio a toda a história da criação, uma espécie de homenagem a Ai Weiwei.

– Não – responde ela, a sorrir.

– Ou então podemos pura e simplesmente comer as cerejas.

– Tudo bem, vamos fazer isso, é divertido.

Randy dispõe as cerejas no chão, depois começa a preparar a máquina fotográfica, os ecrãs refletores e o modelador de luz.

Saga levanta-se da cama, despe os *jeans* e pendura-os no pé de um refletor. Baixa o fecho-éclair do velho blusão Adidas e aproxima-se de um espelho de corpo inteiro apoiado numa parede.

Sem se aperceber de que Randy parou o que estava a fazer, deixa cair o blusão ao chão e tira a *T-shirt* gasta. Ele não consegue deixar de olhar para ela, em cuecas, a pôr batom cor de cereja nos lábios e nos mamilos.

Ouve-se uma pancada no chão e Saga levanta os olhos. Randy deixou cair o cabo pesado de um dos refletores, murmura umas desculpas e volta a apanhá-lo.

– Tens frio? – pergunta-lhe, com uma voz rouca.

– Ainda não.

– Daqui a pouco as lâmpadas vão aquecer o ar.

Saga volta a fechar o batom, tira as cuecas e segue as instruções dele, deitando-se no centro da estrela de forma que os mamilos vermelhos se alinhem com as cerejas no chão.

No fim de semana anterior ela fotografou-o a ele, nu, com umas asas de anjo nas costas e uma garrafa de Calvados na mão.

Randy montou a máquina fotográfica sobre um pantógrafo capaz de deslizar ao longo de umas calhas no teto, de forma a obter a imagem de cima para baixo. Empoleira-se num escadote para observar Saga, depois desce e afasta-o.

– Estás pronta para o primeiro disparo?

– Só preciso de ficar assim?

– És incrivelmente bonita, é uma coisa louca – diz ele, ao mesmo tempo que aperta o interruptor negro do obturador de cabo.

Trepa outra vez e insere a película, volta a descer, põe o escadote novamente de lado e desloca um dos refletores e um dos ecrãs prateados.

– Muito bem – murmura. – Esta vai ficar uma maravilha...

Saga ergue ligeiramente um joelho.

– Ótimo, perfeito, fica assim.

– Vais à festa de Santa Luzia com o meu pai e com a Pellerina?

– Já te disse, tenho muito gosto nisso – responde Randy, que continua a disparar.

O olhar do homem fechou-se sobre ele mesmo, já vê a fotografia revelada, aquela pele branca e aquela beleza luminosa no interior da estrela de cerejas. As costelas erguem-se sob a pele como marcas de um ancinho numa praia, os pelos loiros do púbis, de latão, agora parecem de vidro.

Depois do último disparo, Saga levanta-se e come algumas das cerejas que ficaram na taça. Tem nas costas marcas vermelhas deixadas pelo pavimento duro.

– Já terminámos os preliminares? – pergunta.

– Talvez – responde ele.

Saga afasta o candeeiro de pé e deita-se de um lado da cama, à espera que Randy desligue os últimos fios. Tem ainda duas horas antes da visita ao clube de *hard rock*. Randy senta-se na beira da cama e despe a *T-shirt*. Ela rola sobre as costas e ele beija-lhe o pescoço e o seio.

Ela abre ligeiramente as pernas e fecha os olhos, mas mesmo assim sente o olhar dele queimar-lhe a pele. Randy beija-a no ventre e no interior das coxas e ela sente-lhe o hálito húmido antes de ele começar a lambê-la suavemente, ritmicamente.

Esvai-se no calor macio da sua boca.

O revestimento metálico das lâmpadas crepita com o calor.

Saga pousa a mão na cabeça rapada de Randy e sente que ele começa a respirar mais rapidamente. Um calor latejante espalha-se por todo o corpo.

– Mais devagar – sussurra.

Ele prossegue, leve como uma pena, afasta-se ligeiramente para o lado e não dá conta que bate no candeeiro com o pé. Ela vê-o cair e sente Randy mover-se entre as suas pernas quando o candeeiro bate no chão e se apaga.

– Merda, que susto – diz ele a sorrir.

– Eu dei conta – responde ela, a rir também.

– Tudo bem?

Ela assente com um sorriso, ajuda-o a tirar as calças e empurra-o para ele se deitar de costas. Observa o seu corpo nu, os músculos, as ancas estreitas, os pelos púbicos negros e lisos, o pénis quase ereto.

Tira um preservativo da caixa pousada em cima do *iPad*, ao lado da cama, abre a embalagem e olha para ele. Mete-o delicadamente na boca, mantém a ereção com uma mão e com a outra enfia-lhe o preservativo.

Inclina-se para ele, abre a boca e sente o sabor da borracha e a superfície lisa do látex contra os lábios e a língua.

– Vem – murmura ele.

Encavalita-se sobre ele e deixa-o penetrar até ao fundo, aperta-o com força e começa a mexer as ancas.

Inclina-se, encosta-se ao peito dele, desliza para trás e para a frente. Randy respira com mais força, aperta-lhe as nádegas com as mãos, empurra a cabeça para trás e vem-se com um gemido.

Saga não atingiu o orgasmo, nem estava perto, foi demasiado rápido, mas aprendeu que ele funciona assim, que dali a pouco vão recomeçar, que vai ter mais tempo na segunda e na terceira vez.

Randy tira o preservativo e dá-lhe um nó. Deixam-se ficar deitados, um ao lado do outro, sem dizer uma palavra. Ele continua com a respiração ofegante. Ao fim de alguns instantes, debruça-se sobre ela e começa a sugar-lhe um mamilo.

Saga está a acariciar-lhe a nuca suada quando, no meio da roupa amontoada no chão, toca o telefone. Levanta-se, pega no blusão e tira o telemóvel.

– Bauer – atende.

– É tarde, mas para minha defesa lembro-te que foste tu que me disseste para ligar assim que descobrisse algum detalhe que possa completar o retrato do nosso homem – diz o procurador Arne Rosander.

– Evidentemente – responde Saga, concentrada.

Afasta-se alguns passos da cama. O seu corpo vibra ainda. Do lado de fora da janela vê que andam a pintar uma sala numa casa em frente. Deixaram as luzes acesas e um escadote ainda aberto.

– Até pode não ser nada – prossegue Arne Rosander. – Mas acabei de falar com a nossa psicóloga forense... Hoje encontrou outra mulher que viu o assassino na rua, à porta do bar... Antes não tinha conseguido fornecer nenhuma descrição, às vezes acontece, mas a noite passada sonhou com ele.

– Estou a ouvir.

Saga volta-se para o *atelier*. Randy está estendido na cama, nu, e observa-a com os olhos brilhantes.

– Um homem robusto de pescoço maciço, cabelos à escovinha e rosto ensanguentado... e ouve esta, é bastante interessante: tinha uns brincos de pérolas.

– Depois lembrou-se que tinha mesmo?

– Não, viu-os no sonho, mas os cabelos e o sangue coincidem com os outros testemunhos.

Saga agradece-lhe e regressa junto de Randy. Deita-se em cima do seu braço e sente-lhe a mão a abrir caminho por entre as suas pernas.

32

Saga para a uma certa distância da entrada do clube Head. Voltou o frio. Minúsculos flocos de neve fragrantes ondeiam à luz da lâmpada simples que ilumina a porta anónima do clube.

Um segurança alto, com um colete à prova de bala e cabelos loiros apanhados num pequeno rabo de cavalo, observa um grupo de rapazes vestidos de preto que estão a fumar atrás do contentor do lixo. O pescoço nu é azul e cinzento por causa das tatuagens.

Ao lado do passeio estão amontoados sacos de plástico cheios de detritos de algum estaleiro.

São quatro e meia da manhã, mas a música da cave ressoa pela rua.

Saga adormeceu depois de ter feito amor com Randy pela segunda vez e não acordou até às quatro menos um quarto. Antes de ir embora, guardou o distintivo e a pistola no cofre do laboratório fotográfico. Sabe que o chefe nunca a autorizaria a visitar um clube clandestino na qualidade de agente da Säpo. Já tinha criado confusão suficiente quando voara até Chicago para apanhar o caçador de coelhos.

Aproxima-se da entrada quando um táxi ilegal para à frente dela. Três rapazes com sobretudos pretos compridos saem do carro e trocam algumas palavras com o segurança, obtêm autorização para entrar e desaparecem pelas escadas abaixo.

Quando Saga se aproxima, o segurança dá um passo de lado para não bloquear a luz do lampião.

– Princesa, tens a certeza de que estás no sítio certo? – pergunta-lhe e, quando sorri, uma rede de rugas cobre-lhe a cara.

– Sim.

– Como queiras – diz ele, abrindo a porta, o que faz com que a música ressoe com mais intensidade.

– Têm câmaras de vigilância? – pergunta ela.

– Não, porque é que queres...

– Em lado nenhum?

– Não temos autorização para as instalar.

Saga não consegue conter um sorriso perante a ideia de um clube clandestino que se preocupa com autorizações. Começa a descer a escada íngreme de cimento enquanto o segurança fecha a porta atrás dela.

Ao fundo, misturado com a batida do baixo, ouve-se uma espécie de rugido.

No fim da escada, antes de entrar no clube propriamente dito, há um controlo. Os três jovens à frente de Saga escrevem os seus nomes na lista dos sócios, pagam a entrada e atravessam o detetor de metais.

A música retumba pelas paredes, fazendo vibrar contra os muros de cimento as fotografias emolduradas de clientes famosos.

A porteira é uma mulher robusta, com duplo queixo, cabeça rapada, óculos redondos e calças pretas de cabedal.

Os rapazes riem quando ela os revista.

Enquanto escreve o seu nome e paga, Saga dá uma vista de olhos à lista: constam apenas os nomes próprios e os endereços de *email*. Passa por baixo do detetor de metais, perguntando a si mesma se a lista não existe apenas em caso de rusga – para invocar a falha legislativa sobre o consumo de álcool durante os eventos privados – e se não é atirada ao lixo depois do fecho.

A *T-shirt* com a legenda TRIBE 8 fica justa sobre o ventre da porteira. Os seus braços fortes e pálidos estão tatuados com esplêndidas grinaldas de flores.

Os rapazes de sobretudo gritam entre si para se conseguirem ouvir por cima da música, e um dos três abre caminho por entre a multidão até à casa de banho.

Saga dá um passo em frente e para com os braços estendidos para se deixar revistar rapidamente pela porteira.

– Eu identifiquei-me na lista, mas...

– Como? – pergunta a mulher.

– Eu identifiquei-me na lista – repete Saga mais alto –, mas não sei se apareço no registo dos sócios.

A porteira encolhe os ombros e faz-lhe sinal para se afastar. Outros clientes estão a descer as escadas.

– Podes ir.

– Existe um registo dos sócios que...

O rosto da porteira está brilhante de suor, tem um olhar penetrante por trás dos óculos redondos.

– De que raio é que estás a falar?

Saga baixa os olhos, avança em direção ao bengaleiro e olha em volta. A porta da casa de banho das mulheres abre-se e sai de lá uma rapariga com os lábios pintados de batom escuro.

Antes que a porta volte a fechar-se, Saga consegue ver uma multidão amontoada em frente ao espelho. Galga as pernas de um homem sentado no chão com o telemóvel apertado contra a orelha e entra no espaço onde fica o palco.

Depois de ter transposto duas pesadas portas com lâmina de borracha contra o chão, é obrigada a deter-se na escuridão súbita.

O volume da música é despropositado.

No palco exibe-se uma banda, os acordes rápidos do baixo vibram-lhe no corpo. O público acotovela-se aos pés do palco, a saltar e a erguer as mãos.

O espaço está completamente cheio.

Abrir caminho é quase impossível.

Uma onda que atravessa o público obriga-a a chegar-se para o lado e é empurrada contra a parede antes que um novo movimento da multidão a faça cambalear para a frente no vazio súbito.

Os espectadores vibram, saltam, dançam e cantam com a banda.

O teto é percorrido por umas calhas onde estão montados cachos de holofotes e colunas de som. Nuvens de fumo atravessam os feixes de luz cruzados dos refletores.

Falar é praticamente impossível. Enquanto não encontrar alguém da organização, não lhe resta mais do que procurar um homem entroncado à volta dos cinquenta anos.

Se estiver ali, não vai ser difícil descobri-lo: quase todo o público é composto de homens jovens com cabelos compridos e roupa preta.

Saga pede desculpa e tenta deslocar-se ao longo da parede, o mais longe possível do caos à frente do palco.

O baixo e a bateria de duplo pedal mantêm um ritmo frenético, e a guitarra toca rápidos e repetitivos *power chords*.

O cantor veste *jeans* pretos e uma *T-shirt* com a legenda ENTOMBED em caracteres retorcidos.

Os espectadores chegam-se para trás, apertando mais uma vez Saga contra a parede. Ela esforça-se por opor resistência, repelindo os corpos dos outros clientes com os dois braços.

Quando a onda muda de direção, sente uma mão entre as pernas. Vira-se mas não consegue perceber quem a apalpou: está demasiado escuro, e toda a gente se está a chegar para a frente outra vez.

Um homem de barba e cabeça rapada dança a dar pontapés no ar. Perde o equilíbrio, cai ao chão e rebola.

Saga tenta chegar ao bar. Abre caminho às cotoveladas ao longo da parede.

Os espectadores saltam e amontoam-se em frente ao palco, gritam, falha-lhes a voz, levantam as mãos no ar.

A música martela no peito e na garganta de Saga.

Uma mulher com uma minissaia de vinil entorna a cerveja que está a tentar beber de um copo de plástico. Atrás dela, um homem de longos cabelos lisos acaricia-lhe os seios. Ela tenta vagamente opor resistência, mas continua a beber.

Saga chega-se para a frente, dá um empurrão a alguém que bloqueia o caminho e recebe uma pancada forte no ombro; faz de conta que não sentiu e tenta avançar pelo meio dos homens que enchem o local.

Chega a uma cabina de DJ elevada, protegida por paredes em acrílico riscadas, cheia de cabos presos ao teto com fita adesiva.

O ar é quente e impregnado de suor e cerveja e do cheiro seco da máquina de fumo.

Do palco, as luzes movem-se sobre o público.

Ao lado do bar, Saga descortina o vulto de um homem mais alto pelo menos dois palmos relativamente aos que estão à volta dele.

Tem quase a certeza de que tem a cabeça rapada.

Tenta dar a volta ao posto do DJ, mas é empurrada para trás pela multidão.

A música abranda, torna-se ondulante. O bombo cala-se enquanto os pratos tilintam, etéreos.

O cantor baixa a *T-shirt* sobre a barriga, aproxima-se da beira do palco, estende o braço direito e move-o para diante como um lento movimento de corte.

O público divide-se a meio ao longo da linha indicada, deslocando-se de forma a deixar um espaço vazio no centro.

No chão há copos vazios, lixo e um blusão de ganga.

As duas alas da multidão estão voltadas uma para a outra, ofegantes; estão prontas.

De repente, a música torna-se outra vez raivosa e todos os homens dos dois lados do espaço vazio se atiram aos gritos uns contra os outros, debatem-se, caem. Um rapaz loiro rebola no chão e é pisado. Um outro arrasta-se para o lado com a mão à frente da boca e o sangue a escorrer-lhe entre os dedos.

A música retumba nos ouvidos e as luzes psicadélicas relampejam por cima do palco.

Saga comprime-se contra a base da cabina; um homem que tenta subir para os ombros do amigo atinge-a na face com o cotovelo.

Quando consegue chegar junto da multidão em frente ao bar, tem as costas ensopadas de suor. Sonda a escuridão com o olhar, à procura do homem alto. Os clientes esticam-se por cima do balcão e passam uns aos outros grandes copos de cerveja.

Um rapaz de cabelo comprido e revolto junto à cara fita Saga nos olhos e diz-lhe qualquer coisa de incompreensível com um sorrisinho audaz.

O cantor manda dividir novamente o público.

Saga aproxima-se de um homem com a cabeça tatuada que se encontra entre o balcão e o mar de espectadores. Vai ter com ele e pergunta-lhe se viu um homem mais velho, de cabeça rapada. Precisa de lhe berrar ao ouvido para se fazer ouvir. Ele olha para ela com um ar embriagado, resmunga qualquer coisa e afasta-se a cambalear.

Só alguns instantes depois Saga percebe que ele lhe perguntou se ela acha que ele parece alguém que gosta de chuis.

A música retumba lentamente: um temporal que se aproxima.

A luz poeirenta desloca-se sobre o público e Saga vislumbra o homem alto de cabeça rapada. Enfiou-se num nicho ao lado da porta reservada ao pessoal. A luz atinge-o por um instante, antes de desaparecer na escuridão.

O ritmo aumenta de novo como uma explosão quando os jovens se atiram mais uma vez uns contra os outros; os gritos do palco cobrem qualquer outro ruído.

Esmagam-se e caem ao chão.

Uma rapariga é arrastada pelo pavimento.

Dois rapazes começam aos murros e aos pontapés, mas são separados.

Saga consegue ultrapassar o bar e chegar junto do nicho. O homem alto não tem mais de vinte anos. Está encostado à parede com os braços finos e tatuados pousados ao longo do corpo.

Saga continua em frente, espreita no nicho seguinte, observa todos os rostos àquela luz ténue.

O público salta e dança.

O baixo e a guitarra tocam rápidas sucessões de acordes cromáticos. O cantor agarra no microfone com as duas mãos e ruge.

Em cima de um cubo prateado ao lado do palco, uma rapariga dança em cuecas e sutiã junto de uma coluna de metal. Gira em volta dela, agarra-a com uma perna, dá uma volta completa segurando-se com o joelho e depois escorrega para o chão.

Saga descortina o homem com a cabeça tatuada a atravessar a multidão em direção à saída.

Vai atrás dele, mas alguém lhe bate nas costas, fazendo-a cair em cima de um homem que a ajuda a recuperar o equilíbrio.

33

Saga tenta não perder de vista o homem da cabeça tatuada.

A multidão desloca-se para trás e ela é arrastada nesse movimento, arriscando-se a cair; um salpico de cerveja atinge-lhe o rosto ao mesmo tempo que é empurrada contra a cabina do DJ, onde bate com a cabeça no acrílico.

Tenta abrir caminho ao longo da parede do fundo, pisa uma sapatilha de ginástica que alguém perdeu, tenta evitar um homem que distribui pancada à volta dele e alcança as portas que dão acesso ao bengaleiro.

Quando chega à entrada, sente um ar mais fresco; a música ainda retumba pelas paredes, mas há muito mais silêncio.

Os clientes descem as escadas depois de terem saído para fumar. Mostram os carimbos ao segurança.

Numa máquina de cigarros há uma fila de carteiras de fósforos com o esqueleto.

O homem da cabeça tatuada desaparece na casa de banho dos homens com o telemóvel apertado contra a orelha.

Saga vai atrás dele e é acolhida por um intenso fedor a urina e desinfetante. O chão está todo molhado, coberto de lenços de papel sujos, copos de cerveja e embalagens de *snus*.

Em frente aos urinóis há uma fila de rapazes bêbedos. Um deles apoia-se na parede com uma mão e segura o pénis com a outra. A urina escorre em volta dos saquinhos de *snus* no urinol, chega até às bordas e salpica a parede e o chão.

O homem da cabeça tatuada sai de um cubículo. A tampa da sanita está pousada ao lado, sobre o chão molhado.

– Não ouvi bem o que respondeste à minha pergunta – diz Saga, pondo-se à frente dele.

– O quê? – resmunga o homem, cruzando o olhar com o dela.

– Estou à procura de um homem dos seus cinquenta anos que...

– Ela só quer dar uma queca – comenta um dos rapazes.

– Não sei do que falas – diz o homem da cabeça tatuada.

– Eu acho que sabes.

– Deixa-me em paz – responde ele, dando-lhe um encontrão no peito.

Saga segue-o até ao lado de fora ao mesmo tempo que ouve aplausos e assobios atrás de si.

Não faz sentido, pensa e detém-se. Os fósforos não pertenciam necessariamente ao assassino e, ainda que assim fosse, não significa que se tratasse de um cliente regular do clube.

No entanto, de momento não têm mais pistas.

Uma ligação hipotética entre o assassino e um clube de *hard rock*.

Esperar descobri-lo no meio da multidão é absurdo.

Mas o estabelecimento está prestes a fechar, e nessa altura vai ser mais fácil reconhecer quem lá trabalha.

Alguém deve saber alguma coisa.

Saga regressa à sala principal. O público salta de punhos levantados em frente ao palco, enquanto o guitarrista se exibe num solo muito rápido.

A música adquire um ritmo de fanfarra, os acordes tornam-se mais lentos e pesados.

A exibição conclui-se com um berro solitário.

São cinco e meia da manhã.

A banda deixa o palco e os técnicos começam imediatamente a desmontar o equipamento.

Os ouvidos zunem, as luzes do teto acendem-se.

Saga tenta examinar o rosto de todos aqueles que começam a sair. Os seguranças dão uma volta pelo estabelecimento, acordando alguns que adormeceram encostados às paredes e ajudando os bêbedos a sair.

A sala esvazia-se, aqui e ali sobra algum casaco pelo chão, juntamente com copos de plástico e outro lixo.

O palco com o fundo negro já está deserto.

Alguns rapazes bêbedos discutem e gritam nas escadas em direção à saída.

O pequeno armário vermelho de um extintor foi arrancado da parede e abandonado no chão.

Saga abre caminho por entre a multidão que vai diminuindo e aproxima-se dos empregados que arrumam o bar. A dançarina do cubo vestiu um roupão, enquanto o técnico do som, de barba cinzenta, está a falar com a porteira dos óculos redondos.

O *barman* oferece cervejas e bebidas.

Saga aproxima-se, senta-se num dos bancos presos ao chão e dirige-se ao *barman*.

– Gostava de receber a vossa *newsletter* – diz.

– Não temos – responde ele secamente, enquanto limpa o balcão.

– Como é que comunicam com os sócios? Através do Facebook ou...

– Não, não usamos o Facebook – interrompe-a, e fica a observá-la.

– Porquê estas perguntas todas? – questiona a porteira.

– Estou à procura de uma pessoa que vem aqui muitas vezes – diz Saga, de forma que toda a gente a ouça.

– E tu quem és? – pergunta o *barman*, a coçar uma orelha.

– Uma amiga.

– De quem? – insiste ele, a tamborilar os dedos no balcão.

– Estamos a fechar – diz a porteira.

– Procuro um homem dos seus cinquenta anos que frequenta este estabelecimento – prossegue Saga. – É alto, tem um pescoço maciço e o cabelo rapado.

– Aqui vem um monte de gente – responde o *barman*.

– Para além de rapazes novos vestidos de preto? – pergunta Saga.

– Ele está a tenta ajudar-te – sibila a porteira.

– Só quero dizer que o homem de quem estou à procura deveria dar nas vistas – explica Saga.

– Cinquenta anos, cabeça rapada, pescoço maciço – diz o *barman*, indicando uma fotografia atrás de si. O cantor Udo Dirkschneider foi imortalizado durante uma visita ao clube. É um homem gordo, com o cabelo loiro cortado à escovinha, um blusão de pele e um copo de cerveja na mão.

– Aquele que eu procuro às vezes irrita-se, pode desatar a partir coisas – explica Saga.

O *barman* encolhe os ombros e a porteira vê as horas no telemóvel. Um técnico que acabou de enrolar os cabos aproxima-se do balcão para pedir um copo de água.

– O que é que se passa? – pergunta, a olhar para Saga.

– Há muitas vezes cenas de pancada? – pergunta ela.

– Referes-te a quando o público… Mas aquilo não é uma cena de pancada, é um *moshpit*, está tudo na boa, juro, dá-te uma cacetada de energia incrível – diz ele, enquanto acaba de beber, para depois se dirigir à saída.

– Nunca há cenas de pancada, aqui – diz a porteira.

– É possível que use uns brincos de pérolas – prossegue Saga e, pelo canto do olho, repara que a dançarina desvia o olhar de repente.

– Vai procurar o teu pai a outro lado – diz o *barman*, retirando do balcão um copo de cerveja.

A porteira ri-se e repete o comentário. Saga apercebe-se de que a dançarina se afasta em direção ao aposento do pessoal.

Enquanto a rapariga se virava, Saga apercebeu-se de qualquer coisa no rosto dela.

Uma expressão aflita.

Saga começa a segui-la, e repara que a rapariga acelera o passo antes de chegar à porta e baixar o puxador.

– Espera um momento – pede Saga com uma voz controlada.

A bailarina desaparece no compartimento. Saga dá os últimos passos a correr e segura a porta antes que se feche.

– Não podes entrar aí – grita-lhe a porteira atrás dela.

– Eu sei – diz Saga em voz baixa, antes de se enfiar no aposento.

Entra num espaço sem janelas, com uma série de armários de metal, vários cadeirões sem molas em volta de uma mesa riscada e uma *kitchenette* de canto.

A rapariga mete-se rapidamente na casa de banho e fecha a porta atrás de si. A porteira entra no aposento ao mesmo tempo que Saga começa a bater à porta.

– Sai daí, preciso de falar contigo – diz Saga, aos murros à porta.

– Não podes estar aqui dentro – diz a porteira atrás dela.

– Eu compreendo – retorque Saga. – Mas acho que ela sabe qualquer coisa sobre o homem que eu procuro.

– Anda comigo, e assim podemos falar sobre isso.

– Só um minuto – diz Saga, batendo de novo à porta.

– Estás a criar-me um problema – continua a porteira. – Eu tenho de fazer o meu trabalho, o clube já fechou e tu não podes estar aqui dentro.

– Eu sei, mas preciso de falar com...

– Então não estás mesmo a perceber – interrompe-a a mulher.

Saga afasta os cabelos do rosto e dirige-lhe um olhar rápido.

– É importante – diz. – E tu já percebeste isso, por isso ficava-te muito grata se me concedesses dez minutos.

Volta-se de novo para a porta; quando a porteira a agarra por um braço, liberta-se e olha-a nos olhos.

– Não me toques – diz Saga, controlando a voz.

– Fui simpática e expliquei-te que tens de ir embora... Que raio hei de eu fazer se não me ouves?

– Abre imediatamente! – grita Saga, dando um encontrão à porta.

A porteira agarra-lhe outra vez no braço. Saga volta-se e atinge-a no peito com a palma da mão, obrigando-a a dar um passo atrás para não perder o equilíbrio.

A mulher desengata o cassetete telescópico do cinto e abre-o a todo o comprimento.

– Eu já vou tratar de ti e...

– Cala o bico – interrompe-a Saga. – É tarde e eu começo a ficar bastante cansada, mas se não ficas longe de mim...

Vê o cassetete cair sobre ela de lado e desloca-se com agilidade uns passos para a direita.

Há anos que não compete, mas continua a treinar no clube de boxe quatro vezes por semana.

A porteira vai atrás dela e tenta atingi-la no ombro. O cassetete cai obliquamente com grande violência.

Saga desliza para o lado e bloqueia o antebraço da porteira com o cotovelo. A mulher deixa escapar um gemido e o cassetete voa pelos ares, atingindo um dos pequenos armários.

A porteira mexe-se como uma especialista em *kickboxing* e desfecha um gancho esquerdo.

Em vez de se afastar, Saga limita-se a desviar a cabeça para trás, ligeiramente fora do alcance da mulher, para a induzir a atacar com demasiada força na vez seguinte.

Uma espécie de dança à Muhammad Ali.

A outra avança um passo e ataca de novo.

Saga desfecha um gancho esquerdo para medir a distância exata e entretanto desloca-se para o lado, ligeiramente fora da linha mediana da adversária.

– Uma pequena pugilista – diz a porteira a rir, tentando agarrá-la.

Saga atira-lhe um gancho direito perfeito ao rosto. Erguem-se salpicos de suor e os óculos da mulher voam pelo ar.

Os olhos enchem-se-lhe de aflição, tem uma perna prestes a ceder.

Saga acolhe o seu movimento desequilibrado com um gancho esquerdo nas costelas.

A mulher geme e cai sobre um joelho, segurando-se a um caixote cheio de detergentes de casa de banho; arqueja com o sangue a escorrer-lhe entre os lábios.

Saga já avançou e desfecha um direto de direita, de cima para baixo, sobre a base do nariz.

O impacto é violentíssimo.

A cabeça da mulher é impelida para trás, como se os músculos do pescoço tivessem deixado de funcionar. Todo o corpo é arrastado naquele movimento e cai desamparada para trás, derrubando uma esfregona enfiada num balde no chão.

Sem se dignar olhar para ela, Saga regressa à porta da casa de banho, bate e intima a dançarina a abrir.

– Caraças, caraças – diz a porteira, ofegante, enquanto tenta sentar-se, com o sangue a escorrer do nariz.

– Fica deitada – ordena Saga, escancarando a porta da casa de banho com um pontapé.

A fechadura quebra-se com um estalido e os vários componentes do mecanismo espalham-se pelo pavimento a tilintar.

– Não me batas – implora a rapariga, escorregando até ao chão ao lado da sanita.

– Só quero falar contigo – diz Saga, arrastando-a para fora da casa de banho.

34

O céu começa a clarear quando Saga pousa as duas chávenas de café em cima da mesa. O McDonald's no número 91 de Götgatan acabou de abrir. Antes de sair do clube, Saga tirou um documento da carteira da dançarina, fotografou-o e verificou a morada e o número do telefone.

Chama-se Anna Sjölin, tem vinte e dois anos e mora em Vårby.

Veste agora um par de *jeans* e um anoraque vermelho. Pousou as luvas e o gorro de lã em cima da mesa à frente dela, traz os longos cabelos escuros apanhados num puxo.

– Bebe um gole de café – diz Saga, sentando-se à frente dela.

Anna assente e segura na chávena com as duas mãos, como se quisesse aquecer-se. Tem o rosto magro e pálido, e responde com desconfiança às perguntas de Saga.

– Há quanto tempo trabalhas no clube?

– Há cerca de um ano – responde Anna, provando o café.

Saga massaja os nós dos dedos doridos da mão direita e observa o rosto fechado e os movimentos lentos da rapariga.

– A *pole dance* é um desporto – diz Anna, sem levantar os olhos.

– Eu sei.

– Mas aqui não, aqui só faço coisas simples para não me cansar demasiado, quer dizer, tenho de dançar toda a noite.

– O que é que fazes entre um turno e outro?

Anna coça o nariz e observa Saga. Tem olheiras pesadas por baixo das pálpebras devido à falta de sono e linhas subtis atravessam-lhe a testa.

– Podes explicar-me o que é que se passa? – pergunta, afastando a chávena.

– Trabalho para a Säpo.

– A Säpo? – diz a outra com um sorriso. – Claro. Posso ver o teu cartão?

– Não – responde Saga.

– Como é que eu faço para...

– Fala-me do homem com os brincos de pérolas – interrompe-a Saga.

Anna baixa os olhos, as suas pestanas tremem.

– O que foi que ele fez? – pergunta.

– Não te posso dizer.

Anna olha para fora no preciso momento em que a iluminação da rua se apaga. Uma sem-abrigo com um carrinho cheio de tralha para a observá-las do lado de fora do vidro.

– Viste um homem corpulento com uns brincos de pérolas no clube – repete Saga, para incitar Anna a continuar.

– Sim.

– Vai lá muitas vezes?

– Devo tê-lo visto umas cinco vezes.

– O que é que ele faz?

– Está para ali sozinho, não participa, não dança... fica umas horas, bebe uns *shots* de *vodka* e come amendoins picantes.

Volta a pegar na chávena, estica-se para o açucareiro, mas depois muda de ideias.

– Alguma vez falaste com ele? – pergunta Saga.

– Uma vez. Uns rapazes entornaram uma cerveja por cima dele... Quer dizer, tem um ar meio estranho, parece uma criança crescida... com aqueles brincos e não sei que mais...

Detém-se, e uma profunda ruga surge-lhe entre as sobrancelhas. Saga pensa que deve incitá-la a dizer mais, precisa de arranjar maneira de a obrigar a continuar.

– Ficou zangado quando entornaram a cerveja em cima dele?

– Não, só tentou falar das pérolas. Eles não o ouviam... mas eu ouvi... Eram uma homenagem à irmã que morreu quando tinha treze anos, os brincos eram dela, e ele disse que não se importava nada que as pessoas se rissem... aceita tudo aquilo que lhe dizem.

– Como se chama?

– Quer que o tratem por *Castor* – revela Anna, com um sorriso cansado. – Não faz muita questão de causar boa impressão.

Bebe o café e limpa os lábios com a mão.

– Conversaram? – insiste Saga.

Anna encolhe os ombros.

– Um bocado.

– Sobre quê?

– Muitas coisas – responde ela, perdendo-se por alguns segundos nos seus pensamentos. – Não quero dizer que acreditei, mas contou-me que tinha um sexto sentido, que quando entra numa sala sabe sempre quem vai ser o primeiro a morrer.

– Em que contexto? – pergunta Saga.

– Contou aquilo como se fosse uma coisa óbvia, e referiu o Jamal, um sujeito que... Ele não podia saber que eu o conhecia... Três dias depois, descobri que o Jamal tinha morrido: rebentou-lhe uma veia na cabeça, um problema congénito... Ninguém sabia, nem o Jamal.

Anna pousa a chávena, pega no gorro e nas luvas e levanta-se.

– Estamos quase a acabar – diz Saga.

Anna volta a sentar-se.

– Sabes qual é o verdadeiro nome dele?

– Não.

– Tens algum contacto dele, qualquer coisa de concreto?

– Não.

– Mas viste-o com mais alguém?

– Não.

– Tentou alguma coisa contigo?

– Disse que gostava de abrir um estabelecimento e perguntou-me se eu estava interessada em mudar de emprego.

– O que é que lhe respondeste?

– Que ia pensar nisso.

– Onde é que ele mora?

Anna suspira e deixa-se cair contra as costas da cadeira.

– Pareceu-me uma alma penada, alguém sem morada fixa, que se desloca continuamente, deu-me essa impressão.

– Alguma vez mencionou um endereço? Disse onde morava naquele momento? Falou de algum amigo, de qualquer coisa?

– Não.

Anna sufoca um bocejo contra os nós dos dedos.

– OK, vamos rever juntas a conversa toda, uma parte de cada vez – diz Saga. – Deve ter dito alguma coisa... alguma coisa que me ajude a encontrá-lo.

– Mas preciso de dormir, durante a semana trabalho na Filippa K, e de qualquer maneira ele não me disse onde mora.

– Como é que ias contactá-lo por causa do emprego?

– Não sei, ainda era muito cedo, na verdade não tem clube nenhum – responde Anna.

– Portanto, só falou por falar.

– Não sei, a sério. Disse que era um empresário, um homem do Renascimento... dizia uma data de coisas estranhas, eu não percebia tudo, dizia que queria comprar um centro de investigação abandonado na Bulgária, um laboratório estatal desmantelado depois da queda do comunismo, não me lembro bem.

– Vem da Bulgária?

– Não me parece, não tem sotaque nenhum... Estou demasiado cansada para pensar nisso – murmura.

– Amanhã vais ser contactada por uma psicóloga forense que te vai ajudar a lembrares-te melhor – diz Saga, levantando-se.

35

São oito e um quarto da noite de domingo, e Saga e Nathan Pollock veem-se obrigados a interromper o trabalho.

Numa das paredes está um mapa da Europa, a seguir a uma série de mapas mais detalhados das cenas dos vários homicídios; na parede em frente há impressões dos fotogramas das imagens da câmara de vigilância bielorrussa. Trata-se de uma imagem noturna, e a qualidade é péssima, mas em qualquer caso consegue ver-se o homem que dá pelo nome de *Castor*. A altura, o volume do corpo e os ombros maciços e caídos são claríssimos. Nos vários enquadramentos, uma parte do pescoço largo, a linha do queixo e o formato do crânio desenham-se contra o fundo.

A luz do candeeiro da secretária atinge as lentes riscadas dos óculos de leitura de Nathan, pousados ao lado do computador. O reflexo no teto mal pintado ondeia quando ele se levanta, batendo na beira da mesa.

Abana a cabeça para fazer cair o rabo de cavalo nas costas.

As testemunhas à porta do Pilgrim Bar descreveram um homem agressivo que se parecia com o do vídeo bielorrusso.

A Polícia sueca revistou a casa do *barman* assassinado e encontrou muitos vídeos de mulheres drogadas e violentadas. Por duas vezes, o tribunal de Estocolmo tinha-o absolvido de acusações de violação.

A bailarina Anna Sjölin contou que tinha falado com um homem que corresponde à descrição do assassino.

O *Castor* usa brincos de pérolas, considera-se um empresário e quer comprar um velho laboratório na Bulgária.

Por alguma razão, parece convencido de que tem poderes paranormais. Apresenta traços extremamente narcisistas, o que corresponde ao perfil de um assassino que se sente investido da tarefa de limpar a sociedade de criminosos que o sistema judicial não castigou suficientemente.

Quando Saga falou com ela duas horas atrás, a psicóloga Jeanette Fleming, especializada em interrogatórios, estava sentada à mesa da cozinha de Anna, em Vårby. Era demasiado cedo para abordar a conversa sobre o *Castor*, mas estava a tentar reorganizar as recordações da rapariga de uma forma mais estruturada.

Nathan começa a preparar a pasta, dizendo que tem de ir a casa de Veronica para lhe explicar a forma como o tribunal vê a história do divórcio. Alguns cabelos grisalhos que escaparam do rabo de cavalo ficam-lhe agarrados ao casaco.

– Parece-me que tu só tens de preencher os impressos – diz Saga.

– Eu não tenho pressa.

Saga decidiu regressar a casa; vai correr uma dezena de quilómetros para depois tomar um duche e ligar a Randy. Também devia ir falar com o pai, mas não sente forças para isso. Da última vez, ele tinha-lhe pedido conselhos sobre os encontros *online*, quase como se ela fosse uma especialista no assunto. Aquilo preocupa-a: parecia que o pai andava a fingir que estava tudo a correr o melhor possível, que os dois tinham uma relação tranquila e madura.

Aproxima-se da fotografia que retrata mais nitidamente o rosto do *Castor*. A cola da fita adesiva impregnou o canto da folha de papel.

A fotografia fixou-o alguns segundos antes de escacar ao pontapé um candeeiro de jardim com o vidro em forma de chama.

O rosto ligeiramente reclinado é iluminado de baixo, obliquamente.

Apesar da péssima resolução, conseguem-se notar as faces rechonchudas, a testa, e o brilho daquilo que poderia ser um brinco.

– Agora sabemos que o *Castor* é capaz de manter a calma e meter conversa. Consegue até suportar ser ofendido sem se zangar... e, ao mesmo tempo, vimos a loucura dele.

– Que mais sabemos? – pergunta Nathan, em voz baixa.

Saga fita o seu olhar cansado.

– Dá pelo nome de *Castor*, é um homem corpulento dos seus cinquenta anos, tem o cabelo cortado à escovinha e usa brincos – diz.

– Afirma que tem um sexto sentido e anda a limpar a Europa – acrescenta Nathan.

– Fala sueco sem sotaque, provavelmente não tem morada fixa, diz que quer abrir um espaço e que tenciona comprar um velho centro de investigação na Bulgária... Faz questão de se apresentar como empresário, mas se calhar é só um fanfarrão... Não consegui encontrar nenhum laboratório à venda.

O silêncio regressa à sala. Todo o edifício está imóvel: àquela hora, no quartel-general da Polícia operativa sueca não está quase ninguém.

As janelas do gabinete de Nathan estão sulcadas de lixo. A torre das telecomunicações e o pináculo da velha central da Polícia recortam-se contra o céu escuro. No centro de uma das janelas vê-se a marca de uma testa. No peitoril, à volta de um vaso, há fragmentos de pequenas folhas acastanhadas.

– Quanto tempo é que já dura o encontro entre a Jeanette e a bailarina? – pergunta Nathan, ao mesmo tempo que amarrota um guardanapo e o atira para o cesto dos papéis.

– Não as quero interromper, a Jeanette liga-me quando acabar.

Saem do gabinete e avançam ao longo do corredor, deixam as chávenas e os pratos na sala das refeições e apagam a luz. Antes de chegarem ao elevador passam em frente ao gabinete vazio de Joona Linna.

– De qualquer modo, temos de dar conhecimento ao Joona de que não é o Jurek que anda a limpar a sociedade – diz Nathan.

36

Quando Saga regressa a casa, as ruas estão quase desertas. Alguns raros flocos de neve rodopiam em volta dos lampiões e à frente dos anúncios luminosos. A princípio, o vento gélido contra o rosto é um tormento, mas depois instala-se uma sensação de entorpecimento e uma espécie de calor interior. Saga já começou a habituar-se à mota do pai, aprendeu a apreciar o centro de gravidade baixo no trânsito citadino.

Imagina que, mais cedo ou mais tarde, Joona vai dar sinais de vida para se informar sobre a investigação. De outro modo, ficará escondido para sempre, e nunca chegará a saber que estão no encalço de um novo *serial killer.*

Vira na Tavastgatan, estaciona e cobre a mota com a tela.

O fino tecido prateado rumoreja no vento da noite.

Quando chega ao apartamento, guarda a pistola no cofre, verifica o correio, bebe sumo de laranja diretamente do pacote e veste o fato de treino.

Assim que acabou de apertar os atacadores das sapatilhas de corrida, o telemóvel toca. Procura-o dentro da bolsa pousada no chão, vê que é Pellerina e atende.

– O que é que estás a fazer? – pergunta a irmã mais nova, com uma voz sumida.

– Vou treinar, sabes, dar uma corrida.

– OK – responde Pellerina, com uma respiração ofegante sobre o microfone.

– Porque é que não estás a dormir? Já é tarde – diz Saga com calma.

– Está muito escuro – sussurra ela.

– Acende o candeeiro em forma de coração.

– Mas depois é preciso não esquecer de o apagar.

– Sim, mas agora podes acendê-lo, já te disse. Consegues passar o telefone o pai?

– Não.

– Porque é que não queres ir ao pé do pai?

– Não posso.

– Está lá em baixo, na cozinha?

– Não está em casa.

– Estás sozinha?

– Se calhar.

– Diz-me o que se passou... A escola de artes acaba às oito, depois voltaste para casa com a mãe da Miriam, como sempre, e àquela hora habitualmente o pai já fez o jantar.

– Não estava em casa – responde a irmã. – Acho que se zangou comigo.

– Se calhar teve de ir ao hospital... Sabes, ele ajuda as pessoas que têm problemas de coração.

De novo a respiração ofegante sobre o microfone.

– Eu ouvi umas risadinhas ali fora – murmura Pellerina, de uma maneira quase impercetível. – Lembrei-me que se calhar são as raparigas-palhaço.

– Não existem de verdade, sabes isso, não sabes?

Saga não pode deixar de pensar que foram aquelas meninas maldosas da escola que lhe mandaram aquele *email*.

– Acendeste as luzes?

– Não.

De repente, Saga começa a temer que as raparigas se enfiem em casa para realmente fazerem mal a Pellerina, que a imobilizem e lhe furem os olhos com a chave de parafusos. É apenas uma fantasia, ela bem sabe, mas também sabe que as crianças têm sempre necessidade de sondar os limites. E em muitos casos pode acontecer que se estiquem demasiado.

– Acende-as imediatamente.

– OK.

– Eu vou chegar aí o mais depressa possível… Está bem? – tranquiliza-a Saga.

Desligam a chamada e Saga liga ao pai enquanto enfia o fato branco de mota por cima do fato de treino. Ninguém atende; Saga volta a tentar enquanto desce as escadas a correr. Deixa-lhe uma mensagem de voz pedindo-lhe para lhe ligar o mais depressa possível.

Procura o número do serviço de cirurgia torácica do Hospital Karolinska, mas naquela noite Lars-Erik Bauer não está de serviço.

Saga retira a tela da mota, enfia o capacete e põe o motor a trabalhar.

Pelo caminho até Gamla Enskede, recorda as últimas conversas que teve com o pai. Não consegue entender como foi possível aquele mal-entendido. Queria convidar para jantar a investigadora que conhecera num *site* de encontros e tinha-lhe perguntado se ela podia ficar a tomar conta de Pellerina.

Talvez Saga tivesse feito confusão com as datas. Se calhar estava a pensar noutra coisa e tinha respondido que sim sem se aperceber.

Os para-brisas dos carros em frente às moradias estão brancos, os campos cintilam com o gelo noturno.

Saga para e abre o portão de ferro forjado, entra no jardim com a mota pesada, desliga o motor, baixa o descanso e volta atrás para fechar o portão.

Tira o capacete e dá uma vista de olhos à casa.

Todas as janelas estão escuras.

A luz de um lampião na rua, mais adiante, ilumina tenuemente o jardim. Os ramos despidos da macieira projetam um retículo de sombras sobre a entrada de pedra.

Saga aproxima-se da casa, deixando atrás de si aquela luz ténue. Vê a sua própria sombra tornar-se mais pálida e alongada.

Olha para a rampa que desce com uma curva até à garagem na cave. Uma bola de plástico está abandonada junto ao portão.

Saga para em frente à porta e fica à escuta. Ouve uma série de pancadas surdas, como se alguém estivesse a correr sobre um tapete rolante.

Cautelosamente, baixa o puxador e empurra.

A porta está aberta.

No momento em que a abre, as pancadas param.

Saga perscruta o interior sombrio.

O silêncio é absoluto.

O tapete da entrada está um bocado torto.

Saga pousa o capacete em cima do banco, tira as botas e entra. Sente o velho *parquet* gelado por baixo dos pés. Acende a luz: a auréola amarela estende-se pelas paredes.

– Ei! Pellerina? – chama.

Está tanto frio que o seu bafo se transforma numa nuvem de vapor. Passa no corredor em frente à porta da cave e vê o sobretudo do pai pousado nas costas de uma cadeira na cozinha.

– Pai?

Saga acende a luz da cozinha e apercebe-se de que a porta que dá para o jardim das traseiras está aberta.

Espreita para fora e chama Pellerina.

A caldeira na cave começa a fazer um ruído ligeiro, depois regressa o silêncio.

Saga observa os vidros embaciados da pequena estufa que refletem a luz da cozinha. Vê-se a si mesma, uma silhueta escura na soleira da porta.

Os arbustos despidos ao longo da sebe do vizinho movem-se com o vento. O baloiço range ligeiramente nas correntes.

Saga observa o jardim, a escuridão por entre as árvores, e depois fecha a porta.

O *email* dizia que as raparigas-palhaço chegam de noite, imobilizam as pessoas e depois desenham no rosto uma boca sorridente, para que se fique com um ar feliz enquanto escavam os olhos.

Regressa ao corredor e para em frente à porta da cave. Pellerina recusa-se a descer até lá. Ali em baixo não há mais nada para além da caldeira, da máquina de lavar a roupa e da máquina de secar, e da garagem com as ferramentas e o mobiliário de jardim.

Mas Pellerina tem medo da caldeira: certas noites, quando está muito frio, aquele ruído ouve-se em toda a casa.

Saga prossegue até às escadas e repara que alguém as percorreu com os sapatos sujos.

– Pellerina? – chama, voltada para o andar de cima.

Começa a subir as escadas sem fazer ruído; quando o seu rosto chega à altura do andar superior, para e deixa correr o olhar ao longo das robustas tábuas do pavimento. Vê os veios da madeira, as franjas de um tapete e a fissura por baixo da porta da casa de banho.

Ouve-se, extremamente débil, uma voz aguda. Não consegue perceber de onde provém. Parece uma espécie de canto monótono.

Saga vira-se de repente e olha para baixo, apoia-se com uma mão a um degrau, ajoelha-se e verifica se a porta da cave está fechada.

Avança em silêncio até ao andar de cima e atravessa às escuras até ao quarto de Pellerina; apura o ouvido, depois abre lentamente a porta.

Na penumbra, distingue a tela de plástico que cobre os aparelhos para o eletrocardiograma, os sapatinhos de dança cor-de-rosa e a porta fechada do armário.

Entra no quarto e vê que a cama está desfeita, mas vazia. Do teto, ouve-se um rangido. O cabo da parabólica oscila em frente à janela.

– Pellerina – diz Saga em voz baixa.

Acende o candeeiro com o *abat-jour* em forma de coração e a claridade vermelha projeta-se sobre a parede atrás da cómoda e no teto.

Saga espreita debaixo da cama: há papéis de rebuçados, uma extensão elétrica cheia de pó e um esqueleto de plástico com os olhos vermelhos.

Levanta-se, vai até junto do armário e pousa a mão no puxador cor de bronze.

– Pellerina, sou eu – diz, enquanto abre a porta.

As dobradiças rangem e Saga mal tem tempo de ver a roupa pendurada quando qualquer coisa salta sobre ela. Atira a cabeça para trás e leva automaticamente a mão à pistola, ao mesmo tempo que o enorme urso de peluche aterra de rabo à frente dela.

– Podia ter-te feito mal – diz Saga.

Fecha o armário e ouve outra vez aquela cantilena. A voz é muito ténue, quase impercetível. Volta-se lentamente e estica as orelhas: parece-lhe que provém do quarto de hóspedes.

Saga sai, passa em frente às escadas sombrias e abre ligeiramente a porta do quarto onde dorme quando fica ali em casa. Alguém arrastou os cobertores para o chão e se escondeu por baixo deles, ao lado da cama.

– Não estou aqui, não estou aqui, não estou aqui – repete Pellerina num fio de voz.

– Pellerina?

– Não estou aqui, não estou aqui…

Quando Saga levanta os cobertores, a irmã começa a gritar de medo. Aperta as mãos contra as orelhas com um ar aterrorizado.

– Sou eu – diz Saga, pegando nela ao colo.

O coração da pequena bate loucamente e tem o corpo coberto de suor.

– Sou eu, tem calma, sou eu.

Pellerina aperta-se contra ela e repete o seu nome.

– Saga, Saga, Saga, Saga…

37

Ficam sentadas na cama, abraçadas, até que Pellerina se acalma o suficiente para conseguir descer até à cozinha. A menina continua agarrada a Saga e acende todas as luzes ao longo do percurso.

Saga abre o frigorífico e encontra alguns restos da véspera: uma taça com carne e batatas cozidas.

– Logo depois de comer tens de ir para a cama – diz Saga, pegando numa embalagem de natas.

– O pai estava zangado e não cozinhou – sussurra Pellerina.

– Porque é que tu dizes que ele está sempre zangado?

– Mandei-lhe uma fotografia do meu primeiro quadro.

– Da escola de artes?

– Sim, e ele ligou-me para me dizer que era um cão lindíssimo e que o ia pendurar na cozinha; mas quando eu lhe disse que era um cavalo, ficou zangado e desligou.

– Como? O que é que ele disse?

Pellerina empurra os óculos para cima do nariz.

– Desligou e mais nada.

– Mas deve ter feito isso por engano, e depois às vezes a bateria do telemóvel descarrega. Acredita em mim: o pai não está zangado contigo – diz Saga, enquanto aquece os restos no fogão.

– Então porque é que não voltou para casa?

– Se calhar a culpa foi minha, nunca mais me lembrei que ele se ia encontrar com uma rapariga.

– O pai tem um encontro? – diz Pellerina a sorrir.

– Sabes que eu ando com o Randy, não sabes?

– Ele é muito querido.

– Sim, eu por acaso também acho.

Enquanto os restos aquecem, Saga prepara um pouco de molho numa caçarola. Dissolve um cubo de tempero na nata, mói um pouco de pimenta por cima e acrescenta uma colher de molho de soja.

– Mas como é que se chama a namorada do pai? – pergunta Pellerina.

– Não me lembro, talvez Annabella – inventa Saga.

– Annabella. – A irmã desata a rir.

– Tem uns grandes olhos escuros, caracóis negros e um batom muito vermelho.

– E um vestido dourado com lantejoulas.

– Exato.

Saga põe na mesa os pratos e os copos, a compota de mirtilos vermelhos, o papel de cozinha e uma caneca de água.

– Provavelmente, tirou o som ao telemóvel enquanto dá umas beijocas à Annabella – prossegue.

Pellerina desata a rir e o seu rosto volta a ganhar alguma cor. Sentam-se à mesa: Saga verifica se a irmã tomou o remédio para o coração e depois começam a comer.

– O pai falou-te do tal encontro? – pergunta, ao fim de alguns instantes.

– Não – responde Pellerina, e bebe um gole de água.

– Mas disse-te que eu vinha cá esta noite?

– Não sei – responde a irmã, enquanto come um pedaço de carne. – Não me parece.

Quando acabaram de jantar, Saga escova-lhe os dentes e vai com ela até ao quarto.

– Quando tive medo, escondi-me – confessa Pellerina, enquanto veste o pijama.

– Mas então eu tenho de te dar um conselho – diz Saga, afastando-lhe os cabelos do rosto: – Se te quiseres esconder a sério, deves ficar em silêncio. Não podes repetir «não estou aqui, não estou aqui», porque assim descobrem-te.

– Já percebi – assente a irmã, ao mesmo tempo que se enfia na cama.

– E não te escondas debaixo de um cobertor – continua Saga. – Põe-te atrás das cortinas ou de uma porta aberta, e fica imóvel até eu te encontrar.

– Porque tu és polícia.

– Queres ficar com a luz acesa?

– Sim.

– Mas não há nada de que ter medo, sabes isso, não sabes? – diz Saga, sentando-se ao lado da irmã.

– Tu nunca tens medo?

– Não, nunca – responde Saga, enquanto lhe tira os óculos e os pousa em cima da mesa de cabeceira.

– Boa noite, Saga.

– Boa noite, maninha – responde, no preciso instante em que o telemóvel toca dentro do seu bolso.

– Se calhar o papá já está farto de dar beijocas – diz Pellerina com um sorriso.

Saga pega no telemóvel e vê que é Jeanette Fleming quem lhe liga.

– Não é ele – diz. – Estão a ligar-me do trabalho. Tenho de atender, mas daqui a pouco venho aqui ver como estás.

Deixa a porta entreaberta e atende enquanto desce ao andar de baixo.

– Desculpa por te estar a ligar tão tarde, mas disseste que querias um relatório ao fim de cada conversa – diz Jeanette.

– Como é que correu?

– Provavelmente, vou precisar de mais dois serões.

– Mas não lhe podemos dizer para pedir uma licença no trabalho?

– Os resultados são melhores se ela colaborar, e para mim não é um problema trabalhar até tarde.

– Desde que não te canses demasiado.

– O bebé gosta que eu trabalhe, fica quieto e sossegado.

Jeanette é divorciada, mas finalmente engravidou depois de ter desejado um filho durante muitos anos. Saga está convencida de que ela foi à Dinamarca fazer uma inseminação artificial, como muitas vezes tinha dito que queria fazer, mas é estranhamente reservada relativamente às circunstâncias concretas.

– O que é que ela disse?

– É melhor seres tu a ouvir, posso mandar-te um ficheiro, as novas lembranças estão concentradas em poucos minutos, o resto não é mais do que preparativos e estruturação.

– Muito bem, obrigada.

Saga desliga e descarrega o ficheiro, abre-o, senta-se à mesa da cozinha e lança um olhar à velha macieira iluminada pela luz da janela. A gravação arranca já a meio da conversa.

« – ... e esse também. Não, não é meu, é...

Anna entorna qualquer coisa em cima da mesa e protesta.

– Merda.

– Não faz mal, deixe que eu limpo – diz Jeanette, levantando-se.

As pernas da cadeira arrastam no chão, ouvem-se passos e água a correr de uma torneira. Jeanette afastou-se do microfone e a sua voz mal se ouve.

– Vamos voltar àquilo que disse antes: ele afirmava que queria comprar um velho centro de investigação na Bulgária?

– Dizia um monte de coisas – responde Anna, com uma respiração pesada.

– Mas essa coisa do velho laboratório na Bulgária, lembra-se? Percebeu o que é que ele queria fazer com aquilo?

– Não faço ideia, parecia interessado na indústria química, por muito absurdo que pareça, até falou de uma empresa em Norrtälje que produzia... como se chama, aquela coisa para pôr os carros brilhantes.

– Massa de polir? – sugere Jeanette, sentando-se novamente.

– Não, cera.

– Cera para automóveis?

– Sim, produzia alguns componentes da cera para automóveis... Ele dizia que precisava de comprar a maioria das ações daquela empresa.

– Ele trabalhava lá?

– Não, mas nessa altura andava por ali.

– Para os lados de Norrtälje?

– Apanhava o barco em Solö – responde Anna.

– Para ir até onde?

– Não sei.

– Mas apanhava o barco para regressar a casa?

– Acho que foi isso que eu percebi, mas...»

Anna detém-se porque tocam à campainha, diz que chegou Fredrika e sai da cozinha.

Saga continua sentada em silêncio antes de se levantar e começar a arrumar a cozinha. Passa por água os pratos e os talheres, põe a máquina da loiça a lavar e sobe ao andar de cima para ver a irmã.

Dá uma volta por toda a casa, apaga as luzes e verifica se as portas exteriores e as janelas estão fechadas; depois vai até ao quarto de hóspedes.

Apanha os cobertores do chão, estende-os em cima da cama e tenta mais uma vez ligar ao pai.

É estranho ele não dar sinais de vida, mesmo tendo um encontro.

Se calhar está sem rede, ou então perdeu o telemóvel.

Se tivesse tido um acidente, ela já teria ficado a saber.

Saga apaga o candeeiro e fecha os olhos, mas tem de voltar a abri-los imediatamente porque lhe parece vislumbrar um movimento através das pálpebras. Fita o teto escuro, o candeeiro que oscila quase impercetivelmente.

A vinha-virgem que recobre a fachada agarrou-se a toda a volta da janela do quarto, e os ramos secos arranham o peitoril.

Saga recorda o dia de trabalho, as discussões com Nathan, o breve ficheiro áudio de Jeanette, o interesse do *Castor* pela indústria química e o porto dos barcos na periferia de Norrtälje.

A caldeira começa a fazer barulho na cave. Parece uma pessoa com cãibras numa banheira vazia.

Precisa de dormir, mas agora que começou a pensar naquilo não consegue deixar de acender outra vez a luz, pegar no telemóvel e procurar na Internet os barcos que partem de Solö.

Encontra quase imediatamente uma tabela com os horários, lê os nomes das várias paragens e apercebe-se de que o barco também passa por Högmarsö.

É apenas uma das ilhas onde para.

E, no entanto, o coração de Saga começa a bater com mais força.

Foi em Högmarsö que o corpo de Jurek Walter reemergiu do mar, e foi ali que Saga encontrou o sacristão que lhe entregou o dedo

LAZ-14

cortado. É ali que, segundo Joona, ela e Nathan deviam começar a procurar.

Joona queria que fossem à ilha porque a considerava uma via de acesso ao mundo de Jurek.

Saga apercebe-se de que lhe tremem as mãos enquanto procura o número de Anna Sjölin e faz a chamada.

– Que merda – diz uma voz rouca. – Estava a dormir, por favor... O que é que aconteceu? Tudo isto é...

– O *Castor* disse-te que vivia em Högmarsö? – interrompe-a Saga.

– O quê?

– Vivia numa ilha do arquipélago que se chama Högmarsö?

– Não sei – responde Anna. – Não creio.

– Mas apanhava o barco em Solö?

– Acho que foi isso que eu percebi... Agora preciso de dormir...

– Só mais uma coisa.

– O que é? – suspira Anna.

– Estás a ouvir?

– Sim.

– O *Castor* alguma vez te falou de um sacristão?

– Não sei... mas, sim, disse-me que dormia numa igreja.

38

Joona e Lumi aproximam-se da pequena cidade fronteiriça de Waldfeucht ao longo de uma estrada secundária chamada Brabanter Strasse.

A paisagem é plana e vasta como um mar verde-musgo. Os moinhos de vento brancos recortam-se nos campos contra o baixo céu invernal.

Um bando de corvos levanta voo de uma árvore quando passam ao lado deles.

Deixaram o hotel na manhã anterior para se dirigirem a norte através da Suíça e depois em território alemão.

Seguiram pelas estradas secundárias ao longo da Autobahn 5 até Karlsruhe, conduziram durante horas e atravessaram cidadezinhas menores como Trier e Düren debaixo de uma chuva cinzenta.

Joona segura o volante com uma mão enquanto revê com Lumi alguns pontos estratégicos: a escolha de uma via de fuga e os diversos locais de encontro.

Está a explicar à filha como se orientar naquele ambiente mesmo sem luz, aplicando simples regras de trigonometria às torres de transmissão visíveis.

Depois ficam em silêncio, mergulhados nos seus próprios pensamentos. É impossível identificar a posição do Sol por trás do céu branco.

Lumi tem o rosto virado para fora. A paisagem corre veloz diante dos seus olhos cinzentos.

– Pai – diz por fim, com um profundo suspiro. – Estou a fazer tudo isto porque te prometi... mas, na realidade, não queria fazê-lo.

– Eu entendo.

– Não, para ser sincera, acho que tu não entendes mesmo – diz, voltando-se para ele. – Estavas à espera que acontecesse, é quase como se não visses a hora... Quero dizer, todos os preparativos, todos os sacrifícios a que foste obrigado fazem finalmente sentido.

Atravessavam a cidadezinha fronteiriça alemã. Demora apenas alguns minutos até que as casinhas de tijolo escuro e uma igreja bonita desapareçam atrás deles.

Mais longe, um trator amarelo atravessa um campo. O céu reflete-se sobre um silo de cereais.

Entre os dois países não há barreira nenhuma. A estrada estreita limita-se a passar em frente a um cartaz informativo e a entrar na Holanda.

– Há uma coisa que eu não percebo, pai... como é que tu pudeste deixar tudo, isto é, tu é que és o especialista do Jurek, o melhor, sabes tudo sobre ele, mas assim que te convences de que regressou cortas a corda e deixas que sejam os teus colegas a procurá-lo.

– Mesmo que tivesse ficado, não tinha podido participar na investigação – explica Joona. – Mas deixei instruções e todo o material ao Nathan Pollock: ele vai organizar uma equipa numerosa, juntamente com a Saga Bauer.

– Enquanto tu te escondes – diz Lumi com uma voz sumida.

– Eu era capaz de fazer qualquer coisa para não te perder – diz ele com sinceridade.

– E a Valeria?

– Era melhor que ela tivesse vindo comigo, mas vai receber proteção e essa é a coisa mais importante: dez agentes, armados da cabeça aos pés.

– Como é que tu podes conviver com esse medo constante?

– Eu sei, Lumi, tu quase não viste mais nada para além do meu medo, como em Nattavaara – diz Joona, dirigindo-lhe um rápido olhar e um sorriso. – Mas a verdade é que eu quase nunca tenho medo.

Estão a percorrer uma alameda reta de árvores despidas ao lado de casas isoladas de tijolo vermelho: mais ao longe, distinguem-se alguns armazéns agrícolas.

– A mãe disse-me que tu eras a pessoa mais corajosa do mundo – diz Lumi ao fim de alguns instantes.

– Não acho que seja, mas sou bastante bom no meu trabalho.

Enquanto atravessam a província meridional de Limburgo, recomeça a chover.

Sobre os campos quase negros repousam, como frutos brancos luzidios, filas de fardos de feno prensado envoltas em plástico.

– Foste para a cama com a Saga Bauer? – pergunta Lumi.

– Não, nunca – responde Joona, a sorrir. – Para mim, sempre foi como uma irmã.

Lumi observa-se no espelhinho da pala.

– Eu, na realidade, só a vi uma vez, quando veio comunicar-te que tinha encontrado o corpo do Jurek... Mas, não sei, nunca consegui deixar de pensar nisso, era incrivelmente bonita, perfeita.

– Tu é que és perfeita – diz Joona.

Lumi olha para fora da janela: na beira da estrada, rodeado por uma vedação de ferro forjado, está um enorme crucifixo.

– Não percebo por que razão ela resolveu ser polícia quando se podia ter tornado uma *top model* ou qualquer outra coisa...

– Tal como eu – brinca Joona.

– Não há nada de mal em querer ser polícia, já sabes que não é isso que eu queria dizer, mas não dá para toda a gente.

– Tanto quanto eu percebi, a Saga teve uma infância difícil, a mãe tinha uma doença psiquiátrica grave; ela nunca fala nisso, mas acho que se suicidou... Tentei abordar o assunto, mas a Saga limita-se a repetir que não quer falar sobre isso, que se impôs essa regra porque pensar na mãe a faz sofrer. É uma regra que nunca quebra.

Passam por uma estação de serviço com um letreiro de néon vermelho ao longo da pala lisa por cima das bombas de gasolina.

– Como é que foi quando morreu o teu pai? – pergunta Lumi.

– O meu pai – diz Joona num fio de voz.

– Sei que só tinhas onze anos – diz ela. – Lembras-te dele? Quero dizer, lembras-te mesmo dele?

– Sempre tive medo de o esquecer... Quando era mais novo, às vezes entrava em pânico se tinha a impressão de já não conseguir recordar o rosto ou a voz dele... Mas aprendi que a memória funciona de uma maneira estranha... Ainda sonho muitas vezes com ele, e nesses sonhos a lembrança é claríssima.

Os limpa-para-brisas movem-se com rapidez sobre o vidro, varrendo as gotas de chuva.

– Tu sonhas com a mãe? – pergunta Joona, após alguns instantes.

– Imensas vezes – responde Lumi. – Sinto tanto a falta dela, todos os dias.

– Também eu sinto.

Lumi inclina o rosto e limpa rapidamente uma lágrima com as costas da mão.

Joona abranda num cruzamento, pouco antes de Weert. O semáforo vermelho reflete-se no asfalto molhado. Um corvo pousa pesadamente no topo de uma árvore despida.

– Lembro-me daquela vez em que eu e a mãe... estávamos a ver um grande incêndio – diz Lumi. – Era o armazém da estação que tinha pegado fogo... Pelo menos, acho que era no mesmo dia em que tínhamos comido um gelado nas escadas da catedral de Helsínquia, e ela tinha estado a falar-me do meu pai extraordinário que já não estava connosco.

O semáforo fica verde e eles avançam.

– Lembras-te de alguma coisa do período que passámos na Suécia? – pergunta Joona.

– A mãe contou-me que eu tinha uma cozinha de brincar – diz Lumi. – E que tu brincavas sempre comigo quando chegavas a casa.

– Eu era o teu filho, ou então fazia de conta que era um cão caprichoso que tinha de se deitar no chão para lhe darem de comer... Tu tinhas sempre muita paciência... Ao fim de algum tempo adormecia, e então tu punhas em cima de mim pratos e talheres.

– E porquê? – pergunta ela, a sorrir.

– Não sei, se calhar tinha-me transformado numa mesa.

Ultrapassam um TIR com um reboque coberto de pó. A água lança salpicos sobre o para-brisas e a deslocação de ar faz oscilar o carro.

– Talvez isto seja também uma coisa com que eu sonhei – diz Lumi lentamente. – Mas acho que é uma recordação verdadeira: dávamos as boas-noites a um gato cinzento.

– É verdade – confirma Joona. – Todas as noites, quando estava em casa, lia-te uma história... e antes de dormires cumprimentávamos da janela o gato do vizinho.

39

Quando entram na Rijksweg, que corre ao lado da E25, já deixou de chover. Não estão muito longe da periferia industrial de Maarheeze.

Passam por um campo onde pastam cerca de trinta ovelhas: estão todas viradas para a mesma direção, por causa do vento. Do outro lado da autoestrada, vê-se a superfície cinzenta de um grande lago.

Viram numa estrada asfaltada estreita, ladeada por sinais amolgados que indicam um caminho sem saída e uma propriedade privada.

A erva alta roça na carroçaria do automóvel.

Joona trava suavemente em frente a uma cancela ferrugenta, sai para o ar gelado e remove o prego enfiado em jeito de ferrolho no meio dos anéis de ferro em vez de um cadeado.

Ao fundo da estrada há uma série de edifícios em ruínas, com larga visibilidade em todas as direções.

O sítio é perfeito: foi escolhido com cuidado.

Ninguém pode aproximar-se sem ser visto de longe, e a fronteira belga fica apenas a sete quilómetros de distância.

Continuam de carro até ao edifício principal e estacionam atrás da velha casa senhorial. As janelas estão tapadas com painéis de contraplacado e as portas bloqueadas por traves pregadas.

Um caminho de saibro cheio de poças corre a toda a volta de um campo até à velha oficina. É um edifício bastante grande, com as paredes de chapa ondulada branca. Parte da fachada parece ter cedido, e ondeia levemente ao vento.

Seguem pelo caminho mais curto através do campo e passam por cima de uma cerca eletrificada já destruída. O cabo foi arrancado e alguns paus caíram nas poças juntamente com os casquilhos de porcelana.

– Não está minado, pois não? – pergunta Lumi.

– Não.

– Porque se estivesse acabava por mostrar onde é o esconderijo – diz para si mesma.

Seguem as marcas profundas de um trator pelo meio de ervas daninhas e chegam ao terreiro em frente à oficina. Em cima da erva está aquilo que resta de uma velha máquina agrícola.

Joona pega na pistola e mantém-na ao longo do flanco enquanto dão a volta à oficina. As janelas do andar superior estão trancadas. A ferrugem vermelho-escura escorreu dos rebites ao longo da chapa ondulada branca e suja da fachada. A parte anterior é inteiramente ocupada por duas portas suficientemente grandes para permitir a passagem de uma retroescavadora. Uma das duas está ligeiramente torta e abana ao sabor do vento.

A oficina parece abandonada há vários anos.

Uma garrafa vazia de óleo para motor rola com o vento pela rampa de cimento gretada.

Joona para e lança uma olhadela rápida ao campo, à estrada estreita e ao carro ao lado da casa principal sombria.

Abre a porta e espreita para dentro da oficina na penumbra: distingue parte do pavimento de cimento, coberto de velhas manchas de óleo, um caixote de parafusos e vários rolos de plástico industrial.

O verniz no pilar ao lado da porta foi raspado: sinais de desgaste mecânico que se estendem até ao teto.

– Acho que ele nos preparou uma surpresa – diz Joona ao entrar no armazém.

Lumi segue-o, com o estômago contraído pela angústia. O pavimento está coberto de folhas secas.

Instintivamente, põe-se ao lado do pai.

A velha oficina está quase completamente vazia.

O vento ergue por um instante a porta atrás deles e depois deixa-a cair novamente com um rangido: a escuridão é quase total.

O rumor dos passos ecoa entre as paredes.

– Estou com uma sensação medonha – sussurra ela.

Quando o vento levanta novamente a porta, um pouco de luz exterior consegue penetrar. Aquela claridade pálida varre o pavimento como uma onda e detém-se ao lado de uma parede divisória, para depois recuar.

O aposento é espaçoso, mas não o suficiente para ocupar todo o edifício.

Lumi tenta arrastar Joona em direção à saída. Ouve-se um estranho ruído e, um segundo depois, uma porta hidráulica de aço cai atrás deles.

Atinge o chão e fecha-se com um zumbido. A única saída de que dispunham está bloqueada do chão ao teto.

– Pai – diz Lumi, com uma voz aterrorizada.

– Não te preocupes – responde ele.

As luzes do teto acendem-se: Joona e Lumi apercebem-se de que as paredes lisas são inteiramente feitas de aço maciço, soldadas nos cantos.

A quatro metros de altura veem-se câmaras de vigilância e seteiras.

Não há nenhuma coisa atrás da qual se possam esconder, nada para trepar.

Veem o seu próprio reflexo como duas sombras cinzentas na parede couraçada diante deles.

Ouve-se a respiração ofegante de Lumi, e Joona pousa-lhe uma mão no antebraço para a impedir de pegar na pistola.

Uma porta de aço abre-se na parede e um homem relativamente baixo, com umas calças pretas de fato de treino e um camisolão de lã também preto, entra na sala a coxear. Tem cicatrizes profundas no rosto, os cabelos brancos cortados à escovinha, e traz uma pistola na mão.

– Estou muito desiludido – diz o homem num inglês cerrado, a gesticular em direção a Joona com a pistola.

– Peço desculpa se…

– Ouviste o que eu disse? – interrompe-o o homem, erguendo a voz.

– Sim, meu tenente.

O homem gira em volta de Joona, observando-o, e depois dá-lhe uma pancada no ombro. Joona tem de dar um passo em frente para não perder o equilíbrio.

– Qual será a sensação de chapinhar no próprio sangue?

– Mas não foi isso que aconteceu.

– Mas eu podia ter-te dado um tiro, não é?

– Pensa mas é nos pilares. Precisam de uma pintura.

– Os pilares?

– O verniz ao longo das bordas está a descascar, e quando se olha para o teto vislumbra-se o esqueleto da construção – responde Joona.

O homem contém um sorriso satisfeito e, pela primeira vez, dirige-se a Lumi.

– Chamo-me Rinus – diz, apertando-lhe a mão.

– Obrigada por nos ter deixado vir até aqui – diz ela.

– Há uns tempos, tentei dar um abanão ao teu pai – explica ele.

– Ele disse-me – responde Lumi.

– O que é que ele te disse?

– Que foi uma espécie de… férias – diz ela com um sorriso.

– Eu sabia que estava a ser demasiado benevolente – replica Rinus com uma gargalhada.

Rinus conta-lhes que comprara aquela propriedade há trinta anos com a ideia de gerir ele próprio os terrenos agrícolas, mas que o projeto nunca tinha chegado a bom porto. Depois de ter deixado o Exército fora recrutado pelo AIVD, os serviços secretos holandeses.

Apesar de o AIVD estar sob o controlo direto do Ministério do Interior, Rinus apercebeu-se de que poderiam criar-se situações em que ele ia precisar de se esconder durante longos períodos.

– Por um lado, porque os chamados refúgios seguros dos serviços nunca são completamente seguros; por outro lado, porque nem sempre podemos confiar na nossa própria equipa – diz, como se fosse uma coisa óbvia. – Conduzi uma investigação *top secret* que me levou a suspeitar da nossa organização, e foi então que percebi que era tempo de me preparar.

A propriedade compreende quatro hectares de terreno e situa-se perto da Bélgica, da Alemanha, do Luxemburgo e da França, na eventualidade de se tornar necessário abandonar rapidamente o país e pedir asilo no estrangeiro.

A casa senhorial não é mais do que uma fachada para os curiosos, uma construção abandonada e barricada onde Rinus nunca põe os pés.

A casa propriamente dita está escondida no interior da velha oficina.

Rinus mostra-lhes a cozinha no andar de cima e depois acompanha-os ao longo do corredor para o qual dão as portas de quatro quartos, cada um com dois beliches.

No fundo do corredor há uma saída de emergência bloqueada. Rinus escreveu STAIRWAY TO HEAVEN na porta porque retirou a escada de incêndio e a deitou ao lixo.

A única entrada é através da oficina, mas existe um caminho subterrâneo que permite a fuga e que vai dar a duzentos metros dali, a um bosque no meio dos campos atrás da casa.

Joona aquece a lasanha congelada no micro-ondas e põe a mesa para três. Deita água nos copos e conta a Lumi o treino sob a orientação de Rinus. Uma vez foi atirado ao mar, a cinco quilómetros da costa, com as pernas amarradas e os braços presos atrás das costas com algemas.

– Umas férias – comenta Rinus, a sorrir, quando entra na cozinha depois de ter escondido o carro na garagem secreta.

Senta-se e explica a Lumi que mora em Amesterdão há vários anos, apesar de a família ser de Sint Geertruid, no Sul do país, perto de Maastricht.

– Aqui são quase todos católicos e muito mais religiosos do que os habitantes do território para lá dos rios – explica, enquanto começa a servir o jantar.

– O que diz o Patrik sobre o facto de teres desaparecido assim? – pergunta Joona.

– Espero que sinta a minha falta, mas acho que lhe dá algum gozo não andar a tropeçar em mim durante uns tempos.

– Pensava que lhe levavas o pequeno-almoço à cama todos os dias – diz Joona com um sorriso.

– Já que estou a pé... – replica Rinus, e encolhe os ombros.

Observa Lumi, que sopra sobre uma garfada de lasanha fumegante.

– Depois do curso de artes vais entrar para a Polícia?

– Nunca – responde ela, com uma breve gargalhada.

– O teu pai também tem talento artístico – diz Rinus, lançando um olhar a Joona.

– Não é verdade – protesta ele.

– Uma vez desenhou-me...

– Esquece lá isso – interrompe-o Joona.

Rinus ri-se para dentro, silenciosamente, voltado para o prato. As cicatrizes profundas ao longo das faces e nos cantos da boca são brancas como traços de giz.

Depois do jantar, Rinus acompanha-os até ao outro lado da escada que dá acesso ao andar inferior; passam através de uma tapeçaria e entram num aposento escuro com portadas à frente das janelas.

Ao longo das paredes há prateleiras de madeira cheias de armas: pistolas e espingardas automáticas e de precisão.

Rinus ilustra-lhes o esquema tático e a cadeia de comando em caso de ataque: mostra-lhes o monitor e o sistema de alarme.

A julgar pelo posicionamento das seteiras no andar superior, é claro que os arredores da oficina foram subdivididos numa série de quadrantes de vigilância distintos, e que as várias tarefas foram estabelecidas em consequência disso.

Joona observa através dos binóculos o caminho de acesso e a cancela que bloqueia a estrada, enquanto Rinus mostra a Lumi como funcionam as espoletas alemãs, no caso de serem obrigados a minar a oficina.

– As elétricas são melhores, mas as mecânicas são fiáveis... apesar de terem ficado dentro da caixa durante trinta anos – diz, ao mesmo tempo que as pousa em cima da mesa.

O detonador assemelha-se a uma esferográfica, com um travão e um gancho na parte superior.

– Imagino que a corda seja presa ali – diz Lumi, indicando o anel.

– Sim, mas primeiro é preciso enfiar a ponta no explosivo cerca de cinco centímetros, depois prende-se a corda ao anel, como tu disseste… e tira-se o travão.

– E se alguém tropeçar na corda, o anel é arrancado.

– E o percussor atinge a cápsula que aciona o detonador – diz Rinus. – A explosão da cápsula é como a de uma pistola de brincar, nada de especial, mas se rebenta o detonador a coisa complica-se, e se o explosivo brilha é claro que estás morta.

40

Saga e Nathan Pollock não apanham o barco para Solö, como o *Castor*; até onde lhes é possível, percorrem de carro a longa série de pontes que liga as várias ilhas para depois embarcarem em Svartnö.

O pai de Saga ainda não tinha regressado a casa quando ela foi levar Pellerina à escola. Na realidade, a escola estava fechada, porque os professores tinham um curso de atualização; mas o centro de dia estava aberto e o educador de Pellerina tinha ido trabalhar.

Saga tentou esconder a sua angústia, pensando que provavelmente o telemóvel do pai tinha avariado, e que devia ter ido diretamente para o trabalho na manhã seguinte ao encontro com aquela mulher.

Mas quando ligou para o Karolinska, Lars-Erik Bauer não estava lá.

Ligou para todos os hospitais de Estocolmo e contactou a Polícia.

Sente-se como a mãe de um adolescente.

Não pode fazer mais do que esperar que ele tivesse apanhado uma bebedeira tal que esquecera tudo o resto.

Não é que isso tenha alguma coisa a ver com ele, mas Saga ficaria aliviada – apesar de agora estar muito zangada.

Nathan abranda, deixa a estrada 278 e vira à direita num caminho que atravessa o bosque.

Estão a dirigir-se a Högmarsö para falar com o sacristão reformado, na tentativa de descobrir se de facto o *Castor* viveu durante um certo período na capela.

Com alguma sorte, dentro em pouco vão descobrir o verdadeiro nome do *Castor*. Talvez tenha deixado ao sacristão um endereço para lhe enviar o correio, ou outros contactos úteis.

Mas, ao mesmo tempo, Saga sabe que não vai ser fácil.

Erland Lind sofre de demência senil, e qualquer tentativa de comunicar com ele tinha-se revelado, até àquele momento, totalmente inútil.

Param em frente à cancela que bloqueia o acesso ao molhe. É preciso ficar ali na fila até ao momento de subir a bordo.

Mas a estrada está deserta.

Não há ninguém em fila no molhe.

Saga observa a ilha sombria do outro lado do estreito e o *ferry* que se aproxima.

Por alguma razão absurda, a procura do homem que dá pelo nome de *Castor*, na qual ela e Nathan estão envolvidos, bate agora certo com o último capítulo da história de Jurek Walter, no sítio onde foram encontrados os seus restos mortais.

O *ferry* atraca a roçar no molhe.

A água ao largo está perfeitamente imóvel.

Quando a cancela se ergue, Saga e Nathan dirigem-se ao barco e um homem de impermeável faz-lhes sinal para entrarem. A passarela range quando o peso do carro a faz baixar.

O convés está negro e húmido, enquanto o metal dos parapeitos e a cabina do piloto estão pintados de amarelo-mostarda.

Saga e Nathan ficam sentados em silêncio nos seus lugares. O carro vibra e o *ferry* põe-se em movimento. As vibrações sobem-lhes ao longo das pernas até às virilhas e à barriga.

Sob a superfície da água, um par de maciços cabos de aço corre paralelo entre as duas ilhas. Erguem-se da água, passam através do potente molinete do barco e depois voltam a mergulhar.

Saga vira-se para trás e repara que a esteira da embarcação faz oscilar as cordas amarelas cheias de gelo dos dois lados do molhe.

Joona está convencido de que Jurek Walter está vivo e que projetou recrutar um substituto do irmão.

Saga continua convencida de que o matou.

Dedicou um ano da sua vida à procura do cadáver de Jurek só para tranquilizar Joona.

Se Jurek tinha escapado, era por culpa de Saga, e por isso ela considerava que tinha o dever de demonstrar a Joona que, finalmente, Jurek estava mesmo morto.

Recorda perfeitamente o encontro com o sacristão em Högmarsö. Tinha-lhe dito que cinco meses atrás, quando andava a apanhar madeira trazida pelo mar em cima dos rochedos, encontrara o cadáver de um homem.

Conservou o corpo na garagem, mas quando o fedor se tornou insuportável queimou-o no velho forno crematório.

Cortou-lhe um dedo e conservou-o num frasco no frigorífico.

Saga e Nålen examinaram as fotos que o homem tirara ao tronco inchado, com os orifícios das balas.

Era Jurek. Todos os detalhes batiam certo.

E quando a análise do ADN e das impressões digitais indicou cem por cento de compatibilidade, todas as dúvidas se dissiparam.

Saga teria preferido que Joona tivesse esperado um pouco antes de desaparecer, que tivesse podido ver as imagens da câmara de vigilância na Bielorrússia.

Nunca esquecerá o rosto de Joona quando foi a casa dela avisá-la.

De repente, convencera-se de que Jurek ainda estava vivo: que tinha encontrado um homem com a mesma idade e compleição, que lhe dera uns tiros exatamente nos sítios onde Saga tinha disparado contra ele, e que depois amputara uma mão, ou pelo menos uma parte, deixando-a mergulhada em água do mar durante seis meses.

Joona chegara à conclusão de que Jurek fora ajudado pelo sacristão.

Que o tinha obrigado a fotografar o tronco do homem para depois o cremar, a amputar e a conservar o indicador da mão mutilada de Jurek para depois a cremar também.

Saga recorda o rosto marcado pelo álcool de Erland Lind, a roupa esfarrapada, as palavras escassas. Tentara interrogá-lo diversas vezes, depois do primeiro encontro. Mas já estava de tal maneira atacado pela demência que tudo se revelara inútil.

Naquela manhã, a água é quase negra: não há uma ponta de vento e a superfície permanece imóvel. Uma neblina subtil envolve as ilhas à distância.

O *ferry* aproxima-se lentamente de Högmarsö.

Por trás do molhe deserto, recortam-se as árvores despidas.

O *ferry* sobe pelos carris debaixo de água com um ruído surdo e a passarela raspa no banco de cimento antes de parar.

As ondas lançam espuma contra a praia pedregosa.

Nathan olha para Saga e liga o motor. O carro desliza para terra. Sobem a rampa curva e continuam em frente, passando por algumas casas de férias fechadas para o inverno.

Demoram apenas alguns minutos a chegar ao estaleiro naval. A cintilação intensa de uma máquina de soldar reverbera por entre os vários edifícios. No terreiro poeirento há ferro-velho abandonado e barcos cobertos.

Nathan vira à esquerda e passa por uma série de pequenos campos e um bosque. Pelo meio dos troncos negros destaca-se a capela, branca como leite.

Abrandam, sobem a colina e param. No relvado amarelecido repousa uma grande âncora.

O ar frio traz consigo o cheiro do mar. Do porto chegam até eles os gritos remotos das gaivotas.

Saga sobe o caminho de saibro e apoia a mão na porta da capela. Está fechada, mas a chave está pendurada num prego por baixo do corrimão da escada.

Saga abre o ferrolho e baixa o puxador; Nathan vai atrás dela e as tábuas rangem sob os seus passos. Os bancos estão pintados de verde e nas paredes estão pendurados barcos votivos. Os painéis creme ao longo das paredes refletem a luz invernal que entra pelas janelas em ogiva. Avançam até ao altar despido, voltam para trás junto aos bancos e param diante de uma manta suja de lama atirada para o chão.

Em cima da estante dos livros de salmos há latas de feijão e de carne com aneto.

Nathan e Saga saem, fecham a porta e dirigem-se a casa do sacristão. Por entre as árvores ergue-se o campanário, lúgubre como uma torre de caça.

O sol irrompe pelo meio de neblina no instante em que batem à porta. Esperam alguns segundos e depois entram.

A casa consiste simplesmente numa cozinha com uma cama a um canto e uma casa de banho.

Os restos de comida em cima da mesa formam uma crosta seca. Ao lado da máquina de café está um saquinho de plástico cheio de bolinhos de canela cobertos de bolor. A cama estreita não tem lençóis. O sacristão, obviamente, costuma deitar-se no colchão com um cobertor por cima. Sobre um banco ao lado da cama está um relógio com o mostrador riscado.

A casa está abandonada.

Saga recorda o cheiro a bafio que sentiu na primeira vez que ali entrou. Nesse dia, Erland Lind estava bêbedo, mas ainda lúcido.

Da vez seguinte estava recalcitrante e baralhado.

A doença progrediu rapidamente.

Saga pensa que Lind pode ter sido internado de urgência, e que nenhum parente deve ainda ter tido forças para se ocupar das coisas dele.

– Era aqui que ele tinha o dedo, num velho frasco de compota – diz, abrindo o frigorífico.

Nas prateleiras sujas há garrafas sem rótulo e embalagens de comida rançosa e apodrecida. Saga verifica a data de validade num pacote de natas e numa embalagem de *bacon* em vácuo.

– Há quatro meses que cá não está – diz a Nathan, fechando o frigorífico.

Saem de casa e entram na garagem.

No chão, rodeada de terra seca, está uma pá suja com a chapa ferrugenta. Atrás do limpa-neves coberto com uma tela vê-se uma parte do equipamento com que Erland preparava os seus destilados ilegais.

– O Jurek estava aqui dentro, os líquidos escorriam do corpo para o esgoto – diz Saga, apontando para o chão.

Voltam a sair, observam o carro e a capela.

– Vamos ver se os vizinhos sabem o que lhe aconteceu? – pergunta Nathan em voz baixa.

– Vou ligar para a diocese – diz Saga, virando-se para o outro lado.

Os restos da base do crematório desapareceram entre as ervas altas, mas a chaminé em tijolo ergue-se quatro metros acima do chão.

– Foi ali que ele queimou o corpo do Jurek – diz Nathan.

– Sim.

Avançam pelo meio das ervas e param em frente ao forno coberto de fuligem. Saga aproxima-se lentamente do bosque, observa a forquilha enterrada num monte de estrume e depois prossegue até ao terreno queimado e revolto entre as árvores.

Sente faltar-lhe o ar quando descobre um tubo de metal que desponta da terra.

Precisa de se apoiar a uma árvore para não cair.

Aproxima-se com o coração a bater-lhe na garganta e os tacões a enterrarem-se na terra mole. Dentro dela, os pensamentos sucedem-se numa vertigem. Ajoelha-se, inclina-se para a frente e cheira o tubo; volta a levantar-se e recua a tossir e a cuspir terra.

Carne podre.

Vira-se para olhar à volta, em todas as direções. Avança alguns passos e observa o crematório e a casa do sacristão.

– O que foi? – pergunta Nathan, com uma voz inquieta.

Saga não consegue responder: corre até à garagem, pega na pá, volta para trás e começa a escavar na terra remexida, atirando-a para cima das ervas altas.

O suor escorre-lhe pelas costas.

Deixa escapar um gemido quando força a lâmina com o pé e levanta a terra.

Escava, ofegante, alarga o fosso, deixa-se cair nele e continua a escavar.

A setenta centímetros de profundidade, a pá encontra um caixão. Saga afasta a terra com a mão. O tubo atravessa a tampa, e o furo foi tapado com fita adesiva.

– O que é? – pergunta de novo Nathan.

Saga destapa toda a parte superior do caixão, enfia a lâmina da pá por baixo da tampa e levanta-a. Larga a pá e agarra na tampa com as duas mãos; faz força ao longo de todo um lado e desprende os últimos pregos.

Nathan pega na tampa e pousa-a ao lado do fosso.

Olham os dois para os restos mortais do sacristão.

O corpo de Erland Lind está inchado e cheio de líquidos, algumas partes estão quase completamente decompostas, enquanto outras – como as mãos e os pés – parecem intactas. O rosto está ressequido, os olhos negros e as pontas dos dedos consumidas.

– Foi o Jurek que fez isto – murmura Saga.

Iça-se para fora do fosso e caminha a passos largos em direção à capela, tropeçando numa das pedras do crematório.

– Espera – diz Nathan atrás dela.

– É ele que tem o meu pai – grita Saga, e começa a correr em direção ao carro.

41

Os agentes Karin Hagman e Andrej Ekberg percorrem a Palmfeltsvägen, perto da arena Globe, no carro-patrulha 30-901.

Está uma manhã tranquila. O trânsito da hora de ponta em direção ao centro de Estocolmo já diminuiu, os engarrafamentos na Nynäsvägen resolveram-se e, à exceção de um acidente ligeiro e sem feridos por volta das oito horas, correu tudo o melhor possível.

Karin e Andrej deram uma volta de controlo pela zona do matadouro e pararam atrás de um furgão com uma imagem pornográfica aplicada ao longo de toda a parte lateral. Karin procurou a matrícula no registo dos criminosos e suspeitos, na esperança de poder intervir com alguma coisa mais substancial do que uma ofensa ao bom gosto.

Percorrem agora um caminho sombrio ao longo dos carris do metropolitano, entre passagens desertas e pequenos edifícios vazios em tijolo escuro. A zona está ainda pejada de lixo depois do concerto da noite anterior.

– A vida é demasiado longa para que as pessoas consigam ter sempre forças para se divertirem – suspira Karin.

– Disseste que ias explicar ao Joakim como te sentes – diz Andrej.

– Não adianta nada... não quer fazer mais nada, não lhe interessa.

– Tens de pedir o divórcio.

– Eu sei – murmura Karin, a tamborilar no volante com uma mão.

Passam por um sem-abrigo com um sobretudo militar sujo e um gorro de pele: está a descer uma valeta, arrastando atrás de si um saco de lixo, à procura de latas vazias.

Karin abre a boca para explicar a Andrej que Joakim faz de tudo para evitar ter relações com ela no momento em que recebem uma chamada da central.

Atende e apercebe-se imediatamente de que o operador, enquanto lhe explica que recebeu de um colega um alarme de prioridade 1, tem uma voz insolitamente agitada.

A luz pálida da estação de serviço de Polman faz parecer a sua mão pousada na manete das velocidades branca como a neve.

O alarme tem a ver com uma ocorrência junto da escola de Enskede, no centro de dia Mellis, com entrada pela Mittelvägen.

O operador tenta falar de uma maneira calma e responder de uma forma lúcida às suas perguntas, mas é óbvio que alguma coisa naquela situação o aterroriza.

Tanto quanto Karen consegue perceber, trata-se do rapto violento de uma menina de doze anos com síndrome de Down. O suposto raptor foi descrito como muito perigoso, e provavelmente armado.

No ecrã aparece o endereço.

Estão perto.

Karin liga as luzes no tejadilho, faz inversão de marcha e vê a luz pulsar numa parede de tijolos escuros com cartazes arrancados.

O operador explica que a intervenção será feita em coordenação com o Hospital de Söder e a força de intervenção nacional.

– Mas vocês estão mais perto, vão chegar primeiro – diz.

Karin dispara a sirene, carrega no acelerador e sente o arranque do carro como um impulso violento nas costas. Mais adiante, do lado direito, vê um ciclista e um furgão que se aproximam na faixa contrária.

Pelo espelho retrovisor, vê que o sem-abrigo parou na valeta a olhar para eles.

Karin abranda ligeiramente no grande cruzamento e, antes de acelerar de novo, assegura-se de que todos lhe vão dar prioridade.

Andrej pergunta ao operador se sabe quantas crianças se encontram no centro de dia e a resposta é que provavelmente são menos do que o costume, porque naquele dia a escola está fechada.

Karin imagina que se trate de um litígio qualquer relativamente à tutela de uma criança que começou a correr ainda pior, um ex-marido ofendido que se sentiu injustamente tratado.

Passam pela fachada amarela da igreja católica, seguem pela primeira saída na rotunda e aumentam a velocidade quando passam em frente ao grande centro desportivo.

O gradeamento prateado em volta da fila de campos de futebol corre velozmente ao lado deles.

Enquanto Karin conduz, Andrej continua em comunicação com o operador. A central não recebeu nenhuma denúncia da vizinhança relativamente a confrontos ou disparos.

Karin entra na rotunda seguinte a uma velocidade demasiado grande e os pneus perdem aderência quando viram à esquerda.

Deslizam pelo saibro espalhado no asfalto, atingem quase o limite da passagem para peões e raspam a parte lateral do carro numa placa que indica a igreja de Enskede.

– Tem calma – murmura Andrej.

Karin não responde, limita-se a acelerar de novo enquanto passam ao lado do parque de Margareta.

Um bando de pássaros levanta voo de um contentor de lixo.

A erva invernal no parque está escura e as árvores despidas lançam sombras sobre as encruzilhadas dos caminhos.

Quando vislumbram o telhado da escola por cima das moradias e dos prédios em volta, Karin desliga a sirene. Vira bruscamente à direita na Mittelvägen, reduz a velocidade e trava mesmo em frente à entrada.

Saem do carro e verificam as armas e os coletes à prova de bala. Karin tenta controlar a respiração.

As folhas castanhas que se juntaram à volta da escada de incêndio em espiral rumorejam ao vento.

Andrej informa a central de que chegaram. Karin vê que fica à escuta e que depois assente antes de interromper a comunicação.

– O operador disse que temos de ter cuidado – diz, olhando Karen nos olhos.

– Ter cuidado? Que novidade – responde ela sem conseguir sorrir.

– É um conselho do colega que deu o alarme.

– Cuidado – repete ela, num sussurro.

Observa o edifício de um só piso onde se situa o centro de dia, encaixado entre as construções mais altas das escolas de ambos os lados. As paredes estão pintadas de ocre, as águas do telhado cobertas de musgo.

Atrás das cortinas as luzes estão acesas, mas não se vê vivalma.

O silêncio é total.

– Vamos entrar para dar uma vista de olhos – diz Andrej.

De armas em punho, atravessam a correr o passeio largo e depois seguem junto à fachada até à porta vermelho-escura.

Andrej abre-a e Karin dá dois passos no vestiário.

No chão está uma grande caixa de plástico com peças de roupa esquecidas. Ao lado de um pequeno móvel há botas e sapatos de ginástica.

Sente-se um cheiro a areia e roupa suja. Um cesto do lixo cheio de proteções de sapatos usadas está colocado por baixo de um cartaz plastificado com o regulamento do Mellis.

Andrej passa adiante e faz um gesto em direção à porta seguinte; Karin segue-o até uma grande sala cheia de mesas com tabuleiros de xadrez e gamão.

Todas as janelas têm as cortinas corridas.

Enquanto avançam pelo meio das mesas baixas não se ouve mais nenhum ruído para além do roçagar dos uniformes e das botas no linóleo.

Ao fundo da sala, a porta da casa de banho está fechada.

Param.

Ouve-se um som de líquido a correr, aos soluços.

Karin troca um olhar com Andrej e ele põe-se imediatamente de lado. Ela aproxima-se da porta da casa de banho, recordando aquela estranha recomendação para terem cuidado, e quando estende a mão para baixar o puxador apercebe-se de que está a tremer.

42

Karin abre a porta para trás, recua um passo e aponta a pistola para o escuro. Mas a porta fecha-se antes de conseguir ver o que quer que seja.

Estica-se para a abrir novamente.

Não está ali ninguém.

A torneira está aberta e um fluxo de água constante desaparece no ralo a gorgolejar.

– Onde raio se meteram todos? – murmura Andrej atrás dela.

Avançam juntos em direção ao refeitório. No centro há três mesas redondas. Em cima de uma delas está um copo de leite com chocolate e um pratinho com metade de uma sanduíche.

No chão, por entre as mesas e as cadeiras, Karin descobre uma pantufa, mesmo em frente à porta entreaberta da cozinha.

Andrej vai até à janela, afasta a cortina e espreita para fora. As equipas de intervenção não se veem, mas no limite do quarteirão está um furgão branco parado.

– Está um furgão ao fundo da rua – diz num fio de voz.

Karin olha para a pistola que tem na mão, afasta uma cadeira e aproxima-se dele.

Depois vira-se para a cozinha e detém-se.

Por entre as mesas, vê-se um pé nu.

– Andrej – diz com uma voz carregada de tensão.

Volta-se e atravessa rapidamente a sala com a frequência cardíaca a acelerar.

À entrada da cozinha vê-se uma mulher corpulenta, imóvel, caída no chão. A porta de vaivém está entreaberta, de forma que só se vê a parte inferior do corpo.

Perdeu as duas pantufas.

Os calcanhares são cor-de-rosa e as rugosas plantas do pé quase brancas.

Karin observa os *jeans* desbotados, com os bolsos esfiapados, justos nas nádegas.

Tem uma *T-shirt* às riscas da Marimekko.

Karin aponta a pistola para a cozinha e com a outra mão abre lentamente a porta.

Deixa escapar um gemido no momento em que, em vez dos cabelos e da nuca, vê a cara da mulher.

Tem a cabeça virada a 180 graus.

O pescoço foi partido com tal violência que os ligamentos foram arrancados e o disco entre a primeira e a segunda vértebra cedeu.

– Mas que raio aconteceu aqui? – murmura Andrej.

– Inspeciona a próxima sala – diz Karin num tom de voz já descontrolado.

A mulher tem o rosto pálido, os lábios contraídos, os olhos fechados, e do nariz escorre-lhe um fio de sangue.

Karin inclina-se para lhe verificar o pulso, mantendo a pistola sempre apontada à cozinha.

Já está fria: deve ter morrido há algumas horas.

O cérebro de Karin é atravessado por muitos pensamentos. O alarme chegou demasiado tarde, não faz sentido organizar bloqueios de ruas, nem sequer é necessária a intervenção das forças especiais.

Levanta-se e prepara-se para entrar e inspecionar a minúscula cozinha quando Andrej a chama. Karin volta-se, passa à frente do cadáver da mulher e tropeça numa cadeira que vai bater com as costas no tampo da mesa.

Andrej está na penumbra da sala de ioga e dança. As cortinas estão corridas até meio e a luz rosada de um candeeiro reflete-se numa guitarra pendurada na parede.

Um globo de discoteca gira no teto, fazendo deslizar reflexos cintilantes pelas paredes.

Karin segue o olhar de Andrej até ao canto no fundo da sala.

Um homem de barba preta e sobrancelhas fartas está sentado num tapete de ioga, apoiado no espaldar. Foi atingido com um objeto contundente na cabeça. O osso frontal recuou pelo menos cinco centímetros e o sangue escuro cobre-lhe o rosto e o peito.

Andrej murmura que chegaram demasiado tarde e sai da sala.

Karin detém-se, sente o sangue pulsar-lhe nos ouvidos.

Apesar de saber que o homem está morto, aproxima-se dele e apalpa a carótida.

Limpa a mão nas calças e dirige-se ao vestiário.

Quando sai para o ar frio fora do centro de dia, encontra Andrej sentado num banquinho em frente a uma mesa de madeira escura.

Ao longe, ouve-se uma sirene. No fundo da rua, um homem tatuado está a descarregar um cabo espesso do furgão.

– Matou o pessoal e levou a miúda – diz Andrej sem olhar para ela.

– Pelo menos, é o que parece – responde Karin. – Já deste a informação à central?

– Vou dar agora.

Enquanto Andrej fala com o seu superior direto, Karin vai ao carro buscar o rolo de fita. Ata uma ponta à escada de incêndio e depois desenrola-o em volta da garagem e das árvores, contornando todo o edifício, antes de começar a escrever o registo.

A luz amarela dos lampiões cai sobre as folhas no asfalto. Naquele período do ano, a iluminação das ruas está ligada quase vinte e quatro horas por dia.

A primeira ambulância entra na Mittelvägen, sobe o passeio para ultrapassar o carro-patrulha e trava em frente à fita.

Karin vai ter com os paramédicos para lhes explicar a situação. Vão atrás dela até ao interior do centro de dia e observam o primeiro cadáver.

Depois entram juntos na sala de dança e ioga.

Karen para no meio da sala e observa os paramédicos que se debruçam sobre o cadáver do homem. Os minúsculos reflexos do globo de discoteca passeiam-lhe no rosto e na barba ensanguentados.

– Vamos buscar a maca – diz um dos paramédicos com uma voz sombria.

Karin aproxima-se da janela e afasta uma das cortinas para deixar entrar a luz do lampião exterior.

Quando afasta a cortina seguinte, a adrenalina põe-lhe a cabeça a andar à roda por causa do susto.

O sangue bate-lhe contra os tímpanos.

Está ali uma menina, completamente imóvel, com as mãos à frente da boca e os olhos fechados atrás de uns óculos grossos.

– Minha querida – diz Karin, sem conseguir acrescentar mais nada.

Devia ter ficado escondida atrás das cortinas durante horas. Quando Karin lhe toca no ombro, ela abre os olhos e vacila.

– Não tenhas medo, já se foi embora.

Os lábios da menina estão brancos; está exausta. De repente, as pernas cedem, e cai ao chão. Karin ajoelha-se e abraça-a, sentindo a tensão no corpo trémulo.

– Posso pegar em ti ao colo?

Ergue-a docemente e sai da sala. Transporta-a com a preocupação de não a deixar ver o cadáver do homem junto ao espaldar e o da mulher à entrada da cozinha.

– Viste quem foi? – pergunta, enquanto passam pelo meio das mesas.

A menina não responde. Karin sente-lhe a respiração quente e húmida contra o ombro, e murmura-lhe que não precisa de ter medo.

Decidem que Andrej ficará no local do crime à espera da brigada científica, enquanto Karin vai com a menina na ambulância. Senta-se ao lado dela, pega-lhe na mão e pergunta-lhe novamente de quem se estava a esconder, mas a pequena não responde, limita-se a apertar-lhe a mão. Tem as pálpebras semicerradas, como se estivesse prestes a adormecer.

43

Lars-Erik acorda com uma sensação de catástrofe em todo o corpo. Passa-se qualquer coisa de completamente errado, mas o seu cérebro atordoado não consegue relacionar os impulsos repentinos.

Está frio, ele está deitado e o chão parece tremer debaixo dele.

Um instante antes de arranjar coragem para abrir os olhos, recorda o estranho telefonema de Kristina.

Soava diferente do habitual.

Nunca antes tinha sentido tanta solidão numa voz. Pediu-lhe desculpa pelo menos dez vezes e explicou-lhe que tinha ficado sem bateria no carro.

Tinha ido levar o filho ao aeroclube de Barkarby, a sul de Järvafältet. No regresso, mesmo no meio do bosque, o carro tinha-se desligado.

Chamou vários serviços de socorro rodoviário sem obter resposta, e por fim deixou-se ficar dentro do carro com as portas trancadas, demasiado assustada com a ideia de caminhar pelo bosque.

Se ele lá fosse imediatamente, voltaria a tempo de preparar o jantar para Pellerina.

Na realidade, deviam encontrar-se na semana seguinte, até já tinha reservado uma mesa no restaurante de peixe Wedholm.

Lars-Erik geme quando recebe uma pancada violenta nas costas.

Abre os olhos, pestaneja e vê a lua cheia a brilhar por entre as copas das árvores que passam a correr.

É como um sonho.

Uma pancada na nuca obriga-o a cerrar os maxilares.

Não consegue perceber o que está a acontecer. Sente que é arrastado em cima de uma tela de oleado ao longo de um caminho no bosque. De vez em quando, a nuca e os rins batem contra pedras e raízes.

Não consegue mexer as mãos nem as pernas, e percebe que foi drogado. Tem a boca seca e não faz ideia de quanto tempo dormiu.

Os olhos voltam a fechar-se: é impossível mantê-los abertos.

Pensa nos vários gases anestésicos que eram administrados em tempos, como o halotano, em combinação com opiáceos e com uma *overdose* de relaxantes musculares injetados diretamente no canal vertebral.

Anestesia imediata e paralisia prolongada.

Caiu numa armadilha.

Kristina enganou-o. Enredou-o, atraiu-o ao bosque com uma desculpa.

A última coisa de que se lembra é de ter parado o carro na estrada escura.

Os faróis iluminavam o carro de Kristina na estrada de terra batida. As árvores em volta e os arbustos na valeta pareciam um cenário de teatro.

Naquele preciso instante, Pellerina mandou-lhe uma fotografia da escola de arte e ele ligou-lhe para lhe dizer que achava o cão lindíssimo.

Parecia um torrão castanho com quatro patas.

Pelo retrovisor, viu que alguém se aproximava por trás, enquanto Pellerina lhe explicava que não era um cão, mas um cavalo chamado *Silver*.

Uma pessoa com uma capa negra aproximava-se rapidamente do automóvel; à luz dos faróis traseiros, o vulto assumiu um tom vermelho-sangue.

Lars-Erik abriu a porta, e depois foi a escuridão. Apenas se lembra que a erva alta junto à beira da estrada se tinha dobrado ao abrir a porta.

O bilhete de um parquímetro deslizou ao longo do para-brisas, empurrado pelo vento.

Ouviu-se um débil tilintar de vidro contra vidro.

Adormece outra vez, para acordar apenas quando a pessoa que o está a arrastar pelo bosque para e larga o oleado.

A cabeça de Lars-Erik cai pesadamente ao chão.

Olha para a lua e para os cumes negros dos pinheiros que circundam a clareira.

Está frio e há um grande silêncio.

Abre a boca e tenta dizer qualquer coisa, mas não tem voz: não pode fazer mais nada além de ficar deitado de costas e inalar o cheiro do musgo e da terra molhada.

Sente um formigueiro nos dedos dos pés.

Tenta mexer-se, mas o corpo não lhe obedece. Consegue apenas virar ligeiramente a cabeça de lado.

Os passos aproximam-se.

Procura com os olhos no meio das árvores.

Um ramo quebra-se, e nesse momento surge um homem magro que avança ao longo do caminho.

Tenta pedir ajuda, mas não se ouve nada.

O vulto passa por cima de uma raiz e finalmente torna-se visível à luz da lua.

O rosto magro está coberto por uma rede de rugas.

O homem passa ao lado de Lars-Erik sem se dignar olhar para ele, detém-se algures atrás dele e depois regressa.

Está a fazer rolar um grande barril de plástico.

Lars-Erik tenta pedir-lhe ajuda. Mas o som que sai dos seus lábios é menos do que um sussurro.

O homem enfia-lhe os pés pela abertura e puxa o barril para cima, ao longo das pernas, até às ancas.

Lars-Erik não consegue ainda mexer-se, apenas consegue virar a cabeça pesada para o outro lado, para os pinheiros mergulhados na escuridão.

O velho não diz nada e não o olha nos olhos, é evidente que está pura e simplesmente a executar uma tarefa. Com gestos bruscos, enfia Lars-Erik no barril até à cintura.

Trata-o como se fosse um animal abatido, uma carcaça de matadouro.

Com um abanão violento, levanta o barril, e as pernas de Lars-Erik dobram-se com o seu peso. Enterra-se no recipiente até às axilas. A camisa sobe e ele arranha a barriga com o rebordo de plástico cortante.

Ainda não consegue perceber o que está a acontecer.

O velho tenta empurrá-lo para dentro do barril.

É inesperadamente forte, mas há qualquer coisa que não está a funcionar: os braços de Lars-Erik continuam de fora e metade do tronco está ainda acima do rebordo.

O homem dá uns passos de lado e regressa com uma pá.

Lars-Erik repara agora numa cova profunda no terreno ao lado do barril. Por cima da relva, ao lado, há um rolo de plástico e um bidão com um líquido branco.

O homem magro vai direito a ele, levanta a pá e atinge-o violentamente no ombro.

Lars-Erik geme de dor quando a clavícula esquerda se parte. Respira nervosamente pelo nariz e as lágrimas correm-lhe ao longo das faces.

O homem atira a pá ao chão e inclina-se sobre ele.

Quando lhe aperta o ombro para o empurrar para dentro do rebordo do barril, a dor é tal que Lars-Erik não vê mais nada. Tem o braço direito levantado, mas o homem dobra-lho atrás da nuca, empurra-lhe a cabeça para baixo e depois fecha o barril com a tampa.

Faz oscilar o recipiente várias vezes até que ele tomba, e depois leva-o a rolar até ao fosso.

Com a pancada, Lars-Erik perde os sentidos. Quando desperta, é envolvido por um rumor frenético, como um intenso temporal.

Ao fim de alguns instantes, percebe que o homem posicionou o barril na vertical no fundo do fosso e que começou a cobri-lo de terra. O ruído torna-se cada vez mais longínquo e depois cessa completamente.

O ar húmido no barril cheira a plástico: falta-lhe oxigénio.

O corpo de Lars-Erik está ainda paralisado; dominado pelo pânico, tenta virar a cabeça e repara num pontinho luminoso na parte lateral do barril.

Observa-o e percebe que um fragmento de luar atravessa um tubo para a passagem do ar preso à tampa.

O ombro desarticulado e a clavícula partida latejam de dor. Tem os dedos gelados: o sangue não consegue chegar até eles.

Lars-Erik percebe que foi sepultado vivo.

LAZ-16

44

Saga passa em frente à entrada das ambulâncias do Hospital de Söder, sobe ao passeio e sai do carro de Nathan sem sequer fechar a porta. Ultrapassa a correr macas e carrinhos de bebé abandonados e chega à urgência de pediatria, onde depara com uma rã de plástico verde com um metro de altura.

A sala de espera está cheia, com recém-nascidos a berrar e crianças pálidas. No chão há prospetos informativos pisados. Um homem fala nervosamente ao telefone.

Jurek atacou de manhã cedo, apenas trinta minutos depois de Saga ter deixado Pellerina no centro de dia para logo a seguir ir apanhar o *ferry* para Högmarsö.

Teve imenso tempo.

Matou os funcionários presentes no centro de dia: a responsável e o professor de apoio.

Os primeiros agentes que chegaram ao local encontraram Pellerina atrás da cortina.

Se Saga não a tivesse ensinado a esconder-se e a ficar em silêncio, Jurek Walter tinha-a levado naquela manhã.

Nunca mais voltaria a ver a irmã.

Saga ignora a fila, vai direita ao homem da receção e pergunta por Pellerina Bauer, tentando conter a angústia.

A irmã está numa das salas de exame.

Saga corre ao longo do corredor, empurrando para o lado um carrinho de limpeza para abrir caminho.

A esfregona vira-se ao contrário: ouve-se o cabo bater no chão.

Ao longo de uma das paredes estão dispostas algumas cadeiras de rodas, assim como suportes para soro e macas com colchões de plástico azul.

Uma enfermeira empurra um carrinho de utensílios.

Saga abranda quando se aproxima do polícia fardado em frente à última porta antes do elevador B.

– Estás sozinho? – pergunta-lhe, mostrando o cartão.

– Sim – responde o homem, sem afastar os olhos.

– Mas que caraças – murmura ela, e entra.

A luz é menos intensa naquele aposento estreito, sem janelas. Pellerina está sentada na cama, embrulhada num cobertor amarelo.

Em cima da pequena mesa de cabeceira há um copo de sumo de fruta e uma sanduíche de queijo pousada num prato de papel.

Saga vai imediatamente ter com a irmã e abraça-a. Enquanto a aperta, consegue, pela primeira vez, sentir algum alívio. Encosta com força o rosto aos cabelos despenteados de Pellerina.

– Vim o mais depressa que pude – diz.

Ficam abraçadas muito tempo, depois Saga olha para Pellerina, faz um esforço para sorrir e acaricia-lhe a face.

– Como é que estás?

– Bem – responde a pequena, com um ar sério.

– Mesmo? – suspira Saga, tentando conter as lágrimas.

– Não podemos agora voltar para casa do pai?

Saga engole visivelmente em seco. Precisa de manter os seus pensamentos sob controlo, obrigar-se a não imaginar o que terá acontecido ao pai.

– Tiveste medo?

Pellerina assente. Baixa os olhos, tira os óculos e massaja o canto dos olhos. As pestanas claras lançam sombras minúsculas sobre as faces gorduchas.

– Eu percebo – diz Saga, afastando os cabelos do rosto da irmã.

– Escondi-me atrás de uma cortina e fiquei calada como um rato – explica, a sorrir, pondo novamente os óculos.

– Foste fantástica – diz Saga. – Viste-o?

– Um bocadinho, antes de fechar os olhos... Era velho, mas muito rápido.

Saga sente o coração bater-lhe com mais força e olha para a porta.

– Agora temos de ir embora – explica. – O médico já te veio ver?

– Vem daqui a pouco.

– Há quanto tempo estás à espera?

– Não sei.

Saga carrega no botão de emergência e após alguns instantes entra um enfermeiro, um homem de meia-idade, de óculos e com a barriga grande.

– Preciso que ela seja vista por um médico. Temos de ir embora – diz Saga.

– A Dr.ª Sami vem o mais depressa possível – responde o homem, tentando mostrar-se paciente.

– A Pellerina só tem doze anos e não faço ideia de quanto tempo já teve de esperar.

– Compreendo perfeitamente que se trata de uma situação difícil, mas temos de dar prioridade aos casos mais graves, como certamente compreenderá...

– Agora ouça-me – interrompe-o Saga bruscamente. – Não são vocês que têm de avaliar a prioridade deste caso.

Saga mostra ao homem o distintivo da Polícia; ele pega nele, observa-o e depois devolve-lho.

– Esta menina tem prioridade – diz Saga.

– Posso pedir ao médico da triagem que venha fazer uma nova avaliação da...

– Não há tempo – interrompe ela. – Traga aqui qualquer porra de médico que seja qualificado.

O homem não responde, limita-se a sair do quarto com um olhar angustiado.

– Porque é que estás tão zangada? – pergunta Pellerina.

– Não estou zangada, não estou mesmo, é só que pareço zangada quando fico nervosa.

– Disseste um palavrão.

– Eu sei, não se faz, distraí-me.

Ao fim de alguns instantes, ouvem-se vozes fora da porta e depois entra uma médica, uma mulher baixa com olhos castanho-claros.

– Disseram-me que quer falar comigo – diz com desconfiança.

– Só quero que a veja – responde Saga, impaciente.

– Não consigo compreender – replica a médica a sorrir.

– Não podemos ficar aqui, temos pressa, mas quero ter a certeza de que está bem.

– Não vou retê-las, se me puder demonstrar que é a tutora.

– Faça o que eu lhe disse.

O polícia entra com a mão no coldre.

– O que é que se passa?

– Fica de guarda à entrada – vocifera Saga. – Não te afastes da porta e aperta o colete à prova de bala, caraças.

O polícia detém-se à porta.

– Qual é o nível de ameaça?

– Não tenho tempo para te explicar... e de qualquer maneira não importa, não tens a mínima hipótese – diz ela, tentando acalmar-se.

Saga cruza o olhar com o da médica, dá dois passos na direção dela e fala em voz baixa para Pellerina não ouvir.

– Agora ouça-me, sou comissária operativa da Säpo e tenho de levar esta menina para um lugar seguro... É possível que tenha sido testemunha de um duplo homicídio e é provável que o assassino ande à procura dela... Não pode ficar retida neste hospital mais tempo do que o estritamente necessário, garanto-lhe. Vamos embora assim que a consulta acabar. Em pequena foi operada a uma malformação cardíaca chamada tetralogia de Fallot... Ouça-me, imagino que lhe tenham feito um eletrocardiograma, mas preciso que me diga que não demonstra sinais graves de choque.

– Percebo – disse a médica, com o olhar velado de *stress*.

Enquanto a médica fala com Pellerina, Saga sai da sala, controla o corredor, espreita para a entrada e observa os pacientes que esperam do outro lado da parede de vidro da receção.

Com base numa rápida avaliação, o sacristão morreu há duas semanas, mas as datas da comida estragada no frigorífico indicam que foi sepultado vivo há mais de quatro meses.

O *Castor* é o ajudante escolhido por Jurek. Obviamente, aquela hipótese já se lhe tinha colocado, mas ela afastara-a deliberadamente porque considerava impossível que Jurek estivesse ainda vivo.

Agora sabe que Joona tinha razão.

O *Castor* morava na capela, estava de guarda ao túmulo, mantinha o sacristão com vida.

Quatro meses num túmulo, pensa Saga.

E agora Jurek tem o pai dela.

Tenta mais uma vez ligar-lhe, mas o telemóvel de Lars-Erik está sempre desligado.

Saga envia um alerta do carro do pai e depois liga para a Säpo e pede a um dos técnicos para localizar o telemóvel.

Enquanto fala, vê um homem magro transpor a porta de entrada. Interrompe o telefonema e pega cautelosamente na pistola. Quando percebe que não é Jurek, volta a guardá-la.

Espreita para o outro lado do corredor, pega outra vez no telemóvel e liga para o número direto de Carlos Eliasson, na Secção Operativa Nacional.

– O Jurek Walter regressou – anuncia, sem preâmbulos.

– Já soube do que aconteceu na escola da tua irmã.

– Ela precisa imediatamente de um esconderijo seguro – explica Saga, olhando novamente para a entrada.

– Não lho podemos fornecer, não é assim que funciona, o departamento de segurança pessoal deve primeiro conduzir uma investigação, o medo não chega, já sabes, as regras são para toda a gente.

– Então eu peço uma licença de serviço, preciso de encontrar imediatamente um esconderijo.

– Saga, agora até pareces um certo comissário de origem finlandesa…

– A Valeria – interrompe-o, levantando a voz. – Recebeu proteção? Diz-me que sim!

– Não há ameaças – responde Carlos pacientemente.

– Temos de a proteger! É a tua responsabilidade, porra… Não, agora cala-te: o Jurek voltou, é assim e pronto.

– Saga, ele está morto. Tu mataste-o e encontraste o…

– Arranja maneira de proteger a Valeria – interrompe-o Saga, e desliga a chamada.

Controla mais uma vez o corredor, enquanto os pensamentos se lhe inflamam na cabeça. Joona tinha razão, e ela e Nathan Pollock desperdiçaram demasiado tempo precioso a seguir pistas que não conduziam a nada. Joona levou a sério a ameaça, planificou a fuga e salvou-se a ele e à filha.

O agente de guarda à porta observa-a com um ar interrogativo quando ela volta a entrar na sala.

A médica aperta a mão a Pellerina e depois aproxima-se de Saga.

– É uma menina incrivelmente meiga e esperta.

– É verdade – diz Saga, com um enorme peso no peito.

– Não há nada que não chegue ao coração – continua a médica. – Acontece que a Pellerina sofreu um susto enorme, apesar de eu achar que ela não viu nada relativamente à agressão; creio que esteve de olhos fechados durante todo o tempo... é difícil dizer, mas não apresenta sinais de dissociação ou desorientação, nem tem problemas psicomotores.

– Obrigada.

– Gostaria que conversasse com uma psicóloga, vai ter necessidade de falar sobre aquilo que aconteceu.

– É óbvio.

– Se mostrar sinais de ansiedade ou tiver dificuldade em dormir, devem voltar cá. Às vezes pode...

– Muito bem – interrompe-a Saga, e aproxima-se de Pellerina.

Embrulha rapidamente a irmã na manta amarela e pega nela ao colo; passa ao lado da médica, sai para o corredor e diz ao agente para as escoltar até ao carro.

Senta Pellerina no banco traseiro, aperta-lhe o cinto de segurança e depois agradece ao agente.

Saga afasta-se do hospital e pensa que é melhor dirigir-se para norte, procurar um sítio que não tenha qualquer ligação com ela. Há de encontrar uma casa isolada sem ninguém; arromba a porta e esconde-se com a irmã. Ficam ali a viver à espera que a Polícia faça o seu trabalho. Mas antes precisa de mudar de telemóvel, para não ser localizada. Encosta à berma da estrada ao nível de Skanstull e começa a procurar na Internet uma loja de telemóveis usados quando Carlos lhe liga.

– Saga – diz com uma voz trémula. – Mandei uma patrulha que já se encontrava nos arredores da casa da Valeria e... não tenho palavras para te dizer, mas desapareceu, levaram-na... Encontrámos os restos mortais de um homem num automóvel carbonizado, há sangue por todo o lado, as estufas foram vandalizadas...

– Organizaram bloqueios de estradas? – pergunta Saga, quase num sussurro.

– É tarde de mais, passaram muitos dias... Devíamos ter agido de outra forma.

– Claro.

– Arranjei um esconderijo seguro para a tua irmã – conclui Carlos.

45

Valeria rola ligeiramente de lado para aliviar a pressão nos calcanhares e nas omoplatas feridas.

Como de costume, para quando o ombro bate contra o lado da caixa.

É obrigada a pôr-se outra vez de costas.

A escuridão é total e ela perdeu já qualquer noção de tempo.

No início, a dor da dentada na coxa era uma ardência intensa.

Fez chichi por duas vezes, mas agora está quase enxuta.

Não pensa na fome, mas tem uma sede terrível e a boca completamente seca.

Às vezes dorme, talvez durante uma hora, talvez menos. Uma vez ouviu uma pancada e o grito distante de uma mulher.

Está tanto frio como num frigorífico, talvez até mais. Consegue aquecer os dedos das mãos, mas os dos pés estão completamente dormentes.

Para além do cheiro doce a madeira da caixa, sente um leve odor a bolor e terra.

Deixou de pedir ajuda quase imediatamente, quando percebeu que tinha sido Jurek Walter a fazer-lhe aquilo, tal como Joona tinha previsto.

Foi sepultada viva.

É obra de Jurek, e o homem corpulento que a agrediu na estufa era o cúmplice dele.

Era terrivelmente forte e violento.

Quando ele a agarrou pelo tornozelo e a arrastou para o bosque, ela perdeu as botas de borracha. O impermeável subiu e foi arrastado atrás dela como um manto. Quando se prendeu num ramo, o homem parou e arrancou-lho.

Atirou-a para a mala de um carro e depois seguiu por uma estrada sinuosa.

Valeria tentou abrir a tampa da mala com as mãos trémulas, mas desequilibrou-se quando o carro virou bruscamente.

A dentada na coxa sangrava.

Tentou mais uma vez, inutilmente.

De repente, lembrou-se daquilo que Joona lhe tinha dito a propósito de situações semelhantes. Às vezes contava-lhe coisas sobre a maneira como tinha treinado a filha em Nattavaara.

O macaco, pensou.

Na mala de um carro há quase sempre um macaco.

Às escuras, passou a mão ao longo da parte do fundo da mala, e encontrou dois ganchos de uma tampa de plástico; abriu-os, chegando-se para o lado, e conseguiu levantar a tampa. Procurou às apalpadelas em volta do pneu sobresselente e tocou numa chave-inglesa e num triângulo de sinalização antes de encontrar o macaco, embrulhado num saco de plástico.

Colocou-o o mais próximo possível da fechadura e rodou o parafuso com os dedos até que o macaco tocou na tampa da mala; depois inseriu a alavanca no seu lugar.

O carro curvou e Valeria voltou a cair em cima de um ombro, mas conseguiu manter o macaco na mesma posição; depois recomeçou a girar a manivela.

O espaço era tão exíguo que batia com os nós dos dedos a cada volta.

O metal da tampa começou a ranger com a pressão, mas o carro travou de repente.

Valeria continuou a rodar a manivela o mais depressa possível, mas rendeu-se quando o motor se desligou e a porta do condutor se abriu.

Procurou um objeto para se defender e assim que o homem abriu a mala agarrou na chave-inglesa e tentou agredi-lo. Mas ele estava preparado, arrancou-lhe a chave da mão e atirou-a para longe; depois agarrou-a pelos cabelos do lado da cabeça e apertou-lhe um trapo gelado sobre a boca e o nariz.

Quando acordou, encontrava-se naquelas trevas. Gritou por ajuda, fez um SOS a bater com os dedos contra a parede da caixa, tentou arranjar maneira de a abrir, empurrando com as mãos e os joelhos para cima e para os lados, empregando toda a sua força, mas não conseguiu mais do que um leve estalido da madeira.

Aquece os dedos por baixo das coxas e volta a adormecer, mas acorda com a dor das feridas nos calcanhares e tenta virar os pés.

De repente, ouve umas pancadas por cima dela e depois um som forte de alguma coisa a raspar. O coração começa a bater-lhe com mais força assim que ouve vozes. Não consegue distinguir as palavras, mas intui que se trata de um homem e uma mulher a discutir.

Valeria pensa que a encontraram e começa a gritar por ajuda; depois, com uma pancada surda, alguém pisa a tampa da caixa.

– Meu Deus, é preciso dar-lhe água, se não vai morrer hoje ou amanhã – diz o homem.

– Mas é demasiado perigoso – responde a mulher, com uma voz assustada. – É demasiado...

– Nós podemos fazer isso – interrompe-a o homem.

– Se ela tentar levantar-se, eu bato-lhe – diz a mulher. – Rebento-lhe o crânio.

Com um ruído súbito que lhe inflama os tímpanos, a tampa levanta. Valeria franze os olhos e vê um homem e uma mulher por cima dela.

Encontra-se no chão de uma cave. Nas paredes há fotografias de touradas.

As traves e a camada isoladora do chão foram serradas para criar uma abertura.

O homem tem-na debaixo da mira de uma espingarda de caça, enquanto a mulher empunha um machado. Parecem duas pessoas normalíssimas: vizinhos, gente que se pode encontrar no supermercado. O homem tem uns bigodes loiros e os olhos agitados; a mulher tem os cabelos apanhados num rabo de cavalo alto e usa óculos de armação cor-de-rosa.

– Por favor, ajudem-me – diz Valeria, ofegante, agarrando-se à beira da caixa.

– Está quieta! – ordena o homem.

A caixa está apoiada no chão, no vão estreito por baixo da casa. Valeria está fraca, mas tenta erguer-se. O homem dá-lhe uma pancada na cara com o cano da espingarda. A cabeça cai-lhe para trás, mas Valeria continua a agarrar-se às bordas da caixa.

– Fica quieta, estúpida – grita o homem. – Eu dou-te um tiro, percebeste? Dou-te um tiro!

– Porque é que me estão a fazer isto? – pergunta Valeria, lavada em lágrimas.

– Deixa-te estar para baixo!

Sangue quente escorre-lhe ao longo da garganta. Estende uma mão e consegue tocar no chão. A mulher atira o machado, mas Valeria já retirou a mão quando a lâmina se enterra nas tábuas.

O homem encosta-lhe a espingarda ao peito com força, obrigando-a a cair para dentro da caixa. A cabeça bate no fundo.

Conseguiu vislumbrar umas correias grossas no chão, ao lado da caixa. São idênticas às que usava no viveiro, e sabe que podem ser utilizadas com molinetes capazes de levantar dez toneladas.

– Dá-lhe água – diz a mulher com uma voz tensa.

Valeria está ofegante, tem de conseguir estabelecer um contacto com eles, não pode ceder à histeria.

– Por favor, não percebo...

– Cala-te!

Uma rapariga com um bastão de madeira na mão aproxima-se da caixa com um olhar cheio de terror. Atira a Valeria uma garrafa de água e depois, com o pé, volta a fechar a tampa do caixão.

46

Pellerina foi imediatamente inserida no programa especial para a segurança pessoal, a medida de proteção mais extrema do país.

Saga comprou dois telemóveis usados com cartões recarregáveis e gravou os novos números, de forma a poder comunicar com a irmã.

Assegurou-se de que não estava a ser seguida, depois deu a volta a Stora Essingen antes de chegar a Kungsholmen e entrar na garagem subterrânea junto a Rådhusparken, onde estacionou ao lado de um furgão negro com vidros escuros.

As lentes das câmaras de vigilância já tinham sido tapadas com fita adesiva.

Saga saiu, deu a volta ao carro e depois cumprimentou com um aperto de mão a agente alta e loira que ia escoltar Pellerina.

– Sabrina – apresentou-se.

– Trata-se de uma ameaça extremamente séria – disse Saga. – Não confies em ninguém e nunca reveles o endereço, seja quem for que to peça.

Tirou Pellerina do carro, despediu-se dela rapidamente e prometeu-lhe que voltaria o mais depressa possível. Depois abriu a porta do furgão para ela entrar e apertou-lhe o cinto.

– Quero o meu telefone – disse Pellerina, quando Saga lhe entregou o telemóvel usado.

– Eu trago-to quando voltar, partiu-se e tenho de o mandar compor – mentiu Saga.

Pellerina lançou-lhe um olhar desesperado através das lentes dos óculos e começou a chorar.

– Mas eu fui supercuidadosa!

– A culpa não foi tua – tranquilizou-a Saga, ao mesmo tempo que lhe limpava as lágrimas das faces.

Como já esteve envolvida em questões de proteção pessoal, sabe que a habitação atribuída a Pellerina fica no número 17 de P O Hallmans Gata, e que possui um sistema de segurança avançado, com portas blindadas e janelas isoladoras em PVC.

Entra no carro de Nathan e observa o furgão que faz marcha-atrás e depois desaparece para lá da cancela, pela rampa acima.

Durante a viagem de Högmarsö até Estocolmo ligou três vezes para o departamento de informática e telecomunicações da Säpo. Estão a tentar localizar o telemóvel do pai, mas o aparelho não envia qualquer sinal e é impossível ativá-lo à distância. A última vez que o pai o usou foi para ligar a Pellerina, que estava na escola de artes: o sinal foi captado por uma antena de Kista.

Sabe que estão a tentar obter informações de outras antenas, para depois as confrontar e tentar estabelecer com maior precisão de onde partiu o telefonema.

Apesar de saber que é inútil, Saga continua a tentar ligar ao pai. Os toques que se sucedem até ao infinito sem que ninguém atenda são como uma recordação triste da noite em que a mãe morreu.

Ouve o início do correio de voz e desliga antes de começar a mensagem gravada pelo pai; depois liga para Nathan Pollock.

Está ainda em Högmarsö, juntamente com os técnicos da científica. Devido aos fortes ventos, a sua voz é interrompida por estalos e ruídos.

– Como está a Pellerina? – pergunta Nathan.

– Vai-se safar, está em segurança – responde Saga, engolindo em seco para desfazer o nó que tem na garganta.

– Ainda bem.

– Teve sorte.

– Eu sei, é incrível.

– Mas o Jurek apanhou o meu pai – murmura Saga.

– Esperemos que não seja assim – diz Nathan com cautela.

– Eu sei que ele apanhou a Valeria e o meu pai.

Respira fundo, aclara a garganta e aperta uma mão contra os olhos. As lágrimas ardem-lhe atrás das pálpebras.

– Desculpa – prossegue, com uma voz sumida. – Mas é que é muito difícil aceitar isto tudo, apesar de estar a acontecer de verdade, apesar de o Joona me ter avisado.

– Vamos chegar ao fim desta história – diz Nathan. – Agora temos de nos concentrar na...

– Eu tenho de procurar o meu pai – interrompe-o ela. – É meu dever, é a única coisa em que consigo pensar, provavelmente ainda está vivo e eu tenho de o encontrar.

– Vamos encontrá-lo, prometo-te – diz Nathan. – Chegaram muitos reforços, já revistaram a casa do sacristão e a garagem, mas não encontraram nada que conduza ao Jurek ou ao *Castor*... O Erland Lind não tinha computador, mas encontrámos o telefone dele debaixo da cama.

– Pode ser que se consiga sacar dali alguma coisa – murmura Saga.

– Os cães farejaram o bosque de uma ponta à outra, mas parece que não há mais túmulos por ali.

Subitamente, voz de Nathan é coberta por um estrondo e ouvem-se gritos ao fundo.

Saga deixa-se cair contra o apoio de cabeça e passa o dedo sobre a pele áspera do volante.

– Gostava de ir ter convosco, o que dizes? – pergunta. – Temos de discutir com o Carlos sobre a eventualidade de lançar um alerta ou...

– Espera um segundo – interrompe-a Nathan.

Saga fica sentada a segurar o telefone contra o ouvido e percebe que o colega está a falar com alguém. O vento sopra no microfone e as vozes desaparecem.

Uma mulher entra num carro, liga o motor e avança pela rampa; depois fica à espera que a cancela se abra.

– Ainda aí estás? – pergunta Nathan.

– Claro.

– Então ouve: os técnicos encontraram qualquer coisa na parte interna da tampa do caixão – diz. – Fotografaram-na com luz rasante e identificaram duas palavras... O sacristão deve ter gravado as letras com as unhas antes de morrer, são quase invisíveis.

– O que é que está escrito? – pergunta Saga.

– Está escrito «Salvem Cornelia».

– Salvem Cornelia.

– Não fazemos ideia de…

– A irmã do sacristão chama-se Cornelia – interrompe-o Saga, ao mesmo tempo que liga o motor. – Não tinha nenhum contacto com o irmão. Mora bastante perto de Norrtälje, a menos de vinte quilómetros do sítio onde eu disparei sobre o Jurek.

47

Quando chega a Svartnö, Saga faz inversão de marcha e encosta. Observa o molhe e a água cinzento-escura através do espelho retrovisor.

Quando vê o *ferry* que se aproxima da costa, sai do carro e dirige-se ao cais.

Nathan está sozinho no convés, com as duas mãos pousadas no corrimão.

Os cabos fendem a superfície da água.

A passarela desce.

Nathan saúda com um gesto o piloto na sua cabina e desembarca. Saga entrega-lhe as chaves do carro e senta-se no lugar do passageiro.

Nathan instala-se ao volante, ajusta o assento e começa a andar.

Cornelia mora nas imediações de Paris, uma pequena área residencial a este de Norrtälje.

– Na tampa da caixa não havia mais nada – diz Nathan.

– Provavelmente, o Jurek ameaçou matar a Cornelia para obrigar o sacristão a colaborar – diz Saga, enquanto verifica se não tem o telemóvel em silêncio.

– Portanto, o que foi que ele pensou dentro do caixão? – prossegue Pollock. – Deve ter percebido que ia morrer, por isso escreveu aquela mensagem, na esperança de que alguém encontrasse o túmulo e salvasse a irmã.

– O Jurek deve tê-lo aterrorizado para ter a certeza de que ele não ia revelar a verdade à Polícia... Talvez já tivesse sido enfiado no túmulo, ou talvez tivesse visto a irmã numa cova... A demência manifestou-se pouco tempo depois do nosso encontro.

Viajam ao longo de campos rodeados de bosques de pinheiros e passam por baixo do viaduto da E18.

Nathan tem a mão esquerda no ponto mais baixo do volante. Apesar de estar prestes a divorciar-se, ainda usa uma aliança fina de ouro.

Saga obriga-se a não lhe implorar que ligue à treinadora de cães para lhe pedir que se despache.

De acordo com o GPS, faltam menos de cinco quilómetros para chegarem.

Enquanto avançam, chegam algumas informações novas ao terminal móvel: Cornelia não atende o telefone e as contas dos últimos meses foram enviadas para uma agência de cobranças.

Antes de se reformar, trabalhava como enfermeira no Hospital de Norrtälje.

Tem setenta e dois anos e vive sozinha.

No ecrã surge uma mulher de ombros largos, com os cabelos brancos e uns óculos de leitura pendurados ao peito.

– Quem foi que a interrogou? – pergunta Nathan.

– Ninguém – responde Saga. – Eu dei aqueles tiros ao Jurek seis meses antes de o sacristão encontrar o corpo. Não havia qualquer ligação com ele ou com a irmã.

– Mas ela mora a menos de vinte quilómetros do sítio onde o Jurek desapareceu.

– Eu sei, mas sabíamos que o Jurek estava moribundo – até onde é que ele podia chegar? Falámos com toda a gente que vivia num raio de dez quilómetros daquele curso de água... setecentos interrogatórios.

Saga recorda que se tinha discutido a questão de alargar a zona da investigação, mas nesse ponto seria preciso incluir também Norrtälje, e o número de pessoas a interrogar ia aumentar dois mil por cento.

– Mas eu queria dizer mais tarde, quando o corpo foi encontrado e o sacristão mostrou os primeiros sinais de demência – diz Nathan, dirigindo-lhe um olhar rápido.

– Liguei-lhe eu – responde Saga. – Não tinha contactos com o irmão há dez anos e não tinha nada a declarar.

Entram numa estrada estreita de terra batida com uma tira de erva amarela gelada no meio que segue até ao interior de um bosque denso.

Saga deixa deslizar o olhar pelos troncos escuros que passam a correr ao lado do carro.

Pode ser que Jurek tenha sepultado Valeria e o pai no terreno de Cornelia.

Tem a boca seca: estica-se para pegar na garrafa de água mineral.

Não é impossível: encaixa no *modus operandi* de Jurek agrupar os túmulos.

Sempre se questionou sobre a forma como ele conseguia recordar a posição de cada cova sem as assinalar.

– Em que estás a pensar? – pergunta Nathan, olhando rapidamente para ela.

– Em nada... porquê?

– Estás a tremer.

Olha para a garrafa que tem na mão, bebe um gole, volta a pousá-la no vão entre os assentos e aperta as mãos entre as coxas.

– Estou muito preocupada por causa do meu pai – diz.

– Compreendo.

Saga volta-se para os pinheiros verdes e negros e os escassos arbustos de urze e mirtilos.

É insuportável a ideia de ter exposto o pai a um perigo semelhante: a culpa é toda dela, é ela a responsável, e tem de tentar salvá-lo.

Já ultrapassaram há vários quilómetros as últimas casas de veraneio quando o bosque sombrio se abre numa clareira. Nathan abranda, e uma casa vermelha com acabamentos brancos surge diante deles.

– A treinadora percebeu que é urgente, certo? – pergunta Saga.

– Meteu-se logo no carro.

– É que se calhar havia outros cães mais perto, talvez mesmo em Norrtälje, não?

– A Amanda é a melhor – responde Nathan, pacientemente.

Aproximam-se lentamente da casinha. Por baixo de um alpendre, coberto com um oleado, está um *Jeep Wrangler* dos anos oitenta, sujo de lama e encostado a uma parede de troncos empilhados.

Saga tira a *Glock* do coldre do ombro e carrega-a.

Param num terreiro de saibro que sobe em direção à casa. Saga sai do carro sem dizer uma palavra, segura a pistola contra o corpo, apontada ao chão, e avança a passos largos.

Atrás dela, ouve Nathan fechar a porta do carro.

Tem quase a certeza de que Jurek não está ali: não tem a ver com ele, seria demasiado simples apanhá-lo.

Saga afasta-se para o lado, à procura de terra remexida e de vestígios de covas escavadas recentemente. O seu olhar corre ao longo dos limites do terreno, atrás do alpendre, pelo meio dos arbustos despidos encostados à casa.

Sem esperar por Nathan, contorna o edifício, deslocando-se em direção às sombras nas traseiras. Ali o terreno é mais seco e está coberto de pinhas redondas.

No campo entre a casa e a orla do bosque há dois pinheiros de ramos pesados e retorcidos.

Na sombra projetada pelo mais alto dos dois está um escadote caído no chão.

Saga passa ao lado de um carrinho de mão cheio de água e espreita para dentro de uma estufa com uma grande quantidade de plantas mortas. Não vislumbra vestígios evidentes de covas, nem campos de batatas ou zonas de terra remexida.

– Saga? O que é que se passa? – pergunta Nathan, ao surgir de uma esquina da casa.

– Podem estar sepultados no bosque.

– Eu percebo como te sentes, mas temos de agir segundo a ordem certa: em primeiro lugar, vamos falar com a Cornelia.

Nathan regressa à parte da frente da casa, Saga detém-se um segundo e deixa correr o olhar por entre os troncos das árvores.

No instante em que se prepara para ir atrás de Nathan, ouve um estalido junto ao limite do bosque. Vira-se instantaneamente e levanta a pistola, baixa o gatilho até ao primeiro disparo e apura o olhar, à procura de algum movimento.

Não vê mais do que os troncos das árvores.

Lentamente, desloca-se para o lado, quando ouve de novo um rumor. Imagina que deva tratar-se de um animal, talvez um ouriço, e aproxima-se cautelosamente das árvores.

Para, fica imóvel por um instante e deixa deslizar o olhar por entre os troncos, os ramos e os arbustos desordenados.

Saga volta-se e avança em direção à fachada da casa, mas quando ouve de novo aquele barulho detém-se e lança mais um olhar em direção às árvores, antes de dobrar a esquina do edifício.

Nathan toca à campainha e dá um passo atrás.

Saga põe-se ao lado dele e repara numa placa que diz POSTO DE ENFERMAGEM.

Cornelia deve ter aberto um ambulatório na sua própria casa, pensa.

Nathan volta a tocar. O toque ouve-se distintamente através da parede. Espera um instante e depois experimenta a porta.

Não está fechada à chave: abre-se lentamente, rodando sobre as três dobradiças de ferro,

– Guardas a pistola – diz a Saga.

Saga limpa a mão transpirada nos *jeans*, mas continua a empunhar a pistola quando o segue até uma sala de espera com televisão, dois sofás rígidos e um porta-revistas.

Atravessam o pavimento de linóleo azul, inspecionam a casa de banho destinada aos pacientes e depois transpõem a porta do ambulatório.

Na janela foram pendurados dois grandes leques, de modo que do alpendre dos carros não se pudesse ver para dentro. O sol acabou de atingir os cumes das árvores. Os painéis de vidro estão sujos e o peitoril coberto de moscas mortas.

Encostada a uma parede vê-se uma marquesa coberta com uma folha espessa de papel de resguardo; na outra parede há uma secretária com um computador, um telefone e uma impressora a *laser*.

Em frente à secretária abre-se uma porta com uma janelinha de vidro opaco à altura do rosto.

O aposento do outro lado está escuro.

Quando avança para abrir a porta, Saga vislumbra o seu próprio reflexo como uma sombra confusa. No escuro não se vê mais do que um brilho metálico numa faixa de luz do entardecer.

Estende uma mão e procura a parede às apalpadelas. Atravessa-lhe a mente a ideia de que alguém possa estar escondido ali dentro a observá-la. Os seus dedos tocam no interruptor: acende a luz e levanta a pistola.

Avança lentamente, com um arrepio na espinha, e olha em volta.

A sala de estar de Cornelia, com uma boa lareira, foi transformada numa sala de operações. As cortinas estão corridas e foram fechadas com molas.

À luz do candeeiro de teto ondeiam grãos de pó.

Nathan para ao lado de Saga e observa o equipamento em segunda mão.

A mesa de operações não deve ter mais de dez anos, mas o aparelho do eletrocardiograma nem sequer é digital: escreve o traçado numa fita de papel milimétrico.

Uma lâmpada operatória circular, montada num tripé, está ao lado de um suporte para soro e de um carrinho cirúrgico em aço inoxidável. Em cima do carrinho há um capnógrafo e alguns tubos para oxigénio, dióxido de carbono medicinal e ar comprimido.

– Está demasiado apetrechado para um centro de enfermagem – diz Nathan ao lado dela.

– Começo a perceber onde nos encontramos – responde Saga.

48

Saga atravessa a sala de operações de pistola apontada; com um empurrão de ombro, abre a porta do minúsculo quarto. A cama está feita, com uma colcha de *crochet*. Em cima da mesa de cabeceira, ao lado da Bíblia, vê-se uma caixa cheia de medicamentos.

Saga e Nathan entram na cozinha, mobilada com uma mesa de pinho e quatro cadeiras com almofadas vermelhas. Por cima do balcão há uma prateleira com frascos de vidro para a farinha, o açúcar e os cereais. No lava-loiças está uma chávena com restos de café e um prato sujo de migalhas de bolo.

– Levou-a – diz Saga.

– A Amanda chega com os cães daqui a uma hora – diz Nathan.

Saga baixa a pistola, hesita alguns segundos e depois mete-a no coldre. Lentamente, aproxima-se da janela e espreita para o terreno com o imponente abeto e o escadote de madeira abandonado na relva.

Não é que o bosque seja enorme, mas cai a noite e a busca vai levar tempo.

Regressam à sala e param diante da tela de plástico estendida em cima da alcatifa, por baixo da mesa de operações.

– Chamamos a científica? – pergunta Nathan.

– Sim – suspira Saga.

Observa as cortinas corridas. A tira de luz quase desapareceu. Alguém poderia já estar lá fora a observá-los sem eles darem conta.

– Portanto, foi aqui que o Jurek veio parar depois de lhe teres dado aqueles tiros – conclui Nathan.

Saga assente, depois aproxima-se de uma outra vitrina: observa as filas de serras, bisturis, agulhas de sutura recurvas e pinças vasculares. Na prateleira de cima está um antigo registo hospitalar encadernado.

Quando abre a vitrina para pegar nele, sente um intenso cheiro a desinfetante.

No espaço relativo à «data de internamento», Cornelia indicou o dia em que Saga julgava ter matado Jurek Walter; na coluna reservada a «nome e endereço», escreveu Andersson.

É o apelido sueco mais comum.

Depois, seguem-se quinze páginas de história clínica escritas à mão, relativas aos primeiros quatro meses, seguidas de três páginas de anotações esporádicas sobre os tratamentos sucessivos, até àquele verão.

Saga e Nathan, um ao lado do outro, leem aquilo que aconteceu naquela sala. Ficam ambos estupefactos com a precisão da hipótese de Joona.

Cornelia tinha parado a fumar um cigarro num parque de estacionamento na reserva natural junto ao lago Bergasjön quando o seu cão farejou qualquer coisa. Um corpo arrastado pela corrente tinha encalhado numa parte mais baixa de seixos, imediatamente antes do ponto em que o curso da água descreve uma curva ampla.

Quando fez marcha-atrás com o *Jeep* ao longo da margem plana até à beira da água, estava convencida de que se tratava de um cadáver. Só quando levantou o homem se apercebeu de que estava ainda consciente.

Apesar da hipotermia e das feridas graves provocadas por uma arma de fogo, conseguiu de alguma forma comunicar-lhe que não devia levá-lo ao hospital.

Atendendo às feridas, Cornelia intuiu que devia ser procurado pela Polícia, mas provavelmente pensou que era seu dever tentar salvá-lo.

Explicou-lhe que era enfermeira e que podia medicá-lo de forma a conseguir depois que fosse visto por um médico em quem confiasse, mas quando chegaram a casa dela ele pediu-lhe para ser ela a fazer aquilo que fosse preciso.

No registo não está escrito de que forma conseguiu o equipamento, talvez tivesse ainda as chaves dos armazéns do hospital.

As anotações descrevem detalhadamente os parâmetros vitais do paciente.

Tinha identificado três traumas graves e vários menores.

O resultado dos tiros disparados por Saga está devidamente anotado.

Três projéteis a alta velocidade tinham perfurado o lóbulo pulmonar frontal esquerdo e fraturado a clavícula esquerda.

Cornelia explicou ao paciente que não era capaz de lhe dar uma anestesia geral, mas ele recusou até um simples analgésico.

Durante as operações sucessivas perdeu os sentidos muitas vezes.

Antes de lhe salvar o pulmão e de estancar a hemorragia no braço, Cornelia descreve o seu estado como crítico.

– A Cornelia deu-lhe sangue dela… como é grupo O, sabe que pode fazer uma transfusão seja qual for o grupo dele – diz Saga.

– É incrível – suspira Nathan.

Já tarde nessa mesma noite começa a operar-lhe a mão ferida. Está dilacerada em vários pontos, reduzida a farrapos.

Uma lesão gravíssima na artéria, completamente destruída. Não há nenhuma hipótese de a salvar.

– Amputou-lhe a mão – sussurra Saga.

Cornelia descreve passo a passo a forma como lhe cortou o pulso com uma serra Gigli, como limou as bordas da fratura, como isolou vasos sanguíneos e nervos, como inseriu uma dupla drenagem e cobriu o coto com tecido conjuntivo e pele.

– Porque é que o Jurek não destruiu o registo, deitando fogo à casa, ou qualquer coisa do género? – pergunta Nathan, quando terminam a leitura.

– Porque sabe que nada disto nos fará chegar a ele antes de ter levado o seu plano até ao fim – responde Saga. – O Jurek não tem medo da prisão ou do manicómio, não foi por isso que fugiu.

Sai de casa e olha para a estrada que passa ao longo do bosque.

Ao longe, ouve-se o crocitar de uma gralha.

Observa o *Jeep* por baixo do alpendre e depois contorna a casa. Para em frente às cortinas corridas da sala de operações e imagina a cena.

Pouco depois da operação, Jurek deve ter começado a procurar um homem da mesma idade e com o mesmo corpo.

Provavelmente, tinha começado a usar o *Jeep* de Cornelia muito antes de estar completamente refeito, para procurar entre mendigos e sem-abrigo.

Depois de ter encontrado o homem certo, deu-lhe três tiros nos mesmos sítios onde ele tinha sido atingido, e depois deixou-o morrer.

Talvez tivesse planeado tudo desde o início, talvez tivesse elaborado o plano depois de a amputação da mão se ter tornado inevitável.

Apesar das enormes quantidades de antibióticos, Jurek tinha desenvolvido uma infeção secundária depois da amputação, que levou à gangrena.

Cornelia combateu a infeção até ao limite, mas acabou por ser obrigada a recorrer a uma segunda amputação, por cima do cotovelo. Por essa altura, Jurek já tinha seguramente mergulhado a sua própria mão e o tronco do desconhecido no mar, numa zona abrigada.

Na primavera, depois da segunda amputação, Jurek levou a mão e o corpo inchado de água ao irmão de Cornelia. Obrigou o sacristão a fotografar o tronco, a cortar o dedo da mão, a metê-lo em álcool e a cremar o resto.

Provavelmente, a ideia era que o sacristão avisasse a Polícia sobre a descoberta do corpo, mas antes de o conseguir fazer encontrou Saga na praia.

O vento atravessa as árvores, fazendo cair as pinhas.

Saga continua imóvel no jardim.

A água no carrinho é negra como alcatrão.

A Terra deslocou-se mais um pouco em volta do seu eixo, e os últimos raios solares iluminam o grande abeto de outro ângulo – só agora Saga repara numa sombra sobre a erva.

Revela aquilo que está escondido atrás da árvore.

De um ramo alto, está suspenso um corpo.

É por isso que há um escadote no chão.

Saga gira em volta da árvore e observa a mulher com a corda ao pescoço.

Cornelia enforcou-se.

As botas caíram-lhe ao chão por baixo dela.

Nas pontas dos dedos e na camisola, no meio do peito, tem marcas de sangue seco.

Deve ter feito aquilo cerca de três semanas atrás: empurrou o escadote e depois, instintivamente, lutou para se libertar.

Muito provavelmente, já estava morta quando o sacristão gravou a mensagem na tampa do caixão.

Jurek tinha usado Erland como refém para obrigar Cornelia a obedecer, não o contrário.

Quando a mulher se matou, Jurek deve ter deixado de levar ao irmão comida e água.

Precisava dela, não do sacristão.

Os últimos apontamentos do registo de Cornelia têm a ver com a tentativa de utilizar uma prótese mecânica capaz de agarrar objetos através de um mecanismo de corda.

Talvez tenha sido nessa altura que percebeu que Jurek tencionava matar outras pessoas, que afinal tinha salvado a vida a um terrível *serial killer*.

49

Sete horas mais tarde, Saga apanha boleia com a treinadora de cães até Timmermansgatan. Percorre muito depressa o último quarteirão até ao seu portão na Tavastgatan, sobe rapidamente as escadas, entra no seu apartamento, fecha a porta atrás de si, verifica se a fechadura ficou travada e corre as cortinas em todas as janelas.

Por cima dos telhados, o céu está negro.

Entra na cozinha e começa a ligar aos colegas envolvidos na busca do pai. Nenhum obteve ainda qualquer resultado, mas um deles diz que no dia seguinte estão à espera de informações de oito estações rádio base.

Saga resiste ao impulso de praguejar.

Contendo-se, explica-lhe que o pai foi sepultado vivo e que provavelmente não vai passar daquela noite.

– Por favor, tenta fazer alguma pressão – implora. – Preciso de respostas esta noite, isso pode fazer a diferença.

Desliga, limpa as lágrimas do rosto, tira a roupa suja, mete-a no cesto e toma um duche rápido para limpar as feridas nas pernas e nos braços antes que infetem.

Os arbustos atrás da casa de Cornelia fizeram-lhe arranhões profundos.

Antes de chegar a treinadora, já tinha caído a noite.

Saga estava no alpendre e viu-a entrar no terreiro com a sua velha carrinha. Parou atrás do *Jeep*, por baixo do abrigo, saiu, pousou uma mochila no chão e abriu a bagageira.

Amanda era uma mulher bastante alta, com cerca de trinta anos. Sobre os cabelos loiros cor de trigo trazia um gorro de lã preto, vestia roupa desportiva escura e umas pesadas botas de montanha com os cordões muito apertados.

Depois de ter dado de beber aos dois cães, Saga foi ter com ela.

– Encontraste o caminho – disse, e estendeu-lhe a mão.

Amanda, muito esquiva, afastou imediatamente os olhos para depois lhe apresentar os cães.

Tratava-se de um pastor belga e um *retriever* preto.

Billie era uma especialista em encontrar pessoas mortas: sentia o cheiro dos cadáveres e do sangue velho. Tinha a cabeça negra, mas o pelo farto era de um loiro quase ruivo.

Ella, pelo contrário, estava treinada para encontrar pessoas ainda vivas: recentemente tinham-na mandado a Itália para ajudar no salvamento depois de um forte terramoto.

Saga ajoelhou-se e falou com *Ella*, abraçou-a e fez-lhe festas atrás das orelhas, explicando-lhe que tinha de encontrar o seu pai enquanto ele estava ainda vivo.

Ella ficou imóvel, a ouvir e a abanar a cauda.

Apesar de não ter roupa adequada, Saga resolveu ir atrás de Amanda e dos cães para o bosque. Precisava de garantir que não iam baixar a guarda pelo cansaço, que não iam passar à frente de nenhum indício. As lanternas só serviam para abrir caminho pelo meio das árvores, uma vez que era o faro dos cães que as guiava.

Demoraram seis horas a explorar o bosque denso. Saga rasgou os *jeans*, e os cabelos ficaram várias vezes presos nos ramos retorcidos.

Amanda tinha sobreposto uma espécie de rede a um mapa de satélite onde marcava de vez em quando os setores já explorados.

Chegaram até Björknäs sem encontrar vestígios de Lars-Erik ou Valeria.

Quando pararam, Saga estava entorpecida de frio. Fez umas festas aos cães, que começavam a dar sinais de cansaço. *Ella* abanava a cauda, mas aos lados da boca negra tinha uma espuma branca, enquanto *Billie* estava agitada: tinha as orelhas aguçadas um pouco dobradas e rosnava.

Saga fecha os olhos e seca-se. Cobre as feridas mais profundas com pensos rápidos, depois veste umas cuecas lavadas, calças de veludo largas e uma *T-shirt* desbotada. Por fim, prende novamente o coldre debaixo do braço.

Pega no colete à prova de bala e enfia-o num saco de tela, juntamente com a faca e várias caixas de munições.

No chão da entrada, em frente à porta, pousa o capacete, o fato e as botas.

Tem de estar pronta para o caso de encontrarem o pai. Tem de estar em condições de partir imediatamente, caso chegue algum sinal, caso alguém veja o *Castor* ou Jurek.

Abre o cofre das armas, pega numa pistola *Sig Sauer P290,* verifica se está carregada, arma-a e destrava-a; a seguir prende-a com fita adesiva por baixo da mesa da cozinha.

Depois de ter posto a fita adesiva, detém-se e faz um esforço para ficar imóvel.

Começou a comportar-se como Joona.

Se alguém a visse naquele momento, ia achar que estava paranoica.

Precisa de se concentrar e pensar com lucidez.

Pellerina está em segurança.

Repete isso várias vezes de si para si.

Pellerina está em segurança, e ela não se vai dar por vencida antes de encontrar o pai.

É uma situação complicada, mas ela é capaz de a enfrentar.

Um dia, tudo aquilo não será mais do que uma recordação, diz para si mesma. Uma recordação dolorosa que ano após ano se desvanecerá.

Vai à despensa buscar um pacote de vinho tinto, serve-se de um copo e observa a superfície escura e trémula antes de beber um gole.

Senta-se à mesa da cozinha, bebe mais um gole, pega no telemóvel recarregável usado e liga a Pellerina, apesar de já ter falado com ela várias vezes naquele dia. Não explicou à irmã que só não a vai ver porque é demasiado perigoso. Não a quer assustar, mas sabe que uma única visita poderia revelar o endereço secreto.

Tem vontade de ver a irmã, de a abraçar e de brincar com ela, mas sabe que deve resistir.

– A Sabrina é mesmo querida – diz Pellerina com a sua típica voz ligeiramente excitada.

– Achas que vais conseguir dormir aí, se ela tomar conta de ti?
– Porque é que não podes vir tu?
– Tenho de trabalhar.
– De noite?
– Não te importas?
– Tenho doze anos.
– Eu sei, já és grande.
– Se tens de trabalhar, podemos despedir-nos já – propõe a irmã.
– Ainda tenho tempo para falar um bocadinho.
– Já está bem assim.
– Boa noite, Pellerina. Gosto muito de ti.
– Saga?
– Sim.
– Estava a pensar... – diz Pellerina, com uma voz sumida, para depois se deter.
– A pensar em quê?
– Tenho de ficar aqui porque assim as raparigas-palhaço não me encontram, não é?

50

Saga verifica se a porta está fechada à chave e depois mete o coldre com a pistola debaixo da segunda almofada da cama de casal.

Foi precisa quase uma hora para acalmar Pellerina e poder dar-lhe as boas-noites.

Primeiro falaram do facto de as raparigas-palhaço serem apenas uma invenção; depois Saga desviou a conversa para o filme *Frozen*, mas quando estavam já a despedir-se Pellerina implorou à irmã que a fosse buscar.

No momento em que desligou, Saga sentiu que ela ainda estava a chorar.

Apaga a luz, vira-se de lado e pousa a cabeça na almofada.

Sente o cansaço invadir-lhe o corpo e fecha os olhos, mas começa logo a pensar no pai, e sente aumentar a frequência cardíaca no ouvido contra a almofada.

É a segunda noite que passa num túmulo.

A temperatura vai descer abaixo de zero, o terreno vai endurecer e a erva vai cintilar de gelo.

Tem de o encontrar.

E depois tem de descobrir e matar Jurek. Está escondido em qualquer sítio. Terá de o obrigar a sair do seu refúgio e decretar o fim daquilo que ela própria desencadeou.

Acabou de mergulhar no sono quando sonha com uma mão ligeira a afagar-lhe a face.

É a mãe, já envelhecida. Quando percebe que ainda está viva, Saga sente uma profunda gratidão.

Tenta explicar-lhe como está feliz.

A mãe fita-a, abana a cabeça, afasta-se até ao fundo do quarto a caminhar para trás, bate contra a janela com o estore descido e fica com o pescoço preso na corda da cortina.

Saga reemerge do sono e arregala os olhos. O quarto está mergulhado na escuridão. Dormiu uma hora apenas.

Pestaneja e pergunta a si mesma o que a acordou. O telemóvel está a carregar e o ecrã está negro.

Tenta convencer-se de que tem de voltar a adormecer quando repara no vulto magro sentado na poltrona ao lado da janela.

Mal tem tempo de pensar que finalmente o pai regressou quando o medo a acomete e a adrenalina dispara ao longo dos nervos.

Percebeu de quem se trata.

O coração martela-lhe no peito enquanto desliza cautelosamente a mão por baixo da segunda almofada: mas a pistola já ali não está.

– Pequena sereia, sempre letal – diz o homem sentado.

É uma voz que Saga jamais esquecerá, uma voz que ouviu tantas vezes nos seus pesadelos.

A poltrona range quando ele se estica para o lado, acende o candeeiro de pé e olha para ela.

– E ainda igualmente bonita – prossegue.

Os olhos claros e o rosto rugoso de Jurek Walter estão voltados para ela.

Está sentado com as costas direitas, e tem no colo a pistola e o coldre de Saga. Uma profunda cicatriz atravessa-lhe a face e tem uma orelha rasgada. Veste uma camisa aos quadrados e a prótese de plástico brilhante parece o membro de um boneco em comparação com a grande mão direita.

Lentamente, Saga senta-se na cama. O coração bate-lhe com tanta força que a respiração se torna ofegante. Sabe que tem de se acalmar, sabe que deve entrar no jogo até conseguir recuperar a pistola que tem na cozinha.

– Pensei que te tinha matado daquela vez – diz ele. – Estava com pressa e não tive cuidado.

– Eu também pensava que te tinha matado – responde ela, engolindo em seco.

LAZ-18

– Andaste lá perto.

– Sim. Eu li o que fez a Cornelia – diz Saga, a respirar pelo nariz. – Mas não percebo porque é que estás a fazer tudo isto: podias ter ido ao hospital, receber um tratamento adequado, evitar a dor.

– A dor não me assusta, faz parte da vida – diz ele com calma.

– Mas quando é que tu vais parar, quando é que esta história vai acabar? – pergunta Saga, e quando os olhos claros do homem voltam a fitá-la um arrepio percorre-lhe a espinha.

– Acabar? – pergunta ele. – Eu vivo para restabelecer a ordem… e quanto a esse propósito sou incansável: fui roubado, e isso criou um vazio que tem de ser preenchido.

– Percebo – responde ela, com um fio de voz.

– Fui obrigado a sobreviver… o Joona tirou-me o meu irmão, e imagino que tu já percebeste que eu lhe vou tirar a ele tudo aquilo que tem.

Perante aquele pensamento, parece sorrir durante alguns instantes. O emaranhado de rugas torna-se mais profundo, como se tivesse uma rede apertada contra a cara.

Saga recorda aquilo que ele lhe disse: que pensava tê-la matado. É verdade que a tinha agredido com uma violência extrema, fazendo-a perder os sentidos, mas tem a certeza de que nunca pensou que estivesse morta.

Por alguma razão, tinha-a deixado com vida.

E por alguma razão queria que ela acreditasse que tinha sido um erro.

Não se deve esquecer de que Jurek mente constantemente. Quer se acredite nele, quer se desmascarem as suas mentiras, acaba sempre por se cair na armadilha.

A única coisa sobre a qual tem de se concentrar é que precisa de tentar chegar à cozinha com vantagem suficiente para recuperar a pistola.

– Quando pensas, passas sempre o dedo sobre a sobrancelha esquerda – diz ele.

– Ótima memória – responde Saga, baixando a mão.

– Sabes, reparei que me viste através das pálpebras quando entrei no quarto… Se tivesses acordado naquele momento, agora tinhas a tua *Glock* na mão…

Jurek interrompe-se, levanta-se e, com movimentos tranquilos, aproxima-se do cofre para lá voltar a pôr a pistola.

– É absolutamente fascinante, este detalhe da evolução humana representado pelas nossas pálpebras finas – prossegue, voltando-se para ela. – Quando fechamos os olhos, vemos na mesma as alterações da luz, os movimentos, os vultos… e durante o sono o cérebro regista estes impulsos visuais.

Saga vira a cabeça para não lhe mostrar a sua agitação. Diz para si mesma que não pode perder o controlo, que tem de ficar calma, mas não consegue perceber como é que ele pode conhecer todos os seus segredos.

Quando era pequena, tinha muitas vezes dificuldade em conciliar o sono porque registava qualquer alteração através das pálpebras.

Assim que lhe parecia ver alguma coisa, era obrigada a abrir os olhos e inspecionar o quarto.

Nunca falou daquela obsessão com nenhum namorado, nem nunca escreveu o que quer que fosse a esse respeito em nenhum diário.

Quase todas as crianças têm pensamentos obsessivos, mas aquela recordação é particularmente dolorosa porque em seguida Saga tinha percebido que na realidade se tratava de uma questão de sobrevivência. Quando a mãe entrava em fases maníacas, a sua imaginação tornava-se particularmente febril: inventava inimigos por todo o lado e tornava-se agressiva.

Saga precisava de estar alerta, para o caso de a mãe se enfiar no quarto dela de noite, para a acalmar.

Sabe que Jurek está a provocá-la. Precisa de se controlar e continuar a conversa, sem lhe permitir enganá-la.

Jurek sabe que ela vai acreditar que ele consegue ler-lhe o pensamento.

Mas obviamente não é assim.

Saga precisa de pensar.

Talvez lhe tivesse falado das pálpebras na unidade de alta segurança onde ele se encontrava, quando estava drogada.

Tinha-lhe dado perfenazina e citalopram, para além de *Stesolid* intravenoso e *Haldol* intramuscular.

Os pesados medicamentos devem tê-la feito perder o controlo, mas provavelmente agora tem lacunas de memória.

É a única explicação lógica, e é suficiente, pensa Saga, cruzando de novo o olhar com o de Jurek. Os seus olhos claros fitam-na como se tentasse avaliar o efeito das suas palavras.

– A tua irmã escondeu-se atrás da cortina – diz. – Só pensei nisso depois... Parabéns, foste tu que lhe ensinaste aquilo.

– O que é que estás aqui a fazer? – pergunta Saga.

– Queres mesmo saber?

51

Saga afasta a roupa da cama, pousa os pés no chão e levanta-se. Não pode jogar segundo as regras dele.

– Fica onde estás – diz Jurek.

A única coisa em que precisa de pensar é como vai chegar à cozinha, pegar na pistola e disparar-lhe sobre as duas coxas.

E quando estiver no chão vai atingi-lo no braço são.

Nessa altura ele já será quase inofensivo.

Vai metê-lo na banheira e deixá-lo sangrar enquanto não lhe der aquilo que ela quer. Vai obrigá-lo a falar e, assim que lhe tiver revelado onde está o pai, vai matá-lo.

– Só quero beber água – murmura Saga, voltando-se para a porta.

Sabe o que Joona lhe diria: não hesites, mata-o imediatamente, assim que tiveres oportunidade. Dir-lhe-ia que não interessa se ela pensa que o pode enganar com um truque: se lhe der ouvidos, as possibilidades de encontrar o pai vivo vão diminuir.

Quando Saga atravessa o quarto, Jurek levanta-se da poltrona. Saga sente que ele a segue com o olhar, que os olhos se detêm sobre o seu rosto, a garganta, os pensos rápidos nos antebraços.

– Fica aqui – diz Jurek.

Saga vira-se para ele, coça a barriga e cruza o olhar com o dele.

– Não vou tentar fugir – diz com um sorriso, prosseguindo sem pressa em direção ao corredor.

Sente que ele a segue, mas não consegue determinar a vantagem que leva. A luz do candeeiro de teto faz deslizar a sua sombra pela parede, seguida de perto pela dele.

Sem parar, abre a porta do quarto com um leve empurrão e atravessa o corredor.

Quando chega à entrada, apercebe-se de que Jurek está atrás dela. Não tenciona deixá-la ir sozinha até à cozinha.

Olha para a porta fechada do apartamento, a roupa e o capacete pousados no chão.

Talvez consiga dar um salto e recuperar a pistola.

Hesita, porque a porta da cozinha está fechada, e assim deixa escapar a oportunidade. Quando passa ao lado do móvel onde estão as chaves e a vela perfumada, sente a respiração dele no pescoço.

Sem pressa, Saga abre a porta da cozinha, acende a luz e aproxima-se do balcão sem olhar para a mesa.

Jurek observa-a enquanto espera que a água arrefeça ao correr. Saga enche um copo e depois volta-se para ele a beber.

A camisa de flanela aos quadrados fica ao dependuro por cima do dorso da mão postiça, enquanto a manga direita está arregaçada até ao cotovelo. A passagem pelo Exército e o trabalho de mecânico endureceram-no, pensa Saga, ao observar aquela mão excecionalmente forte, os músculos e as veias espessas por baixo da pele rugosa no antebraço.

Lança um olhar rápido à mesa e repara que uma das cadeiras lhe impede a passagem. Deverá pô-la de lado para chegar à pistola.

Saga bebe mais um gole de água e depois indica a mesa com o copo húmido na mão.

– Sentamo-nos aqui?

– Não.

A pistola é tão leve que para a prender bastou uma tira de fita adesiva no cabo. Assim vai poupar uns segundos preciosos. Mesmo que a fita espessa fique colada à arma, não vai obstruir o mecanismo quando disparar.

Jurek vai até ao balcão e tira um copo do armário. Saga desloca-se alguns passos e aproxima-se da mesa.

No instante em que sente a água correr da torneira, avança a passos rápidos e silenciosos em direção à pistola escondida. Pousa o copo, afasta a cadeira com uma mão e enfia a outra por baixo do tampo. Acabou de tocar na pistola com as pontas dos dedos quando Jurek a empurra com uma violência extrema.

Saga cai em cima de duas cadeiras e bate na parede com a omoplata e com a nuca; escorrega até ficar de joelhos e procura levantar-se, tentando apoiar-se na mesa.

O frasco dos cereais para o pequeno-almoço cai ao chão e desfaz-se em cacos.

Ele puxa-a para trás pelos cabelos, atinge-a na orelha com a prótese e fá-la vacilar de lado; Saga tropeça numa cadeira e dá uns passos incertos para não cair.

A pancada ressoa-lhe na cabeça.

Jurek agarra-a pelo pescoço e aperta-lhe a garganta. Puxa-a para si e atinge-a com a prótese dura no rosto e na garganta: fica tudo negro diante dos olhos dela.

Não há raiva nos gestos de Jurek: apenas uma tremenda eficiência.

O sangue brota de uma das sobrancelhas de Saga e escorre-lhe ao longo da face.

Segurando-a ainda pela garganta, Jurek arrasta-a de lado e agride-a de novo. Saga tenta proteger-se com a mão, sentindo que as pernas estão prestes a ceder.

É atingida na cabeça e cai, batendo com a têmpora contra o *parquet*.

Um vazio estonteante invade-a.

Sente formigueiros nos dedos dos pés.

Pisca os olhos, mas não vê nada.

Seja como for, apercebe-se de que ele a está a arrastar pelos cabelos em direção ao quarto.

Jurek levanta-a para cima da poltrona, tira o cinto e aperta-lho em volta do pescoço, fazendo-o passar pelas traves do encosto, por baixo da almofada.

Saga não consegue respirar.

Intui que Jurek está à frente dela, imóvel, a observá-la. Com a violência das pancadas, a prótese soltou-se e ficou pendurada nos fios e na manga.

Saga tenta enfiar os dedos por baixo do cinto para aliviar a pressão. Luta para encher os pulmões de ar, sacode as pernas na tentativa de virar a poltrona, mas não consegue mais do que bater nas paredes.

O seu campo visual restringe-se; vê imagens esvoaçantes de Pellerina contra um céu branco e finalmente consegue desenfiar a cabeça do cinto.

Tosse e respira, ofegante, inclina-se sobre os joelhos e cospe muco ensanguentado para o chão.

– Senta-te direita – diz ele em voz baixa.

Ela endireita as costas e tosse outra vez. A dor lateja-lhe no rosto e na garganta. Jurek pôs-se ao lado da estante a retirar a fita adesiva da pistola com a boca.

A visão de Saga está ainda ofuscada.

Com três longos passos, ele vai ter com ela, agarra-a bruscamente pelas faces, enfia-lhe o cano curto na boca e carrega no gatilho.

A arma dispara, mas está descarregada: Jurek retirou as balas.

Saga arqueja, sente o suor escorrer-lhe pelo meio dos seios.

– Não sei onde está o Joona – consegue dizer.

– Acredito – diz Jurek. – Nem sequer sabes em que continente se encontra neste momento, eu conheço-o, não conta nada a ninguém, é a única maneira... Se eu pensasse que havia nem que fosse uma mínima possibilidade de saber por ti alguma coisa sobre o Joona, não hesitava em arrancar-te a cara, pedaço por pedaço.

– Mas então porque levaste o meu pai?

– Não é por maldade – diz ele. – Quase acabei contigo, ajudaste-me a escapar, era a tua única função.

Saga limpa o sangue da boca com as costas da mão. Tem o corpo inteiro a tremer devido ao choque.

– Então o que é que estás aqui a fazer? – pergunta.

– O meu irmão não tem um túmulo, não tem nada – diz Jurek. – Só quero saber onde é que ele está.

– Provavelmente, espalharam as cinzas dele em qualquer parte – sugere Saga, com uma voz rouca.

– Tentei descobrir.

– Não faço a mínima ideia, mas em certos casos particulares o sítio é mantido em segredo para evitar que passe a ser um local de culto, mas é...

– Seja como for, quero saber onde está – diz Jurek. – Deve haver documentos... É óbvio que não acredito em Deus, mas gostava de sepultar o meu irmão, por respeito aos meus pais... o Igor teve uma vida difícil, os anos no orfanato de Husminki devastaram-no... e o Instituto Serbski fez dele aquilo que era...

– Sinto muito – sussurra Saga.

– Tu tens basicamente pleno acesso aos documentos da Säpo e da Secção Operativa Nacional – diz ele lentamente. – Troco o teu pai pelo meu irmão.

– Eu quero o meu pai vivo.

As rugas no rosto de Jurek tornam-se mais profundas naquilo que poderia ser um sorriso.

– Eu também queria o meu irmão vivo... Mas basta que tu me arranjes um documento que indique onde está sepultado.

Saga assente, pensando que a única explicação para a rápida reação de Jurek na cozinha é que não estava atento ao jato de água para encher o copo: era apenas uma armadilha para encontrar a arma escondida.

– Vais fazer isso por mim – prossegue Jurek. – Mesmo que tenhas de me entregar material reservado, mesmo que tenhas de infringir as regras.

– Sim – suspira ela.

– Amanhã... por volta da mesma hora, encontramo-nos noutro lugar.

– E como é que eu vou saber?

– Eu mando-te uma mensagem.

52

Jurek acabou de sair. Saga fecha a porta à chave, arrasta-se até ao cofre das pistolas, verifica que a *Glock* está carregada e enfia-a no coldre. Controla a porta e as janelas mais uma vez, espreita dentro do armário e debaixo da cama e depois vai à casa de banho examinar as feridas.

Lava a cara, passa a boca por água e seca-se, atira a toalha ensanguentada para a banheira e senta-se na cama com as luzes todas acesas; depois inicia a pesquisa na base de dados da Säpo.

Ao fim de três horas, rende-se.

Já amanheceu.

Não encontrou informações sobre a localização dos restos mortais do gémeo de Jurek Walter.

Quando se levanta da cama para vestir uns *jeans* desbotados e uma camisola macia, apercebe-se de como tem o corpo dorido.

Antes de sair de casa, tenta cobrir com maquilhagem as nódoas negras na cara e no pescoço.

Na grande sala de reuniões da Secção Operativa não está ninguém. Saga avança ao longo do mapa da Europa que cobre quase uma parede inteira e para diante das imagens desfocadas do *Castor* extraídas do vídeo bielorrusso.

Cada pormenor que descobriram assume um significado novo, agora que sabem que por trás de tudo está Jurek.

Pensavam que andavam a perseguir um *serial killer* que se considerava uma espécie de super-herói incumbido da missão de limpar a sociedade. Mas, na realidade, o *Castor* é apenas um escravo, um carniceiro domesticado.

Agora, Saga ouve vozes no corredor. É Nathan que está a trocar algumas palavras com um colega, enquanto espera pelo seu café diante da máquina automática.

Aquela investigação tornou-se subitamente prioritária, e dentro em pouco terá lugar uma reunião de cúpulas. A equipa envolvida naquele processo terá à disposição recursos ilimitados, mas Saga sabe que isso não vai servir de nada para salvar o pai.

Precisa de encontrar os restos morais do irmão de Jurek.

Nathan entra na sala e pousa no chão o saco pesado antes de olhar para ela.

– O que foi que te aconteceu? – pergunta, enquanto põe a chávena em cima da mesa.

– Já sabes… Fui para o bosque com a Amanda e com os cães… estava com a roupa errada.

– Parece que acabas de sair de um combate de boxe.

– E é mais ou menos como me sinto – diz ela, afastando o rosto.

Nathan bebe um gole de café e senta-se.

– Passei pelo Instituto de Medicina Legal e trouxe dois relatórios.

– Já os leste? – pergunta Saga, com uma voz rouca.

– Só folheei, mas são suficientemente seguros para se poder confirmar a causa da morte da Cornelia.

– Enforcou-se?

Nathan tira do saco uma capa com a lombada larga em tecido azul, abre-a e extrai os dois relatórios preliminares de autópsia. Põe os óculos de leitura e começa a folhear um dos documentos, acompanhando as linhas com o indicador.

– Vamos lá ver – murmura. – Sim, exatamente, aqui está… «A dinâmica da morte é atribuível a uma obstrução do fornecimento arterial ao cérebro.»

– Posso dar uma vista de olhos?

Saga senta-se na beira da mesa e começa a examinar o material. Detém-se quando lê que o irmão de Cornelia permaneceu na cova atrás da casa do sacristão, em Högmarsö, durante pelo menos três meses, mas que morreu de desidratação uma semana depois do suicídio da mulher.

– Ambos ajudaram o Jurek à sua maneira, e agora estão ambos mortos – diz, ao mesmo tempo que desliza da mesa e fica em pé.

Pensa na forma como Cornelia e Erland deviam ter pactuado com Jurek. Tentar fazer-lhe a vontade para se salvarem, a si próprios e ao outro, era provavelmente a razão pela qual estavam ambos mortos.

Não faziam ideia de quanto ele era perigoso.

Joona dizia que pactuar com Jurek significava enterrar-se cada vez mais nas areias movediças.

Saga imagina uma velha rede de pesca mergulhada na água baixa, com grandes argolas de madeira que criam um túnel do qual não há regresso. Cada passagem está construída de forma que seja simples para o peixe entrar, mas quase impossível voltar para trás.

O telemóvel de Saga toca. É um comunicado com o qual a Polícia declara o estado de alerta e informa sobre o envolvimento da Interpol.

– Estado de alerta – diz Saga com uma voz sumida.

– Eu ouvi.

– Ainda não identificaram o *Castor*?

– Não.

Saga aproxima-se do mapa do bosque de Lill-Jans e da área industrial de Albano. Observa o traçado das linhas do caminho de ferro e os pontos das várias descobertas. Em tempos, Jurek tinha mantido um elevado número de vítimas sepultadas naqueles sítios.

Fita os marcadores no mapa, a tentar perceber como é que Jurek conseguia orientar-se no meio de todos aqueles túmulos espalhados por uma área com cerca de três milhões de metros quadrados.

E tratava-se apenas de um dos seus cemitérios.

Devia ter mapas em algum sítio, ou listas de coordenadas.

No entanto, apesar dos vários anos de pesquisas, os investigadores nunca haviam encontrado nada do género.

Nem sequer tinham encontrado a sua verdadeira morada.

O apartamento de Södertälje era, provavelmente, apenas uma cobertura.

Nem sequer nas barracas dos operários da pedreira onde o gémeo se escondia tinham alguma vez encontrado vestígios de Jurek. Os técnicos da científica e os cães exploraram toda a pedreira, assim como os edifícios e os depósitos à volta, mas parecia que Jurek nunca ali pusera os pés.

– Nathan, o que é feito do irmão do Jurek Walter? – pergunta. – Quero dizer, do corpo dele? Onde está agora?

– Não faço ideia – responde Nathan, enquanto dispõe uma série de fotografias em cima da mesa.

– Se o cadáver está sepultado ou conservado em algum lugar, gostava de lhe dar uma vista de olhos – diz Saga, depois de se ter assegurado de que conseguia manter a voz firme. – Gostava de ver as feridas, percebes, aquelas velhas feridas nas costas.

Nathan encolhe os ombros.

– De qualquer maneira, há um relatório detalhado no Karolinska, e pelo menos um milhar de fotos no arquivo – responde.

– Eu sei, só queria vê-las com os meus olhos, mas não faz mal... Quem conduziu a autópsia?

– Sinceramente, não me lembro, provavelmente o Nålen.

– OK.

Nathan aproxima-se com a cadeira do computador fixo e insere as suas credenciais; fica em silêncio durante alguns instantes, digita qualquer coisa e clica.

– Foi o Nålen – confirma.

– Posso ver? – pergunta Saga, pondo-se atrás dele.

Nathan faz um gesto em direção ao computador e afasta-se. Saga aproxima uma cadeira e começa a procurar informações sobre a eventual conservação do corpo, mas não encontra nada. Há apenas tabelas relativas a todas as lesões, ao peso e às condições de cada órgão.

Pensa que vai ter de ligar a Nålen assim que tiver um minuto para ficar sozinha. Será que não podia ir à casa de banho e ligar-lhe imediatamente?

Pelo canto do olho, vê que Nathan está a observar na parede o retrato-robô de Jurek Walter.

As imagens da Polícia mostram-no quer de frente, quer de perfil.

Envelheceu, tem mais cicatrizes e perdeu o braço esquerdo. Mas a calma no seu rosto enrugado e os olhos claros continuam na mesma.

– A reunião está a começar – diz Nathan.

Enquanto Saga desliga o computador, o telemóvel toca.

– Bauer – atende.

– Encontrámos o carro do teu pai – diz uma colega, ofegante, como se tivesse ido a correr levar-lhe aquela mensagem.

O aeroclube de Barkarby, a estrada e a zona a toda a volta do carro de Lars-Erik foram isolados. A Polícia não descortinou marcas evidentes de agressão, mas encontrou o telemóvel destruído na lama gelada a uma dezena de metros do veículo.

Os técnicos examinaram todo o local do crime: os armazéns com o material mecânico, os hangares verdes com os aviões desportivos, a sede do clube e a pista de aterragem, recoberta de erva.

As buscas de Lars-Erik Bauer têm início na estrada de terra batida logo a seguir à trémula fita da Polícia.

A erva invernal está dura e fria. Para lá das copas das árvores erguem-se casas de tijolos, vermelhas e amarelas, como tétricos espectadores da cena das buscas.

Saga não conseguiu contactar Nålen. Está a bordo de um avião, de regresso de uma conferência em Melbourne, e não vai aterrar antes das oito horas da noite. A ideia de que Nålen possa ter alguma informação sobre o irmão de Jurek é a única coisa que refreia o pânico que lhe sobe por dentro.

Os agentes com os *bloodhounds* e os voluntários de Missing People formam longas cadeias. Todos foram informados de que deviam prestar particular atenção a eventuais tubos que saíssem do terreno e a zonas em que a terra parecesse remexida.

Noventa pessoas de coletes amarelos começam a avançar ao longo dos campos em volta do bosque, sondando os arbustos densos com bastões, procurando ao longo de estradas e caminhos.

Quando param depois de terem atravessado as traseiras da pista de *motocross* ali perto, Saga afasta-se do grupo e liga a Randy. Ele não atende, e uma pesada sensação de solidão enche-lhe o peito.

– Encontraram o carro do meu pai e eu vou ficar por aqui durante todo o tempo das buscas… Por favor, liga-me assim que ouvires a mensagem – diz para o *voice mail*; depois retoma o seu lugar na fila e avança juntamente com os outros ao longo dos campos de Järvafältet.

São oito horas da noite quando o jantar que encomendou no Falafelbar está pronto. Saga desce do banco alto e levanta a embalagem no balcão.

As buscas foram interrompidas às seis e meia. Não há qualquer vestígio do pai.

Saga sabe que para o recuperar tem de descobrir onde estão os restos mortais do irmão de Jurek.

Quando regressa ao apartamento, fecha a porta à chave, pousa o saco com o jantar em cima da mesa da cozinha, verifica janelas e armários, espreita debaixo da cama e atrás de todas as portas, corre as cortinas, apaga todas as luzes e tenta contactar Nålen.

– Liguei o telefone há um minuto – diz ele com a sua voz nasal. – O avião acabou de aterrar.

– Preciso de te pedir uma coisa.

– Devemos acabar as autópsias amanhã de manhã ou…

– Escuta – interrompe-o Saga. – Liguei-te porque foste tu que fizeste a autópsia do gémeo do Jurek Walter.

– O Igor.

– O que foi feito do corpo?

– Não me lembro – murmura Nålen. – Mas imagino que tenha sido seguida a rotina do costume.

– Podes verificar isso?

– Alguém roubou o corpo da câmara frigorífica – confessa ele, com um fio de voz.

– Roubou? – pergunta Saga, passando nervosamente uma mão pela boca.

– Logo a seguir à autópsia.

– Porque é que alguém havia de roubar o cadáver do Igor? – sussurra Saga.

– Não sei.

Saga dá alguns passos em frente, distraidamente, vira-se de costas para a janela e sente no corpo suado o frio que atravessa o vidro.

– Será que podia ter sido um acaso? Algum desafio entre estudantes de Medicina? Alguém que queria um cadáver?

– Porque não?

– Nils, diz-me tudo o que sabes, é tremendamente importante para mim.

– Não sei de nada – diz ele lentamente. – E é a pura verdade... Mas avisei sobre o roubo a única pessoa que devia tomar conhecimento do facto... Pensava que aquilo o ia perturbar, mas recebeu a notícia com tranquilidade.

Saga fita o vazio à sua frente: sabe que Nålen se refere a Joona, e percebe que foi ele, por qualquer razão, quem levou dali o corpo.

– Fazes alguma ideia de onde possa estar o cadáver?

– Para falar verdade, nem sequer tentei descobrir, porque isso não tem qualquer significado prático – responde Nålen sinceramente.

Terminam o telefonema, e Saga permanece em silêncio durante alguns segundos.

O corpo desapareceu.

Tinha a certeza de que Nålen ia poder ajudá-la, que ia conseguir recolher algumas informações úteis para encontrar o corpo.

O pai está enterrado vivo e ela não tem nada para dar em troca que lhe permita recuperá-lo.

Tira do saco a embalagem de plástico com os *falafel*, pega nuns talheres e senta-se à mesa da cozinha.

Olha para o telemóvel. Durante todo o dia não ligou a Pellerina porque não tem coragem para lhe mentir outra vez: primeiro precisa de salvar o pai.

53

A escuridão cai sobre os campos e as hortas; as cores da paisagem atenuam-se lentamente.

O vento sopra de sudoeste e os ramos despidos do salgueiro movem-se como ondas.

Joona e Lumi fazem o último turno de guarda antes da noite, enquanto Rinus repousa no seu quarto.

Estão na cabina de vigilância, que é o maior aposento da casa. Pousaram as chávenas de café vazias em cima de uma caixa de munições.

A rotina da vigilância faz com que os dias no refúgio se confundam uns com os outros.

– Zona 2 – diz Lumi, ao mesmo tempo que fecha a porta de aço da seteira.

Pousa os binóculos na mesa de madeira, massaja os olhos e vê as horas.

A zona de vigilância 2 compreende os campos em direção a Eindhoven e uma estufa distante.

Os limites de cada zona sobrepõem-se, e todas elas são traçadas com base na complexidade da paisagem.

É impossível manter sob vigilância constante toda a área em volta, mas, desde que respeitem o plano, o risco de alguém se aproximar da oficina às escondidas é mínimo.

– Zona 3 – diz Joona a olhar para a filha.

Lumi sentou-se na cadeira, com os olhos postos no chão.

– Daqui a noventa minutos acordamos o Rinus – prossegue Joona.

– Não estou cansada – murmura ela.

– De qualquer maneira, devias tentar dormir.

Lumi não responde; limita-se a levantar-se e a passar diante da mesa onde o telemóvel de Joona está a carregar.

Detém-se à luz do grande monitor. Nas várias janelas, vê o exterior da oficina e o interior da garagem.

Os lisos painéis blindados fundem-se uns nos outros na escuridão.

Rinus voltou a pintar o pilar marcado pela porta hidráulica.

A velha porta de dobradiças desengonçadas oscila ao vento.

Lumi volta atrás, passa pela fila de seteiras por cima das janelas voltadas para a garagem e senta-se novamente, sem olhar para o pai.

– Durante quanto tempo achas que ainda vamos ter de nos esconder? – pergunta por fim.

Joona espreita com os binóculos através de uma seteira e detém-se sobre um arbusto denso ao lado de uma vala cheia de água.

– Começa a fazer-me lembrar Nattavaara – prossegue Lumi. – Quer dizer, se a Saga não nos tivesse encontrado, ainda agora lá estávamos, certo?

Joona baixa os binóculos e vira-se para ela.

– O que é que queres que te diga? – pergunta.

– Eu nunca teria ido para Paris.

Joona levanta os binóculos e inspeciona o resto do setor, o campo com os sulcos arados e o pequeno bosque onde desemboca o túnel subterrâneo.

– E se as cúpulas da Polícia não tivessem dado importância ao Nathan? – continua Lumi, virada para as costas do pai. – E se não acreditassem em ti? Quer dizer, nesse caso a Valeria não tinha tido proteção… Se assim for, como é que ela se vai arranjar?

– Não vai – diz Joona.

– Mas tu não queres saber… é incompreensível.

– Eu não podia ficar, vim-me embora para…

– Para me salvares, eu sei – diz ela.

– Tens a zona 4.

– Pai – diz Lumi, levantando-se. – Estou a fazer isto tudo porque te prometi, porque é importante para ti, mas não vai poder funcionar para sempre… Já estou atrasada com o curso, tenho uma vida social, tudo isto é completamente absurdo, a todos os níveis.

– Posso cobrir eu as tuas zonas – diz ele.

– E porque havias de fazer isso?

– No caso de tu quereres desenhar, ler, comer…

– Quanto a ti, é isso que eu quero? – interrompe-o ela. – Quero pôr-me a desenhar em vez de cumprir as minhas tarefas?

– Por mim, não há problema – diz ele.

– Mas há por mim – responde Lumi, pegando nos binóculos que deixou em cima da mesa.

Passa ao lado de Joona, para junto do arquivo e abre a seteira.

Nas proximidades do anexo arruinado, o tubo da caleira ergue-se como uma palhinha enorme.

No limite da horta está um velho pneu de trator no chão. Os faróis dos carros numa estrada secundária aparecem e desaparecem por entre os troncos das árvores.

Tudo é silêncio.

Lumi fecha o postigo e baixa os binóculos. Não tem sequer forças para dizer o número da zona que acabou de controlar, limita-se a atravessar a sala, afasta a tapeçaria e sai.

Joona desloca-se para a zona 5, espreita pelos binóculos e detém-se na propriedade distante contígua àquela, onde se vê um autocarro regional estacionado no terreiro.

Nas instruções que entregou a Nathan Pollock, pedia-lhe para transmitir a notícia à imprensa assim que Jurek fosse eliminado e Nålen confirmasse a cem por cento a sua identidade.

Pelo menos uma vez por dia, Joona lê todos os títulos principais nas edições *online* dos jornais diários, mas até agora ainda não apareceu nada: por enquanto, Jurek ainda permanece vivo.

Joona sabe do que Jurek é capaz.

Consegue ainda ouvi-lo sussurrar que lhe vai apanhar a mulher e a filha, que o vai pisar.

Mas, ao mesmo tempo, consegue perceber Lumi. Nos últimos dois anos viveu uma vida com a qual anteriormente apenas tinha podido sonhar.

E para ela Jurek não é uma ameaça real.

Não morreu como pensavam quando deixaram o esconderijo em Nattavaara, e no entanto não lhe tinha acontecido nada a ela.

Viveu como qualquer jovem mulher normal e livre.

Joona observa de novo a quinta distante com o autocarro à frente, depois fecha o postigo e pousa os binóculos.

Vai à cozinha buscar uma chávena de café, passa em frente às escadas que dão acesso ao andar inferior, abre a porta e semicerra os olhos na luz intensa.

Lumi está ao lado do balcão e tem o telemóvel de Joona apertado contra o ouvido. Está corada e cruza o olhar com o do pai em ar de desafio. Ele precipita-se para ela, arranca-lhe o telemóvel da mão e desliga a chamada.

– Preciso de falar com o meu namorado, e tu não podes...

Joona atira o telemóvel ao chão e calca-o.

– Tu não estás bom da cabeça! – grita ela. – Que raio se passa contigo? Fazes de conta que estás tranquilo, mas na realidade só tens medo, como um velho que se encerrou num *bunker* cheio de armas e latas de comida para sobreviver a uma guerra que não existe.

– Sinto muito por te ter envolvido nesta história, mas não tinha alternativa – diz Joona, com uma seriedade tranquila, enquanto despeja numa chávena o café que sobrou na caneca.

Lumi esconde o rosto entre as mãos e abana a cabeça.

– Para ti, tudo aquilo que eu faço é perigoso – murmura.

– Só estou a tomar conta de ti.

Lumi dá um suspiro trémulo.

– Eu não queria gritar, mas estou mesmo zangada, porque isto não funciona, é uma situação claustrofóbica, caraças – diz ela com uma voz sumida, enquanto se senta à mesa.

– Não temos alternativa – responde Joona, bebendo o café amargo.

– Nunca te falei do Laurent – prossegue Lumi, com uma voz mais calma. – Tenho uma relação com ele que para mim é importante.

– Ele também é artista?

– Está em videoarte.

– Como o Bill Viola?

– Boa, pai – diz ela em voz baixa. – Como o Viola, mas mais moderno.

Joona aproxima-se do balcão e passa a chávena por água.

– Não podes entrar em contacto com ele – diz.

– É só porque não suporto a ideia de ele estar em pânico, quer dizer, o que é que ele há de pensar por eu ter desaparecido assim, sem mais nem menos?

Os cabelos de Lumi escaparam do rabo de cavalo e tem a ponta do nariz vermelha.

– Se ligares ao Laurent, o Jurek vai matá-lo, e antes de ele morrer vai obter o número que lhe ligou.

– Tu não estás bom da cabeça – diz ela, engolindo em seco.

Joona regressa à sala de vigilância sem responder. Pega nos binóculos, abre o postigo da zona 1 e recomeça.

54

Dentro em pouco vai estar tão escuro que Joona terá de substituir os binóculos pela mira noturna da espingarda para poder vigiar a ampla paisagem em volta da oficina.

Observa a casa senhorial barricada e os móveis de jardim cobertos de ervas daninhas.

Sente que Lumi entra na sala e lhe dirige um olhar rápido. Parou logo a seguir à tapeçaria, com a mão apoiada numa pilha de cadeiras.

– Estás bem? Tens a certeza de que estás bem, pai? – pergunta Lumi, ao mesmo tempo que limpa as lágrimas das faces. – Estiveste na cadeia durante vários anos... só me disseste que foste obrigado a ajudar um amigo, mas imagino que, na realidade, isso tivesse a ver com o Jurek.

– Não – responde ele, enquanto se desloca para a zona 2.

Perscruta com os binóculos a área em volta. Primeiro observa os arbustos escuros ao longo da vala, depois levanta os binóculos para a estufa distante.

– É sempre quando alguma coisa tem a ver com ele que tu perdes a lucidez – prossegue Lumi. – Sei o que aconteceu ao Samuel Mendel, sei o efeito que isso provocou em ti, e que te convenceste de que tinhas de nos sacrificar para...

– Está calada – interrompe-a Joona, com um tom duro.

Um reflexo surgiu na margem das lentes dos binóculos. Como uma espécie de arco-íris azul. Por um instante apenas. Joona afasta os olhos dos binóculos, espreita pela seteira e mal tem tempo de ver um telemóvel apagar-se numa grande mão.

– Acorda o Rinus, temos visitas – diz num fio de voz, ao distinguir dois vultos na escuridão.

Lumi sai rapidamente da sala com a pistola na mão.

Joona repara na curva da cabeça do homem mais alto sobre o fundo ligeiramente mais claro. O vulto avança em direção à oficina e depois desaparece atrás de qualquer coisa.

Sente que Lumi regressa juntamente com Rinus.

– Já não os vejo, mas estão próximos – diz Joona.

– Quantos? – pergunta Rinus.

– Dois.

Com gestos rápidos, Lumi tira uma espingarda automática de uma prateleira de madeira, insere um carregador cheio e pousa a arma em cima da mesa; depois pega noutra espingarda, insere outro carregador e pousa-a ao lado da primeira.

– Não creio que seja o Jurek – diz Joona ao cruzar o olhar com o de Rinus.

Lumi aproxima-se do monitor enquanto verifica o saco para a fuga, que contém um passaporte, dinheiro, água, foguetes de emergência e uma pistola.

Joona levanta os binóculos, examina rapidamente todo o setor e depois passa à zona seguinte.

O ténue reflexo do monitor ilumina o rosto tenso de Lumi. A rapariga concentra toda a sua atenção nas câmaras de vídeo exteriores, que enquadram a zona mais próxima da oficina e da garagem.

A falta de luz torna as imagens confusas.

De repente, duas pessoas emergem da escuridão.

O seu contorno pálido vibra enquanto se deslocam ao longo da parte lateral da oficina, passando por cima de qualquer coisa que está no chão.

– Estou a vê-los – diz Lumi.

Rinus vai ter com ela, apertando o colete à prova de bala.

Os díodos que recompõem a imagem a partir dos raios infravermelhos dão a impressão de que os dois intrusos foram parar mesmo ao meio de uma tempestade de neve.

Corpúsculos luminescentes separam-se dos seus vultos e desaparecem no ar.

Param diante das grandes portas da garagem.

Quando a porta solta se levanta com o vento, Lumi consegue vislumbrar um dos dois intrusos pelas câmaras internas. Joona desloca-se através das várias zonas para não correr o risco de que outros visitantes os surpreendam.

Rinus pega numa das espingardas automáticas pousadas em cima da mesa.

É impossível perceber o que os dois homens estão a fazer em frente à garagem.

No monitor, Lumi vê que um dos dois segura na porta aberta enquanto o outro desliza para o lado de dentro.

– Estão a entrar – diz com um fio de voz.

Joona e Rinus aproximam-se dela e observam o ecrã.

Os intrusos olham em volta e o monitor fica branco quando um dos dois pega numa máquina fotográfica e tira uma foto.

Rinus deixa cair a porta blindada.

O portão fecha-se instantaneamente atrás dos intrusos, com um som mecânico que ecoa entre as paredes.

Os dois homens gritam, avançam aos apalpões em direção à porta e tentam abri-la, completamente em pânico.

Quando Rinus liga os refletores, Joona e Lumi descobrem que capturaram dois rapazes. O primeiro bate com os punhos no portão ao mesmo tempo que deixa cair o gorro de lã. Tem a barba ruiva e *jeans* rasgados nos joelhos. O outro respira com a boca aberta. É baixo, tem os cabelos escuros e veste um blusão de ganga forrado a pelo.

Olham em volta no aposento completamente fechado, com rostos assustados, a tentar perceber o que está a acontecer.

Rinus abre uma das seteiras, e as vozes aterrorizadas dos rapazes ouvem-se mais distintamente.

Grita qualquer coisa em holandês e ficam os dois quietos de repente, de mãos no ar.

– Não os assustes – diz Joona.

Os homens executam a série de breves ordens que Rinus lhes dá. Viram-se para uma das paredes, ajoelham-se, colocam as duas mãos atrás da cabeça e inclinam-se para a frente, encostando a face e o peito à parede.

É uma das melhores maneiras de controlar o inimigo: uma posição daquelas atrasa qualquer possível contra-ataque.

Joona percebe que os dois rapazes não têm qualquer ligação com Jurek; no entanto, uma vez que poderiam em qualquer caso ser perigosos e estar armados, mantém-nos debaixo de mira com a espingarda automática enquanto Rinus vai ter com eles.

O primeiro está tão assustado que quase perde o equilíbrio quando a porta metálica se abre.

Rinus entra, baixa a pistola, enfia-a no coldre e aproxima-se dos rapazes para os revistar.

– O que é que estão aqui a fazer?

– Andávamos à procura de um sítio para uma festa – responde o da barba, com uma voz sufocada.

– De pé.

Movem-se ambos com circunspeção, levantam-se e começam a arquejar quando veem o rosto marcado de Rinus.

– Uma festa? – pergunta.

– Factory Drive: uma noite, uma cena, três atos – murmura o mais baixo, o de blusão de ganga.

– Desculpe – exclama o da barba. – Pensávamos que este sítio estava abandonado, moramos em Eindhoven, passamos aqui à frente um monte de vezes.

– Está escrito nas tabuletas que se trata de uma propriedade privada.

– Está sempre escrito propriedade privada e proibida a entrada – responde o mais baixo.

55

Saga pousa a pistola e o telemóvel na mesa da cozinha. Já é tarde. O vento bate no caixilho da janela, fazendo-o ranger. Uma tira de vidro negro cintila entre as cortinas.

Depois de ter falado ao telefone com Nålen, a única coisa que sente é um estranho vazio.

Não tem nada para dar em troca a Jurek. Precisa de mudar de estratégia.

Não é simples perceber por que razão Joona fez desaparecer o corpo.

Joona sempre contrariou Jurek com uma dureza impiedosa, ultrapassando até os limites da lei.

Jurek foi sempre capaz de pensar de uma maneira estruturada, mas tem um ponto fraco.

Por isso Joona levou o corpo do irmão gémeo: para explorar essa fraqueza.

Depois de ter sepultado o cadáver em qualquer sítio, talvez o tenha congelado.

Mas Joona não podia prever que um dia ela ia precisar daquele cadáver.

Se ao menos desse sinais de vida, pensa Saga, enquanto tenta comer o jantar quase frio.

Pensa que devia voltar a ligar a Nålen para lhe fazer algumas perguntas sobre as câmaras frigoríficas do Karolinska quando o telemóvel começa a vibrar sobre o tampo da mesa.

Saga estremece, mas depois sorri quando vê que se trata de Randy.

Estende a mão, afasta a embalagem com a comida fria e pega no telemóvel.

– Randy? – diz.

– Ouvi agora a mensagem, estava na câmara escura, como é que estás?

– Bastante bem, apesar de tudo – murmura ela.

– Vou a tua casa?

– Não, eu...

– Porquê? Não me custa nada.

– Preciso de trabalhar – diz ela.

– Já passa das onze – diz Randy com um tom preocupado.

– Eu sei.

– Porque é que não me dizes o que se passa?

Depois do telefonema de Randy, Saga arrasta a poltrona da sala de estar até à entrada, põe no máximo o volume do toque do telemóvel, pousa-o em cima da cómoda, prepara um café duplo, calça uns sapatos, veste um blusão e senta-se na poltrona, a olhar para a porta com a pistola na mão.

Randy disse-lhe para lhe ligar a qualquer momento, caso tivesse vontade de conversar, ou apenas para lhe pedir que fosse a casa dela, dormir no sofá.

Mas Saga intuiu que tem de resolver as coisas sozinha.

Caso contrário, não voltará a ver o pai.

Inspecionaram com os cães o bosque em volta da casa de Cornelia, procuraram por todo o lado em Järvafältet com longas cadeias humanas.

É terrível.

Talvez o pai esteja fechado num caixão, como o sacristão, a lutar com o tubo na procura desesperada de oxigénio. O café forte já está frio quando Saga o bebe. Pousa a chávena, olha rapidamente para trás e volta a sentar-se com os olhos fixos na porta da entrada.

Sabe que depois dos esforços dos últimos dias deveria estar exausta, mas é como se o seu cérebro não conseguisse sossegar.

Se Jurek a contactar naquela noite, dir-lhe-á que as informações sobre os restos mortais do irmão chegarão no dia seguinte.

Não lhe pode confessar que Joona levou o cadáver.

Não vai fazer nenhum acordo com Jurek Walter, mas vai dar-lhe a entender que, se o pai morrer, ele nunca descobrirá onde está o irmão.

Cerca das duas horas da manhã, Saga está prestes a adormecer quando o toque do telemóvel indica que recebeu uma mensagem.

Com as mãos trémulas, pega no telemóvel pousado em cima da cómoda e arranja forças para ler o que está escrito. A luz intensa do ecrã obriga-a a contrair as pupilas. As letras deslizam-lhe debaixo dos olhos enquanto lê:

Hasselgården, entrada C1, setor 4, às duas e meia.

Com a sensação de que tudo avança muito lentamente, Saga apressa-se a arrancar uma folha da impressora a *laser*: anota a direção e as horas e pousa-a na mesa da cozinha.

Se não regressar ou não der notícias, alguém a há de encontrar.

Pega na pistola e em duas caixas de munições.

Enquanto desce as escadas a correr, faz uma rápida pesquisa sobre Hasselgården e descobre que se trata de uma clínica para pessoas afetadas por demência senil, gerida por uma sociedade cotada na bolsa que, na própria *homepage*, descreve os cuidados a prestar aos idosos como um mercado em rápida expansão.

Retira a tela de proteção da mota, liga o motor e sai do bairro de Södermalm na fria noite de inverno.

Na reta de Berglagsvägen mete a quinta e a mota dá um salto para diante, atirando-lhe a cabeça para trás.

As luzes dos lampiões passam a correr ao lado dela.

O nome Hasselgården faz-lhe lembrar um edifício em madeira vermelha do século passado, com o chão de tábuas rangentes e lareiras de tijoleira, mas quando Saga se aproxima vê que na realidade se trata de um edifício sujo, cor de salmão, com os caixilhos das janelas castanhos.

Para depois de ter virado no caminho de acesso, a uma centena de metros da entrada C1, enfia a pistola na mochila e deixa o capacete no manípulo.

A porta de entrada principal está aberta.

Observa rapidamente o quadro com as indicações dos setores e o mapa com as saídas de emergência e depois apanha o elevador até ao quarto andar.

A cabina sobe com um zumbido.

Saga pensa que se enganou em relação a Jurek: continua forte e extremamente rápido, muito mais do que ela julgava.

A única razão pela qual ainda está viva é que ele quer qualquer coisa dela.

Talvez se trate apenas dos restos do irmão, mas deve estar preparada para outros pedidos.

Vai ouvi-lo e falar com ele: deixá-lo acreditar que controla a sua mente, que tem acesso às suas trevas.

Mas, assim que descobrir onde está o pai, vai enviar uma equipa de salvamento, e a seguir tudo fará para deter Jurek.

Sabe que não se pode dar ao luxo de cometer mais nenhum erro: da próxima vez que se esticar para agarrar numa arma, tem de ter a certeza de que consegue matá-lo.

É extremamente perigoso, mas não para ela, não naquele momento.

Vai aproveitar-se do interesse que ele sente em relação a ela.

Não é que esteja propriamente apaixonado, mas Saga sabe que a considera uma pessoa especial.

Era disso que Joona falava: Jurek está interessado na sua interioridade, nas catacumbas onde estão alojados os sentimentos mais escondidos.

É isso que tem de aproveitar.

Saga repete para si mesma que não pode deixar-se envolver, não deve deixar-se provocar, mas que vai ser obrigada a permitir-lhe que se aproxime para o levar a baixar a guarda.

É perigoso, mas não tem alternativa.

Conseguiu uma vez, e tenciona voltar a conseguir.

Dirá apenas a verdade.

Trocará trevas por trevas.

Olha a sua imagem no espelho do elevador. Tem o rosto coberto de hematomas e um ar ausente. Os olhos estão apagados e vazios.

56

As portas do elevador abrem-se e Saga sai no quarto andar. Três metros mais adiante há uma porta com o letreiro SETOR 4. No vidro vê o reflexo do elevador iluminado e a sua própria silhueta, mas só com alguma dificuldade intui o corredor do outro lado.

Através das paredes, ouve uma mulher gritar.

As portas do elevador voltam a fechar-se atrás de Saga. A luz contrai-se numa risca fina e depois desaparece completamente.

De repente, o espaço escuro torna-se visível para lá da porta.

Um velho está a olhar para ela com o nariz comprimido contra o vidro. Quando ela o fita, vira-se e afasta-se rapidamente.

Saga abre a porta com cuidado, e vê-a fechar-se de novo silenciosamente nas suas costas.

O velho arrasta um tubo atrás dele.

A ténue iluminação noturna reflete-se no pavimento de linóleo. Ao longo da parede vê-se um corrimão negro.

Uma das portas à esquerda está entreaberta.

Saga avança lentamente, a tentar perceber se está alguém escondido ali atrás.

Os sensores do sistema anti-incêndio no teto produzem sombras semelhantes a flores pontiagudas.

Saga aproxima-se da porta aberta mas, um instante antes de lá chegar, ela fecha-se com uma pancada.

Um homem fala com uma voz bem colocada e parece estar a arrastar móveis.

A porta seguinte também está aberta.

Saga aproxima-se com cautela, a cada passo consegue ver melhor a entrada, a porta da casa de banho, o papel de parede às flores.

No meio do quarto, uma mulher de cabelos brancos dorme numa cadeira de rodas. Nas costas de uma mão, um cateter deixou uma mancha de um negro-azulado.

Mais adiante no corredor ouve-se alguém a rir.

Saga avança lentamente, espreita para a saída de emergência e verifica que abre para fora.

Sabe que Jurek é muito mais forte do que ela.

Saga passou muitas horas no ginásio e na carreira de tiro.

O treino de Jurek ocorreu em situações críticas, em que foi obrigado a matar para sobreviver.

Saga passa por cima de uma muleta abandonada no chão e avança pelo corredor.

Um líquido vermelho-escuro salpicou o rodapé riscado e o papel de parede.

Atrás dela, o elevador começa a andar.

Com passos silenciosos, chega a uma salinha para o pessoal mergulhada na escuridão. Ouve-se um som sibilante, como uma espécie de alarme.

– Está aí alguém? – pergunta Saga com cautela, enquanto vai entrando devagar.

Uma luz ténue atinge de lado uma mesa coberta com uma toalha natalícia onde está pousada uma taça de laranjas.

Sente o gelo da adrenalina invadir-lhe o corpo quando repara numas pegadas de sangue viscoso no pavimento de linóleo da cozinha, no canto do aposento.

O frigorífico está aberto, é dali que vem o alarme.

Uma poça de sangue comprida escorre em direção a um dos lados do quarto.

Saga observa o seu próprio reflexo na janela escura, e depois a porta vazia que dá acesso ao corredor.

Dá mais uns passos e vê uma mulher de meia-idade deitada no chão ao lado de uma cadeira tombada.

O reflexo do frigorífico não lhe chega ao rosto, mas incide sobre as calças e a *T-shirt* azul-escura.

O cartão plastificado com o nome cintila no seu peito.

Saga aproxima-se e repara que uma das pernas das calças está levantada. A mulher tem a canela partida ao meio, um osso despedaçado desponta através do *nylon* ensanguentado das meias.

A cabeça permanece na sombra, mas quando Saga chega mais perto repara que o nariz e a parte central do rosto foram completamente esmagados.

O linóleo por baixo dela está coberto de sangue.

O maxilar e o septo nasal foram empurrados para o interior da cabeça, deixando a descoberto a fila superior dos dentes.

Saga vira-se, e quando chega ao corredor apercebe-se de que tem as faces a tremer.

Abre o pequeno armário de parede e agarra no pesado extintor para ter alguma coisa com que se defender.

Por trás de uma porta fechada ouve-se aquilo que parece uma criança em lágrimas, mas deve ser um paciente, uma mulher enlouquecida com uma voz estridente.

Saga entra na sala comum, onde há um castiçal do Advento na janela. No sofá está sentado um homem corpulento com a cabeça voltada para o televisor apagado.

– Para onde estás e põe as mãos no ar – diz em voz baixa.

Saga pousa o extintor no chão e observa-o enquanto ele se levanta e se aproxima dela.

Não há dúvidas de que se trata do homem que dá pelo nome de *Castor.*

É grande, mais alto do que Saga imaginava. Talvez dois metros de altura. Tem um serrote na mão, um serrote clássico com a lâmina ferrugenta.

O *Castor* veste um impermeável preto amarrotado e as pérolas oscilam nos lóbulos das orelhas.

– Saga Bauer? – pergunta.

Enche as bochechas, deixa cair o serrote ao chão e aproxima-se dela. Os olhos estreitos do homem têm uma expressão triste e séria.

– Agora vou-te revistar, quero que fiques imóvel – diz com uma voz sombria.

– Imaginava que tinha de vir desarmada – responde Saga.

Ele põe-se atrás dela e começa a apalpá-la com as mãos grandes, em volta do pescoço, na nuca, debaixo dos braços, ao longo do peito, do ventre e das costas.

– É uma situação íntima e eu não me sinto muito à vontade – explica, quando começa a apalpá-la entre as pernas e nas nádegas.

– Talvez já possa parar – diz ela.

Sem responder, ele desce ao longo das coxas e das pernas, depois ergue-se e inspeciona os cabelos, pede-lhe para abrir a boca e ilumina-a com a lanterna do telemóvel.

– O Jurek disse-me para esquecer os outros orifícios – explica.

– Estou desarmada – repete ela.

– E também não vais precisar disto – diz ele, pegando no extintor com uma mão só.

Saga começa a andar e segue-o ao longo do corredor. Quando o homem se inclina para pousar o extintor junto da parede, ela repara que tem uma carteira muito cheia no bolso de trás.

Mais adiante está uma mulher idosa com um andarilho. Para em todas as portas, sacode o puxador e grita que tem de castigar todas as crianças.

O *Castor* indica a Saga um quarto escuro que cheira a tabaco de cachimbo e a álcool.

– O Jurek vai chegar daqui a pouco – diz, ao mesmo tempo que acende o candeeiro de teto.

– É o teu chefe? – pergunta Saga.

– É como um irmão mais velho, severo, e eu faço tudo aquilo que ele me pedir.

Saga passa pelo refeitório e mais adiante vê um homem idoso a chorar, sentado numa cama. Tem cabelos grisalhos, braços finos, uma camisa de noite desbotada e um penso grande pendurado na face.

– Onde é que eles estão todos? – choraminga. – Eu espero, espero, mas onde é que está a Louise e os pequenos? Estou tão sozinho…

– Acaba lá com a choradeira, Einar – interrompe-o o *Castor*.

– Está bem está bem está bem – responde o homem, apertando os lábios.

O *Castor* despe o impermeável preto, amachuca-o e enfia-o atrás do aquecedor.

LAZ-20

Saga recorda as imagens do vídeo em que ele disparava sobre um homem na Bielorrússia, e o ímpeto de raiva insana que o acometeu no bar de Regeringsgatan.

– Tenho consciência do meu aspeto, mas sou mais inteligente do que a média, tenho 170 na escala de Wechsler.

– Somos todos diferentes – diz Saga com uma voz sumida.

O *Castor* fita-a com os olhos franzidos e sorri, deixando à vista os dentes tortos.

– Mas eu sou único.

– Não me queres explicar isso melhor?

– Se achas que consegues entender.

– Põe-me à prova.

– Eu tenho um alelo, a variante de um gene que faz com que consiga incorporar algumas mutações específicas, como uma espécie de fecundação *in vitro* mas natural... nasci com uma espécie de sexto sentido.

– O que é que queres dizer?

– Simplificando um pouco, posso dizer-te que isto entra no espetro da clarividência... Quando eu falo nisto quase ninguém acredita em mim, mas não importa, a verdade é que eu tenho um dom: quase sempre que entro numa sala, fico a saber quem vai morrer primeiro.

– Ficas a saber quem vai morrer primeiro.

– Sim – responde ele, com um ar sério.

57

O *Castor* aperta a boca e fecha os olhos como se tentasse perscrutar o futuro para ver quem naquela sala ia morrer primeiro. Após alguns instantes, volta a abrir os olhos e assente com um ar pesaroso.

– O Einar – responde, atirando a cabeça para trás numa gargalhada silenciosa.

Quando ouve o seu nome, o velho começa a abanar o tronco em estado catatónico e a choramingar.

– Onde é que estão? Louise? Eu espero e espero...

O *Castor* suspira, aproxima-se do velho e fecha-lhe a boca com tanta força que lhe faz escorrer o sangue pelo queixo; depois agride-o no rosto e faz-lhe saltar a cabeça contra a parede.

– É apenas um demente – diz Saga.

O *Castor* regressa junto dela a limpar as mãos nas calças. Einar soluça silenciosamente em cima da cama, e continua a perguntar por Louise e pelos pequenos.

– Consegues adivinhar por que razão uso estas pérolas?

– Em honra de uma pessoa importante na tua vida – responde Saga.

– Quem?

– Se eu adivinhar, dizes-me onde está o meu pai?

A porta abre-se de repente e entra Jurek Walter com a mesma camisa aos quadrados, as calças militares e os sapatos pesados.

Sem se dignar olhar para eles, vai até ao canto da cozinha e enche um copo de água. Quando fecha a torneira, a prótese bate no balcão com uma pancada surda.

– Este lugar não é um risco inútil? – pergunta Saga. – Porque não ficas em tua casa?

Jurek bebe a água e depois passa o copo debaixo da torneira.

– Eu não tenho casa – diz.

– Pensava que tinhas uma pequena moradia – prossegue Saga. – Talvez não completamente isolada, uma vez que te pareceu demasiado arriscado levar para lá o *Castor.*

– Uma pequena moradia? – repete Jurek, fitando-a com os seus olhos claros.

– Passaste a infância em Leninsk – diz ela. – Perto da base espacial. Chamavas-te Roman e vivias numa pequena moradia com o teu irmão Igor e o teu pai.

– Sim, é verdade, muito bem – diz Jurek secamente. – Imaginava que o Joona Linna tivesse encontrado a pedreira ao localizar o meu pai.

Baixa os olhos para o chão a tentar ajustar os comandos da prótese.

– Mas aqui, na Suécia... Porque é que o teu irmão não morava contigo? – continua Saga.

– Queria morar na pedreira, precisava de estar perto das coisas do nosso pai, dos móveis que lhe eram familiares... Imagino que certos lugares têm uma espécie de campo magnético que retém as pessoas.

O *Castor* põe-se atrás de Jurek e tenta endireitar os nós da prótese por baixo da camisa. A mão artificial parece estar torcida, e ele tenta soltá-la ligeiramente.

– Tira-ma e pronto – diz Jurek secamente.

Com um sorriso plácido, o *Castor* começa a desatar os nós nas costas de Jurek.

– Uma prótese nunca obedece como se quer – explica a Saga. – É como se a relação de poder se invertesse quando uma pessoa começa a adaptar-se aos limites impostos pela prótese.

Levanta a camisa de flanela de Jurek, remove delicadamente o encaixe da prótese e tira-a, juntamente com as fitas, pela manga.

Saga consegue ver o coto antes que a camisa volte a cair para o seu lugar. A linha da amputação é bastante alta, apenas uma dezena de centímetros abaixo do ombro. Cornelia tinha puxado a pele para cima do coto, fazendo a sutura no interior do braço.

O *Castor* pousa a prótese no lava-loiças e depois dá um nó na manga vazia de Jurek.

– Sabes que existem próteses mais modernas – diz Saga.

– O braço não me faz falta – responde Jurek. – É uma questão puramente estética, uma maneira de não chamar demasiado a atenção.

Saga observa a mão de plástico ensanguentada que desponta para além da beira do lava-loiças, e a areia que escorre do encaixe da prótese para o ralo.

– Porque é que sepultaste o irmão da Cornelia numa cova? – pergunta.

– A Cornelia andava a ameaçar suicidar-se, por isso levei-a para a ilha, para ela poder assistir enquanto eu o sepultava.

– Mas não funcionou – diz Saga.

Jurek abre os braços num gesto de rendição, depois agarra no nó da manga vazia.

– Eu até tinha ficado com ela – disse. – Mas quando percebeu que eu tinha localizado a filha em Fort Lauderdale, enforcou-se... Achava que daquela maneira a ia salvar, mas obviamente não foi isso que aconteceu.

– Mas a ti não te interessa matar – diz Saga com uma voz rouca.

Os olhos claros voltam a fitá-la, e ela aguenta o olhar de Jurek sem pestanejar.

– Ótima observação – diz ele.

O *Castor* pousa uma frigideira na placa do pequeno fogão e tira ovos, queijo e *bacon* do frigorífico de Einar.

– Nem sequer acredito que daquela vez me quisesses matar, como tu disseste – diz Saga, pensando imediatamente que tinha cometido uma imprudência.

– Talvez não – responde ele. – Será que é isso que se passa com as sereias? Ninguém quer que elas morram... e é isso que as torna tão perigosas. Sabe-se que são capazes de destruir tudo, mas mesmo assim a ideia de desaparecerem é insuportável.

O *Castor* liga o exaustor por cima do fogão e começa a derreter uma noz de manteiga na frigideira.

– Vamos para a sala comum – diz Jurek.

Deixam o *Castor* ao fogão e saem para o corredor. Sem pressa nenhuma, Jurek afasta uma cadeira de rodas.

– Lembro-me de quando me referiste pela primeira vez que tinhas matado uma pessoa – diz Saga enquanto caminham.

– A sério?

– Disseste que foi estranho... como comer qualquer coisa que pensavas não ser comestível.

– Sim.

– Mas agora, como é?

– Como um trabalho manual.

– E nunca acontece dar-te prazer? – tenta Saga.

– Claro.

Por trás de uma porta, uma mulher grita, mas falha-lhe a voz.

– É difícil imaginar – diz Saga.

– Prazer talvez não seja a palavra mais certa, mas a primeira vez que matei, depois do suicídio do meu pai... foi como uma espécie de paz, mais ou menos como quando se resolve um enigma complicado... Pendurei-o num gancho e expliquei-lhe a razão daquilo que estava a acontecer.

– Portanto, foi enquanto lhe explicavas que percebeste tudo... A maneira de restabelecer a ordem, ou como lhe quiseres chamar – diz Saga enquanto passam ao lado do extintor pousado no chão.

Jurek não responde.

Regressam à sala comum, a mesma onde o *Castor* tinha esperado a chegada de Saga.

Do outro lado do sofá está uma mulher idosa. Bate com a bengala no chão, murmura qualquer coisa e depois recomeça, com pancadas cautelosas.

Jurek indica uma mesa sobre a qual está pousado um pequeno computador portátil. Dão a volta a um aquário às escuras e sentam-se um em frente ao outro. A manga vazia cai em cima da mesa e Jurek alisa-a com a mão direita.

Saga olha para a mulher idosa atrás do sofá e engole em seco. Daquela posição, consegue ver que está a bater com a bengala numa cabeça serrada. A mulher parece não perceber bem o que é aquela coisa diante dos seus pés, como se não conseguisse compreender o que há de errado, como se achasse que podia resolver o problema com a bengala.

A cabeça que rola lentamente pertence a um homem com cerca de trinta anos, com uma densa barba escura. Os olhos foram-lhe arrancados e jazem numa poça de sangue.

58

Saga afasta os olhos da mulher demente e ouve a sua própria respiração. Olha para o aquário escuro e pensa que vai superar aquele encontro, que tem de manter a calma.

– E a ti, alguma vez te deu prazer? – pergunta Jurek.

– Uma vez apenas, quando disparei sobre ti – responde ela, fitando-o diretamente nos olhos.

– Sinto-me muito honrado – diz Jurek.

– Porque me levaste a acreditar que eu tinha matado a minha mãe – prossegue Saga, e arrependeu-se imediatamente.

Não quer falar da mãe.

Não quer falar dela com ninguém, fá-la sentir-se mal.

A mulher idosa agarra nos óculos com a bengala e dá um passo atrás, traçando uma fina risca de sangue no linóleo. Para e olha em direção à porta, murmura qualquer coisa para si mesma, parece esquecer-se dos óculos e avança pelo corredor.

– Estava convencido de que o tinhas feito deliberadamente – diz Jurek, encostando-se ao espaldar da cadeira. – Teria sido perfeitamente natural, mas afinal enganei-me.

– É isso.

– Sei que tinhas apenas oito anos – prossegue Jurek. – Do ponto de vista jurídico, não tinhas nenhuma obrigação em relação a ela, mas é claro que poderias tê-la salvado, é sempre assim.

– Não sabes de que estás a falar – diz Saga, sentindo o peso de cada respiração.

– Não sei nada de ti, não afirmo o contrário, mas provavelmente andavas na escola, como todas as crianças suecas.

– Sim.

– Queres dizer que nunca ninguém viu nada? Que ninguém se apercebeu de que às vezes não dormias durante dias seguidos, que ias para a escola com o rosto coberto de negras e...

– A minha mãe nunca me bateu – interrompe-o Saga, e aperta os lábios.

– Mas não era violenta? Contaste-me que não querias tirar o casaco porque tinhas vergonha de todos aqueles hematomas.

Saga tenta exibir um sorriso cansado para esconder a sua agitação. Acha que Jurek se alimenta das trevas dos outros.

Está convencido de que a pode chocar, de que a pode confundir com a sua crueldade, mas Saga já pensou nessas coisas todas, é por isso que nunca abre aquela porta.

– A minha mãe nunca me bateu – repete, com uma voz mais calma.

– Eu não disse isso; tu safavas-te, não era nada de insuportável, mas tiveste a possibilidade de a salvar – prossegue ele, enquanto enxuga a mão na parte da frente da camisa aos quadrados.

– Percebo o que estás a fazer – assente Saga.

– Para a salvares, tinha-te bastado contar a alguém em que ponto estavam as coisas – diz Jurek lentamente. – Mas, por qualquer razão, convenceste-te de que isso seria uma traição. Foi isso que matou a tua mãe.

– Não sabes de nada – diz Saga.

Tem os lábios secos; quando os humedece, sente que a boca lhe treme.

Jurek não pode saber, mas ela lembra-se daquela manhã: não dormia há três dias, a mãe estava melhor e tinha-lhe preparado panquecas para o pequeno-almoço. Antes de Saga ir para a escola, a mãe fê-la prometer que não ia contar a ninguém aquilo que tinha acontecido durante a noite.

Passou muito tempo e Saga já não se lembra do que tinha acontecido, lembra-se apenas que a mãe lhe tinha dito que ela ia parar a um orfanato se falasse sobre o assunto.

Levanta-se lentamente da cadeira.

Talvez se tivesse tratado apenas de um disparate, mas então porque é que a mãe tinha dito que ia perder o poder paternal se Saga contasse?

– Não afirmo que tu a querias matar – prossegue Jurek, voltado para as costas dela. – Mas evitaste salvá-la, o que é perfeitamente compreensível, atendendo àquilo que te fez.

Saga apercebe-se de que permitiu que Jurek entrasse na sua cabeça.

Ergue os olhos, fita o motivo floral da parede e tenta acalmar-se.

Não importa, diz para si mesma. Faz parte do plano, ele pode fazer isso.

Sabe que a habilidade particular de Jurek em misturar verdade e mentira é capaz de escancarar as portas que levam às catacumbas. Mas se o travar agora não correrá qualquer perigo, ele não vai chegar mais além.

Saga sabe perfeitamente que Jurek tem razão: alguém na escola devia ter reparado que ela não estava bem. Lembra-se de que tinha nódoas negras no pescoço e nos braços, e sabe que estava sempre muito cansada. Obviamente, tinham tentado falar com ela, tinham-na levado à enfermeira da escola e ao psicólogo.

Volta-se novamente para Jurek, aclara a garganta e cruza o olhar com o dele.

– A minha mãe era bipolar e eu gostava dela, apesar de às vezes ser complicado – explica com calma.

Jurek afaga a tampa prateada do computador com a mão grande.

– Não é uma doença hereditária – diz.

– Não.

– Mas há outros defeitos genéticos que aumentam em dez vezes o risco de o filho ter a mesma doença.

– Defeitos genéticos? – replica Saga, com um sorriso cético.

– As alterações na configuração dos genes CLOCK são hereditárias; normalmente, são calibrados num ciclo de vinte e quatro horas, mas se assim não for aumentam o risco de perturbação bipolar.

– Eu durmo lindamente.

– Mas sei que tens períodos de hipomania... nos quais estás extremamente concentrada, pensas rapidamente e te zangas com facilidade.

– Estás a tentar dizer-me que sou louca?

Os olhos de Jurek observam-na fixamente.

– As tuas trevas são quase comparáveis com as minhas.

– As tuas como são?

– Escuras – diz ele com uma espécie de sorriso.

– Mas tu és são ou és doido?

– Depende a quem perguntares.

Jurek levanta-se e aproxima-se de uma porta; fica à escuta, depois espreita para o corredor e regressa junto de Saga. Quando se move, a manga vazia abaixo do coto oscila.

– A doença do teu irmão é hereditária? – pergunta Saga, quando ele volta a sentar-se.

– O Igor era apenas um inadaptado.

– Porque é que não tomaste conta dele?

– E tomei...

– Desci àquela pedreira com a brigada científica, inspecionei as barracas, entrei no velho depósito e vi tudo.

– A científica não deixa escapar nada – suspira Jurek, encostando-se ao espaldar.

– O teu irmão vivia na miséria mais absoluta – diz Saga. – Alguma vez foste ter com ele, alguma vez lhe levaste de comer, alguma vez dormiste debaixo do mesmo teto?

– Sim.

– Tratava-lo como um cão.

– Foi o melhor cão que eu alguma vez tive.

– E agora querias sepultá-lo como um ser humano?

Ele dirige-lhe um sorriso isento de alegria.

– Já pedi todos os *dossiers* que diziam respeito ao teu irmão – prossegue ela. – Isso tem de ser autorizado, portanto vai demorar alguns dias.

– Não sou eu que tenho pressa, pois não?

– Só vais obter as informações se eu recuperar o meu pai – diz Saga, sentindo que o queixo começa a tremer-lhe. – Percebo o teu ponto de vista, mas era melhor se o libertasses imediatamente.

– Achas mesmo?

– Prometo-te que te dou todas as informações disponíveis sobre o corpo do teu irmão, mas se o meu pai morrer não vais obter coisa nenhuma.

– Então deixa-o morrer – responde Jurek.

Abre a tampa e volta o computador prateado para ela.

Um programa de câmaras de vigilância está já aberto. Através da tecnologia *peer-to-peer*, o computador encontra-se ligado a outro dispositivo em qualquer parte do mundo. Os respetivos ecrãs mostram em tempo real o que acontece em frente ao outro computador.

Saga repara que a *webcam* do outro PC enquadra um aposento exíguo, com paredes de cimento rugosas, iluminado por uma lâmpada pendurada no teto.

– O que é? – pergunta, apesar de intuir a resposta.

Sobre a parede de cimento movem-se sombras ligeiras – como em reação à sua voz – e um segundo depois surge uma figura na margem do ecrã.

É o pai.

Tem uma longa barba branca, está sem óculos e franze os olhos à luz intensa da lâmpada. O casaco de veludo castanho está manchado e sujo de areia. Alguma coisa o assusta, obrigando-o a aninhar-se como se estivesse à espera de ser agredido.

– Pai – grita. – Sou eu, a Saga.

Quando ouve a voz dela, começa a chorar. Saga vê-o mexer a boca, mas não ouve nada. Não parece gravemente ferido, mas tem sangue seco no rosto e na camisa branca.

– Por favor, arranja forças, não te deixes abater – diz ela, voltada para o ecrã.

O pai aproxima-se do computador, o reflexo do ecrã ilumina-lhe o rosto. A tremer, estica a mão suja. Tenta novamente dizer-lhe alguma coisa, mas ela não ouve som nenhum.

– Pai, escuta – grita Saga. – Eu vou buscar-te, prometo-te que...

Jurek interrompe a ligação, desliga o computador e senta-se, enquanto estuda Saga como se ela fosse a cobaia de uma experiência. Com uma curiosidade paciente, os seus olhos claros detêm-se sobre o rosto dela.

– Agora as trevas vão voltar a engolir o teu pai – diz então, e fica completamente imóvel.

59

Saga tira a chave da fechadura interior e pendura-a ao pescoço, tapa o furo e a fenda do correio com fita adesiva e volta-se.

A luz da casa de banho incide de lado sobre o seu rosto concentrado. Uma ruga nítida atravessa-lhe as sobrancelhas e a falta de sono torna-lhe a pele quase transparente.

A *T-shirt* por baixo do casaco fechado está escura de suor em volta do pescoço.

Já inspecionou o apartamento inteiro. Foi a primeira coisa que fez assim que chegou a casa.

Passa pela poltrona, vai à cozinha e abre uma gaveta. A folha com o endereço de Hasselgården move-se no ar, erguida pelo movimento do seu corpo.

Pega em duas facas de cozinha de lâmina rígida, vai ao quarto e fixa uma delas com fita adesiva no interior da porta entreaberta.

Já se encontrou com Jurek duas vezes. Talvez tivesse podido matá-lo da primeira vez, se tivesse escondido melhor a pistola, se tivesse dado conta da sua chegada.

É possível que tivesse até intuído a presença dele no sono, através das pálpebras, mas que ignorasse esse pressentimento. Dormiu demasiadas vezes com Randy, tornou-se menos vigilante.

Saga fixa a segunda faca na parte lateral da sanita, depois dá um passo atrás, assegura-se de que está invisível e apaga a luz da casa de banho.

O telemóvel está pousado com o ecrã apagado em cima da cómoda da entrada. Não recebeu novas mensagens.

Quando regressa à sala de estar para ir buscar o candeeiro de pé, os olhos ardem-lhe de cansaço. No *parquet* notam-se as marcas de sujidade dos seus próprios sapatos. Pousa o candeeiro na entrada, acende-o e aponta-o contra a porta, de forma a cegar um eventual intruso.

Os pensamentos rodopiam-lhe na cabeça, uma miríade de imagens lança-se contra ela.

Os cadáveres na clínica para idosos e o rosto aterrorizado do pai.

Lars-Erik tinha o olho esquerdo pisado e inchado.

Movia-se como se estivesse a morrer.

Saga engole em seco e faz um esforço para não chorar, seria completamente inútil. Se não conseguir dormir, mais vale aproveitar o tempo, concentrar-se, pensar.

Senta-se na poltrona com a pistola na mão e a bolsa das munições em frente aos pés.

Observa de novo o telemóvel, mas o ecrã continua apagado. Pousa a pistola no braço da poltrona e limpa a palma da mão suada às calças.

De facto, podia tentar dormir; talvez devesse procurar os comprimidos de morfina que pôs de lado.

Serviriam para a acalmar.

Jurek não voltará a contactá-la naquela noite. Está convencido de que no dia seguinte de manhã Saga vai obter as informações sobre o corpo do irmão.

Pega de novo na pistola e fita a porta de casa.

Por baixo da fita adesiva prateada ficaram presas algumas bolhas de ar.

Saga fecha lentamente os olhos, deixa cair a cabeça para trás e entrevê a luz do candeeiro através das pálpebras.

Intui uma alteração da luz e abre os olhos de repente.

Não é nada.

Não havia nenhuma necessidade de matar os funcionários noturnos: podiam tê-los amarrado, fechado num quarto. Deve ter sido o *Castor*. Jurek não sente prazer em matar, a morte deixa-o indiferente.

Mas se foi Jurek, então deve tê-lo feito para a assustar, para lhe recordar o quão perigoso sabe ser, para lhe comunicar que está a levar aquilo a sério e que sem informações sobre o corpo do irmão ela nunca vai recuperar o pai.

Quando verifica mais uma vez que o telemóvel está carregado e que o som está no máximo, apercebe-se de que tem as mãos a tremer.

São cinco e meia da manhã.

Joona não teria aprovado aquela maneira de enfrentar a situação. Ter-lhe-ia dito para tentar matar Jurek imediatamente, mesmo que isso custasse a vida do pai.

Mas para ela é impossível.

Não consegue.

Joona teria dito que, por cada segundo que Jurek continuasse vivo, o preço ia aumentar ainda mais. Só ia acabar quando tivessem perdido tudo.

Talvez Saga esteja enganada, mas tem a impressão de que ela e Jurek estão de novo sentados diante de um tabuleiro de xadrez.

Descobriu uma abertura na defesa dele e obrigou-o a fazer uma jogada.

Ou, pelo menos, era esse o seu plano.

Mas o que tinha ela obtido em troca?

Devia forçosamente ter obtido alguma coisa: é impossível mover uma peça sem deixar uma casa vazia.

Tem a impressão de que lhe está a escapar um detalhe importante, alguma coisa em que tocou ao de leve, alguma coisa que tem de relacionar com outra coisa qualquer.

O cansaço desapareceu de repente.

Jurek conseguira desviar a conversa para mãe de Saga, apesar de ela, em relação àquele assunto, ter traçado uma fronteira muito clara.

Era surpreendente a facilidade com que ele o tinha conseguido.

Saga achava que tinha mantido o controlo da situação, como se se tivesse limitado a rebater uma série de afirmações erradas, mas depois deixara escapar que a mãe era bipolar.

Talvez não significasse nada, mas parecia-lhe um erro.

Às vezes sente-se como uma borboleta que Jurek anda a perseguir, outras vezes parece-lhe que ele já a fechou dentro de um frasco.

Jurek Walter é astuto.

Confundiu-a com uma série de hipóteses falsas, antes de afirmar que a mãe lhe fazia mal.

Tinha-se posto a adivinhar, mas agora sabia.

Todas as conversas com Jurek comportam uma perigosa alteração dos equilíbrios.

Saga massaja vigorosamente o rosto com uma mão.

Precisa de pensar.

Jurek tinha falado do irmão com uma frieza extrema, quase com desprezo: «O melhor cão que eu alguma vez tive.» Fazia parte da sua estratégia, queria ver como ela reagia perante tanta dureza, Saga tem a certeza disso. Mas ao falar das casas provavelmente tinha sido sincero. Disse que certos lugares possuem uma espécie de campo magnético capaz de agarrar uma pessoa.

– Merda – murmura, ao mesmo tempo que se levanta da poltrona.

Há qualquer coisa de que ela precisa de se lembrar.

Mas é como se as imagens dos corpos sem vida a impedissem de pensar de maneira racional.

Saga observa a porta e depois vai à cozinha; pousa a pistola no balcão e a seguir abre o frigorífico.

Tinha acabado de deixar que Jurek falasse do distúrbio bipolar da mãe quando lhe perguntou pelo irmão.

O que tinha obtido em troca?

De certa forma, Jurek devia ter-se sentido na obrigação de lhe dar alguma coisa.

Saga arranca um tomate-cereja do cacho, enfia-o na boca, morde-o e sente a explosão ácida.

Tentara provocá-lo, ao dizer-lhe que não tinha tomado conta do irmão doente, ao contar-lhe que tinha visto a miséria em que vivia quando haviam revistado as barracas dos operários na pedreira.

Aconteceu naquele momento.

Jurek assumiu instintivamente um tom de desprezo quando ela lhe disse que os técnicos da brigada científica tinham examinado todos os cantos da pedreira.

A científica não deixa escapar nada, dissera ele, como que a sugerir que, pelo contrário, tinham deixado escapar o detalhe mais importante.

Saga levanta a película de plástico de um recipiente com restos de comida e começa a comer com os dedos enquanto tenta reexaminar desde o princípio toda a conversa.

Jurek percebera que Joona tinha conseguido localizar o irmão a partir da fuga de ambos da base espacial de Leninsk e do trabalho do pai na pedreira.

Saga mastiga a massa fria, engole-a e mete na boca uns pedaços de frango frito; sente o sabor do limão e do alho.

O *Castor* tinha-se posto atrás de Jurek para o ajudar a desapertar as fitas. Falou das próteses, de como a pouco e pouco as pessoas se adaptam aos seus limites.

Um insensato desprezo pela fragilidade, pensa Saga, e de repente recorda o *Castor* a pousar a prótese no lava-loiças, e a areia a sair dela.

Tinha visto, mas não tinha percebido.

Jurek mora na pedreira, é a única resposta.

Saga percebe que ele sempre esteve ali.

Com as mãos a tremer, pousa o prato vazio no lava-loiças e tira do frigorífico a embalagem dos *falafel* da véspera. Mastiga rapidamente e corta com uma dentada a ponta de uma malagueta.

É a pedreira o tal lugar magnético, pensa. Era ali que tudo começava e acabava, era ali que tinha morrido o pai, era ali que tinha morrido o gémeo de Jurek.

Quando ele disse que a científica não deixa escapar nada, queria dizer o contrário.

Deve haver um aposento escondido que ainda não descobriram. Talvez se encontre a mais profundidade, por baixo dos espaços inspecionados pela científica.

Saga não consegue conter um sorriso.

Pode ter razão.

Recorda novamente toda a conversa enquanto come um *hummus* ressequido e umas tiras de alface, bebe sumo de fruta diretamente do pacote e limpa as mãos peganhentas aos *jeans*. Aproxima-se da mesa, vira a folha de papel e começa a apontar os dados essenciais, a partir da areia que tinha caído da prótese.

Jurek não deixou escapar nada de explícito, mas, tudo somado, é provável que tenha revelado alguma coisa importante.

Afirmava que tinha vivido com o irmão, mas na casa e nos armazéns não havia qualquer vestígio dele.

É um esconderijo perfeito. Jurek sabia que os investigadores não iam encontrar a sua toca porque já tinham feito uma tentativa, utilizando todos os recursos de que dispunham.

A parede de cimento que intuía atrás do pai podia pertencer a um *bunker* da guerra fria.

E quando Jurek interrompeu a ligação, disse: «Agora as trevas vão voltar a engolir o teu pai.»

Não disse nada a propósito de um túmulo, ou de uma cova.

Saga tem quase a certeza de que o pai se encontra na pedreira de Rotebro. Vai rapidamente até à entrada e pega no telemóvel que está em cima da cómoda.

60

Depois de ter terminado o telefonema com o chefe, Verner Sandén, Saga senta-se na poltrona com o telemóvel na mão, sentindo-se invadida por uma espécie de euforia irrefreável. Verner ouvira atentamente aquilo que ela lhe tinha dito, chamou-lhe «pequena» uma única vez e mostrou-se de acordo com a interpretação dela em relação a quase todos os pormenores.

Depois de Saga o ter posto ao corrente do plano que tinha elaborado, Verner ficou em silêncio durante alguns segundos e depois deu-lhe luz verde para formar uma pequena equipa operacional. Teria à sua disposição um grupo de agentes escolhidos da força de intervenção e um atirador experiente.

– Estou perturbada e muito cansada... mas talvez possamos encerrar esta história de uma vez por todas, talvez possamos salvar o meu pai, talvez possamos salvar a Valeria – disse Saga.

Levanta-se e vai à cozinha.

O céu clareou para lá das cortinas fechadas.

Quando a Polícia chegou à clínica para idosos, Jurek e o *Castor* já tinham abandonado o edifício há muito tempo.

Não tem a certeza de que a ação planeada para aquela noite resulte, Saga podia ter-se enganado, tem de ter em conta essa eventualidade, mas de momento ter um plano é para ela um alívio enorme.

Vai organizar uma operação que poderá ser interrompida e cancelada como um véu de neblina em poucos segundos, caso as circunstâncias mudem.

Mas, com alguma sorte, por alguns segundos estará uns passos à frente de Jurek, e nesse caso esses serão os últimos instantes de vida do assassino.

O plano prevê que Saga esteja já posicionada na pedreira juntamente com o grupo de assalto e o atirador quando Jurek a contactar para marcar um novo encontro.

Ela dir-lhe-á que vai ter com ele; nessa altura, se ele sair do esconderijo, será neutralizado.

Saga volta a ligar o computador e estuda as imagens de satélite e as fotografias dos *drones*. É uma zona bastante ampla, com muitos desníveis.

Observa a risca cinzenta das barracas dos operários, que ocupa uma breve crista entre o bosque e o abismo da pedreira.

Por baixo, encontram-se os *bunkers*.

Volta a ligar ao chefe para lhe explicar que vai precisar de mais dois atiradores.

Verner responde-lhe que terá à disposição a equipa completa em tempo útil.

Saga enfia o computador e a almofada bordada a dourado do sofá num saco azul da IKEA, vai buscar à cozinha a caneca de loiça com a imagem da *Guerra dos Tronos* e desliga o cabo do candeeiro de pé.

É noite quando Nathan Pollock e Saga se aproximam do ponto de encontro, na estrada estreita a oeste de Rotebro.

O telefone de Nathan toca a assinalar a entrada de uma mensagem de Veronica. Mandou-lhe um coração vermelho.

– Já preenchi os impressos todos – diz ele.

– Muito bem.

– Não sei a que propósito é que andei com estas fitas todas.

A igreja de Ed, que remonta ao século XII, reluz como uma joia branca na escuridão, por entre os campos adormecidos e o lago negro ao lado.

A equipa já está no local.

À distância, os automóveis pretos cintilam como gotas de tinta da China.

Nathan vira numa estrada de piso irregular, segue o muro do cemitério e passa adiante dos cartazes que indicam operações militares em curso.

Passa pouco da meia-noite e, se Jurek repetir o mesmo esquema das noites anteriores, ainda dispõem de bastante tempo para ocupar as suas posições.

Alguns lampiões iluminam o parque de estacionamento deserto.

Nathan fica no carro, enquanto Saga sai para cumprimentar a equipa. Aperta a mão a cada um dos seis homens da força de intervenção, ao chefe da equipa e aos técnicos da Säpo. Depois aproxima-se dos três atiradores, que ficaram de lado.

Dois deles vêm do grupo de operações especiais de Karlsborg. São homens com cerca de trinta anos, vestidos à paisana. Linus é alto e loiro e fita Saga durante muito tempo quando se apresentam, enquanto Raul tem cicatrizes profundas nas faces e cobre a boca com a mão esquerda quando sorri.

Atrás deles encontra-se Jennifer Larsen, da Polícia de Estocolmo. Está vestida de preto, tem os cabelos castanhos e brilhantes apanhados numa trança espessa e uma ligadura desportiva em volta da mão direita.

– Importam-se de vir atrás de mim um instante?

– Eu vou atrás de ti até qualquer lugar – diz Linus a sorrir.

– Muito bem – replica Saga, sem lhe devolver o sorriso.

– Explica-nos contra quem temos de disparar – diz Raul.

– Vou precisar de algum tempo para o equipamento e a balística – explica Jennifer.

– Quanto?

– Vinte minutos, pelo menos.

– Segundo as minhas previsões, vais ter mais de meia hora.

– Perfeito.

Os três atiradores vão atrás de Saga em direção ao resto do grupo. Toda a zona à volta da igreja medieval está mergulhada em silêncio.

Uma meia-lua treme sobre o gelo fino do lago.

Até agora, Jurek sugeriu locais diferentes para cada encontro, para evitar emboscadas. Se Saga tiver razão e ele estiver escondido na pedreira, o plano pode funcionar.

Quando Jurek a contactar, vai dizer-lhe que sabe onde se encontram os restos mortais do irmão, mas que antes de fazer a troca precisa de uma prova de que o pai ainda está vivo.

É perfeitamente razoável.

Aquilo que Jurek não sabe é que os atiradores já estão posicionados do lado de fora do esconderijo. Assim que sair de lá, um deles terá tempo suficiente para o neutralizar.

Se Saga estiver enganada, a operação será anulada imediatamente.

A pior das hipóteses é que os atiradores não acertem em Jurek ou o firam apenas, dando-lhe oportunidade para fugir.

Nesse caso, as forças de assalto entrarão em ação.

Mas se Jurek fugir e o pai não estiver na pedreira, provavelmente Saga nunca mais saberá onde se encontra.

Nesse momento, nunca mais vai conseguir reconquistar a confiança de Jurek.

O mesmo acontecerá se Jurek os descobrir, no caso de ter instalado qualquer tipo de sistema de alarme ou videovigilância.

Mas Saga não tem outra possibilidade.

Nunca teria insistido em organizar uma emboscada se não tivesse ótimas previsões de sucesso.

Reúne a equipa em círculo, distribui os mapas da pedreira e repete detalhadamente as posições dos atiradores. Jurek Walter não poderá sair de nenhuma das habitações dos operários sem se encontrar debaixo de mira. Saga mostra ao grupo de assalto o caminho a seguir, os pontos de encontro, a via de acesso para eventuais ambulâncias e o espaço onde poderia aterrar um helicóptero.

Enquanto explica a tática operativa, recorda as palavras de Joona Linna: quando se trata de Jurek Walter, é preciso ignorar qualquer escrúpulo e qualquer regra. A única coisa a fazer é matá-lo. A custo de qualquer perda, de qualquer consequência inimaginável.

– Não temos também de disparar sobre o outro, o grande? – pergunta Linus.

– Não antes de ter neutralizado o objetivo primário.

– Neutralizado, disseste?

– Temos de abordar a situação lembrando-nos que pode haver reféns – explica Saga, apercebendo-se de um tom febril na sua própria voz. - Não podem hesitar, não podem falhar: vão ter uma única oportunidade.

- OK - diz Linus, erguendo as mãos.

- Agora ouçam... Para que hão haja hesitações no momento crítico, vou ser mais precisa: neutralizar significa que o tiro deve ser mortal.

No círculo à volta dela faz-se silêncio. Um vento frio sopra do lado do cemitério, erguendo as folhas geladas do chão.

- Só por si, não se trata de uma operação complicada - prossegue Saga, com uma voz mais suave. - As várias fases são claras, vocês receberam todas as ordens preliminares, e se alguma coisa não correr bem, paramos... Eu vou estar com o atirador 1, ou seja, contigo, Jennifer, e até à ordem final vamos respeitar um silêncio absoluto via rádio.

61

Os atiradores regressam aos carros e começam a descarregar armas, capacetes e redes de camuflagem.

Mudam-se à luz que sai das bagageiras, vestindo roupas quentes e impermeáveis.

Saga vê que Raul, depois de ter enfiado a meia-calça, executa uma espécie de dança a rodar a anca com as mãos atrás da cabeça.

Vai ter com o grupo da força de intervenção para elaborar uma estratégia sumária depois de terem forçado as portas blindadas.

Aqueles homens estão treinados para agir em presença de reféns, em situações em que entrar de rompante é a única alternativa que existe.

– É possível que o refém esteja em péssimas condições, uma eventual onda de choque poderia causar-lhe danos sérios – diz Saga.

– Vamos atuar primeiro sobre as dobradiças e as fechaduras com as chamas oxídricas – diz o chefe da equipa.

Saga começa a discutir a possibilidade de usar bombas-tubo como última alternativa, mas depois detém-se quando se apercebe de que os atiradores começaram a discutir.

– Que raio é que vocês estavam a fazer? – pergunta Jennifer num tom irritado.

Linus volta-se com um sorrisinho para o seu amigo e abana a cabeça.

– Não me querem explicar que raio é que estavam a fazer? – insiste Jennifer.

– Nada – responde ele.

Saga vê que Linus está a abotoar as calças de camuflado com gestos calmos. Tem os ombros largos e é mais alto do que Jennifer pelo menos dois palmos.

– Tenho trinta e seis anos e dois filhos – diz ela. – Trabalho na Polícia há oito anos e sei que ninguém aperta os mamilos a uma mulher por engano. É uma maneira de a humilhar e de a excluir de certas situações.

– A nós só nos importa se sabes disparar bem – diz Linus num tom gélido.

– Escuta – intervém Saga, parando diante deles. – Tudo isto é absurdo e muito pouco profissional... Não, ouve o que eu te digo. A Jennifer tem razão, todas as mulheres passaram por isto, nenhuma acha graça, portanto daqui para a frente vê se evitas estas situações.

As faces de Linus tingem-se de vermelho.

– Então liga diretamente ao meu chefe e despeçam-me. Sou um dos melhores, mas agora que as senhoras se uniram...

– Falamos sobre isso depois – diz Saga.

Os dois homens continuam a inspecionar o equipamento com rostos rígidos. Saga aproxima-se de Jennifer e vê que montou a mira noturna na espingarda, envolveu quatro carregadores com fita adesiva de camuflagem e os dispôs em fila na mala do carro.

– Preciso de três atiradores – explica Saga. – Não há tempo para o mandar substituir.

– Não há problema nenhum – diz Jennifer, enquanto afasta uma madeixa de cabelo que se encaixou no canto da boca.

Prende uma faca à cintura, sobre a anca direita, veste o colete à prova de bala e aperta as fitas de lado.

– Vais estar a mais de quatrocentos metros do alvo – diz Saga.

– Vou ter de me adaptar – constata Jennifer.

– Geriste bem aqueles idiotas – diz Saga em voz mais baixa.

– Em tempos, nem ligava – responde a outra, com um ar cansado. – E sabes, tinha vergonha disso... mas agora tenho uma vida tão cheia que não consigo aturar mais merdas... a minha mãe tem Alzheimer e os meus irmãos já andam em guerra por causa da herança.

– Sinto muito – diz Saga.

– Ainda que a coisa pior seja o facto de, neste momento, o meu marido andar obcecado com a maratona de Estocolmo.

– Os homens têm sempre os seus projetos – responde Saga. – Olha, o meu namorado está convencido de que é fotógrafo.

– Por acaso não faz fotos de nus? – pergunta Jennifer, com um sorriso discreto.

– Mas muito artísticas – responde Saga a rir.

– O meu marido também atravessou essa fase... a maratona é muito pior, espero que não te aconteça a ti também.

Saga prepara-se para responder quando o telemóvel lhe toca na mão. Lê a breve mensagem de Jurek.

Círculo de golfe em Lidingö às duas.

Afasta-se alguns passos de Jennifer, concentra-se, recorda a resposta que decidiu enviar-lhe e escreve com dedos trémulos: «Já sei onde está o corpo do teu irmão. Antes da troca, quero ver se o meu pai está bem.»

Lê a resposta duas vezes, respira fundo e carrega para enviar. Agora já não há maneira de voltar atrás, pensa. Acabou de mentir a Jurek Walter, e vai ser difícil remediar a mentira se alguma coisa correr mal.

Enquanto espera uma resposta, deixa deslizar o olhar à sua volta.

O bosque para lá da igreja está escuro. A luz cor de âmbar que ilumina a fachada faz brilhar o edifício como vidro derretido.

Saga pensa que tem uma oportunidade para pôr fim àquela história.

O telemóvel toca novamente. Saga observa o ecrã e lê, com um arrepio: «Arranja maneira de teres à mão um computador ligado.»

Vai até ao parque de estacionamento com o coração num tumulto e levanta a voz de modo que todos consigam ouvi-la.

– Escutem, temos um contacto com os raptores, a situação é crítica, já sabem o que têm a fazer, ponham-se imediatamente em posição, arranjem maneira de não serem vistos e esperem a ordem final.

62

Saga encontra-se na carrinha da Polícia estacionada numa estrada de um bosque por cima do Esker de Estocolmo, a cerca de um quilómetro do absimo da pedreira onde está convencida de que Jurek se esconde.

Passaram quarenta minutos.

Por uma questão de segurança, os técnicos e a unidade operacional deixaram-na sozinha.

Eliminaram a parede divisória da carrinha e substituíram-na por um painel pintado de branco. Saga está sentada na almofada do sofá, encostada ao painel, com o computador nos joelhos e a caneca cheia de chá ao lado. A única luz vem do ecrã do portátil e do candeeiro de pé da sua sala de estar.

Se não mexer o computador, quando a ligação for feita vai parecer que está em casa.

Recorda aquilo que deve dizer se Jurek lhe pedir para se deslocar com o computador para outro aposento. Talvez baste explicar-lhe que a bateria está a carregar e que ao deslocar-se ia perder a ligação.

Os carros que passam pela estrada quase não se ouvem, mas a sirene de uma ambulância na autoestrada chega ao interior da carrinha.

Os atiradores já devem ter ocupado as suas posições em volta das velhas habitações dos operários, e a equipa de assalto deve ter-se dividido em três pares no bosque mais acima.

Saga repete pela enésima vez aquilo que vai dizer a Jurek. Vai sugerir uma troca imediata, mas sem demasiada pressa. Jurek alimenta-se daquelas conversas entre eles, da sensação de dissecar a sua alma.

Saga mantém a respiração sob controlo, apercebe-se dos lentos movimentos do ventre e expira lentamente.

Quando ouve o toque da videochamada a chegar, uma calma singular invade-a.

É como se todo o seu corpo se tornasse pensante pelo efeito de um opiáceo.

Move os dedos gélidos sobre o *trackpad*, desloca o cursor até ao ícone verde e aceita a chamada.

De repente, o rosto de Jurek aparece no ecrã. Está assustadoramente próximo. Saga consegue ver a rede de rugas e as infinitas cicatrizes na testa, o queixo e uma face.

Os olhos observam-na com calma.

Veste um blusão preto com carapuço, aberto sobre a mesma camisa aos quadrados da última vez. Não traz a prótese. A manga do casaco está pendurada, vazia. O contorno do coto, logo abaixo do ombro, intui-se através do tecido.

– Já devem ter encontrado o carro do teu pai – diz.

– Eu sabia que não ia dar em nada, mas participei nas buscas porque era isso que esperavam de mim – responde ela, com sinceridade.

Algures atrás de Jurek ouvem-se cansados ataques de tosse. O ruído não provoca nele qualquer reação, o seu olhar claro não se afasta dela.

– Estava a pensar como é que tinham feito para encontrar o meu irmão – diz.

– Tinhas levado com umas doses bastante elevadas de *Cisordinol* e mencionaste Leninsk – diz Saga.

– Não, não… tu não podes ter percebido aquilo que eu disse.

É impossível saber se está a fingir surpresa ou se realmente não sabia.

– Foi assim que o encontrámos.

Jurek respira fundo e inclina-se para mais perto do ecrã. Saga faz um esforço para não afastar os olhos.

– Sabes que o Joona executou o meu irmão?

– O que é que queres dizer? – pergunta ela, com um fio de voz.

– De acordo com o relatório da autópsia, disparou-lhe ao coração a uma distância tão próxima que o gás que saiu do cano lhe entrou para debaixo da pele.

Também Saga leu o relatório e sabe que, tecnicamente, Jurek tem razão. Não havia testemunhas quando Igor morreu, e Joona tinha-se recusado a responder a qualquer pergunta durante o inquérito que se instaura obrigatoriamente quando se usa a arma de serviço.

– Sei que o objetivo do Joona era capturar o teu irmão – responde, com uma voz controlada. – Deve ter acontecido qualquer coisa, de outra forma não teria disparado.

– Porque não? As pessoas gabam-se da existência de uma espécie de código que regula os comportamentos humanos... Mas no fundo são todos invejosos, cobardes, carregados de ódio... ligados ao seu *habitat* e prontos para defender o seu próprio território com uma agressividade extrema... para exterminar todos os outros... Porque no fim, quando uma pessoa ainda está viva e se senta à mesa com a família, o sofrimento dos outros não significa nada.

– Quero ver se o meu pai está bem – sibila Saga.

– Quero ver se o meu irmão está bem – responde Jurek, e vira o computador.

Paredes nuas de cimento passam diante da *webcam* ao longo da margem superior do ecrã, e depois o enquadramento detém-se sobre o pai de Saga.

Está deitado em posição fetal, de lado, no chão de cimento, junto a um barril de plástico azul. Tem as plantas dos pés cobertas de areia e o casaco de veludo está sujo.

– Lars-Erik, senta-te – diz Jurek.

Saga vê que o pai se contorce, mas continua estendido no chão.

– Senta-te imediatamente – ordena Jurek, dando-lhe um pontapé ligeiro no ombro.

– Desculpa, desculpa – geme o pai de Saga, apoiando as costas na parede.

Esbugalha os olhos em direção à luz, quase cai de lado, mas consegue firmar-se no chão com uma mão. O sangue escorreu-lhe pelas narinas, ao longo dos lábios rebentados, pelo meio da barba branca.

Com um ar aflito, Lars-Erik olha para Jurek, que lhe vira as costas e regressa ao computador.

– Tens-lhe dado água? – pergunta Saga.

Jurek volta a sentar-se em frente ao ecrã. Os seus olhos claros fitam o rosto dela.

– Porque é que agora te importas tanto com o teu pai? – pergunta. – Há uns anos, nem sequer sabias se estava vivo ou morto.

– Sempre me importei com ele – diz Saga, engolindo em seco. – E preciso de ter a certeza de que o vais libertar se eu te der aquilo que queres.

– O *Castor* vai levá-lo até uma estação de serviço e dá-lhe um telemóvel para te ligar.

– OK – suspira Saga.

Jurek inclina-se ainda mais sobre o ecrã e perscruta-a com atenção.

– Como é que conseguiste descobrir onde está o corpo do meu irmão? – pergunta, ao fim de alguns instantes.

– Não te posso dizer – responde ela, e repara que o computador começou a tremer-lhe sobre os joelhos.

Ficam novamente em silêncio. Jurek vira muito devagar a cabeça de lado, sem nunca afastar os olhos.

– Como é que eu faço para saber que não me estás a enganar? – pergunta, com uma calma extrema.

– Porque se pensasses isso não me fazias essa pergunta.

Jurek esboça um sorriso e Saga pensa que, se estiver enganada, se Jurek e o pai não estiverem na pedreira, fará a troca de qualquer maneira. Vai mentir-lhe, dizendo-lhe que sabe onde está o corpo do irmão, que está guardado numa câmara frigorífica no Instituto Karolinska.

Jurek levanta-se e leva o computador consigo, saindo do aposento onde se encontra Lars-Erik. Saga vislumbra um quartinho de paredes toscas de cimento antes de ele fechar à chave uma robusta porta de aço e avançar ao longo de um túnel escuro.

– Daqui a pouco, terminamos – diz, voltado para o computador. – Mas preciso de me encontrar contigo uma última vez para descobrir por que motivo é que alguém levou o corpo do Igor.

– Prometo-te que vais ter todas as respostas para as tuas perguntas – diz Saga. – Tenho de ir já para o círculo de golfe de Lidingö?

– Eu vou-te dar um novo endereço – responde ele, para depois interromper a comunicação.

63

Saga veste rapidamente o camuflado e o colete à prova de bala, amarra o coldre com a pistola à cintura e põe a mochila nos ombros. Define a direção com a ajuda da bússola e começa a correr através do bosque.

A luz forte da lanterna traça um percurso cinzento sobre o terreno negro. Naquela claridade trémula, Saga esquiva-se das árvores e salta por cima de raízes imponentes.

Daí a quatrocentos metros deverá apagar a lanterna e então a escuridão será total.

Conta os passos e volta-se, mantém o rosto inclinado e avança de costas por entre os arbustos densos, depois recomeça a correr.

Abranda quando faltam apenas cem metros para a posição de Jennifer, respira pelo nariz, verifica a direção, apaga a lanterna e enfia-se por baixo de um grande ramo de abeto.

Avança cautelosamente, com uma mão estendida à frente dela, contorna uma árvore e tropeça numa rocha.

À esquerda vislumbra a luz de um dos refletores da pedreira, mas está demasiado distante para a ajudar a ver.

O telemóvel vibra; Saga detém-se, enche os pulmões de ar frio, abre o bolso, pega no telemóvel e lê a mensagem.

Pista de patinagem de Järfälla, às três.

Continua em frente e pensa que, de carro, conseguirá chegar à pista em quinze minutos. Se estiver enganada, ou se por qualquer razão deixarem escapar Jurek, irá sozinha, para continuar o jogo como se nada tivesse acontecido.

Quando o terreno se torna inclinado, abranda ainda mais e caminha com cautela para não se fazer ouvir, para não correr o risco de quebrar um ramo ou fazer rolar uma pedra.

Apesar de saber onde está Jennifer, é difícil distingui-la. Cortou ramos e construiu um abrigo, tem um camuflado vestido e cobriu o capacete com a rede, está deitada de barriga para baixo com as pernas afastadas e enfiou o cano da espingarda de precisão num arbusto de urze florida.

Saga aproxima-se de cócoras e repara que Jennifer se apercebeu da sua chegada sem afastar os olhos da mira noturna nem por um segundo.

Na escuridão da pedreira, a quatrocentos metros de distância, é impossível ver as barracas dos operários.

Nem sequer se distinguem os contornos.

Está tudo negro.

Saga sabe que há um gradeamento antes do abismo que desce até ao fundo da imponente pedreira, a uns cinquenta metros abaixo do nível original do solo.

A cerca de dois quilómetros vê-se um refletor em cima de um pilar: não é mais do que um pontinho branco no céu negro.

Até à ordem definitiva – disparar ou interromper – vigora o silêncio da rádio.

Saga deita-se de barriga para baixo a uma certa distância de Jennifer, sente o cheiro de agulhas de pinheiro e terra molhada, afasta um ramo da cara e tira da mochila um intensificador de luz.

Parece-se com uns binóculos modernos, mas consegue captar a pouca luz disponível mesmo que o olho humano não capte mais do que escuridão.

Uma placa de microcanais multiplica os eletrões libertados pelos fotões, recriando uma imagem fosforescente legível.

Saga aponta o olhar para a escuridão e vê um mundo cintilante cor de esmeralda. A maior parte da luz captada pelo intensificador parece provir do refletor em cima do pilar distante. Essa luz faz sobressair a série de casas e o espaço aberto de asfalto rachado.

Foi ali que, muito tempo atrás, começaram a extrair areia em quantidades industriais; foi ali que chegou o pai de Jurek quando fugiu para a Suécia.

As velhas barracas dos operários estão desabitadas há anos. Algumas parecem quase intactas, enquanto outras estão em ruínas, não resta muito mais do que os alicerces. Quase todas as janelas estão partidas, alguns telhados desabaram entre as paredes, e os montes de tijolos estão cobertos de ervas daninhas.

Saga perscruta a zona alvo, segue a fachada das barracas, observa as ervas altas e os montes de lixo e detritos.

Tudo é de um verde fosforescente e tem um ar extremamente plástico.

As sombras fazem com que o terreno pareça mover-se como a água de um porto.

No bosque do lado oposto, Saga descobre outro atirador, a circunferência clara ao lado do terreno deve ser a lente da mira: corresponde à posição de Linus.

Jurek ainda não saiu, mas vai fazê-lo em breve.

Nas proximidades não há carros estacionados: talvez Jurek tenha deixado o dele na zona industrial perto da autoestrada, talvez em Rotebro; em qualquer caso, deverá partir dentro em breve para chegar à pista de patinagem a tempo.

Saga verifica se tem ainda a pistola no coldre e lança um olhar rápido a Jennifer: à luz ténue captada pelo visor distingue-lhe parte da face e uma sobrancelha.

Observa de novo as barracas através do visor. Controla-as mais uma vez; portas, muros derrubados, montes de tijolos. Aquele mundo verde está completamente desprovido de vida.

Para de repente.

Numa das janelas parece haver uma vela acesa.

Está prestes a romper o silêncio quando percebe o que viu na realidade: a luz do refletor a bater numa lasca de vidro que sobrou no caixilho da janela, quase completamente vazio.

Tem de manter a calma.

Não há margem para erros.

LAZ-22

Observa com atenção a última barraca da fila – aquela que já caiu ao chão – antes de recomeçar.

O silêncio é tão profundo que ouve Jennifer engolir em seco.

Saga não sabe se as miras dos atiradores vão conseguir captar o blusão negro e opaco de Jurek, não sabe se vai ser engolido pelas sombras.

Vai ser muito difícil acertar no alvo.

É magro e consegue mover-se com uma rapidez espantosa.

Não vão ter muitos segundos para posicionar a cruz da mira sobre o seu peito e carregar no gatilho.

No bosque ouve-se um estalo, como de um ramo quebrado.

Saga volta-se para a escuridão atrás de si, e de repente receia que existam túneis ou outras entradas, que Jurek possa sair da pedreira através de uma passagem desconhecida.

Talvez tenha cometido um erro imperdoável. E se, na mira de uma resolução demasiado rápida, tivesse perdido a possibilidade de efetuar uma troca?

O pai está destruído pela dor, respira com dificuldade, está desidratado.

Valeria, provavelmente, encontra-se em condições muito piores – partindo do princípio de que ainda está viva.

As ambulâncias aguardam no desvio de Bredden.

Dois helicópteros voam sobre Kallhäll. Dali não se ouvem, mas só demoram um minuto e meio a chegar à pedreira.

Quando afasta um braço para o lado, o musgo faz um ruído ligeiro por baixo dela.

Saga observa novamente a fila de barracas, passando de porta em porta, depois faz uma última panorâmica de lado e examina a entrada que dá para Älvsundavägen. Na beira da estrada há lixo acumulado. A estrada de terra batida coberta de ervas daninhas conduz a um gradeamento que deveria impedir o acesso à área perigosa. Um cartaz com o nome da empresa de vigilância soltou-se e caiu ao chão. Mais ao longe distingue-se a carcaça ferrugenta de um automóvel: arbustos despontam do chassi.

Saga aponta novamente o visor para as barracas. Tudo está imóvel, cor de pistácio e alga.

No fundo da pedreira veem-se os crivos mecânicos e as enormes trituradoras, com as fitas transportadoras imóveis; mais ao longe ainda vê-se a entrada do lado de Norrvikleden, onde ficava a administração e a enorme balança para os camiões.

Jurek deve estar ali, pensa. Fechou o pai atrás de uma porta blindada. Parecia um velho *bunker* com as paredes de cimento rugoso.

Mas na Suécia há mais de sessenta e cinco mil *bunkers*.

Podia ser em qualquer lugar.

Talvez Saga tenha sobrevalorizado a sua própria intuição. Mas não pode ter-se enganado em todos os aspetos. Verificou a lista centenas de vezes, Verner e Pollock apoiaram a sua hipótese.

Por alguma razão, Saga recorda o verão anterior, quando ela e Pellerina tinham encontrado uma andorinha morta no jardim de Enskede. Pellerina encheu um buraco redondo com flores e morangos antes de ali deixar cair suavemente o passarinho.

No vão de uma porta ondeia uma tela de plástico.

O vento parece aumentar, assobiando através do bosque atrás deles.

De repente, uma luz intensa faz com que toda a cena fique exposta, como o clarão de uma explosão silenciosa.

64

Saga baixa o visor e descobre um carro que virou da estrada principal e se aproxima do gradeamento. A luz dos faróis desliza sobre latas de tinta, garrafas sujas, restos de pneus e um fogão a lenha branco com a porta do forno aberta.

A mulher no assento do passageiro desaperta o cinto de segurança.

O homem, jovem, não diz nada.

Saga não percebe o que estão a fazer: parece que a mulher está a tentar trepar para cima das pernas do condutor. Apoia-se com uma mão ao volante e olha em volta, levanta o vestido até ao traseiro pálido e encavalita-se em cima do homem.

Não pode ser verdade, pensa Saga.

Aquilo pode arruinar toda a operação.

Saga espreita mais uma vez em direção às casas, pelo canto do olho capta um reflexo ondulante, dá uma olhadela ao automóvel e percebe que o rapaz está a filmar a relação sexual com o telemóvel.

A porta da terceira barraca abriu-se: talvez seja por causa do vento que sopra com mais força.

Jennifer respira lentamente.

Dali a pouco, a operação vai ter de ser interrompida.

A luz intensa volta a encher a paisagem, que se tinge de um branco ofuscante. O carro faz marcha-atrás, já acabaram, o para-brisas está coberto de condensação.

Não foi certamente uma longa-metragem, pensa Saga, enquanto observa a janela da barraca em que o pai de Jurek se tinha enforcado.

O tempo está a terminar. Naquela altura já deviam ter intercetado Jurek.

Saga apercebe-se de que Jennifer tem a respiração mais ofegante; faz de novo uma panorâmica sobre toda a área, mas tudo parece imóvel.

O velho estrado de uma cama, alguns caixotes encharcados.

Uma placa de cimento plana no espaço asfaltado partida a meio; na fissura vislumbrando-se o arame enferrujado da estrutura.

Saga olha para o relógio.

Pode esperar ainda quatro minutos antes de se deslocar até à pista de patinagem.

As probabilidades de Jurek se encontrar na pedreira diminuíram drasticamente. Um grande pássaro move-se por entre os ramos mais altos, por cima das suas cabeças.

Saga examina mais uma vez a escuridão verde e intensa para lá das barracas. A imagem desloca-se ao longo do edifício em pequenos solavancos.

Se quiser chegar a tempo ao local de encontro, são horas de se pôr a caminho, já sabe, mas apesar disso observa a zona mais uma vez, de uma forma ordenada, como tinha feito anteriormente.

Segmento a segmento, detém-se sobre a velha habitação do pai de Jurek e observa as cortinas rasgadas que vibram ligeiramente na corrente de ar. Está a deslocar o visor para a habitação seguinte quando qualquer coisa, na extremidade da fila de barracas, atrai a sua atenção. Dirige o olhar para a habitação que está completamente em ruínas.

A luz verde-escura desliza lateralmente sobre os alicerces: os restos de uma parede-mestra, um monte de tijolos e uma trave caída no chão.

Saga sustém a respiração.

A imagem aumenta de novo e, antes de estabilizar, Saga nota um movimento pouco acima do chão.

– A última casa – diz, e sente que Jennifer desloca o cano da espingarda no meio do arbusto de urze.

Uma figura magra está a sair, passo a passo, do subsolo.

Deve haver uma escada.

– Estou a vê-lo – responde Jennifer, em voz baixa.

O homem endireita-se e fica recortado com nitidez contra o brilho verde-claro do refletor ao longe.

Só quando começa a avançar é que Saga tem a certeza de que é ele. Reflexos verde-musgo pairam sobre os seus contornos, mas depois vê claramente o blusão negro e a manga vazia a oscilar.

– Fogo – diz Saga via rádio, fitando a imagem trémula.

Não têm três segundos sequer.

O carapuço está levantado, mas o casaco continua aberto. O vento levanta a manga vazia e deixa ver claramente a camisa aos quadrados.

– Fogo – repete, no instante em que Jennifer aperta o gatilho.

Saga vê os tiros que acertam no alvo, na parte superior do tronco: tem quase a certeza de ver uma bala atravessar-lhe o corpo.

Jurek dá um passo de lado e depois começa a afastar-se.

O eco da espingarda ecoa na fachada do edifício à frente deles.

Saga não consegue respirar, está prestes a deixar cair o visor; olha de novo para as barracas, mas está tudo escuro, não se vê nada.

Com mãos trémulas, levanta novamente o visor. Linus dispara de outra direção.

O sangue esguicha das costas de Jurek.

Para.

Saga vê-o claramente.

Jennifer dispara de novo e atinge-o exatamente no centro do peito. Jurek cai para o lado como um animal abatido e fica imóvel.

– Objetivo um no chão, objetivo um no chão – comunica Saga à equipa operativa, enquanto se levanta.

Deixa cair o visor ao chão, sai a correr do bosque e desce o declive.

Algumas pedras soltam-se do solo e começam a rolar atrás dela.

Não se importa com os riscos, com o *Castor.*

Enquanto corre, agarra na pistola.

Já não o consegue ver, mas repete para si mesma que deve estar morto, deve estar morto.

Inclinando-se, prossegue ao longo da fachada das barracas, desengata a lanterna do cinto e acende-a, passa por cima de uma velha cómoda e depois descobre o corpo na luz trémula.

Está imóvel.

Saga inclina-se para passar debaixo de uma trave caída, escorrega, apoia-se com a mão à fachada e passa por cima de um colchão encharcado.

A equipa de assalto chega a correr atrás dela. Saga ouve o ruído do equipamento, as pancadas das botas, mas não afasta os olhos do corpo.

Jaz estendido de barriga para baixo ao longo da parede-mestra, e o sangue salpicou o monte de tijolos.

De repente, parece-lhe que levanta a cabeça, que estica o pescoço e ergue a nuca, mas por um segundo apenas.

O coração de Saga bate demasiado depressa.

Sente o cabo da pistola escorregadio na palma da mão.

Como um relâmpago, as palavras de Joona atravessam-lhe o cérebro: Jurek era uma criança-soldado. Desafia a dor e faz tudo o que é necessário para sobreviver.

Saga avança de novo e imagina Jurek a arrastar-se na sua toca para depois desaparecer.

O vento levanta uma tela de plástico, obstruindo-lhe a visão.

Saga para, mantém a lanterna ao lado da pistola, procura uma linha de tiro, vê o plástico que capta a luz, distingue o corpo no chão e dispara três vezes.

Vê o corpo ser sacudido pelos três tiros e sente o coice da arma no ombro direito.

Avança de novo, afasta a tela de plástico com uma mão, pestaneja para afastar o reflexo da chama.

O estrondo dos disparos tapa-lhe os ouvidos como espuma de banho.

Por baixo da bota, um caco de vidro desfaz-se.

Chega junto do corpo e está preparada para disparar de novo quando, com um pontapé, faz rolar o cadáver sobre as costas e vê o rosto do pai.

Não consegue perceber.

Não é Jurek: estendido no chão, está o pai. Foi contra ele que dispararam.

Está morto, e foi ela que o matou.

O solo vacila e Saga cai de joelhos.

Tudo desaba à volta dela.

Estende uma mão, e com as pontas dos dedos consegue tocar a face coberta de barba quando tudo fica negro.

65

Saga está sentada, imóvel, na sala de espera do serviço de urgência do Hospital Karolinska.

Nathan está ao lado dela, a tentar dar-lhe água num copo de plástico.

O colete à prova de bala e a mochila ficaram na pedreira, mas Saga tem ainda o camuflado vestido.

A pistola no coldre que traz à cintura está escondida pelo cobertor.

Saga está pálida e coberta de suores frios. Tem a testa suja e as faces sulcadas de lágrimas. Os lábios estão brilhantes como alumínio e as pupilas insolitamente dilatadas.

Não responde a nenhuma das perguntas do médico e não tem qualquer reação, nem sequer quando ele lhe tira o braço de debaixo do cobertor para lhe medir o pulso.

A mão de Saga está inerte, por baixo das unhas aparecem vestígios de sangue seco.

O hospital tem uma colaboração estreita com o centro de estudos sobre a psicologia das emergências e das catástrofes.

O médico levanta-se, pega no telefone e chama um dos psiquiatras de serviço.

Saga ouve-o falar de dissociação e amnésia, mas não tem forças para protestar, não ia adiantar nada.

Precisa apenas de descansar um pouco antes de prosseguir.

O médico deixa-os a sós e fecha a porta atrás de si.

Nathan ajoelha-se diante dela e tenta sorrir ao seu rosto petrificado.

– Ouviste o que ele disse, és uma vítima, e é comum que surjam sentimentos de culpa quando se sobrevive...

– O quê? – sussurra ela.

– A culpa não é tua, és uma vítima, não podias fazer nada.

Saga fita o pavimento, coberto de riscos e de marcas de rodinhas de borracha; lembra-se vagamente de ter gritado que a culpa era dela enquanto a obrigavam a entrar na ambulância. Estava a chorar e repetiu que Jurek tinha razão, que tanto lhe fazia que o pai estivesse vivo ou morto.

– Era uma armadilha – diz Nathan, docemente, ao mesmo tempo que tenta captar o seu olhar ausente.

Não tinha sido por erro que Jurek tinha mencionado a pedreira. Estava tudo planeado até ao pormenor. Arranjou maneira de permitir que Saga visse a areia sair da prótese.

Provavelmente, tinha tomado aquela decisão no instante em que ela tentou recuperar a pistola escondida na cozinha. Naquele momento teve a certeza de que Saga tencionava matá-lo.

O jogo tinha mudado de objetivo e de estratégia.

Jurek era capaz de intuir com precisão os pensamentos de Saga.

Sabia como seria programada a emboscada e como a atrair para a sua armadilha cruel.

No fundo, não era senão um jogo de prestidigitação, uma ilusão: a camisa aos quadrados por baixo do blusão.

O pai de Saga tinha a clavícula e o ombro partidos, e o braço amarrado atrás das costas de forma que a manga ficasse vazia.

Jurek levou-o até ao topo das escadas e soltou-o antes de deixar a pedreira através de uma passagem que ia ter à estação de serviço ao lado do bosque. Tinha-a escavado ele mesmo, entre entulho e edifícios em ruínas.

Com a ajuda dos cães, a Polícia conseguiu reconstituir a fuga de Jurek através do bosque ao longo das margens da pedreira, até às hortas urbanas de Smedby.

Saga tinha-se ajoelhado ao lado do cadáver do pai. O tempo dilatara-se num enorme buraco aberto. Saga não prestava atenção à equipa de assalto que entretanto entrava nas barracas para as inspecionar. Desceram pelas escadas, exploraram os túneis e forçaram as portas blindadas dos *bunkers*.

Nem Jurek, nem o *Castor*, nem Valeria.

Não havia mais *bunkers*, a brigada científica não deixara escapar nenhum aposento.

A equipa de assalto tinha até perfurado o chão de cimento, mas debaixo do *bunker* não havia mais do que areia.

O esconderijo de Jurek continuava a ser um mistério.

A luz da lâmpada de néon cai quase perpendicularmente sobre o rosto de Saga. Tem agulhas de pinheiro secas entre os cabelos. Pérolas de suor fundem-se e escorregam-lhe ao longo das faces.

Uma enfermeira entra na sala e apresenta-se. Pede a Nathan para as deixar sozinhas e comunica a Saga que lhe vai dar um calmante para que possa descansar.

Nathan levanta-se e aperta-lhe delicadamente um ombro antes de sair.

Enquanto a enfermeira prepara a injeção de diazepam, Saga começa de novo a pensar nas pálpebras, na sua transparência, e em como não deve nunca baixar a guarda.

– Tenho de...

Interrompe a frase e levanta-se lentamente da cadeira, afasta a enfermeira com um gesto e abandona a sala.

Sai do serviço de urgência com o cobertor pelos ombros. Avança no ar frio da manhã por entre edifícios imponentes e deixa para trás a área hospitalar.

Sabe o que tem a fazer, o que já devia ter feito há muito tempo.

Tem de ir buscar Pellerina. Abandonar o país e esconder-se em qualquer parte.

Enquanto atravessa a ponte sobre o caminho de ferro, o branco castelo de Karlsberg resplandece na névoa matinal. Em frente à escadaria imponente o cobertor escorrega-lhe dos ombros, mas ela não dá conta.

As mangas e o peito do fato camuflado acinzentado estão manchados de sangue escuro.

Tinha apertado o pai nos braços, a cabeça dele contra o seu coração, até que chegaram os paramédicos.

Depois de atravessar a pequena ponte de Ekelund, Saga chega a Stadhagen, continuando ao longo de Kungsholms Strand até P O Hallmans Gata.

Toca à campainha, mas não obtém resposta no intercomunicador. Prepara-se para tocar outra vez, mas muda de ideias.

Já não percebe o que está a fazer.

Pellerina está mais segura naquele apartamento do que em qualquer outro lugar.

Não corre perigo nenhum.

Na realidade, Saga queria apenas abraçá-la, escutar as suas palavras sensatas, sentir o seu afeto.

Contém as lágrimas e pega na pistola, verifica o carregador e o mecanismo.

Depois caminha em direção à central da Polícia.

Tem uma única tarefa, e não pode esperar. Precisa de encontrar dentro dela uma nova dureza, descobrir Jurek e matá-lo.

66

Joona pousa o visor noturno em cima da mesa e espreita para os campos. Na quinta ao lado não há luzes acesas, mas mais ao longe uma porção de céu está tenuemente iluminada. A neblina captura as luzes da cidade.

Parece que Weert está toda em chamas.

Do outro lado do aposento na penumbra, Rinus muda de zona de vigilância, aproxima uma cadeira da seteira e abre o postigo.

Lumi está diante do monitor.

Não fala com Joona há dois dias, não olha para ele e limita-se a responder por monossílabos às perguntas diretas.

Joona faz correr o visor ao longo da erva por baixo do velho autocarro, para lá das rodas da frente, depois prossegue subindo pelos faróis e pelo para-brisas até ao tejadilho plano.

E céu estrelado quase não se vê, como se se ocultasse atrás de um véu.

Joona recorda o período passado em Nattavaara, da primeira vez que se tinham escondido de Jurek. Tinha treinado a filha para que estivesse o mais preparada possível no caso de suceder o pior.

Aprenderam a conhecer-se.

Recorda o céu negro e límpido, e a maneira como lhe tinha ensinado a orientar-se pelas estrelas.

No hemisfério norte pode-se sempre definir a direção com base na Estrela Polar.

Encontra-se perto do Polo Norte e não se move de acordo com a rotação terrestre como as outras estrelas.

– Ainda és capaz de encontrar a Estrela Polar? – pergunta.

Ela não responde.

– Lumi?

– Sim.

– Está na ponta da Ursa Menor, basta seguir...

– Não me interessa – interrompe-o a filha.

– Percebo.

Levanta novamente a mira da espingarda e controla o setor, um pedaço de cada vez. Não podem deixar que a atenção diminua, não devem criar a ilusão de que não vai acontecer nada.

Ontem Joona leu no *site* de um jornal diário qualquer coisa sobre uma grande operação de Polícia em Estocolmo, mas em nenhum lado dizia qual era o objetivo.

Não sabe quantas vezes procurou notícias de Nathan, à espera que um dos jornais da tarde referisse alguma indiscrição não confirmada segundo a qual um *serial killer* até agora desconhecido tivesse sido morto durante uma ação policial.

Mas como até agora nenhum escreveu nada sobre isso, Joona tem de pensar que Jurek Walter ainda está vivo.

Tem de proteger Lumi, mas se a Polícia sueca não conseguir deter Jurek, Valeria vai perder a sua proteção: trata-se de um procedimento especial que não pode ser mantido ativo durante muito tempo.

Joona pensa em todo o material relativo a Jurek que estudou ao longo dos anos. Até mandou traduzir as cartas que o pai enviara de Leninsk para a família em Novosibirsk.

Vadim Levanov era engenheiro aeroespacial, muito interessado em todas as investigações relativas ao espaço. Joona recorda uma carta em que ele mencionava a descoberta da nebulosa Medusa por parte do americano George Ogden Abell.

Faz parte da constelação de Gémeos.

Nessa altura, pensava-se que era aquilo que restava de uma supernova, mas na realidade tratava-se de uma nebulosa planetária: gás produzido por uma estrela gigante vermelha na fase final da sua existência.

Joona pensa no fascínio que ressaltava da carta de Vadim Levanov, na parte em que explicava que a constelação de Gémeos iria mudar em breve, porque uma nebulosa daquele tipo tem uma vida muito limitada: apenas um milhão de anos.

Joona desloca-se para a zona 3, abre o postigo e deixa correr o olhar entre a antena de rádio e a mancha de árvores.

– Pai, provavelmente da primeira vez tinhas razão – diz Lumi, respirando fundo. – O Jurek tinha um cúmplice... por isso a família do Samuel Mendel desapareceu, apesar de o Jurek estar em isolamento. Agora sabemos que foi assim. E eu percebo que... que provavelmente, cortando todos os contactos connosco, me salvaste a vida, a mim e à mãe.

Joona dá-lhe mais tempo, enquanto observa as árvores que escondem a saída do túnel de emergência. Um saco de plástico transportado pelo vento ficou preso nos arbustos.

– Mas pagámos um preço altíssimo – prossegue Lumi. – A mãe conformou-se, era como se estivesse de luto... porque a vida dela estava em pausa... Eu era uma criança, adaptei-me, esqueci-te.

Joona observa as margens do pequeno bosque. No chão vê-se a pá de um grande *bulldozer.* Joona detém-se sempre sobre aquele ponto, porque constitui um ótimo esconderijo para um atirador.

– Estás a ouvir? – pergunta Lumi.

– Sim – responde ele, pousando a mira.

Fecha o postigo, vira-se e cruza o olhar com os olhos brilhantes da filha na penumbra da sala. Quando os cabelos castanhos lhe caem sobre a testa, fica igual a Summa.

– Às vezes gozavam-me porque eu não tinha pai – diz Lumi. – Parece uma coisa de outros tempos, mas ali as mães solteiras eram uma coisa rara... e não tínhamos sequer uma foto tua, como é que eu podia explicar isso?

– Foi necessário – responde Joona.

– Na tua opinião – acrescenta ela.

– Sim.

– Não podes pura e simplesmente tentar perceber como eu me sinto? Ligas-me e queres que eu largue tudo e... pronto, não interessa, não me quero queixar. Mas tudo isto, só porque te convenceste de que, apesar de tudo, o Jurek não está morto. Talvez tenhas razão também desta vez – não podemos saber – mas agora as circunstâncias mudaram, porque eu sou adulta e posso tomar as minhas decisões.

– É justo – diz Joona, com uma voz sumida.

Lumi deixa o monitor e aproxima-se do pai. Aperta os braços com força, ganha fôlego e depois recomeça a falar.

– O que eu quero dizer é que viver não significa só sobreviver, significa viver plenamente – diz. – Apesar de eu ter dito certas coisas só porque estava irritada, sei que gostas de mim, que estás a fazer tudo isto por mim, e estou-te grata por isso, a sério, apesar de não estar convencida como tu de que o Jurek regressou do mundo dos mortos.

– Mas é assim – declara Joona.

– OK, mas tirando isso… Às vezes é preciso tomar uma decisão… se não, como é que eu faço para enfrentar o medo?

– Mas se morreres? Se ele te apanhar?

– Nesse caso, será o que tiver de ser – diz ela, olhando-o nos olhos.

– Não posso aceitar isso.

Lumi suspira e regressa ao monitor.

Rinus continua sentado, imóvel, com a mira apontada à sua zona de vigilância. Apesar de não saber sueco, percebe que deve ficar de fora.

Joona abre o postigo da zona 2 e perscruta os campos na direção de Eindhoven. A estufa está tão distante que parece apenas uma florzinha luminosa. Pega na mira noturna da espingarda e observa-a. Um lingote de ouro que resplandece de luz própria. Mesmo com a máxima distância focal, é impossível perceber se as formas escuras para lá do vidro são só plantas ou se está ali alguém.

Joona sabe que não pode obrigar Lumi a ficar. Pode tentar convencê-la, mas a última palavra cabe-lhe a ela.

Seja o que for que lhe diga, em breve regressará a Paris. Alguém tem de deter Jurek antes que isso aconteça.

Uma vez, quando era pequeno, encontrava-se na ilha de Oxkangar, ao largo da costa finlandesa; era de noite, e a água da baía parecia um espelho.

Como de costume, caminhava ao longo da praia à procura de mensagens numa garrafa.

A cerca de vinte metros da areia, nadava uma ave marinha: era um pato-real, uma fêmea com cinco patinhos numa fila irrequieta.

Joona não sabe por que razão não conseguiu esquecer aquilo.

Um dos pequenos, que se tinha afastado do grupo, foi imediatamente atacado por uma gaivota. A mãe foi atrás da sua cria e afugentou o pássaro maior. Mas nesse momento uma outra gaivota atacou o resto dos patinhos.

Joona começou a gritar para afugentar as gaivotas.

A mãe nadou atabalhoadamente em direção aos quatro pequenos, mas nessa altura a primeira gaivota voltou a lançar-se sobre o patinho que estava sozinho e agarrou-o com o bico.

A pata saltou para trás e a gaivota largou o patinho. Estava a sangrar do pescoço e piava com um tom agudo.

Joona apanhou umas pedras para atirar às gaivotas, mas estava demasiado longe.

A mãe estava desesperada. A segunda gaivota atacou de novo os quatro pequenos, deu-lhes bicadas e tentou agarrar um deles. A mãe foi obrigada a render-se. Abandonou o patinho que se tinha afastado para salvar os outros quatro. A primeira gaivota virou bruscamente e desceu em voo picado sobre o patinho ferido, agarrou-o com o bico por uma das asinhas e levou-o.

É este mecanismo que Jurek explora.

Joona muda de posição, abre o postigo da zona 1 e observa a velha casa senhorial e o caminho estreito de acesso. Nem tem tempo de levantar o visor quando descobre uma luz em movimento.

– Um carro – diz.

Rinus começa a examinar metodicamente as várias zonas enquanto Lumi, sem uma palavra, insere cinco cartuchos na espingarda de precisão e a entrega a Joona.

Ele monta rapidamente a mira, pousa a espingarda na janela e observa o automóvel que se aproxima ao longo da estrada estreita. Os faróis saltam com os buracos do asfalto. Consegue distinguir pelo menos duas pessoas atrás do para-brisas.

– São dois – diz. – Pararam diante da cancela.

As luzes dos faróis iluminam a estrada quase até à casa principal. Uma porta abre-se e uma mulher sai do carro. Olha em volta, passa por cima da valeta e avança alguns passos pelo relvado dentro, desabotoa os *jeans*, deixa-os cair até aos tornozelos, juntamente com as cuecas, e põe-se de cócoras com as pernas afastadas.

– E só uma paragem para fazer chichi – diz Joona, ao mesmo tempo que baixa a espingarda e desengata a mira sem perder o carro de vista.

A segunda pessoa fica no carro. As luzes do *tablier* iluminam-lhe as narinas e as sobrancelhas.

A mulher levanta-se e começa a apertar as calças enquanto regressa ao carro, depois de ter deixado uns pedaços de papel higiénico no chão.

Lumi murmura qualquer coisa e vai à cozinha, enquanto Joona segue através da mira o carro a fazer marcha-atrás.

Quando as luzes desaparecem, extrai os projéteis da espingarda e arruma-a no lugar.

Joona atravessa o aposento, afasta a tapeçaria, passa pelas escadas, abre a porta e entra na cozinha. Lumi está diante do micro-ondas ligado. O zumbido interrompe-se com um toque, ela abre a porta, tira uma taça de plástico com uns *noodles* pré-cozinhados fumegantes e pousa-a na mesa.

– Tens razão – diz Joona. – Tenho medo do Jurek, tenho medo de te perder e é precisamente isso que ele explora... Tinha a certeza de que a única maneira de te proteger era desaparecer, esconder-me contigo... Sabes, isto tudo.

– Pai, eu só quero dizer que isto não pode funcionar para sempre – diz ela, e senta-se à mesa.

– Eu sei, eu percebo, é óbvio, mas se aceitares ficar aqui por mais algum tempo eu vou à Suécia fazer frente ao Jurek.

– Porque é que dizes isso? – pergunta ela, a tentar conter o choro.

– Está tudo errado, tenho de admitir, pensava que a Saga e o Nathan o iam apanhar depressa... quer dizer, está em fase de atividade e eles têm o material todo, um monte de recursos, mas... Não sei porquê, não correu como eu esperava.

– O que é que querias fazer?

– Não sei, mas percebi que não posso fugir a esta missão, toca-me a mim deter o Jurek.

– Não.

Ele olha por uns instantes para o rosto dela, os olhos baixos, a boca triste, a mão na taça fumegante de *noodles*, os pauzinhos pousados na mesa.

– Vai correr tudo bem – diz Joona, quase impercetivelmente, para depois regressar à sala de vigilância atrás da tapeçaria.

Rinus deslocou-se para a zona 3. Baixa a mira e escuta em silêncio enquanto Joona lhe explica o seu novo plano.

– Fui eu que te treinei e vais conseguir dar conta do recado – diz Rinus com o seu típico tom brusco.

– Se depois ainda for bem-vindo, na próxima primavera venho ter contigo e com o Patrik.

– Só se conseguires aguentar que eu te chame Tom of Finland – diz Rinus, e pela primeira vez em vários dias o vestígio de um sorriso aparece no seu rosto marcado.

É já madrugada quando Lumi acompanha Joona até ao carro. A cancela foi levantada e a estreita estrada de asfalto desenrola-se como um fio de prata através do campo húmido.

Dirigem ambos um olhar à estrada principal. Véus finos de neblina estendem-se sobre os campos.

O plano de Joona é regressar ao Sul de França e apanhar o primeiro voo para a Suécia, de forma a chegar a Estocolmo o mais depressa possível sem revelar a localização do esconderijo.

Ambos sabem que já são horas de partir. Lumi tem as faces pálidas e a ponta do nariz vermelha.

– Pai, desculpa-me por ter sido tão horrível – disse.

– Não é verdade – responde ele, a sorrir.

– É verdade, sim.

– Tinhas razão, fizeste bem em insistir.

– Mas não queria que partisses já, podemos ficar aqui mais algum tempo, não há problema – diz ela, engolindo em seco.

Ele limpa-lhe as lágrimas das faces.

– Não fiques triste, vai correr tudo bem.

– Não, não é verdade.

– Lumi.

– Vamos ficar, por favor, pai, podemos…

A voz quebra-se-lhe e as palavras transformam-se num pranto desconsolado. Joona abraça-a e ela aperta-o com força.

– Não aguento – diz Lumi.

– Lumi – sussurra ele contra a cabeça dela. – És a pessoa de quem mais gosto no mundo, sinto-me orgulhoso de ti e não desejo mais do que fazer parte da tua vida, mas agora tenho mesmo de fazer isto.

Abraça-a em silêncio até que ela para de chorar e começa a respirar com mais calma.

– Gosto muito de ti, pai – diz Lumi, ainda a soluçar.

Quando por fim se separam, a crua realidade regressa, com a estrada estreita e o carro à espera.

Lumi assoa o nariz e guarda o lenço no bolso. Sorri e tenta controlar-se. A respiração de ambos forma nuvens no ar frio.

– Lembra-te que não vai ser por tua culpa, de maneira nenhuma, se alguma coisa não correr bem – diz Joona. – A responsabilidade não é tua, é uma escolha só minha, e estou a fazer isto só porque acho mesmo que é a melhor alternativa.

Ela assente e Joona aproxima-se do carro e abre a porta.

– Vem outra vez ter comigo – diz Lumi com uma voz sumida.

Ele fita-a nos olhos e senta-se ao volante.

Põe o motor a trabalhar e os faróis traseiros tingem de vermelho a estrada por baixo dos pés dela.

Lumi fica imóvel com uma mão na boca a olhar para o pai.

O automóvel desaparece ao longe.

Quando já não consegue vê-lo, fecha a cancela, enfia o prego ferrugento no lugar do cadeado e dirige-se à oficina.

67

Sabrina Sjöwall sabe muito bem fazer o seu trabalho e foi informada da situação, mas não está ao corrente dos pormenores com base nos quais o departamento de segurança pessoal considerou que a ameaça contra a pequena Bauer é tão grave que requer medidas de segurança excecionais.

No programa de proteção de testemunhas, o elemento crucial é que a localização do alvo se mantenha secreta.

O local onde a menina foi instalada, portanto, não aparece em nenhum registo ou relatório. Só os agentes diretamente envolvidos conhecem aquele endereço.

O apartamento no nono andar compreende cinco assoalhadas para além da cozinha. Obviamente, é demasiado grande apenas para uma menina, mas às vezes é preciso pôr em segurança uma família inteira.

A porta exterior é idêntica a todas as outras do prédio, mas consegue resistir a uma espingarda antitanque.

A habitação deve transmitir uma sensação de absoluta normalidade quotidiana. A decoração é simples mas acolhedora, com sofás de pele castanha cobertos de mantas e tapetes macios no *parquet*.

Tudo sob o signo da normalidade, apesar de as janelas em PVC isolarem o mundo exterior.

Sabrina veste roupas normais, mas traz uma *SIG Sauer P226 Legio* à cintura e mantém um transmissor-recetor pendurado no ombro esquerdo, por cima do casaco.

Tem olhos azuis e cabelos castanho-escuros apanhados numa trança sobre os ombros. Apesar de lhe doerem os joelhos, corre com regularidade, vai ao ginásio e pratica tiro dinâmico.

Tem um metro e oitenta de altura, ancas fortes e seios abundantes. Sempre lutou contra o seu peso, e depois de ter deixado de comer doces, no fim do verão, perdeu quatro quilos. Tenta prestar atenção às calorias que consome, mas não aguenta ter fome: o apetite torna-a fraca e distraída.

Sabrina Sjöwall trabalha há seis anos no departamento de segurança pessoal de Estocolmo e já cumpriu tarefas semelhantes cerca de vinte vezes, mas nunca esteve naquele apartamento.

Fazer de guarda-costas a alguém que foi inserido no chamado programa de proteção de testemunhas é extremamente cansativo.

O aspeto social é tão importante como o técnico. Tem-se a responsabilidade completa do equilíbrio mental do alvo.

Sabrina chama Pellerina porque o jantar está pronto.

Dispôs em dois pratos as barritas de peixe com arroz, ervilhas, natas com açafrão e tomates.

Pellerina chega a correr, com umas pantufas felpudas, e pisa com um ar decidido a entrada da cozinha. Talvez seja por causa dos pequenos pregos de latão, ou porque as bordas das tábuas estão descoladas, mas por alguma razão, quando se pisa a entrada, ecoa uma ténue nota aguda.

Sabrina nunca tinha lidado com uma pessoa com síndrome de Down; para falar verdade, a princípio estava um pouco assustada, não sabia como havia de se comportar.

Mas Pellerina é fantástica.

É evidente que está a fazer um esforço por esconder a preocupação em relação ao pai e à irmã mais velha, Saga, mas de repente, sem mais nem menos, pode começar a explicar que o pai é cardiologista e que às vezes é obrigado a trabalhar de noite.

Antigamente ia dormir ao colégio, mas agora Saga vai dormir a casa dela.

Pellerina anda a cismar no desaparecimento do pai, receia que tenha caído de bicicleta e que tenha partido uma perna, acha que é por isso que ainda não a foi buscar.

À mesa, come quatro barritas de peixe, mas não toca nas ervilhas; limita-se a dispô-las em semicírculo ao longo da beira do prato.

– O meu pai é uma galinha e eu dou-lhe sempre ervilhas de milho – conta-lhe.

Quando Sabrina acaba de arrumar a cozinha, são horas de jogar *X Factor* na sala de estar. Pellerina põe os óculos e levanta o apoio dos pés da poltrona para Sabrina. Ela vai fazer de juiz e tem de se sentar ali, enquanto Pellerina mima e dança as canções de Ariana Grande.

Uma hora mais tarde, depois de ter lavado os dentes, Pellerina vai para a cama.

Sabrina corre as cortinas do quarto. Oscilam ligeiramente enquanto os ganchos tilintam ao longo da calha presa no teto.

– Também se pode ter medo do escuro aos doze anos – diz Pellerina em voz baixa.

– Claro – responde Sabrina, sentando-se na beira da cama. – Eu tenho trinta e dois, e às vezes até eu tenho medo do escuro.

– A mim também me acontece – sussurra Pellerina, enquanto brinca com a cruz de prata de Sabrina.

A pequena conta-lhe que recebeu um *email* que a assustou. Devia reencaminhá-lo, porque se não de noite as raparigas-palhaço iam ter com ela para lhe fazerem mal. Sabrina tranquiliza-a e por fim consegue fazê-la rir. Dão as boas-noites uma à outra e decidem deixar a porta entreaberta e a luz da casa de banho acesa.

Sabrina atravessa a sala por cima do tapete macio para ir até à entrada e verificar se a porta está fechada à chave, apesar de saber que está.

Não sabe porquê, mas naquela noite sente uma inquietação estranha, um pressentimento que lhe aperta o estômago.

Pega num copo e na garrafa grande de *Coca-Cola Zero* e regressa à sala para ver o fim de uma série.

É tão ridícula que começa a sentir calor no rosto e tem de tirar o casaco.

A sorrir, abana-se com a mão e deixa-se cair contra as costas do sofá.

A luz ténue do televisor reflete-se no seu rosto melancólico. A sombra dos seus ombros e da cabeça treme na parede atrás dela.

Vai à cozinha e come uma sanduíche sentada à mesa de pinho, abre o Facebook e o Instagram e finalmente vai lavar os dentes.

Talvez aquele aperto no estômago tenha a ver com o facto de a sua solidão se tornar mais consciente durante encargos como aquele.

É uma pessoa bastante tímida.

A irmã tentou dizer-lhe para se inscrever num *site* de encontros.

Ninguém quer ficar sozinho, mas para Sabrina é quase uma necessidade.

É difícil de explicar.

Muitas vezes, as relações sociais esgotam-na.

Como quando o vizinho, sem mais nem menos, lhe perguntou se ela queria ir jantar a casa dele.

Conseguiu descartar-se com uma desculpa, dizendo-lhe que tinha prometido ajudar a mãe com as decorações natalícias.

A lembrança da conversa com o vizinho atormenta-a há semanas, agora quase não se atreve a sair para o patamar.

Talvez aquela timidez tenha a ver com o seu trabalho, talvez tenha mesmo necessidade de estar sozinha nos tempos livres, de dormir na sua cama sem ter de tratar de mais ninguém.

A mãe tira-lhe muito tempo, apesar de agora se ter mudado para um lar. Tem um apartamento privado, com acesso à cantina e a uma sala para as atividades comuns.

Desde sempre se interessou pela pesquisa interior. É uma prática muito gratificante para ela, que lhe infunde alegria de viver. Mas depois que se mudou para a clínica juntou-se a um grupo de espíritas.

Sabrina não sabe o que pensar disso. A mãe disse-lhe que tinha entrado em contacto com o pai defunto, e que ele está muito zangado. Pega-se com toda a gente, insulta-a, chama-lhe megera e puta.

Sabrina herdou a grande cruz de prata do avô. Não é cristã, mas usa-a sempre, talvez como uma espécie de talismã.

Tentou perguntar à mãe quem era o médium dos espíritas, mas apenas descobriu que é uma das pacientes idosas da clínica.

Os médiuns normalmente oferecem consolação e pacificação.

Aquilo, pelo contrário, parece mais um jogo de poder, uma intrusão.

Sabrina está aborrecida por causa da mãe, pela forma como se deixou enganar por uma desconhecida que a convenceu de que o marido tem alguma coisa contra ela.

É uma situação penosa.

Três semanas atrás, o avô tinha dito à mãe de Sabrina para se enforcar.

Sabrina achou que era de mais, disse que ia denunciar a médium e a clínica, e que nunca mais ia lá visitar a mãe se ela não interrompesse aquela relação com os espíritas.

Mas ainda assim tinha lá ido no domingo anterior.

A mãe tinha uma peruca nova, com caracóis castanho-claros que lhe chegavam aos ombros. Não se parecia nada com o seu cabelo.

Ofereceu-lhe um «*afternoon tea*» e pôs na mesa um prato de doces com três andares.

Folhearam o álbum de fotografias de quando Sabrina era pequena, voltando atrás no tempo, ao casamento da mãe, à sua festa dos dezoito anos.

Mas quando chegaram a uma fotografia a preto e branco do avô, a mãe não quis continuar.

Sabrina nunca tinha visto aquela foto.

O avô encontrava-se numa escada encostada a uma casa, e tinha na testa uma ruga de fúria. Vestia um estranho sobretudo com os ombros estreitos, com a cruz de prata à vista, e tinha o chapéu na mão.

Sabrina tentou convencer a mãe a folhear mais uma vez o álbum, mas ela não quis, ficou imóvel com a sua horrenda peruca a olhar para a fotografia.

Antes de ir para a cama, Sabrina dá uma volta pelo apartamento, espreita a menina e verifica todas as janelas; depois dirige-se à entrada e acende o monitor de modo a poder ver a porta de entrada e o patamar logo a seguir à porta blindada.

Do outro lado do elevador está um carrinho de bebé.

Na noite anterior, alguém tinha tocado à campainha, mas não estava ninguém na rua: provavelmente tinha sido engano.

Sabrina desliga o monitor, vai para o quarto, põe o telemóvel a carregar, estende-se em cima da cama completamente vestida, com a pistola no coldre, e por fim apaga a luz.

O ecrã do telemóvel fica aceso alguns instantes e depois apaga-se.

Sabrina fita o teto, fecha os olhos e pensa que no dia seguinte alguém a vai substituir.

68

Sabrina Sjöwall abre os olhos no escuro com um arrepio. A adrenalina atravessa-lhe o corpo.

Alguém bate violentamente à porta.

Levanta-se da cama, cambaleia e apoia-se com a mão na parede.

– Caraças, que horas são?

Endireita a cruz no pescoço e passa adiante do quarto de Pellerina, continua até à sala na penumbra e tropeça no apoio de pés com uma pancada surda.

O seu casaco ainda está no sofá.

Mais uma vez, alguém bate à porta.

Sabrina coça a barriga e passa a mão na pistola enquanto se dirige à entrada.

Acende o candeeiro de teto para ver os botões e ativa o monitor na parede ao lado do intercomunicador.

A imagem a preto e branco dança antes de se focar.

É a mãe.

A mãe está no patamar, a bater à porta.

Traz a peruca encaracolada e fita a câmara de vigilância.

Tem o rosto iluminado pelo painel da campainha, mas o patamar atrás dela está completamente às escuras.

Mas como é que conseguiu encontrá-la?

Seja como for, entrou pela porta de entrada, subiu de elevador e agora encontra-se à porta do apartamento.

Sabrina engole em seco e carrega no botão do intercomunicador.

– Mãe, o que é que estás aqui a fazer?

A mãe olha em volta, não percebe de onde lhe chega a voz da filha, depois volta a bater à porta.

– Como é que conseguiste encontrar-me?

A mãe mostra um papel onde escreveu a morada e depois volta a metê-lo na carteira.

Sabrina tenta perceber o que aconteceu. Quando recebeu aquele serviço, tinha ido visitar a mãe. Provavelmente repetiu o endereço em voz alta e a mãe deve ter achado que estava a falar com ela.

Quando a mãe dá um passo atrás, é quase sugada pela escuridão do patamar. O seu rosto não é mais do que uma sombra cinzenta.

– Mãe, tens de voltar para casa – diz Sabrina.

– Magoei-me, eu…

Inclina-se para a frente, regressando à luz, toca na cabeça por baixo da peruca e mostra os dedos ensanguentados.

– Meu Deus, o que aconteceu? – diz Sabrina, e abre a porta.

Baixa o puxador, observa a mãe no monitor e vê um homem magro materializar-se rapidamente das trevas.

Abriu a porta apenas alguns centímetros e prepara-se para a fechar quando sente que alguém agarra no puxador do outro lado.

– Não morras – grita a mãe. – Ele prometeu que…

Sabrina apoia-se com a mão ao caixilho da porta e empurra com todas as suas forças. Não percebe o que está a acontecer. O outro é demasiado forte, a frincha vai-se tornando lentamente mais larga.

Sabrina não vai conseguir opor resistência, geme, o puxador começa a escorregar sob a sua mão suada.

Tenta uma última vez fechar a porta.

É impossível.

Larga a porta e corre para o interior do apartamento, tropeça nas pantufas felpudas de Pellerina e bate com o ombro contra a parede, o que faz com que um póster emoldurado caia ao chão.

Atravessa a correr a sala às escuras e entra no quarto de Pellerina; afasta a roupa da cama, pega na menina ao colo, faz-lhe sinal para estar calada e leva-a rapidamente pelo corredor, passando pelo seu quarto, até à casa de banho.

– Pellerina, agora tens de estar em silêncio absoluto. Consegues?

Sente que a pequena treme.

– Sim – sussurra.

– Deves ficar na banheira durante o tempo todo e não olhar para cima... Vamos fazer de conta que estás na cama a dormir – diz Sabrina.

Estende algumas toalhas grandes na banheira e põe a pequena lá dentro, verificando que se deita.

– São as raparigas-palhaço? – pergunta Pellerina, no escuro.

– Está tudo bem. Eu trato disto, tu só tens de tentar ficar em silêncio.

Pellerina tinha-lhe contado que uma prima de uma amiga dela tinha ficado cega, com uns pregos espetados nos olhos, mas a Polícia não tinha encontrado as raparigas-palhaço porque se escondiam no bosque.

Sabrina tinha-a sossegado, explicando-lhe que aquilo era uma história inventada, e mesmo que alguém dissesse que era verdade, não era, também acontecia quando ela era pequena.

Acabou por lhe contar uma anedota engraçada e até conseguiu fazer rir Pellerina antes de lhe desejar uma boa noite.

– Tudo bem, Pellerina? Estás deitada?

– Sim – sussurra.

Sabrina sabe que o transmissor-recetor ficou no casaco que deixou no sofá na noite anterior. Deveria andar sempre com ele, para poder comunicar imediatamente com a central.

Não devia ter acontecido.

Foi negligente.

O telemóvel está em cima da mesa de cabeceira, bem à vista. Se o homem entrou no quarto, provavelmente já pegou nele.

Não consegue compreender como foi capaz de se deixar convencer a abrir.

Pensava que a mãe tinha caído e precisava de ajuda.

Mas alguém provavelmente descobriu o apartamento protegido e a viu entrar; depois de ter localizado a mãe, foi só ir buscá-la à clínica.

Quando Pellerina se mexe, um ruído surdo chega da banheira.

– Tens de ficar imóvel – sussurra Sabrina.

Pensa no homem magro que emergiu das trevas e no puxador que lhe fugiu da mão.

Lentamente, os seus olhos habituam-se à escuridão. A luz ténue do candeeiro da entrada chega até ali.

O reflexo cria uma risca de luz aquosa por baixo da porta da casa de banho. É o suficiente para revelar se está ali alguém.

69

Sabrina permanece completamente imóvel na escuridão da casa de banho a olhar para a luz por baixo da porta.

Respira o mais silenciosamente possível e sente o suor que lhe escorre ao longo das costas.

No apartamento ouve-se um tilintar metálico.

O homem deve ter entrado no quarto de Pellerina. Sabrina ouve as argolas que arranham a calha do teto quando o homem afasta a cortina.

Encosta o ouvido à porta.

O homem está a revistar o quarto de Pellerina. A fechadura metálica do armário clica quando a porta é aberta, cabides de plástico vazios tilintam uns contra os outros.

Depois ouvem-se passos novamente, mas é impossível perceber em que direção.

Sabrina aponta a pistola para o chão e desencosta-se. Observa a tira de luz ininterrupta no chão.

O coração martela-lhe no peito.

O homem está a explorar sistematicamente o apartamento e dentro de alguns minutos vai encontrá-las. Precisa de recuperar o transmissor-recetor do casaco no sofá, regressar à casa de banho e dar o alarme.

Se o intruso não tiver uma arma de fogo, provavelmente Sabrina vai conseguir mantê-lo afastado até à chegada dos reforços.

Apercebe-se de que o homem está a atravessar o chão da sala. O ruído dos passos desvanece-se quando caminha sobre o tapete, para depois regressar.

Dirige-se agora à entrada, aos outros quartos e talvez à cozinha.

– Espera aqui – diz Sabrina a Pellerina.

Hesita um segundo, depois roda a chave, baixa o puxador e entreabre ligeiramente a porta.

Mantém o cano da pistola apontado à abertura e tem o dedo no gatilho, enquanto com a outra mão empurra a porta de lado.

Sai, mantendo a pistola apontada à sua frente, e inspeciona o corredor.

A grande cruz de prata oscila-lhe entre os seios.

Fecha a casa de banho, enquanto lança um olhar às duas portas dos quartos no corredor escuro e à passagem que dá acesso à sala.

Tudo está imóvel.

Sabrina passa pela primeira porta e apercebe-se de que o seu telemóvel desapareceu. Continua em frente, deslocando constantemente o olhar entre a sala e a porta entreaberta.

Observa a fresta da porta encostada do quarto de Pellerina e passa adiante com um arrepio.

Lentamente, aproxima-se da sala.

O *parquet* range atrás dela.

Cada porta representa uma passagem perigosa.

Caminha junto a uma das paredes do corredor. Aponta a pistola para a frente e vislumbra agora uma ponta do tapete macio e uma parte do sofá onde devia estar o seu casaco.

Espreita para trás e parece-lhe que o puxador da casa de banho baixou uns centímetros.

Continua em frente. Não há mais nada a fazer. Tem de chegar à sala, apesar de o homem poder estar à espera dela do outro lado da porta.

O silêncio é completo.

Sabrina dobra os braços, encosta a pistola ao rosto e tenta manter a respiração sob controlo.

A entrada da cozinha produz um som.

O homem deve tê-la pisado.

Sabrina reage instantaneamente, percorre muito depressa os últimos passos no corredor e entra a correr na sala escura.

Verifica as paredes, ajoelha-se e aponta a pistola em direção ao lado esquerdo da sala.

A luz do candeeiro da entrada estende-se sobre o pavimento até à porta entreaberta da cozinha.

Pegadas ensanguentadas atravessam o *parquet* em ambas as direções.

Sabrina levanta-se, contorna o sofá e vê que o transmissor-recetor ainda está sobre o ombro esquerdo do casaco.

Quando se estica para pegar nele ouve uma cadeira cair na cozinha.

A porta abre-se e Sabrina deixa-se escorregar até ao chão atrás do sofá.

Os passos do homem aproximam-se.

Sabrina observa a pistola na sua mão direita. O cano está apontado ao tapete macio.

Respira demasiado depressa.

Agora o homem entrou na sala, os seus passos são mais lentos no *parquet*. Em cima do tapete, já não se ouvem.

Está a três metros dela.

Sabrina tenta deslocar-se silenciosamente de lado, de forma que ele não consiga vê-la no caso de atravessar a sala em direção à casa de banho onde Pellerina está escondida.

Os batimentos do coração retumbam-lhe nos ouvidos e é difícil ouvir o que o intruso está a fazer.

Parece-lhe que tropeçou no apoio dos pés.

Portanto, está a aproximar-se do sofá, a aproximar-se dela.

Sabe que dali a pouco tempo a vai encontrar. Se der mais alguns passos vai vê-la ali estendida no chão.

Tem de agir imediatamente.

Levanta-se de repente, a segurar a pistola com as duas mãos. Mas enquanto a faz correr ao longo da sala, não vê ninguém.

Ele não está ali.

Deve ter-se enganado.

Com as mãos a tremer, tira o transmissor-recetor do casaco e vai ter com Pellerina.

Não passaram mais de dois segundos, mas é já demasiado tarde quando se apercebe de que o homem se escondeu do outro lado do sofá.

Já se levantou, está mesmo atrás dela.

Sabrina desloca a pistola, mas a sua mão é travada de repente e a lâmina de uma faca enterra-se-lhe na axila.

A pistola cai no tapete, ressalta e desliza para o *parquet*.

A dor debaixo do braço é tão intensa que Sabrina não consegue opor resistência quando o homem a puxa para o lado e ao mesmo tempo lhe dá um pontapé nas pernas.

Cai desamparada e vai parar ao lado da mesinha do café. A beira da mesa agride-lhe as costas como uma pancada de taco de basebol.

A taça da fruta fica desfeita.

Sabrina cai ao chão, tenta segurar-se com uma mão, mas bate com a cabeça no *parquet*.

As laranjas rebolam no tapete.

Ofegante, tenta levantar-se.

Sangue quente escorre-lhe da axila.

Parece-lhe que se encontra numa praia a ouvir o ruído do mar, mas percebe que é apenas a sua respiração, que está a ficar com falta de ar.

O homem pousa-lhe um pé em cima do ombro e observa-a. O seu rosto rugoso está completamente sereno.

Inclina-se e afasta a cruz de prata para não danificar a lâmina da faca, mantém-na firme e depois enfia-lhe a lâmina entre os seios, através do esterno, direita ao coração.

Uma onda enorme abate-se sobre ela e desfaz-se com grande fragor.

O homem levanta-se.

Sabrina não vê mais do que uma sombra confusa, uma figura magra.

Foi buscar uma faca à cozinha: nem sequer se tinha preocupado em armar-se antes de entrar.

Sabrina recorda a fotografia do avô por baixo da escada, depois a onda derruba-a e fica tudo negro e frio.

70

Enquanto o avião se prepara para aterrar em Estocolmo, Joona repara que o país está coberto por um manto de neve, mas que os grandes lagos ainda não congelaram: sobre a ténue candura dos bosques e dos campos destacam-se grandes manchas negras.

Depois de ter passado os controlos, chega junto de um cacifo de segurança, digita o código e recupera a bolsa com os seus documentos e as chaves do apartamento de cortesia em Rörstrandsgatan. Joona retoma a sua verdadeira identidade e segue de táxi até ao depósito de veículos na zona industrial de Lunda.

Depois de ter pago as despesas do reboque e da permanência, entra no carro e abre o porta-luvas.

A pistola ainda ali está.

Quando Joona chega ao Instituto de Medicina Legal, já anoitece. Um lampião oscila ao vento e a luz espalha-se sobre o parque de estacionamento quase deserto.

Joona sai do carro e abotoa o blusão por cima do coldre de ombro, ao mesmo tempo que transpõe a entrada em passos largos.

Nålen tinha acabado de tirar as luvas de látex quando Joona entra na sala de autópsias.

– Vamos? – pergunta Joona.

– Sabes o que aconteceu por aqui, Joona? – responde Nålen, enquanto atira as luvas para o lixo.

– Só sei que o Jurek ainda está vivo, contas-me o resto no carro.

– Senta-te – diz Nålen com a sua voz rouca, indicando-lhe uma cadeira de metal.

– Quero ir embora imediatamente – diz Joona com impaciência, mas detém-se quando vê a expressão no rosto do professor.

Nålen fita-o com olhos tristes, respira fundo e começa a relatar-lhe os acontecimentos posteriores à sua partida.

Joona fica imóvel, enquanto ouve Nålen explicar-lhe que ninguém tinha acreditado que por trás dos homicídios estivesse Jurek Walter, por causa de um vídeo bielorrusso em que um homem que dá pelo nome de *Castor* matava um vigilante.

Quando Nålen tira os óculos e lhe diz que Valeria nunca chegara a receber qualquer tipo de proteção, Joona enterra-se na cadeira e cobre o rosto com as mãos.

Nålen tenta explicar-lhe que a sua teoria tinha sido posta de lado porque tudo parecia contradizê-la: as imagens, o *modus operandi* e as testemunhas pareciam indicar que o *Castor* agia sozinho.

Só quando o sacristão foi encontrado numa cova surgiu novamente o nome de Jurek. E agora descobriram que a irmã do sacristão tinha tratado das feridas de Jurek e lhe tinha amputado um braço.

Joona tem o rosto contraído, os olhos cintilam-lhe como vidro enquanto baixa as mãos e cruza o olhar cansado de Nålen.

– Tenho de ir embora – diz, mas sem se levantar.

Nålen continua a contar o que aconteceu na estufa e no centro de dia. Joona assente lentamente enquanto ouve o relato das circunstâncias da morte do pai de Saga.

Quando Nålen lhe comunica que Pellerina desapareceu e que a mulher que tomava conta dela tinha sido morta, Joona levanta-se, sai da sala e aproxima-se rapidamente da saída.

Nålen vai ter com ele ao parque de estacionamento e senta-se no lugar do passageiro no momento em que Joona liga o motor.

A noite invernal é sombria e distante, como se alguém tivesse arrancado a realidade substituindo-a por um mundo solitário e abandonado.

Atravessam ruas escuras e molhadas, ao lado de parques onde os jogos para as crianças permanecem vazios no meio do gelo.

Durante a breve viagem até à central, Nålen refere a Joona o pouco que Saga lhe contou sobre os seus encontros com Jurek Walter.

– Não quer falar sobre isso, recusa-se a escrever um relatório – explica tranquilamente. – Acha-se responsável por tudo aquilo que aconteceu.

Alguns anos atrás, Jurek tinha-a usado para fugir da unidade de segurança máxima do manicómio criminal, mas por outro lado ela tinha conseguido arrancar-lhe informações que levaram à morte do gémeo.

Neve misturada com chuva começa a cair no espelho de água ao lado da autoestrada de Klarastrand. Os faróis dos carros traçam riscos untuosos.

Agora Jurek regressou dos mortos e, como é seu hábito, levou-lhe as pessoas mais queridas – mas, ao mesmo tempo, desviou-se do seu *modus operandi*, pensa Joona, enquanto escuta Nålen.

Levou-a a matar o pai.

É de uma crueldade inaudita.

Mas Jurek não é um sádico.

Inicialmente, Joona pensa que aquele comportamento insólito de Jurek tem a ver com o interesse que nutre pela beleza e pelas trevas de Saga.

Talvez o tenha ferido particularmente o facto de ter sido precisamente ela a tentar enganá-lo? Teria sido por isso que se vingou com tanta crueldade?

– Não.

Há mais qualquer coisa: Jurek organizou uma encenação para a fazer perder a razão.

Ninguém se pode defender de Jurek, nem ele nem mais ninguém.

Atravessam a ponte de Sankt Erik e aproximam-se do parque de Kronoberg, com o velho cemitério israelita onde estão sepultados Samuel Mendel e a família.

A neve cai ao longo da estrada contra o para-brisas. Apesar de abrandarem, é como se continuassem a avançar a uma velocidade extrema.

Joona estaciona do lado de fora da central e transpõe a porta de vidro, juntamente com Nålen.

Sobem de elevador e passam ao lado do gabinete de Joona, batem à porta da sala de reuniões e entram.

Saga Bauer quase não reage quando vê Joona. Dirige-lhe um olhar rápido, enquanto continua a escrever uma série de nomes num quadro branco.

– Saga, sinto muito, soube o que...

– Não quero falar sobre isso – interrompe-o.

Nathan levanta-se do computador e aproxima-se de Joona e Nålen para lhes apertar a mão. Tem o rosto devastado e parece estar prestes a chorar. Tenta dizer qualquer coisa, mas bloqueia e tapa a boca com a mão.

Joona volta-se novamente para Saga e percebe que está a escrever os nomes de todas as vítimas encontradas nos túmulos, pela ordem em que o seu desaparecimento foi comunicado.

– A que é que achas que isso nos pode levar? – pergunta-lhe.

– A nada – murmura ela.

– Estamos muitos a trabalhar, agora – explica Nathan. – Temos o apoio das cúpulas, a equipa de homicídios inteira, a científica, um enorme grupo de investigação, estamos a fazer progressos...

– Enquanto nós organizamos caixotes – diz Saga sem olhar para eles.

– Percebo o que queres dizer – responde Joona. – Mas agora estamos aqui todos, as quatro pessoas que conhecem o Jurek Walter melhor do que ninguém.

Saga baixa o marcador e fita-o com os olhos injetados de sangue. Tem os lábios rebentados e o pescoço coberto de hematomas amarelados.

– É demasiado tarde – diz, com uma voz desprovida de expressão. – Voltaste demasiado tarde.

– Não, se conseguirmos salvar a tua irmã e a Valeria – responde ele.

71

Nathan encomendou saladas, mas ninguém interrompe o trabalho para comer. Nålen espeta o garfo nas folhas de alface enquanto fala ao telefone com um colega de Odense, na Dinamarca.

Deslocaram o candeeiro da secretária de forma a iluminar o conteúdo de um dos caixotes de Joona; folhas manchadas de humidade, fotografias desbotadas, cópias de recenseamentos, cartas em caracteres cirílicos com linhas traçadas a lápis.

A neve misturada com a chuva bate contra as janelas e desliza ao longo da caixilharia suja.

Saga não toca na comida, mas bebe um pouco de água enquanto reencaminha para a Polícia de São Petersburgo um pedido de acesso à base de dados.

Joona levanta a mesa, guarda a salada de Saga no frigorífico da *kitchenette* e continua a reexaminar todos os pormenores do novo processo.

Desloca-se ao longo da parede onde estão as fotografias das novas cenas do crime e detém-se diante das imagens do parque nacional na Bielorrússia.

– O Jurek não atua de uma maneira casual, ainda que às vezes possa parecer – diz. – Mas é um ser humano, e comete erros... Alguns desses erros são armadilhas, outros são portas... Mas eu sei que é nos detalhes que podemos apanhá-lo, ele raciocina de uma forma sistemática.

Nathan continua a inserir material novo na base de dados. Após alguns instantes, pergunta se não será o caso de se dirigir aos *media*, difundindo um apelo para que Jurek não faça mal a Pellerina.

Ninguém ousa contradizê-lo, apesar de toda a gente saber que seria inútil.

Saga aproxima-se da janela e olha lá para fora.

– Não temos tempo para estar tristes, é preciso esperar – diz Joona.

– Tudo bem – suspira ela.

– Sei que é tremendamente difícil, mas neste momento precisamos de ti – explica-lhe.

– O que é que eu posso fazer?

– Falaste com ele três vezes, e talvez...

– Mas não vai levar a nada – exclama ela. – Não vamos encontrar porra nenhuma, eu pensava que tinha uma hipótese mas não tinha, ele é superior a nós.

– Pode dar essa impressão.

– Leva-te a acreditar nas mentiras dele, faz-te vacilar – prossegue, massajando energicamente uma sobrancelha. – Eu pensava que era suficientemente inteligente, mas cometi um erro atrás do outro.

– Ele também se engana – diz Joona. – É possível apanhá-lo em falta...

– Não, não é verdade.

Nathan levanta-se da cadeira, alarga o nó da gravata e desaperta os primeiros botões da camisa.

– O Joona quer que tentemos descobrir como é que o Jurek raciocina – diz. – Toda a gente segue regras e padrões... O Jurek concentrou uma série de túmulos no bosque de Lill-Jans, e aquilo que eu me pergunto é: porquê precisamente ali? Não me parece assim muito cómodo, e depois como é que ele fazia para se lembrar da localização de todos os túmulos?

Saga atira ao chão uma pilha de documentos de uma das secretárias.

– Nada disto faz sentido – diz com uma voz trémula. – Não somos nós que ditamos as regras, porque é que vocês fingem o contrário? Perdemos e temos de fazer como ele diz!

– E o que é que ele diz? – pergunta Joona. – Não nos contaste o que...

– Chega – interrompe-o ela. – Só quero saber o que fizeste ao corpo do Igor, é a única exigência dele... Não quero saber do resto, preciso de salvar a Pellerina, ela tem medo do escuro, percebes? É...

– Saga – diz Joona. – Não se trata do corpo do Igor, isso é apenas mais uma das mentiras dele, uma maneira de te manipular.

– Não, para ele é importante – rebate Saga, e desata a chorar.

– Não é importante, ele não é sentimental nem religioso, não quer saber dos restos mortais do irmão para nada.

Joona pensa que Jurek exagerou o seu interesse pelo corpo do irmão porque sabia desde o início que tinha sido ele a roubá-lo.

Foi só por isso que se prontificou a trocar o pai de Saga pelos restos mortais de Igor.

O plano de Jurek previa que, ao procurar o corpo, Saga descobrisse que tinha sido Joona a tirá-lo de lá. Ia ser obrigada a contactá-lo para recuperar o pai, revelando assim o seu esconderijo.

Era uma jogada requintada e cruel.

Era um plano impiedoso e provavelmente bem conseguido, se Saga fizesse alguma ideia de onde ele se tinha escondido.

Jurek tinha-a usado, mais uma vez, apenas como um meio para atingir os seus fins.

Joona observa o rosto marcado de Saga e pensa: sou eu a obsessão do Jurek, e ele precisava de um cúmplice que partilhasse dessa obsessão. Foi por isso que o meu número estava no telemóvel do pedófilo alemão, foi por isso que o ladrão de cadáveres pegou no crânio da Summa. O *Castor* é o escolhido de Jurek – não há limites para aquilo que ele está disposto a fazer.

– Falei com o Jurek – prossegue Saga, com uma voz tensa. – Quer que o Igor descanse num túmulo e, se me voltar a ligar, tenho de ser capaz de lhe dizer onde se encontra o corpo.

– Não te vai ligar… mentiu-te.

– Muito bem, então era tudo mentira – diz ela com uma voz sumida, ao mesmo tempo que limpa as lágrimas e volta a sentar-se.

– Nem tudo… É por isso que tens de me dizer de que é que falaram.

– Não faz sentido, eu tenho uma ótima memória, mas o Jurek está a outro nível. Lembra-se perfeitamente de tudo aquilo que eu lhe disse, desde a primeira palavra, no setor de máxima segurança, porra, é incrível… todos os tons, todos os gestos… Não temos a mínima hipótese, não avançámos um milímetro.

– Da última vez, deixou escapar qualquer coisa sobre Leninsk, e isso bastou, apanhámo-lo – diz Joona.

– Foi um golpe de sorte.

– Não, foi obra tua, obrigaste-o a falar, queria descer às catacumbas e deu-te qualquer coisa que não te queria dar.

– Nessa altura, eu também pensei a mesma coisa – diz ela num fio de voz. – Mas enganou-me, era tudo uma série de armadilhas.

– Registaste por escrito as vossas conversas?

Saga desvia o olhar.

– Não o quis fazer – sussurra.

– Mas lembras-te?

– Para com isso – murmura Saga, a morder o lábio que começou a tremer.

– Sei que, se tentares, te vais lembrar de tudo.

– Já chega – diz ela, levantando a voz; surgem-lhe manchas vermelhas na testa.

– Diz-me onde mora – replica Joona, com uma voz severa.

– Quem?

– O Jurek.

– Se eu soubesse...

– E achas que não sabes? – interrompe-a ele. – Falaste com ele e devias...

– Não sei – grita Saga.

– Se calhar sabes – insiste Joona.

– Chega!

– Diz-me o que pensas quando...

– Não quero, não quero – responde, e começa outra vez a chorar.

– Saga, eu vou-te fazer perguntas e tu vais tentar responder.

– Já não aguento esta merda toda.

– Mas tens de aguentar.

– Tem calma com ela – intervém Nathan.

– Cala-te – diz Joona, pondo-se à frente de Saga. – Falaste com o Jurek e eu quero saber onde ele se esconde.

– Nós entretanto vamos lá para fora – diz Nålen.

– Vocês ficam aqui – replica Joona, secamente.

Saga fita-o com os olhos arregalados. Tem uma respiração pesada, como se tivesse corrido durante muito tempo e estivesse exausta.

– Não consigo pensar nele, percebes? – tenta explicar. – Ele humilhou-me, eu não me suporto...

– Pensa, mesmo assim – insiste Joona.

Saga respira fundo e baixa os olhos para o chão.

– OK, não importa – diz. – Imagino que viva numa pequena moradia, porque quando eu lhe disse isto ele reagiu de uma maneira diferente do habitual, mas com certeza também isso era uma armadilha.

– O que é que tu disseste, exatamente?

Saga levanta a cabeça e fita-o com os seus cansados olhos azuis.

– Disse que pensava que ele tinha uma pequena moradia e que provavelmente não era completamente isolada porque ele achava demasiado perigoso levar o *Castor* para lá.

– E o que é que ele disse?

– Aproveitou-se pura e simplesmente das minhas palavras, virou-as do avesso e levou-me a acreditar que se escondia na pedreira. Parecia lógico. Porque há uma ligação entre ele e os lugares onde habitou.

– Sim, é verdade – diz Joona.

Joona aproxima-se dos mapas, inclina-se sobre um dos caixotes e pega numa pasta com excertos de recenseamentos, contratos de arrendamento e declarações de rendimentos.

– Talvez porque fugiu de Leninsk, foi expulso da Suécia, foi parar ao país errado e teve de voltar para trás – diz Nathan em voz baixa.

– O Jurek nunca morou no apartamento de Södertälje – diz Joona, enquanto folheia os documentos. – Não havia objetos pessoais, nenhum vestígio dele... Provavelmente limitava-se a apanhar o correio do chão.

– E também não morava na pedreira, era tudo mentira – prossegue Nathan. – Fomos para lá com *bulldozers*... As habitações dos operários foram arrasadas e toda a área foi inspecionada no subsolo: não há mais *bunkers*.

– Mas em criança morava lá, isso nós sabemos – diz Joona, pensativo.

– Sim – suspira Saga.

– E durante a convalescença morou em casa da irmã do sacristão – continua Nathan.

– O Jurek estava quase morto quando a Cornelia o encontrou... As anotações dela contam isso tudo, todos os pormenores das operações – explica Nålen.

– Registou-o com o nome de Andersson... que é o apelido sueco mais comum, só para gozar connosco – suspira Nathan.

– Mas não goza – diz Joona.

– Só que não podemos verificar o álibi de todos os Andersson do país – argumenta Nålen.

72

As horas passam enquanto a equipa continua a examinar em silêncio todo o material disponível, à procura de novas combinações e nexos menos previsíveis.

Joona sopra no café e estuda o mapa da Europa sobre o qual estão assinalados os locais dos crimes, assim como aqueles onde foram encontrados os cúmplices descartados e depois eliminados por Jurek.

A luz na sala apaga-se e regressa, como um breve *blackout*.

Joona volta-se para o mapa de Norra Djurgården e observa os alfinetes que indicam todos os túmulos no bosque de Lill-Jans e na área industrial.

– Como é que ele fazia para se lembrar da posição dos túmulos às escuras? – pergunta Joona.

Nathan procura os óculos de leitura no meio dos documentos em cima da mesa, apesar de os ter, como de costume, na testa.

– Tentámos usar coordenadas e números primos, recorremos aos nossos melhores programas, à geometria, à trigonometria: nada.

– Ele não é um matemático – diz Joona, observando o esquema dos túmulos.

– Não existe nenhum raio de sistema – suspira Saga.

– Espera – diz Joona, de repente, sem afastar os olhos do mapa.

– Não podemos admitir isso e ficar por aqui? – sibila Saga.

– Não.

– A tua obstinação não chega – prossegue ela. – São horas de dar um passo atrás, temos de pedir a ajuda da população.

Joona desloca-se ao longo da parede, observa as fotografias da pedreira, da casa de Cornelia e do apartamento de Södertälje.

– Às vezes eu intuo a maneira de ele pensar – diz com uma voz sumida, convencido de que está prestes a decifrar os movimentos subterrâneos, de encontrar as respostas.

Regressa ao mapa de Lill-Jans, segue a velha linha ferroviária com o indicador e observa os alfinetes que indicam cada um dos túmulos.

– Estão dispostos ao acaso? – pergunta Nålen.

– São os gémeos – diz Joona, e começa a retirar os alfinetes.

– O quê? O que é que disseste?

– A constelação – explica Joona, enquanto desenfia mais alfinetes. – É por isso que consegue lembrar-se da localização dos túmulos.

Retira o último alfinete, arranca o mapa da parede e levanta-o em direção ao candeeiro de teto, de forma que a luz atravesse os minúsculos orifícios no papel.

– Lembras-te daquela carta do pai do Jurek em que falava da nebulosa Medusa? – pergunta Joona.

– Sim – responde Nathan.

– Faz parte da constelação de Gémeos.

Joona pousa o mapa em cima da mesa e traça linhas para unir os vários orifícios: a imagem faz lembrar uma incisão rupestre de duas pessoas de mãos dadas.

Saga põe-se atrás de Nathan para ver a fotografia da constelação que o colega abriu no computador; aumenta-a e aproxima o mapa do ecrã, ampliando a imagem ainda mais. Os orifícios no papel, nos pontos em que se encontravam os túmulos, sobrepõem-se perfeitamente às estrelas.

– Isto é de loucos – diz Nathan a sorrir e a olhar para os outros.

– Já lhe comemos um peão – murmura Saga.

Deixa-se cair numa cadeira e passa devagar a mão sobre a mesa.

– Saga... Vocês ainda estão juntos nas catacumbas – diz Joona. – E é novamente a tua vez, agora é a tua vez.

– Já sabemos que é possível identificar uma chave – diz Nålen com uma voz rouca. – Ele seguiu um esquema...

– Uma ordem – corrige Saga, em voz baixa.

– O quê? – pergunta Nathan.

Ela engole em seco e fecha os olhos na tentativa de encontrar as palavras certas.

– A moral para ele não tem significado, isso já nós sabemos, é menos que nada – diz, cruzando o olhar com o de Joona. – Mas o Jurek respeita uma espécie de ordem...

– Em que estás a pensar? – pergunta ele.

Ela massaja a testa.

– Não sei porque é que disse isto – suspira.

– Mas volta atrás, volta atrás – insiste ele. – Em que estavas a pensar quando usaste a palavra ordem? Não é uma palavra ao acaso. A que tipo de ordem te referias?

Ela abana a cabeça, cruza os braços com força e baixa os olhos para o chão. Fica muito tempo em silêncio antes de recomeçar a falar.

– Quando estávamos no setor de isolamento, eu e o Jurek falámos... de como foi quando ele matou uma pessoa pela primeira vez – começa a contar, ao mesmo tempo que levanta os olhos.

– Disse que era como comer qualquer coisa que ele pensava não ser comestível – diz Joona.

– Sim, mas agora, quando estive com ele na clínica, comparou o homicídio ao trabalho manual... Ele não tem prazer em matar, mas eu perguntei-lhe se alguma vez lhe deu prazer fazê-lo.

Interrompe-se de novo.

– E nunca lhe deu prazer – diz Joona.

Saga olha para ele.

– Não, mas o primeiro, o primeiro homicídio que cometeu na Suécia depois do suicídio do pai... Disse que o fez sentir-se calmo, como se tivesse resolvido um enigma... Um enigma sobre a maneira de conseguir restabelecer a ordem, pensei eu... Porque foi nessa altura que ele percebeu que não devia apenas matar os culpados, mas retirar-lhes tudo.

– Sabemos quem foi a primeira pessoa que ele matou na Suécia? – pergunta Nathan.

– Não – responde Nålen. – Até agora encontrámos apenas um número demasiado reduzido de corpos.

– Será que… será que a primeira vítima se poderia chamar Andersson? – pergunta Saga, levando a mão à boca.

– Estás a pensar que o Jurek disse à Cornelia que se chamava Andersson por causa disso – diz Joona. – Que decidiu assumir o nome da sua primeira vítima.

– Tal como em tempos, antes de regressar à Suécia, assumiu o nome de Jurek Walter.

– Ótimo, Saga – diz Joona. – Fantástico.

Ela assente com um olhar febril e observa Nathan que começa a procurar o nome no enorme processo de Jurek.

– Não aparece nenhum Andersson, nada – murmura ele em frente ao computador.

– Então deve ser uma vítima desconhecida – diz Joona.

– Força, temos de pensar – insiste Saga, e respira fundo com um arrepio. – Quando ao fim de todos aqueles anos o Jurek regressa à Suécia e encontra o pai morto, quando percebe que se enforcou por solidão… quem é o primeiro em quem pensa, quem deseja aniquilar?

– Aqueles que tomaram a decisão de os separar do pai, a ele e ao irmão, os membros da comissão para a imigração – sugere Nålen.

– Não é nenhum deles, suicidaram-se anos depois, estão na lista – diz Joona.

– Então quem é que ele mata primeiro? – pergunta Nålen.

– Talvez o capataz da pedreira, eu teria feito isso, verifica… Aquele que levou embora o Jurek e o irmão – diz Saga, levando as costas da mão à boca. – No fundo, foi ele que desencadeou todo o processo, podia pura e simplesmente ter dito ao pai para estar mais atento às crianças, é isso que se faz habitualmente, podia ter-se limitado àquilo.

– Será que conseguimos chegar ao nome dele? – pergunta Nathan, enquanto começa a escrever no teclado do computador.

– Temos de conseguir – diz Saga.

Nålen começa a procurar em relatórios antigos no seu computador prateado.

– Eu sei que tenho alguns apontamentos sobre isso – diz Joona, e vai buscar um bloco de notas a um dos caixotes.

– Jan Andersson – diz Nålen, levantando o rosto do computador.

– O capataz chamava-se assim? – pergunta Saga, sem fôlego.

– Sim, mas está errado – diz Nålen. – Não foi a primeira vítima.

– Como?

– Ainda está vivo – diz Nålen, e continua a ler. – Esse Jan Andersson e a família ainda estão vivos, é por isso que o nome dele nunca apareceu no inquérito.

– Será que o Jurek pode ter poupado o homem que denunciou a família dele à Polícia? – pergunta Nathan, com um tom cético.

– Em qualquer caso, o Jan Andersson já está reformado, e a filha vive em Trelleborg – prossegue Nålen. – A mulher morreu, mas o irmão dele ainda está vivo, tem uma família numerosa em Lerum.

– Eu acho que o Jan Andersson morreu há muitos anos – diz Joona lentamente.

– O que é que queres dizer? – pergunta Nålen.

– O Jurek não se limitou a usar o nome dele, mas roubou-lhe a identidade – explica Joona. – É por isso que há essa informação de que ele ainda está vivo.

– Queres dizer que o Jurek recebe a pensão dele, paga as contas...

– Exatamente.

– Nesse caso, provavelmente vive em casa dele, em Stigtorp – diz Nålen, voltando o computador para eles.

73

Valeria continua com frio e perdeu a sensibilidade nos pés. A escuridão e o silêncio por baixo do chão da cave fizeram-na perder a noção do tempo. As chagas do decúbito nas costas acordam-na continuamente.

Para racionar a água, espera sempre que a sede se torne insuportável antes de beber. Isso aumenta as possibilidades de ser salva, mas torna-a ainda mais fraca.

Acha que já alguém deve ter percebido o que aconteceu na estufa, ao ver o sangue e o corpo no automóvel. Os filhos devem certamente ter alertado a Polícia e provavelmente anda toda a gente à procura dela.

Valeria ouve as vozes por cima da sua cabeça, adormece e sonha com um barco a remos cheio de água quando ouve um choro infantil ao seu lado.

– Pai? Pai?

Valeria bebe um gole de água para recuperar a voz.

– Pai? Saga?

– Eh? – diz Valeria, aclarando delicadamente a voz. – Ouves-me?

A menina cala-se de repente.

– Chamo-me Valeria, eu também estou aqui fechada... estou mesmo ao teu lado.

– Tenho frio – diz a menina.

– Eu também tenho frio, mas vamos conseguir sair daqui... Como é que te chamas?

– Pellerina Bauer.

– Estavas a chamar pela Saga, conheces a Saga Bauer?

– A Saga é a minha irmã – diz a menina. – Ela vem-me salvar porque é polícia.

– Quem foi que te raptou, Pellerina, sabes?

– Não.

– Viste-o?

– É velho, mas muito, mesmo muito rápido... A Sabrina estava a tomar conta de mim quando ele chegou, eu escondi-me na banheira e fiquei caladinha como um rato, mas ele encontrou-me na mesma.

– O que aconteceu?

– Não sei, quando acordei estava tudo às escuras. Já fiz doze anos, mas ainda tenho um bocadinho de medo do escuro.

– Eu também tinha medo do escuro com doze anos, mas agora não precisas de ficar assustada, pensa que eu estou sempre aqui contigo e que podes falar comigo sempre que quiseres.

Valeria percebeu que o homem e a mulher que lhe levaram água a consideram perigosa. Jurek deve ter mentido para os assustar. Estão convencidos de que estão em segurança enquanto desempenharem a sua tarefa, enquanto estiverem ali de guarda e a mantiverem numa caixa. Mas Pellerina é apenas uma criança. É difícil imaginar o que Jurek lhes teria dito para os convencer a tratá-la assim.

O tempo vai passando, na escuridão em volta da caixa. Aquelas horas intermináveis confundem-se umas com as outras. Valeria tem febre e dores de cabeça, Pellerina tem frio e uma sede tremenda.

Não podem fazer mais do que resistir, à espera de serem salvas.

De início, para acalmar Pellerina, Valeria falou-lhe das suas estufas: descreveu-lhe as várias plantas, as árvores e os arbustos de fruta. Agora está a inventar uma longa história sobre uma rapariga chamada Daisy e o seu cachorrinho.

O cachorro caiu num buraco e Daisy anda à procura dele por todo o lado. Pellerina fala diretamente com o cão, tenta consolá-lo e explicar-lhe que a sua dona o vai encontrar em breve.

Valeria percebeu que, quando Jurek a raptou, Pellerina se encontrava em algum tipo de alojamento protegido. O que significa que alguém deve já ter dado conta do seu desaparecimento. A Polícia sabe o que aconteceu e a procura da menina é certamente muito ativa.

O tempo começa a faltar. Valeria tem a consciência de que o seu estado geral está a piorar rapidamente, e que uma criança não se pode aguentar muito tempo sem líquidos.

Conta-lhe a maneira como Daisy procura num sítio atrás do outro e vai encontrando constantemente pistas diferentes: os brinquedos, os ossos e a coleira do cão.

Valeria adormece a meio da história e acorda porque alguém está a pisar o chão por cima delas.

– Está atento, agora vou abrir – diz a mulher com uma voz estridente.

– Estou pronto – responde o homem.

– Dispara se ela tentar sair.

Os seus pensamentos começam a rodopiar quando os sente desapertar as correias em volta da outra caixa. Também têm medo de Pellerina. O que é que Jurek lhes terá dito?

– Abre – ordena o homem.

Levantam a tampa.

– Mantém-na em baixo! – grita a mulher.

– Vou tentar, vou tentar – responde a filha.

– Deixem-me ir embora – soluça Pellerina.

– Bate-lhe! – grita a mãe. – Na cara!

Ouve-se uma pancada violenta e Pellerina geme de dor.

– Está quieta – rosna o homem.

– Eh – exclama Valeria. – O que é que estão a fazer?

– Dá-lhe a garrafa.

Ouvem-se outras pancadas e Pellerina chora ruidosamente.

– Com calma, Anna-Lena – diz o homem.

– Maldição, foi ela que o queimou, foi ela que…

– Eu não quero estar aqui – diz Pellerina, sempre a chorar.

– Bebe e cala-te – sibila a mulher.

– Não quero, não quero – soluça Pellerina. – Quero ir para casa…

Geme quando é agredida de novo, e começa a tossir.

– Está a sangrar – sussurra a filha.

– Estão a ouvir? – grita Valeria. – Porque é que fazem mal a uma criança?

– Tu vê lá se te calas – grita a mulher.

– Será que me podem explicar porque é que têm uma criança aqui em baixo? – pergunta Valeria. – Chama-se Pellerina e…

– Não a ouçam – interrompe-a a mulher.

Antes de prosseguir, Valeria reflete em silêncio para avaliar as consequências, mas não tem tempo para pensar e decide fazer uma tentativa.

– A Pellerina não tem nada a ver com tudo isto, o pai dela apanhou uma *overdose* e ela está comigo até ele sair da clínica onde foi fazer uma desintoxicação…

– Nós sabemos tudo – diz o homem.

– Ainda bem, porque eu não quero negar as minhas culpas – apressa-se Valeria a replicar. – Sou toxicodependente… e estava desesperada quando aquilo aconteceu.

– O que é que ela está a dizer? – pergunta a filha.

– Estou muito arrependida por aquilo que fiz, juro-vos…

– Cala-te! – grita a mulher.

Fecham a tampa da caixa de Pellerina e Valeria ouve-os apertar as correias.

– O homem que vocês encontraram, chama-se Jurek… Só quer receber, não sei o que ele tenciona fazer comigo, mas a culpa é toda minha, pedi-lhe um monte de dinheiro e depois desapareci… Eu percebo que vocês estejam contra mim, mas se deixarem morrer a Pellerina não vão ser melhores do que eu.

– Ele disse que não a devemos ouvir – diz a filha adolescente.

– Quando a gente entra em abstinência, fica em pânico, não percebe mais nada de nada, é capaz de fazer qualquer coisa por meio grama… Eu queimei-o para lhe tirar dinheiro, o telemóvel… a Pellerina não sabe nada disto.

– Ele disse que ela é o monstro que marcou aquelas letras no Axel com um ferro em brasa – diz a filha.

– Não, fui eu, ela nem sequer sabe escrever… Queimei-o para ele levantar dinheiro no multibanco.

– Dá-lhe um tiro, dá-lhe um tiro através da tampa – diz a mulher, a chorar.

– Acalma-te – ordena o homem. – Não podemos, já sabes o que temos de fazer.

– Dá-me a espingarda – diz a mulher –, eu dou-lhe um tiro.

– Chega! – resmunga o homem.

A mulher chora e afasta-se.

– Está frio, aqui em baixo, estamos a congelar – diz Valeria. – Eu não acredito que o Jurek queira que eu morra, porque se assim for não lhe posso restituir o dinheiro que lhe devo.

– Que raio é que vamos fazer? – pergunta o homem, em voz baixa.

Valeria sente que começam a deslocar o alçapão do esconderijo.

– A Pellerina é apenas uma criança, os pais dela são toxicodependentes – prossegue Valeria, levantando a voz. – Não sei porque é que lhe querem fazer mal… Se não a querem tirar daqui, tragam-lhe ao menos roupa quente e alguma comida.

As lágrimas começam a sulcar-lhe as faces quando os ouve afastar-se sobre o pavimento por cima dela, antes de tudo mergulhar no silêncio.

– Bebe a água, mesmo que te tenham magoado – diz Valeria no escuro.

Pellerina não responde.

– Bateram-te com um pau? Pellerina? Foram maus contigo? Estás a ouvir? Percebes que eu estava a dizer uma mentira, quando disse que tinha queimado um rapaz? Pensavam que tinhas sido tu, mas eu sei que não é verdade. Mentir é uma coisa feia, não se deve fazer isso, mas eu fui obrigada, para os convencer a libertar-te. Às vezes é preciso dizer coisas estranhas. Mas eu juro-te que nunca fiz mal a ninguém… e tu?

– Não – murmura a pequena.

– Mas eles pensam que sim, e é por isso que não nos deixam sair.

74

Após uma rápida reunião, os agentes da força de intervenção deixam a base de Solna.

Duas carrinhas negras e um furgão branco seguem a alta velocidade um *Volvo* preto para lá de Rinkeby e Tensta.

Nålen regressou a casa, enquanto Nathan Pollock segue a bordo do furgão, juntamente com o grupo operativo da Secção.

Joona Linna vai ao volante do primeiro carro da caravana e Saga Bauer segue ao lado dele, de olhos fechados. Receberam ambos ordens explícitas de se manterem na retaguarda e de não participarem na operação.

– Saga, como é que estás, mesmo? – pergunta Joona.

– Bem – responde ela, secamente.

– Sabes que me podes deixar a mim tratar do assunto?

– Só sei que tenho de encontrar a minha irmã – responde ela, com uma voz sumida.

Nem Saga nem Joona acreditam que vão encontrar Jurek em casa, mas têm ambos a refrescante sensação de estar em vantagem: talvez não seja completamente impossível derrotar o adversário.

Joona decifrou uma parte importante do padrão seguido por Jurek.

Aquilo que parecia um método caótico e terrivelmente complicado baseava-se, na realidade, num modelo simples: a posição relativa das estrelas numa constelação em relação à qual Jurek e o irmão sentiam uma certa afinidade.

É perfeito a todos os níveis.

As estrelas que formam a cabeça dos gémeos chamam-se Castor e Pólux. De acordo com o mito grego, tratava-se de dois gémeos criados pelos deuses.

Uma única coisa os distinguia.

Pólux era imortal, enquanto Castor não.

Quando Castor morreu durante uma guerra, Pólux implorou a Zeus que o deixasse partilhar a morte com o irmão, e que o gémeo por sua vez pudesse partilhar a imortalidade com ele.

Os dois gémeos descem, portanto, em dias alternados ao Hades.

As ervas daninhas cobertas de pó ao longo dos rails estremecem ao vento e um pacote de batatas fritas ergue-se do chão.

A caravana de carros atravessa a ponte junto de Stäket, passa por um campo desportivo e segue pelo desvio de Kungsängen.

Saga tem um mapa em cima dos joelhos, com duas casas assinaladas com um círculo vermelho.

Apesar de ter perdido a partida de xadrez com Jurek, conseguiu trazer à luz a verdade com base nas suas mentiras.

Percebeu que o primeiro homicídio de Jurek ocupava um lugar especial na sua psique. Tinha a impressão de que era uma maneira de fazer justiça.

Conseguiu relacionar aquele primeiro delito com o vulgaríssimo apelido Andersson.

Joona admitiu a hipótese de Jurek ter roubado a identidade da sua vítima.

Nathan localizou a filha de Jan Andersson, Karin, empregada na agência imobiliária Bjufors de Trelleborg. Quando a contactou, ela disse-lhe que não falava com o pai há vinte anos. Sempre fora um solitário e um alcoólico, mas todos os anos lhe mandava um cartão de boas-festas. Continua a fazê-lo, é o seu único sinal de vida. No passado tinha tentado telefonar-lhe, mas ele nunca atendera nem voltara a ligar. Tinha-lhe escrito a convidá-lo para batizados e festas de verão, mas como nunca obteve resposta acabou por desistir.

Três dos veículos em fila viram perto da aldeia de Brunna, enquanto o quarto prossegue até à área militar ao lado do castelo de Granhammar.

O capataz reformado Jan Andersson possui duas pequenas casas em Stigtorp, fora de Kungsängen. Os edifícios são bastante isolados.

Muitos anos atrás, Jurek matou-o e roubou-lhe a identidade e a casa. Recebe a pensão e paga as contas. Quando precisa de mostrar um documento ou de se deslocar ao estrangeiro, usa a identidade de Jan Andersson.

O terreno gelado desce até à água. Nas partes mais íngremes, os rochedos são nus, enquanto noutros sítios as árvores são densas e escuras.

Os veículos param numa estrada que atravessa o bosque a norte de Stigtorp. Saga fica no carro enquanto Joona sai para falar com os agentes que vão entrar na casa.

Cerca de vinte metros mais para dentro do bosque há uma elevação de onde é possível observar a aldeia inteira: onze casas ao todo.

Um furgão branco está estacionado no terreno em frente aos três edifícios que pertencem ao concessionário de tratores Hulstström.

As duas casas de Jan Andersson são mais afastadas, junto ao limite sombrio do bosque.

Os agentes da força de intervenção conseguem descer em direção a Stigtorp em menos de cinco minutos.

Os homens da segunda carrinha já se dividiram. Um grupo espera a bordo de um barco RHIB na baía de Garnsviken, enquanto o segundo se aproxima das duas casas a pé através do bosque.

Quando Joona chega junto da equipa, os agentes estão sentados no chão, embrulhados nos pesados coletes à prova de bala, a conversar. O bafo transforma-se em vapor no ar gélido. Têm todos a espingarda automática pousada no colo, uma variante mais compacta da série *G36* da *Heckler&Koch.*

Um dos agentes deita-se de costas e fecha os olhos como se estivesse a tentar dormir, outro está a comer frutos secos e oferece ao colega ao lado.

Os homens devem ser capazes de passar com rapidez de situações extremamente complexas a fases de repouso, das descargas de adrenalina ao relaxamento.

O líder, que dá pelo nome de Thor por causa da barba farta, tem uma maneira de ser extremamente delicada. Joona ouve-o indicar as tarefas aos vários agentes com uma voz leve e persuasiva.

– Sou o único que tinha acabado de acender um fósforo quando chegou o alarme? – pergunta um deles.

– É sempre a mesma história – diz outro com um sorriso. – Assim que se acende o churrasco ou se tira uma cerveja do frigorífico...

– Para mim, a verdadeira festa é esta – comenta outro agente, de cabelo ruivo.

– Claro, desde que o imbecil esteja em casa – responde o primeiro.

– Não encarem a missão com demasiada ligeireza – diz Joona.

– Se calhar não percebes que foi precisamente para isso que nos treinaram durante anos, para entrar de repente e neutralizar os raptores – responde o homem de cabelo ruivo a olhar para Thor.

– Espero que corra tudo bem, mas não tenho a certeza – diz Joona com um ar sincero.

– Anda comigo – diz-lhe Thor.

Afastam-se alguns passos, para trás da carrinha cinzenta. O vento transporta até eles o rumor do trânsito na autoestrada.

– O que é que se passa? – pergunta Thor, com um tom simpático.

– O Jurek Walter é perigoso – responde Joona.

– Já nos disseram.

– Muito bem – rebate Joona.

Vê o seu próprio reflexo no brilho negro da carrinha: um homem de fato cinzento ao lado de um polícia pesadamente armado.

– Há mais alguma coisa? – pergunta Thor.

– Eu tenho muito respeito pela vossa equipa, já vi aquilo que sabem fazer, são todos muito bons... mas o Jurek é bastante mais perigoso do que vocês pensam.

– Obrigado, mas nós desenrascamo-nos – diz Thor, com um sorriso, ao mesmo tempo que lhe dá uma pancadinha no ombro. – Quer dizer, estamos a falar de um, no máximo dois indivíduos, certo?

Joona lança um olhar a um dos agentes, que se ajoelhou a brincar com um cão-polícia.

– O Jurek envelheceu – diz devagar. – Mas tem uma experiência militar bastante superior à vossa... Esteve no Exército durante vários anos, matou centenas de pessoas... e antes ainda foi criança-soldado, não conhece outra coisa que não seja a guerra.

– Claro – murmura Thor.

– Se ele estiver dentro daquela casa, a maior parte de vocês vai morrer – diz Joona, olhando-o nos olhos.

– Espero que não – responde Thor, sem desviar o olhar. – Mas já nos despedimos das nossas famílias.

– Eu sei.

Todos os agentes da força de intervenção gravam mensagens para os seus familiares, para o caso de perderem a vida em serviço. Cada vídeo é armazenado numa *pen* que depois é guardada em envelopes selados dentro de um cofre no quartel-general.

Thor abre a porta traseira da carrinha e descarrega uma caixa de granadas de atordoamento; depois atende uma chamada da equipa de coordenação.

A outra equipa já está em posição.

Os agentes levantam-se em silêncio e enfiam os passa-montanhas e os capacetes. As espingardas automáticas oscilam sem fazer ruído sobre as correias de couro.

75

Thor e o seu grupo seguem pelo caminho íngreme que desce até à água. Os agentes mantêm-se a uma distância de cerca de quatro metros uns dos outros.

O caminho está coberto de pinhas e agulhas de pinheiros. A água no lago está gelada: a temperatura desceu pelo menos dez graus num só dia.

Thor não consegue deixar de pensar naquele imponente comissário de sotaque finlandês e voz grave.

Geralmente, quando alguém se encontra com os agentes da força de intervenção, fica impressionado com a sua determinação; Joona Linna, pelo contrário, concentrou-se nas suas fraquezas. Parecia realmente preocupado. Thor ficou incomodado.

Normalmente, consegue manter o controlo.

Mas neste caso, numa tentativa pueril de parecer corajoso e maduro, respondeu que todos os agentes da equipa já se tinham despedido das famílias.

No entanto, sabe perfeitamente que nem ele nem os outros do seu grupo estão realmente preparados para morrer.

Tentam afugentar qualquer pensamento relativo à morte e repetem para si mesmos que, para tornar o mundo num lugar mais seguro, é preciso enfrentar um certo número de riscos.

Thor pensa no filme da sua breve despedida. Tinham-lhe fornecido exemplos nos quais se basear, de forma que pudesse preparar-se para a gravação. Mas a situação era forçada, e provavelmente ele até pareceu distante quando disse adeus à mãe e à mulher, Liza.

Sabe que olhou para a câmara no momento em que se dirigiu a Liza. Falou devagar, como lhe tinha sido aconselhado, repetiu várias vezes que a amava e pediu-lhe desculpa se de alguma maneira a tinha desiludido.

Só quando se dirigiu à filha lhe saltaram as lágrimas. Naquele instante, abriu-se um abismo inesperado. Tindra é demasiado pequena para perceber. Thor não pôde fazer mais do que tentar explicar-lhe qual era o seu trabalho, de forma que quando crescesse lhe ficasse alguma coisa dele.

O grupo chega a um cruzamento em T e vira à direita no ponto em que o terreno fica mais plano. Ao fim de apenas trezentos metros, o bosque abre-se sobre uma clareira plana com casas espalhadas.

Terrenos pedregosos cobertos de erva amarelada descem em direção à água inquieta.

Thor pousa o dedo na proteção do gatilho da espingarda.

Faz sinal ao grupo para dispersar em direção aos lados e passa junto a uma cisterna de gasóleo enferrujada montada sobre blocos de cimento.

Num dos edifícios ocupados pela firma Hultström um cão começa a ladrar, mas o cão-polícia não reage, nem sequer mexe as orelhas, continua em frente ao lado de Thor.

Enquanto avança ao longo da fachada da garagem alta, em chapa ondulada, a sua visibilidade é limitada. Thor aponta rapidamente a espingarda para além da esquina e vê as rodas traseiras de um *dumper* articulado amarelo. A algumas centenas de metros, junto da água, há uma moradia. As ondas irrequietas lançam espuma sobre um cais encharcado.

Os agentes continuam a avançar. O saibro crepita por baixo das botas, os fatos fazem barulho a cada movimento.

As duas casas ocupadas por Jurek Walter ficam ao fundo da clareira. O edifício da frente esconde quase completamente o segundo. Até agora, Thor não consegue descortinar mais do que o telhado e a antena parabólica.

A janela da casa mais próxima está escura e reflete o céu nublado.

O grupo de Thor não esconde a sua chegada.

Não importa se forem descobertos, porque todas as vias de fuga foram bloqueadas. O terreno é acidentado em quase todas as direções, cheio de rochas nuas e buracos. O bosque ao longo da praia é a única via de fuga possível, mas é ali que se encontra a segunda equipa.

As ordens de Thor são: entrar, salvar os reféns e neutralizar o raptor.

Avança com a espingarda apontada, enquanto observa a primeira casa.

O reboco está quase completamente esfarelado, deixando os tijolos a descoberto. Há uma cortina de renda suja pendurada na única janela.

O cão começa a arquejar com agitação e levanta o focinho.

– O que é que se passa? – murmura Thor, afastando-se para um dos lados do pátio de forma a conseguir ver a segunda casa.

Olha novamente para a cortina suja.

Será possível que tenha detetado um movimento?

O coração começa a bater-lhe com mais força.

Detém-se e aponta a arma em direção à janela.

Não era nada.

Está prestes a avançar quando vê uma sombra atrás da cortina, uma vibração no aposento minúsculo.

Rapidamente, assinala aos colegas a provável presença de um sujeito hostil diante deles.

Avança lentamente e vê, pelo canto do olho, que um dos agentes se desloca para a esquerda enquanto um outro se ajoelha.

A cruz da mira oscila sobre a janela com o caixilho lascado.

Thor prepara-se para apertar o gatilho quando percebe que dentro da casa está um veado.

Através da cortina de renda, vê as orelhas pontiagudas do animal a vibrar com inquietação. O bafo forma uma nuvem diante do focinho negro.

Thor estende o braço de lado com o punho fechado e o grupo dispersa imediatamente, divide-se e ultrapassa a casa por ambos os lados.

De repente, o veado vira-se, corre até ao exterior e desaparece no bosque a raspar o terreno com os cascos.

Thor contorna a casa e repara que parte de uma parede desabou: o vento soprou para o interior montes de folhas e o chão está salpicado de ervas daninhas.

Aponta a espingarda para a segunda casa.

Uma pequena moradia vermelha com uma marquise de vidro está meio escondida entre as árvores, como se o bosque estivesse prestes a engoli-la.

É velha, mas parece intacta.

A pintura sobre as traves brancas está lascada e a madeira nua e molhada está a ficar verde de musgo.

Todas as janelas estão fechadas com venezianas azuis.

O pátio exterior é uma superfície de cimento liso que corre ao longo da fachada da casa, abrigado do vento.

A água das chuvas congelou num churrasco abandonado em frente à porta, ao lado de uma cadeira de plástico amarelo derrubada pelo vento.

Todos sabem aquilo que se espera deles.

Depois de ter forçado a porta, Thor entrará com dois homens.

Encosta-se bem à parede ao lado da entrada.

Dois dos outros homens têm a casa debaixo de mira com as espingardas automáticas, enquanto ele põe a máscara antigás e monta a lanterna sobre a arma.

No momento em que a equipa de coordenação dá a ordem definitiva para entrarem, as janelas são estilhaçadas pelas granadas lacrimogénias.

As detonações ressoam quase todas no mesmo instante.

Estilhaços de vidro caem ao chão.

O fumo pálido surge atrás das venezianas e dos vidros da marquise.

Thor já tem o rosto suado.

Um dos agentes força a porta com uma rebarbadora enorme.

As granadas de atordoamento detonam com deflagrações ensurdecedoras e um clarão ofuscante.

A porta é arrancada e Thor entra na casa.

A lanterna da espingarda abre um túnel de fumo para lá da entrada, até à cozinha.

Dois agentes vão atrás dele, assegurando-se de que o caminho está livre de ambos os lados.

Thor já sente o gás lacrimogéneo queimar sobre a pele nua dos lados da máscara.

Ao longe, um cão recomeça a ladrar.

Thor pensa naquela agente lindíssima que ficou à espera no carro. Não conseguiu afastar os olhos dela.

O para-brisas refletia as copas das árvores contra o céu branco. Por baixo distinguia-se o seu rosto triste, como num sonho.

Parecia uma pintura a óleo, um aviso sobre a mortalidade e a caducidade da vida.

Depois de ter inspecionado a cozinha e a casa de banho, aproxima-se da porta fechada do quarto. As tábuas do chão rangem debaixo do seu peso. Faz um sinal a um dos agentes, que avança imediatamente e se posiciona junto à parede.

A luz da lanterna treme sobre o puxador e a fechadura de latão.

Thor respira apressadamente, pousa o dedo no gatilho e depois escancara a porta com um pontapé. Uma nuvem cinzenta engole-o e durante alguns segundos não vê mais nada.

76

Quando Joona e Saga chegam à casa de Jan Andersson, a operação já terminou. Os agentes de intervenção andam a revistar o resto da zona com o cão.

Todos eles sabiam que as probabilidades de surpreender e neutralizar Jurek não eram elevadas, mas como o objetivo principal era salvar Pellerina e Valeria, tinham sido obrigados a dar imediatamente luz verde à operação.

Enquanto passa em frente à primeira casa, Joona espreita lá para dentro através da parede desmoronada. No chão há sacos de sementes e de terra. Os apetrechos para o churrasco estão pendurados num prego na parede e um distribuidor de ração ferrugento oscila, suspenso no gancho do candeeiro de teto.

Thor está imóvel em frente à porta de entrada da casa maior, com a máscara antigás na mão. Tem a garganta vermelha e os olhos a lacrimejar.

– Estamos vivos, todos – diz com uma voz rouca quando vê Joona.

– Fico feliz por isso.

– Devias juntar uma equipa de investigação e chamar-nos no caso de ele voltar.

– Ele não volta cá mais – diz Joona.

– Ainda não entraste. Tens a certeza de que é este o esconderijo? Não encontrámos armas, nada.

Joona avança e derruba o churrasco com um pontapé. O gelo desfaz-se em pedaços e a água negra começa a escorrer. No meio do carvão molhado que se espalhou sobre a erva há uma pistola fechada em vácuo dentro de um saco plástico.

Os olhos azuis de Thor fitam a arma.

– Como é que tu sabias?

– O Jurek não é homem de churrascos – responde Joona, ao mesmo tempo que pega na *Colt Combat* e a destrava.

Era um ótimo esconderijo para uma arma de reserva, facilmente acessível em caso de fuga. Jurek tinha transportado para ali o churrasco da casa em ruínas, mas tinha deixado as tenazes e as espátulas penduradas no gancho.

O vento sopra da água, e ninguém se ia pôr a fazer grelhados em frente à porta de casa dispondo de um pátio num sítio abrigado.

Saga tira a *Glock* do coldre de ombro e entra na casa atrás de Joona.

O pavimento range na entrada escura. Pendurado num gancho há apenas um sobretudo militar, e numa estante de calçado estão pousadas duas botas sujas de lama.

Prosseguem até à cozinha. As venezianas soltaram-se e a bomba de gás lacrimogéneo está caída no chão, no meio dos estilhaços de vidro.

Em cima do fogão sujo vê-se uma caçarola com uma camada espessa de gordura, cinzento-pálida como cera. Uma chávena, um garfo e um prato foram deixados em cima da mesa da marquise, limpos.

Por baixo de todas as janelas há moscas e vespas mortas.

Joona abre o frigorífico e encontra manteiga e ovos frescos. Saga descobre um saco de pão na despensa, levanta-o em direção à janela e verifica a etiqueta.

– Foi embalado ontem – diz rapidamente.

Joona regressa à entrada. Com o cano da pistola, abre ligeiramente a porta da casa de banho. Na borda do lavatório há lâminas de barbear descartáveis de plástico amarelo. Uma escova de dentes está enfiada num copo sujo ao lado da torneira.

Saga vai até ao quarto.

Em cima da cómoda de madeira escura há duas fotografias.

Retratam a família de Jan Andersson, a filha e a mulher.

Joona vai atrás dela, volta a guardar a pistola e repara que a bomba de gás lacrimogéneo foi parar ao centro da cama desfeita.

– Viveu aqui durante todos estes anos, mas não mudou nada, nem um pormenor – diz Saga, ao abrir o armário. – Dormia nesta cama, não é verdade? Encheu o frigorífico e pendurou a roupa dele no armário ao lado da de Jan Andersson.

Revistam o quarto, apesar de saberem que isso não vai levar a nada.

Na gaveta da mesa de cabeceira há uma Bíblia, um par de óculos de leitura e uma embalagem de aspirina. Joona apalpa o fundo da gaveta e folheia a Bíblia.

Durante duas horas procuram mapas, endereços, qualquer coisa que os possa conduzir a Valeria e a Pellerina.

A inebriante sensação de estarem finalmente no encalço de Jurek começa a desvanecer-se a pouco e pouco.

Quando Joona e Saga saem, a equipa de intervenção já desapareceu. Os objetos e os utensílios encontrados em casa foram dispostos em fila no pátio. Nathan afastou a cadeira de plástico e sentou-se no meio dos sacos e dos baldes, abrigado do vento.

– Os agentes entraram em todos os edifícios, falaram com os vizinhos que estavam em casa – diz. – O Jurek era discreto, ao longo destes anos só o viram ao longe, não mais do que uma dezena de vezes.

Saga caminha lentamente ao lado da máquina de cortar a relva, por entre latas de tinta e caixas de velhos descodificadores digitais.

– Se há alguma coisa que nos faça dar um passo em frente... tem de estar aqui – diz. – É esta a sua toca, a sua casa.

– E é por isso que não há túmulos nesta zona... assim como não havia na pedreira – diz Joona.

– As habitações e os cemitérios são coisas distintas – concorda Nathan.

– Exato – suspira Saga.

– Os técnicos já estão a verificar a conta bancária do Jan Andersson para ver se é possível relacionar os levantamentos com algum lugar – informa Nathan.

– Não vamos descobrir nada – diz Joona, ao mesmo tempo que dirige um olhar para o bosque denso atrás deles.

– Adiante, a Pellerina e a Valeria estão num sítio qualquer... Temos de as encontrar – diz Saga.

– Sabemos que usou uma constelação para se lembrar da posição dos caixões no bosque de Lill-Jans – diz Nathan em voz alta. – Isso significa que utiliza códigos, e que nós somos capazes de conseguir decifrá-los.

– Nós conhecemo-lo, estamos a aproximar-nos dele – prossegue Joona. – Assumiu a identidade do capataz, passou a usar o nome de Andersson...

– Porque foi aqui que a vida dele mudou – diz Saga.

– Mas onde estão os outros túmulos? – pergunta Nathan.

Saga pega no mapa e abre-o. A folha grande estremece no vento frio. Estudam as casas na clareira, a estrada que atravessa o bosque, a aldeia perto de Kungsängen.

Joona observa o círculo vermelho à volta das duas casas, o pequeno fiorde, a ponte e a estrada que leva a Jakobsberg e Rotebro.

– Fez outra vez a mesma coisa – diz com uma voz sumida.

– O quê? – pergunta Saga.

– Os Gémeos, só que noutra escala; desta vez a constelação é muito, mas muito maior – responde Joona, indicando o círculo vermelho no mapa. – Nós estamos aqui, esta foi durante anos a casa do Jurek, foi aqui que ele voltou, este lugar é Pólux, a cabeça de um dos gémeos...

– Espera, vai devagar, não te estou a seguir – pede Nathan.

– Ora olhem – diz Joona, indicando as barracas dos operários na pedreira de Rotebro. – Aqui é Castor, a cabeça do segundo gémeo. Era aqui que morava o irmão do Jurek. É outra vez a mesma coisa, não faz mais do que usar sempre a mesma constelação, a mesma imagem interior.

– Como um teatro da memória – diz Nathan.

Joona desenha as outras estrelas que formam a constelação, depois traça linhas de ligação de forma que a imagem fique clara: os gémeos quase se tocam com as cabeças e estão de mãos dadas.

– Esta estrela, por cima da pedreira, é a cabeça do Igor – repete Joona. – E, a esta escala, a mão direita dele vai parar por cima do bosque de Lill-Jans, em Estocolmo.

– Porque tomava conta dos túmulos – murmura Saga.

– Estas são as coordenadas de que andávamos à procura – diz Joona, indicando o mapa. – Temos dezassete pontos exatos, já revistamos três. Tenho a certeza de que a Pellerina e a Valeria se encontram num daqueles que faltam.

77

Emilia veste um quimono preto e, depois do duche, embrulhou o cabelo num turbante macio. Por baixo da seda leve, a pele está ainda muito quente. Tem na mão um manual escolar de cantos estragados com o título *Matemática* 3, que encontrou em cima da mesa da cozinha.

O enteado, Dorian, que frequenta o último ano do liceu, está no quarto a fazer os trabalhos de casa com um colega de turma.

O letreiro DO NOT DISTURB, roubado num hotel qualquer, caiu do puxador da porta.

Emilia abre-a e entra numa antecâmara em cuja parede estão penduradas luvas de boxe; passa por cima de uns blusões atirados ao chão e entra no quarto propriamente dito.

Ouvem-se respirações ofegantes e ténues gemidos.

Dorian e o amigo estão sentados no chão, de costas para ela, e não deram conta de que entrou no quarto.

Emilia abranda e apercebe-se de que estão a ver um filme pornográfico no computador portátil: o ecrã mostra uma mulher loira a fazer sexo com dois homens.

Emilia não consegue deixar de observar os dois rapazes às escondidas. Fita imóvel o perfil dos seus rostos sérios. Têm os olhos dilatados e as calças inchadas nas virilhas.

No filme, um dos dois homens possui a mulher por trás, enquanto o outro lhe mete o pénis na boca.

Emilia observa os rapazes diante do ecrã, prepara-se para voltar para trás, mas tropeça numa prancha de *skate* com um pé.

Dorian fecha o computador de repente.

Emilia volta-se novamente para os rapazes, a fazer de conta que não se passa nada, e aproxima-se deles para dizer que se esqueceram dos livros de matemática na cozinha.

Estão ambos atrapalhados, inclinados para a frente a tentar esconder as virilhas, agradecem o livro e dizem que vão continuar a estudar.

– Dorian? O que é que vocês estão a tramar? – pergunta ela a sorrir.

– Nada – responde ele apressadamente.

– Eu acho que me estão a esconder alguma coisa.

– Não.

– Tira as mãos – diz ela, com um tom ligeiramente severo.

Dorian fica corado, mas obedece. Os *jeans* estão tão esticados com a ereção que a carcela levantou, deixando o fecho-éclair a descoberto. Emilia ajoelha-se com um ar de preocupação fingido, para depois ficar extremamente séria.

– O que é isto? – pergunta, engolindo visivelmente em seco.

Pousa delicadamente a mão sobre a virilha do enteado; quando aperta a ereção, tenta controlar a respiração, que se tornou mais ofegante. O amigo loiro fita-os sem perceber o que está a acontecer.

– Posso ver? – murmura Emilia, enquanto acaricia com dois dedos o tecido esticado.

Dorian baixa os olhos, abre o botão e começa a descer o fecho-éclair quando a imagem se detém.

O realizador interrompe a montagem provisória do início do filme e fecha o programa no computador. Está a terminar uma primeira versão, porque o produtor vai passar mais tarde para verificar a que ponto chegaram.

Emilia regressa ao camarim com um espesso roupão de felpo. O rímel deixou-lhe uma fila de pontinhos negros por baixo de uma sobrancelha.

Vê que o realizador pousa os óculos de leitura ao lado do computador e diz qualquer coisa a Ralf, o operador de câmara.

Estão atrasados em relação ao tempo previsto, mas Ralf não parece preocupado. Emilia já trabalhou com ele, conhecem-se há bastante tempo. Tem sessenta anos e é casado com a mesma mulher há vinte. Tem o rosto bronzeado e gorducho. A *T-shirt* com a legenda THE SMITHS fica-lhe justa na barriga. Veste *jeans* desbotados com um cinto castanho, joelheiras e calça uns *Crocs* pretos.

O realizador, pelo contrário, é um desconhecido: Emilia nunca tinha trabalhado com ele. Está nervoso e é evidente que vem da publicidade. Tem uma barba negra e farta e a cabeça rapada. Veste calças *Adidas* brancas e uma camisa azul com manchas escuras de suor nas axilas.

A Swedeep Pictures é uma produtora que acabou de nascer, ainda à procura de um estúdio de produção privado.

Este não é um estúdio propriamente dito, mas um velho *loft* industrial com o chão de cimento liso. Talvez em tempos fosse o armazém de algum grossista. Ao lado da porta há um letreiro sujo com a imagem de um médico a fumar.

Não é um *set* ideal, mas as câmaras alugadas são de ótima qualidade e os cenários estão em muito bom estado. Provavelmente vieram de uma verdadeira produção televisiva, emprestados ou então roubados de um depósito.

As filmagens das cenas de sexo duram entre trinta e sessenta segundos, após os quais se faz uma pausa de dez minutos.

De outra forma, nunca poderia funcionar.

Emilia cuspiu a pastilha elástica de nicotina e bebeu um pouco de água mineral.

As longas cenas de sexo oral estão prontas.

Segundo o guião, primeiro chupa o pénis do enteado, depois o do amigo enquanto o outro a lambe.

Agora vão passar à penetração vaginal, depois à anal com sexo oral, e finalmente haverá uma cena de dupla penetração e ejaculação sobre o seu rosto.

Original, murmurou, quando acabou de ler.

O realizador e Ralf tinham dedicado a manhã aos preparativos, e quando ela chegou, por volta das onze, recapitularam as suas cenas daquele dia. Não há grandes pretensões relativamente aos diálogos, mas mesmo assim recebe indicações do realizador.

Olha para a porta, olha para ele.

Sorri quando disseres que o pai dele está a trabalhar.

É como nos contos de fadas: é sempre a madrasta que representa um perigo.

Filmam sempre com três câmaras, exceto quando se trata de primeiros planos muito aproximados. Nesse caso, Ralf usa uma única câmara com um estabilizador.

O rapaz novo dá pelo nome de Dorian. Tem apenas vinte anos, os cabelos escuros e curtos, os olhos verde-claros e os braços tatuados.

Emilia verificou o certificado médico do jovem: tinha sido emitido na segunda-feira anterior, pelo mesmo médico a quem ela recorre.

Dorian chegou depois de o outro rapaz ter sido despedido, no primeiro dia de filmagens. O produtor irritou-se e arrastou-o de lá para fora pelos cabelos, porque tinha ido coscuvilhar no meio das coisas arrumadas no armazém ao lado dos camarins.

O produtor esteve presente durante o primeiro dia de filmagens; explicou que um amigo lhe permitira usar aquele espaço e repetiu que por essa razão tinham de mostrar respeito.

O amigo deixara umas coisas no armazém ao lado do camarim das mulheres. A porta não tinha fechadura, mas ele confiava e acreditava que ninguém lá entraria.

Emilia achou que provavelmente o amigo não sabia que ele lhes tinha emprestado o *loft*.

O produtor aproximou-se então de cada um deles, olhou-os nos olhos e disse que era expressamente proibido entrar no armazém.

Emilia prefere trabalhar com outros atores profissionais, aqueles que se limitam a fazer o seu trabalho.

A coisa mais fastidiosa nos principiantes é que às vezes acham que se trata realmente de sexo e se empenham muito para a excitar.

Trabalhou com homens convencidos de que a podiam fazer atingir o orgasmo em todas as filmagens.

Não é muito provável.

Na realidade, de início andara lá perto uma ou duas vezes, enquanto filmava com o ex-marido. Tinha sido ele a fazê-la entrar naquele meio. Antes de o conhecer, não possuía a menor autoestima, tentara até o suicídio e fizera uma lavagem gástrica.

É óbvio que se apercebe daquilo que acontece, é claro que os nervos são estimulados pelas relações vaginais, mas não há a mínima excitação: não fica molhada e o afluxo de sangue não aumenta.

Trata-se apenas de dinheiro.

E, ao contrário dos homens, pelo menos ela é bem paga. Nunca percebeu porque fazem aquilo; ao fim e ao cabo, participar num filme porno, na maior parte dos contextos sociais, não é nada de que alguém se possa gabar.

Pessoalmente, ela evita ver os seus filmes: fazem-na sempre sentir-se como uma estranha. Recorda a primeira vez que assistiu à montagem, e viu um enorme pénis brilhante a desaparecer dentro dela.

É sempre a mesma coisa.

Emilia recorda muitas vezes um artigo que leu recentemente, sobre duas realizadoras que faziam filmes porno feministas. Curiosa, pensou contactá-las, mas depois não teve coragem. Receava que a desprezassem.

Emilia despe o roupão e volta a estender-se na cama. O póster com a equipa de futebol ao fundo soltou-se, mas não importa, vão filmar apenas primeiros planos.

Pega no tubo de plástico e borrifa mais lubrificante na vagina. A caracterizadora aproxima-se, tira a maquilhagem em excesso e passa-lhe mais um pouco de *blush*.

Dorian está ao lado da cama a masturbar-se para recuperar a ereção: tem o rosto concentrado e as costas arqueadas.

O calor das lâmpadas provoca-lhe um arrepio antes de o seu corpo aquecer também.

Enquanto espera que Dorian fique pronto, deixa deslizar o olhar sobre a cenografia, os refletores, os ecrãs, os difusores.

Observa a fila de pequenas janelas ao longo do teto e repara num farrapo de grinalda natalícia entalado numa pequena greta na parede.

O realizador e Ralf esperam em silêncio. Não há nada a dizer, toda a gente sabe o que tem a fazer.

Dorian transpira enquanto se masturba e a caracterizadora seca-lhe as faces e o peito e retoca-lhe a maquilhagem.

Já não há *fluffers*[3], pensa Emilia. É pena, para os homens, têm de se arranjar sozinhos, tomar um monte de *Viagra* e masturbar-se.

A ejaculação é fácil de simular, mas sem a ereção nada feito.

Emilia toma atenção para evitar homens problemáticos, tenta manter-se à distância e faz o seu melhor para esconder a irritação e a falta de paciência quando se empenham demasiado.

Dorian é giro e quer dar o seu melhor.

A princípio foi difícil também para ele; tinha as mãos frias, tremia e falava sozinho.

– Anda – diz ela docemente.

– Não funciona – responde ele, a olhar para ela com um ar suplicante.

– Idiota – murmura o realizador.

Ralf suspira e endireita uma joelheira.

– Anda, está tudo bem – diz Emilia. – Vamos fazer de conta que só estamos aqui nós os dois...

Dorian dá a volta à cama e estende-se em cima dela; ela ajuda-o a penetrá-la e aperta o pénis ainda não completamente ereto.

– Tens uma pila que é um espanto – suspira Emilia.

– Assim não dá – diz Ralf, ao mesmo tempo que começa a desmontar a câmara do estabilizador.

Dorian deixa-se cair em cima dela, encosta-lhe com força a barba curta contra o rosto e move lentamente as ancas.

– Agora só estamos aqui nós os dois – murmura Emilia.

Sente o coração dele bater com mais força e abraça-o, apesar de isso ser contra as regras que ela própria se impôs. Normalmente descontrai-se ao máximo para não se cansar, para não se magoar.

– Não pares.

Emilia geme no ouvido dele e sente-o crescer e ficar mais duro.

– É muito bom, meu Deus – diz, ao mesmo tempo que procura o olhar de Ralf.

– OK, ação – diz o realizador.

[3] Pessoas cuja tarefa consiste em estimular os órgãos genitais masculinos durante as filmagens de cenas de sexo e que praticamente já não são utilizadas em virtude dos avanços na área dos medicamentos. *(N. da T.)*

– Ponham-se de lado – diz Ralf, enquanto se ajoelha com a câmara em frente à cama.

– Continua, continua, estou quase a vir-me – murmura ela.

– De lado – repete o realizador.

Dorian geme com uma voz aguda e Emilia sente-o vir-se, três jatos intensos, e depois as costas dele a encherem-se de suor debaixo das mãos dela. O corpo do rapaz relaxa, torna-se mais pesado, depois rola de lado a murmurar desculpas.

– Merda, não acredito – diz o realizador, com uma voz cansada.

Emilia deixa-se cair de costas e não consegue conter uma gargalhada, mas detém-se quando repara que o produtor corpulento entrou no estúdio.

Está à porta, com um impermeável preto. Sobre os ombros possantes tem uma fina camada de neve.

Emilia sente-se gelar quando pensa naquilo que fez na véspera. Sem olhar na direção do produtor, levanta-se da cama e veste o roupão de felpo. O esperma de Dorian escorre-lhe ao longo da parte interior da coxa.

Emilia não sabe por que razão a proibição de entrar no armazém surtiu sobre ela o efeito oposto. Talvez apenas porque não lhe agrada ser tratada como uma criança.

Quando Ralf precisou de fazer uma pausa um pouco mais longa para gravar o conteúdo num cartão de memória, ela saiu para o corredor, passou pelo camarim e ficou parada em frente à porta metálica.

No sítio do canhão da fechadura havia apenas um buraco. Emilia pensou que podia espreitar por ele, mas empurrou o puxador e abriu a porta.

Apesar daquilo que tinha acontecido ao seu primeiro colega, não conseguiu resistir.

O armazém estava escuro, mas ao fundo à esquerda intuiu qualquer coisa.

Havia no ar um cheiro a poeira e madeira acabada de serrar.

Acendeu a lanterna do telemóvel e a luz branca cor de gesso deslizou, trémula, sobre as paredes de cimento despidas.

Ao fundo havia um oleado azul-escuro estendido por cima de alguma coisa que podia ser mobília ou caixotes.

Emilia apercebeu-se de que o realizador ainda estava a falar com os dois rapazes no camarim deles, hesitou por um instante e depois entrou no armazém.

Agarrou no oleado por uma ponta, mas era demasiado pesado para o poder levantar com uma mão apenas.

Pousou o telemóvel no chão. A luz fria atingia diretamente o teto.

Com a ajuda de ambas as mãos, conseguiu levantar uma ponta do oleado e afastá-lo.

Apanhou rapidamente o telemóvel do chão e apontou a lanterna.

Em cima de dois cavaletes estava pousado um caixão de contraplacado tosco.

No chão, por baixo dele, havia uma serra circular e umas caixas cinzentas com pregos, suportes metálicos e parafusos, e pilhas de folheado de madeira.

Inclinou-se e apontou a luz mais para o fundo, por baixo do oleado. Ao lado de uma série de grandes bidões de plástico azul estava um caixão quase terminado, de dimensões reduzidas: um caixão de criança.

78

A temperatura exterior desceu a menos dezasseis graus. A tepidez no interior do edifício faz transpirar o rosto de Joona enquanto percorre o corredor a passo largo. A pistola bate-lhe contra as costelas por baixo do blusão. O panfleto da coleta natalícia anual separa-se da parede e cai ao chão atrás dele.

Carlos está em pé, ao lado do aquário: acabou de dar a ração aos seus peixes anafados quando Joona abre a porta.

– Não, têm de dividir – diz Carlos, a tamborilar no vidro.

Joona ligara-lhe diretamente do carro para lhe explicar que tinham decifrado o código de Jurek e que portanto havia uma possibilidade de salvar Pellerina e Valeria.

Pediu uma ação imediata e coordenada entre a unidade operativa de Estocolmo, a força de intervenção e o grupo de operações especiais, concentrada nos endereços das catorze estrelas restantes.

Carlos escutou-o e disse-lhe que percebia perfeitamente, mas que, tratando-se da operação policial mais imponente da história da Suécia, seria obrigado a dirigir-se às cúpulas das forças da ordem nacionais e a pedir luz verde ao ministro da Justiça.

– Já lhe falaste? – pergunta Joona.

Carlos afasta os olhos dos peixes, senta-se na sua cadeira e suspira.

– Expliquei-lhes que vocês descobriram catorze endereços em que o Jurek podia estar escondido… Não mencionei a constelação, não me parece que tivéssemos muita aceitação.

– Provavelmente não.

– Ficas a saber que eu tentei – prossegue Carlos, com pesar. – Sublinhei a gravidade da situação, etc., mas o ministro foi claríssimo. Não vai apoiar mais operações... Espera, Joona, eu sei o que estás a pensar... mas tenta pôr-te na posição dele: trata-se de raptos, não de terrorismo.

– Mas nós...

– Não há ameaças, os cidadãos não estão em perigo – interrompe-o Carlos.

– Liga-lhe e diz-lhe que podemos reduzir as operações a oito endereços.

Carlos abana a cabeça.

– Não vai haver mais nenhuma operação, não antes de se ter a certeza de onde se encontram o Jurek ou as vítimas.

Joona dirige um olhar para além da janela atrás de Carlos, para as copas escuras das árvores no parque e as pequenas colinas de erva gelada.

– Só faltava mais essa – diz Joona em voz baixa.

– Vocês já usaram a força de intervenção duas vezes esta semana – lembra-lhe Carlos. – Sem qualquer resultado.

– Eu sei.

– Tens de perceber a situação.

– Não – rebate Joona, fitando-o nos olhos.

Carlos baixa o olhar, passa uma mão pelo tampo da secretária e depois volta a levantar os olhos.

– Posso readmitir-te ao serviço, se quiseres – diz.

– Muito bem – diz Joona, ao mesmo tempo que sai do gabinete do chefe.

Apanha o elevador até ao décimo andar, atravessa rapidamente o corredor e abre a porta da sala de reuniões.

Com a ajuda de um técnico, Saga e Nathan criaram um mapa em que a constelação dos Gémeos foi sobreposta à casa de Stigtorp e às barracas dos operários na pedreira. No bosque de Lill-Jans, entre as cabeças dos dois gémeos, havia apenas 200 metros; agora há 800 entre as cabeças e 86 000 da cabeça aos pés.

– Os gémeos são quatro vezes mais compridos que Manhattan – explica Nathan.

Penduraram o mapa na parede ao lado das fotografias da pedreira, do *Castor* e das várias cenas dos crimes.

Igor, o irmão de Jurek, é representado por Castor, com a mão pousada sobre a versão mais pequena da constelação, sobreposta ao bosque de Lill-Jans. A barriga cobre Ekerö e os pés chegam a Tumba e a Södertälje.

– Imprimam as coordenadas e os endereços exatos – diz Joona.

– Vamos organizar uma reunião com todas as equipas logo que for possível – diz Nathan, ao mesmo tempo que se levanta do seu lugar na ampla secretária. – Preciso de, pelo menos, três furgões operativos.

– Espera, esqueci-me de dizer que temos de nos arranjar sozinhos.

– OK – suspira Saga.

– Portanto, acabou ainda antes de começar – conclui Nathan, deixando-se cair novamente na cadeira.

– Nada acabou, vamos continuar – diz Joona. – A única diferença é que temos de explorar um lugar de cada vez, só nós.

– Catorze estrelas – sublinha Nathan.

Saga pousa o blusão e o gorro em cima da secretária, retira a lista da impressora e entrega-a a Joona.

– Estão de acordo com a minha ideia, que Pólux na constelação dos Gémeos representa o Jurek, porque a estrela principal está por cima da casa dele?

– E o outro gémeo...

– Castor – esclarece Joona.

– A cabeça dele corresponde à casa do Igor na pedreira – conclui Saga.

– E a coisa mais interessante é que a mão de Castor, no mapa maior, se encontra por cima dos túmulos de que Igor efetivamente tomava conta – diz Joona.

– Exato.

– Portanto, parece-me que se trata de uma lógica simbólica, que para o Jurek as estrelas são algo mais do que simples coordenadas.

– Estou de acordo – diz Saga.

– E como temos de escolher à pressa... Pensando com base na mesma lógica, acho que o Jurek abandonou as estrelas que compõe Castor, agora que o Igor está morto.

– Portanto, restam-nos oito endereços – diz Nathan.

– Olhem outra vez para Pólux – diz Joona. – Onde estão a Valeria e a Pellerina?

– Eu começava pelas mãos – diz Saga.

– Uma mão está por cima de um armazém na área industrial de Järfälla, a outra numa casa de verão logo ao norte de Bro – mostra Nathan.

– Joona? – pergunta Saga.

– Vamos ao armazém – diz ele. – É naquele ponto que os irmãos dão as mãos, como se o gémeo morto transferisse para Jurek a responsabilidade de vigiar os túmulos.

Saga e Nathan não acrescentam mais nada, saem os três a passo rápido do gabinete e vestem os blusões enquanto avançam pelo corredor.

Saga e Joona viajam num carro e Nathan no outro. Na E18 ambos os veículos atingem os 160 km por hora, mas quando chegam ao desvio de Viksjö reduzem a velocidade para metade.

Agora seguem as instruções do GPS, percorrem Järfällavägen ao longo da linha do comboio pendular e entram numa área industrial desativada.

A erva ao longo do gradeamento alto está cheia de lixo.

Passam por edifícios baixos de chapa e cimento e parques de estacionamento cheios de contentores de lixo, pilhas de paletes e *roulottes* abandonadas.

Abrandam diante de um letreiro de uma oficina de automóveis e viram à direita.

Lentamente, avançam pelo meio de construções desprovidas de vida em frente às quais há camiões, velhos reboques e mastros sobre os quais ondeiam velhas bandeiras com logótipos de empresas. Param no estacionamento deserto em frente à oficina JC.

O vento derrubou um cartaz publicitário.

Saem os três dos carros.

O frio é intenso, uma tempestade de neve aproxima-se vinda da Rússia, a proteção civil difundiu um alerta de nível 2.

Vestem os coletes à prova de bala e a seguir verificam as armas. Nathan tira da mala uma *Benelli M4 Super 90.* É uma espingarda semiautomática, usada pelas forças especiais em todo o mundo.

Joona pega no saco com a turquês, o pé de cabra, a gazua, a pistola e a rebarbadora.

Saga verifica a sua *Glock* e enfia-a no coldre.

Nathan embrulha a espingarda num blusão.

Começam a andar.

O armazém no n.º 14 de Åkervägen pertence a uma sociedade de exportações registada na Polónia, sem indicações claras sobre a sua propriedade real.

O edifício, no mapa que tem a constelação sobreposta, encontra-se exatamente por baixo da estrela que une as mãos dos dois gémeos.

Parece não haver ninguém na zona.

O asfalto é irregular por causa do gelo e da passagem de veículos pesados.

O edifício encontra-se por trás de uma grade com três fiadas de arame farpado em cima. Ao longo da fachada, logo abaixo do telhado de zinco, há uma fileira de pequenas janelas. Ao fundo uma rampa dá acesso a uma plataforma de carga e a uma grande porta de metal para a passagem das mercadorias.

No terreiro, ao lado de um contentor de lixo, grasnam os corvos.

A entrada do nº 14 encontra-se bloqueada por uma cancela com o autocolante de uma firma de segurança.

Joona pousa o saco, tira a turquês e corta o cadeado, que cai ao chão com um ruído metálico. Afasta-o com um pontapé, abre o portão e entra na propriedade.

Por trás do armazém passa um comboio pendular, fazendo ondear os arbustos ao longo do gradeamento.

Na parede ao lado da porta vê-se um cartaz amachucado com uma publicidade dos cigarros *Camel.* Através dos furos dos parafusos, a ferrugem escorreu para cima do rosto do médico que está a fumar.

Param e ficam à escuta, mas do interior do edifício não provém qualquer rumor.

Saga abre rapidamente a fechadura com a gazua.

Nathan desembrulha a espingarda do blusão.

Joona pousa o saco com as ferramentas no chão, pega na pistola, olha para os colegas, abre a porta e avança.

Perscruta o pequeno *hall* de entrada.

Não há nada mais do que um bengaleiro vazio e um quadro elétrico com fusíveis em cerâmica.

O interruptor geral está desligado.

Saga e Nathan seguem Joona a curta distância, enquanto ele avança até à porta seguinte. Joona sente a respiração de Nathan atrás dele.

Tem a pistola levantada à altura de uma pessoa, pronto para inspecionar o lado direito do aposento, enquanto Saga vira à esquerda e Nathan segue em frente.

Cautelosamente, Joona baixa o puxador e empurra a porta com a pistola apontada. O aposento é bastante maior do que o anterior.

Contam os segundos até três.

As pequenas janelas ao longo do teto deixam entrar a luz exterior. Uma fila de manchas luminosas atravessa o chão de cimento.

Saga segue Joona até ao interior do aposento e inspeciona juntamente com ele os cantos mais perigosos.

Nathan segue a direito, com o cano da espingarda apontado à sua volta.

O grande aposento está vazio.

Os passos ecoam entre as paredes.

Joona volta-se.

Uma das paredes é quase inteiramente ocupada por um portão de chapa metálica que se pode levantar por baixo do teto.

Não há nada, o chão está limpo.

Um farrapo de uma grinalda natalícia ficou entalado na grade de conduta da ventilação e move-se com a corrente de ar.

Sem dizer uma palavra, atravessam o aposento e entram num corredor mais escuro. Seguindo o mesmo esquema de antes, verificam os dois aposentos vazios com uma casa de banho comum.

A julgar pelo estado do linóleo, em tempos devia haver cabinas de duche por cima das grades de escoamento.

O último aposento é um armazém vazio com algum serrim no chão.

Regressam ao aposento maior. Joona põe-se no centro, vira-se a toda a volta e observa os postigos, as paredes despidas.

– Vou inspecionar as traseiras – diz Saga, e avança naquela direção.

– Será que este lugar pode de alguma maneira ser associado ao Jurek? – pergunta Nathan.

– Sim – responde Joona, com uma voz sumida.

– Só quero dizer que talvez a hipótese da constelação não explique tudo.

Joona não responde; aproxima-se do portão que dá acesso à plataforma de carga. O chão está riscado, a divisória de aço tem marcas.

Segue com o olhar a borda de plástico, depois volta-se para o aposento.

Partículas de pó ondeiam nos raios de sol.

O chão está limpíssimo: não foi apenas varrido, foi mesmo lavado.

Joona aproxima-se da grade de escoamento, ajoelha-se e sente o cheiro do cloro.

Levanta a grade, retira o sifão e repara que foi limpo.

Nathan murmura que quer sair.

Joona levanta-se, dirige mais um olhar ao portão e depois caminha lentamente atrás de Nathan.

Quando chega à porta aberta que dá acesso ao *hall* de entrada, para. Aqui está mais escuro do que nos outros sítios.

Joona observa as dobradiças da porta. Fecha-a e volta a abri-la.

Num dos parafusos que fixam o caixilho da porta ficou preso um cabelo comprido.

Joona afasta-se para o lado, encosta-se à parede e observa o bordo do caixilho.

A um palmo do chão distinguem-se três manchas ovais escuras.

A princípio acha que são nós da madeira que reemergiram do verniz, mas a inclinação das manchas leva-o a aproximar-se e a fotografá-las com *flash*.

O canto do aposento ilumina-se e depois mergulha novamente na escuridão.

No exterior ouve-se um ruído, depois um rangido intenso. Como se uma escavadora arranhasse o asfalto.

Joona aumenta a imagem no telemóvel e repara que as manchas ovais são três impressões digitais ensanguentadas.

Alguém foi arrastado para lá da porta e tentou agarrar-se.

Na entrada não descobre manchas de sangue, mas a alcatifa foi retirada recentemente.

No pavimento ficaram algumas riscas de cola.

Joona sai para o ar gelado e vê cerca de trinta corvos em frente a um barracão branco mais distante. Grasnam reunidos em volta de um contentor que um camião está a levantar com um ruído ensurdecedor.

Saga aparece na esquina do armazém vazio. Abana a cabeça e parece lutar contra as lágrimas.

Vários corvos descem sobre o asfalto onde estava pousado o contentor e começam a debicar o chão.

O camião ultrapassa o portão da firma de tratamento de lixo e avança lentamente para Åkervägen.

Joona corre até à estrada, chega ao centro da faixa de rodagem e faz sinal ao veículo pesado para parar.

O camião abranda, aproxima-se com um grande ruído e trava com um silvo.

O condutor baixa o vidro e olha para fora.

– Qual é o problema? – exclama.

– Sou comissário da Secção Operativa Nacional e...

– Eu transgredi alguma lei?

– Tire a chave da ignição e atire-a ao chão.

– Sou eu que lhe pago o salário e...

– Se não eu abro a porta com um chumbo – diz Joona, pegando na pistola.

Com um tilintar metálico, as chaves batem no asfalto.

– Obrigado – diz Joona, ao mesmo tempo que sobe ao camião.

Desenfia o pesado cadeado do contentor, abre a porta e é acometido por um fedor intenso.

Ao fundo, por entre vários tubos de esgoto, conexões e abraçadeiras, no meio de caixotes molhados e uma velha sanita rachada, há seis sacos negros.

Todo o pavimento do contentor está coberto de sangue.

Através de um rasgão num dos sacos desponta um braço nu, partido ao nível do cotovelo, escuro por causa das hemorragias internas.

A mão é pequena, mas não infantil.

São seis sacos, cada um suficientemente grande para conter um corpo.

Seis pessoas foram mortas no ponto em que os gémeos estavam de mãos dadas.

O armazém tinha sido cuidadosamente lavado e os corpos lançados num contentor de lixo.

Joona pega no telemóvel e liga a Nålen. Enquanto os toques se sucedem, olha outra vez para o contentor e observa o cotovelo partido e o ângulo bizarro do antebraço. Recorda as marcas ensanguentadas no caixilho da porta, observa a mão pálida abandonada no plástico negro e repara que dois dedos se movem quase impercetivelmente.

79

Valeria acorda nas trevas com uma dor de cabeça lancinante. Enfiaram-lhe umas meias pesadas e estenderam um cobertor por cima dela, mas apesar disso está a tremer.

– Pellerina? Tens frio?

Pega na garrafa de água, desatarraxa a tampa e bebe as últimas gotas.

– Pellerina? – repete, levantando a voz. – Estás aí?

Ao ver que a pequena não responde, Valeria sorri de tal maneira que fica com os lábios gretados. Levaram-na para casa. Tem a certeza. Deve ser isso. E o facto de lhe terem concedido um cobertor significa que começaram a comunicar. Fingir que era uma toxicodependente foi arriscado, podia ter corrido mal.

Agora não sabe o que é que eles pensam que fez, mas se tivesse dito a verdade, negando tudo, não a tinham ouvido.

Valeria não consegue explicar porquê, mas começou a usar a sua experiência como toxicodependente para parecer credível.

Tem a certeza de que viram aquelas cicatrizes horríveis que tem nos braços.

Nunca as escondeu, nem tentou eliminá-las com uma cirurgia plástica: acha que merece o desprezo que por vezes descortina no rosto dos outros.

A sua vergonha, em qualquer caso, é ainda maior.

Aquela família, provavelmente, sempre teve dificuldade em acreditar no envolvimento de Pellerina. Quando Valeria admitiu que ambas tinham sido punidas pelas suas dívidas de droga, tudo se tornou mais compreensível – e, ao mesmo tempo, moralmente mais complicado.

Da última vez que tinham aberto o chão e a caixa, ela tinha-se sentado, apesar de lhe terem gritado que ficasse deitada, ao mesmo tempo que lhe chamavam drogada e a ameaçavam que lhe estouravam a cabeça.

– Podem fazê-lo – respondeu ela. – Depois vão ser vocês a ter de pagar ao Jurek.

– Cala o bico – disse a mulher.

– Quero que saibam que sinto muito por tudo aquilo que...

– Achas que temos de te perdoar? – perguntou o homem. – É isso que pensas? Tu não vales nada, nem sequer és um ser humano.

– Para de falar – sibilou a mulher.

– Eu não queria fazer nada de mal – disse Valeria. – Mas quando já não podia pedir mais dinheiro emprestado e entrei em abstinência, fiquei desesperada... Há o medo da sida e da *overdose*, de ser espancada e violentada... há o medo da abstinência, é como entrar no inferno.

– Espero bem que tu lá estejas – disse o homem.

– Está muito frio, praticamente não sinto as pernas... Não acho que vá sobreviver a mais uma noite...

– O problema não é nosso – disse a mulher, a segurar o machado com as mãos.

– O Jurek deu-vos instruções para me matarem?

– Só temos de tomar conta de ti – respondeu o homem.

– Não devíamos falar com ela – exclamou a rapariga.

– Eu não quero assustar a Pellerina – continuou Valeria. – Mas é pequena e em breve vai morrer de frio... percebem, não percebem?

– Deita-te – disse o homem, ao mesmo tempo que dava um passo na direção dela com a espingarda apontada.

– Só vos quero dizer que podiam levar-nos para casa, e estou tão debilitada que provavelmente não me aguento em pé... amarrem-me, ainda por cima vocês estão armados...

Atiraram um saquinho de restos para dentro da caixa, baixaram a tampa e apertaram as correias.

Valeria estava demasiado exausta para desfazer o nó com os dedos e teve de rasgar o plástico com a ajuda dos dentes.

Comeu alguns pedaços de batatas cozidas e salsichas, correndo o risco de vomitar, mas concentrou-se para reter a comida no estômago.

O seu ventre aqueceu, os pensamentos começaram a seguir caminhos bizarros e percebeu que a comida estava envenenada, que a estavam a matar ou a adormecer.

Durante alguns segundos sonhou com um colibri cor-de-rosa e uma esplêndida cortina chinesa que se movia com o vento, depois sentiu um abanão e arregalou os olhos no escuro.

A fenda ao longo da tampa acendeu-se de uma luz branca e azul. Pareceu-lhe ouvir cair as correias sobre o solo seco por baixo da caixa, o zumbido das roldanas.

Sob o efeito da droga, pensou que estavam a abrir a caixa de Pellerina. Ouviu o seu pranto exausto enquanto a içavam para a cave.

Valeria não sabe quanto tempo dormiu.

Acha que foi um dia inteiro.

Dói-lhe a cabeça e tem a boca seca.

Percebe que a drogaram para conseguirem vesti-la. Devem ter acreditado naquela história sobre o consumo de heroína, e devem ter-se convencido de que Pellerina não queimou a cara de ninguém.

A menina já não está ali debaixo, podiam até tê-la libertado. Agora Valeria precisa de se salvar a si mesma, tem de tentar virar a história contra Jurek, dar-lhes a entender que ele se aproveitou dela.

80

Saga lava a cara no lavatório de uma das casas de banho do serviço de cuidados intensivos, no quarto andar do Hospital Karolinska.

Repete para si mesma que precisa de manter o controlo. Mas as lágrimas despontam novamente, por isso senta-se na tampa da sanita e tenta respirar lentamente.

– Eu sou capaz – suspira.

Tinha-se afastado até às traseiras do armazém, por cima de um monte de folhas geladas, e caminhava ao longo da vedação ao lado da linha do caminho de ferro quando ouviu Joona gritar que tinha encontrado uns corpos num contentor de lixo.

Um comboio pendular passou a grande velocidade ao lado dela.

Foi como se a crosta gelada de um lago tivesse rachado debaixo dos seus pés, fazendo-a cair na água gélida.

As ervas daninhas oscilavam ao vento, enquanto lixo e pó rodopiavam no ar.

O medo era como um imenso cansaço que se fechava sobre ela.

A tentação de se render, de se deitar no chão para deter o tempo.

Agarrou-se ao gradeamento baixo ao longo da valeta.

E quando percebeu que Joona estava a dizer, aos gritos, que um deles ainda estava vivo, começou a caminhar como se estivesse sobre areias movediças.

Não se tinha apercebido de que tinha perdido a carteira. Devia ter-lhe escorregado do ombro.

A única coisa em que pensava era que devia ter deixado que Jurek a matasse.

A culpa era toda dela.

Em frente à empresa de tratamento de lixo havia corvos negros.

Saga dobrou a esquina, chegou à estrada asfaltada, viu o camião com o contentor na plataforma e intuiu o vulto do condutor através do para-brisas.

Joona gritou mais qualquer coisa e Nathan voltou-se para ela. Saga viu o seu próprio medo no rosto dele. Foi ao encontro dela, apertou-lhe as mãos para a acalmar, mandou-a parar e disse-lhe que esperasse.

– A minha irmã – murmurou ela, enquanto tentava passar.

– Espera, por favor, tens de...

– Quem é que ainda está vivo?

– Não sei, a ambulância está a chegar e...

– Pellerina – gritou.

Agora recorda a forma como Nathan a abraçou, repetindo-lhe que esperasse; sentou-se no carro de Joona, a algumas centenas de metros dali, ao frio.

Chegaram três carros da Polícia e seis ambulâncias.

A luz azul intermitente deslizava sobre as fachadas e os gradeamentos, lançando rápidas sombras sobre o asfalto e os arbustos selvagens.

Acompanhou as operações dos paramédicos através do para-brisas.

Inicialmente, a atmosfera em volta do camião era tensa, inflamada.

Mas estavam todos mortos, exceto a mulher nua. Saga percebeu isso pela maneira como manuseavam os corpos.

Três pessoas tinham entrado no contentor, aberto os sacos do lixo e transportado um corpo de cada vez.

Saga tentou perceber se algum dos cadáveres pertenceria a uma criança, mas estava demasiado distante, a visibilidade era péssima. Uma ambulância afastou-se em marcha-atrás e alguns agentes fardados bloquearam a estrada.

Só conseguia distinguir os corpos massacrados que eram descarregados do contentor e colocados em fila no chão. Viu uma perna magra ressaltar contra a beira ferrugenta do contentor, um saco preto colado às costas de um homem musculoso.

A primeira ambulância afastou-se com a mulher. Saga ouviu as sirenes que foram ligadas assim que chegaram à Järfällavägen.

Não conseguia perceber se Valeria estava entre os mortos, se aquela no fundo da fila, sem roupa, seria Pellerina.

Abriu a porta e saiu. Não queria fazer aquilo, mas tinha de ser.

O terreno movia-se como água sob os seus pés, uma corrente azul. Não sabia se ia ter forças para continuar.

Joona estava junto dos agentes e dos paramédicos. Não a tinha visto chegar. Saga tentou decifrar a sua expressão.

Tinha um ar triste, pesaroso.

Saga chegou junto da fita da Polícia. Um agente reconheceu-a e deixou-a passar.

Ouviu a sua própria voz agradecer, avançou e parou a alguns passos dos cadáveres ensanguentados, de uma palidez assustadora.

Entre os mortos não estavam nem Pellerina nem Valeria.

Teve de verificar várias vezes.

O corpo ao fundo da fila era de um homem nu com cerca de vinte anos, de olhos verdes e cabelos escuros. Tinha a garganta cortada e diversas fraturas no rosto e de um dos lados da cabeça.

Saga desequilibrou-se e segurou-se às grades, depois afastou-se pelo meio das ervas daninhas, regressou à estrada asfaltada e apoiou-se com as duas mãos à mala de um carro-patrulha.

Descortinou o seu rosto refletido na pintura branca, como num sonho, e pensou que devia voltar atrás e tornar-se útil. Quando se virou, viu os paramédicos a erguer o homem nu para uma maca.

Acocorou-se, apoiou-se numa das rodas anteriores do carro-patrulha, cobriu o rosto com as mãos e chorou de alívio e gratidão porque Pellerina não estava entre os mortos.

Joona foi sentar-se no chão ao lado dela. Pegou num cobertor de uma das ambulâncias e pôs-lho nos ombros.

– Pensava que ela estava entre eles – disse Saga, limpando as lágrimas com as duas mãos.

– É legítimo sentir alívio, mesmo quando outros foram atingidos.

– Eu sei, mas é que… Eu até nem sou assim, mas não consigo suportar a ideia de alguém poder fazer-lhe mal – respondeu Saga, a tentar engolir o nó que tinha na garganta. – A Pellerina é a miúda mais esperta e mais doce...

– Vamos encontrá-la.

– Qual é o plano agora? – perguntou Saga, a tentar controlar-se.

– Se conseguirmos salvar a mulher, tenho de falar com ela – respondeu Joona. – Depois disso, vou à casa que fica debaixo da outra mão de Pólux.

– Eu também vou – disse ela, mas continuou imóvel quando ele se levantou.

– Já sabes que não é preciso.

– Tenho de ir – rebateu, e fez um esforço para se levantar.

Saga passa mais uma vez o rosto por água, limpa-se com uma toalha de papel e sai da casa de banho do hospital. Enquanto atravessa o corredor, pensa em todas as outras pessoas – os pais, os filhos, as mulheres, os namorados e os irmãos dos mortos no contentor – que naquele dia vão receber a trágica notícia. Por esta vez, Saga foi poupada: ainda pode esperar um final feliz.

A mulher, identificada como Emilia Torn, estava inconsciente e foi levada para o serviço de cuidados intensivos do Karolinska, onde os médicos decidiram sedá-la. Tem os braços e a pernas partidos, fraturas graves na nuca, dentadas no pescoço, feridas de faca no ventre, e perdeu muito sangue.

Joona chega a correr, com uma bata na mão, no preciso momento em que o cirurgião está a entrar na sala de operações.

– Espere – diz. – Posso perguntar-lhe se é possível falar com a paciente? Sou polícia e...

– Então já sabe como funciona – interrompe-o o médico.

– Trata-se de salvar vidas.

– Já foi sedada, agora vai adormecer para...

– Fui eu que a encontrei e só preciso de alguns minutos – interrompe-o Joona, enquanto veste a bata.

– Não posso permitir-lhe que interfira no nosso trabalho – diz o médico. – Mas pode fazer uma tentativa, antes de a entubarmos.

Entram na sala de operações, onde os preparativos decorrem já com grande concentração. Um anestesista está a desinfetar a virilha da mulher, sobre a perna ilesa, para depois lhe introduzir um cateter na veia.

O rosto da mulher está amarelo-pálido, o olhar brilhante por causa da morfina. Sangue seco colou-lhe os cabelos ruivos à face. Os braços partidos estão azuis por causa das hemorragias internas.

– Emilia? Ouve-me?

– O quê? – responde ela, quase impercetivelmente.

– Havia alguma criança no armazém, uma menina? – pergunta Joona.

– Não – murmura ela.

– Pense bem, uma menina com síndrome de Down?

– Não percebo, matou o Ralf... pisou-lhe a cara, cortou a garganta aos rapazes, partiu-me as pernas e...

– Quem? Quem é que fez isso tudo?

– O produtor, estava fora de si, estava...

– Sabe como se chama?

– Auscultem-lhe o coração e os pulmões – diz o médico, enquanto observa os valores do anidrido carbónico.

Emilia tosse debilmente e entre os seus lábios vislumbra-se sangue escuro.

– Sabe como é que eu posso encontrar esse produtor?

– E você quem é, caraças? – murmura ela.

– Chamo-me Joona Linna e sou comissário da...

– A culpa é toda sua – diz a mulher, a respirar com dificuldade.

– O que é que quer dizer com isso?

– Estava sempre a gritar a mesma coisa: quer pisá-lo, quer...

O corpo de Emilia começa a tremer ao mesmo tempo que tosse sangue no queixo e no peito. Joona afasta-se para deixar espaço à equipa de médicos e enfermeiros. Sai da sala de operações, despe a bata e percorre rapidamente o corredor até à sala de espera.

Saga e Nathan estão sentados num sofá, lado a lado, a olhar para os telemóveis. O rosto de Saga está tenso, os olhos injetados de sangue.

– Parece que a Pellerina não estava lá – diz Joona.

Saga assente, distraída, pousa o telemóvel e olha para ele. Nathan afasta o porta-revistas da mesa e abre o mapa com a constelação de Gémeos.

– Faltam sete lugares – diz. – Vamos começar com a outra mão, por cima daquela casa de férias.

– Talvez tenhamos cometido um erro – diz Joona.

– O que é que queres dizer?

– Tenho a certeza de que também lá vamos encontrar alguma coisa, mas para o Jurek isto é um assunto pessoal, disse que me quer pisar.

– Estás a pensar nos pés – diz Nathan, fitando Joona nos olhos.

Inclinam-se a observar o mapa. A estrela que representa o pé esquerdo de Pólux encontra-se no centro de uma rua de Södertälje. Mas o pé direito está precisamente por cima de uma casa de Nykvarn.

81

Enquanto se encontravam no hospital, a tempestade de neve assolou toda a cidade de Estocolmo com enormes quantidades de neve, e a temperatura desceu ainda mais.

Joona avança a grande velocidade no meio da neve, em direção a Nykvarn, pela E20. Riscos de neve desfilam entre as duas faixas de rodagem e ao longo dos rails.

Saga verifica o mecanismo da pistola e insere o carregador.

Joona muda de faixa e ultrapassa um camião pela direita.

Uma placa de neve suja atinge o *capot* e o para-brisas.

De acordo com a escritura, a casa pisada por Pólux pertence a um casal de meia-idade com dois filhos.

Tommy e Anna-Lena Nordin gerem juntos uma agência de recrutamento de pessoal para empresas. A filha, Miriam, tem quinze anos e frequenta o liceu de Tälje. O filho, Axel, tem oito e frequenta a escola Bjökesta, em Nykvarn.

Joona acelera ligeiramente: a velocidade elevada faz roncar o habitáculo do automóvel.

Antes da estação de serviço de Almnäs vêm uma luz azul a piscar no espelho retrovisor. Joona abranda e para na beira da estrada.

Nathan sorri no assento traseiro, com a espingarda semiautomática no colo.

O carro-patrulha para atrás deles e ao fim de alguns instantes as portas da frente abrem-se para deixar sair dois polícias fardados. A mulher aproxima-se, fazendo oscilar o peito cheio, enquanto o homem abre o coldre da pistola.

Mandaram parar um *BMW* sujo que circulava a 180 quilómetros por hora. Já sabem que o veículo está registado em nome de um homem em liberdade condicional, e estão prestes a descobrir que as três pessoas a bordo estão fortemente armadas.

Atendendo às circunstâncias, não demora muito tempo até que Ingrid e Jim, da Polícia de Södertälje, reavaliem a situação.

A princípio, Joona não quer aceitar a oferta de colaboração dos colegas, por não saber o quão perigosa pode ser a operação.

– São polícias experientes – diz Nathan. – E ofereceram-se para nos ajudar assim que descobrirmos a posição exata do Jurek... Precisamos deles para conseguirmos entrar.

Agora Saga está sentada no banco traseiro do carro-patrulha e vai explicando aos dois polícias a detalhada estratégia da ação iminente.

Seguem o *BMW* de Joona ao longo da Gamla Strängnäsvägen.

A neve rodopia atrás dos dois veículos.

Ingrid e Jim têm com eles um termos de café e um pequeno pacote de biscoitos de açafrão.

Prosseguem ao longo do campo de golfe de Vidbynäs, coberto de neve, enquanto Saga continua a ilustrar os cenários alternativos.

– A hipótese mais perigosa, provavelmente, é que o Jurek e o *Castor* tenham tomado conta da casa e se tenham armado à espera da nossa visita – diz.

O carro-patrulha quase derrapa quando viram à direita ao lado da igreja de Turinge, seguindo o *BMW* por uma rua estreita.

– Basta que nos poupe ao triatlo – diz Jim, com um marcado sotaque da região de Västgötalän.

– Não há nada pior do que o triatlo – responde Ingrid com o mesmo sotaque.

Pedem desculpa e, a sorrir, tentam explicar a Saga que às vezes fazem de conta que são dois velhos de Skaraborg chamados Sture e Sten.

– O desporto é a coisa que eu mais odeio – diz Ingrid com um sorriso.

– Inventámo-los quando começámos a treinar juntos para o triatlo – explica Jim. – Fazemos esta brincadeira há quatro anos...

– E agora o Sture e o Sten estão aterrorizados porque nos inscrevemos numa corrida completa nos Alpes franceses.

LAZ-28

– Não há nada pior do que o triatlo – diz ele.

– Desculpa lá, somos uns idiotas – diz Ingrid a rir.

– Não somos nada idiotas – responde Jim, exagerando o sotaque.

Têm de contornar todo o campo de golfe para chegar à casa. Depois disso não há mais marcas de pneus sobre a neve. Uma série de postes amarelos indica a berma da estrada ao longo da valeta.

Joona e Nathan encostam. A neve estala sob a pressão dos pneus antes de pararem.

Assim que o carro-patrulha onde vem Saga os ultrapassa, saem do carro, passam por cima da valeta e metem-se no bosque para chegarem à casa sem serem vistos.

Estão quase vinte graus negativos e o frio pica-lhes o rosto, fazendo lacrimejar os olhos.

Pelo meio das árvores, a neve não é tão profunda; é quebradiça e cheia de agulhas e pinhas, de pequenas flores e raminhos a despontar.

Enquanto caminham, Joona perscruta o terreno à procura de tubos que saiam de eventuais covas, de neve pisada e terra remexida.

Os flocos caem pelo meio das árvores.

Ao fim de quinze minutos, avistam as traseiras da casa por entre os troncos. Prosseguem com cautela e param no limite do bosque.

O nevão envolve a paisagem num silêncio que atordoa.

A casa é bastante grande e moderna, tem dois pisos, com o telhado de chapa negra e a fachada de painéis cinzentos.

Nenhum sinal de violência ou de morte.

A neve no pátio das traseiras está intacta: forma ondas suaves sobre os canteiros e os móveis de jardim.

Joona pega nos binóculos e começa a observar uma janela de cada vez. No andar de cima, as cortinas estão corridas.

Detém-se sobre cada uma das janelas, mas não capta qualquer deslocação de ar ou movimento de sombra.

Tudo está imóvel e, ao mesmo tempo, tudo é inquietante, sem que Joona consiga perceber porquê.

Inclina os binóculos para baixo e repara que o vento juntou montes de neve em frente às portas da marquise. Atrás do vidro gelado vislumbra uma salinha com um sofá, duas poltronas e uma lareira de cimento.

Nos braços do sofá estão duas mantas dobradas e a mesa de vidro foi limpa.

Joona baixa os binóculos e olha para Nathan. Tem um ar sério e o nariz vermelho de frio.

– Nada? – pergunta Nathan a bater os dentes.

– Não – responde Joona, apesar de ter percebido a que se deve a sua inquietação.

Não se trata de alguma coisa que viu, mas de alguma coisa que falta. Uma família comum, de classe média, com dois filhos, que no dia 12 de dezembro ainda não montou nenhuma decoração natalícia. Não há nenhum castiçal do Advento, nenhuma estrela nas janelas, nenhuma grinalda de luzes, nenhuma decoração no jardim.

O carro-patrulha percorreu a rua até à casa e estacionou no pequeno caminho coberto de neve.

Saga e os dois colegas ficam no carro a observar a moradia.

A neve cai com maior intensidade.

Por uma janela, veem uma rapariga com auscultadores nos ouvidos, sentada à mesa da cozinha, em frente aos livros escolares.

A neve na entrada da garagem está intacta. Desde que começou a cair, não entrou nem saiu nenhum carro.

Uma das portas da garagem de dois lugares está aberta. Saga distingue um carrinho de golfe, algumas almofadas de exterior desbotadas pelo sol, um enorme churrasco, um corta-relva e uma pá com a lâmina ferrugenta.

O transmissor-recetor grasna e a voz de Joona rompe o silêncio dentro do carro.

Está com Nathan do outro lado da casa. Não veem ninguém e não notaram nada de particular, a não ser a ausência de decorações de Natal. Estão escondidos no bosque, mas prontos para entrar pela porta das traseiras.

Saga sai do carro, juntamente com os dois colegas de uniforme. Ingrid começa a tossir quando o ar gelado lhe entra nos pulmões.

– Tudo bem? – pergunta Jim com um fio de voz.

Ela assente, e avançam os três em direção à casa. Por uma janela, veem um homem a tirar uns talheres brilhantes da máquina de lavar a loiça.

Veste uma camisa azul-pastel com as mangas arregaçadas.

Saga e os colegas param em frente à porta da rua, limpam os sapatos da neve e tocam à campainha.

Saga afasta-se para o lado, enfia uma mão por baixo do blusão e agarra na pistola.

O bafo dos três forma nuvens de vapor.

O gelo queima-lhes os rostos.

Do interior ouvem-se passos, alguém se aproxima da porta.

Saga pensa que Jurek e o *Castor* podiam estar naquela casa, que Pellerina e Valeria podiam estar sepultadas no jardim ou no bosque das traseiras.

O trinco salta e o homem que tinham visto na cozinha abre-lhes a porta. Está bronzeado, tem uns bigodes loiros e os olhos cansados, com olheiras.

Calça apenas umas meias sobre o pavimento de mármore. Atrás dele vê-se uma ampla escada que sobe até ao andar superior e desce para a cave.

– O senhor é Tommy Nordin? – pergunta Saga.

– Sim – responde ele, olhando-a com um ar interrogativo.

– Recebemos uma participação de violência doméstica.

– Violência doméstica?

– Temos de entrar e falar consigo e com a sua mulher.

– Mas ninguém discutiu aqui – responde o homem lentamente.

– Em qualquer caso, temos de falar convosco, porque recebemos uma denúncia – diz Saga.

A rapariga que estava sentada à mesa da cozinha entra no *hall*. Move-se de uma forma estranhamente atordoada. Tirou os auscultadores. Os cabelos loiros e lisos descem-lhe ao longo das faces; tem umas sobrancelhas fartas e cobriu de base as espinhas no queixo. Tem os lábios finos e veste *jeans*, meias brancas e um polo da *Hollister* com o colarinho sujo.

– Perguntem à Mimmi – diz o homem, indicando a rapariga. – Perguntem-lhe a ela... Eu e a Anna-Lena separámo-nos, não a vejo há dois meses, mudou-se para Solna com o nosso filho.

– Só estão os dois aqui em casa?

– Sim – responde o pai.

– Então com certeza não tem qualquer problema se entrarmos para dar uma vista de olhos – diz Jim.

– Não precisam de um mandado?

– Não – responde Saga secamente.

– Podemos interrogar e prender qualquer pessoa sem necessidade de mandado – explica Ingrid.

– Parece uma ameaça – diz o homem, ao mesmo tempo que se afasta para os deixar passar.

82

À entrada, Saga abre o blusão para poder chegar rapidamente à pistola enfiada no coldre.

Sopra nos dedos gelados e segue a escada com o olhar.

Tanto no andar de cima como na cozinha, as luzes estão apagadas.

Ingrid encosta-se à parede com uma mão enquanto limpa os sapatos no tapete.

Jim cria alguma confusão ao chocar com uma escova pendurada numa pequena pá branca de plástico.

Pelo meio da cerda compacta vê-se pó e cabelos.

Seguem o pai através da porta que dá acesso a uma grande cozinha aberta, separada da sala de jantar apenas por uma tela branca que vai do teto ao chão.

– Temos um *home theatre* que faz bastante barulho – diz o pai, passando a língua sobre os incisivos.

A rapariga não diz nada, mas regressa lentamente ao seu lugar na ilha da cozinha e senta-se no banco em frente aos livros.

Saga pensa que Joona tem razão. Mesmo que o pai e a mãe estejam separados, é estranho que não tenham enfeitado a cozinha ou a sala de jantar.

Parece que o tempo parou ali dentro.

Nas janelas há orquídeas brancas.

Para além das árvores vê-se o campo de golfe coberto de neve.

Uma porta de vidro opaco dá acesso à sala e uma outra, de madeira, dá para um corredor e está entreaberta.

– Aceitam um café? – pergunta o homem.

– Não, obrigada – responde Saga.

A tela fina em frente à sala de jantar é semitransparente e incha suavemente com a mínima corrente de ar.

O homem começa a esvaziar a máquina de lavar a loiça e vai alinhando os copos limpos sobre o balcão de mármore.

– Espere um instante – diz Saga.

Ele volta-se e olha para ela, com uma ruga profunda por cima das sobrancelhas.

– Tiveram hóspedes recentemente? – pergunta ela.

– O que é que entende por hóspedes?

– E o senhor?

Ele coça um braço e depois continua a esvaziar a máquina de lavar a loiça.

Saga observa-o, chega-se para o lado e vê que o homem tem o rosto coberto de suor.

– Nenhum hóspede?

Saga afasta a tela com a mão e entra na sala de jantar. Passa ao lado de uma mesa grande com tampo de pedra e depois volta-se novamente para Tommy Nordin.

– Se não se tratou de uma discussão... o que foi, então? – pergunta através da tela.

– Estávamos a ver um filme, já lhes disse.

Para lá do tecido, a cozinha parece envolvida em neblina. Saga vê que a rapariga dirige ao pai um olhar infeliz.

– Todos os dias?

– Depende.

– Quando, esta semana?

Ingrid fica tensa, com o peito inchado dentro do uniforme, enquanto Jim fita o homem com uma mão na cintura.

Saga aproxima-se de uma das janelas que dão para o jardim coberto de neve. Os flocos caem e dissolvem-se no branco. Os ramos dos abetos estão pesados. Aproxima-se do vidro e sente o frio que o atravessa. Um trilho de pegadas escuras parte do caminho de acesso à casa, contorna a garagem e vai até uma casinha de crianças coberta de neve.

O coração começa a bater-lhe com mais força.

Para que servirá a casinha?

As numerosas pegadas indicam que alguém ali foi diversas vezes.

Volta a passar pela tela e regressa à cozinha. Contorna a ilha e repara que tem a mão a tremer quando a apoia no tampo de mármore.

Cautelosamente, enfia a outra mão por baixo do blusão e agarra na pistola.

Daquela posição, consegue manter sob controlo o pai e a filha, e ao mesmo tempo pode facilmente observar as portas que dão para a sala, para o corredor e para a rua.

– Quando é que deixaste de ir à casinha do jardim? – pergunta Saga à rapariga.

– Não sei – responde ela em voz baixa, com o olhar fixo nos livros.

– Depois do primeiro verão em que a tiveste? – sugere Saga.

– Sim – responde a filha, sem olhar para ela.

– O que é que têm lá? – insiste Saga.

– Nada – responde a outra, com uma voz sumida.

– Olha lá para fora – diz Saga. – Há pegadas na neve.

A rapariga não olha, mantém os olhos sobre as páginas do livro.

– O vizinho tem duas filhas que às vezes vêm para aqui – murmura.

– De inverno? – pergunta Saga, ao mesmo tempo que larga a pistola.

– Sim – responde a outra, sempre sem olhar para ela.

– Já acabaram? – pergunta o pai, massajando vigorosamente o pescoço.

– Quase – responde Jim cordialmente.

– Para começar, pode mostrar os vossos quartos ao meu colega – diz Saga.

– Ouçam, esta situação não me agrada… é humilhante, eu não fiz nada.

A rapariga inclina ligeiramente a cabeça e tapa os ouvidos, mas depois parece aperceber-se disso e volta a pousar as mãos em cima da mesa.

– Vamos só dar uma vista de olhos e depois deixamos-vos em paz – diz Jim.

Subitamente, Saga acha que ouviu pancadas através das paredes. Sustém a respiração e apura o ouvido, mas tudo fica novamente em silêncio. Talvez fosse apenas neve a cair do telhado.

O pai limpa as mãos num pano aos quadrados, atira-o para cima do balcão e dirige-se à entrada.

As meias azul-escuras estão tão puídas que deixam entrever os calcanhares brancos.

Jim lança um olhar a Ingrid e vai atrás do homem para fora da cozinha. Quando começam a subir as escadas, ouvem-se os passos nos degraus.

A rapariga não virou uma única página do livro. Continua a fitar o parágrafo inicial sobre a época do grande poderio sueco.

– Chamas-te Miriam – diz Saga.

– Sim – diz ela, e engole em seco. – Mas tratam-me por Mimmi.

– Andas no secundário?

– No décimo ano.

Ingrid aproximou-se da porta de vidro que dá para a sala.

– O que é que estudas?

– Socio... Socioeconomia.

– Ouviste aquelas pancadas?

A rapariga inclina a cabeça e Saga repara que tem uns pensos sujos em volta dos dois polegares.

– Em que ano começou a época do grande poderio? – pergunta Saga.

– O quê?

– Em que século?

– Não me lembro – responde a rapariga, e fecha o livro.

– Lembras-te se tiveram hóspedes na última semana?

– Acho que não – responde a rapariga com uma voz monótona.

– Mimmi – diz Saga, aproximando-se um passo. – Eu sou comissária da Polícia, sinto que há aqui qualquer coisa que não está bem.

A rapariga morde a caneta: a extremidade está estragada e mastigada. Continua a fitar a mesa.

– O que foi que aconteceu? – insiste Saga.

– Nada – suspira Mimmi para si mesma.

– Porque é que não têm nenhuma decoração de Natal? – pergunta Ingrid com gentileza.

– O quê?

– Porque é que não há estrelas do Advento, biscoitos de gengibre?

A rapariga abana a cabeça, como se a pergunta fosse fastidiosamente irrelevante.

Saga pensa que se trata de uma família absolutamente comum que foi arrastada para o mundo de Jurek, uma família que, felizmente, ignora que uma das estrelas de Gémeos se encontra sobre a sua casa.

Mas, ao mesmo tempo, é evidente que os dois escondem alguma coisa. Nos seus olhos intui um pânico crescente.

– Podes mostrar-me o teu quarto? – pergunta.

– É ali – diz, indicando a porta do corredor.

– Vem mostrar-mo.

A rapariga levanta-se sem uma palavra.

– Algum de vocês joga golfe? – pergunta Ingrid, enquanto se dirigem ao quarto.

– Todos, e eu trabalho a dar aulas às crianças.

Saga e Ingrid seguem-na para lá da porta do corredor. É uma passagem bastante comprida que termina numa casa de banho. Uma risca fina de luzes brancas de *led* corre ao longo do rodapé do lado esquerdo.

Duas portas dão acesso aos quartos das crianças. De acordo com os letreiros, o primeiro é de Axel, o segundo de Mimmi.

Saga sente que o pavimento está gelado em frente ao quarto do rapaz. Um papel que diz PROIBIDA A ENTRADA foi colado com fita adesiva amarelecida por baixo do letreiro com o nome.

Saga faz sinal a Ingrid para esperar no corredor, enquanto segue Mimmi até ao quarto dela.

Passam por uma estreita porta entreaberta de um armário por baixo das escadas que dão acesso ao andar de cima. A rapariga fecha instintivamente a porta quando passa por ele.

Na parede por cima da cama desfeita há um póster desbotado de David Bowie a segurar um livro espesso com uma estrela negra, como um pregador atento a falar do juízo universal.

Em cima da mesa de cabeceira vê-se uma embalagem de soníferos.

No canto, pendurada nas costas de uma cadeira, está uma máscara de Halloween que representa uma espécie de *zombie*: um crânio ensanguentado que desponta da boca devastada de um homem.

– O tempo das princesas já acabou – diz Saga.

– Sim – responde a rapariga.

Parece que alguém, ao longe, está a bater a uma porta.

– Ouviste? – pergunta Saga, a olhar para ela.

– Não – responde a rapariga, com uma voz arrastada.

Saga volta-se para a janela: vê grandes flocos de neve que caem compactos à luz do quarto.

– Aqui só estás tu e o teu pai?

A rapariga não responde, limita-se a tocar no elástico da máscara assustadora.

Ouvem-se uns estalidos no andar superior, e Saga pensa que Jim e o pai da rapariga estão a regressar às escadas.

– Senta-te na cama – diz.

As molas rangem quando a rapariga obedece. A parte inferior das meias brancas está completamente imunda.

– Mimmi… não sei se percebes que vais ter de me explicar o que aconteceu – diz Saga com um tom sério.

– Se calhar, mais me vale morrer – murmura a rapariga.

83

Ingrid continua no corredor e ouve a voz calma de Saga Bauer no quarto da rapariga. Pensa que a família foi destruída pelo divórcio, que perdeu toda a alegria.

Entretanto observa, hesitante, a porta do quarto de Axel: não percebeu se a comissária Bauer queria que entrasse ou que se limitasse a esperar.

O pó juntou-se ao longo do pavimento do corredor, iluminado pela luz branca dos *led*.

Ingrid baixa o puxador e entra no quarto do rapaz.

Está escuro e frio.

Ouve-se um rumor, um arranhar ligeiro.

Do teto, suspensos em fios de *nylon*, pendem grandes miniaturas de aviões. Ingrid experimenta o interruptor, mas o candeeiro não acende.

Do outro lado da parede ouve Saga Bauer a falar com a rapariga.

No ar há um perfume intenso de flores secas.

Dá um passo em frente: o uniforme faz barulho a cada movimento.

A janela está entreaberta e vibra com o vento gelado, enquanto as cortinas ondeiam.

Caíram papéis da secretária.

Há qualquer coisa de tremendamente errado.

Os aviões movem-se com a corrente de ar e a porta fecha-se. Dentro do armário, qualquer coisa range.

Ingrid observa um póster da Mulher-Maravilha com o escudo nas costas e dá uns passos em frente.

Em cima da cama vê um rapaz que a fita com os olhos vermelhos.

Está quase completamente coberto de flores.

Tem o rosto cheio de queimaduras negras e o ventre esverdeado inchado de gás.

Está morto há uma semana, talvez mais.

– Bauer, anda cá ver uma coisa – chama Ingrid em voz alta.

A cortina incha de novo e depois volta a cair com suavidade.

Pelo canto do olho, Ingrid repara que o armário se abre. Um arrepio percorre-lhe a espinha; volta-se, e quase não tem tempo de reparar na expressão severa na boca da mulher antes de o machado a atingir na face. A nuca bate contra o póster da super-heroína. A lâmina maciça enterra-se tão profundamente no cérebro que tudo se torna escuro e silencioso. Nem sequer se apercebe de que as pernas lhe cedem, que cai ao chão com o pescoço dobrado num ângulo bizarro contra a parede enquanto o sangue inunda o pavimento.

Depois de ter dito que talvez mais lhe valesse morrer, a rapariga fecha-se completamente. Não responde a mais perguntas, permanece sentada, em silêncio, com o rosto inclinado. Quando Saga ouve a colega chamá-la, diz a Mimmi para esperar até ela voltar.

– Promete-me que ficas aqui.

Ouve-se uma pancada violenta contra a parede que faz tremer o quadro por cima da secretária de Mimmi.

A rapariga olha para Saga com uns olhos aterrorizados e cobre as orelhas com as duas mãos.

Saga sai para o corredor, mas Ingrid não está lá. Olha em direção à cozinha e repara que a porta do quarto do filho está aberta.

– Ingrid – chama em voz muito baixa.

Aproxima-se, sente o vento gélido que sai do quarto escuro, hesita e finalmente transpõe a entrada. As cortinas ondeiam em frente à janela aberta e a neve rodopia no interior, ao mesmo tempo que algumas pétalas deslizam pelo chão.

Para além do cheiro intenso dos jacintos, sente-se um odor de morte.

Não são observações conscientes, mas Saga está alerta.

Um reflexo pálido desliza ao longo da parede.

Saga dá um passo dentro do quarto e nesse mesmo instante repara no machado que desce de lado.

Os anos de boxe permitem-lhe interpretar corretamente a direção do golpe. Inclina instintivamente a cabeça e desliza para trás. A lâmina do machado passa-lhe à frente da cara, atinge a parede de estuque e encaixa-se numa trave interior.

Saga salta para o corredor antes que a mulher consiga libertar a arma. Recupera o equilíbrio, apoiando-se na parede, fecha a porta e recua ao mesmo tempo que tira a *Glock* do coldre.

Aponta a pistola para a porta, recua mais ainda e espreita para trás das costas.

Não há ninguém atrás dela.

A porta da casa de banho está fechada, mas percebe-se que lá dentro a luz está acesa.

– Ingrid? – chama, levantando a voz.

Ninguém responde, e Saga volta-se rapidamente para o quarto do rapaz.

Sem fazer ruído, a mulher saiu para o corredor. Está imóvel e observa Saga com o machado pousado no ombro. Tem o rosto tenso, concentrado. Os óculos, o pescoço e os dois braços estão cobertos de salpicos de sangue.

Saga recua lentamente, levanta a pistola e pousa o dedo no gatilho.

– Polícia! – exclama, ao mesmo tempo que aperta ligeiramente o gatilho. – Para e pousa o machado no chão!

Em vez de obedecer, a mulher avança direita a ela. Respira pelo nariz e aproxima-se a passos largos.

Saga segura a pistola com a mão esquerda, baixa rapidamente a mira e atinge-a na coxa. A bala atravessa o músculo e o sangue esguicha atrás dela. A mulher geme mas, mesmo a coxear, não para.

A perna das calças escurece com o sangue.

Saga recua e encosta-se à porta da casa de banho.

Os lábios da mulher tornam-se mais finos enquanto avança. O machado erguido arranca do teto um candeeiro, que cai ao chão e se apaga.

Saga dispara-lhe duas vezes no peito. O coice fá-la bater com o ombro esquerdo contra a porta.

O fumo dissipa-se.

A mulher estaca, apoia-se com uma mão na parede, abandona o machado e senta-se pesadamente no chão. Os óculos ensanguentados caem-lhe no colo, a cabeça tomba para a frente e abana duas vezes de lado.

No instante em que ouve o primeiro disparo, Joona dá um pontapé na porta frágil da marquise. A fechadura quebra-se com um estalido. A porta abre-se, os painéis de vidro rebentam e os estilhaços saltam por todo o lado sobre o *parquet* do chão.

Joona entra com a pistola apontada. Nathan desembrulha a espingarda do saco de lixo e segue-o.

Joona mantém a pistola apontada ao sofá até acabar de lhe dar uma volta completa, depois vira-a para a porta da cozinha.

Nathan aponta a espingarda para trás, para ter a certeza de que não há perigo na retaguarda, enquanto passam rapidamente à frente da lareira.

Os reflexos dos dois deslizam pela grande janela voltada para o bosque escuro.

Joona detém-se em frente à porta e troca um olhar com Nathan.

– Vamos entrar ao mesmo tempo – diz com um fio de voz. – Tu tomas conta do lado esquerdo, noventa e cinco graus.

Conta pelos dedos antes de abrir a porta da cozinha. Entram com um salto e depois inspecionam metodicamente os cantos mais perigosos.

O aposento está vazio.

Joona faz sinal a Nathan para controlar a porta que dá para a entrada enquanto ele dá a volta à ilha onde estão pousados uns livros escolares e um telemóvel.

O ar deslocado pelos movimentos dos dois homens faz ondear a grande tela.

A escuridão invadiu o jardim lá fora, e é difícil ver através do tecido. Joona apenas consegue distinguir a mesa, as cadeiras e o aparador.

Ouvem dois disparos no corredor.

– Mas que porra é que se está a passar? – murmura Nathan a olhar em volta.

Joona passa para lá da tela, mantendo a pistola apontada à porta. Dirige um olhar a Nathan e apercebe-se de que este virou as costas para a entrada precisamente quando a porta começa a abrir-se atrás deles.

– Entrada – grita Joona.

Nathan apenas tem tempo para dar um quarto de volta quando o pai entra na cozinha e aperta o gatilho da espingarda.

Uma nuvem de chumbos arranca toda a calota craniana de Nathan.

Sangue e massa encefálica salpicam a ilha e a tela.

Joona corre para a frente ao mesmo tempo que Nathan cai ao chão.

Aponta a pistola ao peito do pai, a linha de tiro através da tela é perfeita, mas Joona não dispara.

O corpo sem vida de Nathan cai desamparado no chão e fica estendido de lado.

Sem largar a espingarda, o pai limpa com o ombro o sangue que lhe saltou para a boca.

Só se apercebe da presença de Joona quando este já transpôs a tela branca.

Antes de conseguir fazer pontaria, Joona levanta o cano da espingarda com uma mão e agride-o no rosto com o cabo da pistola.

Os chumbos saltam em direção ao teto.

O homem cambaleia de lado e tenta puxar a espingarda para si.

A explosão ecoa-lhes nos ouvidos, enquanto pó e fragmentos de estuque caem sobre ambos.

Joona agride a face do homem com o cotovelo direito.

A pancada é violentíssima.

O homem bate com a cabeça contra a parede e cai sobre um joelho. Nem sequer se apercebe de que Joona lhe arrancou a espingarda da mão.

O sangue escorre-lhe das duas narinas para cima dos bigodes, e tem um olhar toldado. Apoia-se com a mão à parede e tenta levantar-se. Joona avança um passo e dá-lhe um pontapé no centro do peito, fazendo-o cair para trás com as costas no chão.

– Está quieto – diz Joona, ao mesmo tempo que dobra com um pontapé o cano da espingarda.

O homem tenta respirar e tosse enquanto ouvem uns passos pesados a descer as escadas. Rápido como um raio, Joona aponta a pistola para a entrada. É Jim. Tem o rosto pálido e sangue a escorrer pela face.

– Merda, deixou-me KO – murmura, e detém-se à porta quando vê o corpo de Nathan.

84

Quando ouve o tiro de espingarda na cozinha, Saga passa por cima do corpo da mulher. Aponta a pistola para a porta e avança ao longo do corredor. A mira vibra ligeiramente quando a espingarda dispara uma segunda vez.

Saga espera alguns instantes, depois entra no quarto de Axel, vê o corpo do menino na cama e constata a morte da colega, antes de regressar ao quarto de Mimmi.

Está tudo silencioso.

A rapariga abriu a janela e escapuliu-se lá para fora. Só tem as meias calçadas. As pegadas sobre a neve traçam um arco em volta da casa.

Saga pega no transmissor-recetor e faz uma ligação direta para Joona. Quando toma conhecimento de que Nathan morreu, só lhe apetece deitar-se no chão e chorar.

Mas, ao mesmo tempo, percebe que a loucura daquelas pessoas indica que Jurek esteve ali.

E se Jurek esteve ali, talvez saibam alguma coisa de Pellerina e de Valeria.

Saga explica rapidamente a Joona o que aconteceu: a criança, Ingrid e a mãe estão mortos, e ela tenciona ir atrás da filha.

– Vai lá, vê se a encontras – diz ele.

Neva com mais intensidade agora, e as pegadas vão ser rapidamente cobertas e apagadas.

Saga mantém a janela aberta com a mão, trepa e senta-se no peitoril. A tinta negra lasca quando se desloca para o lado de fora, dá um impulso com as mãos e salta.

Aterra suavemente sobre a neve e dá um passo em frente para não cair.

A rapariga tem cinco minutos de vantagem, mas as pegadas ainda se veem.

Saga corre à volta da casa e sente a neve molhada que se enfia por baixo das pernas das calças e nos sapatos.

O vento acumulou grandes montes de neve atrás da garagem. Saga dá um salto para a frente com a pistola na mão. Ali está mais escuro, como se o bosque lançasse uma sombra sobre aquele espaço aberto.

A casinha é vermelha, com a caixilharia branca e o telhado negro, as janelas brancas tapadas com cortinas de renda.

As velhas pegadas mal se distinguem sob a neve fresca: não são mais do que covas minúsculas, mas ainda se notam.

As luzes estão apagadas dentro da casinha, mas as pegadas conduzem diretamente à pequena porta com o postigo de vidro colorido.

Saga avança sobre a neve, olha para trás, detém-se junto à entrada e bate à porta.

- Mimmi? Anda cá para fora.

Bate mais uma vez e espera alguns segundos antes de se esticar e baixar o puxador. Empurra e puxa, mas a porta está fechada à chave.

- Mimmi, abre! Só quero falar contigo, acho que tu me podes ajudar.

Parece-lhe ouvir qualquer coisa, um objeto a raspar no chão, um peso que é deslocado lentamente.

- Preciso de entrar - diz.

Parte o postigo com a pistola, ouve os cacos caírem no pavimento do lado de dentro e passa o cano da arma ao longo do caixilho para remover os estilhaços de vidro mais aguçados.

No interior, a escuridão é total.

Enquanto tenta enfiar um braço pela janela, apercebe-se de um fedor asfixiante. A manga levanta e fica entalada na fenda.

A abertura é demasiado pequena.

Saga despe o blusão e a camisola e atira-os ao chão.

Tem apenas vestida uma *T-shirt* branca sem mangas. O sutiã de desporto distingue-se através do algodão fino. Os braços magros, de músculos bem definidos, estão cobertos de nódoas negras e arranhões.

O frio é particularmente cortante contra a sua pele nua e cada floco de neve que cai sobre ela queima como a faúlha de uma fogueira.

Tenta espreitar através da abertura.

No interior, nada se move.

Segura a pistola na mão direita e aproxima-se lentamente do postigo.

Assim que consegue enfiar o braço, a rapariga começa a gritar com tanta força que a voz se lhe quebra. Saga tenta tocar na fechadura, mas precisa de chegar um pouco mais abaixo.

A rapariga cala-se de repente.

Saga encosta-se mais à porta e corta-se no cotovelo; toca no puxador pelo lado de dentro e consegue encontrar a chave na fechadura.

Com os dedos gelados, tenta rodá-la. Ouve de novo o mesmo ruído no chão, mas obriga-se a continuar.

Perde a chave, volta a encontrá-la com as pontas dos dedos e tenta de novo. A fechadura salta e Saga retira delicadamente o braço.

Baixa o puxador, abre a porta e chega-se para o lado.

Tudo é silêncio.

Está demasiado escuro para se conseguir ver seja o que for dentro da casinha.

– Mimmi, estou a entrar.

Inclina-se e precisa de se apoiar ao chão com a mão livre para passar por baixo da porta.

Cheira a sujidade e a roupa molhada.

No escuro, Saga choca com um pequeno móvel, ajoelha-se e distingue uma cozinha de brincar com pinhas dentro de uma caçarola.

– Temos de conversar – diz suavemente.

Uma figura informe move-se muito ligeiramente num canto. A rapariga está sentada no chão, embrulhada num cobertor, e tem as mãos apertadas sobre as orelhas.

Quando Saga se habitua ao escuro, consegue distinguir o rosto pálido, os olhos brilhantes de medo e os lábios apertados.

*

Joona arrasta o pai para a sala de jantar e amarra-o com as algemas a uma das pernas da mesa maciça. Depois arranca uma tira da tela e estende-a sobre o corpo de Nathan.

Nathan era seu amigo e colega desde os primeiros tempos na Polícia Criminal. Joona não sabe quantas vezes, ao longo dos anos, tinha procurado a sua companhia, nem que fosse só para conseguir aclarar as ideias junto com ele.

Repara que o sangue já ensopou a tela por cima da cabeça. Os tacões dos sapatos, durante a queda, traçaram um arco ensanguentado.

Jim está sentado numa das cadeiras altas em volta da mesa. Tem o rosto pálido e transpirado e desabotoou a farda no pescoço.

– A ambulância e a Polícia estão a chegar – diz-lhe Joona. – Mas tu podes ajudar a Saga a procurar a rapariga, não podemos deixá-la desaparecer.

– O quê?

– Se conseguires.

– Só preciso de... Será que percebi bem o que disse a Bauer? A Ingrid morreu? Mataram-na? É verdade?

– Sinto muito – responde Joona. – Estou desolado, mesmo.

– Não, mas... Tinham-nos avisado, tu tentaste impedir-nos – diz Jim, passando uma mão pelo rosto. – Mas o que é que esta gente tem na cabeça? Só os queríamos ajudar, e eles...

– Eu sei – interrompe-o Joona, com uma voz calma.

– Não consigo compreender – murmura Jim, a olhar para ele como se não se lembrasse quem era. – Vou procurar a rapariga – diz, enquanto se levanta da cadeira a cambalear.

– Lembra-te que a Mimmi é apenas uma criança – diz Joona.

Jim não responde, desengata a lanterna do cinto e vai até à entrada. A porta abre-se e volta a fechar-se com demasiada violência.

Aquilo que resta da tela ondeia com a corrente de ar.

Joona tem a certeza de que Valeria e Pellerina estão sepultadas em qualquer parte ali à volta. Um treinador está a chegar com um cão-polícia. Se ainda estiverem vivas, resta pouquíssimo tempo. A temperatura desceu de zero a menos dezanove graus num dia.

Joona dá a volta à mesa, espreita a paisagem coberta de neve e depois volta-se para o homem. Está deitado, com a face encostada ao chão. Os bigodes loiros estão escuros de sangue e tem um olho fechado por causa do inchaço.

– Daqui a pouco vais ser levado para a central na condição de detido – diz Joona. – Mas, se me ajudares, é possível que a tua situação fique mais leve.

– Não percebem nada – resmunga o homem.

– Sei que a Valeria de Castro e a Pellerina Bauer se encontram aqui, em qualquer parte.

– Foi legítima defesa, sobrevivência...

– Tommy – diz Joona, e põe-se de cócoras para o olhar de frente. – Evitei dar-te um tiro porque preciso de respostas... Sei que conheceram o Jurek Walter. Tens de me dizer o que foi que ele vos obrigou a fazer.

85

Na minúscula casinha gelada, Saga voltou a vestir o blusão. Ofereceu a camisola a Mimmi, sem obter resposta.

É evidente que a rapariga vai muitas vezes esconder-se ali: levou para lá cobertores e um saco-cama, a um canto está um balde que fede a urina velha e o chão está coberto de pacotes de biscoitos vazios, latas de bebidas e papéis de rebuçados.

– Porque é que te escondes aqui?

– Não sei – diz a rapariga, com uma voz inexpressiva.

– Porque é que não aguentas aquilo que aconteceu ali em casa?

Mimmi encolhe ligeiramente os ombros.

– Estamos aqui porque andamos à procura de uma mulher e de uma menina, a Valeria e a Pellerina.

– Sim.

Saga pega no telemóvel e mostra a Mimmi as fotografias de ambas. A rapariga espreita rapidamente e depois baixa os olhos. À luz fria do ecrã, o seu rosto parece esculpido em gelo.

– Conhece-las? – pergunta.

– Não – responde, e afasta o rosto.

– Olha para elas outra vez.

– Não quero.

Quando Saga apaga o ecrã e volta a meter o telemóvel no bolso interior do blusão, a casinha fica mergulhada na escuridão total.

– Seja o que for que andem a fazer aqui, agora acabou; daqui para a frente vão ser tempos difíceis, vai chegar a Polícia e os serviços sociais, mas aquilo que te acontecer a ti vai depender das respostas que me deres agora.

– Sim.

– Vamos voltar para casa?

– Não consigo – suspira a rapariga, com a voz a tremer.

– Eu percebo, encontrei o teu irmão – diz Saga.

Mimmi começa a chorar no momento em que uma luz trémula fende as trevas da casinha. Saga aproxima-se da janela e ouve o mosquiteiro rasgar quando afasta a cortina.

É Jim que se aproxima da casinha com a lanterna na mão.

A luz forma um túnel vertiginoso que atinge a cada passo o manto de neve.

Está a seguir as pegadas de Saga e da rapariga.

– Bauer? Estás aí?

– Estamos aqui dentro – responde ela.

Ouvem-se passos pesados do lado de fora, a porta abre-se e Jim entra na casinha. Tem a respiração ofegante e pousa a lanterna na cama em miniatura. A luz passa através das barras e enche o pequeno quarto. O mobiliário é velho e está danificado pela humidade, o papel de parede cor-de-rosa tem bolhas de ar, do candeeiro de teto partido caem teias de aranha e ao longo das janelas há moscas mortas.

– Andava à vossa procura – murmura Jim, e derruba a cozinha de brincar ao sentar-se no chão.

Quando se vira para se aproximar da rapariga, o pavimento range. Respira aceleradamente, e tem muco transparente a escorrer-lhe do nariz.

– Foste tu, não foste? Mataste a minha colega – exclama, com uma voz quebrada, e de repente encosta com força a pistola à cabeça da rapariga.

– Jim, tira o dedo do gatilho – ordena rapidamente Saga.

– Obrigaram-te a matar a Ingrid – diz ele, com a voz carregada de pranto.

– Acalma-te, Jim – diz Saga, com calma. – Tira o dedo do gatilho e baixa a pistola.

A arma treme diante do rosto da rapariga. Jim tem a testa coberta de suor e os olhos arregalados.

– Como é que te sentes agora? – pergunta, agitado, ao mesmo tempo que mantém a pistola apertada contra a têmpora da rapariga, fazendo-lhe oscilar a cabeça.

– Por favor, não faças isso – diz Saga. – Sei que estás desorientado, mas não foi...

– Como te sentes? – grita Jim.

– Bem – responde a rapariga, fitando-o nos olhos.

A pistola treme novamente na mão dele.

– Escuta, Jim, não foi a Mimmi que matou a Ingrid – diz Saga.

– Mas...

– Foi a mãe dela – explica Saga. – Estava em casa, nós não sabíamos, tinha-se escondido.

– A mãe dela?

– Tinha-se escondido no quarto do pequeno.

– Mas que porra é que se passa com esta gente? – diz ele, com uma voz sumida, e baixa a pistola.

Saga tira-lhe a arma da mão, trava-a e retira a bala.

– Vai lá para fora e assegura-te de que as ambulâncias nos encontram – diz.

Jim limpa o ranho com as costas da mão, desliza lá para fora, bate com a cabeça na entrada e fecha a porta.

– Sinto muito que ele te tenha ameaçado, vou fazer um relatório e ele nunca mais vai trabalhar como polícia, mas o que acontece é que se podem fazer coisas tremendas quando morre alguém de quem gostamos muito.

Mimmi assente sem energia e olha para ela.

– Sei que me podes ajudar – diz Saga.

– Não percebes, é impossível.

– Olha outra vez – diz Saga, mostrando-lhe novamente as fotos de Valeria e Pellerina.

– Eu sei quem são – sibila a rapariga, e afasta o telemóvel. – Foram elas que fizeram aquilo, não percebes? Queimaram-no e mataram--no... Não devem ser castigadas? Não é justo, destruíram tudo.

Saga senta-se no chão ao lado dela e põe-lhe um braço à volta dos ombros. Em voz baixa, Mimmi conta a história do homem dos serviços secretos russos. Não se lembra do nome dele, mas sabe que tinha conseguido apanhar a mulher e a rapariga depois de as ter seguido através da Ucrânia e da Polónia até à Suécia. Tinham ambas um grande distúrbio psíquico. Conheceram-se no Instituto Serbski, de onde acabaram por fugir. Fizeram um pacto, viajavam juntas, fixavam-se em certas famílias e exterminavam-nas, um membro de cada vez.

– Começam sempre pelo filho mais novo – suspira a rapariga.

– Onde é que elas estão? Sabes?

Mimmi ganha fôlego com uma tremura e explica que o homem dos serviços secretos russos as vai tirar da Suécia para que sejam julgadas na Rússia.

– Eu sei que não era preciso fazer isso, mas na Suécia iam dizer que precisam de ser tratadas, libertavam-nas logo a seguir, e assim elas iam voltar aqui para matar toda a gente... Na Rússia vão passar o resto da vida na Colónia Penal 56.

Saga mostra-lhe uma fotografia de Jurek no telemóvel.

– É este o homem?

Mimmi baixa os olhos e assente.

– Sabes onde estão a Pellerina e a Valeria agora?

– Não – responde com uma voz sumida.

– Tenho de as encontrar, porque elas nunca mataram ninguém...

– O meu irmãozinho, mataram-no a ele, queimaram-lhe a cara, partiram-lhe os braços e...

Começa a chorar com a boca aberta.

– Diz-me uma coisa, Mimmi, tu viste-as a fazer isso? Com os teus olhos?

A rapariga continua a chorar.

– Tu nunca viste quem matou o teu irmão, pois não?

Mimmi acalma, respira a soluçar.

– Contou-nos tudo – choraminga. – Todos os pormenores, estava mesmo aborrecido por não ter chegado a tempo de salvar o Axel.

– Aquele homem não trabalha para os serviços secretos, foi ele que matou o teu irmão, e a Valeria e a Pellerina estão em qualquer sítio num túmulo... porque é assim que ele faz.

A rapariga levanta o tronco e vomita no balde, respira com dificuldade e vomita de novo. Senta-se pesadamente, encosta-se à parede e limpa a boca com a manga da camisola.

– Leva-me até elas – diz Saga.

Joona aproxima-se mais uma vez da janela da sala de jantar e observa a casinha. A luz da lanterna de Jim escoa-se através da porta aberta e das três janelas e estende-se como uma cruz luminosa sobre a neve.

As pegadas já desapareceram completamente.

Sobre o vidro, distingue-se o reflexo da grande mesa e do homem no chão. Está deitado de lado, com as mãos por cima da cabeça. Joona explicou-lhe que estão a chegar os polícias com os cães, mas o homem não diz nada, apesar de Joona ter intuído que começa a perceber que cometeu um erro grave.

De repente, a luz na casinha começa a tremer e Saga desliza para o exterior com a lanterna. Vira-se, ajuda a rapariga a sair e ampara-a.

Caminham ambas em direção a casa através da neve profunda.

Apesar da luz ténue e do vapor que sai da boca de ambas, Joona repara, nos rostos sérios, que alguma coisa mudou.

Vai ao encontro delas até à entrada e segue-as pelas escadas abaixo, em direção à cave decorada com móveis de pele escura e uma mesa de bilhar.

O teto é baixo e sente-se um leve cheiro a bolor.

A rapariga tenta afastar a mesa de bilhar, Joona põe-se ao lado dela e ajuda-a.

As pequenas rodas metálicas por baixo das pernas da mesa deixam marcas profundas no tapete persa.

Ninguém diz nada.

Lentamente, deslocam a mesa pesada e empurram-na contra a parede. A moldura de um quadro oscila e uma das bolas ressalta contra a beira.

Joona e Mimmi arrastam o grande tapete na outra direção.

Um retângulo de um metro por dois foi grosseiramente serrado no pavimento de madeira. Joona pega na faca, levanta um bordo do alçapão, agarra-o com os dedos e puxa-o para cima.

A tábua levanta, inteira, juntamente com a camada de isolamento.

Joona muda de posição, arranha o antebraço e afasta para o lado aquela secção de pavimento.

A rapariga deixou-se escorregar para o chão, ao lado da mesa de bilhar, com as mãos nos ouvidos.

Joona aproxima-se da abertura e sente sair dali ar frio.

– Meu Deus – suspira.

– Despacha-te, despacha-te – geme Saga.

No chão por baixo da casa há dois caixões toscos, com correias a travar as tampas. A toda a volta há serrim e lascas de madeira. Não se ouve mais nada além da respiração acelerada de Saga.

86

Joona está à espera de notícias no serviço de urgência do Hospital Karolinska de Huddinge. Caminha nervosamente de um lado para o outro no corredor.

Não sabe quantas vezes já passou ao lado dos cadeirões de assentos gastos em frente à sala de visitas, e da mesa com os escaparates de informações para os utentes.

Tem os cabelos despenteados, o rosto cansado e inquieto, os olhos de um cinzento-prateado intenso e a camisa e as calças amarrotadas. Lavou a cara e as mãos e retirou a maior parte do sangue e do pó.

Continua muito perturbado com as imagens desordenadas dos momentos de agitação vividos naquela cave. Súbitos fragmentos iluminados pela luz trémula da lanterna atravessam-lhe o cérebro.

É terrível.

A morte violenta de Nathan, os dois caixões por baixo da casa, o cheiro dos corpos, o terror nos olhos dos paramédicos, os gritos da rapariga quando uma mulher-polícia a arrastou dali.

Talvez pela quadragésima vez, Joona detém-se diante das portas negras com postigos de vidro ao fundo do corredor do hospital, vê as costas dos dois polícias fardados que estão de guarda à entrada daquele setor, vira-se e volta para trás.

O nível de segurança do hospital é elevado: dezasseis agentes estão de guarda ao setor, mas Joona sabe que aquilo não vai acabar enquanto não apanharem Jurek.

As portas do outro lado do corredor abrem-se automaticamente e uma mulher idosa numa maca é empurrada para dentro.

Joona pensa no pânico de Saga.

Segurava a lanterna com as duas mãos, mas não conseguia mantê-la firme. As sombras oscilavam e deslocavam-se com solavancos súbitos ao longo das paredes.

A sua angústia era semelhante à de um animal caído numa armadilha, não havia nenhuma saída por onde escapar.

Joona continua a caminhar pelo corredor. Quatro faixas de madeira correm ao longo da parede para amparar as pancadas das macas. Os tubos de néon no teto refletem-se como nuvens escuras sobre o pavimento de linóleo cinzento.

Não consegue deixar de pensar naquilo.

Tinha desengatado as roldanas com uma pancada e desapertado as correias, arranhando as costas contra a beira do alçapão.

A luz intensa da lanterna atravessava o pó que os seus sapatos levantavam do terreno seco.

Agarrou na tampa do primeiro caixão com as duas mãos e afastou-a para o lado.

Valeria estava estendida lá dentro, com um cobertor cinzento por cima, como um cadáver envolvido num sudário.

O rosto magro e sujo estava imóvel, os lábios rachados e os olhos fechados.

Apenas reagiu quando a luz intensa a atingiu diretamente no rosto: levantou uma mão à procura da tampa.

– Chega – soluçou, enquanto tentava levantar-se.

– Valeria, sou eu, sou o Joona – disse ele. – Encontrámos-te, estamos aqui agora.

Ela tinha o corpo todo a tremer, não percebia que era ele: tentou soltar-se e atingiu-o na boca com o antebraço.

Ele amparou-a e o cobertor escorregou para o lado enquanto ela transpunha a beira do caixão. Pestanejava em direção à luz, ofuscada e confusa, tropeçou e depois arrastou-se até ao outro caixão.

– Pellerina – choramingou, enquanto tentava levantar a tampa.

Estava fraca e não conseguia usar as mãos inchadas; tinha as unhas partidas e as pontas dos dedos ensanguentadas.

– Abre o caixão – gritou Saga. – Tens de abrir o caixão.

Joona fica parado no corredor e apoia-se com as duas mãos na parede. Dois enfermeiros vestidos de azul passam ao lado dele.

Baixa os olhos para as tiras de fita adesiva que indicam onde se devem deixar as macas e as camas dos doentes, mas não vê senão a cave escura: coletes amarelos com largas riscas refletoras, sapatos molhados, ele a afastar Valeria do segundo caixão e a erguê-la em direção ao primeiro paramédico que desceu à cave.

Um dos enfermeiros começou a chorar.

A maca bateu na parede das escadas, fazendo saltar lascas de estuque.

Saga deixou cair a lanterna, que bateu na beira do alçapão e foi parar ao chão ao lado do caixão de Valeria, rolando depois para debaixo da casa.

Joona cortou as correias que envolviam o outro caixão, largou a faca e levantou a tampa.

Saga gritou com tanta força que lhe falhou a voz; alguém tentou afastá-la, mas ela libertou-se e caiu de joelhos ao lado do alçapão, a sussurrar o nome da irmã.

Pellerina estava deitada no caixão, vestida com umas calças largas e um anoraque azul. O rosto pálido estava completamente imóvel e não reagiu às lanternas dos paramédicos.

Tinha a pequena boca redonda contraída e as maçãs do rosto definhadas.

Joona levantou-a delicadamente do caixão, apertando-a contra o peito como uma menina adormecida, segurou-lhe na nuca com a mão e encostou-lhe a cabeça ao seu rosto. Não sentia o coração, nem o pulso.

– Não quero – murmurou Saga, a chorar.

Uma outra maca foi levada para baixo pelas escadas e Joona sentiu um sopro sair dos lábios de Pellerina.

– Parece-me que está viva... Despachem-se, está viva – gritou. – Peguem nela, está em hipotermia grave.

Avançou por cima das garrafas de água e dos pacotes vazios no outro caixão, chegou ao alçapão e entregou a menina a dois paramédicos. Pousaram-na gentilmente na maca. Saga acariciou-lhe as faces, repetindo que ia correr tudo bem.

Joona chega uma vez mais ao fundo do corredor, observa os dois agentes e senta-se num dos cadeirões. O encosto range quando se deixa cair para trás com a nuca apoiada na parede.

Acaba de se levantar quando a porta se abre e surge uma médica com uma túnica branca de manga curta e umas calças brancas.

– Joona Linna? – pergunta.

– Já acordou?

– Tentei explicar-lhe que deveria esperar algum tempo antes de receber visitas, mas quer vê-lo a todo o custo.

– Como é que ela está?

– Ainda é cedo para dizer, está muito debilitada.

A médica explica-lhe que ainda estão à espera dos resultados dos exames, mas que de acordo com a avaliação que ela fez Valeria já não corre perigo de vida. Quando ali chegou, tinha uma septicemia e estava gravemente desidratada, desnutrida e, sobretudo, em hipotermia. A temperatura corporal, na ambulância, era de 32 graus, mas em cinco horas, graças ao ar quente e ao aquecimento interior, conseguiram levá-la para níveis normais. Tinha as mãos e os pés congelados, mas não iam ser necessárias amputações, como se temia inicialmente.

Joona agradece à médica, bate delicadamente à porta e entra.

Valeria está deitada na cama, com as grades levantadas. Tem o rosto pálido e magro. Está ligada ao medidor de saturação, ao eletrocardiograma e ao aparelho das tensões, tem o tubo do oxigénio no nariz e cateteres nos dois braços.

– Valeria – diz Joona, hesitante.

Aproxima-se e toca-lhe numa mão. Ela ergue os olhos exaustos e fita-o.

– Obrigada por me teres encontrado... maldito bófia – diz com um sorriso.

– Dizem que te vais safar.

– Já me sinto melhor.

Ela estica os lábios e Joona inclina-se para a beijar. Olham um para o outro e ficam novamente sérios.

– Não me dizem nada da Pellerina – murmura Valeria.

– Nem a mim... Não tinha pulso quando a encontrámos.

Valeria sente as pálpebras pesadas e fecha-as de cansaço. Os caracóis escuros estão espalhados sobre a almofada e contra a cabeceira estreita de pinho inserida na estrutura metálica da cama.

– O que foi que aconteceu naquela casa? – pergunta, reabrindo os olhos. – Porque é que fizeram aquilo tudo... a nós?

– É demasiado cedo para falarmos sobre isso. Precisas de descansar. Eu fico aqui ao teu lado.

Valeria humedece os lábios feridos.

– Mas eu preciso de saber – diz. – Percebi que estavam furiosos connosco, pensavam que a culpa pela morte do filho era nossa.

– Parece-me que anda ali a assinatura do Jurek, mas não sei, foi a Saga que interrogou a rapariga – diz Joona, ao mesmo tempo que aproxima uma cadeira da cama.

Começa a contar-lhe que Nathan e uma colega da Polícia de Södertälje morreram durante a operação quando Saga entra no quarto: tem os olhos vermelhos e inchados.

– A Pellerina foi sedada – diz com uma voz sumida. – A situação é crítica, conseguiram fazer subir a temperatura, mas estão com problemas a nível do coração, está a bater com demasiada força...

Falha-lhe a voz e engole em seco.

– Utilizaram um desfibrilador para o acalmar... e se ela não acorda? – murmura ao fim de alguns segundos. – O caixão passaria a ser a última coisa que viu... o escuro, a solidão.

– Conversámos durante o tempo todo – conta Valeria, tossindo ligeiramente.

– A sério? – pergunta Saga, dirigindo-lhe um olhar desesperado.

– Não teve medo, juro, de todo – prossegue Valeria. – Tinha frio e sede... mas estávamos próximas e bastava chamar por mim para eu lhe responder imediatamente... Tinha a certeza de que tu a ias salvar, e assim foi.

– Nem sabe que eu cheguei – murmura Saga.

– Eu acho que sim – diz Valeria.

– Agora acho que é melhor ir outra vez ter com ela – diz Saga com um fio de voz, a fungar.

– Claro – diz Joona.

– Ouviste dizer que o tribunal de Södertörn determinou a prisão do pai? – pergunta Saga, ao mesmo tempo que atira o lenço para o cesto do lixo.

– Sim – responde Joona.

– Porque é que nos fizeram aquilo tudo? – pergunta Valeria.

– Foi o Jurek, subjugou completamente aquela família – explica Saga. – Não lhe fizeram nada, mas ele precisava da casa, da fidelidade deles durante algumas semanas... Por isso matou o filho mais novo e atribuiu a culpa a ti e à Pellerina, levando-os a odiarem-vos.

– É uma coisa horrível – suspira Valeria, tossindo de novo. – Não se consegue detê-lo?

– Claro – responde Joona.

– Tu não, tu já fizeste a tua parte, chega – diz ela rapidamente.

– Valeria, eu vou ficar aqui até tu melhorares – diz Joona. – Mas esta história ainda não está concluída, o Jurek Walter ainda não acabou, vai voltar para te procurar... Não tenhas medo, há dezasseis agentes no hospital e isso vai mantê-lo longe... Mas, mais cedo ou mais tarde, o nível de proteção vai diminuir.

– O que é que tencionas fazer? – pergunta Saga.

– Vou continuar com a constelação... é apenas uma hipótese, mas a estrela que representa o coração, o coração de Pólux... fica sobre uma ilha no Mälaren.

– Já sabes que não consegues fazer isso sozinho – diz Saga, com um tom preocupado. – Eu queria ir contigo, já sabes, mas tenho de ficar com a Pellerina, preciso de estar aqui quando ela acordar.

– Eu vou conseguir.

– Ouve o que ela diz – intervém Valeria, agitada.

– Joona, sozinho não – repete Saga. – É demasiado perigoso, e tu bem sabes, porra, tens de falar com o Carlos.

– Não me parece que seja caso para isso.

– Uma equipa de veteranos da força de intervenção – implora Saga.

– Não – diz Joona.

– E o Rinus Advocaat... não lhe podes ligar a ele? Podia cá chegar em pouco tempo – diz Saga.

O rosto de Joona endurece; pousa lentamente a mão na beira cromada da cama.

– Julgava que não conhecias o Rinus – diz, com um fio de voz.

– Falaste-me dele depois da morte da Disa – explica Saga. – Podias ter morrido também, mas percebi que confiavas nele... Não lhe podes pedir ajuda?

– Não – responde ele, com uns olhos que nunca pareceram tão escuros.

– Oh, meu Deus – exclama Saga, com uma voz carregada de medo. – Joona? Diz-me que não é verdade.

– Saga, o que é que estás a dizer? – pergunta Joona.

– Quando o Jurek levou a Pellerina, entrei em pânico e tentei contactar-te, precisava de o fazer.

– Saga – diz Joona, e levanta-se de um salto.

– Estava completamente em pânico – diz ela quase impercetivelmente. – Pensava que me podias dizer onde se encontram os restos mortais do irmão.

– O que é que fizeste? – pergunta Joona.

Ela esfrega os olhos energicamente para conter as lágrimas.

– Se calhar não tem importância, mas pensei que tivesses precisado de ajuda para te esconderes... O Nålen seria capaz de fazer qualquer coisa por ti, mas não é tão duro... Por isso lembrei-me do Rinus, liguei para casa dele em Amesterdão, falei com um homem chamado Patrik... Disse-me que o Rinus estava a trabalhar e deixei-lhe o meu número... Ninguém me ligou de volta.

– Será que o Jurek pode ter tido acesso ao teu telemóvel?

– Desculpa – murmura Saga.

– Então daqui a pouco vai apanhar a minha filha – diz Joona, dirigindo-se rapidamente para a porta.

– Corre – diz Valeria.

Joona ouve Saga pedir-lhe mais uma vez desculpa no quarto do hospital no momento exato em que a porta se fecha atrás dele.

87

Lumi desloca metodicamente a mira noturna para o centro da zona 1 e detém-se nos arbustos e nos velhos móveis de jardim ao lado da casa senhorial abandonada.

O silêncio naquela noite é quase sobrenatural.

Observa a porta barricada com tábuas e os painéis de contraplacado estragados pela humidade que bloqueiam as janelas.

Para obter uma visão de conjunto, desce a mira e olha para fora a olho nu. Não pode baixar a guarda nem por um instante.

Nos últimos dias a temperatura desceu abaixo de zero e agora o céu está estranhamente sereno para aquela zona da Holanda.

Sem mira, a velha casa desaparece no escuro. Os faróis dos camiões TIR na autoestrada surgem de vez em quando por entre os arbustos e os ramos.

Uma auréola cinzenta envolve como uma campânula de vidro a vizinha aldeia de Maarheeze, e mais ao longe as luzes da cidade de Weert são capturadas pelas partículas no ar e ondeiam como uma aurora boreal desbotada no céu noturno.

Lumi levanta novamente a mira e recomeça a inspeção a partir das zonas mais próximas da oficina, deslocando-se ao longo das máquinas abandonadas por entre as ervas daninhas da valeta. Sempre lhe pareceu que aquilo se assemelha a um enorme caracol de cabelos, um rolinho.

Trata-se do mecanismo rotativo de uma debulhadora.

Lentamente, segue o caminho desconexo que parte da oficina, dá a volta ao terreiro e chega à cancela ao lado da qual se despediu do pai.

Tinha acabado de amanhecer e a neblina pairava sobre os campos.

Naquela manhã ela perdeu o controlo e desatou a chorar.

Enquanto perscruta a estradinha estreita em direção à Rijksweg, o pensamento angustiante do costume regressa: deixou partir o pai para uma missão da qual talvez nunca regresse, à procura da pessoa de quem se queria esconder.

O primeiro dia que passou na oficina sozinha com Rinus foi tenso e silencioso.

Desempenharam as suas próprias tarefas, de acordo com o esquema, mas aperceberam-se de que, depois de terem acabado um turno, comido, tomado banho e dormido, ainda sobrava muito tempo.

Começaram a fazer companhia um ao outro, a preparar o café à vez, a conversar e, a pouco e pouco, começaram a falar de coisas sérias.

Rinus percebeu que Lumi estava triste por causa do conflito com o pai, e contou-lhe da primeira vez em que, muitos anos atrás, tinha ouvido falar de Jurek Walter.

– O Joona ligou-me através de uma linha previamente combinada, e eu falei-lhe deste lugar, sabia que ele queria vir para aqui, que se queria esconder juntamente convosco, mas acabou por tomar outra decisão... Tu devias ter quatro anos quando saíste da Suécia.

– Três – respondeu ela.

– Mas estás viva, tens uma vida.

Ela assentiu, no escuro, enquanto observava a estufa distante pelos binóculos.

– Tenho uma vida, agora... cresci com a minha mãe em Helsínquia, e era muito tímida. Agora vivo em Paris e tenho um monte de amigos, é incrível... Tenho um namorado giríssimo, nunca pensei que isso pudesse acontecer, isto é, sempre pensei, sabes, que ninguém me queria.

– Ser jovem significa desperdiçar a juventude – murmurou Rinus.

– Se calhar.

– O Joona sabe que tens um namorado?

– Mais ou menos.

– Está bem – assentiu ele.

Lumi recorda a primeira conversa com Rinus, enquanto desloca a cadeira e a mira para a zona 3. Sem pressas, vai buscar a garrafa de água, o cobertor e a espingarda de precisão, que pousa à frente dela, no chão, junto à parede.

Senta-se e olha para fora, no escuro. Para lá da seteira não se vê mais do que a luz vermelha da antena telefónica e a reverberação confusa de Eindhoven, a cidade que fica a cerca de vinte quilómetros de distância.

Ao lado da estação há uma residência de estudantes onde Joona lhe alugou um quarto, no caso de ser obrigada a fugir para ali.

Lumi acabou de levantar a mira quando Rinus entra na sala com duas latas de *Coca-Cola* e um saquinho de pipocas quentes. O turno dele ainda não começou, mas chega sempre com cerca de uma hora de antecedência para lhe fazer companhia.

– Conseguiste dormir?

– Com um olho de cada vez – responde a brincar, e passa-lhe uma lata.

– Obrigada.

Lumi pousa a *Coca-Cola* no chão, ao lado da espingarda, e começa a controlar o setor mais próximo da zona 3, o terreiro e a vedação de arame ao longo do pátio.

Rinus come as pipocas em frente ao monitor que mostra o interior da garagem e a área em volta da oficina.

Lumi segue a habitual divisão dos setores: passa além do pátio e chega às árvores em volta da saída escondida do túnel.

– Estava a pensar naquilo que disseste hoje de manhã: tu, ao menos, falaste com o teu pai, durante muito tempo – diz Rinus. – Eu não fiz a mesma coisa com o meu... Sjra, chamava-se assim, já te tinha dito? É um nome comum para estes lados... Nunca foi a norte de Waal. Éramos muito católicos e... Não sei, o meu pai só queria o meu bem, mas para mim era uma prisão, a igreja, a abstinência.

– E a tua mãe?

– Foi-me visitar duas vezes a Amesterdão, a mim e ao Patrik, mas não acho que tenha percebido realmente que ele é o amor da minha vida, apesar de lhe ter dito que íamos casar.

Lumi regressa com a mira em direção à pá do *bulldozer*, ao lado das árvores.

– Antes de encontrar o Laurent, já tinha andado com um homem mais velho que era casado, um galerista – conta ela.

– Eu também passei por isso – diz Rinus, pousando as pipocas no chão. – Não com um galerista, mas com um homem mais velho...

– O complexo do pai – diz ela a sorrir.

– A princípio sentia-me muito lisonjeado, ficava fascinado com tudo aquilo que ele dizia... Mas não funcionou, porque não fazia outra coisa senão subestimar-me, a mim e às minhas opiniões.

Lumi assente, pois percebe perfeitamente a que é que ele se refere.

– Rompi com o galerista quando ele me quis instalar num apartamento que tinha arrendado... Era suposto eu estar disponível como uma amante quando lhe apetecesse.

– O Laurent é melhor – diz Rinus.

– Sim, é verdade... Ainda tem muito para andar, mas chega lá.

Às duas em ponto, Rinus pega na cadeira de Lumi e desloca-a para a zona 5. Ela entrega-lhe a mira e a espingarda e fica atrás dele com a lata de *Coca-Cola* na mão.

– O que é que acontece com a escola, agora que estás fora?

– Não sei, eu tinha de realizar um projeto gráfico sobre o tema «fusão disfuncional» – responde ela.

– O que é isso? – pergunta Rinus.

– Não faço a mínima ideia – responde ela a sorrir. – Provavelmente é sobre isso que tenho de investigar primeiro.

– A mim dá-me logo para pensar nas famílias, que são sempre... De uma forma ou de outra, nunca se consegue estar de acordo, mas não sei.

– Se calhar é demasiado simples.

– O amor... ou o sexo – sugere ele.

– Muito bem, Rinus – diz ela com um sorriso.

– É uma espécie de frenesim criativo – brinca ele, a abanar-se com a mão.

Lumi ri-se, olha para o relógio e diz a Rinus que lhe vai trazer o jantar depois de ir treinar. Avança ao longo das seteiras que dão para a garagem. Afasta a tapeçaria, contorna as escadas, abre a porta e passa em frente à cozinha.

Está calor no quarto dela, por isso baixa ligeiramente o termóstato do aquecedor. Procura umas cuecas lavadas e pega no saco com a roupa de ginástica que está no chão.

Quando regressa, ouve ranger o pavimento do corredor atrás dela. Imagina que tenha deixado cair alguma coisa, para e vira-se.

Não vê mais do que a porta fechada do último quarto, e a saída de emergência bloqueada com o letreiro STAIRWAY TO HEAVEN.

Passa novamente pela cozinha, transpõe a porta que dá para as escadas e depois desce ao piso inferior.

Depois de ter passado pelo armazém das provisões e das armas, ouve um tiquetaque no quadro elétrico ao lado do armário embutido.

Num dos primeiros dias, tinha tentado enfiar-se pelo meio da roupa pendurada para inspecionar o caminho de fuga. Baixou a barra pesada, abriu a porta e sentiu o ar frio e húmido do túnel no rosto.

Pousa agora o saco no banco de madeira do balneário, veste a roupa de ginástica e pendura as calças, a camisola e a roupa interior num dos ganchos.

Põe um pé em cima do banco para apertar a sapatilha, e repara que na outra ponta do assento uma das tiras de madeira está uns centímetros levantada; por puro hábito, pensa que poderia arrancá-la no caso de precisar de uma arma.

Entra no ginásio, pedala durante uma hora a um ritmo bastante elevado, depois executa flexões e abdominais no chão frio antes de regressar ao balneário, despir a roupa suada e entrar no duche.

Fecha a porta à chave e verifica que não se consegue abrir. Sente o tapete frio por baixo dos pés: os arrepios fazem-lhe eriçar a pele em todo o corpo.

Sempre que toma um duche, inspeciona o armarinho, tira o saco de plástico com a pistola e assegura-se de que está carregada. Na realidade, tem uma mira demasiado curta para o seu gosto. A distância entre o entalhe e a mira não pode ser tão curta quando a velocidade é mais importante do que a precisão absoluta.

Volta a guardar a arma, fecha a porta de espelho e observa o seu rosto cansado.

A luz do candeeiro de teto estremece.

Uma camada fina de pó cobre a parte superior do *abat-jour* de vidro. A luz expande-se sobre o teto num círculo confuso.

Com a mão direita, Lumi afasta a cortina branca, abre a água e afasta-se dos salpicos do chuveiro de teto.

Só um homem pode não considerar sequer a necessidade de instalar um chuveiro de telefone quando constrói uma casa de banho, pensa.

Os primeiros salpicos deixaram círculos cinzentos no tecido branco de poliéster e o ruído da água enche a casa de banho. Lumi espera que a temperatura da água aumente, envolvendo-a de vapor, e que o espelho se cubra de condensação.

88

Lumi entra no duche e puxa a cortina; o seu corpo treme quando a água muito quente o envolve.

Pensa em Laurent sentado na cama dela, nu, a dedilhar a guitarra com um cigarro entre os lábios.

Os salpicos batem na cabeça dela, nas paredes do duche e na cortina.

Começa a aquecer, os músculos relaxam depois de terem ficado imóveis e em tensão durante tantas horas.

Através da parede ouve-se um rumor, e Lumi afasta a cortina e olha para a maçaneta da porta.

Sente um ar mais fresco.

Gotas de condensação cobrem o lavatório e a sanita como pequenas pérolas.

Depois do duche vai cozer esparguete e abrir um boião de *pesto*, e talvez beba meio copo de vinho antes de ir dormir.

Ensaboa-se debaixo das axilas, em volta dos seios e nos glúteos.

A espuma escorre-lhe pela barriga e ao longo das pernas para depois desaparecer no ralo.

A cortina branca torna-se ligeiramente transparente quando fica molhada.

O pequeno móvel de madeira por baixo do lavatório distingue-se como uma sombra escura.

Parece uma pessoa de cócoras.

Lumi observa os reflexos negros por baixo da grade de escoamento e pensa no pai. Está preocupada porque ainda não lhe mandou notícias.

Inclina a cabeça para trás, fecha os olhos e deixa que a água lhe escorra pela cara e nas orelhas.

Para além do ruído da água a correr, parece-lhe ouvir vozes: homens a gritar de dor.

Esfrega a água dos olhos, cospe e observa novamente a cortina oscilante, a sombra por baixo do lavatório.

É apenas um móvel.

Estica-se para pegar no champô quando a luz da casa de banho se apaga por um instante.

Pisca, diminui ligeiramente e depois, de repente, fica tudo às escuras.

O coração começa a bater-lhe loucamente.

Fecha o chuveiro, afasta a cortina e fica à escuta. Ouvem-se as gotas que continuam a cair no tapete de borracha.

Seca-se rapidamente às escuras, tira a pistola do armário, destrava-a, agarra no puxador e abre cautelosamente a porta para o balneário.

As dobradiças rangem ligeiramente enquanto a porta se abre.

Lá fora também está tudo escuro.

Procura o saco, veste-se à pressa e pega outra vez na pistola.

Sem fazer ruído, atravessa o aposento, inclina-se, abre a porta e olha para fora.

Todo o andar inferior está mergulhado na escuridão.

Põe-se à escuta e parece-lhe ouvir passos no andar de cima.

Pousa uma mão na parede e desloca-a até ao quadro elétrico; verifica com o tato fusíveis e interruptores.

Todas as alavancas parecem estar na posição certa.

Para cortar a corrente elétrica no edifício seria preciso arranjar uma escavadora e procurar ao acaso até encontrar o cabo subterrâneo.

Lumi volta-se.

Uma luz cinzenta ressalta entre as paredes.

Vem de cima.

Ouvem-se passos nas escadas.

Um clarão incerto chega ao andar inferior.

Lumi afasta-se rapidamente para o lado, encosta-se bem à parede e levanta a pistola: sabe que já não tem tempo para entrar no balneário sem ser vista.

A camisola está húmida e fria nos ombros por causa dos cabelos molhados.

É Rinus que vem a descer, com a lanterna numa mão e a pistola na outra.

– Estou aqui – diz ela, no escuro, virando o cano da pistola para o chão.

– Lumi?

A voz dele denota um estado de alerta, mas não parece assustado.

– Verifiquei o quadro elétrico – explica ela. – Não saltou nenhum interruptor, nada.

Voltam a subir as escadas, passam a tapeçaria e entram na sala de vigilância. O monitor ligado às câmaras de vídeo está apagado.

Enquanto Rinus se desloca através das várias zonas, Lumi abre uma caixa de madeira e troca a pistola por uma *G36 Kurz*. É uma excelente espingarda automática, fácil de usar em espaços restritos. Insere rapidamente um carregador e enfia mais dois nos bolsos laterais das calças.

– OK, há um apagão total em direção a sul – diz Rinus, pousando o visor. – Maarheeze e Wert estão às escuras.

– Confesso que tive medo – admite Lumi, aproximando-se dele. – Estava debaixo do chuveiro quando a luz foi abaixo.

– Quero que nos mantenhamos em posição, para já – indica ele.

– OK – diz Lumi, e aproxima-se da zona 5.

Pela mira, observa a propriedade vizinha, onde está o autocarro estacionado. Nas janelas não há luz, está tudo escuro.

Perscruta os campos, as valetas e as vedações mais depressa do que é habitual, antes de mudar de posição.

Inclina a mira e segue lentamente o pequeno caminho que parte da oficina, contorna o pátio e vai até à cancela fechada.

De repente para, quase por instinto.

Captou um movimento.

Os seus olhos registaram-no e ela reagiu logo que o impulso visual chegou à sua consciência.

Regressa ao início do caminho deserto e recomeça.

A cerca de duzentos metros da cancela, abranda.

Há qualquer coisa na valeta.

A erva move-se.

Volta a respirar quando um gato preto salta da valeta e atravessa a estrada a correr.

– A luz deve regressar em breve – diz Rinus atrás dela.

– Esperemos que sim – responde.

O sistema de alarme passa imediatamente para a alimentação a bateria, e poderá durar cerca de dois dias, mas as câmaras de vídeo estão desligadas e a porta hidráulica não funciona sem eletricidade.

Lumi levanta novamente a mira e observa a casa senhorial abandonada: os arbustos e os velhos móveis de jardim, a porta e as janelas barricadas, a caleira derrubada e o barril de água da chuva.

O vento empurra as folhas secas através do pátio.

Prepara-se para deslocar o olhar ao longo da estrada para a Rijksweg quando repara que a cancela foi afastada.

– Rinus – diz com um arrepio que lhe percorre a espinha.

Pela mira vê um automóvel que se aproxima de faróis apagados.

– Um carro – continua. – Um carro passou pela cancela com as luzes apagadas.

Não consegue distinguir o rosto do condutor. Rinus já está ao lado dela e agarra na mira.

– É o Jurek Walter – diz de um só fôlego.

– Não é verdade.

– Lumi, está a acontecer, agora. Prepara o saco para fugires – diz, enquanto enfia rapidamente o colete à prova de bala.

89

Ouvem ambos o ruído do motor do automóvel que se aproxima da oficina com os faróis apagados. De alguma maneira, Jurek Walter conseguiu descobrir aquele esconderijo e destruiu a central elétrica nos arredores de Weert para cortar o abastecimento de energia.

Lumi pinta o rosto de negro e depois limpa as mãos com um farrapo. Veste o blusão camuflado e calça as robustas sapatilhas de fluorcarbono. Sem tirar os olhos do carro, abre o cabo dobrável da espingarda e insere a mira noturna no trilho *Picatinny*.

Rinus move-se rapidamente em frente às caixas das munições, à luz atenuada da lanterna. A luz incide em parte sobre uma caixa aberta de projéteis 5,56x45mm NATO. As pontas encamisadas de cobre cintilam tenuemente.

Tinham repetido vezes infinitas a estratégia para enfrentar diversos cenários. Lumi sabe que pode pôr imediatamente a mochila às costas e avançar para o caminho da fuga; ao mesmo tempo, porém, é evidente que Jurek quer que o vejam aproximar-se. E não é certo que seja ele que vem naquele carro. Provavelmente está algures lá fora a observar a zona com uma câmara térmica, à espera que ela fuja do esconderijo como uma lebre.

Rinus levanta uma caixinha de carregadores – com diversas combinações de munições traçantes, perfurantes e cartuchos de precisão – e leva-as consigo para junto de uma das janelas.

Trata-se de um modelo de carregadores transparentes, para que seja claro que tipo de munições contêm, mas Rinus tem um sistema pessoal de marcação que lhe permite identificá-las pelo tato na escuridão total.

O carro aproxima-se lentamente através do terreiro, seguindo uma trajetória que obrigaria Lumi ou Rinus a abrir completamente as portadas das janelas e a debruçar-se com o busto para apontar uma arma.

– Quantos é que podem estar ali dentro? – pergunta Lumi.

– Eu diria que dois – responde Rinus.

– Mas podemos fazer frente a oito, foi isso que dissemos.

Rinus afasta um saco de plástico e arrasta uma caixa de madeira pelo chão.

– O único cenário difícil de gerir será se ele tentar queimar a casa – diz, ao mesmo tempo que abre a caixa. – Mas o teu pai disse que não é verosímil, porque o Jurek quer apanhar-te viva.

Tira três embalagens de explosivos plásticos, enfia as duas primeiras na bolsa de tela verde, pega na faca, corta a terceira ao meio sem remover o invólucro de proteção e limpa a faca nas calças.

Do corte espalha-se um vago cheiro a amoníaco.

Da caixa mais pequena tira quatro espoletas com detonadores potentes e deita a embalagem ao chão.

– Não acredito que queira tentar forçar a porta... demora-se muito tempo a arranjar explosivos ou granadas na Holanda.

– Achas que traz uma escada?

– Não sei, mas deve ter pensado em qualquer coisa – diz Rinus, apagando a lanterna. – Se eu tivesse de entrar nesta casa, optava pela saída de emergência... e partia do princípio que está vigiada e minada.

– Certo.

Por isso, Rinus não tenciona minar a porta, mas o corredor um pouco mais adiante. Avança rapidamente, abrindo caminho às apalpadelas, encontra a tapeçaria e afasta-a, passa rapidamente pelas escadas e pela porta que range. Acende a lanterna, corre até ao quarto de Lumi e pousa o saco no chão.

Observa a porta de emergência bloqueada no fundo do corredor, avalia o comprimento dos passos e as trajetórias dos movimentos.

Com fita adesiva, fixa uma embalagem inteira de explosivo imediatamente atrás do caixilho da porta do quarto de Lumi, para fazer estourar metade do andar superior.

Enfia o detonador da espoleta na pasta cinzenta, retira um quadro com um motivo religioso da parede oposta do corredor, prende um fio de *nylon* ao prego e volta a pendurar o quadro; a seguir estende o fio ao longo do corredor, até ao explosivo, amarra-o ao anel da espoleta, retira o travão e depois afasta-se com passos cautelosos.

Se ficar imóvel e inclinar a lanterna para ângulos diversos, é possível intuir, ao fim de alguns instantes, a cintilação do fio transparente.

De outra forma, é impossível dar conta dele.

É preciso avançar lentamente, centímetro a centímetro.

No instante em que se sente o fio esticar-se contra o corpo, já é demasiado tarde.

Bastam três centímetros para arrancar o anel e fazer saltar a mola do percussor.

Rinus instala uma armadilha semelhante logo a seguir à porta do quarto de Joona: posiciona uma embalagem de explosivo ao lado do extintor na parede e depois estica o fio ao longo do corredor até um gancho imediatamente acima do rodapé.

Recua até à cozinha e instala rapidamente uma armadilha falsa, estendendo um fio a vinte centímetros do chão do corredor que amarra a um saco de garrafas vazias logo a seguir à porta.

Vai demorar tempo a desmontar aquela também.

Continua para trás, fecha a porta que range e que dá para o corredor, espreita para as escadas que dão acesso ao piso inferior, prende meia embalagem de explosivo na parede ao nível da cara, enfia nela um detonador, estica o fio da mola no puxador e retira o travão.

Apaga a lanterna e regressa à sala de vigilância. Sabe que Jurek tem uma experiência extraordinária, mas até uma equipa de especialistas em cargas explosivas ia necessitar de várias horas para libertar o caminho todo.

– Está a dar a volta à oficina – diz Lumi em voz baixa, enquanto escuta o saibro a saltar para o chassis do carro.

Desvia-se para o lado para conseguir manter o automóvel debaixo de olho. O veículo abranda e trava em frente às portas da garagem, orientado de forma que seja impossível atingi-lo das seteiras.

– Parou – diz Lumi.

Da posição em que se encontram, só se vê uma parte do para-choques traseiro e da mala.

– O que é que ele está a fazer?

– Não consigo vê-lo, o carro está parado, não se percebe se ainda está ao volante.

Rinus mete na espingarda um carregador marcado com uma cruz vermelha de fita adesiva: o décimo projétil tem uma carga de fósforo que deixa um risco luminoso no escuro.

Lá fora, o carro está em ponto morto: ouve-se vagamente o ruído do motor.

A porta desengonçada da garagem range com o vento.

Lumi inspeciona mais uma vez toda a zona. No terreiro rola uma garrafa vazia de líquido para limpa-para-brisas. Os ramos despidos abanam ao longo da vedação de arame farpado.

O carro começa a acelerar em ponto morto.

Um pássaro levanta voo e desaparece.

Forma-se uma nuvem de fumo de escape que segue com o vento em direção aos campos.

O automóvel recua um metro, trava e recomeça a acelerar.

Quer que o vejamos, pensa Lumi.

De repente, mete primeira e acelera de tal maneira que o saibro salta para trás do carro. Ouve-se um estrondo quando o veículo se lança a direito contra as portas da garagem, seguido de um ruído de chapa e vidros partidos quando choca com o portão blindado e para.

O motor desliga-se.

A porta da garagem solta-se e cai ao chão com um grande estrépito.

Lumi atravessa rapidamente a sala e vai espreitar por outra seteira. A garagem está mergulhada na escuridão e no silêncio. O cheiro do metal e da gasolina chega até ela.

– Vem para trás – diz Rinus, enquanto se aproxima da seteira seguinte.

Sem fazer ruído, enfia o cano da espingarda na abertura, inclina-o para baixo e espera alguns segundos antes de se debruçar e se aproximar da mira noturna.

A imagem é pouco nítida e confusa.

Como se estivesse a ver através de água turva, distingue um automóvel com a parte da frente esmagada. A chapa está amassada e o para-brisas desfeito. Cubinhos pequenos de vidro cintilante espalharam-se sobre o *capot*.

No habitáculo escuro, Rinus distingue a curva de uma cabeça em frente ao volante.

Instintivamente, pousa um dedo no gatilho, mas daquele ângulo é impossível disparar.

– O que é que se passa? – pergunta Lumi ao lado dele.

– Não sei.

Rinus aproxima-se do último postigo, enfia o cano da espingarda, espera e depois espreita pela mira. O para-choques dianteiro esquerdo separou-se e está caído no chão da garagem. Os limpa-para-brisas movem-se devagar, de um lado para o outro, apesar de o vidro já não existir.

Rinus põe novamente o dedo no gatilho e, por lapso, bate na borda da seteira, fazendo ressoar um ruído metálico.

Devagar, orienta a espingarda para o lugar do condutor e repara numa mão sobre o volante.

Pela mira, segue a fila de botões ao longo de uma camisa ensanguentada até ao colarinho e ao fio de ouro entre as clavículas.

E depois vê o rosto.

É Patrik.

Está ferido, mas vivo. O sangue escorre-lhe do nariz para a boca. Perdeu os óculos e pestaneja lentamente.

Rinus tem a certeza absoluta de que não lhe disse para onde ia. Explicou-lhe apenas que se tratava de uma missão para os serviços secretos, e não lhe revelou que tencionava esconder-se debaixo da terra juntamente com Joona e Lumi.

Mas sabe que Patrik tem, há muitos anos, conhecimento daquela oficina. Sendo judeu e *gay*, com a ascensão dos movimentos de extrema-direita tornou-se bastante paranoico. Nos momentos piores, Rinus levava-o até ali para lhe dar uma sensação de segurança, para lhe mostrar que, mesmo que as coisas dessem para o torto, eles tinham um plano.

90

O coração de Rinus bate furiosamente de preocupação e a mira da espingarda treme. Os segundos passam. Patrik entreabre os lábios, como às vezes faz quando está a dormir.

Com o dedo no gatilho, Rinus começa a procurar Jurek. Desloca a mira noturna ao longo do habitáculo, em direção ao assento traseiro mergulhado no escuro e às partes laterais do carro.

A escuridão em volta do automóvel lateja.

O chão parece molhado.

O pneu da frente está sujo de lama, bocados curvos dos faróis estão caídos no chão como conchas numa praia.

De repente, a imagem torna-se de uma brancura ofuscante e Rinus afasta instintivamente o rosto.

Os seus olhos, arregalados para a escuridão, ficam encandeados por um instante.

Lumi desloca-se entre as várias zonas para vigiar o exterior da oficina.

Rinus observa a garagem a olho nu e repara num clarão trémulo em volta do carro.

A luz trepa pela parede, inquieta como um pássaro numa armadilha.

Parece que está alguma coisa a arder.

Rinus desloca-se rapidamente para a seteira seguinte e olha para baixo. Uma tira de tecido inflamada está pendurada no depósito da gasolina.

– Patrik! – grita através da seteira. – Tens de sair do carro!

Corre até à seteira anterior. Naquela claridade trémula vê que Patrik abriu os olhos exaustos.

– Patrik! – grita. – O carro vai explodir. Sai da garagem, tens de sair…

A explosão ocorre em dois estrondos violentos. A garagem enche-se de fogo. Estilhaços de chapa e vidro são lançados contra o teto e sobre o terreiro exterior.

Rinus cambaleia para trás.

As chamas invadem todas as seteiras.

Os estilhaços voltam a cair ao chão com um estalido. O fogo ruge violentamente.

– O Patrik ainda estava no carro? – pergunta Lumi, com uma voz aterrorizada.

Rinus assente, fitando-a com uns olhos completamente desprovidos de vida, e depois começa a fechar os postigos todos, um atrás do outro.

Lumi desloca-se rapidamente para a zona seguinte e abre o postigo. Em dois pontos, fora da oficina, descortina chamas amarelo-escuras das quais se erguem colunas de fumo negro como petróleo.

– Está queimar pneus velhos – diz Lumi.

Põe às costas a mochila leve e pensa que Jurek deve estar a tentar distraí-los, ou então a enganar eventuais câmaras térmicas.

Dali a pouco vai entrar, pensa, deslocando-se para a zona seguinte.

De que é que ele estará à espera?

Por entre as chamas de um pneu incendiado repara que a parte da frente da debulhadora já não está na valeta. A erva amarela foi arrancada e uma marca profunda atravessa o terreiro em volta da oficina.

No corredor dos quartos ouvem-se pancadas pesadas. As vibrações ecoam na estrutura da casa.

Rinus pendura à cintura uma série de granadas.

Ouve-se um estalido, depois durante alguns instantes faz-se silêncio: a seguir sentem-se novas pancadas e o alarme da saída de emergência começa a tocar.

– Entrou, não foi? – pergunta Lumi, apesar de já saber a resposta.

A descarga de adrenalina é imediata, e uma fria clareza invade-lhe o cérebro. Jurek levantou a debulhadora contra a parede e usou-a como escada; forçou a porta e entrou.

– Anda comigo – implora Lumi.

Rinus limita-se a virar-se e a desligar o alarme. Faz-se de novo um silêncio inquietante, mas após um instante ouve-se o tilintar das garrafas na cozinha. Jurek desarmou as duas primeiras armadilhas e passou a falsa em poucos segundos.

– Obrigada por tudo – murmura Lumi.

Rinus continua de costas voltadas para ela; assente para si mesmo, depois vira-se e olha-a nos olhos, sem conseguir sorrir.

Lumi afasta a tapeçaria, localiza o explosivo preso ao lado da porta do corredor e desce as escadas rapidamente.

Assim que ela se foi embora, Rinus monta rapidamente uma última armadilha ao lado da tapeçaria; estende um fio ao longo do tecido a um metro do chão, retira o travão e regressa à sua posição.

Ouve-se um rumor, depois a porta do corredor abre-se e range ligeiramente.

Não há nenhuma explosão.

Jurek deve ter entreaberto a porta e enfiado na fenda a lâmina fina de uma faca, deslocando-a para cima de forma a cortar o fio.

Rinus não compreende como ele consegue descobrir e neutralizar as armadilhas tão depressa.

É como se tivesse um mapa, e soubesse exatamente onde estão colocadas as cargas e de que forma foram construídas.

Pela mira noturna, Rinus distingue um movimento ligeiro atrás da tapeçaria, e depois a cintilação de uma lâmina. Desliza para cima na fenda entre o tecido e a parede e corta o fio da última carga explosiva.

Rinus dispara através da tapeçaria numa trajetória diagonal e descendente.

Os tiros da espingarda automática enchem o aposento, os clarões sucedem-se e Rinus sente a habitual pressão do coice contra o ombro.

As cápsulas vazias caem ao chão.

Rinus conta as balas, detém-se depois da nona, aponta ao explosivo e dispara pela décima vez.

O projétil traçante deixa uma faixa vermelha no escuro.

O explosivo brilha imediatamente.

Rinus tenta procurar abrigo, mas a detonação é incrivelmente rápida.

A onda de choque atinge-o no peito, fazendo-o bater com a nuca contra a parede.

Toda a parede ao lado da tapeçaria rebentou, as tábuas do chão levantaram, os fragmentos rodopiam pela sala, o corrimão da escada e a porta do corredor já não existem.

Rinus ergue-se sobre um joelho – enquanto lascas de madeira e fragmentos de cimento chovem em cima dele – e esvazia o carregador em três segundos.

Dispara através daquilo que resta da parede e do buraco que dá para a cozinha.

Rapidamente, rola de lado, retira o carregador e insere um novo, mas é demasiado tarde.

Um homem magro corre em direção a ele, encostado à parede.

Rinus pega na faca enquanto se levanta e lança um golpe numa trajetória inesperada, de baixo para cima.

O outro ampara o golpe e enfia-lhe um estilete fino na ilharga, logo abaixo do cinto do colete à prova de bala.

Por baixo das costelas, na direção do fígado.

Rinus ignora a dor, muda a orientação da faca e aponta-a à garganta, enquanto Jurek recua um passo e desenfia o anel.

O detonador explode quase sem ruído na carne de Rinus.

As pernas cedem e obrigam-no a cair ao chão, as pálpebras tremem ao mesmo tempo que o sangue jorra do pequeno orifício na ilharga.

Só agora percebe o que aconteceu.

Não se tratava de um estilete comum.

Depois de ter desarmado uma das armadilhas, Jurek pegou na espoleta e fixou-a à lâmina de uma faca ou a um prego.

Rinus levanta ligeiramente a cabeça e vê Jurek à janela, com a mira noturna da sua espingarda.

A dor na ilharga é como uma cãibra insuportável.

O chão já está molhado de sangue.

Volta a baixar a cabeça e, a gemer pelo esforço, retira uma granada do cinto para rebentar com os dois.

Mas já é demasiado tarde.

Jurek está a descer as escadas em direção ao piso inferior. Se conhecer o caminho de fuga, verá Lumi atravessar os campos a correr.

91

Lumi dobra o cabo da espingarda, fecha a porta do armário embutido atrás dela, passa por cima de caixas de sapatos, enfia-se por entre a roupa pendurada e levanta a barra da porta de aço.

No instante em que entra na pequena cavidade escura, ouve a rajada de disparos e depois uma violenta explosão.

Fecha silenciosamente a porta e trava-a.

As paredes são novamente atravessadas por uma rajada, como o tiquetaque de um cronómetro, e depois o silêncio é total.

Tem as mãos a tremer quando acende a lanterna. Desce a estreita escada de cimento até um segundo aposento onde há uma pesada porta de aço.

Para a abrir tem de fazer força com o ombro. A porta range ao abrir e a lanterna ilumina um túnel estreito com as paredes de terra. O teto de tábuas é sustentado por pilares robustos. Há pedras e terra caídas nas tábuas pousadas no chão.

A luz da lanterna oscila quando descobre a entrada de um grande tubo de cimento.

Apesar de Rinus lhe ter descrito aquela passagem como um túnel de duzentos e cinquenta metros, Lumi não tinha percebido que se tratava literalmente de um tubo enterrado.

Uma passagem subterrânea que deveria funcionar uma única vez.

É uma solução simples.

Provavelmente, só a ligação entre a casa e a conduta de água tinha sido problemática.

Sente-se como se estivesse numa mina em ruínas.

Lumi espera que a porta volte a fechar-se, depois atravessa rapidamente as tábuas pouco firmes e enfia-se no tubo.

Inclina-se para correr.

A mochila toca no teto.

Lumi conta os passos enquanto avança o mais rapidamente possível.

A luz da lanterna é captada pelas juntas que unem as várias secções da longa conduta e cintilam como anéis finos diante dela.

O cano da espingarda tilinta ao bater na parede.

Tropeça numa junta e cai para a frente, protege-se com as mãos e o vidro da lanterna parte. Quando se levanta, sente uma dor aguda no joelho e avança a coxear.

O sangue escorre-lhe ao longo da canela, por baixo das calças.

A lanterna ainda funciona, mas o raio de luz ficou muito reduzido.

Pensa na rajada de tiros e na explosão, sabe que tem de considerar que o tempo é pouco e recomeça a correr.

Jurek podia ter morrido.

Rinus é extremamente preciso e bem preparado. Lumi viu as suas mãos montarem uma arma em poucos segundos enquanto lhe falava de todas as irmãs de Patrik.

Ensinou-a a construir um coldre invisível com um cabide de metal, e um silenciador com uma garrafa de plástico, uma rede de alumínio e um pouco de palha-d'aço.

Observou-o enquanto se treinava para combater às escuras com a faca, viu a precisão e a rapidez extraordinária dos golpes.

Lumi tem a certeza de que ninguém seria capaz de o derrotar num confronto próximo, mas tem de partir da hipótese contrária, pensar que está realmente a fugir para sobreviver.

A luz da lanterna salta diante dela, fazendo cintilar a água no fundo do tubo.

De repente, parece-lhe ouvir passos atrás dela e sente um aperto de angústia no coração. Provavelmente trata-se apenas do eco dos seus passos que se propaga através do tubo, mas ainda assim para e apaga a lanterna, aponta a espingarda para trás, abre o cão e encosta o olho à mira.

Não se vê nada: está tudo negro porque não há nenhuma luz ambiente que o visor possa intensificar.

Lumi espera e pestaneja para se livrar do suor que lhe escorre para os olhos.

Não ouve mais do que a sua própria respiração.

Volta a fechar o cão da espingarda, vira-se e carrega no interruptor da lanterna.

Ouve-se um clique, mas a lâmpada continua apagada.

Tenta de novo, abana ligeiramente a lanterna, mas não acontece nada.

Fica com os olhos arregalados numa escuridão impenetrável.

Remove com cuidado aquilo que resta do vidro partido e apalpa a pequena lâmpada; aperta-a ligeiramente e carrega novamente no botão.

A luz volta a acender-se, o raio atinge o teto baixo como uma elipse confusa.

Agachada e inclinada, continua a correr pelo tubo.

Sente falta de oxigénio no ar, a sua respiração é demasiado rápida.

Enquanto corre, multiplica o número de passos pelo seu comprimento, e quando presume que lhe restam apenas quarenta metros detém-se e põe-se à escuta.

A luz é ténue, mas consegue perceber que a saída do túnel está cheia de terra até ao teto. Naquela extremidade o tubo deve estar partido, bloqueando a passagem.

Lumi tenta respirar com calma, continua em frente, pousa a lanterna e a espingarda, trepa ao monte de terra e começa a escavar com as mãos. Enquanto o pânico começa a crescer, lança punhados de terra para trás.

Tem as costas encharcadas de suor e o coração a bater furiosamente.

Tenta dizer a si mesma que é um bom sinal o facto de a terra que caiu não ser compacta. Se as camadas de terreno por cima tivessem sido envolvidas num fenómeno de subsidência, seria impossível escavar de mãos nuas.

Voltar atrás é impossível, tal como continuar ali.

Fere as pontas dos dedos com uma pedra afiada, mas não deixa de escavar.

A arquejar, recua uns passos e afasta terra e pedras mais para dentro do tubo; depois recomeça a escavar até chegar à camada superior do monte.

Pega na lanterna, ilumina o vão e repara que um dos pilares cedeu, provocando uma derrocada considerável.

O teto de tábuas enterrou-se, mas consegue ainda aguentar a pressão de cima.

Lumi alarga o vão, empurra a espingarda e a mochila para a passagem e enfia-se lá a rastejar.

A terra seca escorre-lhe ao longo da nuca e das costas.

Tenta manter-se alerta enquanto transpõe o vão e entra num pequeno compartimento com paredes de cimento.

A terra que caiu invadiu metade do pavimento.

Limpa as mãos sujas nas calças e começa a trepar por uma escadinha de parede até um alçapão de aço no teto. Com os dedos feridos desbloqueia os ganchos ferrugentos, retira a barra maciça e empurra a tampa para cima com uma mão.

O alçapão está bloqueado.

Abre o cinto da mochila e põe-no à volta dela, fazendo-o passar através de um dos degraus, de forma a ficar com as duas mãos livres.

Verifica se está bem firme, larga a escada, pressiona as palmas das duas mãos contra o alçapão e usa a força dos braços e das pernas para empurrar para cima.

Ouve-se um estalido, como de gelo a quebrar.

Lumi respira fundo, faz uma nova tentativa e empurra. Os ganchos da escada rangem, e os seus músculos tremem. Lentamente, o alçapão começa a ceder. A terra cai-lhe no rosto quando a erva e o musgo são arrancados.

Lumi apaga a lanterna e sai para o ar gelado; fecha o alçapão, cobre-o com ervas e folhas e corre no sentido inverso ao longo da margem do pequeno bosque.

Levanta os olhos para o céu estrelado e encontra a Estrela Polar, para decidir a direção.

Inclina-se e começa a correr para atravessar o campo escuro. Ao fim de quinhentos metros esconde-se numa valeta e, pela primeira vez, olha para trás.

Os pneus ainda estão a arder no terreiro, um clarão trémulo move-se sobre as paredes de chapa, mas de resto tudo está imóvel e silencioso. Põe a espingarda em modo intermitente triplo, depois perscruta o campo e o bosque através da mira antes de recomeçar a correr.

Alguns pássaros levantam voo ao lado dela, e Lumi atira-se imediatamente para o chão, deslocando-se de lado no sulco profundo de uma charrua.

Após alguns segundos, aponta a espingarda em direção à casa, encosta o olho à mira e vê a debulhadora encostada à parede.

O terreno move-se à luz dos pneus em chamas.

Lumi baixa a espingarda e observa a casa por cima da mira. As duas fogueiras inclinam-se com o vento, e quando se endireitam parece-lhe descortinar um vulto magro.

Sem olhar à volta, atravessa o terreno duro do campo ao longo de uma vala, passa por cima de um tapume eletrificado e transpõe uma horta.

Mais adiante, passa pela estufa sombria que tantas vezes observou de casa.

As folhas estão encostadas ao vidro escuro.

Ao lado da porta há um barril de petróleo.

Lumi segue pelo caminho de terra batida que dá aceso à estrada europeia 25 e quando lá chega continua a andar.

Esconde a espingarda dos carros que passam por ela.

As ervas sujas tremem com a deslocação de ar e um velho pacote de leite rola ao lado dela.

Sem parar, arranca um punhado de ervas da beira da estrada e limpa a cara. A dor intensa no joelho tornou-se mais surda, mais aguda.

O pai tinha razão.

Jurek Walter encontrou-os.

Sabe que é assim, mas o seu cérebro não consegue aceitar que aquilo tenha acontecido, que tenha acontecido mesmo.

Quando está já nos arredores de Eindhoven, o céu começa a clarear.

Ao longo de uma barreira acústica acumularam-se detritos e folhas.

O chão treme com a passagem de um TIR.

Passa por uma grande rotunda, a coxear, continua através de uma zona arborizada e entra num bairro de edifícios antigos.

Casas de tijolos escuros com caixilharias brancas.

As ruas estão ainda desertas, mas a cidade está prestes a despertar. Um autocarro quase vazio parte de uma paragem.

Lumi seca a mão ensanguentada nas calças e começa a desmontar a espingarda enquanto avança.

Atira o carregador para um bueiro, o cano para outro, e deita o resto num contentor para detritos de materiais de construção.

Depois de ter passado a circunvalação, entra num portão, vira-se de costas para a rua e pega na mochila; verifica rapidamente o envelope de plástico com o passaporte, as chaves da residência e o dinheiro, pega na pistola e assegura-se de que o carregador está cheio.

Esconde a arma debaixo do blusão enquanto recomeça a andar.

Um jovem lixeiro salta de um furgão e fica a olhar para ela.

Lumi volta-se antes que ele consiga dizer-lhe alguma coisa e atravessa dois quarteirões a correr.

Avança a passo largo ao longo de filas de lojas fechadas, atravessa um canal turvo, continua em direção ao centro, atravessa o parque de estacionamento de bicicletas em frente à estação e chega à entrada da residência de estudantes.

Entra, atravessa um *hall* amarelo-canário com grinaldas cor-de-rosa e poltronas azuis e passa pela receção.

Está suja e cheia de sangue.

Tem os cabelos despenteados, a boca contraída e um olhar insolitamente intenso no rosto coberto de terra.

Alguns dos jovens reunidos no *hall* com balõezinhos em forma de coração calam-se de repente quando a veem. Como se nem sequer tivesse reparado neles, Lumi atravessa o grupo e dirige-se aos elevadores.

92

Depois de ter saído do hospital, Joona apanhou um voo direto para Anvers, alugou um *Mercedes* preto e partiu em direção a este pela E34. Era de manhã cedo e ainda estava escuro. Com a autoestrada quase deserta, Joona conseguiu manter uma velocidade de 180 quilómetros por hora.

O Jurek manipulou a Saga para a obrigar a entrar em contacto comigo, pensa enquanto conduz.

Com o pretexto de que tudo tinha a ver com o corpo do irmão, mostrou-se disponível para fazer uma troca e convenceu-a de que estava em vantagem.

Mas não tinha outro objetivo que não fosse o de descobrir o esconderijo de Lumi.

A madrugada ainda está longe.

A paisagem plana é negra.

Joona aproxima-se de um camião-cisterna prateado, ultrapassa-o e vê-o desaparecer pelo retrovisor.

Ao dar um tiro ao irmão traumatizado de Jurek, Joona tinha transposto um limite. Não tivera alternativa, mas fazê-lo tinha tornado a sua alma ainda mais obscura.

Depois da autópsia no Instituto de Medicina Legal, os restos mortais de Igor foram transferidos para o departamento de cirurgia do Instituto Karolinska para ser utilizado para fins científicos.

Joona tem consciência de que retirar o corpo, fazê-lo cremar e espalhar as cinzas no mesmo jardim da memória em que tinham sido espalhadas as do pai tinha sido uma atitude emotiva.

Provavelmente Jurek já visitou o jardim, viu a lápide do irmão ao lado da do pai, e percebeu que Joona estava por trás daquilo.

Jurek sabia que as investigações de Saga iam levar até ele.

Por isso lhe disse que estava pronto para lhe devolver o pai em troca das informações relativas ao irmão, pensa Joona, enquanto atravessa a fronteira da Holanda por um viaduto.

Passa por uma estação de serviço com um parque de estacionamento enorme. Filas de camiões TIR e *roulottes* surgem por entre as árvores.

A estrada é direita e o céu sobre a ampla paisagem está escuro. Algumas aldeias isoladas cintilam como uma joia de âmbar.

Uma vez que foi a correr diretamente do hospital para o aeroporto, não teve tempo para arranjar uma arma. Apenas lhe resta a esperança de chegar mais cedo do que Jurek e levar Lumi para casa de um colega em Berlim.

Ao longo da autoestrada surgem postes elétricos com quatro filas de cabos. De longe a longe, uma quinta isolada ou um armazém industrial surge por entre as árvores.

Logo a seguir a um centro desportivo com vários campos de futebol iluminados, Joona desloca-se para a última faixa à direita e sai no desvio para a E25.

A Saga percebeu imediatamente que tinha de falar comigo para saber o que tinha acontecido ao cadáver do Igor, pensa Joona.

Mas só depois da morte do pai e do rapto da irmã cedeu e tentou localizar-me.

Toda a gente tem um ponto de rutura.

O coração de Joona começa a bater com mais força quando percebe que toda a zona de Maarheeze está às escuras. É um apagão vastíssimo.

Parece estender-se até Weert.

Provavelmente, envolve também o esconderijo de Rinus.

Sai da autoestrada e é obrigado a abrandar na estrada mais estreita paralela a esta.

Casas e campos estão envolvidos pelas trevas.

Muito antes de chegar ao desvio isolado, vê luzes azuis intermitentes refletidas no asfalto e nos troncos negros.

Um furgão branco da Polícia está estacionado perto do caminho de acesso.

As riscas oblíquas – cor de laranja e azul – na porta e nos para-lamas distinguem-se por entre os ramos despidos dos arbustos.

Joona vira e aponta a direito contra as fitas da Polícia, avança ao longo do caminho estreito e aproxima-se da casa senhorial.

Do outro lado do campo vê cinco carros da Polícia, duas ambulâncias e um camião dos bombeiros junto da oficina.

Para não correr o risco de bloquear a passagem das ambulâncias, vira bruscamente em frente à casa barricada e para ao lado dos velhos móveis de jardim. Sai do carro sem fechar a porta e atravessa o campo a correr.

Uma das portas da garagem está caída no chão; no terreiro, pelo meio das ervas altas, veem-se os destroços de uma explosão.

A luz azul desliza pelas paredes de chapa, pelos veículos e pelos agentes fardados.

Joona percebe que chegou tarde, que o jogo acabou.

Há agentes por todo o lado, ouve-os falar através dos transmissores-recetores, percebe que estão a tentar avaliar a gravidade da situação antes de organizarem uma equipa de investigação. Alguns receiam que haja mais explosivos na zona e querem esperar pela chegada dos especialistas.

Um pastor-alemão, muito agitado, estica a trela e ladra.

Joona passa ao lado do que resta dos pneus derretidos e chega junto de um dos agentes, mostra o cartão e comunica que tem autorização da Interpol. Finge que não ouve que o agente o manda esperar, levanta a fita e entra na garagem.

As paredes blindadas estão cobertas de fuligem e o cheiro a queimado é sufocante.

Contra a parede do fundo veem-se os restos de um automóvel.

O depósito da gasolina explodiu, levando consigo grande parte da carroçaria.

Um corpo carbonizado está sentado ao volante, dobrado numa posição estranha.

Joona atravessa o vão aberto na parede blindada.

Abre a porta do extintor, agarra no machado ao lado do bocal da mangueira e corre pelas escadas acima.

Se Jurek ainda ali estiver, tem de arranjar maneira de o matar.

A porta do armário embutido que esconde o túnel está fechada.

No andar de cima ouvem-se vozes.

A explosão cobriu os degraus de destroços e lascas de madeira que rangem debaixo dos seus pés.

As paredes interiores do andar de cima estão quase totalmente destruídas, e as que ainda permanecem de pé encontram-se crivadas de balas.

Os paramédicos estão a colocar uma pessoa em cima de uma maca. Uma perna flácida caiu para fora e Joona distingue umas calças ensanguentadas e uma bota militar.

O machado oscila na mão de Joona enquanto se aproxima do homem na maca.

A luz de uma lanterna está apontada para baixo e Joona vislumbra o rosto ensanguentado de Rinus.

Passa por cima de uma trave coberta de cinzas, pousa o machado contra a parede e cambaleia com um súbito ataque de enxaqueca.

Uma nota aguda ressoa-lhe nos ouvidos.

Rinus tem uma máscara de oxigénio na boca e no nariz. Os olhos fitam o teto. Parece que está a tentar perceber o que aconteceu.

– Meu tenente – diz Joona, quando chega junto da maca.

Rinus tira a máscara com a mão débil e humedece a boca. Um paramédico levanta-lhe o pé para cima da maca e aperta-lhe as correias sobre as coxas.

– Foi atrás dela – diz com uma voz quase impercetível, antes de fechar os olhos.

Joona precipita-se pelas escadas abaixo, sai da garagem e passa pelos agentes que estão a fazer sinal à primeira ambulância para se aproximar. Com o pânico a retumbar-lhe na cabeça, atravessa a correr o campo gelado em direção ao carro.

93

Joona arranca em marcha-atrás, trava e derrapa sobre o saibro, depois mete primeira e acelera. As rodas erguem do chão uma nuvem de pó.

Um carro da Polícia está a bloquear o caminho.

Joona vira bruscamente à direita e passa através dos arbustos de roseiras e da valeta. O carro salta e a tampa do porta-luvas abre-se: caem folhas ao chão e para cima do assento do passageiro.

Retoma o caminho acidentado e acelera. A erva amarela chicoteia as partes laterais do carro.

Um agente está a estender novamente a fita de um lado ao outro do caminho quando Joona passa e a arranca.

Vira à esquerda junto ao furgão, entra na estrada estreita e derrapa na faixa de emergência; derruba um painel de madeira e roça o lado direito no rail que separa a estrada secundária da autoestrada.

As rodas projetam terra para trás enquanto saltam no piso irregular.

O carro arranca e avança em paralelo com o trânsito que passa em sentido contrário na autoestrada.

Dentro em pouco vai amanhecer.

Numa paragem de autocarro vê-se um grupo de pessoas à espera.

Joona aumenta a velocidade e ultrapassa um trator, chega a Maarheeze e apanha uma descida. Vira bruscamente à direita num túnel estreito debaixo da autoestrada. Avança a uma velocidade tal que o carro se inclina de lado e invade a faixa contrária, batendo com a parte lateral contra a parede de cimento.

A janela do lado de Joona fica desfeita e pequenos fragmentos de vidro espalham-se pelo habitáculo.

Acelera de novo e vira à esquerda antes da primeira rotunda, cortando pelo acesso a uma estação de serviço.

Um cartaz publicitário cai ao chão.

Jurek está habituado às missões para lá da linha inimiga, e Lumi não vai dar conta de que está a ser seguida: vai mostrar-lhe como se chega à residência de estudantes.

Joona entra na rampa de acesso e passa por uma carrinha de transporte de cavalos, entra na autoestrada, ultrapassa um TIR pela direita e carrega no acelerador ao máximo.

O vento ulula através da janela partida.

Atravessa o bosque e entra em Eindhoven.

A leste o céu clareou ligeiramente, e as luzes da cidade iluminam as últimas trevas.

Fachadas escuras de tijolo correm ao lado dele.

Aproxima-se rapidamente de um cruzamento, mas o semáforo está vermelho: um carro parou e um autocarro aproxima-se da direita.

Joona buzina e ultrapassa o carro parado, entra no cruzamento e acelera à frente do autocarro que trava e passa a poucos centímetros por trás dele.

Corta três faixas de rodagem e vira em Vestdijk, passa o canal e segue pela faixa dos autocarros.

Grandes edifícios modernos desfilam ao seu lado.

O furgão de uma transportadora e dois veículos ligeiros ocupam as duas faixas à frente dele.

Vão demasiado devagar.

A velha enxaqueca explode-lhe atrás do olho. É apenas um aviso, mas por um instante perde o controlo e arrisca-se a ir parar à faixa do sentido oposto antes de se recompor.

Buzina, mas os veículos à sua frente não sabem para onde se afastar.

Joona sobe para a ciclovia e ultrapassa-os pela direita, batendo num caixote de lixo preso a um poste: através do espelho retrovisor vê-o saltar pelo ar e depois partir uma montra.

O carro regressa novamente à estrada e os pneus roçam no lancil de cimento.

Vira bruscamente à direita na 18 Septemberplein com os pneus a chiar.

Talvez já seja demasiado tarde.

Joona transpõe uma passadeira, trava e vira à esquerda, cortando a faixa oposta, e entra na praça da estação.

As pombas levantam voo do chão.

A estação de Eindhoven é um edifício baixo, com a fachada de vidro, mesmo ao lado da residência de estudantes.

Ainda é cedo para a avalanche de pendulares. Do outro lado das portas de vidro ainda se veem poucas pessoas.

Um mendigo está ajoelhado em cima de um pedaço de cartão ao lado de um *stand* de jornais gratuitos.

Joona ultrapassa a fila de táxis que esperam e para.

Quando sai do carro e começa a correr para a residência, uma chuva de vidros cai-lhe da roupa.

Instintivamente, os seus olhos procuram uma arma qualquer.

No pórtico deserto da estação, ao lado das máquinas multibanco amarelas, vê um agente de uniforme. Está inclinado sobre uma sanduíche embrulhada num saquinho.

Joona muda de direção e dirige-se a ele. O agente é um homem de meia-idade, com umas suíças loiras e as pestanas quase brancas.

Tiras de salada caem ao chão.

Joona passa rapidamente por dois pilares e entra no pórtico por trás do polícia. Estica-se, desaperta a fivela do coldre e retira a pistola.

O polícia vira-se com a boca cheia. No bolso da frente vê-se um par de óculos de sol.

– Interpol, é uma emergência – diz Joona, e espreita para a residência.

Já começou a andar quando o polícia o agarra pelo casaco. Joona vira-se e empurra-o para trás. O homem bate com a cabeça na parede e a sanduíche cai ao chão.

– Escuta, há uma vida para salvar – diz Joona.

O polícia solta o cassetete e ataca-o, Joona consegue bloquear--lhe o movimento do braço, mas ainda assim é atingido na face.

Fecha o braço em volta dos ombros do outro e empurra-o, fazendo-o cair de costas. O agente apoia-se com uma mão no chão e tenta levantar-se quando Joona lhe dá um pontapé no joelho.

O polícia lança um grito.

Joona tira-lhe o rádio e atira-o por cima do teto baixo de uma agência de câmbio enquanto corre em direção à residência, contornando um parque de estacionamento de bicicletas a abarrotar.

Verifica o carregador enquanto se aproxima da entrada.

Parece que tem oito ou nove balas.

Joona ainda ouve os gritos do polícia no momento em que entra no edifício a passo largo.

É de manhã cedo, mas já há duas dezenas de jovens na receção e no *hall*.

Joona tem a pistola apontada ao chão.

Dois dos elevadores estão fora de serviço, enquanto o terceiro está parado no oitavo andar, onde fica o quarto de Lumi.

A dor de cabeça desencadeia um relâmpago diante dos olhos de Joona. Abre a porta das escadas e começa a subi-las a correr.

Ouve o eco dos seus próprios passos.

O sangue pulsa-lhe nas têmporas quando chega ao oitavo andar. Os músculos das coxas estão tensos devido ao esforço e tem as costas da camisa encharcadas em suor.

Percorre rapidamente o corredor, dobra a esquina e choca com um *stand* de brochuras sobre as atividades da residência de estudantes.

– *Wacht.*

Um rapaz para diante dele com o dedo apontado, com que a dizer-lhe para apanhar os folhetos.

Joona segue a direito, empurrando-o para o lado. Um outro homem que espreita por uma das portas viu-os. Começa a recriminar Joona com um tom agressivo, mas cala-se quando este lhe aponta a pistola ao rosto.

Ouve-se um tilintar ligeiro.

Joona atravessa rapidamente o corredor e chega ao quarto de Lumi.

A fechadura foi forçada e o quarto está vazio.

A cama está intacta e o saco de Lumi pousada numa cadeira.

O cesto do lixo está entornado no chão.

O coração de Joona bate com tanta força que lhe sobe à garganta.

Abandona rapidamente o quarto, dobra a esquina e cruza o olhar pálido de Jurek ao fundo do corredor.

Com uma corda ao ombro, arrasta um grande embrulho de plástico para dentro do elevador parado.

A luz de um candeeiro de parede cintila sobre a mão imóvel da prótese.

Joona levanta a pistola, mas Jurek já desapareceu.

Começa a correr e ouve o sinal acústico das portas que se fecham. Joona chega ao fundo do corredor e carrega no botão, mas o elevador já está a subir.

Para no último andar, o vigésimo quarto.

Joona precipita-se em direção às escadas e começa a subi-las a correr.

Sabe que Jurek podia partir o pescoço de Lumi em qualquer momento. Mas isso não seria suficiente, não é esse o seu plano.

Joona capturou-o, muitos anos atrás.

Jurek passou grande parte da sua vida numa cela, em isolamento.

Dia após dia, foi pensando em como poderia pisar Joona.

Vai tirar-lhe todas as pessoas que ele ama, e vai sepultá-las vivas.

Joona deverá dedicar toda a sua vida a procurar os seus túmulos, mas por fim vai acabar por se render e se enforcar numa solidão total.

Foi assim que Jurek imaginou a sua vingança.

Provavelmente, decidiu levar Lumi com ele para a sepultar em qualquer parte. É isso que o seu instinto o manda fazer, é essa a sua ideia de ordem.

Mas agora que Joona chegou à residência, deve ter mudado rapidamente de planos, precisamente como da vez anterior, quando levou Disa, pensa Joona enquanto corre pelas escadas acima.

94

Joona chega ao último andar, mas continua a subir; corre pelo último lanço de escadas, mais estreito, até ao telhado. Abre a porta, inspeciona ambos os lados e depois sai para o ar frio.

O Sol começa subir sobre a paisagem desafogada. A cidade de vidro e metal cintilante estende-se em todas as direções.

A cobertura da residência está quase toda escondida por uma construção negra ao centro, que contém um patamar e a sala de máquinas dos elevadores.

Joona tem as costas apertadas contra a parede, ainda com uma respiração ofegante.

O telhado está coberto de uma camada de seixos arredondados sobre os quais foram estendidas passarelas de tábuas, como numa praia.

Joona olha em volta e dá alguns passos.

Não está ali ninguém.

Um poste com um farol vermelho em cima está preso com uns parafusos ferrugentos. Excrementos brancos de pássaros escorrem pela parte lateral de um cano de chaminé.

Joona começa a pensar que foi enganado quando vislumbra uma marca no saibro, ao lado da passarela mais distante.

Alguma coisa pesada foi arrastada ao longo da cobertura.

Começa a correr junto à parede da sala das máquinas, com a pistola apontada. Põe um pé em cima das pedras, aponta a pistola para lá da esquina e ainda tem tempo de ver Jurek antes de ele desaparecer na esquina seguinte.

Jurek embrulhou Lumi num rolo de plástico industrial. Joona não sabe se ela consegue respirar, se está viva. Jurek apertou um fio pesado em volta do embrulho e formou uma espécie de arnês que pendurou no ombro para a arrastar.

Joona segue-os.

As pedras movem-se debaixo dos seus pés.

Sobe outra vez para a passarela, corre ao longo da parede mais comprida da sala das máquinas e continua a avançar atrás de uma fila de antenas parabólicas.

Tem o sol atrás dele e vê a sua própria sombra alongada sobre as pedras claras.

Mais adiante, Jurek está a arrastar Lumi para a borda da cobertura, entre o aparelho de ventilação e um grande painel fotovoltaico.

Um bocado do plástico escapou da corda e ergue-se com o vento.

Joona não sabe se Jurek está armado.

Na rua ouvem-se sirenes.

Joona desloca-se rapidamente de lado, enquanto ensaia uma trajetória de tiro.

A luz da manhã atinge o painel fotovoltaico com um reflexo ofuscante.

Jurek desaparece como uma sombra apagada pela claridade forte.

Joona para, empunha a pistola com as duas mãos e faz pontaria ao vulto magro para lá do reflexo.

– Jurek! – grita.

A mira treme enquanto Joona se chega mais para o lado para evitar o reflexo ofuscante; assim que vê Jurek, dispara.

Carrega no gatilho três vezes e atinge Jurek com três balas nas costas. Os disparos em rápida sucessão ecoam sobre a cidade. Jurek cambaleia para a frente, vira-se e pega na pistola de Lumi.

Joona dispara novamente e enfia-lhe três balas no peito.

Jurek deixa cair a pistola por entre as tábuas da passarela, volta-se e recomeça a arrastar Lumi em direção ao parapeito.

Deve ter pegado num colete à prova de bala na oficina de Rinus.

Joona aproxima-se.

Agora Jurek está atrás do aparelho da ventilação. Cinco ventoinhas enormes rodam do outro lado da grade.

Joona consegue vislumbrá-lo, faz pontaria mais abaixo e atinge-o na coxa. A bala trespassa o músculo. O sangue esguicha diante de Jurek, gotas cintilantes que atravessam um raio de sol.

Joona aproxima-se com a pistola apontada e o dedo no gatilho. Consegue apenas vislumbrar Jurek por entre as chaminés e as ventoinhas.

Lumi não tem ar suficiente, Joona apercebe-se de que está a sufocar: tem os lábios azuis e os olhos arregalados.

Os cabelos encharcados de suor estão colados ao rosto por baixo do plástico.

A enxaqueca volta a explodir por trás do olho de Joona, fazendo-o quase cair.

É este o novo plano de Jurek.

Mais uma vez, Joona chegou tarde de mais.

Jurek quer que o ameace e que lhe implore, para depois ver a filha cair.

Joona passa o aparelho da ventilação, faz rapidamente pontaria e dispara sobre a outra perna de Jurek. A bala atravessa o joelho e sai através da rótula.

Lumi cai sobre as pedras redondas que cobrem o telhado. Jurek cambaleia, cai de lado e rola sobre a barriga, tentando levantar a cabeça.

Joona dá um salto para a frente, mantendo-o debaixo de mira.

Afasta Lumi e arranca o plástico que lhe cobre o rosto.

Sente que a filha respira fundo e começa a tossir; depois aproxima-se de Jurek, encosta-lhe a pistola à nuca e carrega no gatilho.

A arma dispara e volta a disparar.

Joona retira o carregador.

Está vazio.

Um helicóptero aproxima-se e ouvem-se várias sirenes.

Na rua, do lado de fora da residência, juntaram-se várias pessoas. Olham para cima e fotografam com os telemóveis.

Joona regressa junto de Lumi, desamarra a corda que a envolve e arranca o plástico.

Vai-se safar.

Jurek levantou-se de novo, apoiando-se com as costas a um cano de chaminé. A prótese desengatou-se e pende-lhe ao longo do flanco, pendurada nas correias.

Arranca uma longa lasca de madeira da passarela.

Joona sente deflagrar um incêndio dentro de si: não pode impedir aquilo que tem de acontecer. Agarra na corda espessa, encosta-se a Jurek e prepara um nó.

Jurek fita-o com os seus olhos claros e deixa cair a lasca. No seu rosto enrugado não há vestígios de dor ou de ira.

Joona alarga o nó enquanto se apercebe de que Jurek está prestes a entrar em choque circulatório por causa da hemorragia.

– Já estou morto – diz Jurek, mas tenta mesmo assim afastar o nó com a única mão.

Joona agarra-a, torce-a e depois volta a olhar para ele, humedecendo os lábios.

– Se olhares durante muito tempo para o abismo, também o abismo vai olhar para dentro de ti – diz-lhe, enquanto tenta inutilmente afastar a cabeça do nó.

À segunda tentativa, Joona consegue enfiar a corda no pescoço de Jurek; aperta-lhe o nó na garganta e puxa, de forma que a sua respiração não seja mais do que um sibilo.

– Agora chega, pai, acaba com isso – diz Lumi atrás dele, ofegante.

Joona contorna o painel fotovoltaico e amarra a outra extremidade da corda a um dos robustos pilares.

O ruído do helicóptero aproxima-se.

Joona arrasta Jurek pela corda até à beira do telhado. Ao fim de alguns metros, a prótese solta-se. Jurek estica o pescoço, tosse e luta para respirar.

– Pai, o que estás a fazer? – pergunta Lumi, com uma voz assustada. – A Polícia está a chegar. Vai passar o resto da vida na cadeia e...

Joona obriga Jurek a levantar-se. Está atordoado e quase não consegue aguentar-se nas pernas. O sangue escorre pelos orifícios das balas até aos sapatos.

Mais em baixo, as linhas do caminho de ferro da estação brilham como uma extensão de lâminas onduladas de cobre.

Ouvem-se vozes provenientes das escadas.

O braço partido de Jurek é percorrido por um espasmo.

Joona recua um passo e fita-o nos olhos.

Tem uma expressão estranha.

É como se procurasse alguma coisa no olhar de Joona, ou como se tentasse refletir-se nas suas pupilas.

Lumi virou-se de costas, chora.

Jurek vacila e começa a sussurrar qualquer coisa; nesse preciso momento, Joona dá-lhe um empurrão no peito com as duas mãos e atira-o do parapeito.

Lumi grita.

A corda desenrola-se rapidamente sobre as pedras lisas e escorrega para fora do telhado. Emite uma nota aguda quando trava e se estica. Mais em baixo, uma janela parte-se, e os estilhaços de vidro chovem sobre as pessoas paradas na rua. O painel fotovoltaico atrás de Joona inclina-se, e a grande placa de vidro range.

Joona dirige-se rapidamente às escadas, afasta o segurança que tenta detê-lo e desce a correr até ao vigésimo andar. Ouve os gritos ainda antes de chegar ao corredor. Uma porta abre-se e uma mulher sai a cambalear, de *jeans* desbotados e sutiã.

Joona passa ao lado dela, entra no quarto e fecha a porta à chave atrás de si.

A janela ficou desfeita e os pedaços de vidro cintilam por cima da alcatifa e da cama.

Jurek oscila lentamente, a entrar e a sair da janela.

Está morto, as vértebras do pescoço estão partidas.

O sangue brota do ponto em que a corda penetrou na carne.

Joona fica parado diante de Jurek, fita o rosto magro e enrugado e os olhos claros.

O corpo entra novamente no quarto.

Do caixilho soltam-se mais estilhaços de vidro que tilintam no peitoril.

Joona sente-se acometido por um cansaço inquietante, como ondas turvas depois de uma batalha tremenda.

Jurek Walter está morto.

Nunca mais vai regressar.

O corpo oscila lentamente para trás e para a frente. O sangue que escorreu pelos orifícios das balas goteja sobre os sapatos, traçando riscos na alcatifa e no peitoril.

Joona não sabe há quanto tempo está a olhar para Jurek quando alguém abana a fechadura da porta atrás de si.

Lumi entra no quarto e fala-lhe em voz baixa. Explica-lhe que tem de se ir embora com ela.

Joona observa a grande mão de Jurek, as unhas sujas, o antebraço e a camisa ensanguentada.

– Acabou, pai – sussurra Lumi.

– Sim – responde ele, fitando os olhos claros de Jurek.

Lumi põe-lhe um braço à volta da cintura e leva-o com ela para fora do quarto; passam pelo segurança que tem a chave mestra e pelos polícias que aguardam.

95

Valeria dormita na cama do serviço de cuidados intensivos e recorda o breve encontro com Saga, pouco antes de a enfermeira ter chegado para lhe dar morfina.

O estado de Pellerina agravou-se, a frequência cardíaca acelerou tremendamente de novo e a desfibrilação parece não ser suficiente.

Saga estava pálida, tinha marcas escuras debaixo dos olhos e estava tão preocupada que não conseguia ficar parada junto da cama. Estava num estado quase obsessivo: continuava a afastar o cabelo do rosto e não fazia outra coisa senão pedir a Valeria que lhe contasse o que tinha dito a Pellerina.

Valeria repetiu-lhe pela enésima vez que ela e Pellerina tinham conversado continuamente, e garantiu-lhe que a pequena não tinha tido medo dentro da sua caixa.

– Era quase como se estivéssemos de mãos dadas – disse Valeria para tranquilizar Saga.

Ela assentiu, mas tinha dificuldade em ouvi-la.

Quando Valeria acordou na caixa, com um cobertor por cima, sem obter resposta de Pellerina, pensou que a família tinha cedido. Chamara a si todas as culpas, afirmando que seria capaz de fazer qualquer coisa por um pouco de heroína. Valeria tinha a certeza de que tinham levado Pellerina para casa, mas na realidade a menina tinha perdido os sentidos: por isso deixara de responder.

Uma enfermeira de tranças e uma argola de prata na sobrancelha entrou no quarto e injetou-lhe mais morfina por causa das dores nas mãos e nos pés.

Saga tentou esperar, mas estava demasiado inquieta e voltou rapidamente para o serviço de cirurgia.

Agora as dores de Valeria estão a atenuar-se, ao mesmo tempo que o quarto fica mais escuro pelo facto de as pupilas se contraírem.

Tudo se torna confuso, como se as coisas estivessem cobertas por véus cinzento-escuros.

Os círculos de luz das lâmpadas assumem contornos irregulares, como enormes rodas de engrenagens.

A enfermeira está ao lado da cama, a verificar a temperatura corporal e a pressão sanguínea.

Valeria não consegue distinguir-lhe o rosto, apenas repara que é escuro e marcado.

Tem calor em todo o corpo e sente um formigueiro agradável.

Quando a enfermeira se inclina para lhe explicar qualquer coisa repara que os botões de plástico da camisa branca são mais amarelos. Percebe tudo aquilo que ela lhe diz, pensa que precisa de lhe fazer uma pergunta, mas esquece-se imediatamente.

As pálpebras tornam-se pesadas.

Os agentes do lado de fora da porta pararam finalmente de falar de futebol.

Valeria acorda e abre os olhos, mas ainda não vê quase nada.

Um outro enfermeiro monitoriza o eletrocardiograma e a saturação do oxigénio. Não sabe quanto tempo dormiu.

Tenta afinar a vista, e distingue o regulador do soro e as gotas que caem no tubo.

Tudo se torna novamente confuso e Valeria fecha os olhos enquanto o enfermeiro trata dela. Está quase a adormecer quando o telemóvel toca.

– O meu telefone – murmura, abrindo os olhos.

O enfermeiro pega no telemóvel que está em cima da mesa de cabeceira e entrega-lho. Valeria não consegue ler o que diz no ecrã, mas aceita a chamada mesmo assim.

– Estou – diz com uma voz sumida.

– Sou eu – diz Joona. – Como estás?

– Joona – repete ela.

– Como estás?

– Bem, um bocadinho atordoada por causa dos medicamentos, mas…

– E a Pellerina?

– Piorou… A frequência cardíaca está muito irregular e demasiado rápida… é terrível.

– Falaste com a Saga?

Valeria sente-se como uma criança enquanto o enfermeiro ao lado da cama, lenta e metodicamente, limpa com soro fisiológico a válvula do cateter endovenoso.

Joona está longe, mas Valeria percebe que mudou, que lhe aconteceu alguma coisa.

– Não tenho coragem para te perguntar como estás – diz com um fio de voz.

– A Lumi está bem – responde Joona.

– Graças a Deus.

– Sim.

Faz-se silêncio. A distância produz um zumbido sonolento na linha. O enfermeiro insere uma seringa na válvula e verifica o cateter.

– O que aconteceu? – pergunta Valeria, enquanto observa o sangue que da veia sobe pelo tubo, misturando-se com o soro.

– O Jurek está morto.

– O Jurek Walter está morto?

– Desta vez está mesmo… acabou – diz Joona.

– Finalmente detiveste-o.

– Sim.

O enfermeiro pousa qualquer coisa no carrinho ao lado da cama e sai rapidamente do quarto, com três passos velozes.

– Não estás ferido, pois não? – pergunta Valeria, fechando os olhos.

– Não, mas tenho de ficar aqui durante algum tempo, vou ter de responder a algumas perguntas.

– Vais voltar para a cadeia? – pergunta ela, enquanto sente a porta entreabrir-se suavemente.

– Vou-me safar, tenho o apoio da Interpol e da Unidade Internacional.

– Pareces triste – diz Valeria.

– Estou só preocupado contigo, com a Saga, com a Pellerina... Não reduziram a proteção?

– O hospital está cheio de polícias, há dois em frente à minha porta, vinte e quatro horas por dia, é como se estivesse na cadeia outra vez.

– Valeria, precisas de proteção.

– A melhor coisa era tu voltares para casa.

– A Lumi vai para Paris amanhã.

– Eu também gostava.

– Vou-te buscar assim que acabar isto aqui.

– Só preciso de arranjar uma roupa mais decente.

– Amo-te – diz ele baixinho.

– Eu sempre te amei – responde ela.

Terminam a chamada. Valeria sorri para si mesma. Por baixo das pálpebras, os olhos ardem-lhe de cansaço. Pensa que Joona vai voltar para casa e adormece com o telemóvel na mão.

Quando acorda, o efeito da morfina já passou e deu lugar a uma ligeira náusea.

Os agentes do lado de fora da porta voltam a falar de futebol e de treinadores.

Valeria está deitada de costas, a olhar para o teto.

As pupilas voltaram às dimensões normais e já consegue ver bem.

Observa os painéis quadrados do teto falso.

Num deles há uma mancha de humidade amarelada que faz lembrar a fotografia de uma cratera lunar.

Tem sede, volta-se para a mesa de cabeceira e o seu olhar pousa no tubo que lhe entra no antebraço esquerdo.

Inserida na válvula está uma seringa cheia de um líquido transparente.

Recorda o enfermeiro que estava com ela enquanto conversava com Joona.

Tinha preparado a injeção, mas não chegou a dar-lha. Saiu do quarto sem dizer uma palavra.

Em cima do carrinho ao lado da cama está uma ampola de vidro vazia. Valeria estica a mão, pega na ampola e roda-a entre os dedos.

Ketalar 50 mg/ml, lê na etiqueta.

É um medicamento usado como anestésico durante as intervenções cirúrgicas.

Não percebe por que razão tencionam sedá-la. Não lhe falaram de nenhuma operação.

Enquanto estava ao telefone com Joona, espreitou para o enfermeiro que estava a limpar a válvula do cateter do seu braço.

Não se recorda do rosto, estava demasiado confusa.

Mas o seu olhar detivera-se na esplêndida pérola que usava no lóbulo direito e que oscilava sobre ela.

Era branca como gesso, com um reflexo cor de nata.

Valeria recorda como se sentiu pequena, como uma criança, estendida na cama com o enfermeiro ao lado.

Mas não era ela que era pequena, o enfermeiro é que era grande.

Com quase dois metros de altura, pensa com um arrepio.

96

Saga está à espera do novo cardiologista numa salinha reservada aos familiares perto da sala de operações do serviço de cardiologia. Tem o rosto tenso de preocupação e falta de sono. Em cima da mesa à frente dela está um copo de plástico transparente amachucado.

Com um gesto inquieto, afasta os cabelos do rosto e estica-se para o lado, para conseguir ver o corredor inteiro.

– Assim não dá – murmura para si mesma.

Fita distraidamente o aquário com pequenos cardumes de peixes e lembra-se de quando Joona tinha aparecido em casa do pai dela para a avisar. Assim que percebeu que Jurek estava vivo, foi a correr ter com ela para lhe implorar que fugisse com a família.

Recorda que lhe tinha feito pena: na opinião dela, Joona tinha perdido o sentido da realidade e ficado paranoico.

Quando Joona percebeu que Saga não tencionava esconder-se, tentou prepará-la para um eventual encontro com Jurek.

Saga levanta-se e sai para o corredor.

Lembra-se que se sentiu ofendida com os conselhos que ele lhe deu, e respondeu que tinha conseguido infiltrar-se no mundo de Jurek, e que tinha falado mais com ele do que Joona.

Não teve em conta que Joona tinha convivido com a presença de Jurek ano após ano, que todos os dias tinha feito contas com ele, para sobreviver a um confronto inevitável.

O primeiro conselho que Joona lhe deu foi o de matar Jurek imediatamente, sem pensar nas consequências.

O segundo era que Jurek pensava e agia como gémeo. Graças ao seu novo cúmplice, podia estar em dois lugares ao mesmo tempo.

O último conselho tinha a ver com o caso de Jurek conseguir capturar um dos familiares de Saga.

– Se isso acontecer – disse-lhe Joona –, lembra-te de não entrar em acordos com ele, porque nunca serão a teu favor... Nunca vai largar a presa, e de cada vez que aceitares um compromisso vais-te enterrar cada vez mais em areias movediças.

Saga senta-se de novo e recorda que Joona lhe tinha explicado que Jurek tencionava tirar-lhe todas as pessoas que ela amava. Mas não era a elas que ele queria. Eram as suas trevas aquilo a que ambicionava.

Se tivesse escutado nem que fosse apenas um daqueles conselhos, Saga teria ainda a sua vida.

Sabe que traiu Joona.

Não o fez conscientemente, mas ao contactar Patrik permitiu a Jurek descobrir o esconderijo de Lumi.

Como se tivesse sido a eleita, uma espécie de Judas cuja existência é necessária para o equilíbrio do mundo.

Os seus pensamentos são interrompidos pela chegada de uma mulher dos seus cinquenta anos, com os cabelos loiros pelos ombros e o rosto sem maquilhagem; apresenta-se como Magdalena Herbstman. É a cardiologista a quem naquela manhã Pellerina foi confiada.

– Percebo que esteja preocupada com a sua irmã – diz, enquanto se senta.

– O outro médico disse-me que o coração está a bater demasiado depressa por causa da hipotermia – diz Saga, apertando os maxilares.

A doutora Herbstman assente e franze a testa.

– É uma situação complicada. Como disse, a hipotermia provocou uma grave arritmia num dos ventrículos, chamada taquicardia ventricular... e o aumento do ritmo cardíaco comporta um esforço intenso para o organismo da sua irmã. No início as crises passaram espontaneamente, às vezes acontece, mas esta noite a taquicardia aumentou e durou mais tempo, tentámos travá-la com a desfibrilação e medicamentos estabilizadores.

– Pensava que tinha funcionado – diz Saga, começando a mexer nervosamente uma perna.

– A princípio sim... mas o problema no ventrículo é demasiado grave, e a sua irmã está agora num estado chamado tempestade arrítmica, ou seja, séries repetidas de breves episódios de arritmia... Continuamos a mantê-la sob sedação enquanto a preparamos para a ablação.

– Ablação? – pergunta Saga, afastando o cabelo do rosto.

– Vou-lhe introduzir um cateter no coração, para tentar identificar a zona que envia os impulsos errados para destruir o tecido afetado.

– E depois o que acontece?

– Vou queimar a parte que cria problemas e, se tudo correr bem, o coração recomeçará a bater normalmente.

– Quer dizer que se safa?

– Eu gosto sempre de dizer exatamente o que se passa... O estado da sua irmã é crítico, mas prometo que vou fazer o melhor que puder – explica a médica, e levanta-se.

– Eu também tenho de lá estar – diz Saga, levantando-se tão repentinamente que a cadeira vai bater contra a parede. – Tenho de ver o que acontece. Ficar aqui à espera e à espera, a olhar para os peixes, está a pôr-me louca.

– Pode ficar com a minha assistente.

– Obrigada – suspira Saga, enquanto avança atrás da médica ao longo do corredor.

Tenciona continuar a falar com a cardiologista, para lhe explicar que ela e Pellerina são duas pessoas de carne e osso, não apenas pacientes de passagem, não uma parte como outra qualquer do trabalho quotidiano.

Se calhar devia dizer-lhe que o pai era cardiologista, que trabalhava no Instituto Karolinska de Solna.

É possível que se conhecessem.

Saga é conduzida através de uma porta até aquilo que parece uma sala de monitorização ultramoderna, cheia de ecrãs e computadores, como um estúdio de gravação.

De um altifalante provêm ruídos e vozes amortecidas.

Parece-lhe estar dentro de um sonho.

Vários monitores mostram o traçado do eletrocardiograma. Um impulso acústico assinala os intervalos regulares entre as contrações.

Saga cumprimenta uma mulher mais velha, mas não percebe como se chama. Traz os óculos pendurados ao peito com uma corrente de ouro.

Saga murmura o seu próprio nome e aproxima-se da parede de vidro.

Na sala de operações, intensamente iluminada, estão pelo menos cinco pessoas. Usam todas batas e máscaras azuis.

Em cima da mesa de operações está estendida uma pessoa minúscula, completamente imóvel.

Saga não consegue acreditar que seja a irmã.

A mulher mais velha diz qualquer coisa e chega-lhe uma cadeira de escritório. A cardiologista entrou na sala de operações por outra porta.

Saga fica parada diante da parede de vidro.

Os flancos de Pellerina estão tapados por um pano azul, enquanto o busto está nu e o rosto coberto com uma máscara de oxigénio.

Saga observa o ventre da irmã, quase liso, e os seios infantis. De ambos os lados do coração, na diagonal, estão presas duas placas de desfibrilação.

Saga afasta os cabelos do rosto.

Pensa que, se Pellerina recuperar, isso significa que não chegou demasiado tarde, que apesar de tudo conseguiu salvar a irmã.

Se Pellerina sobreviver, tudo fará sentido.

A mulher mais velha está diante dos monitores, digita qualquer coisa no computador e diz com uma voz serena que é ela que tem o controlo de tudo.

– Pode sentar-se – diz. – Prometo que…

Interrompe-se, carrega no botão do microfone e comunica à equipa na sala de operações que uma nova tempestade arrítmica se aproxima.

Saga olha para a irmã, que continua completamente imóvel, ao mesmo tempo que nos monitores do eletrocardiógrafo a frequência cardíaca aumenta de uma forma gritante.

Da sala de operações provém um silvo agudo enquanto o desfibrilador carrega. A equipa afasta-se alguns instantes antes da descarga.

O corpo de Pellerina abana violentamente e depois volta a ficar imóvel.

Foi como se alguém a tivesse atingido nas costas com um taco de basebol.

O coração ainda bate com demasiada força.

O sistema dá mais uma vez sinal de alarme.

Uma nova descarga faz erguer o corpo de Pellerina.

Saga vacila e tenta segurar-se à mesa.

O desfibrilador carrega com um assobio.

Uma nova descarga.

Os ombros da irmã levantam e a carne treme.

A mulher mais velha fala ao microfone para informar a equipa sobre os vários parâmetros.

O coração bate ainda mais depressa.

A equipa afasta-se e uma nova descarga é libertada.

O corpo dá um salto.

As lágrimas sulcam as faces de Saga.

Um enfermeiro levanta o pano azul sobre as ancas de Pellerina e depois afasta-se alguns segundos antes da descarga seguinte.

A operação é repetida onze vezes, para deter a tempestade arrítmica que se aproxima; por fim, o coração acalma e a frequência cardíaca volta a ser normal.

– Meu Deus – suspira Saga, deixando-se cair na cadeira.

Limpa as lágrimas das faces e pensa que tudo aquilo que aconteceu, e que está a acontecer agora, foi por culpa dela, foi da responsabilidade dela.

Foi ela que revelou a Jurek o esconderijo de Pellerina. Estava confusa e atordoada depois da morte do pai, só queria pegar na irmã e levá-la para um lugar seguro.

Tinha acabado de tocar à campainha quando se apercebeu de que era demasiado perigoso, mas já era tarde de mais, já lhe tinha indicado o caminho.

97

Saga levanta-se e sente que as pernas lhe tremem enquanto fica parada em frente à parede de vidro da sala de operações iluminada, a ver a cardiologista trabalhar com calma.

A médica introduziu um cateter na virilha de Pellerina e apanhou uma veia até ao coração para encontrar o ponto de onde partem os impulsos que provocam as arritmias.

Graças aos raios X, é possível acompanhar a posição exata do cateter num grande monitor.

Parece que a assistente e a cardiologista estão de acordo quanto à posição do ponto que envia os impulsos anormais.

Saga percebe que é preciso agir depressa, antes da tempestade seguinte.

A equipa está concentrada e trabalha em silêncio.

Todos sabem o que têm a fazer.

A cardiologista estuda uma imagem tridimensional do coração de Pellerina, ajusta lentamente o cateter e inicia a ablação.

Uma nota aguda e metálica atravessa a sala quando a médica queima o tecido.

O cateter é deslocado ligeiramente.

Saga repete para si mesma que Pellerina não teve medo do escuro no seu caixão, porque Valeria esteve ao lado dela durante todo o tempo.

Não teve medo do escuro nessa altura, e agora também não tem.

A mulher mais velha diz qualquer coisa ao microfone com um ar agitado.

Saga espreita para os monitores do eletrocardiógrafo. As ondas tornam-se rapidamente mais frequentes, como os pontos de uma máquina de costura.

– Prontos para a desfibrilação – diz a assistente em voz alta.

A cardiologista tenta até ao último minuto queimar outra zona e a nota metálica confunde-se com o silvo do desfibrilador em carga.

A assistente lê os parâmetros e repete-os ao microfone.

A equipa afasta-se e um segundo depois a carga é libertada.

O peito de Pellerina ergue-se e a cabeça cai para o lado.

Começa um novo episódio de arritmia.

Saga sabe que Pellerina não vai resistir durante muito mais tempo.

Os monitores mostram que o coração da menina bate a um ritmo louco, mas em cima da mesa de operações a irmã permanece deitada e imóvel, como se dentro dela não estivesse a acontecer nada.

Uma nova descarga e outra ainda.

O coração bate loucamente.

A cardiologista está a transpirar, fala apressadamente, com uma voz nervosa, desloca o cateter e tenta concluir a ablação para deter a arritmia.

As mãos do anestesista tremem enquanto controla o oxigénio.

Faz-se uma nova tentativa com o desfibrilador.

A descarga é libertada, mas a arritmia continua e, de repente, o coração deixa de bater; as linhas nos monitores do eletrocardiógrafo começam a baixar.

Não resta mais do que algumas curvas mínimas, um ténue eco das contrações arteriais, e depois as linhas ficam completamente planas.

O sistema dá o alarme.

A equipa começa a fazer uma massagem cardíaca a Pellerina. A cardiologista deslocou-se alguns passos e tirou a máscara. Observa os monitores durante muito tempo com um olhar ansioso e depois afasta-se.

Saga permanece em frente à parede de vidro e observa o homem a fazer pressão com as duas mãos sobre a caixa torácica da irmã, a um ritmo regular.

A porta abre-se e a cardiologista entra. Vai ter com Saga, diz que precisa de falar com ela e pede-lhe que a siga.

Saga não responde e afasta o braço quando a médica lhe pousa uma mão.

– Quero explicar-lhe pessoalmente que não conseguimos encontrar as zonas que causam a taquicardia ventricular da sua irmã – diz-lhe. – Tentámos de todas as maneiras, mas não conseguimos controlar o último episódio.

– Tentem mais uma vez – diz Saga.

– Sinto muito, mas é demasiado tarde. Vamos interromper todas as tentativas de reanimação.

A cardiologista deixa-a junto da parede de vidro e sai. O homem interrompe a massagem cardíaca.

Saga bate com as duas mãos na parede.

Estão a retirar os elétrodos do corpo de Pellerina.

Vira-se, vai até à porta, passa ao lado da assistente sem ouvir o que ela lhe diz e entra na sala de operações.

Os monitores estão a ser desligados e tudo vai ficando em silêncio, enquanto o cabo para a ablação é extraído do cateter.

Alguém levanta o pano azul e cobre o peito nu de Pellerina.

Há demasiado silêncio.

A lâmpada cirúrgica apaga-se.

Por um instante, parece ter ficado tudo escuro, apesar de a sala estar ainda iluminada.

A equipa afasta-se em direção às paredes, como um círculo lento a deslocar-se sobre a água.

No centro da sala fica só Pellerina.

Os revestimentos de plástico das lâmpadas produzem uns estalidos enquanto arrefecem.

Saga aproxima-se da irmã morta numa espécie de transe, a pensar que não podem parar, não se podem render. Não se apercebe sequer de que tropeça numa cadeira, fazendo-a saltar para longe sobre os rodízios.

A máscara deixou marcas vermelhas no rosto pálido de Pellerina.

Têm de tentar mais uma vez, pensa Saga.

Aproxima-se, com os joelhos quase a ceder.

É como se tivesse de olhar para um mar enorme antes de conseguir tocar na mão imóvel da irmã.

– Já aqui estou – murmura.

Pellerina parece tranquila, como se estivesse a dormir placidamente, sem pesadelos.

Saga ouve que um dos elementos da equipa está a tentar explicar-lhe que o coração não superou a última arritmia.

A voz extingue-se e Saga fica sozinha com a irmã.

Os enfermeiros começam a arrumar a sala.

Saga nunca se sentiu tão cansada em toda a sua vida. Apetecia-lhe estender-se ao lado da irmã, mas a mesa de operações é demasiado estreita.

No chão de linóleo, ao lado de um carrinho com pinças vasculares, tesouras e bisturis, veem-se gotas de sangue.

Os reflexos dos instrumentos metálicos batem no teto.

Saga vacila, observa a pequena mão da irmã apertada na sua, a boca contraída, as pálpebras cor-de-rosa.

Sabe que a culpa é toda sua; achava que tinha a situação controlada, achava que podia enganar Jurek, mas acabara por matar o pai e revelar o esconderijo de Pellerina.

Agora estava morta por culpa dela.

Saga inclina-se sobre a irmã, acaricia-lhe a face, depois endireita-se e vira-se.

Tira um bisturi do carrinho dos instrumentos e arrasta-se para fora da sala de operações.

Dois polícias estão ainda de guarda, do lado de fora da porta.

Não ouve o que dizem, avança a direito pelo corredor.

A luz dos néones expande-se como poças de sal sobre o linóleo à frente dela.

As portas automáticas ao fundo do corredor abrem-se para dar passagem a um grupo de enfermeiras.

Saga vira à direita e entra na casa de banho, fecha a porta à chave e aproxima-se do lavatório.

Estão todos mortos: a mãe, o pai, a irmã.

A culpa é toda dela, de mais ninguém.

Encosta o bisturi afiado ao pulso esquerdo e corta. A lâmina enterra-se na pele e nos tendões esticados, nos ligamentos e nos músculos, até ao osso, quase sem encontrar resistência.

Quando o metal corta a artéria, o primeiro jorro de sangue salpica o espelho e os azulejos.

Saga atira o bisturi para o cesto do lixo, dobra o braço e tenta manter-se em pé ao lado do lavatório.

Pequenas gotas vermelhas saltaram para a tampa da sanita e para o autoclismo.

Saga geme quando uma dor ardente começa a alastrar da ferida.

O sangue é lançado para fora em jatos intensos e escorrega pelas beiras do lavatório antes de descer pelo filtro do ralo.

O coração bate-lhe cada vez mais depressa para compensar a quebra de tensão.

Saga tem de se apoiar à parede com a outra mão para não perder o equilíbrio.

Um autocolante dos Jovens de Esquerda foi quase completamente arrancado do espelho.

As pernas estão quase a ceder.

Saga senta-se na tampa da sanita, mantendo o braço no lavatório. Tem os dedos gelados.

Um protetor de sapatos azul foi abandonado no chão. A luz do dia chegou à fresta por baixo da porta.

Saga respira mais depressa, com a nuca apoiada na parede; fecha os olhos e sente-se mais leve.

É este o destino a que todos aqueles anos a conduziram.

Alguém bate à porta, ao longe, como num outro mundo.

Os batimentos do coração ecoam-lhe nos ouvidos.

Pensa num comboio que se aproxima a grande velocidade, as pancadas das rodas nos carris, os abanões quando passam pelos desvios.

O braço cai-lhe do lavatório.

Saga abre os olhos e observa com surpresa as paredes brancas. Já não se lembra onde se encontra. Não consegue levantar o braço. O sangue escorre-lhe ao longo da mão, e dali para o chão.

Não ouve que agora alguém bate à porta com mais violência.

A dor no pulso chega-lhe por ondas.

Respira com dificuldade e fecha de novo os olhos.

Um anjo enorme atravessa o pavimento de uma sala de baile. Com passos completamente silenciosos, avança direito a ela. Bate levemente no candeeiro do teto, fazendo-o oscilar.

É terrível e lindíssimo.

As asas poderosas estão dobradas atrás das costas.

Os prismas de vidro tilintam e depois ficam quietos.

O anjo para diante dela e fita-a com uns olhos tristes e acolhedores.

Epílogo

O mês de maio vai a meio e a noite está surpreendentemente quente. O *Castor* sai do Grand Hôtel e caminha ao longo de Raoul Wallenbergs Torg. A água da baía está quase imóvel na luz ténue.

Entra no pequeno Riches Bar e abre caminho pelo meio de um grupo de jovens. A música está demasiado alta, as conversas reduzidas ao mínimo.

O *Castor* veste um fato de linho amarrotado e uma camisa cor-de-rosa que desliza para fora das calças, mostrando o ventre glabro.

O seu olhar é calmo, mas os brincos de pérolas abanam inquietos quando se senta num dos bancos altos.

– Que bela noite primaveril – diz para a mulher sentada ao seu lado.

– Está fantástica – responde ela por cortesia, para depois continuar a conversa com a amiga.

Quando o *barman* se aproxima do *Castor*, ele pede cinco copos de *vodka Finlandia.*

Observa a mão da mulher, pousada junto à base do copo de pé, as unhas bem tratadas e a aliança brilhante.

A garrafa projeta uma elipse trémula de luz. O *barman* põe em fila cinco copinhos e enche-os até à borda.

– Perfeito – diz o *Castor*, enquanto esvazia o primeiro.

Observa o copinho na sua própria mão, fá-lo rolar entre os dedos e depois pousa-o no balcão.

De momento, o *Castor* gere uma empresa de chaves e fechaduras em Årsta; fez uma oferta para uma empresa química em Amiens, no Norte de França, e estar a tentar pôr em pé uma empresa de transportes em Gotemburgo.

Sente o calor do álcool no ventre e recorda o dia em que, no inverno anterior, tinha entrado no quarto de hospital de Valeria de Castro. O plano era adormecê-la e levá-la para um túmulo numa ilha do lago Mälaren. Como estava aturdida pelo efeito da morfina e não o reconheceu, pôde preparar a seringa de anestésico sem recorrer à violência. Valeria recebeu um telefonema, e pela voz parecia estar quase a adormecer.

Ia começar a dar-lhe a injeção quando a ouviu dizer que Jurek Walter estava morto.

Tanto quanto percebeu, estava a repetir a informação que acabava de receber do interlocutor.

Pelo tom, pareceu-lhe um facto consumado, mas o *Castor* lembra-se de ter pensado que não tinha forçosamente de ser verdade só porque parecia.

– Finalmente detiveste-o – dissera Valeria com a sua voz cansada.

Naquele preciso instante, o *Castor* sentiu o tiquetaque mecânico na sua cabeça. Durou apenas alguns segundos. Viu diante de si o grande quadrante, com os números romanos dourados.

Tiquetaque, tiquetaque.

O ponteiro torto deu um salto e indicou o um, e naquele preciso instante o *Castor* viu o seu próprio rosto.

Pensou que se ia virar para Valeria, estendida na cama, mas afinal o seu olhar foi atraído pelo espelho por cima do lavatório.

O ponteiro deu outro salto, indicando o dois, e só então viu o rosto de Valeria.

Ia morrer antes dela; tinha de se ir embora.

Já tinha deixado a sua assinatura no espelho, e decidiu não a apagar: uma mensagem de escárnio que a Polícia nunca ia compreender.

Era só uma brincadeira.

Dois homens barbudos sentam-se ao lado dele e pedem uma cerveja artesanal de um pequeno produtor sueco. É evidente que um deles, ligeiramente mais velho, é chefe do outro. Estão de costas voltadas para o balcão e discutem sobre a conjuntura financeira, esforçando-se por parecerem mais entendidos e competentes do que são na realidade.

O *Castor* esvazia o segundo copo e descalça os sapatos, deixando-os cair ao chão junto ao balcão.

– Se calhar é melhor continuar com eles calçados – diz o homem mais novo.

– Peço desculpa – responde o *Castor*, fitando-o nos olhos. – Sofro de retenção de líquidos e incharam-me os pés.

– Ah, está bem, sendo assim não há problema – replica o homem com um sorriso.

O *Castor* assente e leva lentamente o terceiro copo à boca. Engole a bebida forte de uma só vez e pousa o copo.

Podia entregar à Polícia o *puzzle* inteiro, fornecer-lhes tudo até à última peça, pensa. Seria como pedir a um escaravelho para resolver uma equação de terceiro grau.

– Que lindos brincos – diz o homem mais novo.

– Obrigado. Uso-os em homenagem à minha irmã.

– Estou a meter-me consigo.

– Eu sei – responde o *Castor* com um ar sério. – Não importa, não faz mal.

Naquele dia, o *Castor* saiu do hospital e assim que chegou a Katrinebergsvägen deitou fora os documentos, as chaves e a roupa de enfermeiro.

Como Jurek lhe tinha salvado a vida, foi aceitando todas aquelas punições severas sempre que cometia um erro.

Tirava a camisa e entregava-lhe o cinto.

Mas agora que Jurek está morto, o *Castor* destruiu tudo aquilo que o ligava a ele. Queimou computadores e telemóveis, deitou fora documentos e fotografias, limpou e destruiu as armas.

Aquele período está quase terminado, pensa, enquanto esvazia o último copo de *vodka*.

– Quase – diz, ao mesmo tempo que esmigalha o copo com os dedos.

A única coisa que conservou na carteira foi uma pequena fotografia a cores. A dobra que a atravessa corta como uma risca de neve a garganta de Joona Linna.